Morderisk bedrag

Morderisk bedrag

Originaltitel: *Deception Point*

Copyright © Dan Brown 2001

Dansk oversættelse © Ingeborg Christensen 2005

Omslag: Jón Ásgeir

Trykt hos Norhaven A/S

Printed in Denmark 2009

4. udgave, 3. oplag

Hr. Ferdinand - København - 2008

www.hrferdinand.dk

ISBN: 978-87-91746-48-2

Dan Brown
Morderisk bedrag

På dansk ved Ingeborg Christensen

HR. FERDINAND

Reykjavik • København • Oslo • Vico del Gargano

FORFATTERENS KOMMENTAR

Deltastyrken, USA's center for rumbaseret efterretningsvirksomhed (NRO) og Forbundet for Rummets Udforskning (SFF) er eksisterende organisationer. Ligeledes findes alle de teknologier, der er beskrevet her i bogen, i virkeligheden.

Akronymer

CIA, Central Intelligence Agency, USA's centrale efterretnings-
tjeneste.

EOS, Earth Observing System, jordovervågningssystemet

NASA, National Space Aeronautics and Space Agency, det
amerikanske rumfartsagentur

NRO, National Reconnaissance Office, USA's center for rum-
baseret efterretningsvirksomhed

NSA, National Security Agency, det amerikanske sikkerheds-
agentur

PODS, Polar Orbiting Density Scanner, densitetsscanner i po-
larkredsløb

PSC, Portable Secure Communication, transportabel sikker
kommunikationsenhed

SETI, Search for Extraterrestrial Intelligence, programmet til
efterforskning af intelligent ikke-jordisk liv

SFF, Space Frontier Foundation, Forbundet for Rummets Ud-
forskning

UCLA, University of California, Los Angeles, Californiens
Universitet, Los Angeles

(o.a.)

Hvis denne opdagelse bliver bekræftet, vil det være et af de mest forbløffende indblik i vores univers, som videnskaben nogensinde har afdækket. Den betydning, det vil få, vil være så vidtrækkende og overvældende, som nogen overhovedet kan forestille sig. På en og samme tid lover det svar på nogle af vores ældste spørgsmål til livet og stiller nye spørgsmål, der er endnu mere fundamentale.

– Præsident Bill Clinton på en pressekonference efter opdagelsen den 7. august 1996 af den Mars-meteorit, der fik navnet ALH84001.

Prolog

På dette gudsforladte sted kunne døden indfinde sig på utallige måder. Geolog Charles Brophy havde klaret sig i det hensynsløse, storslåede terræn i mange år, og på trods af det var der intet, der kunne have forberedt ham på en skæbne så barbarisk og unaturlig som den, der nu ventede ham.

Brophys fire slædehunde trak hans slæde med geologisk måleudstyr hen over tundraen, da hundene pludselig standsede op og så op mod himlen.

"Hvad er der i vejen, tøser?" spurgte Brophy og steg ned fra slæden.

Bag ved de stormskyer, der nu dækkede himlen, kom en transporthelikopter til syne i en lav bue lige over istoppene med militær præcision.

Det var sgu da underligt, tænkte han. Han havde aldrig set helikoptere så langt nordpå. Den landede halvtreds meter væk og sendte en byge af pulveriseret sne op i luften. Hans hunde peb og var på vagt.

Da dørene til helikopteren gled til side, kom der to mænd ned. De havde hvide snedragter på og var bevæbnet med geværer, og de gik hurtigt og målrettet hen mod Brophy.

"Dr. Brophy?" spurgte en af dem.

Geologen blev forbløffet. "Hvor kender De mit navn fra? Hvem er De?"

"Tag Deres radio frem."

"Hvabehar?"

"Gør bare, som jeg siger."

Forvirret trak Brophy radioen frem fra sin parkacoat.

7

"De skal sende en hastemeddelelse for os. Sæt Deres radio-frekvens ned til et hundrede kilohertz."

Et hundrede kilohertz? Brophy følte sig helt fortabt. Der er ingen, der kan modtage noget så lavt. "Er der sket noget?"

Den anden mand hævede geværet og rettede det mod Brophys hoved. "Der er ikke tid til forklaringer. Gør det nu bare."

Brophy rettede sendefrekvensen med rystende hænder.

Nu rakte den første mand ham et stykke papir med et par maskinskrevne linjer. "Send denne meddelelse. Nu."

Brophy så på sedlen. "Det forstår jeg ikke. Det passer jo ikke. Jeg har ikke –"

Manden pressede geværet hårdt mod geologens tinding.

Brophy rystede på stemmen, da han sendte den absurde melding.

"Godt," sagde den første mand. "Se så at få Dem selv og hundene ind i helikopteren."

Med geværet rettet mod sig fik Brophy manøvreret sine modstræbende hunde og slæden op ad en gliderampe og ind i lastrummet. Så snart de var anbragt, lettede helikopteren og drejede mod vest.

"Hvem fanden er I?" spurgte Brophy og begyndte at svede inde i parkacoaten. Og hvad skulle den besked betyde?

Mændene sagde ikke noget.

Mens helikopteren steg opad, jog vinden ind gennem den åbne dør. Brophys fire slædehunde, der stadigvæk var spændt for den lastede slæde, peb.

"I kan da i det mindste lukke døren," sagde Brophy. "Kan I ikke se, at mine hunde er bange?"

Mændene svarede ikke.

Da helikopteren var steget til tolv hundrede meter, krængede den brat ud over en række iskløfter og gletsjerspalter. Pludselig rejste mændene sig op. Uden et ord greb de den tungt-lastede slæde og skubbede den ud ad den åbne dør. Brophy så rædselsslagen til, mens hundene forgæves kæmpede mod den enorme vægt. På et øjeblik var dyrene forsvundet, trukket hylende ud af helikopteren.

Da var Brophy allerede på benene, og han skreg, da mændene greb fat i ham. De hev ham hen til døren. Brophy var stiv af skræk, mens han svingede ud efter dem med knytnæver og prøvede at afværge de stærke hænder, der skubbede ham ud.

Det nyttede ikke noget. I næste øjeblik var han i frit fald mod iskløfterne nedenunder.

I

Restaurant Toulos, der ligger ved Capitol Hill, fører sig frem med en politisk ukorrekt menu med spædkalv og hestecarpaccio. Det gør den ironisk nok til et populært sted at spise morgenmad for de mest magtfulde mennesker i Washington. Her til morgen var der travlt i Toulos – en kakofoni af klirrende sølvtøj, espressomaskiner og mobiltelefonsamtaler.

Værten nippede i smug til sin morgenmad, en Bloody Mary, da kvinden trådte ind. Han vendte sig om med et professionelt smil.

"Godmorgen," sagde han. "Kan jeg hjælpe med noget?"

Kvinden var tiltrækkende, midt i trediverne. Hun havde grå flannelsbukser med pressefolder på, sko med lave hæle og en cremefarvet Laura Ashley-bluse. Hun var rank – hagen løftet en brøkdel af en anelse – ikke arrogant, blot stærk. Hendes hår var lysebrunt og klippet i Washingtons populære – tv-studievært – mode en tyk manke, der nåede ned til skuldrene, hvor det bukkede ind ... langt nok til at være sexet, men kort nok til at få en til at tænke på, at hun nok var mere intelligent end en selv.

"Jeg er lidt sent på den," sagde kvinden lidt tilbageholdende. "Jeg har et morgenmøde med senator Sexton."

Værten blev pludselig en anelse nervøs. *Senator Sedgewick Sexton.* Senatoren var stamkunde og for øjeblikket en af landets kendteste mænd. I sidste uge vandt han alle de tolv republikanske primærvalg, så nu var han så godt som sikker på at blive nomineret til USA's præsident af sit parti. Der var mange, der troede, at senatoren havde en oplagt chance for at snuppe Det Hvide Hus fra den trængte præsident til efteråret. I den sidste tid havde man kunnet se Sextons kontrafej på forsiden af alle bladene, og hans kampagneslogan hang på plakattavler tværs over USA: "Ud med udgifterne. Ind med indsatserne."

"Senator Sexton sidder ved sit bord," sagde værten. "Og De er?"

"Rachel Sexton. Hans datter."

Hvor dum kan man være? tænkte han. Ligheden var slående. Kvinden havde senatorens gennemborende blik og forfinede holdning – det glatte udseende, der følger med ukuelig adelsstand. Det var åbenbart, at senatorens klassisk gode udseende ikke havde sprunget en generation over, selvom Rachel så ud til at bære sine medfødte gaver med en ynde og beskedenhed, som hendes far ville gøre klogt i at tage ved lære af.

"Jeg er glad for Deres besøg, ms. Sexton."

Værten førte senatorens datter tværs gennem spisesalen og blev irriteret over den spidsrod af mandeøjne, hun skulle igennem ... nogle diskrete, andre ikke. Der kom ikke mange kvinder og spiste på Toulos, og af dem, der gjorde, var der endnu færre, der så ud som Rachel Sexton.

"Flot skikkelse," hviskede en af gæsterne. "Har Sexton allerede fundet sig en ny kone?"

"Det er da hans datter, dit skvadderhoved," svarede en anden.

Manden kluklo. "Ja ja, når man kender Sexton, ville han formentlig bolle hende under alle omstændigheder."

Da Rachel kom hen til sin fars bord, sad senatoren og talte højt i sin mobiltelefon om en af sine seneste succeser. Han kiggede op på Rachel – kun længe nok til, at han kunne banke på sit Cartier-armbåndsur for at minde hende om, at hun kom for sent.

Ja, jeg har også savnet dig, tænkte Rachel.

Faderens fornavn var Thomas, men det var længe siden, at han var begyndt at bruge sit mellemnavn i stedet. Rachel gik ud fra, at det var, fordi han var glad for bogstavrimet. Senator Sedgewick Sexton. Manden med det sølvskinnende hår var et veltalende, politisk dyr, som var begunstiget med samme glatte udseende som en læge i en sæbeopera. Det forekom hende meget passende, når man tænkte på hans evner til at imitere andre.

"Rachel!" Hendes far afsluttede sin telefonsamtale og rejste sig og kyssede hende på kinden.

"Hej, far." Hun kyssede ikke ham.

"Du er træt ud."

Nu begynder det, tænkte hun. "Jeg fik din besked. Hvad er der sket?"

"Må jeg ikke invitere min datter på morgenmad?"

Det var længe siden, Rachel havde lært, at hendes far sjældent udbad sig hendes selskab, medmindre han havde en bagtanke med det.

Sexton tog en slurk kaffe. "Nå, og hvordan går det så med dig?"

"Jeg har travlt. Og din kampagne går fint, ser jeg."

"Åh, lad os nu ikke snakke forretning." Sexton lænede sig ind over bordet og sænkede stemmen. "Hvordan går det med den fyr fra Udenrigsministeriet, som jeg foreslog, du skulle møde?"

Rachel trak vejret dybt og skulle allerede nu bekæmpe trangen til at se på uret. "Ham har jeg faktisk ikke haft tid til at kontakte, far. Og jeg ville ønske, du ville holde op med at –"

"Du er nødt til at give dig tid til det, der er vigtigt her i livet, Rachel. Uden kærlighed er alt andet meningsløst."

Rachel kunne tænke på indtil flere næsvise svar, men valgte at tie stille. "Far, du ville mødes med mig? Du sagde, at det var noget vigtigt?"

"Det er det." Faderen så granskende på hende.

Rachel kunne mærke, hvordan hendes forsvarsværker begyndte at smuldre under hans blik, og hun forbandede hans magt. Senatorens øjne var hans nådegave – en gave, som Rachel var begyndt at tro kunne bære ham hele vejen til Det Hvide Hus. På kommando kunne hans øjne fyldes af tårer, og et øjeblik senere kunne de klare op og åbne et vindue ind til en lidenskabelig sjæl, der udsendte en tillidserklæring til alle. *Det hele drejer sig om tillid*, havde hendes far altid sagt. Senatoren havde ganske vist mistet Rachels tillid for flere år siden, men han var i fuld gang med at vinde hele landets.

"Jeg har et forslag til dig," sagde senator Sexton.

"Lad mig prøve at gætte," svarede Rachel i et forsøg på at styrke sin stilling. "En eller anden fremtrædende fraskilt mand, der er på udkig efter en ny, ung kone?"

"Du skal ikke narre dig selv, min skat. Så ung er du heller ikke længere."

Rachel mærkede den velkendte fornemmelse af at skrumpe ind, der så tit kom frem, når hun mødtes med sin far.

"Jeg vil gerne kaste et redningsbælte ud til dig," sagde han.

"Jeg var slet ikke klar over, at jeg var ved at drukne."

"Det er du heller ikke. Men det er præsidenten. Du må hellere gå fra borde, inden det er for sent."

"Har vi ikke talt om det her før?"

"Tænk på din fremtid, Rachel. Du kan arbejde for mig."

"Jeg håber sandelig ikke, det er derfor, du har inviteret mig på morgenmad."

Senatorens ydre ro krakelerede en smule. "Rachel, kan du da

ikke se, at det gør det svært for mig, at du arbejder for ham? Og at det skader min kampagne?"

Rachel sukkede. Det her havde hun og faderen været igennem før. "Far, jeg arbejder jo ikke for præsidenten. Jeg har ikke engang *mødt* præsidenten. Jeg arbejder i Fairfax, for himlens skyld."

"Politik er, hvordan man opfatter tingene, Rachel. Det *ser ud,* som om du arbejder for præsidenten."

Rachel trak vejret dybt og forsøgte at bevare roen. "Jeg har knoklet for at få det her job, far. Det kvitter jeg altså ikke."

Senatoren kneb øjnene sammen. "Ved du hvad, somme tider er din egoistiske holdning faktisk —"

"Senator Sexton?" Der dukkede en journalist op ved bordet.

Sextons attitude ændrede sig omgående. Rachel sukkede og tog en croissant fra brødkurven på bordet.

"Ralph Sneeden fra *Washington Post,*" sagde journalisten. "Må jeg stille Dem et par spørgsmål?"

Senatoren smilede og duppede sig om munden med servietten. "Selvfølgelig, Ralph. Men hurtigt. Min kaffe skulle nødig blive kold."

Journalisten lo som på kommando. "Nej, naturligvis ikke, sir." Han fiskede en lille båndoptager op og tændte for den. "Mr. senator, i Deres tv-reklamer taler De om lovgivning, der skal sikre ligeløn for kvinder på arbejdsmarkedet ... og på samme tid om skattenedskæringer for unge familier. Kan De kommentere den logiske begrundelse for det?"

"Ja, bestemt. Jeg er simpelthen en stor fan af stærke kvinder og stærke familier."

Rachel var ved at kløjes i sin croissant.

"Og mens vi så er ved familierne," fortsatte journalisten, "så taler De ret meget om uddannelse. De har foreslået nogle højst kontroversielle nedskæringer i finansloven for at give flere ressourcer til USA's skoler."

"Jeg tror på, at børnene er vores fremtid."

Rachel kunne ikke tro sine egne ører. Hendes far var sunket så dybt, at han nu var begyndt at citere popsange.

"Og så til sidst, sir," sagde journalisten. "De har taget et vældigt spring opad i stemmeprocenterne de sidste par uger. Præsidenten må være nervøs nu. Har De nogen kommentarer til denne succes?"

"Jeg tror, det drejer sig om tillid. Amerikanerne er begyndt at indse, at de ikke kan stole på, at præsidenten kan træffe de barske beslutninger, som denne nation står over for. Regeringens løbske udgifter sætter dette land i dybere og dybere gæld for hver dag, der går, og amerikanerne er begyndt at indse, at det er på tide at få udgifterne ud og indsatserne ind."

Personsøgeren i Rachels håndtaske begyndte at bippe og reddede hende fra faderens retorik. Normalt var den enerverende bippen en afbrydelse, hun ikke brød sig om, men lige her og nu lød den næsten melodisk.

Senatoren så fornærmet ud. Han var blevet afbrudt.

Rachel fiskede personsøgeren op af tasken og trykkede på fem taster i en bestemt rækkefølge for at bekræfte, at det virkelig var hende, der holdt personsøgeren. Den bippende lyd standsede, og LCD-skærmen begyndte at blinke. Om femten sekunder ville hun modtage en sikret tekstbesked.

Sneeden smilede skævt til senatoren. "Deres datter er sandelig en travl dame. Det er opløftende at se, at I begge to stadigvæk har huller i programmet til at spise sammen."

"Ja, som jeg sagde før, familien kommer først."

Sneeden nikkede, og så blev hans blik hårdere. "Må jeg spørge, sir, hvordan De og Deres datter klarer Deres interessekonflikter?"

"Konflikter?" Senator Sexton lagde hovedet på skrå med et uskyldigt, forvirret udtryk. "Hvad er det for konflikter, De hentyder til?"

Rachel så op og vrængede ad faderens skuespil. Hun vidste helt nøjagtigt, hvor det her bar hen. *Skide journalister*, tænkte hun. Halvdelen af dem figurerede på lønningslisterne hos de politiske partier. Journalistens spørgsmål skulle ligne et barsk interview, men var i virkeligheden et gunstigt tilbud til senatoren – et langsomt, lavt baseballkast, som hendes far kunne tage bestik af og slå langt væk, ud af banen, og derved klare luften angående ganske mange ting.

"Jo, sir ..." Journalisten hostede og foregav, at han var utilpas ved spørgsmålet. "Konflikten er den, at Deres datter arbejder for Deres modstander."

Senator Sexton eksploderede af latter og afdramatiserede øjeblikkeligt spørgsmålet. "Ser du, Ralph, først og fremmest er præsidenten og jeg ikke *modstandere*. Vi er simpelthen to fædrelandskærlige mænd, der har forskellige ideer om, hvordan man skal lede det land, vi elsker."

Journalisten strålede over hele femøren. Han havde fået et godt citat. "Og for det andet?"

"For det andet er min datter ikke ansat hos præsidenten; hun er ansat i efterretningstjenesten. Hun udarbejder efterretningsrapporter og sender dem til Det Hvide Hus. Det er en ret underordnet stilling." Han holdt inde og så på Rachel. "Faktisk er jeg ikke engang sikker på, at du overhovedet har *mødt* præsidenten, skat. Har du?"

Rachel stirrede på ham. Hendes øjne skød lyn.

Bipperen kvidrede, og hun så ned på den besked, der kom frem på LCD-skærmen.

– RPRT DIRNRO STAT –

Hun dechifrerede forkortelsen med det samme og rynkede brynene. Meddelelsen kom uventet, og det var helt sikkert dårligt nyt. Men i det mindste havde hun nu sit stikord til at forlade scenen.

"D'herrer," sagde hun. "Jeg er virkelig ked af det, men jeg bliver nødt til at gå. Jeg kommer for sent på arbejde."

"Ms. Sexton," sagde journalisten hurtigt, "inden De går, kunne De så kommentere det rygte, der løber om, at De har indkaldt Deres far til det her morgenmøde for at diskutere den mulighed, at De skulle forlade Deres nuværende stilling for at arbejde for Deres fars kampagne?"

Rachel havde det, som om nogen havde smidt skoldhed kaffe i hovedet på hende. Spørgsmålet kom helt uventet. Hun så på faderen og kunne se på hans selvtilfredse smil, at spørgsmålet var aftalt på forhånd. Hun havde lyst til at kravle hen over bordet og dolke ham med en gaffel.

Journalisten stak båndoptageren helt op i hovedet på hende. "Ms. Sexton?"

Rachel fastholdt journalistens blik. "Ralph, eller hvad fanden du hedder, få lige det her på plads: Jeg har ingen planer om at opgive mit job for at arbejde for senator Sexton, og hvis du skriver noget, der siger det modsatte, så får du brug for et skohorn til at få den båndoptager ud af røven igen."

Journalisten spilede øjnene op. Han slukkede for båndoptageren og skjulte et smørret grin. "Tak til begge." Og så forsvandt han.

Rachel fortrød med det samme, at hun havde mistet besindelsen. Hun havde arvet sin fars temperament, og det hadede hun ham for. *Rolig, Rachel, rolig nu.*

Hendes far stirrede misbilligende på hende. "Du ville have godt af at lære lidt takt og tone."

Rachel begyndte at samle sine ting sammen. "Mødet er slut nu."

Tilsyneladende var senatoren færdig med hende under alle omstændigheder. Han fiskede sin mobiltelefon frem for at ringe. "Farvel, min skat. Kig indenfor på kontoret en dag og sig

16

hej. Og se så at blive gift, for himlens skyld. Du er treogtredive."

"*Fire*ogtredive," snerrede hun. "Din sekretær sendte da et kort."

Han klukkede angergivent. "Fireogtredive. Næsten gammeljomfru. Ved du hvad, da jeg var fireogtredive, havde jeg allerede –"

"Giftet dig med mor og bollet med nabokonen?" Ordene lød højere, end Rachel havde ment, og hendes stemme hang nøgen i luften, mens der gik en engel gennem restauranten. Gæsterne ved de nærmeste borde kiggede derover.

Senator Sextons øjne blev kolde som to iskrystaller, der borede sig ind i hende. "Pas dig selv, unge dame."

Rachel gik hen mod døren. *Nej, det kan du selv gøre, senator.*

2

De tre mænd sad tavse inde i deres ThermaTech-stormtelt. Udenfor sendte en iskold vind blafrende stød mod deres ly og truede med at rive det fra sine fortøjninger. Det var der ingen af mændene, der tog sig af; de havde hver især været ude for situationer, der var langt mere truende end denne.

Deres telt var fuldstændig hvidt og sat op i en lav fordybning, så det var ude af syne. Deres udstyr til kommunikation, transport og våben var af allerbedste slags. Gruppens leder bar kodenavnet Delta-et. Han var muskuløs og smidig og med øjne så tomme som det sted, han var udstationeret.

Der kom et skarpt bip fra militærkronografen på Delta-ets håndled. Lyden faldt i perfekt harmoni med de bip, der kom fra de kronografer, de to andre mænd havde på.

Der var gået tredive minutter igen.

Det var tid. Igen.

Tankefuld forlod Delta-et sine to partnere og trådte udenfor i mørket og den hamrende blæst. Han afsøgte den månebelyste horisont med sin infrarøde kikkert. Som altid fokuserede han på bygningen. Den lå omkring en kilometer væk – et helt enormt og usandsynligt monstrum, der hævede sig op fra det golde terræn. Han og hans hold havde holdt øje med det i ti dage nu, lige siden det var blevet bygget. Delta-et var ikke i tvivl om, at de oplysninger, der fandtes derinde, ville ændre verdens gang. Der var allerede gået liv tabt for at beskytte dem.

I øjeblikket så alt ud til at være roligt uden for bygningen.

Det, der betød noget, var imidlertid, hvad der foregik *indenfor*.

Delta-et gik ind i teltet igen og sagde til sine to medsoldater: "Tid til overflyvning."

De to mænd nikkede. Den højeste, Delta-to, åbnede en bærbar computer og tændte den. Han satte sig foran skærmen og lagde hånden på et mekanisk joystick, som han gav et kort skub. En kilometer væk, dybt inde i bygningens indre, modtog en overvågningsrobot på størrelse med en myg hans besked og vågnede til live.

3

Rachel Sexton var stadigvæk rasende, da hun styrede sin hvide Integra op ad Leesburg Highway. De nøgne ahorntræer på Falls Church-bjergene stod i tydelig silhuet mod den friske martshimmel, men det fredelige landskab formåede ikke at dæmpe hendes vrede. Hendes fars succes med stemmeprocenterne burde have udstyret ham med et minimum af selvsikker anstændighed, og alligevel så det ud til, at den blot havde styrket hans selvhøjtidelighed.

Hans dobbeltspil var endnu mere pinagtigt, fordi han var

den eneste nære familie, Rachel havde tilbage. Hendes mor var død for tre år siden, et frygteligt tab, hvor de følelsesmæssige sår i Rachels hjerte stadig stod pivåbne. Den eneste trøst, hun havde, var, at hun vidste, at døden med ironisk medlidenhed havde udfriet moderen fra en dyb fortvivlelse over sit ulykkelige ægteskab med senatoren.

Rachels personsøger bippede igen og rev hendes tanker tilbage til vejen, hun kørte på. Meddelelsen var den samme:

– RPRT DIRNRO STAT –

Rapporter til direktøren for NRO, statens center for rumbaseret efterretningsvirksomhed. Hun sukkede. *Ja, for fanden, jeg er jo på vej.*

Hun blev mere og mere utryg, mens hun kørte til sin sædvanlige afkørsel, drejede ind på den private vej og standsede ved den sværtbevæbnede skildvagt. Hun var på Leesburg Highway 14225, en af de hemmeligste adresser i hele landet.

Mens vagten scannede hendes bil for skjult lytteudstyr, så Rachel ud på den store bygning længere væk. Komplekset, der var på over ti tusind kvadratmeter, lå i ensom majestæt i et godt og vel tredive hektar stort skovområde uden for Washington D.C. i Fairfax, Virginia. Bygningens facade var en bastion af tonede ruder, som genspejlede den hær af satellitskærme, antenner og radarer på det omkringliggende areal, så deres allerede astronomiske antal blev fordoblet.

To minutter senere havde Rachel parkeret bilen og var gået hen over den velpassede grund til hovedindgangen, hvor et udmejslet granitskilt forkyndte

NRO, USA'S CENTER FOR RUMBASERET
EFTERRETNINGSVIRKSOMHED

De to bevæbnede marinesoldater, der stod på hver sin side af den skudsikre drejedør, så ligeud, mens Rachel gik forbi dem. Hun havde altid den samme fornemmelse, når hun skyndte sig gennem denne dør ... at hun var på vej ind i maven på en sovende kæmpe.

Inde i forhallen med de hvælvede lofter kunne Rachel mærke det svage ekko af dæmpede samtaler, som om ordene dalede ned fra kontorerne ovenover. En enorm kakkelmosaik proklamerede NRO's mission:

NRO SKAL SIKRE USA'S HERREDØMME OVER

GLOBAL INFORMATION I KRIG OG FRED

Væggene her var beklædt med store fotografier: raketaffyringer, dåb af ubåde, lytteudstyr – alt sammen imponerende bedrifter, der ikke kunne fejres andre steder end inden for disse vægge.

Rachel kunne mærke, hvordan problemerne i verden udenfor begyndte at forsvinde bag hende. Det gjorde de altid. Hun var på vej ind i en skyggeverden. En verden, hvor problemerne kom dundrende ind som godstog, og hvor løsningerne blev fundet i stilhed.

Da Rachel nærmede sig den sidste kontrolpost, spekulerede hun over, hvad slags problem det kunne være, som havde fået hendes personsøger til at give lyd to gange i løbet af bare en halv time.

"Godmorgen, ms. Sexton." Vagten smilede, da hun kom hen til ståldørene.

Rachel gengældte smilet, mens vagten rakte en lille vatpind frem mod hende.

"Du kender proceduren," sagde han.

Rachel tog den hermetisk forseglede vatpind og fjernede plastikindpakningen. Så stak hun den i munden som et termometer. Hun holdt den under tungen i to sekunder. Så lænede hun sig frem mod vagten og lod ham tage den. Vagten lagde den fugtige vatpind ind i en sprække i en maskine bagved. Det tog maskinen fire sekunder at bekræfte dna-sekvenserne i Rachels spyt. Der kom liv i en skærm, der viste et fotografi af Rachel og en sikkerhedsclearing.

Vagten blinkede til hende. "Det ser ud til, at du stadigvæk

er dig selv." Han trak den brugte vatpind ud af maskinen og smed den ind gennem en åbning, hvor den omgående blev brændt. "Hav en god dag." Han trykkede på en knap, og de store ståldøre svingede til side.

Da Rachel gik ind i labyrinten af travle gange bagved, var hun forundret over, at hun efter seks år stadigvæk var overvældet af det kolossale omfang, dette foretagende havde. Tjenesten omfattede seks andre anlæg i USA, beskæftigede mere end ti tusind agenter og havde driftsudgifter på over 10 milliarder dollars om året.

I total hemmelighed havde NRO opbygget et forbavsende arsenal af de allernyeste spionteknologier, som man nu vedligeholdt: verdensomspændende elektronisk lytteudstyr; spionsatellitter; tavse indbyggede transmissionschips i produkter til telekommunikation; ja, selv et globalt flåderecognosceringsnetværk, der gik under navnet Den Klassiske Troldmand, et hemmeligt net af 1.456 hydrofoner, der var anbragt på havbunden rundt om i verden, og som var i stand til at vise alle skibes bevægelser overalt på kloden.

NRO's teknologier hjalp ikke blot USA med at vinde militærkonflikter, men de kunne også tilbyde en endeløs strøm af data i fredstid til andre enheder såsom efterretningstjenesten CIA, sikkerhedsagenturet NSA og Forsvarsministeriet. NRO hjalp dem med at modarbejde terrorisme, at lokalisere miljøforbrydelser og at give de politiske beslutningstagere de oplysninger, de havde brug for til at træffe afgørelser på en lang række områder.

Rachel arbejdede her som "kompressor". "Kompression" – datareduktion – krævede, at man analyserede komplekse rapporter og destillerede essensen af dem ned til kortfattede resuméer på maks. en side. Det havde vist sig, at Rachel var et naturtalent i så henseende. *Det er på grund af alle de år, hvor jeg har skullet skære igennem fars vås*, tænkte hun.

Rachel sad nu på posten som NRO's ledende kompressor – efterretningsforbindelsen til Det Hvide Hus. Hun havde ansvaret for at gennemgå NRO's daglige efterretningsrapporter, afgøre, hvilke historier der var relevante for præsidenten, destillere disse rapporter ned til ensidede resuméer og derefter sende resuméerne til præsidentens NSA-sikkerhedsrådgiver. På NRO-sprog var Rachel ansvarlig for at "udarbejde det færdige produkt og betjene kunden".

Selvom arbejdet var svært og kostede mange og lange timer, var stillingen et hæderstegn for hende, en måde, hvorpå hun kunne vise, at hun ikke var afhængig af sin far. Senator Sexton havde mange gange tilbudt at forsørge Rachel, hvis hun ville sige sin stilling op, men Rachel havde ikke til sinds at blive økonomisk afhængig af en mand som Sedgewick Sexton. Hendes mor var bevis på, hvad der kunne ske, hvis en mand som han havde for mange kort på hånden.

Lyden af Rachels personsøger gav genlyd i marmorfoyeren.

Nu igen? Hun behøvede ikke tjekke beskeden.

Hun gad nok vide, hvad der var på færde. Hun trådte ind i elevatoren, sprang sin egen etage over og fortsatte helt op til toppen.

4

At kalde direktøren for NRO for en alt andet end smuk mand var i sig selv en overdrivelse. William Pickering var lille og bleg og havde et ansigt, man hurtigt glemte igen, et skaldet hoved og nøddebrune øjne. Selvom de havde set landets dybeste hemmeligheder, så de ud som to lavvandede søer. Ikke desto mindre ragede Pickering op i landskabet for dem, der arbejdede under ham. Hans stilfærdige personlighed og enkle livsfilosofi var legendarisk i NRO. Hans rolige flid, kombineret med en garderobe, der bestod af sorte jakkesæt, havde givet ham tilnavnet "kvækeren". Kvækeren var en fremragende strateg og en rollemodel for effektiv sagsbehandling, og han styrede sin verden med uovertrufne, enkle regler. Hans mantra lød: "Find sandheden. Og gå så ud fra den."

Da Rachel kom ind på direktørens kontor, talte han i telefon. Rachel blev altid overrasket over at se ham. William Pickering så på ingen måde ud som en mand, der var i besiddelse af en sådan magt, at han kunne vække præsidenten når som helst døgnet rundt.

Pickering lagde røret på og vinkede hende indenfor. "Sid ned, agent Sexton." Hans stemme var lidt grødet.

"Tak, sir." Rachel satte sig.

Selvom de fleste følte sig ubehageligt til mode over William Pickerings noget studse adfærd, havde Rachel altid godt kunnet lide ham. Han var den diametrale modsætning til hendes far ... fysisk var han ikke imponerende, han var alt andet end karismatisk, og han udførte sin pligt med en uselvisk patriotisme og holdt sig langt væk fra det rampelys, som hendes far elskede så højt.

Pickering tog brillerne af og så på hende. "Agent Sexton, præsidenten ringede til mig for en halv time siden. Med direkte henvisning til Dem."

Rachel flyttede sig uroligt i stolen. Pickering var kendt for at gå lige til sagen. *Det var noget af en indledning,* tænkte hun. "Jeg håber da ikke, at der er noget galt med et af mine resuméer."

"Nej, tværtimod. Han siger, at Det Hvide Hus er imponeret over Deres arbejde."

Rachel trak vejret dybt. "Men hvad ville han så?"

"Han ville have et møde med Dem. Personligt. Med det samme."

Rachel blev endnu mere urolig. "Et personligt møde? Men om hvad, da?"

"Det er jo et rigtig godt spørgsmål. Det ville han ikke

sige."

Nu gav Rachel op. At tilbageholde oplysninger for NRO's direktør svarede til at holde Vatikanets hemmeligheder tilbage for paven. Den stående vittighed i efterretningsvæsenet var, at hvis William Pickering ikke kendte noget til det, så var det ikke sket.

Pickering rejste sig og gik frem og tilbage på gulvet foran vinduet. "Han bad mig om at kontakte Dem øjeblikkeligt og sende Dem af sted for at møde ham."

"Her og nu?"

"Han har sørget for transporten. Den venter udenfor."

Rachel rynkede brynene. Præsidentens henvendelse var foruroligende nok i sig selv, men det var det bekymrede udtryk i Pickerings ansigt, der virkelig gjorde hende forskrækket. "Det ser ud til, at De har nogle forbehold."

"Ja, for fanden da!" Pickering viste et sjældent glimt af følelser. "Præsidentens timing er sgu da for ynkeligt gennemskuelig. De er datter af den mand, som i øjeblikket udfordrer ham i stemmeprocenterne, og så udbeder han sig et privat møde med Dem? Det finder jeg højst upassende. Det ville Deres far uden tvivl give mig ret i."

Rachel vidste, at Pickering havde ret – ikke fordi hun gav en hujende fis for, hvad hendes far mente. "Stoler De ikke på præsidentens motiver?"

"Jeg har aflagt ed på at videregive efterretningsoplysninger til den nuværende administration i Det Hvide Hus, ikke på, at jeg vil dømme om deres politik."

Et typisk Pickering-svar, indså Rachel. William Pickering lagde ikke skjul på sit syn på politikere: De var galionsfigurer en tid, og de gled flygtigt hen over et skakbræt, hvis virkelige spillere var mænd som Pickering – modne "livstidsindsatte", der havde været med længe nok til at forstå spillet i et vist perspektiv. To hele perioder i Det Hvide

Hus var ikke nær nok til at forstå, hvor komplekst det globale politiske landskab i virkeligheden var, sagde Pickering ofte.

"Det er måske en helt uskyldig ting," sagde Rachel og håbede på, at præsidenten var hævet over at prøve den slags billige kampagnekneb. "Måske har han brug for et resumé af nogle specielt følsomme oplysninger."

"Ikke for at forklejne Dem, agent Sexton, men Det Hvide Hus har adgang til masser af kvalificerede personer til at lave resuméer, hvis de skulle få brug for det. Hvis det er et internt job for Det Hvide Hus, burde præsidenten vide bedre end at kontakte Dem. Og hvis det ikke er, så burde han for fanden da vide bedre end at bede om et af NRO's aktiver og så nægte at sige, hvad han skal bruge det til."

Pickering henviste altid til sine ansatte som aktiver, en talemåde, som mange fandt forvirrende og afvisende.

"Deres far vinder frem nu," sagde Pickering. "Vinder *meget* frem. De må være ved at være nervøse i Det Hvide Hus nu." Han sukkede. "Politik er for desperados. Når præsidenten indkalder til et hemmeligt møde med konkurrentens datter, så vil jeg gætte på, at han har andet og mere i sinde end at få et resumé af nogle informationer fra efterretningstjenesten."

Rachel fik kuldegysninger. Pickerings anelser havde en uhyggelig tendens til at blive til virkelighed. "Og De er bange for, at Det Hvide Hus er desperat nok til at involvere mig i deres politiske roderi?"

Pickering tav et øjeblik. "De er ikke ligefrem tilbageholdende med at fortælle om Deres følelser for Deres far, og jeg er ikke i tvivl om, at præsidentens kampagnestab er klar over uenigheden. Jeg tror, at de måske kunne finde på at bruge Dem mod ham på en eller anden måde."

"Hvor skal jeg skrive under?" sagde Rachel, kun halvt i spøg.

Pickering så upåvirket ud. Han kiggede alvorligt på hende. "En advarsel, agent Sexton. Hvis De har på fornemmelsen, at Deres personlige problemer med Deres far kan sløre Deres dømmekraft, når De skal have med præsidenten at gøre, så vil jeg råde Dem til, at De afviser præsidentens ønske om at mødes med Dem."

"Afviser?" Rachel lo nervøst. "Jeg kan da ikke afvise præsidenten."

"Nej," sagde direktøren. "Men det kan jeg."

Hans ord larmede i hendes hoved. Rachel kom pludselig i tanke om en anden grund til, at Pickering blev kaldt "kvækeren". Selvom han var en lille mand, så kunne han afstedkomme politiske jordskred, hvis han ikke fik sin vilje.

"Mine opgaver her er enkle," sagde Pickering. "Jeg har ansvaret for at beskytte de mennesker, der arbejder for mig, og jeg bryder mig ikke om selv den svageste antydning af, at et af dem kunne blive brugt som en brik i et politisk spil."

"Hvad synes De, jeg skal gøre?"

Pickering sukkede. "Jeg foreslår, at De møder ham. De skal ikke forpligte Dem til noget. Når først præsidenten har fortalt Dem, hvad fanden det er, han vil, så ring til mig. Hvis han tror, han kan spille politisk kastebold med Dem, så kan De stole på, at jeg trækker Dem ud af spillet så hurtigt, at manden ikke aner, hvad der har ramt ham."

"Tak, sir." Rachel kunne mærke en beskyttende aura fra direktøren – en aura, hun tit længtes efter hos sin egen far. "Og De sagde, at præsidenten allerede har sendt en bil efter mig?"

"Ikke lige en bil." Pickering rynkede brynene og pegede ud ad vinduet.

Tøvende gik Rachel hen til vinduet og så ud i samme retning som Pickerings finger.

En braknæset MH-60G PaveHawk-helikopter gik i tomgang på plænen. PaveHawk er en af de hurtigste helikoptere, der nogensinde er fremstillet, og den her var dekoreret med Det Hvide Hus' segl. Piloten stod ved siden af og kiggede på sit ur.

Rachel vendte sig vantro mod Pickering. "Har Det Hvide Hus sendt en *PaveHawk* for at flyve mig de tyve kilometer til Washington D.C.?"

"Præsidenten håber åbenbart, at De enten er imponeret eller skræmt." Pickering så på hende. "Jeg vil foreslå, at De ikke er nogen af delene."

Rachel nikkede. Hun var begge dele.

Fire minutter senere gik Rachel ud af NRO-bygningen og klatrede ind i den ventende helikopter. Inden hun så meget som havde spændt sig fast, var helikopteren i luften og krængede hårdt hen over Virginias skove. Rachel så ud på de forbifarende træer under sig og følte sit hjerte slå hurtigere. Det ville have slået endnu hurtigere, hvis hun havde vidst, at helikopteren aldrig ville nå frem til Det Hvide Hus.

5

Den iskolde vind ruskede i stoffet på ThermaTech-teltet, men det lagde Delta-et knap nok mærke til. Han og Delta-tre havde hele deres opmærksomhed rettet mod deres kammerat, som styrede joysticket i sin hånd med en behændighed som en kirurg. Skærmen foran dem viste en direkte videotransmission fra et kamera på størrelse med spidsen af en knappenål, som var placeret oven på mikrorobotten.

Det ultimative overvågningssystem, tænkte Delta-et, der stadigvæk blev overrasket, hver gang de satte det i gang. På det seneste syntes virkeligheden at løbe hurtigere end fantasien i mikromekanikkens verden.

27

Mikroelektroniske mekaniske systemer – mikrobotter – var sidste nye skrig i højteknologisk overvågning – "fluen på væggen", kaldte de dem.

I bogstaveligste forstand.

Selvom mikroskopiske, fjernstyrede robotter lød som den rene science fiction, havde de faktisk været fremme siden 1990'erne. Bladet *Discovery* havde haft en forsidehistorie i maj 1997 om mikrobotter, der fortalte om både "flyvende" og "svømmende" modeller. Svømmerne – nano-ubåde på størrelse med saltkorn – kunne sprøjtes ind i menneskets blodbaner, ligesom i filmen *Fantastic Voyage*. De blev nu brugt i avanceret medicinsk udstyr til at hjælpe lægerne med at navigere i blodårerne ved hjælp af fjernstyring, optage direkte video i venerne og lokalisere blodpropper uden så meget som at røre ved skalpellen.

I modsætning til, hvad man umiddelbart skulle tro, var det meget lettere at bygge en *flyvende* mikrobot. Den aerodynamiske teknologi, der får en maskine til flyve, havde eksisteret siden brødrene Wright, og det eneste, der manglede, havde været problemet med at bygge bittesmåt. De første flyvende mikrobotter, der var designet af NASA, var beregnet til at blive ubemandede udforskningsredskaber til fremtidige Marsekspeditioner og havde været flere centimeter lange. Men nu havde fremskridt i nanoteknologi, energiabsorberende letvægtsmaterialer og mikromekanik gjort flyvende mikrobotter til virkelighed.

Det virkelige gennembrud var kommet fra det nye område biomimik – det at kopiere Moder Jord. Guldsmede i miniaturestørrelse viste sig at være den ideelle prototype for disse hurtige og effektivt flyvende mikrobotter. Den PH2-model, som Delta-to i øjeblikket holdt flyvende, var kun en centimeter lang – på størrelse med en myg – og var udstyret med et par dobbelte, gennemsigtige, leddelte, tynde silikonevinger, som gav den en helt fantastisk effektiv manøvredygtighed i luften.

Mikrobottens genopladningssystem havde også været et gennembrud. De første prototyper kunne kun genoplade deres energiceller ved at svæve direkte under en stærk lyskilde, noget, der hverken var ideelt, når den skulle være usynlig, eller når den skulle operere i mørke omgivelser. Men de nye prototyper kunne genoplades ved simpelthen at parkere dem nogle få centimeter fra et magnetfelt. Og så var det jo vældig bekvemt, at magnetfelter er alle steder og diskret anbragt i vores moderne samfund – stikkontakter, computerskærme, elektriske motorer, højttalere, mobiltelefoner – der var så at sige aldrig mangel på ubemærkede genopladningsstationer. Når en mikrobot først var blevet installeret i et rum, kunne den sende både lyd og billeder næsten i det uendelige. Deltastyrkens PH2 havde nu transmitteret i mere end en uge uden nogen som helst problemer.

Nu hang den luftbårne mikrobot og svævede inde i den stillestående luft i bygningens store centralrum som et andet insekt i en kæmpestor lade. Med sit fugleperspektiv af rummet nedenunder cirklede mikrobotten lydløst hen over de intetanende mennesker, der arbejdede her – teknikere, videnskabsmænd, specialister inden for alle mulige forskningsområder. Mens PH2 cirklede rundt, fik Delta-et øje på to kendte ansigter, der var opslugt i samtale. De ville være et godt mål. Han gav Delta-to besked på at gå ned og lytte med.

Delta-to styrede kontrolbordet, tændte for robottens lydsensorer, indstillede mikrobottens parabolforstærker og lod robotten flyve ned, indtil den var omkring tre meter over videnskabsmændenes hoveder. Transmissionen var svag, men kunne høres.

"Jeg kan stadigvæk ikke tro på det," sagde den ene videnskabsmand. Hans stemme var ikke blevet mindre ophidset, siden han var kommet til stedet for otteogfyrre timer siden.

Det var tydeligt, at den anden mand var lige så entusiastisk. "Har du nogensinde troet, at du skulle opleve sådan noget i din tid?"

"Aldrig," sagde videnskabsmanden. "Det er som en fantastisk drøm."

Delta-et havde hørt nok. Det var tydeligt, at alt indenfor skred frem som forventet. Delta-to manøvrerede mikrobotten væk fra samtalen og styrede den tilbage til dens skjulested. Han parkerede det lillebitte apparat skjult i nærheden af en elektrisk generator. PH2's energiceller begyndte omgående at lade op igen til næste mission.

6

Rachel Sexton funderede over morgenens bizarre forløb, mens hendes PaveHawk fór hen over morgenhimlen, og det var først, da helikopteren med raketfart krydsede Chesapeake Bay, at det gik op for hende, at de fløj i en helt forkert retning. Hendes forvirring blev hurtigt til bestyrtelse.

"Hej!" råbte hun til piloten. "Hvad er det, du laver?" Hendes stemme kunne næsten ikke høres for larmen fra rotorerne. "Du skulle flyve mig til Det Hvide Hus!"

Piloten rystede på hovedet. "Desværre, ma'am. Præsidenten er ikke i Det Hvide Hus her til morgen."

Rachel prøvede på at komme i tanke om, om Pickering specifikt havde nævnt Det Hvide Hus, eller om hun simpelthen var gået ud fra, at det var der, hun skulle hen. "Men hvor er præsidenten så?"

"Deres møde med ham skal foregå et andet sted."

Ja, det skulle hun da lige love for. "Hvor er et andet sted?"

"Der er ikke ret langt nu."

"Det var ikke det, jeg spurgte om."

"Tyve kilometer mere."

Rachel så surt på ham. *Han skulle sgu have været politiker.* "Undgår du kugler lige så godt, som du undgår at svare?"

Det svarede piloten ikke på.

Det tog mindre end syv minutter for helikopteren at krydse Chesapeake Bay. Da der igen var land i sigte, krængede piloten nordover rundt om en lille halvø, hvor Rachel fik øje på en række landingsbaner og nogle bygninger, der så ud til at tilhøre militæret. Piloten styrede ned mod dem, og så gik det op for Rachel, hvad det var for et sted. De seks affyringsramper og afsvedne rakettårne var noget af et fingerpeg, men hvis det ikke skulle være nok, stod der malet to enormt store ord på taget af en af bygningerne: WALLOPS ISLAND.

Wallops Island var et af NASA's ældste raketopsendelsesområder. Halvøen blev stadigvæk benyttet til satellitopsendelser og til at afprøve forsøgsflyvere, og den var godt gemt af vejen her.

Er præsidenten på Wallops Island? Det gav jo ingen mening.

Piloten rettede sin kurs ind efter tre landingsbaner, der gik fra den ene ende af den lille halvø til den anden. Det lod til, at de skulle lande længst væk på den midterste bane.

Piloten begyndte at sagtne farten. "De skal møde præsidenten på hans kontor."

Rachel vendte sig om mod ham og troede, at fyren tog gas på hende. "Nå, så USA's præsident har et kontor på Wallops Island?"

Piloten var helt alvorlig. "USA's præsident har et kontor alle de steder, han ønsker det, ma'am."

Han pegede hen mod enden af landingsbanen. Rachel så mammutsilhuetten glimte dernede, og hendes hjerte gik næsten i stå. Selv på en afstand af tre hundrede meter kunne hun sagtens genkende det lyseblå skrog på den ombyggede 747.

31

"Skal jeg møde ham om bord i ..."

"Ja, ma'am. Hans hjem, når han ikke er hjemme."

Rachel stirrede ud på det kæmpestore fly. Militærets kryptiske betegnelse for dette prestigefly var VC-25-A. Resten af verden kendte det under et andet navn: Air Force One.

"Det ser ud, som om De skal møde ham i det *nye* her til morgen," sagde piloten og pegede på numrene på flyets halefinne.

Rachel nikkede uden at forstå, hvad han mente. Der var ikke mange amerikanere, der vidste, at der faktisk eksisterede to Air Force One-fly – to identiske, specialbyggede 747-200-B'ere, det ene med halenummeret 28000 og det andet med 29000. Begge fly havde en marchhastighed på 1000 kilometer i timen og var blevet bygget om, så de kunne tanke under flyvning, hvad der i realiteten gav dem ubegrænset rækkevidde.

Da PaveHawk'en taxiede hen på landingsbanen ved siden af præsidentens fly, forstod Rachel, hvorfor Air Force One blev kaldt den øverstbefalendes "bærbare hjemmebanefordel". Flyet fik i sandhed en til at føle sig lille.

Når præsidenten fløj til andre lande for at møde deres statsoverhoveder, anmodede han ofte om – af sikkerhedshensyn – at mødet skulle finde sted på landingsbanen om bord på hans jetfly. Selvom nogle af motiverne rigtigt nok skyldtes sikkerhedshensyn, så var et andet formål at vinde et forspring i forhandlingerne ved simpelthen at skræmme modparten. Et besøg i Air Force One var langt mere intimiderende end et besøg i Det Hvide Hus. De tre meter høje bogstaver på flykroppen proklamerede "UNITED STATES OF AMERICA". Et kvindeligt kabinetsmedlem fra England havde engang beskyldt præsident Nixon for at "vifte hende i hovedet med sin manddom", da han havde inviteret hende om bord på Air Force One. Senere havde besætningen givet flyet øgenavnet "Store Pik".

"Ms. Sexton?" En mand fra Secret Service, klædt i en blazer, dukkede op uden for helikopteren og åbnede døren for hende.

"Præsidenten venter Dem."

Rachel kom ud af helikopteren og så på den stejle trappe op til det store fly. *Ind i den flyvende fallos.* Hun havde engang hørt, at dette "flyvende ovale værelse" havde næsten fire hundrede kvadratmeter indendørs gulvareal, inklusive fire private sovekvarterer, køjepladser til en besætning på seksogtyve og to kabysser, der kunne stille an med mad til halvtreds personer.

Da Rachel gik op ad trappen, kunne hun mærke Secret Service-manden lige bag ved sig, som om han skyndede på hende. Langt oppe stod kabinedøren åben som et lille stiksår på siden af en gigantisk sølvhval. Hun gik op mod det mørke indgangshul og mærkede, hvordan hendes selvtillid langsomt forsvandt.

Tag det nu roligt, Rachel, det er jo bare et fly.

Oppe på afsatsen tog Secret Service-manden hende høfligt under armen og ledte hende ind i en overraskende smal korridor. De drejede til højre, gik endnu et lille stykke og kom ind i en luksuriøs og rummelig kabine. Rachel genkendte den straks fra fotografier.

"Vent her," sagde manden og forsvandt.

Rachel stod alene i Air Force One's berømte forkabine med træpanelerne. Det var her, der blev holdt møder, hvor honoratiores blev modtaget, og hvor man øjensynligt også skræmte livet ud af passagerer, der kom om bord for første gang. Rummet strakte sig i hele flyets bredde ligesom det tykke, lysebrune gulvtæppe. Møblementet kunne man ikke klage over – læderstole rundt om et mødebord af fugleøjetræ, polerede messingstanderlamper ved siden af en polstret sofa og håndætsede krystalglas på baren af mahognitræ.

Boeing-designerne havde nok omhyggeligt indrettet denne forkabine, så denne kunne give passagerne en fornemmelse af både ro og orden. Ro var imidlertid det sidste, Rachel Sexton var i besiddelse af i øjeblikket. Det eneste, hun kunne tænke på, var, hvor mange verdensledere der havde siddet her i dette rum og truffet afgørelser, som angik hele verden.

Alt i dette rum åndede magt, lige fra den svage aroma af fin pibetobak til præsidentseglet, der var anbragt på alt. Ørnen med pilene og olivengrenene var broderet på sofapuderne, ætset ind i isspanden, ja, endog trykt på flaskebrikkerne af kork i baren. Rachel tog en af brikkerne op og så på den.

"Stjæler De allerede souvenirs?" spurgte en dyb stemme bag ved hende.

Forskrækket drejede Rachel rundt og tabte sin flaskebrik på gulvet. Hun knælede ned for at samle den op. Da hun fik fat i brikken, vendte hun sig om og så USA's præsident stå og kigge ned på hende med et fornøjet smil.

"Jeg er ikke kongelig, ms. Sexton. Der er virkelig ikke nogen grund til at knæle."

7

Senator Sedgewick Sexton nød at sidde uforstyrret i sin store limousine, mens den listede sig gennem Washingtons morgentrafik på vej mod hans kontor. Over for ham sad Gabrielle Ashe, hans personlige assistent på fireogtyve, og læste hans program for dagen op for ham. Sexton hørte knap nok efter.

Jeg elsker Washington, tænkte han, mens han samtidig beundrede assistentens perfekte figur under kashmirsweateren. *Magt er det største afrodisiakum af alle ... og det henter kvinder som Gabrielle til Washington D.C. i stimer.*

Gabrielle var fra New York og havde gået på et af landets mest ansete universiteter. Hun drømte om selv at blive senator en dag. *Det bliver hun nok også*, tænkte Sexton. Hun så utrolig godt ud, og hun var lynende intelligent. Men frem for alt forstod hun spillets regler.

Gabrielle Ashe var sort, men hendes lysebrune farve var nærmere dyb kanel eller mahogni, den bløde mellemvare, som

Sexton vidste at sentimentale "hvide" kunne godtage uden at føle, at de gav slip på alle principper. Over for sine kammesjukker beskrev Sexton Gabrielle som en, der havde Halle Berrys udseende og Hillary Clintons hjerne og ambitioner. Somme tider syntes han endog, at selv det var en underdrivelse.

Gabrielle havde været et fantastisk aktiv for hans kampagne, siden han havde forfremmet hende til sin personlige kampagneassistent for tre måneder siden. Oven i købet arbejdede hun ganske gratis. Hendes belønning for en arbejdsdag på seksten timer var, at hun lærte alle staldfiduserne sammen med en erfaren politiker.

Selvfølgelig har jeg overtalt hende til mere end bare arbejde, tænkte Sexton tilfreds. Efter at han havde forfremmet Gabrielle, havde han inviteret hende til et "orienteringsmøde" på sit kontor sent om aftenen. Som han havde forventet, ankom hans unge assistent og var åbenlyst imponeret og ivrig efter at være ham tilpas. Langsomt og tålmodigt, med en rutine, der var bygget op gennem flere årtier, brugte Sexton sin magi ... først opbyggede han Gabrielles tillid til ham, derefter ryddede han hendes hæmninger af vejen, og til sidst forførte han hende lige midt i kontoret.

Sexton var ikke i tvivl om, at det havde været en af de mest tilfredsstillende seksuelle erfaringer, den unge kvinde endnu havde oplevet, og alligevel var det tydeligt, at Gabrielle fortrød deres fejltrin den næste dag. Hun var flov og tilbød at forlade sin stilling. Det nægtede Sexton. Så Gabrielle blev, men hun havde gjort klart rede for sine hensigter. Og deres forhold havde udelukkende været professionelt lige siden.

Gabrielles sensuelle læber bevægede sig stadig. "... så du skal ikke være nonchalant, når du går ind i debatten på CNN i eftermiddag. Vi ved stadigvæk ikke, hvem Det Hvide Hus sender som modstander. Du får nok brug for at skimme de her noter, jeg har skrevet." Hun rakte ham et chartek.

Sexton tog chartekket og indsnusede duften af hendes parfume, der blandede sig med lugten fra de luksuriøse lædersæder.

"Du hører overhovedet ikke efter," sagde hun.

"Jo, det gør jeg da." Han smilede stort. "Glem alt om den her debat på CNN. Hvis det værste skulle ske, så sender Det Hvide Hus en kampagnemedarbejder, der er lavt på strå, for at drille mig. Hvis det går godt, så sender de en stor kanon, og ham spiser jeg så til frokost."

Gabrielle rynkede brynene. "Fint. Jeg har lavet en liste over de mest sandsynlige fjendtligtsindede emner i de notater, jeg lige har givet dig."

"Det sædvanlige, ikke?"

"Nej, der er én ny ting. Jeg vil tro, at der vil komme nogle vrede reaktioner fra de homoseksuelle for dine kommentarer i aftes på *Larry King.*"

Sexton trak på skuldrene. Han hørte ikke rigtig efter. "Okay. Det her med, at folk af samme køn vil giftes med hinanden."

Gabrielle så misbilligende på ham. "Du sagde faktisk nogle temmelig barske ting."

Ægteskab mellem mennesker af samme køn, tænkte Sexton og gøs af væmmelse. *Hvis det stod til mig, skulle de røvpulere ikke engang have ret til at stemme.* "Okay, jeg skruer lidt ned, så."

"Godt. Du har kørt lidt hårdt frem med de varme emner på det sidste. Du må ikke blive kæphøj. Vælgerne kan vende på en tallerken. Du har medvind og fremgang nu. Bare følg med strømmen. Der er ingen grund til at slå bolden helt ud af banen i dag. Bare hold den i spil."

"Noget nyt fra Det Hvide Hus?"

Gabrielle så desorienteret ud. "Stadig tavshed. Det er helt officielt. Din modstander er blevet til 'den usynlige mand'."

Sexton kunne næsten ikke tro på sit held her på det sidste. I månedsvis havde præsidenten knoklet med sin kampagne.

Og så pludselig, for en uge siden, havde han låst sig inde i Det Ovale Værelse, og ingen havde set eller hørt noget fra ham siden. Det var, som om præsidenten simpelthen ikke kunne holde ud at se, at Sexton var ved at få vælgerne på sin side.

Gabrielle strøg med en hånd hen over sit glattede, sorte hår. "Jeg har hørt, at kampagnestaben i Det Hvide Hus er lige så forvirrede som os. Præsidenten giver ingen forklaring på sit forsvindingsnummer, og de er alle sammen rasende."

"Er der nogen teori?" spurgte Sexton.

Gabrielle så på ham hen over brillekanten. "Tilfældigvis har jeg her til morgen fået nogle interessante oplysninger fra en af mine kontakter i Det Hvide Hus."

Sexton kendte det blik. Gabrielle havde igen fået fat i insider-oplysninger. Sexton spekulerede et øjeblik på, om hun mon gav en af præsidentens ansatte fellatio på bagsædet til gengæld for nogle kampagnehemmeligheder. Det ragede ikke Sexton ... så længe informationerne bare blev ved med at komme.

"Det siges," sagde assistenten og sænkede stemmen, "at præsidentens mærkelige opførsel begyndte i sidste uge efter et hasteindkaldt privat møde med NASA's chef. Det siges også, at præsidenten så helt fortumlet ud, da han kom ud fra mødet. Han ryddede sin kalender med det samme, og siden da har han været i tæt kontakt med NASA."

Det var noget, Sexton kunne lide at høre. "Tror du måske, at NASA har givet ham flere dårlige nyheder?"

"Det kunne i hvert fald være en logisk forklaring," sagde hun med håb i stemmen. "Men det skulle nu være temmelig graverende, for at præsidenten skulle aflyse alt."

Sexton overvejede situationen. Det var indlysende, at hvad der end foregik hos NASA, så måtte det være dårligt nyt. *Ellers ville præsidenten have smidt det i hovedet på mig.* I den seneste tid havde Sexton angrebet præsidenten temmelig hårdt angående

ressourcer til NASA. NASA's sidste række af mislykkede op-
gaver og deres enorme budgetoverskridelser havde givet dem
den tvivlsomme ære at blive gjort til Sextons syndebuk, når
det gjaldt regeringens overforbrug og ineffektivitet. Ganske
vist var det ikke ved at angribe NASA – et af de mest frem-
trædende symboler på den amerikanske stolthed – at de fleste
politikere ville tænke på at vinde stemmer, men Sexton havde
et våben, som ikke mange andre politikere havde – Gabrielle
Ashe. Og hendes ufejlbarlige instinkter.

Sexton var blevet opmærksom på den velinformerede unge
kvinde for flere måneder siden, hvor hun arbejdede som koor-
dinator i Sextons kampagnekontor i Washington. På det tids-
punkt kunne Sexton dårligt nok slæbe sig igennem primær-
valgene, og hans budskab om regeringens overforbrug faldt for
døve øren. Så havde Gabrielle Ashe skrevet et brev til ham og
foreslået en radikalt anderledes kampagnevinkel. Hun sagde til
senatoren, at han skulle angribe NASA's enorme budgetover-
skridelser og de fortsatte redningsforsøg fra Det Hvide Hus
som det vægtigste eksempel på præsident Herneys skødesløse
overforbrug.

"NASA koster amerikanerne en formue," skrev Gabrielle og
vedlagde en liste over økonomiske tal, fejl og redningsaktioner.
"Det har vælgerne ingen anelse om. De ville blive helt forfær-
dede. Jeg synes, De skal gøre NASA til et politisk problem."

Sexton stønnede over hendes naivitet. "Ja ja, og når jeg nu
er i gang, kan jeg lige så godt skælde ud over, at man synger
nationalsangen til baseballkampene."

I de følgende uger blev Gabrielle ved med at sende oplys-
ninger om NASA til senatorens bord. Jo mere Sexton læste, jo
mere gik det op for ham, at den unge Gabrielle Ashe havde fat
i noget. Selv efter regeringsmålestok var NASA et forbløffende
sort hul, der fossede penge ned i – dyrt, ineffektivt og på det
seneste også groft inkompetent.

En eftermiddag gav Sexton et direkte radiointerview om uddannelse. Studieværten gik Sexton på klingen og spurgte, hvor han ville finde midler til den lovede kontrol med de offentlige skoler. Sexton besluttede sig for at afprøve Gabrielles NASA-teori som svar og sagde halvt i spøg: "Ja, måske vil jeg skære rumprogrammet ned til det halve. Jeg vil da tro, at hvis NASA kan smide femten milliarder dollars ud i rummet om året, så skulle jeg vel også være i stand til at bruge syv en halv milliard på ungerne her på Jorden."

I sendeboksen gispede Sextons kampagneledere rædselsslagne over den skødesløse bemærkning. Man skulle ikke glemme, at hele kampagner var blevet skudt i sænk af langt mindre end et slumpskud mod NASA. Telefonlinjerne på radiostationen begyndte at gløde med det samme. Sextons kampagneledere vred sig. Rumpatrioterne gjorde sig klar til angreb.

Så skete der noget helt uventet.

"Femten milliarder om året?" sagde den første, der ringede ind, og lød chokeret. "Milliarder? Siger De hermed, at min søns matematikklasse er overfyldt, fordi skolerne ikke har råd til nok lærere, og at NASA bruger femten milliarder dollars om året på at tage billeder af rumstøv?"

"Øh ... ja," sagde Sexton forsigtigt.

"Jamen, det er da absurd! Har præsidenten magt til at gøre noget ved det?"

"Ja, helt sikkert," svarede Sexton, nu mere selvsikker. "En præsident kan nedlægge veto mod finanslovsanmodningen fra alle de agenturer og styrelser, han eller hun mener får for mange penge."

"Så har De min stemme, senator Sexton. Femten milliarder til rumforskning, og vores børn har ingen lærere. Det er en skandale! Held og lykke, sir. Jeg håber, De når helt til tops."

Den næste lytter kom på linjen. "Mr. senator, jeg har lige læst, at NASA's internationale rumstation har overskredet sit budget på det groveste, og at præsidenten tænker på at give NASA ekstra midler for at holde projektet i gang. Er det sandt?"

Den fangede Sexton med det samme. "Det er rigtigt!" Han forklarede, at rumstationen oprindeligt var foreslået som et joint venture mellem tolv lande, som skulle deles om udgifterne. Men efter at opbygningen var begyndt, var stationens budget gået helt bananas, og mange af landene var faldet fra. I stedet for at opgive projektet havde præsidenten besluttet at dække alle udgifter. "Vores omkostninger ved det her rumstationsprojekt er steget fra de oprindelige otte milliarder til ikke mindre end *et hundrede milliarder* dollars!" fortalte Sexton.

Lytteren lød til at blive rasende. "Hvorfor fanden trækker præsidenten ikke stikket ud?"

Sexton kunne have kysset manden. "Det er et rigtig godt spørgsmål. Desværre er en tredjedel af byggeriet allerede i kredsløb, og præsidenten har brugt Deres skattepenge på at anbringe dem der, så hvis han trak stikket ud, ville han indrømme, at han har lavet en bommert til flere milliarder dollars for *Deres* penge."

Lytterne blev ved med at ringe ind. For første gang lød det til, at amerikanerne vågnede op til den ide, at NASA var en valgmulighed – ikke en nagelfast bestanddel af USA.

Da udsendelsen var forbi, var stemningen klar. Undtagen nogle få overbeviste NASA-tilhængere, der ringede ind med intense henvisninger til menneskets evige søgen efter viden, var der enighed om, at Sextons kampagne havde fundet den hellige gral i kampagneførelse, et hidtil uberørt, kontroversielt emne, som gik rent ind hos vælgerne.

I de følgende uger vandt Sexton stort over sine modstandere i fem vigtige primærvalg. Han udnævnte Gabrielle Ashe til sin nye personlige assistent og roste hende for hendes arbejde med at få NASA-spørgsmålet ud til vælgerne. Med en håndbevægelse havde Sexton gjort en ung afroamerikansk kvinde til en kommende politisk stjerne, og blandt vælgerne forsvandt rygtet om hans racistiske menneskesyn og nedladenhed over for kvinder fra den ene dag til den anden.

Nu, hvor de sad her sammen i limousinen, vidste Sexton godt, at Gabrielle endnu en gang havde haft fingeren på pulsen. De nye oplysninger, hun var kommet med om sidste uges hemmelige møde mellem NASA's chef og præsidenten, antydede i hvert fald, at der var flere problemer under opsejling for NASA – måske var der endnu et land, der trak sin støtte til rumstationen tilbage.

Da limousinen kørte forbi Washington-monumentet, følte Sexton uvilkårligt, at han var blevet udvalgt af skæbnen.

8

Præsident Zachary Herney, der havde opnået det mest magtfulde politiske embede i verden, var af middelhøjde, slank og med smalle skuldre. Han havde fregner, bifokale briller og sort hår, der var ved at blive tyndt. Hans uimponerende fysiske fremtoning stod imidlertid i stærk kontrast til den overvældende velvilje, ja, næsten kærlighed, som han blev mødt med af dem, der kendte ham. Det blev sagt, at hvis man først havde mødt Zach Herney, ville man hjertens gerne gå til verdens ende for ham.

”Jeg er rigtig glad for, at De kunne komme,” sagde præsident Herney og tog Rachels hånd. Hans håndtryk var varmt og oprigtigt.

Rachel kæmpede med en tudse i halsen. ”Jo, men ... selvfølgelig, mr. præsident. Det er en ære at møde Dem.”

Præsidenten sendte hende et stort, beroligende smil, og Rachel oplevede nu selv den legendariske elskværdighed, som

41

Herney udstrålede. Han havde en sorgløs mine, som de politiske karikaturtegnere elskede, for ligegyldigt hvor forvreden en gengivelse de tegnede, så var der ingen, der kunne tage fejl af mandens ubesværede varme og venlige smil. Hans øjne lyste altid af oprigtighed og værdighed.

"Følg efter mig," sagde han med munter stemme, "så har jeg en kop kaffe, der står Rachel Sexton på."

"Tak, sir."

Præsidenten trykkede på samtaleanlægget og bestilte kaffe på sit kontor.

Mens Rachel fulgte efter præsidenten ned gennem flyet, kunne hun ikke undgå at lægge mærke til, at han så utrolig glad og veludhvilet ud for en mand, der ikke klarede sig ret godt i meningsmålingerne. Han var også klædt i fritidstøj – cowboybukser, poloskjorte og vandrestøvler af mærket L.L. Bean.

Rachel forsøgte sig med lidt smalltalk. "Går De ... på vandreture, mr. præsident?"

"Aldrig. Men mine kampagnerådgivere har besluttet, at det her skal være mit nye look. Hvad synes De om det?"

Rachel håbede for mandens egen skyld, at han ikke mente det alvorligt. "Det er ... øh ... meget *mandigt*, sir."

Herney fortrak ikke en mine. "Fint. Vi regner med, at det vil hjælpe mig til at vinde nogle af de kvindelige stemmer tilbage fra Deres far." Efter en lille pause kom der et stort smil. "Ms. Sexton, det var en *joke*. Vi ved vist begge to, at jeg får brug for mere end en poloskjorte og cowboybukser for at vinde dette valg."

Præsidentens åbenhed og gode humør fik hurtigt enhver nervøsitet til at forsvinde, som Rachel måtte have følt over at være der. Hvad denne præsident manglede i fysisk muskelkraft, opvejede han mere end rigeligt med sine diplomatiske evner. Diplomati drejede sig om menneskekundskab, og den gave besad Zach Herney.

Rachel fulgte efter præsidenten ned mod den bageste del af flyet. Jo længere ind de kom, jo mindre lignede interiøret noget i en flyvemaskine – snoede gange, tapet på væggene, ja, selv et træningslokale fuldt udstyret med trappemaskine og romaskine. Underligt nok lod det til, at flyet næsten var totalt forladt.

"Rejser De alene, mr. præsident?"

Han rystede på hovedet. "Jeg er faktisk lige landet."

Rachel blev overrasket. *Landet? Hvor kom han fra?* De interne oplysninger, hun havde fået i denne uge, havde ikke indeholdt noget om præsidentens rejseplaner. Åbenbart brugte han Wallops Island til at rejse ubemærket.

"Min stab gik fra borde, lige inden De kom," sagde præsidenten. "Jeg skal tilbage til Det Hvide Hus om lidt for at møde dem, men jeg ville hellere mødes med Dem her end på mit kontor."

"Prøver De på at intimidere mig?"

"Nej, tværtimod. Jeg prøver at vise Dem respekt, ms. Sexton. Det Hvide Hus er alt andet end privat, og hvis det kom frem, at vi to mødtes, ville det bringe Dem i en akavet situation med Deres far."

"Det er jeg glad for, sir."

"Det lader til, at De klarer en vanskelig balanceakt med maner, og det ser jeg ikke nogen grund til at bryde ind i."

Rachel så for sig sit morgenmøde med faderen og tvivlede på, at det kunne kaldes "med maner". Ikke desto mindre gjorde Zach Herney alt, hvad han kunne, for at være imødekommende, og det havde han virkelig ikke nogen grund til.

"Må jeg sige du?"

"Ja, selvfølgelig." *Må jeg også?*

"Her er så mit kontor," sagde præsidenten og førte hende

ind gennem en udskåret ahorndør.

Kontoret om bord i Air Force One var så sandelig mere hyggeligt end sit modstykke i Det Hvide Hus, men møblerne havde et stænk af askese over sig. Der lå bjerge af papirer på skrivebordet, og bag det hang et imponerende oliemaleri af en klassisk, tremastet skonnert for fulde sejl, der forsøgte at flygte fra et rasende uvejr. Det kunne være en perfekt metafor for Zach Herneys embede i øjeblikket.

Præsidenten tilbød Rachel en af de tre stole med armlæn, der stod over for skrivebordet. Hun satte sig. Rachel forventede, at han ville sætte sig bag skrivebordet, men han trak i stedet en af de andre stole hen og satte sig ved siden af hende.

På lige fod, kunne hun se. *Ekspert i personlige relationer.*

"Nå, Rachel," sagde Herney og sukkede træt, da han satte sig til rette i stolen. "Jeg går ud fra, at du er temmelig forvirret over, hvorfor du sidder her, ikke sandt?"

Hvad der end måtte være tilbage af Rachels forbehold, smuldrede væk over for åbenheden i hans stemme. "Rent ud sagt, sir, så er jeg helt paf."

Herney lo højt. "Herligt. Det ikke hver dag, jeg kan gøre en fra NRO paf."

"Det er ikke hver dag, at en fra NRO bliver inviteret om bord i Air Force One af en præsident i vandrestøvler."

Præsidenten lo igen.

En diskret banken på døren bebudede, at der nu kom kaffe. En fra flybesætningen kom ind med en dampende tinkande og to tinkrus på en bakke. På præsidentens anmodning satte hun bakken på skrivebordet og gik igen.

"Fløde og sukker?" spurgte præsidenten og rejste sig for at skænke.

"Fløde, tak." Rachel snusede aromaen ind. *Præsidenten for Amerikas Forenede Stater står personligt og skænker kaffe op til mig.*

Zach Herney rakte hende et tungt tinkrus. "Ægte Paul Revere," sagde han. "En af de små luksusting."

Rachel tog en slurk af kaffen. Det var den bedste kaffe, hun nogensinde havde smagt.

"Nå," sagde præsidenten og skænkede også sig selv en kop og satte sig ned igen. "Jeg har ikke så meget tid her, så lad os komme til sagen." Præsidenten puttede en sukkerknald i kaffen og så op på hende. "Jeg går ud fra, at Bill Pickering har advaret dig om, at den eneste grund, jeg kunne have til at mødes med dig, var, at jeg ville bruge dig til min egen politiske fordel?"

"Faktisk så var det lige nøjagtigt, hvad han sagde, sir."

Præsidenten klukkede. "Han er nu altid så kynisk."

"Vil det sige, at han tager fejl?"

"Er du da tosset!" Præsidenten lo igen. "Bill Pickering tager aldrig fejl. Han har fuldstændig ret. Som sædvanlig."

9

Gabrielle Ashe kiggede åndsfraværende ud ad vinduet i senator Sextons limousine, mens den gled gennem morgentrafikken hen mod Sextons kontorbygning. Hun tænkte på, hvordan i alverden det var gået til, at hun var nået hertil med sit liv. Personlig assistent for senator Sedgewick Sexton. Det var lige det, hun havde ønsket sig, var det ikke?

Jeg sidder her i en limousine sammen med USA's næste præsident.

Gabrielle kiggede hen over bilens udsøgte interiør på senatoren, som så ud til at være langt væk i sine egne tanker. Hun beundrede hans regelmæssige træk og perfekte påklædning. Han så ud som en præsident.

Gabrielle havde første gang oplevet Sexton holde tale, da hun var ved at være færdig med sin statskundskabsuddannelse ved Cornell Universitet for tre år siden. Hun ville aldrig glemme, hvordan hans blik gled undersøgende rundt over tilhørerskaren, som om han sendte et budskab direkte til hende – *stol på mig*. Da Sexton var færdig med sin tale, stod Gabrielle i kø for at møde ham.

"Gabrielle Ashe," sagde senatoren, der læste hendes navn på navneskiltet. "Et smukt navn til en smuk, ung kvinde." Hans øjne gav hende komplimenter.

"Tak, sir," havde Gabrielle svaret. Hun kunne mærke, hvor stærk han var, da han gav hende et håndtryk. "Jeg var virkelig imponeret over Deres budskab."

"Det er jeg da glad for at høre!" Sexton stak et visitkort i hånden på hende. "Jeg er altid på udkig efter opvakte, unge hjerner, der deler mit synspunkt. Når De er færdig på universitetet, skulle De opsøge mig. Mine folk kunne måske godt have et job til Dem."

Gabrielle åbnede munden for at sige tak, men senatoren var allerede i gang med den næste person i køen. I de følgende måneder fulgte Gabrielle ikke desto mindre Sextons karriere i fjernsynet. Hun så til med beundring, når han advarede mod de store regeringsudgifter – man skulle reducere finanslovsforslagene, man skulle strømline skattevæsenet, så det arbejdede mere effektivt, man skulle skære fedtet fra i narkopolitiet, ja, man skulle endog afskaffe overflødige afdelinger i centraladministrationen. Da senatorens kone så pludselig omkom i en bilulykke, overværede Gabrielle med dyb respekt, hvordan Sexton på en eller anden måde fik vendt det negative til noget positivt. Sexton løftede sig ud over sin personlige smerte og erklærede over for verden, at han ville stille op som præsidentkandidat, og at han ville vie resten af sine ydelser til nationen til minde om sin hustru. Gabrielle besluttede på stedet, at hun ville arbejde for præsidentkampagnen for senator Sexton.

Nu var hun kommet så tæt på, som det var muligt.

Gabrielle tænkte på den aften, hun havde tilbragt sammen med Sexton i hans flotte kontor, og hun krympede sig og prøvede at slette de forvirrende billeder i hovedet. *Hvad kan jeg dog have tænkt på?* Hun vidste, at hun skulle have stået imod, men det følte hun sig på en eller anden måde ikke i stand til. Sedgewick havde været hendes idol så længe ... og at tænke sig, at han begærede *hende.*

Limousinen kørte over et bump og rystede hendes tanker tilbage til nutiden.

"Er der noget i vejen?" Sexton sad og så på hende.

Gabrielle sendte ham et hurtigt smil. "Nej, slet ikke."

"Du tænker da ikke stadigvæk på det hestearbejde, vel?"

Hun trak på skuldrene. "Jeg er stadigvæk en smule urolig, jo."

"Glem det. Det hestearbejde var det bedste, der nogensinde kunne ske for min kampagne."

Det var på den hårde måde, at Gabrielle havde lært, at et hestearbejde var det politiske modstykke til at lække information om, at ens rival benyttede sig af en penisforstørrer eller abonnerede på et sadomasochistisk blad. Hestearbejde var ikke intelligent taktik, men når det lykkedes, så var det noget, der kunne mærkes.

Men selvfølgelig, når det gav bagslag ...

Og bagslag havde det givet. For Det Hvide Hus. For omkring en måned siden var præsidentens kampagnestab blevet usikre på grund af de vigende meningsmålinger, og de havde derfor besluttet sig for at være aggressive og lække en historie, som de troede var sand – at senator Sexton havde involveret sig i en affære med sin personlige assistent, Gabrielle Ashe. Uheldigvis for Det Hvide Hus forelå der ingen sikre beviser. Senator Sexton, der var fast overbevist om, at det bedste forsvar var et stærkt angreb, benyttede lejligheden til at angribe. Han indkaldte til en landsdækkende pressekonference for at erklære sin uskyld og sine krænkede følelser. *Jeg kan ikke tro, at præsidenten ville vanære min hustrus minde med disse ondskabsfulde løgne,*

47

sagde han og så ind i kameraerne med smerte i øjnene.

Senator Sextons tv-optræden var så overbevisende, at Gabrielle selv næsten troede på, at de ikke havde været i seng med hinanden. Da hun så, hvor ubesværet han løj, blev hun klar over, at senator Sexton i sandhed var en farlig mand.

Selvom Gabrielle var sikker på, at hun satsede på den *stærkeste* hest i præsidentvæddeløbet, var hun på det sidste begyndt at sætte spørgsmålstegn ved, om hun nu også satsede på den *bedste* hest. Det havde været en øjenåbner at arbejde så tæt sammen med Sexton – i stil med at være på tur bag kulisserne i Universal Studios, hvor ens barnlige ærefrygt over filmene bliver pillet ned i erkendelse af, at Hollywood alligevel ikke er magisk.

Selvom Gabrielles tro på Sextons budskab forblev intakt, så var hun ved at begynde at sætte spørgsmålstegn ved budbringeren.

10

"Det, jeg nu vil fortælle dig, Rachel," sagde præsidenten, "er klassificeret som tophemmeligt. Det er langt over din nuværende sikkerhedsclearing."

Rachel følte det, som om væggene i Air Force One lukkede sig om hende. Præsidenten havde fået hende fløjet til Wallops Island, havde inviteret hende om bord i sin flyvemaskine, havde serveret kaffe for hende, havde sagt rent ud, at han ville bruge hende til sin egen politiske fordel mod hendes far, og nu sad han her og sagde, at han ville give hende klassificerede oplysninger ulovligt. Hvor elskværdig Zach Herney end forekom på overfladen, så havde Rachel Sexton lige lært noget vigtigt om ham. Denne mand overtog lynhurtigt styringen.

"For to uger siden gjorde NASA en opdagelse," sagde præsidenten og låste hendes blik fast.

Ordene hang et øjeblik i luften, inden Rachel forstod dem. *NASA? Opdagelse?* De seneste efterretningsmeldinger havde ikke antydet, at der skulle foregå noget usædvanligt i NASA. Ja, bevares, nu om dage betød en "NASA-opdagelse" sædvanligvis, at de groft havde underbudgetteret et nyt projekt.

"Inden vi går videre," sagde præsidenten, "så vil jeg gerne vide, om du deler din fars kynisme om rumforskning."

Den antydning tog Rachel ilde op. "Jeg håber så sandelig ikke, at De har bedt mig om at komme her for at bede mig om at kontrollere min fars udfald mod NASA."

Han lo. "Nej, for fanden da. Jeg har siddet i senatet længe nok til at vide, at *ingen* kan kontrollere Sedgewick Sexton."

"Min far er en opportunist, sir. Det er de fleste succesrige politikere. Og desværre har NASA gjort sig selv til skydeskive." Den nyeste stribe NASA-fejl havde været så utålelige, at man ikke vidste, om man skulle grine eller græde – satellitter, der faldt fra hinanden i deres kredsløbsbane, rumsonder, der aldrig svarede tilbage, budgettet for den internationale rumstation, der steg til det tidobbelte, og medlemslande, der stak af som rotter fra en synkende skude. Milliarder gik tabt, og senator Sexton red som på en bølge – en bølge, der så ud, som om den var forudbestemt til at bære ham lige til bredden af Pennsylvania Avenue nr. 1600.

"Jeg må indrømme," fortsatte præsidenten, "at NASA har været et omvandrende katastrofeområde her på det seneste. Hver gang jeg vender mig om, giver de mig endnu en grund til at skære ned på deres midler."

Rachel så en åbning for at komme ind i samtalen og benyttede den. "Men, sir, har jeg ikke lige læst, at De kom dem til undsætning i sidste uge med endnu tre millioner som akut hjælp for at holde dem solvente?"

Præsidenten klukkede. "Den var din far ret tilfreds med, ikke?"

"Der er intet som at sende ammunition til sin bøddel."

"Hørte du ham på *Nightline?* 'Zach Herney er rumnarkoman, og det er skatteborgerne, der betaler for hans misbrug'."

"Men De bliver jo bare ved med at bevise, at han har ret, sir."

Herney nikkede. "Jeg gør ikke nogen hemmelighed ud af, at jeg er en stor tilhænger af NASA. Det har jeg altid været. Jeg var barn af rumkapløbet – *Sputnik,* John Glenn, *Apollo 11* – og jeg har aldrig været bange for at udtrykke min beundring og nationale stolthed over vores rumprogram. Efter min mening er de mænd og kvinder, der arbejder for NASA, historiens moderne pionerer. De forsøger det umulige, de accepterer fejl, og så går de tilbage til tegnebordet, mens vi andre står tilbage og kritiserer."

Rachel sagde ikke noget, men hun kunne mærke, at der lige under præsidentens rolige ydre lå et forarget raseri over hendes fars endeløse anti-NASA-retorik og lurede. Rachel greb sig selv i at undre sig over, hvad pokker det var, NASA havde fundet. Præsidenten tog sig sandelig god tid til at komme frem til pointen.

"I dag," sagde Herney, og hans stemme blev stærkere, "har jeg til hensigt at ændre din mening om NASA."

Rachel så usikkert på ham. "De har allerede min stemme, sir. De må hellere koncentrere Dem om resten af landet."

"Det vil jeg skam også." Han tog en slurk kaffe og smilede. "Og jeg vil bede dig om at hjælpe mig." Han tav og lænede sig over mod hende. "På en højst usædvanlig måde."

Rachel kunne mærke, hvordan Zach Herney granskede hver eneste af hendes bevægelser som en jæger, der prøver at vurdere, om hans bytte vil flygte eller slås.

"Jeg går ud fra," sagde præsidenten og skænkede mere kaffe op til dem begge, "at du kender et NASA-projekt, der hedder

EOS?"

Rachel nikkede. "Jordovervågningssystemet. Jeg tror da nok, min far har talt om EOS et par gange."

Hendes ynkelige forsøg på at være sarkastisk fremkaldte ikke andet end en panderynken hos præsidenten. Det forholdt sig nemlig sådan, at Rachels far nævnte jordovervågningssystemet, hver eneste gang han havde lejlighed til det. Det var et af NASA's mest kontroversielle vovestykker med høje omkostninger – en konstellation af fem satellitter, der var konstrueret til at se ned fra rummet og analysere planetens miljø: nedbrydningen af ozonlaget, smeltningen af polarisen, den globale opvarmning, fældningen af regnskovene. Meningen var, at de skulle at forsyne miljøfolk med hidtil usete, makroskopiske data, så de bedre kunne planlægge Jordens fremtid.

Uheldigvis havde EOS-projektet været forfulgt af fejl. Som så mange andre af de seneste NASA-projekter havde det været plaget af kostbare budgetoverskridelser lige fra starten. Og Zach Herney var den, der måtte stå for skud. Han havde brugt støtte fra miljølobbyen til at presse EOS-projektet på 1,4 milliarder dollars igennem Kongressen. Men i stedet for at levere de lovede bidrag til den globale videnskab på Jorden havde EOS hurtigt skruet sig op til et kostbart mareridt af mislykkede opsendelser, computerfejl og deprimerende NASA-pressekonferencer. Det eneste smilende ansigt på det seneste var senator Sextons. Han mindede selvtilfreds vælgerne om, nøjagtig hvor mange af *deres* penge præsidenten havde givet ud på EOS, og nøjagtig hvor pauvert udbyttet havde været.

Præsidenten puttede en sukkerknald i sit krus. "Hvor sært det end kan lyde, så blev den NASA-opdagelse, jeg taler om, *skabt* af EOS."

Nu var Rachel ikke med længere. Hvis EOS havde kunnet glæde sig over en succes for nylig, ville NASA da med garanti have fortalt om den, ville de ikke? Hendes far havde korsfæstet EOS i medierne, og NASA havde brug for alle de gode nyheder, de kunne finde.

"Jeg har ikke hørt noget om nogen ny EOS-opdagelse," sagde Rachel.

"Det ved jeg godt. NASA foretrækker at holde de gode nyheder for sig selv et stykke tid endnu."

Det tvivlede Rachel nu på. "Ifølge min erfaring, når det drejer sig om NASA, sir, så er intet nyt sædvanligvis dårligt nyt." Tilbageholdenhed var ikke just den stærke side i NASA's PR-afdeling. Den stående vittighed i NRO var, at NASA holdt en pressekonference, hver gang en af deres videnskabsmænd bare så meget som slog en prut.

Præsidenten rynkede brynene. "Åh, ja. Jeg har jo helt glemt, at jeg taler med en af Pickerings sikkerhedsdiscipline. Stønner og sukker han stadigvæk over NASA's åbenmundethed?"

"Sikkerhed er hans arbejde, sir. Det tager han meget alvorligt."

"Det gør han også bedst i. Jeg har bare svært ved at forstå, at to agenturer med så meget tilfælles konstant kan finde noget at slås om."

Allerede tidligt i sin ansættelse hos William Pickering havde Rachel lært, at skønt både NASA og NRO var agenturer, der beskæftigede sig med rummet, så havde de tankegange, som var diametralt modsatte. NRO hørte under Forsvarsministeriet og holdt alle sine rumaktiviteter hemmelige, mens NASA var akademisk, og forskerne begejstret publicerede alt om deres gennembrud overalt på Jorden – ofte, som William Pickering anførte, med risiko for den nationale sikkerhed. Nogle af NASA's fineste teknologier – højresolutionslinser til satellitteleskoper, langtrækkende kommunikationssystemer og radiobilledudstyr – havde en dårlig vane med at dukke op i efterretningstjenesternes arsenaler i fjendtlige lande, hvor de blev brugt til spionage mod USA. Bill Pickering mukkede ofte over, at forskerne i NASA havde store hjerner ... og endnu større munde.

Et mere prekært stridsspørgsmål mellem agenturerne var imidlertid det faktum, at fordi NASA tog sig af NRO's satellitopsendelser, berørte mange af NASA's nylige fejltagelser direkte RO. Ingen fejl havde været mere dramatisk end den fra den 12. august 1998, hvor en NASA/Air Force Titan 4-raket sprang i stumper og stykker fyrre sekunder inde i opsendelsen og udslettede sin nyttelast – en NRO-satellit med kodenavnet Vortex 2 til *1,2 milliarder* dollars. Den var Pickering specielt utilbøjelig til at glemme.

"Så hvorfor har NASA ikke offentliggjort deres nye succes?" indvendte Rachel. "De kunne da bestemt godt bruge et par gode nyheder lige nu."

"NASA forholder sig tavs," erklærede præsidenten, "fordi det har jeg givet dem *ordre* til."

Rachel gad nok vide, om hun havde hørt rigtigt. Hvis hun havde, så var præsidenten i færd med at begå en slags politisk harakiri, som hun ikke forstod.

"Denne opdagelse," sagde præsidenten, "er ... skal vi sige ... intet mindre end forbløffende i sine konsekvenser."

Rachel fik gåsehud af ubehag. Inden for efterretningsverdenen betød "forbløffende konsekvenser" sjældent noget godt. Nu spekulerede hun på, om alt dette hemmelighedskræmmeri omkring EOS skyldtes, at satellitsystemet havde opdaget en truende miljøkatastrofe. "Er der et problem?"

"Intet problem overhovedet. Det, EOS har opdaget, er helt vidunderligt."

Rachel blev tavs.

"Rachel, hvis jeg nu fortalte dig, at NASA lige har gjort en opdagelse af en så stor videnskabelig vigtighed ... en så opsigtsvækkende betydning ... at den retfærdiggjorde hver eneste dollar, amerikanerne nogensinde har givet ud på rumforskning?"

Det kunne Rachel ikke forestille sig.

Præsidenten rejste sig. "Lad os gå en tur, ikke?"

11

Rachel fulgte efter præsident Herney ud på den skinnende landgangstrappe på Air Force One. Da de gik ned ad trappen, følte Rachel den råkolde martsluft klare sin hjerne. Uheldigvis lod denne klarhed kun til at få præsidentens påstande til at fremstå endnu mere aparte end før.

NASA har gjort en opdagelse af så stor videnskabelig vigtighed, at den retfærdiggør hver eneste dollar, amerikanerne nogensinde har givet ud på rumforskning.

Rachel kunne kun forestille sig, at en opdagelse af en sådan størrelsesorden ville dreje sig om én ting – NASA's hellige gral – kontakt med liv i verdensrummet. Uheldigvis vidste Rachel nok om den hellige gral til at vide, at det ville være yderst usandsynligt.

Som efterretningsanalytiker måtte Rachel altid svare på spørgsmål fra venner, der ville vide noget om regeringens påståede mørklægning af kontakt med aliens. Hun blev altid chokeret over de teorier, hendes "lærde" venner accepterede – nedstyrtede, flyvende tallerkener gemt i skjulte regeringsbunkers, lig fra verdensrummet opbevaret på is, ja, selv intetanende civilpersoner, der blev bortført og undersøgt kirurgisk.

Det var selvfølgelig alt sammen absurd. Aliens eksisterede ikke. Der var ikke noget mørklagt.

Alle i efterretningsvæsenet vidste, at de fleste af de observationer og bortførelser, der var begået af aliens, simpelthen skyldtes letbevægelige indbildningsevner eller indbringende svindlerier. Når der faktisk forelå ægte fotografisk ufo-vidnesbyrd, havde det en underlig vane med at ske nær ved militære lufthavne i USA, som afprøvede avancerede, hemmelige fly. Da Lockheed begyndte at prøveflyve et splinternyt jetfly, der blev kaldt det snigende bombefly, steg ufo-observationerne rundt om luftvåbenbasen i Edwards med en faktor femten.

"Du ser skeptisk ud," sagde præsidenten og sendte hende et skævt blik.

Lyden af hans stemme fik Rachel til at fare sammen. Hun så på ham, usikker på, hvad hun skulle svare. "Tja …" Hun tøvede. "Kan jeg gå ud fra, at vi ikke taler om fremmede rumskibe eller små, grønne mænd?"

Præsidenten så fornøjet ud. "Rachel, jeg tror, du vil synes, at den her opdagelse er langt mere interessant end science fiction."

Rachel var lettet over at høre, at NASA ikke havde været så desperate, at de havde prøvet at sælge en alien-historie til præsidenten. Ikke desto mindre tjente hans svar kun til at gøre mysteriet endnu større. "Nå," sagde hun, "hvad det så end er, NASA har fundet, må jeg sige, at deres timing kommer usædvanlig belejligt."

Herney standsede på trappen. "Belejligt? Hvordan det?"

Hvordan det? Rachel standsede også op og kiggede på ham. "Mr. præsident, NASA kæmper konstant på liv og død for at retfærdiggøre selve deres eksistens, og De er under angreb for fortsat at betale for det. Hvis NASA kunne få et stort gennembrud lige nu, ville det være et universalmiddel for både NASA og Deres kampagne. Deres kritikere ville helt klart finde timingen højst suspekt."

"Så … kalder du mig en løgner eller en tosse?"

Rachel følte det stramme i halsen. "Det var ikke for at være respektløs, sir. Jeg ville simpelthen …"

"Tag det roligt". Et svagt smil voksede frem på Herneys læber, og han begyndte at gå nedad igen. "Første gang NASA's chef fortalte mig om den her opdagelse, afviste jeg den rent ud sagt som absurd. Jeg beskyldte ham for at stå bag den mest gennemskuelige fidus i historien."

Rachel følte knuden i halsen gå delvis i opløsning.

For foden af trappen standsede Herney op og så på hende. "En af grundene til, at jeg bad NASA om at beholde deres opdagelse for sig selv, er for at beskytte dem. Det her fund er langt, langt større end noget andet, NASA nogensinde har offentliggjort. Det vil gøre landsætningen af mennesket på månen betydningsløs. Fordi alle, jeg selv inklusive, har så meget at vinde – og tabe – tænkte jeg, at det ville være klogt at få en eller anden til at dobbelttjekke NASA's data, inden vi trådte frem i verdens projektørlys med en formel erklæring."

Rachel blev forskrækket. "De mener da vel ikke mig, sir?"

Præsidenten lo. "Nej, det er ikke dit ekspertområde. Desuden har jeg allerede indhentet bekræftelse uden om regeringskanalerne."

Først blev Rachel lettet og så igen mystificeret. "Uden om regeringen, sir? Vil det sige, at De har brugt den private sektor? På noget så hemmeligt?"

Præsidenten nikkede med overbevisning. "Jeg har sammensat et eksternt bekræftelseshold – fire civile, uafhængige forskere – de er ikke ansat i NASA, de har store navne inden for forskningsverdenen og et seriøst ry at beskytte. De har brugt deres eget udstyr til at foretage observationer og til at nå frem til deres egne konklusioner. I løbet af de sidste otteogfyrre timer har disse uafhængige forskere bekræftet NASA's opdagelse. Helt uden skygge af tvivl."

Nu var Rachel imponeret. Præsidenten havde beskyttet sig selv med typisk Herney-selvsikkerhed. Han havde ansat et ultimativt hold skeptikere – udenforstående, som intet havde at vinde ved at bekræfte NASA's opdagelse – og derved havde han beskyttet sig selv mod enhver mistanke om, at dette skulle være et foretagende, som et desperat NASA havde sat i værk for at retfærdiggøre deres budget, for at få genvalgt deres NASA-venlige præsident og for at afparere senator Sextons angreb.

"I aften klokken tyve indkalder jeg til pressemøde i Det Hvide Hus for at fortælle om opdagelsen til hele verden," sagde Herney.

Rachel følte sig frustreret. Herney havde jo intet fortalt hende. "Og hvad er det lige *præcis*, den her opdagelse går ud på?"

Præsidenten smilede. "I dag er tålmodighed en dyd. Den her opdagelse er noget, du bliver nødt til at se med dine egne øjne. Det er vigtigt, at du forstår situationen til bunds, inden vi går videre. Chefen for NASA venter på at informere dig. Han vil fortælle dig alt, hvad du har brug for at vide. Bagefter skal du og jeg fortsætte med at drøfte den rolle, du skal spille."

Rachel kunne mærke et overhængende drama i præsidentens blik og huskede på Pickerings formodning om, at Det Hvide Hus havde noget oppe i ærmet. Det lod til, at Pickering havde ret som sædvanlig.

Herney pegede på en flyhangar. "Kom med," sagde han og gik hen mod den.

Rachel fulgte forvirret efter. Bygningen foran dem havde ingen vinduer, og de høje porte var forseglet. Den eneste adgang lod til at være i siden. Der stod en dør på klem. Præsidenten tog Rachel med derhen til nogle få skridt fra døren og standsede så.

"Så kommer jeg ikke længere," sagde han og pegede på døren. "Du skal ind der."

Rachel tøvede. "De kommer ikke med?"

"Jeg skal tilbage til Det Hvide Hus. Jeg taler med dig igen snarest. Har du en mobiltelefon?"

"Selvfølgelig, sir."

"Giv mig den."

Rachel fandt sin telefon frem og gav ham den. Hun gik ud fra, at han ville programmere et privat kontaktnummer ind i den. I stedet puttede han den i lommen.

"Nu er du uden forbindelse til omverdenen," sagde præsidenten. "Alle dine arbejdsforpligtelser er der taget hånd om. Du må ikke tale med nogen uden eksprestilladelse fra mig eller NASA's chef. Er du med?"

Rachel gloede. *Har præsidenten lige stjålet min mobiltelefon?*

"Efter at chefen har briefet dig om opdagelsen, sætter han dig i forbindelse med mig via sikre kanaler. Jeg taler med dig igen snarest. Held og lykke."

Rachel så på hangardøren og følte en voksende uro.

Præsident Herney lagde en beroligende hånd på hendes skulder og nikkede mod døren. "Jeg lover dig, Rachel, at du ikke kommer til at fortryde, at du hjælper mig i den her sag."

Uden flere ord gik præsidenten tilbage til den PaveHawk, der havde fløjet Rachel derop. Han steg om bord og lettede. Han så sig ikke tilbage en eneste gang.

12

Rachel Sexton stod alene på tærsklen til den isolerede hangar på Wallops Island og stirrede ind i det sorte mørke. Det føltes, som om hun stod på kanten til en anden verden. En kølig og muggen vind kom strømmende ud derindefra, som om bygningen åndede.

"Hallo?" råbte hun med let skælvende stemme.

Stilhed.

Med stigende angst trådte hun ind over tærsklen. Et øjeblik kunne hun ingenting se, indtil hendes øjne vænnede sig til det dæmpede lys.

"Ms. Sexton, formoder jeg," sagde en mandsstemme nogle få meter borte.

Det gav et sæt i Rachel, og hun vendte sig mod lyden. "Ja, sir."

Det dunkle omrids af en mand nærmede sig.

Da Rachel igen kunne se, opdagede hun, at hun stod ansigt til ansigt med en ung mand med et fast, firkantet hageparti i NASA-flyverdragt. Hans krop var veltrænet og muskuløs og hans bryst dækket med emblemer.

"Kommandør Wayne Loosigian," sagde manden. "Jeg er ked af, hvis jeg skræmte Dem, ma'am. Der er temmelig mørkt herinde. Jeg har ikke haft mulighed for at åbne portene endnu."

Før Rachel kunne svare, tilføjede manden, "Det skal være mig en ære at være Deres pilot her til morgen."

"Pilot?" Rachel stirrede uforstående på manden. *Jeg har lige haft en pilot.* "Jeg er kommet for at møde chefen."

"Ja, ma'am. Mine ordrer går ud på at føre Dem frem til ham med det samme."

Det tog et øjeblik, før meningen gik op for hende. Da hun forstod, hvad han sagde, følte hun sig snydt. Åbenbart var hun ikke færdig med at rejse. "Hvor er chefen?" spurgte Rachel nu vagtsomt.

"Det har jeg ikke oplysning om," svarede piloten. "Jeg får hans koordinater, når vi er kommet i luften."

Rachel kunne mærke, at manden talte sandt. Åbenbart var hun og direktør Pickering ikke de eneste, der blev holdt udenfor her til morgen. Præsidenten tog spørgsmålet om sikkerhed meget alvorligt, og Rachel begyndte at blive flov over, hvor hurtigt og let præsidenten havde sat hende uden for systemet. *En halv time i marken, og så er jeg uden for rækkevidde, og min direktør har ingen anelse om, hvor jeg er.*

Her stod hun nu foran den ranke NASA-pilot og kunne

overhovedet ikke være i tvivl om, at der var lagt planer for hendes formiddag. Denne udflugt ville finde sted med Rachel om bord, hvad enten hun havde lyst til det eller ej. Det eneste spørgsmål var, hvor hun skulle hen.

Piloten gik med lange skridt over til væggen og trykkede på en knap. Den modsatte side af hangaren begyndte højlydt at glide til side. Lyset vældede ind udefra og afslørede omridset af en stor genstand midt i hangaren.

Rachel stod med åben mund. *Gud fri mig vel.*

Der midt i hangaren stod en drabelig, sort jetjager. Det var det mest strømlinede fly, Rachel nogensinde havde set.

"Det *mener* De ikke," sagde hun.

"Det er helt almindeligt, at det er folks første reaktion, ma'am, men vores F-14 Tomcat Split-tail er gennemtestet fra yderst til inderst."

Det er et missil med vinger.

Piloten tog Rachel med hen til sit fly. Han pegede på det dobbelte cockpit. "De skal sidde bagi."

"Skal jeg det?" Hun gav ham et stift smil. "Og her troede jeg, at De ville have mig til at styre."

Rachel trak en termoflyverdragt uden over sit tøj og klatrede op i cockpittet. Akavet kilede hun hofterne ned i det smalle sæde.

"NASA har åbenbart ingen bredrøvede piloter," sagde hun.

Piloten grinede, mens han hjalp Rachel med at spænde sig fast. Så satte han en hjelm på hendes hoved.

"Vi kommer til at flyve temmelig højt," sagde han. "De får brug for ilt." Han trak en iltmaske frem og begyndte at klikke den fast på hendes hjelm.

"Det kan jeg selv klare," sagde Rachel og rakte op og tog den.

"Selvfølgelig, ma'am."

Rachel fumlede med det formstøbte mundstykke og fik det langt om længe klikket fast på hjelmen. Maskens pasform var overraskende klodset, og det føltes ubehageligt.

Kommandøren kiggede længe på hende og så ret fornøjet ud.

"Er der noget galt?" spurgte hun.

"Slet ikke, ma'am." Han så ud til at skjule et huldsaligt smil. "Der er brækposer under sædet. De fleste kaster op, første gang de flyver i en Split-tail."

"Jeg skal nok klare mig," forsikrede Rachel ham. Hendes stemme lød ulden på grund af masken, der føltes, som om den var ved at kvæle hende. "Jeg bliver ikke så let luftsyg."

Piloten trak på skuldrene. "Der er mange af dem fra Frømandskorpset, der siger det samme, og jeg har fjernet masser af frømandsbræk i mit cockpit."

Hun nikkede. *Pragtfuldt.*

"Har De nogen spørgsmål, inden vi starter?"

Rachel tøvede et øjeblik og bankede så på mundstykket, der skar sig ind i hendes hage. "Det afbryder min blodcirkulation. Hvordan bruger man sådan en tingest under lange flyveture?"

Piloten smilede tålmodigt. "Tja, ma'am, normalt vender vi dem ikke med bunden i vejret."

Som de holdt der for enden af startbanen med dunkende motorer, følte Rachel sig som et projektil i et gevær, der blot ventede på, at nogen skulle trykke på aftrækkeren. Da piloten skød gashåndtaget frem, kom Tomcat'ens dobbelte Lockheed 345-motorer til live med et brøl, og verden begyndte at ryste. Bremserne gav slip, og Rachel røg baglæns i sit sæde. Jetten for ned ad banen og lettede i løbet af få sekunder. Udenfor faldt Jorden væk med en svimlende fart.

Rachel lukkede øjnene, da flyet med raketfart fløj op mod himlen. Hun spekulerede over, hvad der var gået galt her til morgen. Hun burde have siddet ved et skrivebord og skrevet sammendrag. Nu sad hun klemt inde i en testosteron-drevet torpedo og trak vejret gennem en iltmaske.

Da Tomcat'en fladede ud i fjorten tusind meters højde, havde Rachel fået kvalme. Med en kraftanstrengelse tvang hun sig til at samle sine tanker om noget andet. Hun kiggede ned på havet under sig og følte sig pludselig langt væk hjemmefra.

Oppe foran talte piloten med nogen over radioen. Da samtalen var slut, slukkede piloten for radioen og krængede straks Tomcat'en skarpt til venstre. Flyet tippede næsten til lodret, og Rachel følte sin mave slå en kolbøtte. Endelig planede flyet ud igen.

Rachel stønnede. "Tak for advarslen. Sådan gør en rigtig jagerpilot!"

"Undskyld, ma'am, men jeg har lige fået de hemmelige koordinater for Deres møde med chefen."

"Lad mig gætte," sagde Rachel. "Stik nord?"

Piloten lød forvirret. "Hvordan vidste De det?"

Rachel sukkede. *Man må elske disse computer-trænede piloter.* "Den er ni om morgenen, unge mand, og vi har solen til højre. Vi flyver mod nord."

Der blev et øjebliks tavshed i cockpittet. "Ja, ma'am, vi flyver nordpå her til morgen."

"Og *hvor* langt nordpå skal vi?"

Piloten kontrollerede koordinaterne. "Cirka fire et halvt tusind kilometer."

Rachel rettede sig op med et ryk. "Hvad!" Hun prøvede at se et kort for sig, men var ude af stand til at forestille sig, hvad der kunne ligge *så* langt mod nord. "Det er fire timers flyvning!"

"Med vores nuværende hastighed, ja," sagde piloten. "Hold nu godt fast."

Før Rachel kunne svare, trak manden F-14'erens vinger

bagud. Et øjeblik efter blev Rachel atter en gang slynget tilbage i sædet, da flyet skød frem, som om det indtil nu havde stået stille. I løbet af et minut fløj de af sted med cirka 2400 kilometer i timen.

Rachel følte sig svimmel nu. Mens himlen for forbi med en hastighed, hun næsten ikke kunne opfatte, følte hun en ukontrollabel kvalme. Hun hørte et svagt ekko af præsidentens stemme. *Jeg lover dig, Rachel, at du ikke kommer til at fortryde, at du hjælper mig i den her sag.*

Stønnende rakte Rachel ud efter sin brækpose. *Stol aldrig på en politiker.*

13

Senator Sedgewick Sexton afskyede de nussede offentlige taxaer, men han havde lært at tåle dem, når det var nødvendigt på hans vej mod toppen. Den luvslidte Mayflower-taxa, som lige havde sat ham af i den nederste parkeringskælder i Hotel Purdue, gav Sexton det, hans store limousine ikke kunne – anonymitet.

Han var glad for, at denne underste etage var øde; der stod kun nogle få, støvede biler hist og pist i en skov af betonsøjler. Da han gik tværs hen over kældergulvet, kiggede han på sit ur.

11.15. Perfekt.

Manden, som Sexton skulle møde, var altid nøjeregnende med, om folk var punktlige. Så mindede Sexton sig selv om, at i betragtning af, hvem manden repræsenterede, kunne han være nøjeregnende med lige, hvad han havde lyst til.

Sexton så den hvide Ford Windstar-minivan parkeret på nøjagtig samme sted, den havde været ved hvert eneste af deres møder – i det østlige hjørne af garagen bag ved en række skraldespande. Sexton ville have foretrukket at møde denne mand i en suite ovenpå, men han forstod absolut forholdsreglerne. Denne mands venner var ikke nået dertil, hvor de var nu, ved at være skødesløse.

Da Sexton gik hen mod bilen, følte han sig nervøs, som han altid gjorde før disse møder. Han tvang sig til at slappe af i skuldrene og satte sig ind på passagersædet med en munter håndbevægelse. Den mørkhårede mand i førersædet smilede ikke. Han var næsten halvfjerds år gammel, men hans læderagtige ansigt udstrålede en hårdhed, som passede til hans post som frontfigur for en hær af frække fantaster og skånselsløse, entreprenante virksomhedsledere.

"Luk døren," sagde manden med hård stemme.

Sexton adlød og tolererede mandens bryskhed uden at blive fornærmet. Når alt kom til alt, var denne mand repræsentant for mænd, der kontrollerede enorme pengesummer. Mange af dem var blevet indsamlet for nylig for at anbringe Sedgewick Sexton på tærsklen til det mest magtfulde embede i verden. Sexton havde lært at forstå, at disse møder ikke så meget var strategimøder, som de var månedlige påmindelser om, hvor taknemmelig senatoren nu måtte være i forhold til sine velgørere. Disse mænd forventede en tilbagebetaling af deres investeringer, der ikke var at spøge med. "Returkommissionen", måtte Sexton indrømme, var en chokerende fræk begæring; og alligevel var det næsten utroligt nok noget, som kunne lade sig gøre for Sexton, når han først sad i Det Ovale Værelse.

"Jeg går ud fra, at der er foretaget en ny betaling?" sagde Sexton, der havde erfaring for, at denne mand kunne lide at gå lige til sagen.

"Det er der. Og som sædvanlig skal De udelukkende bruge disse midler til Deres kampagne. Vi har været tilfredse med at se, at meningsmålingerne nu er skiftet til Deres fordel, og at det ser ud til, at Deres kampagneledere har brugt vores penge effektivt."

"Det går hurtigt fremad for os."

"Som jeg sagde til Dem i telefonen," sagde den gamle mand, "så har jeg overtalt seks nye til at mødes med Dem i aften."

"Udmærket." Sexton havde allerede reserveret tiden.

Den gamle mand rakte Sexton et chartek. "Her er informationer om dem. Læs det. Disse mænd ønsker at vide, om De forstår deres anliggende i detaljer. De ønsker at vide, om De er velvillig. Jeg foreslår, at De møder Dem på Deres bopæl."

"Mit hjem? Men jeg plejer at møde …"

"Senator Sexton, disse seks mænd er ledere af virksomheder, der råder over ressourcer langt ud over, hvad De ellers har mødt. Disse mænd er topfolk, og de er på vagt. De har mere at vinde og derfor mere at tabe. Jeg har arbejdet hårdt for at overtale dem til at mødes med Dem. De kræver særbehandling. Personlig kontakt."

Sexton nikkede hurtigt. "Selvfølgelig. Jeg kan arrangere et møde hjemme hos mig."

"De ønsker selvfølgelig at være helt uforstyrrede."

"Det gør jeg også."

"Held og lykke," sagde den gamle mand. "Hvis det går godt i aften, kunne det blive Deres sidste møde. Disse mænd er i stand til at skaffe, hvad der skal til for at føre Sexton-kampagnen til sejr."

Det kunne Sexton lide at høre. Han sendte den gamle mand et selvsikkert smil. "Med lidt held sejrer vi alle mand, når valget kommer."

"Sejrer?" Den gamle mand skulede og lænede sig over mod Sexton med et ildevarslende blik. "At få Dem anbragt i Det Hvide Hus er kun *det første skridt* på vej mod sejr, senator. Det går jeg ud fra, at De ikke har glemt."

14

Det Hvide Hus er en af de mindste præsident-embedsboliger i verden, måler kun 52 meter i længden, 26 meter i bredden og ligger på en beskeden grund på 130 tønder land. Arkitekt James Hobans udkast til en æskelignende stenbygning med afvalmet tag, balustrade og søjleindgang blev, skønt det var klart uoriginalt, valgt i en åben arkitektkonkurrence af dommere, der roste det som "attraktivt, værdigt og fleksibelt".

Selv efter tre et halvt år følte præsiden Zach Herney sig sjældent hjemme her i vrimlen af lysekroner, antikviteter og bevæbnede marinesoldater. Mens han gik hen mod Vestfløjen, følte han sig imidlertid oplivet og mærkelig afslappet med næsten vægtløse fødder på det fine gulvtæppe.

Flere af medlemmerne af staben i Det Hvide Hus så op, da præsidenten kom nærmere. Deres svar var høflige, men tvungne og ledsaget af anstrengte smil.

"Godmorgen, mr. præsident."

"Rart at se Dem, mr. præsident."

"Goddag, sir."

Da præsidenten fortsatte hen mod sit kontor, kunne han mærke en hvisken i sit kølvand. Der var et oprør i gære i Det Hvide Hus. Gennem det sidste par uger var desillusionen i Pennsylvania Avenue 1600 nået til et punkt, hvor Herney begyndte at føle sig som kaptajn Bligh på Bounty – at han havde kommandoen over et skib i havsnød, hvis besætning forberedte sig på mytteri.

Præsidenten bebrejdede dem ikke noget. Hans stab havde arbejdet på højtryk for at støtte ham under det forestående valg, og nu, lige med et, så det ud, som om præsidenten forkludrede spillet.

De vil snart forstå det, sagde Herney til sig selv. *Jeg vil snart være deres helt igen.*

Han fortrød, at han havde holdt sin stab i uvidenhed så længe, men denne hemmeligholdelse var altafgørende. Og når det kom til at holde på hemmeligheder, var Det Hvide Hus kendt som det mest utætte skib i Washington.

Herney nåede hen til venteværelset uden for Det Ovale Værelse og gav sin sekretær et muntert vink. "Du ser godt ud her til morgen, Dolores."

"Også De, sir," sagde hun og så på hans skødesløse påklædning med utilsløret misbilligelse.

Herney sænkede stemmen. "Jeg vil gerne have dig til at arrangere et møde for mig."

"Med hvem, sir?"

"Hele staben i Det Hvide Hus."

Hans sekretær kiggede op. *"Hele staben*, sir? Alle 145?"

"Præcis."

Hun så urolig ud. "Okay. Skal jeg forberede det ... i møderummet?"

Herney rystede på hovedet. "Nej. Lad os gøre det på mit kontor."

Nu stirrede hun på ham. "Vil De se *hele* Deres stab inde i Det Ovale Værelse?"

"Præcis."

"Straks, sir?"

"Hvorfor ikke? Indkald dem til klokken seksten."

Sekretæren nikkede som for at opmuntre en sindssyg patient. "Udmærket, sir. Og mødet drejer sig om ...?"

"Jeg har en vigtig meddelelse til det amerikanske folk i aften. Jeg vil have, at min stab skal høre den først."

Et pludseligt, modløst udtryk strøg hen over sekretærens ansigt, som om hun hemmeligt havde frygtet dette øjeblik. Hun sænkede stemmen. "Sir, trækker De Dem ud af løbet?"

Herney brød ud i latter. "Nej, sørme nej, Dolores! Jeg lader op til kampen!"

Hun så tvivlende ud. Alle medierne havde sagt, at Herney ville tabe valget.

Han blinkede beroligende til hende. "Dolores, du har lavet et fantastisk stykke arbejde for mig de sidste år, og du kommer til at gøre et fantastisk stykke arbejde for mig i fire år mere. Vi *beholder* Det Hvide Hus. Det sværger jeg på."

Hans sekretær så ud, som om hun gerne ville tro på det. "Udmærket, sir. Jeg kalder staben sammen. Klokken seksten."

Da Zach Herney kom ind i Det Ovale Værelse, kunne han ikke lade være med at smile ved forestillingen om, hvordan hele hans stab skulle klumpe sig sammen i dette skuffende lille rum.

Skønt dette storartede kontor havde nydt mange øgenavne igennem årene – Lokummet, Dicks Hule, Clintons soveværelse – var Herneys favorit "Hummertejnen." Det syntes han var det mest passende. Hver gang en førstegangsbesøgende trådte ind i Det Ovale Værelse, satte desorienteringen øjeblikkelig ind. Symmetrien i rummet, de svagt buede vægge, de diskret forklædte døråbninger ind og ud, alt dette gav de besøgende en svimlende fornemmelse af, at de havde fået bind for øjnene og var blevet drejet rundt. Efter et møde i Det Ovale Værelse kunne en besøgende standsperson tit rejse sig, trykke præsidenten i hånden og marchere direkte ind i et lagerrum. Afhængig af hvordan mødet var gået, ville Herney enten standse gæsten i tide eller med fornøjelse se til, mens den besøgende blev frygtelig flov.

Herney havde altid ment, at det mest dominerende aspekt i Det Ovale Værelse var den farverige amerikanske ørn, som værelsets ovale gulvtæppe var prydet med. Ørnens venstre klo greb om en olivengren og dens højre om et pilebundt. Få udefra vidste, at i fredstid så ørnen til venstre – mod olivengrenen. Men i krigstid kiggede ørnen mystisk nok til højre – mod pilene. Mekanismen bag dette lille kneb var kilde til stille undren i staben i Det Hvide Hus, fordi det efter traditionen kun var kendt af præsidenten og hushovmesteren. Sandheden bag denne gådefulde ørn havde Herney fundet skuffende prosaisk. Det andet ovale tæppe lå i et lagerrum i kælderen, og hushovmesterens folk byttede simpelthen om på tæpperne i løbet af natten.

Som Herney nu stod og kiggede ned på den venstredrejede ørn, smilede han ved tanken om, at han måske burde bytte tæppe til ære for den lille krig, han var i færd med at indlede mod senator Sedgewick Sexton.

15

Deltastyrken er den eneste kampgruppe i den amerikanske hær, hvis handlinger præsidenten garanterer komplet immunitet mod loven.

Præsidentembedets retsregel nummer 25 garanterer soldaterne i Deltastyrken "fritagelse fra al retsligt ansvar", inklusive undtagelse fra 1876-loven om "Posse Comitatus", en lov, der pålægger kriminalstraf til alle, der udnytter militæret til personlig fordel, indenlandsk retshåndhævelse og ikke-godkendte hemmelige militæroperationer. Medlemmerne af Deltastyrken er håndplukket fra kampindsatsgruppen, en hemmelig organisation inden for den militære specialstyrke i Fort Bragg, North Carolina. Soldaterne i Deltastyrken er rutinerede dræbere – eksperter i taktisk, teknologisk krigsførelse med specialvåben, i at redde gidsler, i overraskelsesangreb og i uskadeliggørelse af hemmelige fjendestyrker.

Fordi Deltastyrkens missioner sædvanligvis involverer hemmelighed på allerhøjeste niveau, bliver den traditionelle, mangeleddede befalingskæde ofte omgået til fordel for en "mono-caput"-styring – en enkelt leder, der har autoritet til at kontrollere enheden, som han eller hun synes bedst. Lederen er som regel en magtperson fra militæret eller regeringen med tilstrækkelig rang eller indflydelse til at stå for opgaven. Uanset hvem lederen er, er Deltastyrkens opgaver klassificeret på allerhøjeste niveau, og når en mission er fuldført, taler Deltastyrkens soldater aldrig om den igen – ikke med hinanden og ikke med deres kommandoførere inden for specialstyrkerne.

Flyv. Kæmp. Glem.

Det Deltahold, der nu var stationeret nord for den 82. breddegrad, hverken fløj eller kæmpede. De iagttog bare.

Delta-et måtte indrømme, at det havde været en højst usædvanlig opgave indtil nu, men han havde for længe siden lært ikke at blive overrasket over, hvad han blev bedt om at gøre. Gennem de sidste fem år havde han været involveret i gidselredninger i Mellemøsten, i at opspore og udrydde terroristceller, der arbejdede inden for De Forenede Stater, og da også nogle diskrete bortfjernelser af adskillige farlige mænd og kvinder rundt om på kloden.

Netop i sidste måned havde hans Deltahold brugt en flyvende mikrobot til at fremkalde et dødeligt hjerteanfald hos en særlig infam, sydamerikansk narkobaron. Ved at bruge en mikrobot forsynet med en hårfin titannål, der indeholdt et kraftigt, karindsnævrende middel, havde Delta-to styret apparatet ind i mandens hus gennem et åbentstående vindue på anden etage, fundet hans soveværelse og givet ham et prik i skulderen, mens han sov. Mikrobotten var tilbage igen ude ad vinduet og over alle bjerge, inden manden vågnede op med smerter i brystet. På det tidspunkt, hvor ofrets kone ringede efter en ambulance, var Delta-holdet allerede på vej hjemad igen.

Intet indbrud, ingen indtrængen.

Død af naturlige årsager.

Det havde været smukt.

For nylig havde en anden mikrobot, der var anbragt inde i en fremtrædende senators kontor for at monitorere hans personlige møder, optaget billeder af et utvetydigt seksuelt møde. Delta-holdet kaldte denne opgave "indtrængen bag fjendens linjer".

Nu, hvor han havde været bundet til overvågningspligten inde i et telt gennem de sidste ti dage, var Delta-et parat til at afslutte denne mission.

Forbliv i skjul.

Overvåg bygningen – inde og ude.

Rapporter alle uventede hændelser til din leder.

Delta-et var blevet optrænet i aldrig at lade sine opgaver påvirke sig følelsesmæssigt. Men denne mission havde fået hans hjerte til at banke hurtigere, da han og hans hold første gang blev orienteret. Briefingen havde været "ansigtsløs" – hver fase forklaret via sikre, elektroniske kanaler. Delta-et havde aldrig mødt den leder, der var ansvarlig for denne opgave.

Delta-et var ved at tilberede et dehydreret proteinmåltid, da hans ur bippede i takt med de andres. I løbet af et par sekunder blinkede CrypTalk-kommunikationsapparatet ved siden af ham på advarselssignalet. Han afbrød sit forehavende og tog den håndholdte forbindelse. De to andre så til i stilhed.

"Delta-et," sagde han ind i transmitteren.

De to ord blev straks identificeret af software inde i apparatet, som genkendte stemmen. Hvert ord fik så tildelt et referencenummer, som blev krypteret og sendt via satellit til den, der havde kaldt op. Der blev numrene dekrypteret af et lignende apparat og oversat tilbage ved hjælp af en forudbestemt, selvrandomiserende ordbog. Derpå blev ordene udtalt med en syntetisk stemme. Hele overførslen tog firs millisekunder.

"Lederen her," sagde den person, der stod for operationen. Den robotagtige tone i CrypTalk'en var uhyggelig – uorganisk og androgyn. "Hvad er status for operationen?"

"Alt går som planlagt," svarede Delta-et.

"Fremragende. Jeg har en opdatering på tidsplanen. Oplysningen offentliggøres i aften klokken tyve. Fem timer efter Greenwich-tid."

Delta-et checkede sin kronograf. Kun otte timer endnu. Hans arbejde her ville snart være færdigt. Det var opmuntrende.

"Der er en ny udvikling," sagde lederen. "Der er kommet en ny spiller ind på scenen."

"Hvilken ny spiller?"

Delta-et lyttede. *Et interessant spil.* En eller anden derude spillede med for alvor. "Tror De, man kan stole på hende?"

"Hun bør overvåges meget nøje."

"Og hvis der bliver problemer?"

Der var ingen tøven på linjen. "De ordrer, De har fået, står ved magt."

16

Rachel Sexton havde fløjet stik nordpå i mere end en time. Ud over et flygtigt glimt af Newfoundland havde hun ikke set andet end vand under F-14-flyet på hele turen.

Hvorfor skulle det absolut være vand? tænkte hun og skar en grimasse. Rachel var faldet gennem isen på en tilfrossen sø, mens hun løb på skøjter, da hun var syv år gammel. Mens hun lå fanget under overfladen, var hun sikker på, at hun skulle dø. Det havde været hendes mors stærke greb, som til sidst hev Rachels dyngvåde krop op i sikkerhed. Lige siden denne traumatiske oplevelse havde Rachel måttet kæmpe mod alvorlig vandskræk, en udpræget forsigtighed over for åbent vand, specielt koldt vand. Her, hvor der ikke var andet end Nordatlanten, så langt Rachel kunne se, var hendes gamle frygt kommet krybende tilbage.

Ikke før piloten kontrollerede sine pejlinger hos Thule Airbase i det nordlige Grønland, gik det op for Rachel, hvor langt de havde fløjet. *Er jeg forbi polarcirklen?* Den opdagelse forstærkede hendes uro. *Hvor flyver de mig hen? Hvad har NASA fundet?* Snart blev de gråblå vidder nedenunder plettet med tusindvis af lysende hvide klatter.

Isbjerge.

Rachel havde kun én gang før i sit liv set isbjerge. Det var, da hendes mor for seks år siden havde overtalt hende til at tage med på et mor og datter-krydstogt til Alaska. Rachel havde foreslået en række alternative feriesteder på land, men hendes mor lod sig ikke rokke. "Rachel, skat," havde hun sagt, "to tredjedele af denne planet er dækket af vand, og før eller senere må du lære at leve med det." Mrs. Sexton var en sej dame fra New England, der var opsat på at opdrage en stærk datter.

Krydstogtet havde været den sidste tur, Rachel og hendes mor tog sammen.

Katherine Wentworth Sexton. Rachel følte et stik af ensomhed. Som den hylende vind uden for flyet kom minderne farende tilbage og rev i hende på den måde, de altid gjorde. Deres sidste samtale havde været over telefonen. På Thanksgiving Day om morgenen den fjerde torsdag i november.

"Jeg er meget ked af det, mor," sagde Rachel, der ringede hjem fra O'Hare-lufthavnen, hvor hun var sneet inde. "Jeg ved, at vores familie altid har været sammen på Thanksgiving Day. Det ser ud til, at i dag bliver første gang, vi ikke skal se hinanden."

Rachels mor lød knust. "Jeg havde sådan glædet mig til at se dig."

"Det havde jeg også, mor. Tænk, at jeg skal spise lufthavnsmad, mens du og far fester med kalkunen."

Der blev en pause på linjen. "Rachel, jeg ville ikke fortælle dig det, før du kom, men din far siger, at han har for meget arbejde til at kunne komme hjem i år. Han holder lang weekend i sin suite i D.C."

"Hvad!" Rachels overraskelse skiftede øjeblikkelig til vrede. "Men det er Thanksgiving. Senatet er ikke samlet! Han er mindre end to timer væk. Han burde være hos dig!"

"Det ved jeg. Han siger, han er udmattet – alt for træt til at køre. Han har besluttet, at han har brug for den her weekend til den bunke arbejde, han mangler."

Arbejde? Rachel var skeptisk. Et mere sandsynligt gæt var, at senator Sexton ville bruge tiden på en anden kvinde. Skønt han var diskret, havde hans utroskab stået på i årevis. Mrs. Sexton var ingen tåbe, men hendes mands affærer blev altid ledsaget af overbevisende alibier og en smertelig krænkelse over den blotte antydning af, at han kunne være utro. Til slut så mrs. Sexton ingen anden udvej end at begrave sin smerte og lukke øjnene. Skønt Rachel havde tryglet sin mor om at overveje skilsmisse, var Katherine Wentworth Sexton en kvinde, der holdt ord. *Til døden os skiller,* sagde hun til Rachel. *Din far har velsignet mig med dig – en smuk datter – og det takker jeg ham for. Han må stå til ansvar for sine handlinger hos en højere magt en skønne dag.*

Her i lufthavnen var Rachels vrede på kogepunktet. "Men det betyder, at du skal være alene på Thanksgiving Day!" Hun følte sig syg om hjertet. At senatoren svigtede sin familie på Thanksgiving Day var et nyt lavmål, selv for ham.

"Nå …," sagde mrs. Sexton med en skuffet, men beslutsom stemme. "Det er klart, at jeg ikke kan lade al den mad gå til spilde. Jeg kører op til tante Ann med den. Hun har altid inviteret os op til Thanksgiving. Jeg ringer til hende med det samme."

Rachel følte sig kun en anelse mindre skyldig. "Okay. Jeg kommer hjem, så hurtigt jeg kan. Jeg elsker dig, mor."

"Flyv forsigtigt, skat."

Klokken var 22.30, da Rachels taxa endelig kørte op ad den snoede indkørsel til Sextons luksuriøse ejendom. Rachel vidste med det samme, at der var noget galt. Tre politivogne holdt i indkørslen. Også flere biler fra radio og tv. Der var lys i hele huset. Rachel styrtede ind med hjertet oppe i halsen.

En politimand fra Virginia mødte hende i døråbningen. Hans ansigt var bistert. Han behøvede ikke at sige et ord. Rachel vidste det. Der var sket en ulykke.

"Hovedvej 25 var glat af isslag," sagde betjenten. "Deres mor kom væk fra vejen og ned i en træfyldt kløft. Jeg er ked af det. Hun var død på stedet."

Rachels krop blev følelsesløs. Hendes far, der var vendt hjem, straks da han havde fået at vide, hvad der var sket, sad nu i opholdsstuen og var i gang med at holde en lille pressekonference og bekendtgjorde stoisk til hele verden, at hans kone var afgået ved døden i et biluheld på vej hjem fra Thanksgiving-middag hos noget familie.

Rachel stod ude i gangen og hulkede under hele forestillingen.

"Jeg ønsker kun," fortalte hendes far til pressen med tårevæddede øjne, "at jeg havde været hjemme hos hende denne weekend. Så ville det aldrig være sket."

Det skulle du have tænkt på for mange år siden, græd Rachel, mens hendes afsky over for faderen blev dybere, for hvert øjeblik der gik.

Fra da af fjernede Rachel sig fra sin far på en måde, som hendes mor aldrig havde gjort. Senatoren lod næppe til at ænse det. Han havde pludselig fået meget travlt med at bruge sin afdøde kones formue på at begynde at bejle til sit partis nominering til præsident. Sympatitilkendegivelsen skadede heller ikke.

Nu tre år senere og selv på afstand gjorde senatoren Rachels liv ensomt. Hendes fars beslutsomme kurs mod Det Hvide Hus havde skubbet Rachels drømme om at møde en mand og få børn ud på ubestemt tid. For Rachel var det blevet meget lettere at trække sig helt ud af selskabslivet end at skulle tage sig af den endeløse strøm af magthungrende bejlere i Washington, der håbede at snuppe en sørgende, mulig "førstedatter", mens hun stadig var uden for de hvide mure.

Uden for F-14'eren var dagslyset begyndt at aftage. Det var hen på vinteren i Arktis – en tid med vedvarende mørke. Det gik op for Rachel, at hun fløj ind i polarnatten.

Som minutterne gik, forsvandt sollyset helt og blev væk under horisonten. De fortsatte nordpå, en strålende måne i tiltagende kom til syne og hang hvid i den krystalklare, iskolde luft. Langt nedenunder flimrede havets bølger med isbjerge, der lignede diamanter indsyet i mørkt pailletstof.

Endelig kunne Rachel skelne det uklare omrids af land. Men det var ikke, hvad hun havde ventet. Ud af havet foran flyet dukkede en enorm, snedækket bjergkæde op.

"Bjerge?" spurgte Rachel forvirret. "Er der bjerge *nord* for Grønland?"

"Åbenbart," sagde piloten og lød lige så overrasket.

Da næsen på F-14-flyet tippede nedad, følte Rachel en besynderlig vægtløshed. Selvom det ringede for hendes ører, kunne hun høre et elektronisk smæld i cockpittet. Piloten havde åbenbart fundet et radiosignal, låst sig fast på det og fulgte det nu.

Da de kom under et tusind meter, kiggede Rachel ud på det dramatiske, månebelyste terræn under dem. Ved foden af bjergene bredte en sneflade sig langt og vidt ud. Plateauet strakte sig roligt ud mod havet omkring femten kilometer, inden det endte brat ved en stejl klint af massiv is, som faldt lodret ned i havet.

Det var i det øjeblik, Rachel så det. Et syn, som ikke lignede noget, hun nogensinde tidligere havde set på Jorden. Først troede hun, at det måtte være månelyset, der havde spillet hende et puds. Hun kneb øjnene sammen og så ned mod snemarkerne ude af stand til at forstå, hvad hun så. Jo lavere flyet sank, jo klarere blev billedet.

Hvad i himlens navn?

Plateauet under dem var stribet ... som om nogen havde malet sneen med tre store striber sølvmaling. De glinsende striber løb parallelt med kysten. Først da flyet kom ned under 150 meter, afslørede det optiske bedrag sig. De tre sølvstriber var dybe render, der hver var mere end tredive meter brede. Renderne var fyldt af vand og var frosset til brede, sølvskinnende kanaler, som løb parallelt hen over plateauet. De hvide bånd mellem dem var ophobede volde af sne.

Da de styrede ned mod plateauet, begyndte flyet at hoppe og bumpe i den kraftige turbulens. Rachel hørte landingsstellet blive aktiveret med et tungt stød, men hun så stadig ingen landingsbane. Mens piloten kæmpede for at holde flyet under kontrol, kiggede Rachel ud og fik øje på to rækker blinkende lys på tværs af den yderste isrende. Hun blev med rædsel klar over, hvad piloten havde i sinde at gøre.

"Skal vi lande på *isen?*" spurgte hun.

Piloten svarede ikke. Han koncentrerede sig om vindstødene. Rachel følte et sug i maven, da flyet satte farten ned og styrede ned mod iskanalen. Høje snebunker rejste sig på hver side af flyet, og Rachel holdt vejret, klar over, at den mindste fejlberegning i den snævre kanal ville betyde den visse død. Det dirrende fly fløj lavere ned mellem voldene, og turbulensen forsvandt pludselig. Nu, hvor de var i læ for vinden, landede flyet perfekt på isen.

Tomcat'ens jetbremser brølede og sagtnede flyet. Rachel pustede ud. Jetten taxiede cirka hundrede meter længere frem og standsede ved en kraftig, spraymalet rød linje tværs over isen.

Udsigten til højre bestod af en væg af sne i månelyset – siden af en isvold. Udsigten til venstre var nøjagtig magen til. Kun gennem forruden var der noget at se ... en endeløs strækning af is. Hun følte det, som om hun var landet på en død planet. Bortset fra linjen på isen var der intet tegn på liv.

Så hørte Rachel det. I det fjerne nærmede noget med en motor sig. Med højere omdrejningstoner. Lyden blev højere, indtil en maskine kom til syne. Det var en stor larvefods-snetraktor, der kom kværnende hen imod dem op ad isrenden. Den var høj og tynd og lignede et tårnhøjt fremtidsinsekt, der skurrede mod dem på grådigt snurrende fødder. Højt oppe på chassis'et var der en aflukket plexiglaskabine med en række projektører, der oplyste dens vej.

Maskinen stoppede rystende lige ved siden af F-14-flyet. Døren til plexiglaskabinen gik op, og en skikkelse klatrede ned ad en stige og ned på isen. Han var pakket ind i en rummelig, hvid jumpsuit fra top til tå. Det så ud, som om han var blevet pustet op.

Mad Max møder Michelinmanden, tænkte Rachel, der var lettet over at se, at denne fremmede planet i det mindste var beboet.

Manden gav tegn til F-14-piloten om at åbne lugen.

Piloten adlød.

Da cockpittet blev åbnet, jog et vindstød gennem Rachels krop og afkølede hende til marv og ben.

Luk den forbandede låge!

"Ms. Sexton?" råbte skikkelsen op til hende. Hans accent var amerikansk. "Jeg byder Dem velkommen på NASA's vegne."

Rachel rystede af kulde. *Tusind tak.*

"Vær venlig at åbne Deres sikkerhedssele, efterlad Deres hjelm i flyet, og forlad flyet ved hjælp af de udvendige trin. Har De nogen spørgsmål?"

"Ja," råbte Rachel tilbage. "Hvor i helvede er jeg?"

17

Marjorie Tench – seniorrådgiver for præsidenten – var et lang-
benet, tyndt stavær. Hendes magre skikkelse på en meter og
firs lignede et Meccano-sæt af led og lemmer. Oven over hen-
des vaklende legeme hang der et gulligt ansigt, hvor huden
lignede et ark pergamentpapir med to huller i til et par følel-
sesløse øjne. I en alder af enoghalvtreds så hun ud til at være
halvfjerds.

Tench var agtet og æret i Washington som en gudinde på
den politiske arena. Det blev sagt om hende, at hun var i be-
siddelse af analytiske evner, der grænsede til det clairvoyante.
De ti år, hun havde ledet Udenrigsministeriets kontor for efter-
retning og efterforskning, havde bidraget til at hvæsse en dø-
deligt skarp, kritisk hjerne. Til Tenchs politiske tæft føjede sig
uheldigvis et iskoldt væsen, som ikke ret mange kunne holde
ud i mere end nogle få minutter. Marjorie Tench var blevet vel-
signet med en hjerne som en supercomputer – og med samme
varme. Ikke desto mindre havde præsident Zach Herney in-
gen problemer med at tolerere hendes idiosynkrasier; først og
fremmest var det hendes intellekt og hårde arbejde, der næsten
egenhændigt havde fået Herney anbragt i præsidentembedet.

”Marjorie,” sagde præsidenten og rejste sig for at byde hen-
de velkommen i Det Ovale Værelse. ”Hvad kan jeg gøre for
dig?” Han tilbød hende ikke at sidde ned. Almindelig selska-
belig elskværdighed gjaldt ikke over for kvinder som Marjorie
Tench. Hvis Tench ønskede at sætte sig i en stol, skulle hun
fandeme nok selv tage en.

”Jeg kan se, at du har indkaldt staben til en briefing klok-
ken seksten.” Hendes stemme var ru på grund af de mange ci-
garetter, hun røg. ”Strålende.”

Tench gik lidt frem og tilbage på gulvet et øjeblik, og Her-
ney kunne mærke, hvordan de komplicerede tandhjul i hendes
hjerne snurrede rundt og rundt. Han var taknemmelig. Marjo-

rie Tench var en af de få udvalgte i præsidentens stab, der var fuldt ud klar over NASA's opdagelse, og hendes politiske tæft hjalp præsidenten med at planlægge sin strategi.

"Den her debat på CNN klokken fjorten," sagde Tench og hostede. "Hvem skal vi sende til at stille op mod Sexton?"

Herney smilede. "En af de yngre kampagnetalsmænd." Den politiske taktik med at frustrere "jægeren" ved aldrig at sende ham et ordentligt bytte var lige så gammel som selve debatterne.

"Jeg har en meget bedre ide," sagde Tench og lod sine golde øjne møde hans. "Lad mig tage den udsendelse."

Zach Herney løftede hovedet med et ryk. "Dig?" *Hvad i helvede tænker hun på?* "Marjorie, du går ikke i medierne. Desuden er det en middagsudsendelse. Hvis jeg sender min seniorrådgiver, hvad slags besked sender det så? Det får os til at se ud, som om vi går i panik."

"Nemlig."

Herney så granskende på hende. Uanset hvilken forskruet plan Tench var ved at udklække, ville Herney under ingen omstændigheder lade hende optræde på CNN. Enhver, der nogensinde havde kastet et blik på Marjorie Tench, vidste, at der var en grund til, at hun arbejdede bag kulisserne. Tench så forfærdelig ud – ikke den slags ansigt, som en præsident gerne ville have til at aflevere budskabet fra Det Hvide Hus.

"Jeg tager den CNN-debat," gentog hun. Denne gang spurgte hun ikke.

"Marjorie," forsøgte præsidenten sig og følte sig temmelig usikker, "Sextons kampagnefolk vil selvfølgelig påstå, at når du går på CNN, så er det et bevis på, at Det Hvide Hus er ved at være skræmt. Hvis vi stiller med vores store kanoner allerede nu, får det os til at se desperate ud."

Marjorie nikkede stille og tændte en cigaret. "Jo mere desperate vi ser ud, desto bedre."

I løbet af de næste tres sekunder skitserede Marjorie Tench, hvorfor præsidenten skulle sende hende til CNN-debatten i stedet for et simpelt medlem af kampagnestaben. Da Tench var færdig, kunne præsidenten kun stirre forbløffet på hende.

Endnu en gang havde Marjorie Tench bevist, at hun var et politisk geni.

18

Milne-isshelfen er det største flydende ismassiv på den nordlige halvkugle. Den ligger nord for den 82. breddegrad ved den nordligste kyst af Ellesmere Island i det højarktiske område, er seks kilometer bred og kan opnå en tykkelse på over hundrede meter.

Da Rachel klatrede ind i plexiglasaflukket på toppen af istraktoren, var hun taknemmelig for den ekstra parkacoat og handskerne, der ventede på sædet, såvel som for den varme, der strømmede ud gennem traktorens ventilatorer. Udenfor på islandingsbanen brølede motorerne på F-14-flyet, og flyet begyndte at taxie væk.

Rachel så forskrækket op. "Forlader han os?"

Hendes nye vært klatrede ind i traktoren og nikkede. "Det er kun videnskabeligt personale og medlemmer af NASA's umiddelbare støttehold, der har lov til at være her."

Da F-14-flyet for op mod den solløse himmel, følte Rachel sig ladt i stikken.

"Vi tager Is-Rover'en herfra," sagde manden. "Chefen venter."

Rachel kiggede ud på sølvstien af is foran dem og prøvede at forestille sig, hvad i helvede chefen for NASA lavede heroppe.

"Hold fast," råbte NASA-manden og drejede på nogle håndtag. Med en skurrende brummen drejede maskinen sig halvfems grader på stedet som en tankvogn på larvefødder. Den vendte nu mod den høje mur af sne.

Rachel så på den stejle hældning og følte en rislende frygt. *Han har da ikke i sinde at …*

"Rock and roll!" Føreren slap koblingen, og køretøjet satte i fart direkte hen mod skråningen. Rachel udstødte et dæmpet skrig og holdt godt fast. Da de ramte hældningen, borede de pigbesatte bælter sig ind i sneen, og tingesten begyndte at klatre. Rachel var sikker på, at de ville tippe bagover, men kabinen forblev overraskende vandret, mens bælterne kradsede sig op ad skråningen. Da den enorme maskine hævede sig op på kammen af volden, standsede føreren den og så strålende af stolthed på sin passager, hvis knoer var blevet hvide. "Prøv det i en firhjulstrækker! Vi tog shock-system-designet fra Mars Pathfinder og knaldede det på den her madamme! Det virkede som en drøm."

Rachel nikkede mat. "Fikst."

Mens Rachel nu sad oven på snevolden, så hun ud på det ufattelige syn. Endnu en stor vold stod foran dem, og så holdt bølgerne brat op. Bagved fladede isen ud i glitrende vidder, som hældede bare en anelse. Den måneoplyste isflade strakte sig ud i det fjerne, hvor den til sidst snævrede ind og snoede sig op i bjergene.

"Det er Milne-gletsjeren," sagde føreren og pegede op mod bjergene. "Den starter deroppe og flyder ned mod det brede delta, som vi nu sidder på."

Føreren gassede motoren op igen, og Rachel holdt fast, da traktoren tog fart ned ad den stejle overflade. Ved foden kradsede den sig over endnu en isflod og susede op ad den næste vold. De klatrede op på kammen og for ned ad den anden side, hvorpå de gled ud på en glat isflade og begyndte at knase sig hen over gletsjeren.

"Hvor langt skal vi?" Rachel kunne ikke se andet end is foran dem.

"Cirka tre kilometer."

Rachel syntes, det lød langt. Vinden udenfor rystede Is-Rover'en med ubarmhjertige stød og raslede med plexiglasset, som om den prøvede at kyle dem tilbage mod havet.

"Det er faldvinden," råbte føreren. "Man vænner sig til den," Han forklarede, at dette område havde permanent fralandsvind – faldvind. Den nådesløse blæst skyldtes tung, kold luft, der "flød" ned ad den iskolde forside som en rasende flod. "Det her er det eneste sted på Jorden, hvor Helvede faktisk fryser til," tilføjede føreren og lo.

Adskillige minutter senere begyndte Rachel at se en uklar form i det fjerne foran dem – silhuetten af en enorm, hvid kuppel, der ragede op fra isen. Rachel gned sine øjne. *Hvad i alverden ...?*

"*Store* eskimoer heroppe, ikke?" spøgte manden.

Rachel forsøgte at få hoved og hale på kuplen. Den lignede en mindre udgave af Houston Astrodome.

"Den satte NASA op for halvanden uge siden," sagde han. "Plexipolysorbat, der bliver pustet op ad flere omgange. Man puster stykkerne op, sætter dem sammen indbyrdes og tøjrer hele foretagendet til isen med ringbolte og wirer. Den ligner et kæmpestort kuppeltelt, men det er faktisk NASA's prototype for den transportable bolig, som vi håber at bruge på Mars en skønne dag. Vi kalder den en 'habisfære'. "

"Habisfære?"

"Ja, ja, fik De fat på den?" Fordi det ikke er en *hel* sfære, det er kun en *habi*-sfære."

Rachel smilede og kiggede ud på den groteske bygning, der nu kom nærmere på isfladen. "Og fordi NASA endnu ikke er kommet til Mars, så har I gutter besluttet at sove den ud her i stedet for?"

Manden lo. "Faktisk ville jeg have foretrukket Tahiti, men det er ikke op til mig, det afgør skæbnen."

Rachel kiggede usikkert op på bygningsværket. Den ydre skal i off-white stod som et spøgelsesagtigt omrids mod en mørk himmel. Da Is-Rover'en nærmede sig bygningen, satte den farten ned, til den holdt uden for en lille dør på siden af kuplen, som nu blev lukket op. Lys indefra strømmede ud på sneen. En skikkelse trådte ud. Han var en svær kæmpe i en sort fleece-pullover, som forøgede hans størrelse og fik ham til at ligne en bjørn. Han gik hen mod Is-Rover'en.

Rachel var ikke i tvivl om, hvem den enorme mand var: Lawrence Ekstrom, chef for NASA.

Føreren brød ud i et trøstende grin. "Lad ikke hans størrelse narre Dem. Fyren er en missekat."

Snarere en tiger, tænkte Rachel, der var velbekendt med Ekstroms ry for at bide hovedet af folk, der stod i vejen for hans drømme.

Da Rachel klatrede ned fra Is-Rover'en, væltede vinden hende næsten. Hun svøbte trakken om sig og gik hen mod kuplen.

NASA-chefen mødte hende på halvvejen og strakte en enorm, behandsket næve frem. "Ms. Sexton. Tak for, at De ville komme."

Rachel nikkede usikkert og råbte over den hylende blæst. "Ærligt talt, sir, så er jeg ikke sikker på, at jeg havde noget valg."

Tusind meter længere oppe ad gletsjeren kiggede Delta-et gennem sin infrarøde kikkert og så til, mens NASA-chefen førte Rachel Sexton ind i kuplen.

19

NASA's chef, Lawrence Ekstrom, var en kæmpe af en mand, rødmosset og barsk som en vred, nordisk gud. Hans blonde hår var militært karseklippet over en furet pande, og hans fyldige næse havde et edderkoppespind af årer. I øjeblikket hang han med øjnene efter flere søvnløse nætter. Han havde været indflydelsesrig rumfartsstrateg og operationsrådgiver ved Pentagon, inden han kom til NASA, og havde ry for at være så tvær, at det kun kunne måle sig med hans ubestridelige hengivenhed over for ligegyldig hvilken opgave der var i gang.

Da Rachel Sexton fulgte efter Lawrence Ekstrom ind i habisfæren, befandt hun sig i en sælsom, gennemskinnelig labyrint af gange. Det labyrintiske netværk så ud til at være formet af hængende plader af uigennemsigtig plastik mellem stramme wirer. Gulvet i labyrinten var ikke-eksisterende – en flade af ismassivet, der var dækket med striber af gummimåtter. De passerede et beboelsesområde, der stadig var ved at blive indrettet, og i hvis udkant der stod feltsenge og kemiske toiletter.

Heldigvis var luften i habisfæren varm, men tung af det blandede potpourri af den slags lugte, der opstår, når mennesker lever tæt op og ned ad hinanden. Et sted drønede en generator, åbenbart kilden til den elektricitet, der gav strøm til de nøgne pærer, der hang ned fra draperede forlængerledninger i korridorerne.

"Ms. Sexton," gryntede Ekstrom og førte hende i rasende fart mod et ukendt mål. "Lad mig være oprigtig over for Dem lige fra starten." Hans tone indeholdt alt andet end glæde over at have Rachel som sin gæst. "De er her, fordi *præsidenten* ønsker, at De skal være her. Zach Herney er en af mine personlige venner og en trofast NASA-tilhænger. Jeg respekterer ham. Jeg skylder ham noget. Og jeg stoler på ham. Jeg sætter ikke spørgsmålstegn ved hans direkte ordrer, selvom jeg ikke kan lide dem. Bare for at der ikke skal være nogen misforståelse, så skal De være klar over, at jeg ikke deler præsidentens begejstring for at involvere Dem i denne sag."

Rachel kunne kun stirre på ham. *Har jeg rejst fire et halvt tusind kilometer for at blive mødt med den slags gæstfrihed?* Han var sørme ikke nogen Emma Gad. "Med al respekt," gav hun igen, "så er jeg her også efter præsidentens ordre. Jeg har ikke fået noget at vide om, hvorfor jeg skal være her. Jeg har foretaget turen i god tro."

"Fint," sagde Ekstrom. "Så vil jeg tale lige ud af posen."

"Det har De da gjort lige fra begyndelsen."

Rachels respektløse svar så ud til at ramme NASA-chefen. Hans trav blev langsommere et øjeblik, og hans øjne klarede op, mens han så undersøgende på hende. Ligesom en slange, der ruller sig ud, drog han så et dybt suk og genoptog farten.

"De må vide," begyndte Ekstrom, "at De er her i anledning af et tophemmeligt NASA-projekt imod min vilje. Ikke alene er De repræsentant for NRO, hvis leder morer sig med at fremstille NASA's folk som en flok børn, der plaprer ud med alt, men De er datter af den mand, som har gjort det til sin personlige opgave at ødelægge NASA. Projektet skulle give NASA en plads i solen; mine folk har fundet sig i en masse kritik på det seneste og fortjener at få den ære, som dette projekt vil give dem. Men på grund af en syndflod af skepsis, som *Deres* far står i spidsen for, befinder NASA sig nu i en politisk situation, hvor mit hårdtarbejdende personale er tvunget til at dele rampelyset med en håndfuld tilfældige forskere og datteren af den mand, der forsøger at ødelægge os."

Jeg er ikke min far, havde Rachel lyst til at råbe, men det var næppe her og nu, hun skulle diskutere politik med NASA's leder. "Jeg er ikke kommet for rampelysets skyld, sir."

Ekstrom gloede olmt på hende. "De finder måske ud af, at De ikke har noget alternativ."

Replikken overraskede hende. Skønt præsident Herney ikke havde sagt noget specielt om at hjælpe ham på nogen "offentlig" måde, havde William Pickering da så sandelig luftet sin mistanke om, at Rachel kunne blive en brik i et politisk spil.

"Jeg vil gerne vide, hvad jeg skal her," sagde Rachel.

"Det vil jeg også. Jeg ved det heller ikke."

"Hvabehar?"

"Præsidenten bad mig sætte Dem ind i situationen, så snart De kom. Uanset hvilken rolle han ønsker De skal spille i dette cirkus, så er det en sag mellem Dem og ham."

"Han fortalte mig, at Deres jordovervågningssystem har gjort en opdagelse."

Ekstrom kiggede skråt over på hende. "Hvor bekendt er De med EOS?"

"EOS er en konstellation af fem NASA-satellitter, som undersøger Jorden på forskellige måder – kortlægning af verdenshavene, geologiske forkastningsanalyser, observation af den polare issmeltning, lokalisering af fossile brændstofreserver …"

"Fint," sagde Ekstrom og lød ikke imponeret. "Så De er på det rene med den nyeste tilføjelse til konstellationen? PODS – densitetsscanneren i polarkredsløb."

Rachel nikkede. PODS var konstrueret til at hjælpe med at måle effekten af den globale opvarmning. "Som jeg har forstået det, så måler PODS tykkelsen og hårdheden af Nordpolens iskappe."

"Ja, noget i den stil. Den bruger spektralbåndsteknologi til at foretage gennemgående densitetsscanninger af store områder og finde bløde uregelmæssigheder i isen – sjapsteder, indre smeltning, store revner – tegn på global opvarmning."

Rachel var bekendt med densitetsscanning. Det var ligesom underjordisk ultralyd. Der var NRO-satellitter, der havde brugt en lignende teknologi til at lede efter densitetsvarianter under jorden i Østeuropa for at lokalisere massegrave, som kunne bekræfte over for præsidenten, at der foregik etnisk udrensning.

"For to uger siden," sagde Ekstrom, "passerede PODS hen over den her isshelf og fik øje på en uregelmæssighed i densiteten, som ikke lignede noget, vi havde ventet at se. Halvfjerds meter under overfladen så PODS noget, der lignede en amorf, lille kugle på omkring tre meter i diameter, helt indlejret i ismassivet."

"En vandlomme?" spurgte Rachel.

"Nej. Ikke flydende. Sært nok var denne specielle uregelmæssighed hårdere end isen udenom."

Rachel ventede. "Så ... det er en kampesten eller sådan noget?"

Ekstrom nikkede. "Noget i den retning."

Rachel ventede på pointen. Den kom aldrig. *Skulle jeg være her, fordi NASA har fundet en stor sten i isen?*

"Det var først, da PODS beregnede densiteten i denne sten, at vi blev helt vilde i varmen. Vi fik straks fløjet et hold herop for at analysere den. Det viste sig, at stenen i isen under os har en markant større massefylde end nogen anden type sten, man har fundet her på Ellesmere Island. Større massefylde end nogen slags sten, man nogensinde har fundet inden for en radius på seks hundrede kilometer."

Rachel stirrede ned på isen under sine fødder og forestillede sig den store sten dernede et eller andet sted. "Siger De, at nogen har *flyttet* den herop?"

Ekstrom så helt fornøjet ud. "Stenen vejer mere end otte tons. Den er indlejret neden under halvfjerds meter ismassiv. Det betyder, at den har ligget der uberørt i mere end *tre hundrede* år."

Rachel følte sig træt, da hun fulgte efter chefen ind i en lang, snæver korridor og passerede to bevæbnede NASA-folk, som stod vagt. "Jeg går ud fra, at der er en logisk forklaring på, hvorfor den sten ligger her ... og på alt dette hemmelighedskræmmeri?"

"Det er der så sandelig," sagde Ekstrom udtryksløst. "Den sten, PODS har fundet, er en meteorit."

Rachel standsede brat op og stirrede på chefen. *En meteorit?*" En bølge af skuffelse væltede ind over hende. En meteorit var et vældigt antiklimaks efter alle de forventninger, præsidenten havde lagt op til. *Denne opdagelse vil med et slag berettige alle hidtidige udgifter til NASA og de fejltagelser, de har begået?* Hvad tænkte Herney dog på? Ganske vist var meteoritter nogle af de sjældneste sten på jorden, men NASA opdagede jo meteoritter hele tiden.

"Denne meteorit er en af de største, man nogensinde har fundet," sagde Ekstrom og stod stiv som en pind foran hende. "Vi tror, den er et fragment af en større meteorit, som man ved ramte Det Nordlige Ishav i 1700-tallet. Højst sandsynligt blev den her sten kastet væk som i en eksplosion, da meteoren ramte havet, landede på Milne-gletsjeren og langsomt blev begravet af sneen gennem de næste tre hundrede år."

Rachel så vred ud. Deres opdagelse ville ikke ændre noget. Hun følte en voksende mistanke om, at hun overværede et overdrevent publicity-trick fra et desperat NASA og Det Hvide Hus – to kæmpende enheder, som forsøgte at løfte et gunstigt fund op på et niveau, hvor det kunne se ud, som om det var en verdensomvæltende NASA-sejr.

"De ser ikke alt for imponeret ud," sagde Ekstrom.

"Jeg tror bare, at jeg ventede noget ... andet."

Ekstroms øjne blev små. "En meteorit af denne størrelse er et meget sjældent fund, ms. Sexton. Der er ikke mange i verden, der er større."

"Jeg er klar ..."

"Men størrelsen af meteoritten er ikke det, der optager os."

Rachel kiggede op.

"Hvis De vil tillade, at jeg taler færdig," sagde Ekstrom, "så vil De finde ud af, at denne meteorit fremviser nogle temmelig forbløffende karakteristika, som aldrig før er set i nogen meteorit. Stor eller lille." Han pegede ned ad korridoren. "Hvis De nu vil følge med mig, så vil jeg introducere Dem for en, som er mere kvalificeret end jeg til at diskutere dette fund."

Rachel var forvirret. "En, der er mere kvalificeret end NA-SA's chef?"

Ekstroms nordiske øjne låste hendes blik fast. "Mere kvalificeret, ms. Sexton, for så vidt som han er uafhængig. Jeg gik ud fra, at De ville foretrække at få oplysningerne fra en uhildet kilde, eftersom De er professionel dataanalytiker."

Touché. Rachel holdt mund.

Hun fulgte efter NASA-chefen ned gennem den trange korridor, som endte blindt ved et tungt, sort forhæng. Bag det kunne Rachel høre mumlen fra en skare af stemmer, der rumlede på den anden side og gav ekko, som om de befandt sig i et kæmpestort, åbent rum.

Uden et ord strakte chefen sig op og trak forhænget til side. Rachel blev blændet af det skarpe lys. Tøvende gik hun ind i det glitrende rum og kneb øjnene sammen. Da hendes øjne havde vænnet sig til lyset, kiggede hun ud i det store rum foran sig og tog en rædselsslagen dyb indånding.

"Du milde himmel," hviskede hun. *Hvad er det her for et sted?*

20

CNN's anlæg uden for Washington, D.C., er et af de 212 studier, de har over hele verden, og som har satellitforbindelse til det globale hovedkvarter for Turner Broadcasting System i Atlanta.

Klokken var 13.45, da senator Sedgewick Sextons limousine kørte ind på parkeringspladsen. Sexton følte sig godt tilfreds, da han steg ud og skred hen mod indgangen. Han og Gabrielle blev budt indenfor af en CNN-producer med topmave, der smilede overstrømmende til dem.

"Senator Sexton," sagde produceren. "Velkommen. Vi har store nyheder. Vi har lige fundet ud af, hvem Det Hvide Hus har sendt som sparringspartner for Dem." Produceren smilede ironisk. "Jeg håber, De har husket pokeransigtet." Han pegede gennem glasset i redaktionsboksen ud i studiet.

Sexton så gennem glasset og faldt næsten forover. Der sad det grimmeste fjæs i politik og stirrede tilbage på ham gennem en tåge af cigaretrøg.

"Marjorie Tench?" for det ud af Gabrielle. "Hvad i helvede laver hun her?"

Det havde Sexton ingen anelse om, men hvad grunden så end var, så var hendes tilstedeværelse her en fantastisk nyhed – et klart tegn på, at præsidenten var desperat. Hvorfor skulle han ellers sende sin seniorrådgiver til frontlinjen? Præsident Zach Herney rullede de store kanoner frem, og Sexton bød lejligheden velkommen.

Jo større fjenderne er, jo hårdere falder de.

Senatoren var ikke i tvivl om, at Tench ville være en snedig modstander, men da han nu kiggede på hende, kunne han ikke lade være med at tænke, at præsidenten havde begået et alvorligt fejlskøn. Marjorie Tench så hæslig ud. Lige nu sad hun og ludede i stolen og røg en cigaret, mens hun bøjede højre arm i en sløv rytme frem og tilbage til sine tynde læber som en stor knæler, der spiste.

Herregud, tænkte Sexton, *her var da et ansigt, der burde holde sig til radio.*

De få gange, Sedgewick Sexton havde set Det Hvide Hus' seniorrådgivers gulsotagtige fjæs i et blad, kunne han ikke tro, at han så på et af de mest magtfulde ansigter i Washington.

"Jeg kan ikke lide det her," hviskede Gabrielle.

Sexton hørte hende næsten ikke. Jo mere han overvejede

situationen, jo bedre kunne han lide den. Endnu mere heldigt – for ham – end Tenchs medie-uvenlige fjæs var rygtet om hende angående nøglespørgsmålet: Marjorie Tench udtrykte ved enhver lejlighed, at Amerikas førerrolle i fremtiden kun kunne sikres ved teknologisk overherredømme. Hun var ivrig tilhænger af regeringens forsknings- og udviklingsprogrammer, og, hvad der var endnu mere vigtigt – NASA. Mange mente, det var Tenchs pres bag kulisserne, der gjorde, at præsidenten holdt så stædigt fast ved det svigtende rumagentur.

Sexton spekulerede på, om præsidenten muligvis nu straffede Tench for alle hendes dårlige råd om at støtte NASA. *Kaster han sin seniorrådgiver for ulvene?*

Gabrielle Ashe stirrede gennem glasset på Marjorie Tench og mærkede en tiltagende uro. Denne kvinde var intelligent som bare helvede, og hendes tilstedeværelse her var en uventet drejning. Disse to kendsgerninger fik hendes instinkter til at krible. I betragtning af Marjorie Tenchs holdning til NASA kunne man synes, at præsidentens beslutning om at lade hende stille op over for senator Sexton var ubetænksom. Men præsidenten var helt sikkert ikke dum. Noget sagde Gabrielle, at dette interview ikke varslede godt.

Gabrielle kunne allerede mærke senatoren savle over sine odds. Det hjalp meget lidt på hendes bekymring. Sexton havde for vane at gå for langt, når han blev kæphøj. NASA-spørgsmålet havde givet ham en velkommen stigning i meningsmålingerne, men Sexton havde forfulgt sit held lidt rigeligt, tænkte hun. Historien viste masser af eksempler på kampagner, der var blevet tabt af kandidater, som gik efter et knockout, når alt, hvad de behøvede, var at gå omgangen ud.

Produceren så ud til at være ivrig efter at komme i gang med den forestående blodige kamp. "Lad os få Dem i gang, senator."

Da Sexton styrede hen mod studiet, greb Gabrielle ham i ærmet. "Jeg ved, hvad du tænker," hviskede hun. "Men du skal bare være kold og rolig. Du skal ikke lade dig rive med."

"Rive med? Mig?" Sexton grinede.

"Husk nu, at den her dame er mægtig god til sit arbejde."

Sexton sendte hende et selvtilfreds smil. "Det er jeg sgu også."

21

Det huleagtige, store rum i NASA's habisfære ville have været et sært skue hvor som helst på jorden, men det faktum, at det stod på en arktisk isshelf, gjorde det så meget sværere for Rachel Sexton at fatte, hvad det var, hun så.

Da hun så op i en futuristisk kuppel, der var dannet af hvide, sammenføjede, trekantede polstrede måtter, følte hun det, som om hun var trådt ind i et kolossalt sanatorium. Væggene skrånede nedad mod et gulv af fast is, hvor en hær af halogenlamper stod som skildvagter rundt i periferien og sendt et hårdt lys til vejrs. Hele rummet lå hvidt og oplyst.

Stier af tæppeløbere i sort gummi snoede sig som slanger hen over isgulvet gennem en labyrint af mobile videnskabelige arbejdsstationer. Midt i al elektronikken var en tredive-fyrre hvidklædte NASA-folk travlt beskæftiget, mens de muntert konfererede og talte i et begejstret tonefald. Rachel genkendte straks den elektriske stemning i rummet.

Det var kick'et over en ny opdagelse.

Da Rachel og NASA-chefen kom ind langs yderkanten af kuplen, bemærkede hun de overraskede og misfornøjede blikke fra dem, der kendte hende. Deres hvisken gik klart igennem i rummets ekko.

Er det ikke senator Sextons datter?

Hvad fanden laver HUN her?

Jeg kan ikke forstå, at chefen overhovedet vil tale med hende!

Rachel ventede halvvejs at se voodoo-dukker af sin far dingle ned fra loftet alle vegne. Fjendtligheden omkring hende var dog ikke den eneste følelse, der hang i luften; Rachel kunne også mærke en tydelig selvtilfredshed – som om NASA klart vidste, hvem der ville få det sidste ord.

NASA-chefen tog Rachel med hen til en række borde, hvor der sad en enlig mand ved en computer. Han havde en sort rullekravesweater på, bredriflede fløjlsbukser og kraftige sko i stedet for det polarudstyr, de andre NASA-folk gik i. Han sad med ryggen til.

NASA-chefen bad Rachel om at vente, mens han gik over og talte med den fremmede. Efter et kort øjeblik gav manden i rullekravesweateren ham et beredvilligt nik og begyndte at lukke sin computer ned. Chefen kom tilbage.

"Mr. Tolland tager over herfra," sagde han. "Han er også en af præsidentens rekrutter, så I to skulle nok kunne komme godt ud af det sammen. Jeg vender tilbage til Dem senere."

"Tak."

"Jeg går ud fra, at De har hørt om Michael Tolland?"

Rachel trak på skuldrene, mens hendes hjerne stadig prøvede på at fatte de utrolige omgivelser. "Navnet får ikke nogen klokke til at ringe."

Manden med rullekraven kom hen til dem med et stort grin. "Får ikke nogen klokke til at ringe?" Hans stemme var rungende og venlig. "Det er den bedste nyhed, jeg har hørt hele dagen. Jeg får ellers aldrig en chance for at gøre et førstehåndsindtryk mere."

Da Rachel kiggede op på den nyankomne, frøs hendes fødder fast til stedet. Hun genkendte ansigtet med de regelmæssige træk lige med det samme. Det gjorde enhver amerikaner.

"Åh," sagde hun rødmende, da manden gav hende hånden. "De er den Michael Tolland."

Da præsidenten havde fortalt Rachel, at han havde rekrutteret nogle højtstående, uafhængige forskere til at bevidne NASA's opdagelse, havde Rachel forestillet sig en flok indtørrede nørder. Michael Tolland var lige modsat. Som en af de bedst kendte, videnskabelige berømtheder i Amerika var Tolland vært for et ugentligt tv-dokumentarprogram, der hed Forunderlige farvande, hvor han bragte seerne ansigt til ansigt med fascinerende havfænomener – undersøiske vulkaner, havorme på tre meter, dræbende tidevandsbølger. Medierne hyldede Tolland som en krydsning mellem Jacques Cousteau og Carl Sagan. De anerkendte hans viden, hans fordringsløse entusiasme og hans lyst til eventyr som den trylleformular, der med raketfart havde sendt Forunderlige farvande til tops i seertallene. De fleste kritikere medgav, at Tollands barske, gode udseende og selvudslettende karisma selvfølgelig nok ikke havde skadet hans popularitet hos de kvindelige seere.

"Mr. Tolland …," sagde Rachel og ledte lidt efter ordene. "Jeg hedder Rachel Sexton."

Tolland sendte hende et rart, skævt smil. "Hej, Rachel. Sig endelig du. Jeg er Mike."

Rachel var mundlam. Det skete ikke tit. Hendes sanser var overbelastet … habisfæren, meteoritten, hemmelighederne og nu at befinde sig ansigt til ansigt med en tv-stjerne. "Jeg er overrasket over at se dig her," sagde hun og forsøgte at genfinde balancen. "Da præsidenten fortalte mig, at han havde rekrutteret uafhængige forskere til at garantere for ægtheden af NASA's fund, tror jeg nok, at jeg forventede …" Hun tøvede.

"Rigtige forskere?" Tolland grinede.

Rachel rødmede flovt. "Det var ikke det, jeg mente."

"Det skal du ikke tage dig af," sagde Tolland. "Det er den samme sang, jeg har hørt her, lige siden jeg kom."

NASA-chefen undskyldte sig og lovede at støde til senere.

Tolland vendte sig nu mod Rachel og så nysgerrigt på hende. "Chefen siger, at senator Sexton er din far?"

Rachel nikkede. *Desværre.*

"En Sexton-spion bag fjendens linjer?"

"Kamplinjerne bliver ikke altid trukket der, hvor man regner med."

Der opstod en pinlig tavshed.

"Men sig mig engang," sagde Rachel hurtigt, "hvad foretager en verdensberømt havforsker sig på en gletsjer sammen med en flok raketspecialister fra NASA?"

Tolland kluklo. "Faktisk var der en fyr, der lignede præsidenten på en prik, som bad mig om gøre ham en tjeneste. Jeg åbnede munden for at sige 'Gå ad helvede til', men på en eller anden måde kom jeg til at sige 'Javel, sir'."

Rachel lo for første gang den dag. "Velkommen i klubben."

Skønt de fleste berømtheder er mindre i virkeligheden, end de ser ud på skærmen, syntes Rachel, at Michael Tolland forekom højere. Hans brune øjne var lige så årvågne og entusiastiske, som de var i fjernsynet, og hans stemme havde den samme beskedne varme og begejstring. Michael Tolland var en vejrbidt og atletisk mand, der så ud til at være omkring de femogfyrre, og havde tykt, sort hår, som faldt ned over panden i en stædig vindblæst tot. Han havde en markeret hage og en sorgløs opførsel, der udstrålede selvsikkerhed. Da han havde givet Rachel hånden, havde den hårde hud i hans håndflader mindet hende om, at han ikke var nogen typisk "blød" tv-berømthed, men derimod fuldbefaren sømand og forsker.

"For at være helt ærlig," tilstod Tolland og lød forlegen, "så tror jeg, at jeg blev rekrutteret mere for min PR-værdi end for min videnskabelige kunnen. Præsidenten bad mig udtænke og lave et dokumentarprogram for ham."

"Et dokumentarprogram? Om en *meteorit*? Men du er jo havforsker."

"Det var også det, jeg sagde til ham! Men han sagde, at han ikke kendte nogen meteorit-dokumentarister. Han sagde til mig, at hvis jeg var med, ville det hjælpe med at give dette fund troværdighed hos den brede befolkning. Åbenbart planlægger han at udsende mit dokumentarprogram som en del af den store pressekonference i aften, hvor han bekendtgør opdagelsen."

En berømthed som talsmand. Rachel fornemmede den kloge, politiske manøvre fra Zach Herneys side. NASA blev ofte beskyldt for at tale hen over hovedet på folk. Ikke denne gang. De havde trukket mesteren i videnskabelig formidling ind på scenen, et ansigt, som amerikanerne allerede kendte og stolede på, når det drejede sig om videnskab.

Tolland pegede tværs hen over kuplen mod væggen i den anden ende, hvor et presseområde var ved at blive stillet op. Der var et blåt tæppe på isen, tv-kameraer, studiebelysning og et langt bord med flere mikrofoner. En var ved at hænge et enormt, amerikansk flag op som bagtæppe.

"Det er til i aften," forklarede han. "NASA-chefen og nogle af hans topforskere bliver forbundet live via satellit til Det Hvide Hus, så de kan deltage i præsidentens udsendelse klokken tyve."

Meget passende, tænkte Rachel, der var glad for at vide, at Zach Herney ikke havde i sinde helt at holde NASA ude af bekendtgørelsen.

"Nå," sagde Rachel med et suk, "er der nogen, som omsider vil fortælle mig, hvad der er så specielt ved den her meteorit?"

Tolland løftede øjenbrynene og sendte hende et mystisk grin. "Egentlig er det bedst at se det, der er så specielt ved denne meteorit, ikke at få det forklaret." Han vinkede til Rachel, for at hun skulle følge med ham hen til det nærliggende arbejdsområde. "Fyren derovre har masser af prøver, han kan vise dig."

"Prøver? Har I virkelig *prøver* af meteoritten?"

"Ja, det har vi. Vi har boret en hel del ud. Faktisk var det de første kerneprøver, der ledte NASA på sporet af, hvor betydningsfuldt fundet er."

Rachel var usikker på, hvad der ventede hende, men fulgte efter Tolland ind på arbejdsområdet. Det viste sig at være tomt. Der stod en kop kaffe på et skrivebord, der var overstrøet med stenprøver, målepassere og andet undersøgelsesudstyr. Kaffen dampede.

"Marlinson!" råbte Tolland og så sig omkring. Intet svar. Han udstødte et frustreret suk og vendte sig om mod Rachel. "Han er sikkert faret vild under et forsøg på at finde fløde til sin kaffe. Jeg siger dig, jeg gik på universitetet i Princeton sammen med ham her, og han kunne fare vild i sit eget soveværelse. Nu har han modtaget den nationale videnskabsmedalje i astrofysik. Forestil dig lige det."

Rachel reagerede med et sekunds forsinkelse. "Marlinson? Du mener da vel ikke den berømte Corky Marlinson, vel?"

Tolland lo. "Den selv samme."

Rachel var paf. "Er Corky Marlinson her?" Marlinsons ideer inden for tyngdefeltet var legendariske blandt NRO's satellitingeniører. "Er Marlinson en af præsidentens civile rekrutter?"

"Åh ja, en af de rigtige forskere."

Rigtig, det passer, tænkte Rachel. Corky Marlinson var så strålende og agtet, som nogen overhovedet kunne være.

"Det utrolige paradoks ved Corky er," sagde Tolland, "at han kan give dig afstanden til Alfa i Centauri på millimeter, men han kan ikke binde sit eget slips."

"Jeg bruger dem, der er færdigbundne!" bjæffede en nasal, godmodig stemme i nærheden. "Effektivitet frem for stil, Mike. I Hollywood-typer forstår ingenting!"

Rachel og Tolland vendte sig om mod manden, der nu dukkede frem bag en stor stabel elektronisk udstyr. Han var lille og tyk og lignede en lille moppe med udstående øjne og tyndt hentehår. Da manden så Tolland stå sammen med Rachel, standsede han i sin bane.

"For pokker da, Mike! Vi er på den forpulede Nordpol, og så kan du stadigvæk finde ud af at træffe fantastiske kvinder. Jeg vidste, at jeg skulle have valgt at gå til fjernsynet!"

Michael Tolland blev synligt forlegen. "Ms. Sexton, du må undskylde dr. Marlinson. Hvad han mangler i takt, kan han mere end opveje med sine tilfældige stumper af total nytteløs viden om vores univers."

Corky kom nærmere. "En sand fornøjelse, ma'am. Jeg fik ikke fat i navnet."

"Rachel," sagde hun. "Rachel Sexton."

"Sexton?" Corky udstødte et muntert gisp. "Ingen forbindelse med den snæversynede og moralsk fordærvede senator, håber jeg?"

Tolland krympede sig. "Corky, faktisk er senator Sexton Rachels far."

Corky holdt op med at le, og luften gik helt ud af ham. "Ved du hvad, Mike, det er faktisk ikke så mærkeligt, at jeg aldrig rigtig har haft held hos damerne."

22

Corky Marlinson – prisvinderen og astrofysikeren – tog Rachel og Tolland med ind på sit arbejdsområde og begyndte at lede blandt værktøj og stenprøver. Han bevægede sig som en hårdt optrukket fjeder, der var på nippet til at eksplodere.

"All right," sagde han og skælvede af ophidselse. "Ms. Sexton, du skal nu overvære Corky Marlinsons tredivesekunders meteorit-begynderundervisning."

Tolland blinkede til Rachel og sagde: "Vær tålmodig og bær

over med ham. Manden ville faktisk gerne have været skuespiller."

"Ja ja, og Mike ville have været en respekteret videnskabsmand." Corky endevendte en skotøjsæske og fik fat på tre små stenprøver, som han lagde på bordet. "Der er tre hovedgrupper af meteoritter i verden."

Rachel så på de tre prøver. De lignede alle sammen sære ellipseformede kugler på størrelse med en golfbold. Hver af dem var skåret over på midten, så man kunne se tværsnittet.

"Alle meteoritter," sagde Corky, "består af forskellige mængder af jern-nikkel-legeringer, silikater og sulfider. Vi klassificerer dem på basis af deres forhold mellem metal og silikat."

Rachel havde allerede på fornemmelsen, at Corky Marlinsons meteorit-"begynderundervisning" kom til at vare mere end tredive sekunder.

"Den første prøve her," sagde Corky og pegede på en skinnende, kulsort sten, "er en jernkernemeteorit. Meget tung. Denne lille fyr landede i Antarktis for nogle år siden."

Rachel så på meteoritten. Den så absolut ud til at komme fra en anden verden – en klat tungt, gråligt jern, hvor skallen var brændt og sværtet.

"Det forkullede yderste lag kaldes en smelteskorpe," sagde Corky. "Den er resultatet af den ekstreme opvarmning, der sker, når meteoren falder ned gennem vores atmosfære. Alle meteoritter viser denne forkulning." Corky gik hurtigt videre til den næste prøve. "Den næste her er en jern-sten-meteorit."

Rachel så på prøven og noterede sig, at den også var forkullet på ydersiden. Denne prøve havde imidlertid en let lysegrøn nuance, og tværsnittet så ud som en collage af farverige, kantede fragmenter, der lignede et farvestrålende puslespil.

"Den er smuk," sagde Rachel.

"Hold da op, den er *fantastisk*!" Corky talte i et minut om det høje olivin-indhold, der var årsag til det grønne genskin, hvorpå han teatralsk rakte ud efter den tredje og sidste prøve, som han gav Rachel i hænderne.

Rachel holdt den sidste meteorit i håndfladen. Den havde en gråligbrun farve og lignede granit. Den føltes tungere end en jordisk sten, men ikke meget. Det eneste, der antydede, at den var noget som helst andet end en almindelig sten, var dens smelteskorpe – den brændte overflade.

"Den her," sagde Corky med vægt i stemmen, "kaldes en stenmeteorit. Det er den mest almindelige gruppe inden for meteoritter. Mere end halvfems procent af de meteoritter, der er fundet på jorden, tilhører den kategori."

Rachel var overrasket. Hun havde altid forestillet sig, at meteoritter mere lignede den første prøve – metalliske, fremmedartede klatter. Meteoritten i hendes hånd så alt andet end ikke-jordisk ud. Bortset fra det forkullede ydre lignede den noget, som hun kunne gå forbi på stranden.

Corkys øjne blev store af ophidselse. "Den meteorit, som er begravet i isen her ved Milne, er en stenmeteorit – meget lig den, du står med i hånden. Stenmeteoritter ser næsten på en prik ud ligesom vores jordiske, vulkanske sten, og det gør dem selvfølgelig svære at få øje på. Sædvanligvis er de en blanding af letvægtssilikater – feldspat, olivin, pyroxen. Det er jo ikke særlig ophidsende."

Det tør siges, tænkte Rachel og rakte prøven tilbage til ham. "Den her ligner en sten, som nogen har ladet ligge i et ildsted, og så er den brændt."

Corky brød ud i latter. *"Pokkers* til ildsted, ja. Den mest effektive højovn, der nogensinde er bygget, kommer ikke i nærheden af den varme, som en meteorit får at føle, når den rammer vores atmosfære. Den bliver fuldstændig ødelagt!"

Tolland sendte Rachel et medvidende smil. "Nu kommer den gode del."

"Lad os nu forestille os," sagde Corky og tog prøven fra Rachel. "Lad os sige, at den her lille fyr er på størrelse med et hus." Han holdt prøven højt over sit hoved. "Okay … den er ude i rummet … flyver hen over vores solsystem … frosset ned af temperaturen i rummet til minus et hundrede grader celsius."

Tolland klukkede for sig selv. Han havde tilsyneladende før set Corky optræde med meteorittens ankomst til Ellesmere Island.

Corky begyndte at sænke stenen. "Vores meteorit bevæger sig mod Jorden … og når den kommer tæt på, sætter vores tyngdekraft ind … sætter farten op … sætter farten op …"

Rachel så til, mens Corky speedede prøvens bane op og efterlignede tyngdekraftens acceleration.

"Nu bevæger den sig virkelig hurtigt," udbrød Corky. "Over femten kilometer i sekundet – 54.000 kilometer i timen! Cirka 135 kilometer over Jordens overflade begynder meteoritten at møde gnidningsmodstanden fra atmosfæren." Corky rystede prøven voldsomt, mens han sænkede den ned mod isen. "Når den falder under et hundrede kilometer, begynder den at gløde! Nu øges den atmosfæriske tæthed, og friktionen er helt utrolig! Luften rundt om meteoritten bliver hvidglødende, og overfladematerialet smelter på grund af varmen." Corky begyndte at lave brændende og sydende lydeffekter. "Nu falder den forbi firs kilometer-stenen, og dens ydre bliver opvarmet til over 1800 grader celsius!"

Rachel så måbende til, hvordan denne astrofysiker, der havde fået landets højeste videnskabelige pris af præsidenten, rystede meteoritten endnu voldsommere og spruttede med barnlige lydeffekter.

"Tres kilometer!" Nu råbte Corky. "Vores meteorit møder den atmosfæriske mur. Luften er for tæt! Den sætter farten ned med mere end tre hundrede gange tyngdekraften!" Corky lavede en skrigende bremselyd og sagtnede sit fald dramatisk.

"Meteoritten bliver afkølet øjeblikkeligt og holder op med at gløde. Vi flyver i mørke! Meteorittens overflade størkner og går fra at være en flydende masse til at blive en forkullet smelteskorpe."

Rachel hørte Tolland stønne, da Corky knælede ned på isen for at udføre nådestødet – sammenstødet med Jorden.

"Nu hopper vores store meteorit hen over troposfæren ..." På knæ førte han meteoritten ned mod jorden i en flad, skrå bue. "Den har retning mod Ishavet ... i en skrå vinkel ... den falder ... det ser næsten ud til, at den vil slå smut mod havet ... den falder ... og ..." Han lod prøven røre isen. "BANG!"

Det gav et sæt i Rachel.

"Nedslaget er altødelæggende! Meteoritten eksploderer. Brudstykker flyver af, og de hopper og danser hen over havet." Corky gik over i slowmotion nu og rullede prøven hen over det usynlige hav over mod Rachels fødder. "Et stykke bliver ved med at stryge og tumle af sted mod Ellesmere Island ..." Han førte den helt hen til hendes tæer. "Den hopper ud af havet, bumper op på land ..." Han bevægede den op over pløsen på hendes sko og standsede øverst på foden tæt på hendes ankel. "Og til slut falder den til hvile højt oppe på Milne-gletsjeren, hvor den hurtigt bliver dækket af sne og is, der også beskytter den mod atmosfærens erosion." Corky rejste sig med et smil.

Rachels måbede. Hun udstødte en imponeret latter. "Du godeste, dr. Marlinson, det var noget af en forklaring. Det var helt enestående ..."

"Letforståeligt?" tilbød Corky.

Rachel smilede. "Lige præcis."

Corky rakte prøven tilbage til hende. "Se på tværsnittet."

Rachel så nøje på stenens inderside et øjeblik uden at se noget.

"Tip den i lyset," faldt Tolland ind med en varm og venlig stemme. "Og se så godt efter."

Rachel holdt stenen helt op til øjnene og hældede den mod de blændende halogenreflekser ovenover. Nu så hun dem – bittesmå, metalliske dråber, der glitrede i stenen. I snesevis lå de strøet ud over tværsnittet som minidråber af kviksølv, hver på kun cirka en millimeter i diameter.

"De her små bobler hedder chondruler," sagde Corky. "Og de forekommer kun i meteoritter."

Rachel kiggede på de små dråber. "Jeg må indrømme, at jeg aldrig har set sådan noget i en jordsten."

"Det kommer du heller aldrig til!" erklærede Corky. "Chondruler er en geologisk struktur, som vi simpelthen ikke har på Jorden. Nogle chondruler er exceptionelt gamle – måske dannet af de tidligste stoffer i universet. Andre chondruler er meget yngre, som dem, du står med i hånden. Chondrulerne i den der meteorit er kun 190 millioner år gamle."

"Og et hundrede og halvfems millioner år er *ungt?*"

"For pokker, ja! I den kosmologiske sammenhæng er det i går. Pointen her er dog, at den her prøve indeholder *chondruler* – et endegyldigt bevis på, at det er en meteor."

"Okay," sagde Rachel. "Chondruler er endegyldige. Forstået."

"Og endelig er det sådan," sagde Corky og sukkede dybt, "at hvis smelteskorpen og chondrulerne ikke overbeviser dig, så har vi astronomer en idiotsikker metode til at bevise en meteors oprindelse på."

"Og det er?"

Corky trak nonchalant på skuldrene. "Vi bruger simpelthen et petrografisk, polariserende mikroskop, et røntgen-fluorescens-spektrometer, en neutron-aktiverings-analysator eller et induktionskoblet plasmaspektrometer til at måle ferromagnetiske forhold."

Tolland stønnede. "Nu praler han. Det, Corky mener, er, at

vi kan bevise, at en sten er en meteorit simpelthen ved at måle dens kemiske indhold."

"Hov hov, sømand!" skældte Corky ud. "Skal vi nu ikke overlade videnskaben til videnskabsmændene?" Han vendte sig omgående mod Rachel igen. "I jordiske sten forekommer nikkel enten i ekstremt høje procentsatser eller ekstremt lave; ikke noget derimellem. Men i meteoritter ligger nikkelindholdet inden for en række middelværdier. Så hvis vi analyserer en prøve og kan se, at nikkelindholdet afslører en middelværdi, så kan vi uden skygge af tvivl garantere, at prøven er en meteorit."

Nu var Rachel blevet irriteret. "Okay, d'herrer, smelteskorper, chondruler, middelværdi af nikkelindhold, det beviser alt sammen, at den kommer fra det ydre rum. Det har jeg forstået." Hun lagde prøven tilbage på Corkys bord. "Men hvorfor er jeg her?"

Corky udstødte et gevaldigt suk. "Vil du se en prøve af den meteorit, NASA har fundet i isen her under os?"

Ja tak, inden jeg dør på det her sted.

Denne gang dykkede Corky ned i sin brystlomme og fiskede et lille, skiveformet stykke sten op. Stenskiven var formet som en cd, var omkring en centimeter tyk og så ud til at være af samme slags sammensætning som den stenmeteorit, hun lige havde set.

"Det her er en skive af en kerneprøve, vi borede ud i går." Corky rakte skiven over til Rachel.

Den så sandelig ikke revolutionerende ud. Det var en hvidlig, tung sten med lidt orange farvespil. En del af kanten var forkullet og sort, åbenbart et segment af meteorittens skal. "Jeg kan se smelteskorpen," sagde hun.

Corky nikkede. "Ja, nemlig, den her prøve er taget ud tæt ved meteorittens yderside, så der er stadig noget skorpe på."

Rachel vippede skiven i lyset og så de små, metalskinnende bobler. "Og jeg kan se chondrulerne."

"Godt," sagde Corky med en stemme, der var spændt af ophidselse. "Og jeg kan fortælle, at efter at vi har haft tingesten her gennem et petrografisk polarisationsmikroskop, kan vi konstatere, at dens nikkelindhold er af middelværdi – slet ikke som en sten fra Jorden. Til lykke, du har nu bekræftet, at stenen i din hånd kommer ude fra rummet."

Rachel så forvirret op. "Dr. Marlinson, det er en meteorit. Den slags kommer ude fra rummet. Er der noget her, jeg ikke har forstået?"

Corky og Tolland udvekslede vidende blikke. Tolland lagde en hånd på Rachels skulder og hviskede: "Vend den om."

Rachel vendte skiven om, så hun kunne se den anden side. Det tog et øjeblik for hendes hjerne at bearbejde, hvad det var, hun så.

Så ramte sandheden hende som et lyn fra en klar himmel.

Umuligt! gispede hun, men da hun kiggede på stenen igen, var hun klar over, at hendes definition af "umuligt" lige var blevet ændret for evigt. Indlejret i stenen lå en form, som nok kunne betragtes som almindelig i et eksemplar fra Jorden, men som i en meteorit var helt og aldeles ufattelig.

"Det er …" stammede Rachel næsten ude af stand til at udtale ordet. "Det er … *et insekt!* Meteoritten indeholder fossilet af et insekt!"

Både Tolland og Corky strålede. "Velkommen om bord," sagde Corky.

Den strøm af følelser, som nu overvældede Rachel, gjorde hende stum et øjeblik, men alligevel kunne hun selv i sin forvirring klart se, at dette fossil helt uden tvivl engang havde været en levende organisme. Det forstenede aftryk var cirka syv en halv centimeter langt og så ud til at være bugsiden af en eller anden slags stor bille eller et andet kravlende insekt. Syv par leddelte ben sad under en beskyttende ydre skal, som så ud til at være opdelt i plader ligesom på et bæltedyr.

Rachel følte sig svimmel. "Et insekt fra rummet ..."

"Det er en isopod, et krebsdyr," sagde Corky. "Insekter har tre par ben, ikke syv."

Rachel hørte ham ikke. Det snurrede i hendes hoved, mens hun undersøgte fossilet.

"Man kan tydeligt se," sagde Corky, "at rygskjoldet er opdelt i plader ligesom på vores bænkebider, og samtidig peger de to iøjnefaldende, halelignende vedhæng nærmere i retning af en lus."

Rachels hjerne havde allerede lukket Corky ude. Artsbestemmelsen var totalt irrelevant. Nu kom puslebrikkerne bragende ind på plads – præsidentens hemmelighed, NASA's ophidselse ...

Der er et fossil i den her meteorit! Ikke bare en plet efter en bakterie eller mikrober, men en avanceret livsform. Bevis på liv et andet sted i universet!

23

Ti minutter inde i CNN-debatten undrede senator Sexton sig over, hvordan han overhovedet kunne have været bekymret. Marjorie Tench var groft overvurderet som modstander. Trods sit ry for at være skånselsløst skarpsindig viste seniorrådgiveren sig at være mere af et offerlam end en værdig modstander.

Jo, ganske vist havde Tench tidligt i samtalen taget teten ved at fastslå, at senatorens modstand mod abort var rettet mod kvindekønnet, men lige da det så ud, som om Tench skulle til at stramme grebet, havde hun begået en skødesløs fejltagelse. Da hun spurgte, hvordan senatoren ventede at finde midler til at betale for forbedringer inden for uddannelsessektoren uden at sætte skatterne i vejret, var hun kommet med en ondskabsfuld hentydning til, hvordan Sexton konstant gjorde NASA til syndebuk.

Skønt NASA var et emne, som Sexton afgjort havde i sinde at nævne mod slutningen af diskussionen, havde Marjorie Tench åbnet døren alt for tidligt. Sådan en idiot!

"Og når vi nu taler om NASA," tog Sexton henkastet tråden op. "Kan De så kommentere de rygter, jeg bliver ved med at høre om, at NASA skulle have begået endnu en fejl for nylig?"

Marjorie Tench veg ikke en tomme. "Jeg er bange for, at det ikke er et rygte, jeg har hørt noget om." Hendes cigaretstemme var som sandpapir.

"Så De har ingen kommentarer?"

"Nej, desværre."

Sexton hoverede. I presseverdenen kunne "ingen kommentarer" løseligt oversættes til "skyldig i henhold til anklageskriftet".

"Jaså," sagde Sexton. "Og hvordan med rygterne om et hemmeligt krisemøde mellem præsidenten og chefen for NASA?"

Denne gang så Tench overrasket ud. "Jeg er ikke sikker på, hvad det er for et møde, De hentyder til. Præsidenten deltager i så mange møder."

"Selvfølgelig gør han det." Sexton besluttede at gå direkte løs på hende. "Ms. Tench, De er en stor tilhænger af NASA, ikke sandt?"

Tench sukkede. Det lød, som om hun var træt af Sextons yndlingstema. "Jeg tror på, at det er vigtigt at bevare Amerikas teknologiske forspring – det være sig inden for militæret, industrien, efterretningstjenesten, telekommunikation. NASA er absolut en del af den vision. Ja."

I redaktionsboksen kunne Sexton se, hvordan Gabrielles øjne signalerede til ham, at han skulle bakke ud, men nu kunne han lugte blod. "Jeg er nysgerrig, ma'am, men er det Deres indflydelse, der står bag præsidentens fortsatte støtte til dette tydeligvis skrantende agentur?"

Tench rystede på hovedet. "Nej. Præsidenten tror også fuldt og fast på NASA. Han træffer selv sine beslutninger."

Sexton kunne ikke tro sine egne ører. Han havde lige givet Marjorie Tench en chance for delvis at fritage præsidenten for ansvaret, ved at hun personligt kunne acceptere noget af skylden for at blive ved med at finansiere NASA. I stedet havde Tench sendt aben direkte tilbage til præsidenten. *Præsidenten træffer selv sine beslutninger.* Det lod til, at Tench allerede prøvede at distancere sig fra en kampagne, der var i nød. Det var ikke nogen større overraskelse. Når støvet igen havde lagt sig, skulle Marjorie Tench jo ud og søge nyt arbejde.

Gennem de næste få minutter skød Sexton og Tench bolden frem og tilbage over nettet. Tench gjorde nogle svage forsøg på at skifte emne, men Sexton blev ved med at presse hende om NASA's budget.

"Senator Sexton," sagde Tench, "De ønsker at skære ned på NASA's budget, men har De noget begreb om, hvor mange højteknologiske job der vil gå tabt?"

Sexton lo næsten op i konens ansigt. *Er der nogen, der tror, at den madamme er den skarpeste kniv i skuffen i Washington?* Det måtte være klart for enhver, at Tench havde en del at lære om demografien her i landet. Højteknologiske job var uden betydning i sammenligning med det store antal amerikanere i arbejderklassen, der knoklede for dagen og vejen.

Nu satte Sexton stødet ind. "Vi taler om *milliarder* i besparelser her, Marjorie, og hvis resultatet er, at en flok videnskabsmænd fra NASA bliver nødt til at sætte sig ind i deres BMW'er og tage deres salgbare evner med sig andre steder hen, så lad dem det. Jeg har forpligtet mig til at være ubøjelig, hvad angår deres udgifter."

Marjorie Tench blev tavs, som om hun vaklede efter dette stød.

CNN-studieværten var der straks: "Ms. Tench? Et svar?"

Omsider rømmede hun sig og sagde: "Jeg er vist bare overrasket over at høre, at mr. Sexton er villig til at slå fast, at han er så standhaftig en modstander af NASA."

Sexton kneb øjnene sammen. *Godt forsøgt, kælling.* "Jeg er ikke modstander af NASA, og jeg afviser beskyldningen. Jeg siger simpelthen, at NASA's budget er et eksempel på de løbske udgifter, som Deres præsident godkender. NASA har sagt, at de ville bygge rumfærgen for fem milliarder; den har kostet tolv. De sagde, de ville bygge rumstationen for otte milliarder; nu er de oppe på hundrede milliarder."

"Amerikanerne fører," gav Tench igen, "fordi vi sætter os høje mål og holder os til dem, også i hårde tider."

"Den der tale om national stolthed virker ikke på mig, Marjorie. NASA har overskredet sin tildeling tre gange i de sidste to år og er kommet kravlende tilbage til præsidenten med halen mellem benene for at bede om flere penge til at få bugt med fejlene. Skulle det være national stolthed? Hvis De vil tale om national stolthed, så tal om stærke skoler. Tal om offentlig sygesikring. Tal om kloge unger, der vokser op i mulighedernes land. Det er national stolthed."

Tench så ham ind i øjnene. "Må jeg stille Dem et direkte spørgsmål, senator?"

Sexton svarede ikke. Han ventede blot.

Hendes ord lød velovervejede og pludselig meget karakterfaste. "Senator Sexton, hvis jeg nu fortalte Dem, at vi ikke kan udforske rummet for mindre end det, NASA bruger nu, ville De så skride til handling for helt at opgive rumagenturet?"

Sexton følte det, som om hendes spørgsmål faldt som en kampesten ned i skødet på ham. Måske var Tench ikke så dum alligevel. Hun havde netop fået Sexton ud på et blindspor med et "lurepasserspørgsmål" – et omhyggeligt udtænkt spørgsmål, der kun kan besvares med ja eller nej, og som er beregnet på at tvinge en modstander, der lurepasser, til at vælge side og gøre rede for sin stilling en gang for alle.

Instinktivt prøvede Sexton at undvige. "Jeg er ikke i tvivl om, at hvis de får en ordentlig ledelse, så kan NASA udforske rummet for meget mindre, end vi i øjeblikket ..."

"Senator Sexton, De skal svare på mit spørgsmål. Det er både farligt og bekosteligt at udforske rummet. Det er lidt ligesom at bygge et passagerjetfly. Enten skal vi gøre det ordentligt ... eller også skal vi slet ikke gøre det. Der er alt for store risici. Så jeg spørger igen: Hvis De bliver præsident, og De står over for at skulle afgøre, om USA skal fortsætte med at betale til NASA på det nuværende niveau eller helt at skrotte Amerikas rumprogram, hvad ville De så vælge?"

Pis. Sexton kiggede op på Gabrielle gennem glasset. Hendes ansigtsudtryk sendte den meddelelse, Sexton allerede kendte. *Du skal være engageret. Vær direkte.* Ingen tågesnak. Sexton holdt hovedet højt. "Ja. Jeg ville overføre NASA's nuværende budget direkte til vores skolesystem, hvis jeg stod over for den afgørelse. Jeg ville sætte vores børn over rumforskningen."

Marjorie Tenchs ansigt var et studie i chokeret vantro. "Jeg er lamslået. Hørte jeg rigtigt? Hvis De bliver præsident, vil De opgive Amerikas rumprogram?"

Sexton følte en ulmende vrede. Nu lagde Tench ham ordene i munden. Han prøvede at svare igen, men Tench var allerede i fuld sving.

"For en ordens skyld gentager jeg lige, at De, senator Sexton, altså har sagt, at De vil afskaffe det agentur, der satte mennesket i land på månen?"

"Jeg siger, at rumkapløbet er forbi! Tiderne har ændret sig. NASA spiller ikke længere en afgørende rolle for den almindelige amerikaner, og alligevel fortsætter vi med at betale til dem, som om de gjorde."

"Så De tror ikke, at rummet er fremtiden?"

"Det er klart, at rummet er fremtiden, men NASA er en dinosaurus! Lad den private sektor udforske rummet. USA's skatteborgere burde ikke være nødt til at åbne pengepungen, hver gang en eller anden ingeniør i Washington får lyst til at tage et fotografi af Jupiter til en milliard dollars. Amerikanerne er trætte af at sælge ud af deres børns fremtid for at betale til et gammeldags agentur, som giver så lidt udbytte af de gigantiske omkostninger, der skal til for at holde det kørende!"

Tench sukkede dramatisk. "Så lidt udbytte? Med undtagelse af SETI-programmet har NASA givet et enormt udbytte."

Sexton var chokeret over, at Tench så meget som havde nævnt SETI. En kæmpefejl. *Tak for påmindelsen.* SETI – programmet til efterforskning af intelligent ikke-jordisk liv – var NASA's mest afgrundsdybe pengebrønd nogensinde. Selvom NASA havde prøvet at give projektet en ansigtsløftning ved at omdøbe det til "Udspring" og flytte rundt på nogle af dets formål, så var det jo den samme gamle taberplan.

"Marjorie," sagde Sexton og benyttede sig af åbningen. "Jeg vil kun tale om SETI, fordi De selv har nævnt det."

Sært nok så Tench ivrig ud, da hun hørte det.

Sexton rømmede sig. "De fleste er ikke klar over, at NASA har været på udkig efter E.T. i femogtredive år nu. Og det er en bekostelig skattejagt – parabolsatellitanlæg, store radiomodtagere og -sendere, millioner til lønninger til forskere, som sidder i mørket og lytter til tomme bånd. Det er et pinligt spild af ressourcer."

"De siger altså, at der ikke er noget derude?"

"Jeg siger, at hvis noget andet regeringsagentur havde brugt femogfyrre milliarder dollars over femogtredive år på et projekt og ikke havde fremvist et eneste resultat, ville de være blevet nedlagt for længe siden." Sexton holdt en pause for at lade alvoren i budskabet bundfælde sig. "Efter femogtredive år tror jeg, at det er temmelig klart, at vi ikke kommer til at finde liv uden for Jorden."

"Og hvis De tager fejl?"

Sexton rullede med øjnene. "Åh, i himlens navn, ms. Tench, hvis jeg tager fejl, så vil jeg æde min gamle hat."

Marjorie Tench så på Senator Sexton med sine gullige øjne. "Det skal jeg huske at De sagde, senator." Hun smilede for første gang. "Det tror jeg, vi alle vil."

Ti kilometer derfra, inde i Det Ovale Værelse, slukkede præsident Zach Herney for fjernsynet og skænkede sig en drink. Som Marjorie Tench havde lovet, havde senator Sexton slugt lokkemaden ... og slugt den råt.

24

Michael Tolland kunne mærke, hvordan Rachel Sexton følte det, da hun stod tavs og måbende med fossilmeteoritten i hånden. Hendes klassisk smukke ansigt havde nu et udtryk af uskyldig undren – som en lille pige, der lige har set julemanden for første gang.

Jeg ved lige, hvordan du føler det, tænkte han.

Tolland var blevet ramt på samme måde for bare otteogfyrre timer siden. Også han var blevet så overvældet, at han blev helt tavs. Og stadigvæk overrumplede meteorittens videnskabelige og filosofiske betydning ham og tvang ham til at genoverveje alt det, han hidtil havde troet på om naturen.

Tollands havbiologiske opdagelser indbefattede adskillige hidtil ukendte dybvandsarter, men dette "rumdyr" var et epokegørende gennembrud på et ganske andet niveau. Selvom Hollywood var tilbøjelig til at vise rumvæsener som små grønne mænd, var alle astrobiologer og videnskabsentusiaster enige om, at alene på grund af det blotte antal af Jordens insekter og deres formidable tilpasningsevne ville liv i verdensrummet efter al sandsynlighed være insektlignende, hvis man nogensinde skulle opdage noget.

Insekter tilhørte phylum Arthropoda – leddyr med hårde, ydre skeletter og leddelte ben. Med mere end 1,25 millioner kendte arter og anslåede 500.000, der stadig manglede at blive klassificeret, overgik antallet af Jordens leddyr alle andre dyr tilsammen. De udgjorde 95 procent af alle klodens arter og utroligt nok 40 procent af planetens biomasse.

Det var ikke så meget mængden af leddyr, der var imponerende, som det var deres robusthed. Fra den antarktiske isbille til Death Valleys solskorpion trivedes leddyr gladeligt i dødsensfarlige omgivelser, både hvad angik temperaturer og tørke, ja, selv tryk. De havde også overlevet udsættelse for den mest livsfarlige kraft, som kendtes i universet – radioaktivitet. Efter en atomprøvesprængning i 1945 havde luftvåbenofficererne iført sig beskyttelsesdragter mod radioaktiv bestråling og havde undersøgt sprængningsstedet – og havde opdaget, at kakerlakker og myrer uanfægtet levede videre, som om intet var sket. Astronomerne blev klar over, at arthropodernes beskyttende exoskelet gjorde dem til helt igennem levedygtige kandidater, når det drejede sig om at bebo de talløse radioaktive planeter, hvor intet andet kunne leve.

Det så ud, som om astrobiologerne havde haft ret, tænkte Tolland. *E.T. er et leddyr.*

Rachel kunne mærke benene give efter. "Jeg kan ikke … tro det," sagde hun og vendte fossilet i hænderne. "Jeg har aldrig troet …"

"Giv det tid til at trænge ind," sagde Tolland smilende. "Det tog mig fireogtyve timer at komme på benene igen."

"Jeg kan se, vi har fået en gæst," sagde en ukarakteristisk høj, asiatisk mand, der kom hen for at slutte sig til dem.

Corky og Tolland så ud, som om luften gik ud af dem, da han kom. Øjensynligt var øjeblikkets magi forsvundet.

"Dr. Wailee Ming," præsenterede manden sig. "Institutleder for palæontologien ved UCLA."

Mandens holdning fik en til at tænke på en renæssancearistokrat. Han var hoven og stiv, og han strøg hele tiden hen over sin butterfly, der slet ikke passede til omgivelserne, men som man kunne se under hans halvlange kameluldsfrakke. Wailee Ming var åbenbart ikke af den slags, der lod fremmede omgivelser komme i vejen for et pertentligt ydre.

"Jeg hedder Rachel Sexton." Hendes hånd rystede endnu, da hun trykkede Ming i hånden. Hans håndflader var bløde. Ming var åbenbart endnu en af præsidentens civile rekrutter.

"Det skal være mig en fornøjelse at fortælle Dem alt, hvad De ønsker at vide om disse fossiler, ms. Sexton," sagde palæontologen.

"Og en masse, du ikke ønsker at vide," brummede Corky.

Ming pillede ved sin butterfly. "Mit palæontologiske speciale er uddøde arthropoder og mygalomorphae. I sagens natur er det mest slående kendetegn ved denne organisme …"

"… at den er fra en anden forpulet planet!" indskød Corky.

Ming så voldsomt utilfreds ud og rømmede sig. "Det mest slående kendetegn ved denne organisme er, at den passer perfekt ind i vores darwinistiske system med klassifikationssystem og taksonomi."

Rachel så op. *Kan de klassificere den her?* "De mener rige, række, art og den slags?"

"Præcis," sagde Ming. "Hvis den her art fandtes på Jorden, ville den blive klassificeret under ordenen isopoder og tilhøre en klasse med to tusind arter lus."

"*Lus?*" sagde hun. "Men den er jo stor."

"Taksonomi er ikke størrelsesspecifik. Huskatte og tigre er beslægtede. Klassifikation handler om fysiologi. Den her art er tydeligvis en lus: Den har en flad krop, syv par ben og en rugepose, så den har samme struktur som bænkebidere, tanglopper, hvallus og pælekrebs. De andre fossiler fremviser tydeligt mere specialiserede …"

"Andre fossiler?"

Ming så på Corky og Tolland. "Ved hun det ikke?"

Tolland rystede på hovedet.

Mings ansigt lyste straks op. "Ms. Sexton, så har De ikke hørt det allerbedste."

"Der er flere fossiler," indskød Corky, der tydeligvis prøvede at fjerne hendes opmærksomhed fra Ming. "Mange flere." Corky for over til en stor brun konvolut og fandt et stort ark papir, der var foldet sammen flere gange. Det spredte han ud på bordet foran Rachel. "Efter at vi havde udboret nogle kerner, sænkede vi et røntgenkamera derned. Det her er en grafisk gengivelse af tværsnittet."

Rachel så på røntgenprintet på bordet og måtte sætte sig ned. Det tredimensionale tværsnit af meteoritten var spækket med snesevis af disse dyr.

"Palæolitiske vidnesbyrd findes normalt i store koncentrationer," sagde Ming. "Meget ofte fanger mudderskred organismerne samlet og kan dække boer eller hele samfund."

Corky grinede. "Vi tror, at samlingen i den her meteorit repræsenterer et bo." Han pegede på et af dyrene på aftrykket. "Og der ligger mor."

Rachel så på det pågældende eksemplar, og hun tabte mælet. Dyret så ud til at være 60 centimeter langt.

"Noget af en lus, ikke?" sagde Corky.

Rachel nikkede målløs, mens hun så for sig, hvordan lus på størrelse med et franskbrød vandrede rundt på en fjern planet.

"På Jorden," sagde Ming, "forbliver vores leddyr relativt små, fordi tyngdekraften holder dem i skak. De kan ikke blive større, end deres exoskelet kan klare. Men på en planet med mindre tyngdekraft kan insekter udvikle sig til et meget større omfang."

"Forestil dig at smække en myg på størrelse med kondorer," sagde Corky med et smil og tog kerneprøven fra Rachel og puttede den i lommen.

Ming så vredt på ham. "Det må De ikke stjæle!"

"Slap af," sagde Corky. "Vi har otte tons mere, hvor det kom fra."

Rachels analytiske hjerne kværnede gennem de oplysninger, der lå her foran hende. "Men hvordan kan liv i rummet være så lig med liv på Jorden? De sagde jo, at det her leddyr passer ind i Darwins klassifikationssystem?"

"Præcis," sagde Corky. "Og tro det eller ej, så har en masse astronomer forudsagt, at liv i rummet ville være meget lig med liv på Jorden."

"Men hvorfor?" spurgte hun. "Den her art kommer jo fra et helt andet miljø."

"Panspermia." Corky smilede bredt.

"Undskyld?"

"Panspermia er teorien om, at *kim* til liv er faldet herned fra en anden planet."

Rachel rejste sig. "Jeg giver fortabt."

Corky vendte sig mod Tolland. "Mike, du er ekspert i urhavet."

Tolland så ud, som om han stod på spring for at tage over. "Jorden var engang en livløs planet, Rachel. Så kom der pludselig en eksplosion af liv, næsten fra den ene dag til den anden. Mange biologer tror, at denne voldsomme udvikling af liv var det magiske resultat af en ideel blanding af elementerne i urhavet. Men vi har aldrig været i stand til at eftergøre det i et laboratorium, så religiøse forskere har set dette forhold som et bevis på Guds eksistens. Det betyder for dem, at der ikke kunne opstå liv, medmindre Gud rørte ved urhavet og sprøjtede liv ind i det."

"Men vi astronomer fandt frem til en anden forklaring på denne pludselige eksplosion af liv på Jorden," meddelte Corky.

"Panspermia," sagde Rachel og forstod nu, hvad det var, de talte om. Hun havde hørt om panspermiateorien før, men havde ikke vidst, den havde et navn. "Teorien om, at en meteorit plaskede ned i ursuppen og medbragte de første frø af mikroliv til Jorden."

"Bingo," sagde Corky. "Hvor de sank ned og vågnede til live."

"Og hvis *det* er sandt," sagde Rachel, "så har Jordens livsformer og livsformer fra det ydre rum samme herkomst."

"Dobbelt bingo."

Panspermia, tænkte Rachel, der stadigvæk knap nok var i stand til at overskue betydningen af den tanke. "Så ikke alene bekræfter disse fossiler, at der eksisterer liv andre steder i universet, men de *beviser* faktisk panspermia ... at liv på Jorden kom fra et andet sted i universet."

"Tre gange bingo." Corky nikkede begejstret til hende. "Teknisk set kan vi *alle sammen* godt være 'extraterrestrials' – ligesom E.T." Han anbragte sine fingre over hovedet som to antenner, skelede og stak tungen hurtigt ud og ind som et andet insekt.

Tolland så på Rachel med et skævt smil. "Og ham her er så højdepunktet i vores udvikling."

25

Rachel Sexton gik som i en drømmeagtig døs hen over ha-
bisfærens gulv ved siden af Michael Tolland. Corky og Ming
fulgte tæt efter.

"Er du dårlig?" spurgte Tolland og iagttog hende.

Rachel så over på ham og sendte ham et blegt smil. "Nej.
Det er bare ... for meget."

Hendes hjerne spolede tilbage til det berygtede NASA-fund
i 1996 – ALH84001 – en Mars-meteorit, som NASA påstod
indeholdt fossile spor af bakterieliv. Men nogle få uger efter
NASA's triumferende pressekonference trådte der desværre fle-
re uafhængige forskere frem med beviser på, at stenens "tegn
på liv" i virkeligheden ikke var andet end kerogen, et materi-
ale, som delvist består af polycykliske aromatiske kulhydrater,
forbindelser, der måske bedst er kendt som kræftfremkalden-
de forurening på Jorden. NASA's troværdighed havde lidt et
slemt knæk over den bommert. *New York Times* benyttede lej-
ligheden til sarkastisk at omdøbe agenturets akronym: NASA:
NOT ALWAYS SCIENTIFICALLY ACCURATE – ikke altid
videnskabelig korrekt.

I samme avis opsummerede palæobiologen Stephen Jay
Gould problemerne med ALH84001 ved at påpege, at beviset
her var kemisk og baseret på en fortolkning og ikke et synligt
bevis som en utvetydig knogle eller skal.

Men nu havde NASA havde fundet et uomstødeligt bevis,
forstod Rachel. Der kunne ikke komme nogen skeptisk viden-
skabsmand og sætte spørgsmålstegn ved *disse* fossiler. NASA
stod ikke længere og blafrede med utydelige, forstørrede fotos
af påståede, mikroskopiske bakterier – nu kom de med ægte
prøver, hvor biologiske organismer, der kunne ses med det
blotte øje, var indlejret i stenen. *Lus så store som franskbrød!*

Rachel kom til at le, da hun kom i tanke om, at hun i sin
barndom havde beundret en sang af David Bowie, der talte om

"edderkopper fra Mars". Ikke mange ville have gættet, hvor tæt den androgyne, britiske popstjerne havde været på at forudse astrobiologiens største øjeblik.

Mens de fjerne toner af sangen løb gennem Rachels hoved, kom Corky hen til hende. "Har Mike nået at prale med sin dokumentarudsendelse?"

Rachel svarede: "Nej, men jeg vil gerne høre om den."

Corky bankede Tolland på ryggen. "Kom så i gang, min dreng. Fortæl hende, hvorfor præsidenten har besluttet, at det vigtigste øjeblik i videnskabens historie skulle gives til en tv-stjerne med snorkel."

Tolland sukkede. "Corky, tag den nu lidt med ro."

"Fint, så forklarer jeg det," sagde Corky og skubbede sig ind mellem dem. "Som du nok ved, ms. Sexton, så holder præsidenten en pressekonference i aften for at fortælle verden om meteoritten. Men fordi det meste af verden består af dummernikker, har præsidenten bedt Mike om at deltage og oversætte det til menneskesprog."

"Tak, Corky," sagde Tolland. "Rigtig flot." Han så på Rachel. "Det, Corky prøver på at forklare, er, at fordi der er så mange videnskabelige data, der skal forklares, tænkte præsidenten, at et kort, visuelt dokumentarprogram om meteoritten kunne hjælpe med til at gøre oplysningerne mere tilgængelige for gennemsnitsamerikanerne. Underligt nok er der mange af dem, der ikke har en universitetsgrad i astrofysik."

"Vidste du godt, at jeg lige har hørt, at vores præsident er en skabsfan af Forunderlige farvande?" sagde Corky til Rachel. Han rystede på hovedet med påtaget væmmelse. "Zach Herney – herskeren over den frie verden – får sin sekretær til at optage Mikes program på video, så han kan slappe af med det efter en lang dag."

Tolland trak på skuldrene. "Manden har en god smag, og hvad så?"

Det var ved at begynde at gå op for Rachel, nøjagtig hvor mesterlig præsidentens plan var. Politik var et spil for medierne, og Rachel kunne allerede forestille sig den entusiasme og videnskabelige troværdighed, som Michael Tollands ansigt på skærmen ville udstyre pressekonferencen med. Zach Herney havde rekrutteret den ideelle mand til at give opbakning til sit lille NASA-kup. Skeptikerne ville have svært ved at anfægte præsidentens data, hvis de kom fra nationens fremmeste tv-personlighed inden for forskning og naturvidenskab, og endnu mere, hvis han desuden blev bakket op af flere respekterede, uafhængige forskere.

Corky sagde: "Mike har allerede optaget videoerklæringer fra alle os civile til sit dokumentarprogram og også fra de fleste af NASA's topspecialister. Og jeg vil vædde min medalje på, at du er den næste på hans liste."

Rachel vendte sig og kiggede på ham. "Mig? Hvad mener du? Jeg har ikke fuldmagt til noget som helst. Jeg er kontaktperson inden for efterretningstjenesten."

"Hvorfor har præsidenten så sendt dig herop?"

"Det har han ikke fortalt mig endnu."

Corky grinede fornøjet. "Du er kontaktpersonen til Det Hvide Hus inden for efterretningstjenesten, og du tager dig af at fastslå og godtgøre ægtheden af data, ikke sandt?"

"Jo, men ikke videnskabelige data."

"Og du er datter af den mand, som har bygget en kampagne op ved at kritisere de penge, NASA har spildt i rummet?"

Rachel kunne høre det komme.

"De bliver nødt til at indrømme, ms. Sexton," istemte Ming, "at et vidneudsagn fra Dem ville give det her dokumentarprogram en troværdighed af en helt ny dimension. Hvis præsidenten har sendt Dem herop, må det være, fordi han ønsker, at De på en eller anden måde tager del i projektet."

Rachel huskede igen William Pickerings bekymring for, at hun ville blive misbrugt.

Tolland kiggede på sit ur. "Vi må nok hellere gå derover," sagde han og pegede ind mod midten af habisfæren. "Det må være ved at være tæt på."

"Tæt på hvad?" spurgte Rachel.

"Tiden til udtagning. NASA bringer meteoritten op til overfladen. Den kan komme op når som helst nu."

Rachel var lamslået. "Vil I virkelig flytte en sten på otte tons op nede fra 70 meter is massiv?"

Corky så ud til at more sig. "Du troede da vel ikke, at NASA ville lade en opdagelse som den her ligge begravet i isen, vel?"

"Nej, men ...," Rachel havde ikke set noget udgravnings-udstyr i stor stil noget sted i habisfæren. "Hvordan pokker vil NASA få meteoritten op?"

Corky sagde stolt: "Det er ikke noget problem. Du er sammen med en masse raketspecialister her."

"Sludder og vrøvl," grinede Ming og så på Rachel. "Dr. Marlinson nyder at spille med andre folks muskler. Sandheden er, at alle her var sat til vægs, da det kom til spørgsmålet om, hvordan man kunne få meteoritten op. Det var *dr. Mangor,* som foreslog en brugbar løsning."

"Jeg har ikke mødt dr. Mangor."

"Dr. Mangor er glaciolog fra Universitetet i New Hampshire," sagde Tolland. "Den fjerde og sidste af de civile viden-skabsfolk, som præsidenten har rekrutteret. Og Ming har ret, det var Mangor, som fandt ud af det."

"Okay," sagde Rachel. "Og hvad foreslog han så?"

"Hun," rettede Ming hende og lød til at beklage det. "Dr. Mangor er en *kvinde.*"

"Det kan nu diskuteres," indvendte Corky. Han så over på Rachel. "Og i øvrigt kommer dr. Mangor til at hade dig."

Tolland sendte Corky et vredt blik.

"Jamen, det gør hun!" forsvarede Corky sig. "Hun hader konkurrence."

Rachel følte sig fortabt. "Undskyld mig, men hvad for en konkurrence?"

"Ham skal du bare ignorere," sagde Tolland. "Desværre er det på en eller anden måde forbigået den nationale videnskabskomités opmærksomhed, at Corky er en total sinke. Du skal nok komme godt ud af det med dr. Mangor. Hun er professionel. Hun anses for at være en af verdens førende glaciologer. Faktisk flyttede hun til Antarktis i nogle år for at studere isbevægelser."

"Mærkeligt nok," sagde Corky, "så har jeg hørt, at Universitetet i New Hampshire modtog en donation og sendte hende derned, så de kunne få lidt fred og ro på universitetet så længe."

"Er De klar over," snerrede Ming, der lod til at have taget bemærkningen personligt, "at dr. Mangor næsten døde dernede! Hun for vild i et uvejr og levede af sælspæk i fem uger, før nogen fandt hende."

Corky hviskede til Rachel: "Jeg har hørt, at der ikke var nogen, der ledte efter hende."

26

Turen i limousinen tilbage fra CNN-studiet til Sextons kontor føltes lang for Gabrielle Ashe. Senatoren sad over for hende og kiggede ud ad vinduet. Det var tydeligt, at han godtede sig over debatten.

"De sendte Tench til en eftermiddagsudsendelse," sagde han og vendte sig om mod hende med sit charmerende smil. "De er ved at blive nervøse i Det Hvide Hus."

Gabrielle nikkede blot. Hun havde bemærket, at Marjorie Tench så fornøjet og veltilfreds ud, da hun kørte væk. Det gjorde Gabrielle nervøs.

Sextons personlige mobiltelefon ringede, og han greb ned i

lommen for at tage den. Som de fleste politikere havde senatoren en rangorden af telefonnumre, hvor hans kontakter kunne nå ham, afhængig af, hvor vigtige de var. Hvem det så end var, der ringede til ham nu, stod øverst på listen; opkaldet kom ind på Sextons private linje, et nummer, som selv ikke Gabrielle fik lov til at ringe op til.

"Senator Sedgewick Sexton," sagde han med sin melodiske stemme og forstærkede den musikalske kvalitet i sit navn.

På grund af støjen fra limousinen kunne Gabrielle ikke høre, hvem det var, der ringede, men Sexton lyttede intenst og svarede med begejstring. "Fantastisk. Jeg er virkelig glad for, at De ringer. Skal vi sige klokken atten? Super. Jeg har en lejlighed her i D.C. Privat. Hyggelig. De har adressen, ikke? Okay. Jeg glæder mig til at møde Dem. Så ses vi i aften."

Sexton lagde på og så ud til at være vældig tilfreds med sig selv.

"En ny Sexton-fan?" spurgte Gabrielle.

"Der kommer flere og flere," sagde han. "Ham her er en, der batter."

"Det må han være. Og du skal møde ham i din lejlighed?" Sexton forsvarede normalt den hellige uforstyrrethed, han havde i sin lejlighed, som en løve, der beskyttede sit sidste skjulested.

Sexton trak på skuldrene. "Tja. Jeg syntes, at jeg hellere måtte give ham lidt personlig kontakt. Ham her kan have noget at skulle have sagt i opløbet. Jeg er jo nødt til at blive ved med at sørge for alle de personlige forbindelser, ved du nok. Det handler alt sammen om tillid."

Gabrielle nikkede og fandt Sextons aftalekalender frem. "Skal jeg sætte ham ind i kalenderen?"

"Det behøves ikke. Jeg havde alligevel planlagt en hjemmeaften."

Gabrielle fandt aftenens side frem og så, at den allerede

var fyldt ud med Sextons håndskrift med to bogstaver "P.E."
– Sextons forkortelse for enten personlig event, privat egotrip
eller pis af med enhver; man kunne aldrig være helt sikker på,
hvad der var hvad. Fra tid til anden afsatte senatoren en "P.E."-
aften til sig selv, så han kunne lukke sig inde i sin lejlighed,
hive stikket ud og gøre det, han allerhelst ville – drikke cognac
med gamle kammesjukker og foregive, at han havde glemt alt
om politik for en aften.

Gabrielle så overrasket på ham. "Så du vil faktisk lade for-
retninger trænge sig ind på planlagt P.E.-tid? Jeg er impone-
ret."

"Det lykkedes ham her at fange mig på en aften, hvor jeg
har lidt tid. Jeg vil godt snakke lidt med ham. Høre, hvad han
har at sige."

Gabrielle havde lyst til at spørge, hvem den mystiske mand
kunne være, men det var tydeligt, at Sexton med vilje formu-
lerede sig vagt. Gabrielle havde lært, hvornår hun skulle lade
være med at bore.

Da de drejede væk fra omfartsvejen og var på vej tilbage
mod Sextons kontorbygning, så Gabrielle igen ned på den P.E.-
tid, der var reserveret i Sextons kalender, og havde en mærke-
lig fornemmelse af, at Sexton havde vidst, at dette opkald ville
komme.

27

Isen midt i NASA-habisfæren var domineret af en seks meter
høj trefod, der var sat sammen af bygningsstilladser, så den
lignede en mellemting mellem en olieborerig og en mislykket
model af Eiffeltårnet. Rachel kiggede på anordningen uden at
fatte, hvordan den skulle kunne bruges til at udtage den enor-
me meteorit.

Under tårnet var flere kranspil blevet skruet fast til stålplader, som igen var gjort fast i isen med svære bolte. Trukket gennem spillene steg der jernkabler op over en række trisser oven over tårnet. Derfra faldt kablerne lodret ned i små borehuller i isen. Flere store NASA-mænd skiftedes til at stramme spillene. For hver ny stramning gled kablerne nogle få centimeter op gennem borehullerne, som om mændene var ved at hejse et anker op.

Der er noget her, som jeg overser, tænkte Rachel, da hun og de andre gik tættere hen til ophentningsstedet. Det så ud, som om mændene var ved at hejse meteoritten direkte op gennem isen.

"JÆVNT TRÆK, FOR FANDEN!" råbte en kvindestemme i nærheden med samme ynde i stemmen som en kædesav.

Rachel så over mod en lille kvinde i en lysende gul snedragt, der var plettet af smørefedt. Hun stod med ryggen til Rachel, men selv da havde Rachel ikke noget besvær med at regne ud, at det var hende, der ledede denne operation. Mens hun gjorde notater på et skrivebræt, spankulerede hun frem og tilbage som en misfornøjet borechef.

"Sig nu ikke, at I er trætte, tøsedrenge!"

Corky råbte: "Hej, Norah, hold op med at hundse rundt med de stakkels NASA-drenge, og kom og flirt lidt med mig."

Kvinden vendte sig ikke engang om. "Er det dig, Marlinson? Den charmerende, lille pibestemme kan jeg genkende hvor som helst. Kom tilbage, når du engang når puberteten."

Corky vendte sig om mod Rachel. "Norah holder os til ilden med sin charme."

"Det hørte jeg godt, din rumdreng," gav dr. Mangor igen, mens hun stadigvæk skrev notater. "Og hvis du tager mål af min røv, så lægger de her snebukser femten kilo til."

"Bare rolig," råbte Corky. "Det er ikke din uldne mammutnumse, der driver mig til vanvid, det er din indtagende personlighed."

"Rend mig."

Corky lo igen. "Jeg har store nyheder, Norah. Det ser ud til, at du ikke er den eneste kvinde, præsidenten har rekrutteret."

"Det er ikke løgn. Han har rekrutteret *dig*."

Tolland tog ordet. "Norah? Har du tid et øjeblik til at møde en?"

Ved lyden af Tollands stemme standsede Norah straks med det, hun var i gang med, og vendte sig. Hendes hårdføre manerer forsvandt som dug for solen. "Mike!" Med et stort smil kom hun hurtigt over til dem. "Jeg har ikke set dig et i par timer."

"Jeg har været ved at redigere dokumentarudsendelsen."

"Hvordan virker min optræden?"

"Du ser klog og smuk ud."

"Han brugte specialeffekter," sagde Corky.

Den bemærkning lod Norah, som om hun ikke hørte, og hun kiggede nu på Rachel med et høfligt, men afmålt smil. Hun så tilbage på Tolland. "Jeg håber ikke, du bedrager mig, Mike."

Tollands vejrbidte ansigt rødmede let, da han foretog præsentationerne. "Norah, du skal møde Rachel Sexton. Ms. Sexton arbejder i efterretningsvæsenet og er her efter præsidentens anmodning. Hendes far er senator Sedgewick Sexton."

Denne præsentation fik Norah til at se forvirret ud. "Det vil jeg ikke engang lade, som om jeg forstår." Norah tog ikke handskerne af, da hun halvhjertet trykkede Rachel i hånden. "Velkommen til verdens top."

Rachel smilede. "Tak." Hun var overrasket over at se, at Norah Mangor trods den skrappe stemme havde et behageligt ansigt med et gavtyveblink i øjnene. Hendes pjuskefrisure var brun med stænk af gråt, og hendes øjne var hvasse og skarpe – to iskrystaller. Der var en stålagtig selvtillid over hende, som Rachel syntes om.

"Norah," sagde Tolland. "Har du et minut at give af til at fortælle Rachel, hvad det er, du laver?"

Norah løftede øjenbrynene. "Er I to dus og på fornavn allerede? Nånå, nånå."

Corky sukkede. "Sagde jeg det ikke nok, Mike?"

Norah Mangor viste Rachel rundt for foden af tårnet, mens Tolland og de andre fulgte efter og småsnakkede med hinanden.

"Kan De se de borehuller der i isen under trefoden?" spurgte Norah og pegede. Hendes tidligere noget afvisende tone blev nu blødt op i hendes fortryllelse af sit arbejde.

Rachel nikkede og kiggede ned i hullerne i isen. Hvert af dem var omkring tredive centimeter i diameter og havde et stålkabel, der gik ned gennem det.

"De her huller er fra dengang, vi udborede kerneprøver og tog røntgenbilleder af meteoritten. Nu bruger vi dem som indgangssteder til at sænke kraftige øskener ned gennem de tomme skakter og skrue dem ind i meteoritten. Derefter har vi sænket et cirka halvfjerds meter snoet kabel ned gennem hvert hul og sat hager fast i øsknerne, og nu trækker vi den simpelthen op med spillene. Det tager tøsedrengene her flere timer at få den op til overfladen, men den kommer."

"Jeg er ikke sikker på, at jeg helt forstår det," sagde Rachel. "Meteoritten ligger under flere tusind tons is. Hvordan løfter De den?"

Norah pegede op på toppen af stilladset, hvor en tynd stråle af rent, rødt lys skinnede lodret ned mod isen under trefoden. Rachel havde set det tidligere og var gået ud fra, at det blot var en slags retningsviser – en markør, der afmærkede det sted, hvor genstanden var begravet.

"Det er en gallium-arsenit-halvleder-laser," sagde Norah.

Rachel kiggede nærmere på lysstrålen og så nu, at den faktisk havde smeltet et lille hul i isen og skinnede ned i dybet.

"Det er en meget varm stråle," sagde Norah. "Vi opvarmer meteoritten, mens vi hæver den."

Da Rachel først havde forstået den enkle, lysende ide, der lå bag dr. Mangors plan, blev hun imponeret. Norah havde simpelthen rettet laserstrålen nedad, så den smeltede sig gennem isen, indtil strålen ramte meteoritten. Stenen, der var for tæt til at blive smeltet af en laser, begyndte at absorbere laserens varme, til den omsider blev varm nok til at smelte isen omkring sig. Mens NASA-mændene hejsede den varme meteorit op, smeltede den ophedede sten og det opadgående tryk isen, der lå udenom, og banede vej til at hæve den op til overfladen. Det smeltevand, der samlede sig over meteoritten, sivede bare ned og tilbage rundt om siderne på stenen og fyldte skakten op igen.

Som en varm kniv gennem en pakke frosset smør.

Norah pegede på NASA-mændene ved kranspillene. "Generatorerne kan ikke klare den slags belastning, så jeg bruger mandekraft til at løfte."

"Sikke noget pis at sige!" indskød en af arbejderne. "Hun bruger mandekraft, fordi hun godt kan lide at se os svede!"

"Slap lige af," svarede Norah tilbage. "Nu har I tøsedrenge klaget i to dage over, at I frøs. Det har jeg klaret for jer. Bliv I bare ved med at trække."

Mændene grinede.

"Hvad skal standerne der gøre godt for?" spurgte Rachel og pegede på nogle orangefarvede vejkegler, der var anbragt rundt om tårnet. De så ud til at være placeret helt tilfældigt. Rachel havde set lignende kegler spredt rundt i kuplen.

"Nødvendigt, glaciologisk værktøj," sagde Norah. Vi kalder dem THOBA'er. Det er en forkortelse for 'træd her og bræk ankel'. "

Hun tog en af keglerne op, så Rachel kunne se et rundt borehul, der som en bundløs brønd faldt ned i dybet i gletsjeren.

"Et dårligt sted at træde." Hun satte keglen på plads igen. "Vi har boret huller overalt i gletsjeren for at se, hvordan strukturen hænger sammen. Ligesom i almindelig arkæologi kan man se, hvor mange år en genstand har været begravet, på, hvor *dybt* under jordoverfladen den befinder sig. Jo længere nede man finder den, jo længere har den været der. Så når vi finder en genstand neden under isen, kan vi datere genstandens ankomstdato ved at måle, hvor meget is der har samlet sig oven over den. For at være sikker på, at vores dateringsmålinger af kernen er nøjagtige, efterprøver vi en masse områder i islaget for at bekræfte, at området er én solid klump og ikke er blevet forstyrret af jordskælv, revner, laviner og hvad man ellers har."

"Og hvordan ser den her gletsjer så ud?"

"Fejlfri," sagde Norah. "En perfekt, solid klump. Ingen forkastningslinjer eller isændringer. Meteoritten er det, vi kalder et 'statisk nedslag'. Den har ligget uberørt og upåagtet i isen, siden den landede i 1716."

Rachel tænkte sig om to gange. "Ved De helt nøjagtigt, hvad for et år den faldt?"

Norah så ud, som om hun blev overrasket over spørgsmålet. "Ja, for pokker. Det var derfor, de sendte bud efter mig. Jeg kan læse is." Hun pegede på en stak cylindriske isrør, der stod i nærheden. Hvert af dem lignede en gennemsigtig telefonpæl og var markeret med en lysende orange mærkeseddel. "De her iskerner er en frossen, geologisk journal." Hun tog Rachel med over til rørene. "Hvis De ser nærmere efter, kan De se særskilte lag i isen."

Rachel bøjede sig og kunne godt se, at røret bestod af noget, der så ud som forskellige lag af is med fine forskelle i lysstyrke og gennemsigtighed. Lagene gik fra papirtynd til godt en halv centimeter i tykkelse.

"Hver vinter falder der masser af sne over isshelfen," sagde Norah, "og hvert forår tør sneen delvis op. Så vi ser et nyt kompressionslag for hver årstid. Vi starter blot ved toppen – sidste vinter – og tæller baglæns."

"Som at tælle årringe i et træ."

"Det er nu ikke helt så enkelt, ms. Sexton. Husk på, vi måler lagdannelse i mange, mange meter. Vi skal også læse klimatologiske markører for at tidsfæste vores arbejde – aflejringsoptegnelser, luftbårne forureninger og den slags."

Tolland og de andre sluttede sig nu til dem. "Hun ved en masse om is, gør hun ikke?"

Rachel følte sig mærkeligt glad ved at se ham. "Jo, hun er fantastisk."

"Og lige for at bekræfte det," nikkede Tolland, "så er dr. Mangors årstal med 1716 helt rigtigt. NASA nåede frem til nøjagtig det samme år for nedslaget, et godt stykke tid før vi overhovedet kom herop. Dr. Mangor udborede sine egne kerner, foretog sine egne prøver og bekræftede NASA's arbejde."

Rachel var imponeret.

"Og tilfældigvis," sagde Norah, "var 1716 helt nøjagtigt det år, hvor nogle af de første opdagelsesrejsende påstod, at de havde set en lysende ildkugle på himlen over det nordlige Canada. Meteoren blev kendt som Jungersol-nedslaget efter navnet på ekspeditionens leder."

"Så den kendsgerning, at kernedatoen og den historiske beskrivelse falder sammen, er et reelt bevis for, at vi ser på et brudstykke af den samme meteorit, som Jungersol beskrev, at han havde set i 1716," tilføjede Corky.

"Dr. Mangor!" råbte en af mændene. "De første kroge er begyndt at vise sig!"

"Rejsen er slut, folkens," sagde Norah. "Sandhedens øjeblik." Hun tog en klapstol, klatrede op på den og råbte af sine lungers fulde kraft. "Halløj alle sammen, den kommer op til overfladen om fem minutter!"

Overalt i kuplen holdt forskerne op med det, de var i gang

med, og som Pavlovs hunde, der reagerede på middagsklokken, styrtede de over mod ophentningsområdet.

Norah Mangor satte hænderne i siden og så ud over sit rige. "Okay, lad os så hæve Titanic."

28

"Gå væk!" råbte Norah, mens hun gik gennem den skare af NASA-folk, der hurtigt havde forsamlet sig. Arbejderne veg til side. Norah overtog kontrollen og gjorde et show ud af at tjekke kabelspændinger og positioner.

"Løft!" råbte en af NASA-mændene. Mændene strammede spillene, og kablerne kom tyve centimeter længere op af hullerne.

Mens kablerne blev ved med at rykke opad, kunne Rachel mærke gruppen rykke frem i spændt forventning. Corky og Tolland stod i nærheden og så ud som børn i en slikbutik. På den anden side af hullet kunne hun nu se NASA-chef Lawrence Ekstroms store skikkelse, der stillede sig op for at følge ophentningen.

"Hasper!" råbte en af NASA-mændene. "De første viser sig!"

Stålkablerne, der kom op gennem borehullerne, skiftede fra de snoede sølvfarvede til gule lederkæder.

"To meter mere! Hold den i gang!"

Gruppen rundt om stilladset sank hen i komplet tavshed som tilskuere ved en seance, der venter på en guddommelig åbenbaring – alle anstrengte sig for at få det første glimt.

Da så Rachel den.

Efterhånden som den kom op gennem det øverste, tynde lag is, begyndte den svage form af meteoritten at vise sig. Skyggen var aflang og mørk, uklar til at begynde med, men mere og mere tydelig for hvert øjeblik, den smeltede sig vej opefter.

"Strammere!" råbte en tekniker. Mændene strammede spillene, og stilladset knagede.

"Halvanden meter mere! Hold spændingen!"

Rachel kunne nu se, hvordan isen oven over stenen begynde at bule opad som et drægtigt dyr, der skulle til at føde. Oven på puklen rundt om laserens strålingssted begyndte en lille cirkel af overfladeis at give efter, smelte og opløse sig til et hul, der blev større og større.

"Livmodermunden er udvidet!" var der en, der råbte. "Ni hundrede centimeter!"

En spændt latter brød stilheden.

"Okay, afbryd laseren!"

Nogen trykkede på en kontakt, og strålen forsvandt.

Og så skete det.

Som en fyrig palæolitisk gud brød den store sten gennem overfladen med en dampende hvæsen. Ud af den hvirvlende tåge steg den grove form op af isen. Mændene, der bemandede kranspillene, anstrengte sig til det yderste, og endelig brød hele stenen fri fra sit frosne fangenskab og hang varm og dryppende over en åben skakt med småkogende vand.

Rachel var dybt fascineret.

Som den hang der og dinglede i sine kabler og dryppede af væde, glitrede meteorittens hårde overflade i lyset fra lysstofrørene. Den var forkullet og rynket og lignede en enorm, forstenet sveske. Stenen var glat og afrundet i den ene ende. Denne del var åbenbart blevet blæst væk af friktionen, mens den strøg gennem atmosfæren.

Ved at kigge på den forkullede smelteskorpe kunne Rachel næsten se meteoren flyve mod Jorden i en rasende ildkugle med raketfart. Det var utroligt, at det var flere hundrede år siden. Nu hang det fangede dyr der i sine kabler, mens vandet dryppede ned fra dets krop.

Jagten var forbi.

Først i dette øjeblik gik det rigtig op for Rachel, hvor dramatisk denne begivenhed var. Den genstand, der nu hang der foran hende, var fra en anden verden, millioner af kilometer borte. Og fanget inde i den var der tegn – nej, *bevis* – på, at mennesket ikke var alene i universet.

Øjeblikkets eufori lod til at gribe dem alle i samme nu, og alle brød ud i spontan hujen og bifald. Selv NASA-chefen så ud til at være helt opslugt. Han klappede sine folk på skulderen og ønskede dem til lykke. Mens Rachel stod og betragtede dem, følte hun en pludselig glæde over NASA. De havde haft rigtig meget sort uheld indtil nu. Nu ændrede det sig omsider. De havde fortjent dette øjeblik.

Det gabende hul i isen lignede nu et lille svømmebassin midt i habisfæren. Overfladevandet i det halvfjerds meter dybe smeltevandsbassin sjaskede i nogle minutter mod ismurene i skakten og faldt så endelig til ro. Vandlinjen i skakten lå nu knap halvanden meter under gletsjerens overflade. Denne forskel skyldes både, at meteorittens masse var fjernet, og at is fylder mindre, når den smelter.

Norah Mangor placerede straks THOBA-kegler hele vejen rundt om hullet. Selvom hullet var let at få øje på, ville en nysgerrig sjæl, der vovede sig for tæt på og måske faldt i, være i overhængende fare. Væggene i skakten var af massiv is, der var ingen fodtrin, og ingen ville kunne klatre op derfra uden hjælp.

Lawrence Ekstrom kom luntende over isen hen imod dem. Han gik lige hen til Norah Mangor og gav hende et fast håndtryk. "Godt gået, dr. Mangor."

"Jeg regner med at få masser af ros på tryk," svarede Norah.

"Det får De." NASA-chefen vendte sig om mod Rachel. Han så glad og lettet ud nu. "Nå, ms. Sexton, er den professionelle skeptiker nu overbevist?"

Rachel kunne ikke lade være med at smile. "Overvældet er snarere ordet."

"Godt. Så følg med mig."

*

Rachel fulgte med NASA-chefen over til den anden ende af habisfæren og hen til en stor metalboks, der lignede en skibscontainer. Boksen var malet med militære camouflagemønstre og bogstaverne P-S-C i skabelonskrift.

"De kan ringe til præsidenten herindefra," sagde Ekstrom.

Portable Secure Communication – transportabel sikker kommunikationsenhed, tænkte Rachel. Disse transportable kommunikationsbokse var standardinstallationer i kampområder, men Rachel havde aldrig ventet at se sådan en brugt i en NASA-opgave i fredstid. På den anden side havde Ekstrom en fortid i Pentagon, så han havde sikkert adgang til legetøj af den her slags. Ud fra de strenge ansigtsudtryk på de to bevæbnede vagter, der vogtede over denne PSC, fik Rachel afgjort det indtryk, at kontakt med den ydre verden kun kunne ske med direkte samtykke fra NASA-chefen.

Det ser ud til, at jeg ikke er den eneste, der er koblet fra.

Ekstrom talte kort med en af vagterne uden for boksen og vendte så tilbage til Rachel. "Held og lykke," sagde han. Så gik han.

En vagt bankede på døren til boksen, og den blev hurtigt åbnet indefra. En tekniker dukkede frem og vinkede Rachel indenfor. Hun fulgte efter ham.

Inde i PSC'en var der mørkt og overfyldt. I det blålige skær fra den enlige computerskærm kunne Rachel skelne rækker af telefonudstyr, radioer og satellittelekommunikationsapparater. Hun følte sig allerede klaustrofobisk. Luften herinde var skarp som i en kælder om vinteren.

"De kan sidde her, ms. Sexton." Teknikeren trak en rulletaburet frem og anbragte Rachel foran en fladskærmsmonitor. Han satte en mikrofon foran hende og placerede et par store AKG-hovedtelefoner på hendes hoved. Teknikeren kontrollerede en logbog med krypterede adgangskoder og tastede en hel masse ind på noget udstyr ved siden af. En tidsmåler kom til syne på skærmen foran Rachel.

00:60 SEKUNDER.

Teknikeren nikkede tilfreds, da tidsmåleren begyndte sin nedtælling. "Et minut til forbindelse." Han vendte sig om, gik ud og smækkede døren bag sig. Rachel kunne høre låseriglen klikke udefra.

Storartet.

Mens hun sad i mørket og ventede og så tres sekunders-uret langsomt tælle ned, blev hun klar over, at det var første gang, hun havde et øjeblik for sig selv siden tidligt i morges. Hun var vågnet op uden den mindste anelse om, hvad der ventede forude. *Liv i det ydre rum.* Fra i dag ville alle tiders mest populære moderne myte ikke længere være nogen myte.

Rachel var først nu ved at begynde at forstå, hvor altødelæggende denne meteorit ville være for hendes fars kampagne. Selvom finansieringen af NASA ikke var noget, der politisk kunne ligestilles med retten til fri abort, velfærd og sygesikring, havde hendes far gjort det til et vigtigt politisk emne. Nu kom det til at give bagslag og eksplodere lige op i ansigtet på ham.

I løbet af nogle få timer ville amerikanerne igen føle spændingen ved en triumferende opdagelse fra NASA. Der ville være drømmere med tårer i øjnene. Forskere med åben mund. Børns fantasier, der løb løbsk. Spørgsmålet om penge ville blegne væk og være ganske ubetydeligt, når det blev overskygget af dette betydningsfulde øjeblik. Præsidenten ville stige op som en Fugl Føniks og være en helt, hvorimod den forretningsmæssige senator midt i festen pludselig ville fremstå som en smålig, pernittengrynet gnier uden nogen amerikansk sans for eventyr.

Computeren bippede, og Rachel så op.

00:05 SEKUNDER.

Skærmen foran hende flimrede pludselig, og et uklart billede af Det Hvide Hus' segl kom til syne på skærmen. Efter et øjeblik faldt billedet på plads og blev til præsident Herneys ansigt.

"Hallo, Rachel," sagde han med et gavtyveagtigt glimt i øjet. "Jeg går ud fra, at du har haft en interessant eftermiddag?"

29

Senator Sedgewick Sextons kontor lå i Philip A. Hart-senatskontorbygningen i C Street nordøst for Capitol. Bygningen var et moderne værk, der bestod af hvide rektangler, og modstanderne påstod, at det mere lignede et fængsel end en kontorbygning. Mange af dem, der arbejdede der, havde samme følelse.

På tredje etage gik Gabrielle Ashes lange ben hurtigt frem og tilbage foran hendes computer. På skærmen stod der en ny e-mail-besked. Hun vidste ikke helt, hvad hun skulle stille op med den.

De første to linjer sagde:

SEDGEWICK VAR IMPONERENDE PÅ CNN.
JEG HAR FLERE OPLYSNINGER TIL DEM.

Den slags beskeder havde Gabrielle nu modtaget de sidste par uger. Svaradressen var falsk, selvom hun havde været i stand til at spore den til et "whitehouse.gov"-domæne. Det så ud til, at hendes mystiske meddeler var en insider i Det Hvide Hus, og hvem det så end var, var vedkommende blevet Gabrielles kilde til alle mulige slags værdifulde politiske oplysninger for nylig, inklusive nyheden om et hemmeligt møde mellem NASA's chef og præsidenten.

Gabrielle havde været mistroisk over for disse e-mails i starten, men da hun kontrollerede tipsene, blev hun forundret over, at oplysningerne altid var præcise og nyttige – tophemmelig information om NASA's budgetoverskridelser, bekostelige opgaver forude, data, der viste, at NASA's søgen efter liv i rummet fik alt for mange midler og alt for få resultater, ja, selv interne meningsmålinger, der advarede om, at NASA var det emne, der fik vælgerne til at vende sig væk fra præsidenten.

For at gøre sig mere og mere uundværlig for senatoren havde Gabrielle ikke fortalt ham, at hun modtog uopfordret hjælp via e-mail inde fra Det Hvide Hus. I stedet videregav hun blot informationen til ham som noget, der kom fra "en af hendes kilder". Sexton var altid taknemmelig og lod til at vide bedre end at spørge om, hvem hendes kilde var. Gabrielle var sikker på, at han mistænkte hende for at give seksuelle ydelser til gengæld. Det var bekymrende, at det ikke så ud til at genere ham det mindste.

Gabrielle holdt op med at vandre hvileløst rundt og så igen på den besked, der lige var kommet. Hensigten med alle disse e-mails var klar: Nogen inden for Det Hvide Hus ønskede, at senator Sexton skulle vinde valget, og hjalp ham til at gøre det ved at bistå med hans angreb på NASA.

Men hvem? Og hvorfor?

En rotte fra en synkende skude, besluttede Gabrielle sig for at mene. I Washington var det slet ikke usædvanligt, at en ansat i Det Hvide Hus, som frygtede, at præsidenten var ved at blive fortrængt fra embedet, afgav diskrete tilbud til den, der mest sandsynligt ville følge efter, i håb om at beholde posten eller få en anden stilling efter udskiftningen. Det lod til, at en eller anden lugtede Sexton-sejr og var tidligt ude med at gøre sig nyttig.

Den besked, der nu stod på Gabrielles skærm, gjorde hende nervøs. Den lignede ikke nogen, hun tidligere havde fået. De første to linjer bekymrede hende ikke så meget. Det var de sidste to:

ØSTPORTEN, 16.30.
KOM ALENE.

Hendes meddeler havde aldrig før bedt om, at de skulle mødes personligt. Og selv da ville Gabrielle have forventet et mere diskret sted for et møde ansigt til ansigt. *Østporten?* Der var kun én østport i Washington, så vidt hun vidste. *Uden for Det Hvide Hus? Er det en slags vits?*

Gabrielle var klar over, at hun ikke kunne svare via e-mail; hendes beskeder blev altid sendt retur som uanbringelige. Hendes korrespondents konto var anonym. Det var ikke overraskende.

Skulle jeg rådføre mig med Sexton? Hun bestemte hurtigt, at det skulle hun ikke. Han sad i møde. Og hvis hun fortalte ham om denne e-mail, ville hun jo blive nødt til også at fortælle ham om de andre. Hun besluttede sig for at tro, at hendes meddeler tilbød hende at mødes et offentligt sted i fuldt dagslys for at få hende til at føle sig sikker. Når alt kom til alt, havde denne person ikke gjort andet end at hjælpe hende i løbet af de sidste to uger. Han eller hun var helt sikkert en ven.

Gabrielle læste e-mailen for sidste gang og så på sit ur. Hun havde en time endnu.

30

NASA-chefen følte sig mindre irritabel nu, hvor det var lykkedes at få meteoritten op af isen. *Alt falder på plads,* sagde han til sig selv, da han styrede tværs over kuplen hen mod Michael Tollands arbejdsplads. *Der er ikke noget, der kan standse os nu.*

"Hvordan går det?" spurgte Ekstrom og gik hen bag videnskabsmanden, der også var tv-stjerne.

Tolland så op fra sin computer og så træt, men begejstret ud. "Redigeringen er næsten færdig. Jeg er lige ved at lægge noget video ind, som Deres folk filmede af ophentningen. Det skulle være klar om et øjeblik."

"Godt." Præsidenten havde bedt Ekstrom om at sende Tollands dokumentarprogram til Det Hvide Hus så snart som muligt.

Selvom Ekstrom havde været skeptisk over for præsidentens ønske om at bruge Michael Tolland i dette projekt, havde han skiftet mening, da han så den foreløbige version af Tollands dokumentarprogram. Det var lykkedes for tv-stjernen at sammenfatte sin egen livlige beretning og interviews med de uafhængige forskere til et blændende videnskabeligt program på femten minutter, der var både spændende og forståeligt. Tolland havde uden anstrengelse opnået, hvad der så ofte var mislykkedes for NASA – uden at være nedladende at beskrive en videnskabelig opdagelse på et niveau, hvor den gennemsnitlige amerikaner kunne være med.

"Når De er færdig med at redigere, så kom over til presseområdet med det færdige produkt," sagde Ekstrom. "Jeg skal have en til at sende en digital kopi til Det Hvide Hus."

"Javel, sir." Tolland vendte tilbage til arbejdet.

Ekstrom fortsatte. Da han kom hen til nordvæggen, blev han glad for at se, at habisfærens "presseområde" var pænt stillet op. Et stort, blåt tæppe var rullet ud på isen. Midt på tæppet stod et langt konferencebord med flere mikrofoner, et baggrundstæppe med NASA's logo og et enormt, amerikansk flag. For at fuldende det visuelle drama var meteoritten blevet transporteret på en slæde hen til en hædersplads direkte foran konferencebordet.

Ekstrom var tilfreds med at mærke, at stemningen i presseområdet var til fest. Mange af hans folk stod nu samlet rundt om meteoritten og holdt hænderne frem over dens stadig varme masse som spejdere omkring et lejrbål.

Ekstrom besluttede, at nu skulle det være. Han gik hen til en bunke papkasser, der stod på isen bag presseområdet. Han havde fået kasserne fløjet ind fra Grønland her til morgen.

"Jeg giver!" råbte han og rakte dåseøl ud til sine glade folk.

"Hej, boss!" var der en, der råbte. "Tak! De er oven i købet kolde!"

Ekstrom sendte ham et af sine sjældne smil. "Jeg har haft dem lagt på is."

Alle lo.

"Vent et øjeblik!" råbte en anden og så skævt til sin dåse. "Det er jo canadisk øl! Hvor er Deres patriotisme?"

"Vi har et stramt budget her, folkens. Det var det billigste, jeg kunne finde."

Mere latter.

"Giv agt, alle kunder," var der en fra NASA's fjernsynshold, der råbte i en megafon. *"Vi er ved at skifte over til studiebelysning. De kan risikere forbigående blindhed."*

"Og ikke noget med at kysse i mørket," råbte en anden. "Det her er et familieprogram!"

Ekstrom klukkede og nød det godmodige drilleri, mens hans hold foretog de sidste justeringer af spotlys og effektlys.

"Skifter til studiebelysning om fem, fire, tre, to ..."

Kuplens indre blev hurtigt mørk, da halogenlamperne blev slukket. På et par sekunder var alt lys væk. Et uigennemtrængeligt mørke opslugte kuplen.

En eller anden udstødte et spøgefuldt skrig.

"Hvem kneb mig bagi?" råbte en og lo.

Mørket varede kun et øjeblik, inden det blev splittet af det intense, blændende studiespotlys. Alle kneb øjnene sammen. Forandringen var fuldendt; den nordlige del af NASA-habisfæren var blevet til et fjernsynsstudie. Resten af kuplen så ud som en åbentstående lade om natten. Det eneste lys i de andre afdelinger var det dæmpede genskær fra studielysene, der gav et svagt lysskær på det buede loft og kastede lange skygger hen over de nu øde arbejdsstationer.

Ekstrom trådte tilbage i skyggen. Han var taknemmelig

over at se sit hold stå og drikke rundt om den oplyste meteorit. Han følte sig som en far ved juletid, der ser sine unger more sig rundt om træet.

Guderne skal vide, at de har fortjent det, tænkte Ekstrom, der ikke anede, hvilken katastrofe der lå forude.

31

Vejret var ved at slå om.

Som en sørgmodig bebuder af en truende konflikt udstødte faldvinden et klagende hyl og slog hårdt mod Deltastyrkens skjul. Delta-et afsluttede forskallingen af stormbeskyttelsen og gik indenfor til sine to partnere. De havde været igennem den slags før. Det ville snart gå over.

Delta-to stirrede på den direkte videooptagelse fra mikrobotten. "Du må vist hellere se på det her," sagde han.

Delta-et kom derover. Det indre af habisfæren henlå i totalt mørke undtagen den skarpe belysning i kuplens nordside tæt på scenen. Resten af habisfæren fremtrådte kun som et svagt omrids. "Det er ikke noget," sagde han. "De afprøver bare deres tv-belysning til i aften."

"Det er ikke belysningen, der er problemet." Delta-to pegede på den mørke klat midt i isen – det vandfyldte hul, hvor meteoritten var blevet hentet op. *"Det der* er problemet."

Delta-et så på hullet. Det var stadig omgivet af kegler og vandets overflade så rolig ud. "Jeg kan ikke se noget."

"Se efter igen." Han rørte ved joysticket og sendte mikrobotten i en spiral nedad mod hullets overflade.

Da Delta-et kiggede nøjere på det mørke smeltevand, så han noget, der fik ham til at vige tilbage i chok. "Hvad i …?"

Delta-tre kom derover og kiggede med. Han så også forbløffet ud. "Du godeste Gud. Er det ophentningsskakten? Er det meningen, at vandet skal gøre sådan?"

"Nej," sagde Delta-et. "Det skal det så sikkert som fanden i helvede ikke."

32

Selvom Rachel Sexton i øjeblikket sad inde i en stor metal-boks, der stod fire et halvt tusind kilometer fra Washington, følte hun det samme pres, som hvis hun var blevet kaldt til Det Hvide Hus. Videomonitoren foran hende viste et krystal-klart billede af præsident Zach Herney, der sad i kommunika-tionsværelset i Det Hvide Hus foran præsidentseglet. Den di-gitale lydforbindelse var upåklagelig, og bortset fra en næsten umærkelig forsinkelse kunne manden have siddet i et rum ved siden af.

Deres samtale var optimistisk og direkte. Præsidenten lod til at være tilfreds, men slet ikke overrasket over Rachels gun-stige vurdering af NASA's fund og over, at hun syntes, det var en god ide, at han brugte Michael Tolland med den fængslende personlighed som talsmand. Præsidenten var i et godmodigt og spøgefuldt humør.

"Jeg er sikker på, at du vil være enig med mig i, at i den bedste af alle verdener ville betydningen af denne opdagelse udelukkende være videnskabelig i sit væsen," sagdè Herney med en stemme, der nu var mere alvorlig. Han tav og lænede sig frem, så hans ansigt fyldte skærmen helt ud. "Uheldigvis lever vi ikke i den bedste af alle verdener, og denne NASA-triumf vil blive til en politisk fodbold, i samme øjeblik jeg offentliggør den."

"Når man tager i betragtning, hvor afgørende beviserne er, og hvem De har rekrutteret til at godkende dem, så kan jeg ikke forestille mig, at offentligheden eller nogen i oppositio-nen skulle være i stand til at gøre andet end at acceptere, at denne opdagelse er den ægte vare."

Herney kom med en nærmest bedrøvet klukken. "Mine politiske modstandere vil tro, hvad de ser, Rachel. Min bekymring er, at de ikke vil kunne lide, hvad de ser."

Rachel lagde mærke til, hvor omhyggelig præsidenten var med ikke at nævne hendes far. Han talte kun i vendinger som "oppositionen" eller "politiske modstandere". "Og De tror, at oppositionen vil påberåbe sig sammensværgelse udelukkende af politiske grunde?" spurgte hun.

"Det er spillets natur. Det eneste, man behøver at gøre, er at så en lille tvivl og sige, at denne opdagelse er en eller anden slags politisk svindel, som NASA og Det Hvide Hus har opdigtet sammen, og lige pludselig står jeg så over for en undersøgelse. Aviserne vil glemme, at NASA har fundet bevis på liv i verdensrummet, og medierne vil begynde at fokusere på at afsløre tegn på en sammensværgelse. Det er sørgeligt, men enhver hentydning om sammensværgelse angående denne opdagelse vil være kritisk for videnskaben, kritisk for Det Hvide Hus, kritisk for NASA og helt ærligt også kritisk for landet."

"Og det er derfor, De udsatte offentliggørelsen, indtil De havde fuld bekræftelse og opbakning fra nogle velanskrevne, uafhængige forskere."

"Mit mål er at fremlægge disse kendsgerninger på en så ubestridelig måde, at enhver skepsis bliver kvalt i fødslen. Jeg ønsker, at denne opdagelse bliver fejret med den værdighed, den fortjener. NASA fortjener intet mindre."

Nu prikkede det i Rachels intuition. *Hvad vil han med mig?*

"Det er tydeligt," fortsatte han, "at du har en enestående mulighed for at hjælpe mig. Både din erfaring som analytiker og din familieforbindelse til min modstander giver dig en enormt stor troværdighed, når det drejer sig om denne opdagelse."

Rachel følte sig mere og mere desillusioneret. *Han ønsker at bruge mig ... nøjagtig som Pickering sagde, han ville!*

"Når det er sagt," fortsatte Herney, " vil jeg gerne bede om, at du bevidner denne opdagelse personligt, som min kontaktperson i efterretningstjenesten til Det Hvide Hus ... og som datter af min modstander."

Der var den. Nu lå den på bordet.

Herney vil have, at jeg skal bevidne det.

Rachel havde ærligt talt troet, at Zach Herney var hævet over den slags ondskabsfuld politik. En offentlig opbakning fra Rachel ville omgående gøre meteoritten til et personligt spørgsmål for hendes far. Så ville senatoren være ude af stand til at angribe opdagelsens troværdighed uden at angribe sin egen datters troværdighed – en dødsdom over en præsidentkandidat, der altid sagde "familien først".

"Helt ærligt, sir," sagde Rachel og så ind i skærmen, "så er jeg forbløffet over, at De kunne bede mig om at gøre det."

Præsidenten så ud til at blive overrasket. "Jeg troede, du ville være begejstret over at hjælpe."

"Begejstret? Sir, bortset fra mine uenigheder med min far, så bliver jeg jo sat i en umulig situation. Jeg har problemer nok med min far uden at skulle stå over for ham i en slags offentlig kamp på livet. Selvom jeg erkender, at jeg afskyr ham, er han trods alt min far, og at sætte mig op mod ham i et offentligt forum synes jeg ærligt talt må være under Deres værdighed."

"Stop en halv!" Herney viftede med hænderne, som om han overgav sig. "Hvem sagde noget om et offentligt forum?"

Rachel holdt inde. "Jeg gik ud fra, at De ønskede, jeg gik på podiet til pressekonferencen klokken tyve sammen med NASA's chef."

Herneys skraldende latter rungede i højttalerne. "Rachel, hvad for et menneske tror du da, jeg er? Forestiller du dig virkelig, at jeg ville bede nogen om at dolke sin far i ryggen for åben skærm i et landsdækkende tv-program?"

"Men De sagde ..."

"Og tror du, jeg ville lade NASA's chef dele rampelyset med hans ærkefjendes datter? Ikke for at prikke hul på din boble, Rachel, men den her pressekonference skal være en *videnskabelig* præsentation. Jeg er ikke sikker på, at dit kendskab til meteoritter, fossiler eller isstrukturer ville bidrage til at gøre begivenheden mere troværdig."

Rachel kunne mærke, at hun rødmede. "Men hvad så ... hvilken opbakning havde De så i tankerne?"

"En, der mere svarer til din stilling,"

"Sir?"

"Du er min kontaktperson til efterretningstjenesten. Det er dig, der briefer min stab om spørgsmål, der er vigtige for nationen."

"Så De ønsker, at jeg bevidner det her for Deres *stab*?"

Herney så stadig fornøjet ud over misforståelsen. "Ja, det gør jeg. Den skepsis, jeg vil møde uden for Det Hvide Hus, er for intet at regne i sammenligning med den, jeg lige nu møder fra min stab. Vi står midt i et fuldstændigt mytteri. Internt er min troværdighed hullet som en si. Min stab har bedt mig skære ned på midlerne til NASA. Jeg har ignoreret dem, og det har været politisk selvmord."

"Indtil nu."

"Netop. Som vi talte om i morges, vil politiske kynikere finde timingen af offentliggørelsen af dette fund suspekt, og ingen er så kynisk som min stab i øjeblikket. Når de derfor hører denne oplysning for første gang, ønsker jeg, at den skal komme fra ..."

"Har De ikke fortalt Deres *stab* om meteoritten?"

"Kun nogle få toprådgivere. Det har haft topprioritet at holde denne opdagelse hemmelig."

Rachel var mundlam. *Det er ikke så sært, at han står over for et mytteri.* "Men det her er ikke mit sædvanlige område. Man kan da ikke se på en meteorit som noget, der hører ind under efterretningstjenesten."

"Ikke i den traditionelle betydning, men den indeholder jo alle de elementer, der ligger i dit daglige arbejde ... komplekse data, der skal destilleres, væsentlige, politiske konsekvenser ..."

"Jeg er ikke meteoritspecialist, sir. Burde NASA-chefen ikke orientere Deres stab?"

"Ta'r du gas på mig? Ham hader de da alle sammen. Hvad min stab angår, så ser de Ekstrom som en kvaksalver, som har lokket mig til den ene dårlige handel efter den anden."

Rachel kunne godt se pointen. "Hvad så med Corky Marlinson? Nationalmedaljen i astrofysik? Han har da meget mere troværdighed end mig."

"Min stab består af politikere, Rachel, ikke af videnskabsfolk. Du har mødt dr. Marlinson. Jeg synes, han er strålende, men hvis jeg slipper en astrofysiker løs på mit hold af intellektuelle, der kun bruger venstre hjernehalvdel, og som kun tænker på, hvordan vælgerne vil sætte deres kryds, vil de ikke kunne se skoven for bare træer. Jeg har brug for en, de vil lytte til. Og det vil de til dig, Rachel. Mine folk kender dit arbejde, og når man tager dit efternavn i betragtning, er du nok den mest uvildige talsperson, min stab kunne ønske sig."

Rachel kunne mærke, hvordan hun blev fanget ind af præsidentens elskværdige væremåde. "I det mindste indrømmer De da, at det, at jeg er datter af Deres modstander, har noget at gøre med Deres anmodning."

Præsidenten udstødte en lidt forlegen kluklatter. "Selvfølgelig har det det. Men som du ved, så skal min stab jo underrettes på den ene eller den anden måde. Det er ikke dig, der er kransekagen, Rachel, du er bare pynten. Du er den, der er bedst kvalificeret til at foretage den briefing, og tilfældigvis er du også nært beslægtet med den mand, der ønsker at sparke min stab ud af Det Hvide Hus i den næste embedsperiode. Så du har troværdighed på to fronter."

"De burde være sælger."

"Det er jeg faktisk. Ligesom din far. Og for at være ærlig vil jeg til en afveksling gerne afslutte en handel." Præsidenten tog brillerne af og så Rachel ind i øjnene. Hun kunne mærke et strejf af sin fars styrke i ham. "Jeg beder dig om at gøre mig en tjeneste, Rachel, også fordi jeg mener, det er en del af dit job. Så hvad siger du? Ja eller nej? Vil du orientere min stab om den her sag?"

Rachel følte sig fanget inde i den lille PSC-boks. *Der er ikke noget som en dreven sælger.* Selv på fire et halvt tusind kilometers afstand kunne Rachel mærke, hvordan hans stærke vilje pressede sig på gennem videoskærmen. Hun vidste også, at det var en fuldstændig rimelig anmodning, hvad enten hun nu brød sig om den eller ej.

"Jeg har nogle betingelser," sagde Rachel.

Herney løftede øjenbrynene. "Hvilke?"

"Jeg vil møde Deres stab alene. Ingen journalister. Det er en privat briefing, ikke en offentlig erklæring."

"Det har du mit ord på. Det er allerede fastsat, at dit møde skal finde sted på et meget privat område."

Rachel sukkede. "All right så."

Præsidenten strålede. "Pragtfuldt."

Rachel så på sit ur og var overrasket over, at klokken allerede var lidt over fire. "Et øjeblik," sagde hun forvirret, "hvis De skal være på direkte klokken tyve, har vi da ikke tid. Selv med den forfærdelige maskine, De sendte mig herop med, kan jeg ikke være tilbage i Det Hvide Hus inden for et par timer, ikke engang hvis det går allerhurtigst. Jeg skal forberede, hvad jeg skal sige, og …"

Præsidenten rystede på hovedet. "Jeg har vist ikke forklaret godt nok, hvad det er, jeg mener. Du skal foretage briefingen derfra, hvor du sidder nu, via en videokonference."

"Åh." sagde Rachel tøvende. "Og hvad tid har De tænkt Dem?"

"Faktisk," sagde Herney og smilede glad. "Hvad med lige nu? De er allerede forsamlet her alle sammen, og de sidder og kigger på en blank tv-skærm. De venter på dig."

Rachel blev helt stiv. "Sir, jeg er jo helt uforberedt. Jeg kan da ikke ..."

"Bare fortæl dem sandheden. Hvor svært kan det være?"

"Men ..."

"Rachel," sagde præsidenten og lænede sig frem mod skærmen. "Husk nu, at du lever af at indsamle og videregive data. Det er det, du laver. Du skal bare fortælle dem, hvad det er, der foregår deroppe." Han rakte op for at trykke på en knap på sit videotransmissionsudstyr, men standsede. "Og jeg tror, du bliver glad for at opdage, at du dermed sidder i en magtposition."

Rachel forstod ikke, hvad han mente, men det var for sent at spørge. Præsidenten trykkede på knappen.

Skærmen foran Rachel blev blank et øjeblik. Da den kom på igen, så Rachel et af de mest foruroligende syn, hun nogensinde havde set. Direkte foran hende var Det Hvide Hus' Ovale Værelse. Det var stopfyldt. Kun ståpladser tilbage. Hele staben i Det Hvide Hus så ud til at være der. Og de kiggede på hende alle sammen. Rachel blev nu klar over, at hun så på dem fra præsidentens skrivebord.

Sidder i en magtposition. Rachel svedte allerede.

At dømme efter ansigtsudtrykket på stabsmedlemmerne i Det Hvide Hus var de lige så overraskede over at se Rachel, som hun var over at se dem.

"Ms. Sexton?" kaldte en ru stemme.

Rachel søgte i havet af ansigter og fandt den, der havde talt. Det var en ranglet kvinde, der nu satte sig på forreste række. Marjorie Tench. Hendes karakteristiske udseende var ikke til at tage fejl af, selv ikke i en folkemængde.

"Tak, fordi De slutter Dem til os, ms. Sexton," sagde Marjorie Tench og lød vældig tilfreds. "Præsidenten siger, at De har nyt at fortælle?"

33

Palæontolog Wailee Ming sad alene og nød mørket i stille eftertanke ved sin private arbejdsplads. Hans sanser stod vidtåbne i forventning om det, der skulle ske i aften. *Snart er jeg den mest berømte palæontolog i hele verden.* Han håbede, Michael Tolland havde været large og ladet et indslag med Mings kommentarer indgå i dokumentarprogrammet.

Som Ming sad der og nød sin forestående berømmelse, skælvede en svag vibration gennem isen under hans fødder og fik ham til at springe op. Han boede i Los Angeles og havde et instinkt for jordskælv, der gjorde ham hypersensitiv over for selv de mindste jordrystelser. Lige nu følte Ming sig dog bare lidt til grin, da han indså, at vibrationen var helt normal. *Det er bare isen, der kælver,* sagde han til sig selv og trak vejret dybt. Han havde stadigvæk ikke vænnet sig til det. Med få timers mellemrum rumlede en fjern eksplosion gennem natten, når der et eller andet sted langs iskanten knækkede en stor blok is af og faldt i havet. Norah Mangor havde en smuk måde at sige det på. *Nye isbjerge, der fødes …*

Ming rejste sig op og strakte armene i vejret. Han så hen over habisfæren, og i den anden ende, under de blændende tv-spotlys, kunne han se, at der var en fest under opsejling. Ming var ikke meget for selskaber og styrede i den modsatte retning ud gennem habisfæren.

Labyrinten af forladte computere så nu ud som en spøgelsesby, og hele kuplen havde næsten en kirkegårdsstemning over sig. Det var blevet mere køligt derinde, og Ming knappede sin lange kameluldsfrakke.

Foran sig så han ophentningsskakten – det sted, hvor man

havde hentet de mest storslåede fossiler i hele menneskehedens historie. Den store metaltrefod var nu stuvet væk, og kun vandhullet var tilbage, omgivet af kegler som en slags forladt kloakudgravning på en kæmpestor parkeringsplads af is. Ming gik over til skakten og stod i sikker afstand og kiggede ned i det halvfjerds meter dybe hul med iskoldt vand. Snart ville det fryse til igen og slette alle spor af, at der nogensinde havde været nogen der.

Vandhullet var et smukt syn, tænkte Ming. *Selv i mørke.*

Især i mørke.

Ming tøvede ved tanken. Så gik det op for ham.

Der er noget galt.

Ming kiggede nu mere opmærksomt på vandet. Hvor han indtil nu havde været så inderlig tilfreds, blev han nu pludselig overmandet af en hvirvelvind af forvirring. Han blinkede nogle gange, stirrede igen og vendte så hurtigt blikket over mod de mange mennesker, der festede i presseområdet halvtreds meter væk. Han vidste, at de ikke kunne se ham herovre i mørket.

Jeg burde vist fortælle nogen om det her, ikke?

Ming så igen på vandet og spekulerede på, hvad han skulle fortælle dem. Var det en optisk illusion, han så? En slags underligt genskin?

Tøvende gik Ming forbi keglerne og satte sig på hug ved kanten af skakten. Vandstanden var godt en meter under isens niveau, og han lænede sig frem for bedre at se. Ja, der var helt afgjort noget mærkeligt her. Det var umuligt at overse, og alligevel var det ikke blevet synligt, før lysene i kuplen var blevet slukket.

Ming rejste sig. Nogen burde afgjort have det her at vide. Han begyndte at gå med hurtige skridt over mod presseområdet. Han gik nogle få skridt og slog så bremserne i. *Du gode Gud!* Han vendte sig om mod hullet. Hans øjne blev store, da sandheden pludselig gik op for ham.

"Umuligt!" spruttede han højlydt.

Og alligevel vidste Ming, at det var den eneste forklaring. *Tænk dig nu godt om*, sagde han advarende til sig selv. *Der må være en fornuftig forklaring*. Men jo mere Ming tænkte, jo mere overbevist blev han om, hvad det var, han så. *Der kan ikke være nogen anden forklaring!* Han kunne ikke forstå, at NASA og Corky Marlinson skulle have overset noget så utroligt, men Ming beklagede sig ikke.

Det her er Wailee Mings opdagelse nu!

Rystende af ophidselse løb Ming hen til et arbejdsområde i nærheden og fandt et bægerglas. Det eneste, han behøvede, var en lille vandprøve. Det her var der ingen, der ville tro på!

34

"Som kontaktperson til Det Hvide Hus for efterretningstjenesten," sagde Rachel Sexton og prøvede at få stemme til at lade være med at ryste, da hun henvendte sig til de mange mennesker på skærmen foran sig, "så indbefatter mine pligter at rejse til politiske brændpunkter rundt omkring på Jorden, at analysere spændte situationer og rapportere tilbage til præsidenten og staben i Det Hvide Hus."

En svedperle var på vej lige under hårgrænsen, og Rachel duppede den væk, mens hun i sit stille sind skældte ud på præsidenten for at smide den her briefing lige i hovedet på hende helt uden advarsel.

"Aldrig før har mine rejser ført mig til et så eksotisk sted." Rachel pegede stift rundt i den overfyldte kommunikationsboks. "Men tro det eller ej, så taler jeg til Dem nu fra et sted nord for polarcirklen, hvor jeg befinder mig på en isplade, der er mere end hundrede meter tyk."

Rachel kunne se forundring og forventning i ansigterne på skærmen foran sig. De vidste åbenbart, at de var blevet stuvet ind i Det Ovale Værelse af en eller anden grund, men helt sikkert var der ingen af dem, der havde forestillet sig, at det skulle have noget at gøre med noget, der skete nord for polarcirklen.

Sveden perlede igen. *Tag dig nu sammen, Rachel. Det er jo bare dit arbejde.* "Jeg sidder foran Dem her i aften med en følelse af stor ære, stolthed og ... frem for alt begejstring."

Udtryksløse ansigter.

For fanden da, tænkte hun og tørrede vredt sveden væk. *Jeg har jo ikke meldt mig til det her.* Rachel vidste, hvad hendes mor ville have sagt, hvis hun havde været her: *Hvis du er i tvivl, så bare spyt ud!* Det gamle yankee-ordsprog var udtryk for en af hendes mors mest grundlæggende overbevisninger – at alle udfordringer kan overvindes ved, at man siger sandheden, uanset hvordan den lyder.

Rachel tog en dyb indånding, rankede ryggen og så lige ind i kameraet. "Undskyld mig, men hvis I spekulerer på, hvordan jeg kan svede tran her oven for polarcirklen ... jeg er lidt nervøs."

Det så ud, som om ansigterne foran hende rykkede tilbage et øjeblik. Der lød lidt urolig latter.

"Og som om det ikke kunne være nok," sagde Rachel, "så har jeres boss givet mig cirka ti sekunders varsel, før han fortalte mig, at jeg skulle stå over for hele hans stab. Sådan en ilddåb er ikke lige, hvad jeg havde troet skulle være mit første besøg i Det Ovale Værelse."

Mere latter denne gang.

"Og," sagde hun og kiggede ned på bunden af skærmen, "jeg havde så sandelig ikke ventet, at jeg skulle sidde ved præsidentens skrivebord ... og da endnu mindre på det!"

Dette frembragte en hjertelig latter og nogle brede smil. Rachel kunne mærke, at hendes muskler begyndte at slappe af. *Sig det bare uden omsvøb.*

"Sagen er den, at præsident Herney har været væk fra mediernes rampelys den forgangne uge," og nu lød Rachels stemme som hendes egen. Let og klar. "Og det har ikke været på grund af manglende interesse for hans kampagne, men fordi han har været opslugt af en anden sag. En, som han syntes var langt vigtigere."

Rachel holdt inde, mens hendes øjne nu søgte kontakt med tilhørerne.

"Der er blevet gjort en videnskabelig opdagelse på et sted, der hedder Milne-isshelfen i nordpolsområdet. Det vil præsidenten orientere verden om på en pressekonference i aften klokken tyve. Fundet er gjort af en gruppe hårdtarbejdende amerikanere, som har været udsat for uheld efter uheld på det seneste, og som nu fortjener at få et gennembrud. Jeg taler om NASA. I kan være stolte over at vide, at jeres præsident, der åbenbart er i besiddelse af næsten clairvoyant tiltro, for nylig har understreget, at han agter at støtte NASA gennem tykt og tyndt. Nu ser det ud til, at hans loyalitet bliver belønnet."

Det var først i dette øjeblik, at Rachel blev klar over, hvilken historisk betydning dette øjeblik havde. Det spændte i halsen, men det bekæmpede hun og fortsatte:

"Som ansat i efterretningstjenesten og som specialist i analyser og datakontrol er jeg en af flere, som præsidenten har bedt om at undersøge NASA's data. Jeg har undersøgt dem personligt, og jeg har konfereret med adskillige specialister – både uafhængige og fra regeringen – mænd og kvinder, hvis objektivitet er hævet over enhver mistanke, og hvis format er uden for politisk indflydelse. Det er min professionelle opfattelse, at de kendsgerninger, som jeg nu vil fremlægge, er både faktuelle og objektive. Endvidere er det min personlige mening, at præsidenten i god overensstemmelse med sit embede og sin tro på det amerikanske folk har udvist beundringsværdig omhu og beherskelse ved at forhale en bekendtgørelse, som jeg ved, han gerne ville være kommet med allerede i sidste uge."

Rachel så, hvordan tilhørerne foran hende så spørgende på hinanden. Så vendte de alle blikket mod hende igen, og hun vidste, at hun havde deres udelte opmærksomhed.

"Mine damer og herrer, I får nu noget at høre, som jeg er sikker på I vil være enige med mig i er en af de mest spændende oplysninger, der nogensinde er blevet afsløret i Det Ovale Værelse."

35

Det, der nu blev transmitteret i fugleperspektiv til Deltastyrken af mikrobotten, der cirklede rundt inde i habisfæren, så ud som noget, der kunne vinde en konkurrence for avantgardefilm – den dæmpede belysning, den glinsende skakt og den velklædte asiat, der lå på isen med sin kameluldsfrakke bredt ud som enorme vinger. Han prøvede øjensynlig at få fat i en vandprøve.

"Vi må standse ham," sagde Delta-tre.

Delta-et var enig med ham. Milne-isshelfen indeholdt hemmeligheder, som Deltaholdet var bemyndiget til at beskytte med magt.

"Hvordan kan vi standse vi ham?" indvendte Delta-to, der stadig holdt joysticket. "De her mikrobotter er jo ikke bestykket."

Delta-et rynkede brynene. Mikrobotten, der svævede rundt inde i habisfæren, var en rekognosceringsmodel, hvis udstyr var barberet ned af hensyn til længere flyvning. Den var omtrent så farlig som en stueflue.

"Vi bør kontakte lederen," fastslog Delta-tre.

Delta-et stirrede intenst på billedet af Wailee Ming, der helt alene lå risikabelt tæt på kanten af ophentningsskakten.

Der var ingen i nærheden – og iskoldt vand havde det med at dæmpe ens evne til at skrige. "Giv mig kontrollen."

"Hvad laver du?" spurgte soldaten med joysticket.

"Det, vi er *optrænet* til at gøre," bed Delta-et ham af og tog over. "Improviserer."

36

Wailee Ming lå på maven ved siden af ophentningshullet med højre arm ud over kanten og prøvede at hente en vandprøve op. Hans øjne spillede ham afgjort ikke noget puds; hans ansigt var nu kun cirka en meter fra vandets overflade, og han kunne se alting helt tydeligt.

Det her er helt utroligt!

Ming strakte sig endnu længere ud og flyttede på bæger-glasset i fingrene for at prøve at nå ned til vandets overflade. Der var kun nogle ganske få centimeter igen.

Men han kunne ikke strække armen mere, så han flyttede tættere hen til hullet. Han pressede støvlesnuderne godt fast mod isen og anbragte igen venstre arm på kanten. Og igen strakte han højre arm så langt ned, han kunne. Nu var han der *næsten*. Han skubbede sig lidt tættere på. *Ja!* Kanten af glasset rørte vandets overflade. Da væsken fløe ind i beholderen, så Ming vantro til.

Ganske uden varsel skete der derefter noget helt uforklar-ligt. Ud af mørket kom der flyvende en lille plet af metal som et projektil fra et skydevåben. Ming så den kun i en brøkdel af et sekund, før den ramte ind i hans højre øje.

Det menneskelige instinkt til at beskytte sine øjne ligger så dybt i os, at selvom Mings hjerne fortalte ham, at han kunne risikere at miste balancen ved enhver pludselig bevægelse, rul-lede han sig instinktivt sammen. Denne pludselige reaktion skyldtes mere overraskelse end smerte. Mings venstre hånd, der var nærmest ansigtet, skød pr. refleks op for at beskytte det angrebne øjeæble. Allerede da hånden var i bevægelse, vidste Ming, at han begik en fejl. Da Wailee Ming lænede sig forover med hele sin vægt, og hans eneste støttepunkt pludselig var forsvundet, mistede han balancen. Han rettede sig op for sent. Han tabte glasset og prøvede at holde fast i den glatte is for at standse faldet, men han gled – og faldt forover ned i det mørke hul.

Faldet var kun på godt en meter, og alligevel føltes det for Ming, som om hans ansigt havde ramt et fortov med firs kilometer i timen, da han ramte det iskolde vand med hovedet først. Væsken omkring hans ansigt var så kold, at den føltes som brændende syre. Han gik øjeblikkeligt i panik.

Med hovedet nedad og i totalt mørke var Ming et øjeblik helt desorienteret og vidste ikke, hvilken vej han skulle vende for at komme op til overfladen. Hans tunge kameluldsfrakke holdt det iskolde vand væk fra kroppen – men kun et par sekunder. Da han endelig fik vendt sig rigtigt, kom han hostende og sprutttende op for at få luft, netop som vandet fandt vej til hans ryg og brystkasse og omsluttede hans krop i en skruestik af kulde, der lammede lungerne.

"Hjææææ … lp!" gispede han, men Ming kunne knap nok trække tilstrækkelig luft ind til at klynke. Han følte det, som om luften var blevet slået ud af ham.

"Hjææææ … lp!" Han kunne ikke engang selv høre dette råb. Ming pressede sig om mod siden af ophentningsskakten og prøvede at trække sig op. Væggen foran ham var af glat is. Der var ikke noget at gribe fat i. Nede i vandet sparkede hans støvler mod siden af væggen og søgte efter fodfæste. Der var ikke noget. Han strakte sig op og rakte efter kanten. Den var kun tredive centimeter uden for rækkevidde.

Mings muskler havde allerede besvær med at reagere. Han slog ud med benene og prøvede at sparke sig selv højt nok op til at få fat i kanten. Hans krop føltes tung som bly, og hans lunger lod til at være skrumpet ind til ingenting, som om de blev knust af en pytonslange. Hans dyngvåde frakke blev tungere for hvert sekund og trak ham ned. Ming prøvede at tage den af, men det svære stof klistrede fast.

"Hjælp … mig!"

Frygten kom i bølger nu.

At drukne, havde Ming engang læst, var den frygteligste død, man kunne forestille sig. Han havde aldrig drømt om, at han selv skulle komme til at opleve det. Hans muskler nægtede at samarbejde med hans hjerne, og han kæmpede allerede for blot at holde hovedet oven vande. Hans gennemblødte tøj trak ham nedad, mens hans følelsesløse fingre kradsede mod skaktens sider.

Hans skrig lød nu kun inde i hans eget hoved.

Og så skete det.

Ming gik ned. Den nøgne rædsel over at være bevidst om sin egen forestående død var noget, han aldrig havde forestillet sig, han skulle opleve. Og dog var han her … og sank langsomt ned langs væggen af ren is, ned i et halvfjerds meter dybt hul i isen. Tusindvis af tanker flimrede for hans øjne. Øjeblikke fra hans barndom. Hans karriere. Han spekulerede på, om nogen nogensinde ville finde ham hernede. Eller ville han blot synke ned til bunden og fryse ihjel der … begravet i gletsjeren for evigt.

Mings lunger skreg efter ilt. Han holdt vejret og prøvede stadig at sparke sig op mod overfladen. *Træk vejret!* Han bekæmpede refleksen og kneb sine følelsesløse læber sammen. *Træk vejret!* Han prøvede forgæves at svømme opefter. *Træk vejret!* I en dødelig kamp mellem menneskelig refleks og fornuft overvandt Mings vejrtrækningsinstinkt i samme øjeblik hans evne til at holde munden lukket.

Wailee Ming trak vejret ind.

Vandet, der styrtede ind i hans lunger, føltes som skoldhed olie mod hans følsomme lungevæv. Han følte det, som om han brændte op indefra. Vand er ubarmhjertigt og dræber ikke omgående. Ming tilbragte syv rædselsfulde sekunder med at indånde det iskolde vand. Hvert åndedrag gjorde mere ondt end det sidste, og hver indånding gav ikke noget af det, hans krop havde så desperat brug for.

Da Ming til sidst gled ned i det iskolde mørke, oplevede han, at han blev bevidstløs. Han bød afslutningen velkommen. Hele vejen rundt omkring sig i vandet så Ming små glødende lyspletter. Det var det smukkeste, han nogensinde havde set.

37

Østporten ved Det Hvide Hus er på East Executive Avenue mellem Finansministeriet og Østplænen. Det forstærkede yderhegn og betonpullerterne, der blev stillet op efter angrebet på det amerikanske søværns kaserne i Beirut, giver denne indgang et udseende, der bestemt ikke byder en velkommen.

Uden for porten så Gabrielle Ashe på sit ur og blev mere og mere nervøs. Klokken var 16.45, og der var stadig ingen, der havde kontaktet hende.

ØSTPORTEN 16.30. KOM ALENE.

Her er jeg, tænkte hun, *men hvor er du?*

Gabrielle så ind i ansigtet på turisterne, der myldrede omkring, og ventede på, at nogen ville fange hendes blik. Nogle få mænd tog mål af hende og fortsatte. Gabrielle var begyndt at spekulere på, om det her nu også var en god ide. Hun kunne mærke, at Secret Service-manden i skilderhuset havde fået øje på hende nu. Gabrielle afgjorde med sig selv, at hendes meddeler nok havde fået kolde fødder. Hun kiggede en sidste gang gennem det svære hegn ind mod Det Hvide Hus, sukkede, og vendte sig så for at gå.

"Gabrielle Ashe?" råbte Secret Service-manden bag hende.

Gabrielle snurrede rundt med hjertet oppe i halsen. Ja?

Manden i skilderhuset vinkede hende over til sig. Han var mager og havde et humørforladt ansigt. "Deres mødedeltager er klar til at se Dem nu." Han låste hovedporten op og gav tegn til hende om, at hun skulle gå ind.

Gabrielles fødder nægtede at flytte sig. "Skal jeg komme indenfor?"

Vagten nikkede. "Jeg blev bedt om at undskylde, at De har måttet vente."

Gabrielle så på den åbne indgang og kunne stadigvæk ikke flytte sig ud af stedet. *Hvad foregår der her?* Det her var slet ikke, hvad hun havde forestillet sig.

"De er Gabrielle Ashe, er De ikke?" spurgte vagten, der nu begyndte at se utålmodig ud.

"Jo, sir, men …"

"Så vil jeg foreslå, at De følger med mig."

Gabrielles fødder satte sig i bevægelse. Da hun tøvende trådte over tærsklen, smækkede porten i bag hende.

38

To dage uden sollys havde ændret Michael Tollands biologiske ur. Selvom hans ur viste, at det var sidst på eftermiddagen, insisterede hans krop på, at det var midt om natten. Da han havde lagt sidste hånd på sit dokumentarprogram, downloadede han hele videoarkivet på en digital videodisk og gik hen over gulvet i den dunkle kuppel. Da han kom over til det stærkt oplyste presseområde, afleverede han disken til NASA's medietekniker, der skulle stå for præsentationen.

"Tak, Mike," sagde teknikeren og blinkede, da han holdt disken i vejret. "Det udstyrer ligesom begrebet 'nødvendigt tv' med en ny betydning, ikke?"

Tolland lo lidt træt. "Jeg håber i hvert fald, præsidenten synes om det."

"Uden tvivl. Dit arbejde er i hvert fald slut nu. Du skal bare læne dig tilbage og nyde livet."

"Tak." Tolland stod i det fuldt oplyste presseområde og så ud over NASA-staben, der festede og skålede for meteoritten med dåser med canadisk øl. Selvom Tolland også havde lyst til at feste, følte han sig udmattet og følelsesmæssigt helt flad. Han så sig omkring efter Rachel Sexton, men hun talte tilsyneladende stadig med præsidenten.

Hende vil han gerne sende i æteren, tænkte Tolland. Ikke at han bebrejdede præsidenten det; Rachel ville passe perfekt ind i holdet af talsmænd om meteoritten. Ud over sit gode udseende udstrålede Rachel en venlig ligevægt og selvtillid, som Tolland sjældent så hos de kvinder, han mødte. På den anden side var de fleste kvinder, Tolland mødte, inden for tv-verdenen – enten skruppelløse magtkvinder eller vidunderlige "personligheder" i æteren, der manglede netop disse egenskaber.

Da Tolland nu ubemærket slap væk fra mylderet af travle NASA-ansatte, kiggede han på nettet af stier hen over kuplens gulv og spekulerede på, hvor de andre civile forskere var forsvundet hen. Hvis de følte sig bare halvt så flade, som han gjorde, ville de være i soveområdet for at få sig en lille lur før det store øjeblik. Foran sig kunne Tolland i det fjerne se cirklen af THOBA-kegler rundt om den forladte ophentningsskakt. Den tomme kuppel ovenover syntes at give genlyd af fjerne erindringers hule stemmer. Tolland prøvede at lukke dem ude.

Glem spøgelserne, sagde han til sig selv med en viljesanstrengelse. De hjemsøgte ham ofte på tidspunkter som disse, når han var træt eller alene – tidspunkter med personlige triumfer eller festligheder. *Hun burde være hos dig nu,* hviskede stemmen. Som han gik der alene i mørket, mærkede han, at han spolede tilbage i tiden.

Celia Birch havde været hans kæreste på universitetet. En valentinsdag inviterede han hende med på hans yndlingsrestaurant. Da tjeneren kom med Celias dessert, bestod den af en rose og en diamantring. Celia forstod med det samme, hvad det betød. Med tårer i øjnene sagde hun et ord, et ord, der havde gjort Tolland så lykkelig, som han aldrig før havde været.

"Ja."

Fyldt af forventning købte de et lille hus uden for Pasadena, hvor Celia fik arbejde som naturfagslærer. Skønt lønnen var beskeden, var det en begyndelse, og det var også tæt ved Scripps-instituttet for Havforskning i San Diego, hvor Tolland havde fået sit ønskejob om bord på et geologisk forskningsskib. Tollands arbejde betød, at han var væk i tre-fire dage ad gangen, men hans gensyn med Celia var altid lidenskabelige og spændende.

Når han var til søs, begyndte Tolland at videofilme nogle af sine eventyr for Celia og lave små dokumentarfilm af sit arbejde om bord på skibet. Efter en af sine rejser vendte han hjem med en kornet hjemmevideo, som han havde taget ud ad vinduet på en dybvandsubåd – den første optagelse nogensinde af en aparte kemotrofblæksprutte, som ingen overhovedet vidste eksisterede. Da han talte til kameraet på videoen, sprang Tolland praktisk talt ud af ubåden af begejstring.

Bogstaveligt talt tusindvis af uopdagede arter lever i disse dybder! væltede det ud af ham. *Vi har bare skrabet i overfladen! Der er mysterier dernede, som ingen af os kan forestille sig!*

Celia var betaget af sin mands strålende humør og præcise, videnskabelige forklaring. Efter en pludselig indskydelse viste hun båndet for sin naturfagsklasse, og det blev et omgående hit. Andre lærere ønskede at låne det. Forældre ville have kopier. Det virkede, som om alle ventede på Michaels næste afsnit. Så fik Celia pludselig en ide. Hun ringede til en af sine gymnasieveninder, som arbejdede for NBC, og sendte hende en kopi.

To måneder senere bad Michael Tolland Celia om at gå en tur med ham på Kingman Beach. Det var deres specielle sted, som de altid opsøgte for at dele deres håb og drømme.

"Jeg har noget, jeg gerne vil fortælle dig," sagde Tolland.

Celia standsede og tog sin mand i hænderne, mens vandet slikkede rundt om deres fødder. "Hvad er det?"

Tolland var så ivrig, at han næsten ikke kunne vente. "I sidste uge fik jeg en opringning fra NBC. De mener, jeg skal være vært for en dokumentarserie om havforskning. Det er perfekt. De vil gerne lave et pilotforsøg næste år! Er det ikke utroligt?"

Celia kyssede ham og strålede af stolthed. "Jeg tror på det. Du bliver fantastisk."

Seks måneder senere sejlede Celia og Tolland ud for Catalina, da Celia begyndte at klage over smerter i siden. De ignorerede det i et par uger, men til sidst gjorde det for ondt. Celia blev indlagt for at blive undersøgt.

På et øjeblik blev Tollands livsdrøm splintret til et mareridt. Celia var syg. Meget syg.

"Fremskredent stadie af lymfekræft," forklarede lægerne. "Det er sjældent hos folk i hendes alder, men bestemt ikke noget nyt."

Celia og Tolland besøgte talløse klinikker og hospitaler og konsulterede specialister. Svaret var altid det samme. Uhelbredeligt.

Det vil jeg ikke acceptere! Tolland forlod øjeblikkelig sit job ved Scripps-instituttet, glemte alt om NBC-dokumentarprogrammer og samlede al sin energi og kærlighed om at hjælpe Celia med at blive rask. Hun kæmpede også hårdt og bar smerterne med en sjælero, som blot fik ham til at elske hende endnu mere. Han tog hende med ud på lange gåture på Kingman Beach, lavede sunde måltider til hende og fortalte hende historier om de ting, de skulle gøre, når hun fik det bedre.

Men sådan skulle det ikke gå.

Der gik kun syv måneder, inden Michael Tolland sad ved siden af sin døende kone på en nøgen hospitalsstue. Han kunne ikke længere kende hendes ansigt. Cancerens vildskab blev kun overgået af kemoterapiens brutalitet. Der var kun et hærget skelet tilbage af hende. De sidste timer var de værste.

"Michael," sagde hun hæst. "Det er tid til at give slip."

"Det kan jeg ikke." Tollands øjne fyldtes med tårer.

"Du er stærk," sagde Celia. "Det skal du være. Lov mig, at du finder kærligheden igen."

"Jeg vil aldrig have nogen anden." Tolland mente det.

"Det bliver du nødt til at lære."

Celia døde en lysende klar søndag morgen i juni. Michael Tolland følte sig som et skib, der var revet løs fra sine fortøjninger og drev for vind og vejr på et rasende hav med et smadret kompas. I ugevis drev han rundt, helt ude af kontrol. Hans venner prøvede at hjælpe, men hans stolthed kunne ikke tåle deres medlidenhed.

Du har et valg at foretage, blev han endelig klar over. *Arbejd eller dø.*

Han stod fast ved sin beslutning og kastede sig over Forunderlige farvande igen. Programmet reddede helt bogstaveligt hans liv. I de næste fire år fik Tollands udsendelse vind i sejlene. På trods af, at hans venner forsøgte at lege Kirsten Giftekniv, havde Tolland kun en håndfuld stævnemøder. De var alle sammen en fiasko eller en gensidig skuffelse, så Tolland gav omsider op og gav sit travle rejseprogram skylden for sin mangel på selskabelighed. Hans bedste venner vidste dog bedre; Michael Tolland var simpelthen ikke parat.

Meteorittens ophentningsskakt dukkede nu op foran Tolland og trak ham ud af hans smertelige drømme. Han rystede kuldegyset fra sine erindringer af sig og nærmede sig skakten. I den dunkle kuppel havde smeltevandet i hullet fået en næsten surrealistisk og magisk skønhed. Vandhullets overflade glimtede som en månebelyst dam. Tollands blik blev tiltrukket af nogle lyspletter i det øverste lag af vandet, som om nogen havde drysset blågrønne gnister ud på overfladen. Han kiggede længe på det flimrende skær.

Der var noget ved det, der forekom ham besynderligt.

Ved det første kig tænkte han, at det glitrende vand blot genspejlede skæret fra spotlysene fra den anden ende af kuplen. Men nu så han, at det slet ikke var grunden. Det flimrende skær havde en grønlig nuance og så ud til at pulsere rytmisk, som om vandets overflade var levende og oplyste sig selv indefra.

Tolland blev urolig og gik ind forbi keglerne for at se nærmere.

I den anden side af habisfæren kom Rachel Sexton ud fra PSC-boksen og ud i mørket. Hun standsede et øjeblik, fordi hun var desorienteret i den mørke hvælving fuld af skygger. Habisfæren var nu en gabende hule, der kun blev oplyst af det lys, der kom fra de skarpe medielys mod nordvæggen. Hun blev bragt lidt ud af fatning af mørket omkring sig og styrede instinktivt over mod det oplyste presseområde.

Rachel var tilfreds med resultatet af sin briefing af staben i Det Hvide Hus. Da hun først var kommet sig oven på præsidentens lille nummer, havde hun roligt og uden tøven berettet om alt, hvad hun vidste om meteoritten. Mens hun talte, iagttog hun ansigtsudtrykkene hos præsidentens stab skifte fra skeptisk chok til optimistisk tro og til sidst til ærefrygt og accept.

"Liv i rummet?" hørte hun en af dem sige. "Ved du, hvad det betyder?"

"Ja," svarede en anden. "Det betyder, at vi kommer til at vinde valget."

Da Rachel nærmede sig det travle presseområde, forestillede hun sig den forestående orientering og kunne ikke lade være med at tænke på, om hendes far virkelig havde fortjent den præsidentdamptromle, der nu ville køre hen over ham og knuse hans kampagne med et enkelt slag.

Svaret var selvfølgelig ja.

Så snart Rachel Sexton kom til at føle et blødt punkt for sin far, behøvede hun blot at huske sin mor. Katherine Sexton. Den smerte og skam, Sedgewick Sexton havde påført hende, var forkastelig ... han kom sent hjem hver aften, så selvtilfreds ud og lugtede af parfume. Den hykleriske, religiøse nidkærhed, som hendes far skjulte sig bag – alt imens han løj og bedrog og vidste, at Katherine aldrig ville forlade ham.

Ja, besluttede hun, *senator Sexton skulle ligge, som han havde redt.*

Folkene i presseområdet var glade. Alle havde en øl i hånden. Rachel gik gennem skaren og følte sig som en kvinde til en rugbykamp. Hun undrede sig over, hvor Michael Tolland var blevet af.

Corky Marlinson dukkede op ved siden af hende. ”På udkig efter Mike?”

Rachel for sammen. ”Nåh ... nej ... jo, måske.”

Corky rystede på hovedet i afsky. ”Jeg vidste det. Mike er lige gået. Jeg tror, han gik tilbage for at snuppe sig en lur.” Corky kneb øjnene sammen og så hen over den dunkle kuppel. ”Men det ser ud til, at du stadig kan nå at fange ham.” Han sendte hende et skævt smil og pegede. ”Mike bliver hypnotiseret, hver gang han ser vand.”

Rachel fulgte retningen af Corkys udstrakte finger over mod midten af kuplen, hvor hun kunne se omridset af Michael Tolland, der stod og kiggede ned i vandet i ophentningsskakten.

”Hvad laver han?” spurgte hun. ”Det er da lidt farligt derovre.”

Corky grinede. "Han tisser nok. Lad os gå over og skubbe ham i."

Rachel og Corky gik hen over gulvet i den dunkle kuppel over mod ophentningsskakten. Da de kom tæt på Michael Tolland, råbte Corky.

"Hej, vandmand! Har du glemt din badedragt?"

Tolland vendte sig om. Selv i det dæmpede lys kunne Rachel se, at hans udtryk var ualmindelig alvorligt. Hans ansigt var underligt belyst, som om det blev oplyst nedefra.

"Er alt okay, Mike?" spurgte hun.

"Nej, det kan man ikke sige." Tolland pegede ned i vandet.

Corky gik forbi keglerne og sluttede sig til Tolland ved kanten af skakten. Corkys humør lod til at køle ned med det samme, da han kiggede på vandet. Rachel trådte forbi keglerne og gik hen mod dem til kanten af skakten. Da hun kiggede ned i hullet, blev hun overrasket over at se pletter af blågrønt lys glitre i overfladen. De så ud, som om de pulserede i grønt. Virkningen var smuk.

Tolland samlede et isstykke op fra det kolde gulv og smed det ned i vandet. Vandet fosforescerede i nedslaget og glødede med et pludseligt, grønt stænk.

"Mike," sagde Corky og så urolig ud, "vær sød at fortælle mig, at du ved, hvad det her er for noget."

Tolland rynkede brynene. "Jeg ved lige nøjagtig, hvad det er. Men spørgsmålet er, hvad fanden laver det her?"

39

"Vi har fået flagellater," sagde Tolland og kiggede ned i det lysende vand.

"Flatulens?" Corky så olmt på ham. "Tal for dig selv."

Rachel kunne mærke, at Michael Tolland ikke var oplagt til pjat.

"Jeg ved ikke, hvordan det kan være sket," sagde Tolland,

"men på en eller anden måde indeholder dette vand bioluminescerende dinoflagellater."

"Bioluminescerende hvad?" sagde Rachel. Brug dog et sprog, jeg kan forstå.

"Encellet plankton, der er i stand til at oxidere en luminescerende katalysator kaldet luceferin."

Skulle det være noget, jeg kan forstå?

Tolland tog et dybt åndedrag og vendte sig om mod sin ven. "Corky, er der nogen mulighed for, at den meteorit, vi hev op af hullet, havde levende organismer på sig?"

Corky brød ud i latter. "Mike, vær nu alvorlig!"

"Jeg er alvorlig."

"Ingen mulighed, Mike! Tro mig, hvis NASA havde nogen anelse overhovedet om, at der skulle være organismer fra rummet på den sten, så kan du være stensikker på, at de ikke ville have trukket den ud i fri luft."

Tolland så ud til kun at være delvis overbevist, men hans lettelse blev åbenbart overskygget af et dybere mysterium. "Jeg kan ikke være alt for sikker uden et mikroskop," sagde Tolland, "men for mig at se er det her bioluminescerende plankton af phylum Pyrrophyta. Det betyder ildplante. Ishavet er fyldt med det."

Corky trak på skuldrene. "Så hvorfor spurgte du, om det kom fra rummet?"

"Fordi meteoritten var begravet i is – ferskvand fra snefald," sagde Tolland. "Vandet i hullet er smeltet is, og det har været nedfrosset i tre hundrede år. Hvordan kunne havdyr så komme derind?"

Tollands pointe medførte en lang tavshed.

Rachel stod ved kanten af vandhullet og prøvede at samle tankerne om det, hun så. *Bioluminescerende plankton i ophentningsskakten. Hvad betyder det?*

"Der må være en revne et eller andet sted dernede," sagde

Tolland. "Det er den eneste forklaring. Planktonet må være kommet ind i skakten gennem en sprække i isen, som har gjort, at der kunne sive havvand ind."

Det forstod Rachel ikke. "Sive ind? Hvorfra?" Hun huskede den lange Is-Rover-kørsel ind fra havet. "Kysten ligger over tre kilometer herfra."

Både Corky og Tolland sendte hende et mærkeligt blik.

"Faktisk," sagde Corky, "er havet direkte under os. Den her is-plade er flydende."

Rachel stirrede på de to mænd og følte sig totalt forvirret. "Flydende? Men ... vi er jo på en gletsjer."

"Ja, vi er på en gletsjer," sagde Tolland, "men vi er ikke over land. Gletsjere flyder somme tider ud fra en landmasse og spreder sig som en vifte ud over vandet. Og fordi is er lettere end vand, fortsætter gletsjeren simpelthen med at glide og flyder ud over havet som en enorm tømmerflåde. Det er definitionen på en isshelf ... den flydende del af en gletsjer." Han tav et øjeblik. "Faktisk er vi lige nu godt en kilometer til søs."

Rachel blev chokeret og var omgående på vagt. Hun blev nødt til at justere sit mentale billede af omgivelserne, og tanken om at stå oven over Ishavet gjorde hende rigtig bange.

Tolland lod til at mærke hendes uro. Han stampede beroligende med foden mod isen. "Du skal ikke være bange. Den her is er hundrede meter tyk, og to tredjedele af disse meter flyder under vandet som en isterning i et glas. Det gør isshelfen meget stabil. Man kunne bygge en skyskraber på den her."

Rachel gav ham et blegt nik, men var ikke helt overbevist. Bortset fra de bange anelser forstod hun nu Tollands teori om, hvor planktonet kom fra. *Han tror, der er en revne, der går hele vejen ned til havet, så der kan komme plankton op igennem den og ind i skakten. Det var muligt,* tænkte Rachel, og alligevel indebar det et paradoks, som bekymrede hende. Efter at Norah Mangor havde boret dusinvis af kerneprøver ud for at bekræfte gletsjerens soliditet, havde hun udtrykt meget klart, at gletsjeren var intakt.

Rachel så på Tolland. "Jeg troede, at det, at gletsjeren var intakt, var grundpillen for dokumentationen af aflejringerne. Sagde dr. Mangor ikke, at der ikke var nogen revner eller sprækker i gletsjeren?"

Corky rynkede brynene. "Det ser ud, som om isdronningen har kludret i det."

Det skal du ikke sige for højt, tænkte Rachel. *Du risikerer at få en ishakke i ryggen.*

Tolland strøg sig over hagen, mens han så på de fosforescerende skabninger. "Der er bogstaveligt talt ingen anden forklaring. Der *må* være en revne. Isshelfens vægt oven på havet må skubbe planktonrigt havvand op i hullet."

En allerhelvedes stor revne, tænkte Rachel. Hvis isen her var hundrede meter tyk, og hullet var halvfjerds meter dybt, måtte denne hypotetiske revne gå gennem tredive meter ismassiv. *Norah Mangors borekerner viste ingen revner.*

"Gør mig en tjeneste," sagde Tolland til Corky. "Gå hen og find Norah. Lad os for Guds skyld håbe, at hun ved noget om den her gletsjer, som hun ikke har fortalt os. Og find også Ming, måske kan han fortælle os, hvad disse små glødebæster er for nogle."

Corky gik af sted.

"Du må hellere skynde dig," råbte Tolland efter ham og kiggede tilbage i hullet. "Det ser ud, som om bioluminescensen er ved at aftage."

Rachel så på hullet. Det var rigtigt nok. Det grønne var ikke nær så strålende nu.

Tolland tog sin parkacoat af og lagde sig ned på isen ved siden af hullet.

Rachel så forvirret til. "Mike?"

"Jeg vil prøve at finde ud af, om der kommer saltvand ind."

"Ved at ligge på isen uden frakke?"

"Jeps." Tolland mavede sig hen til hullet. Han holdt det ene ærme hen over kanten og lod det andet frakkeærme dingle ned i skakten, indtil opslaget strejfede vandet. "Det her er en yderst nøjagtig saltprøve, der bliver brugt af havforskere i verdensklasse. Den kaldes 'at slikke på en våd frakke'. "

Ude på isshelfen kæmpede Delta-et med styringssystemet og prøvede at holde den beskadigede mikrobot flyvende over gruppen, der nu var samlet rundt om ophentningsskakten. Fra tonen i samtalen nedenunder kunne han høre, at tingene var ved at udvikle sig hurtigt.

"Kontakt lederen," sagde han. "Vi har et alvorligt problem."

40

Gabrielle Ashe havde været på rundvisning i Det Hvide Hus mange gange i sin ungdom, hvor hun hemmeligt havde drømt om, at hun en dag kom til at arbejde inde i præsidentpalæet og blev en del af det elitehold, der fastlagde landets fremtid. I dette øjeblik ville hun imidlertid have foretrukket at være alle mulige andre steder end lige her.

Da Secret Service-manden fra Østporten førte Gabrielle ind i en overlæsset foyer, undrede hun sig over, hvad i alverden hendes anonyme meddeler prøvede at bevise. Det var da helt afsindigt at invitere Gabrielle ind i Det Hvide Hus. *Hvad hvis jeg bliver set?* Gabrielle var blevet ret så synlig i medierne som senator Sextons højre hånd her på det sidste. Hun var sikker på, at nogen ville genkende hende.

"Ms. Ashe?"

Gabrielle så op. En venlig skildvagt i foyeren gav hende et velkomstsmil. "Vær venlig at se derover." Han pegede.

Gabrielle så i den retning, han pegede, og blev blændet af et blitzlys.

"Tak, ma'am." Skildvagten ledte hende hen til et skrivebord og gav hende en kuglepen. "Vær venlig at skrive Deres navn i gæstebogen." Han skubbede en tung læderindbundet bog hen foran hende.

Gabrielle så på gæstebogen. Siden foran hende var blank. Hun huskede, at hun engang havde hørt, at alle besøgende i Det Hvide Hus underskrev på deres egen, blanke side for at beskytte dem og holde det hemmeligt for andre, at de havde været på besøg. Hun underskrev med sit navn.

Så meget for et hemmeligt møde.

Gabrielle gik gennem en metaldetektor og gennemgik en flygtig kropsvisitering.

Vagten smilede. "Hav en god dag, ms. Ashe."

Gabrielle fulgte efter Secret Service-manden tyve meter ned gennem en flisebelagt gang til et andet sikkerhedsbord. Her stod en anden vagt og var ved at samle et gæstepas, der netop rullede ud af en lamineringsmaskine. Han prikkede et hul i det, satte en snor i og gav Gabrielle det om halsen. Plastikken var stadig varm. Fotoet på id-kortet var det, de havde taget for femten sekunder siden ude i forhallen.

Gabrielle var imponeret. *Hvem siger, regeringen ikke er effektiv?*

De fortsatte, og Secret Service-manden førte hende dybere ind i bygningen. Gabrielle følte sig mere og mere urolig, for hvert skridt hun tog. Hvem der så end havde sendt den mystiske invitation, tog sig ikke af at holde mødet hemmeligt. Gabrielle havde fået udstedt et officielt pas, havde underskrevet gæstebogen og blev nu ført fuldt synlig gennem stueetagen i Det Hvide Hus, hvor der var flere rundvisninger forsamlet.

"Og her er så Porcelænsværelset," sagde en rundviser til en gruppe turister, "hjemstedet for Nancy Reagans porcelæn med de røde kanter, der kostede 952 dollars stykket, og som gav stødet til en debat om overforbrug i 1981."

Secret Service-manden ledte Gabrielle forbi gruppen og hen mod en stor marmortrappe, som en anden gruppe gik op ad. "De kommer nu ind i Østværelset på tre hundrede kvadratmeter," fortalte guiden, "hvor Abigail Adams engang hængte John Adams' vasketøj op. Derefter går vi videre til Det Røde Værelse, hvor Dolley Madison skænkede kraftigt op for besøgende statsoverhoveder, før James Madison forhandlede med dem."

Turisterne lo.

Gabrielle fulgte efter Secret Service-manden forbi trappen gennem en række afspærringsreb og barrikader ind i et mere privat afsnit af bygningen. Her kom de ind i et rum, som Gabrielle kun havde set i bøger og på tv.

Du gode Gud, det er Kortrummet!

Her kom ingen rundvisning ind. Værelsets panelvægge kunne svinge ud og vise lag efter lag af verdenskort. Dette var stedet, hvor Roosevelt havde udstukket forløbet af Anden Verdenskrig. Foruroligende nok var det også det værelse, hvorfra Clinton havde tilstået sin affære med Monica Lewinsky. Den tanke fortrængte Gabrielle. Hvad der var mere vigtigt, var det faktum, at Kortrummet var en gennemgang til Vestfløjen – det område inde i Det Hvide Hus, hvor de virkelige magthavere arbejdede. Det var det sidste sted, Gabrielle Ashe havde troet, hun skulle hen. Hun havde forestillet sig, at hendes e-mail kom fra en foretagsom, ung praktikant eller fra en sekretær, der arbejdede i et af bygningens mere dagligdags kontorer. Åbenbart ikke.

Jeg skal ind i Vestfløjen …

Secret Service-manden førte hende helt hen til enden af den tæppebelagte gang og standsede ved en dør uden noget skilt. Han bankede på. Gabrielles hjerte hamrede.

"Døren er åben," råbte nogen indefra.

Manden åbnede døren og gav tegn til Gabrielle om, at hun skulle gå ind.

Gabrielle trådte ind. Persiennerne var nede, og rummet lå i halvmørke. Hun kunne se det svage omrids af en person, der sad bag ved et skrivebord i mørket.

"Ms. Ashe?" Stemmen kom fra en sky af cigaretrøg. "Velkommen."

Da Gabrielles øjne vænnede sig til mørket, begyndte hun at skelne et foruroligende bekendt ansigt, og hendes muskler blev stive af overraskelse. *Er det HENDE, der har sendt mig e-mails?*

"Tak, fordi De kommer," sagde Marjorie Tench koldt.

"Ms. … Tench?" stammede Gabrielle, der pludselig var ude af stand til at trække vejret.

"Kald mig Marjorie." Den tudegrimme kvinde rejste sig og blæste røg ud gennem næsen som en drage. "De og jeg skal til at være de bedste venner i verden."

41

Norah Mangor stod ved optrækningsskakten ved siden af Tolland, Rachel og Corky og stirrede ned i det kulsorte meteorithul. "Mike," sagde hun, "du er sød, men du er sindssyg. Der er ingen bioluminescens her."

Tolland ville ønske, han havde tænkt på at optage noget på video; mens Corky var gået af sted for at finde Norah og Ming, var bioluminescensen begyndt at blegne hurtigt. Inden for et par minutter var alt blinkeriet simpelthen ophørt.

Tolland smed et nyt stykke is i vandet, men der skete ingenting. Ingen grønne glimt.

"Hvor forsvandt de hen?" spurgte Corky.

Det havde Tolland en temmelig præcis ide om. Biolumi-nescens — en af naturens snedigste forsvarsmekanismer — var en naturlig reaktion fra plankton i fare. Når et plankton mærkede, at det var lige ved at blive spist af en større organisme, ville det begynde at blinke i håb om at tiltrække endnu større dræbere, som ville skræmme de oprindelige angribere væk. I dette tilfælde havde planktonet, der var kommet ind i skakten gennem en revne, pludselig befundet sig i ferskvandsomgivelser og havde bioluminesceret i panik, mens ferskvandet langsomt havde dræbt det. "Jeg tror, de er døde."

"De blev myrdet," sagde Norah spottende. "Påskeharen svømmede ind og åd dem."

Corky så vredt på hende. "Jeg så også luminescensen, Norah."

"Var det før eller efter, at du tog LSD?"

"Hvorfor skulle vi lyve om det?" spurgte Corky.

"Fordi mænd lyver."

"Jo, ja, om at gå i seng med andre kvinder, men aldrig om bioluminescerende plankton."

Tolland sukkede. "Norah, du er vel klar over, at plankton lever i havet under isen."

"Mike," svarede hun med et gennemborende blik, "du skal ikke komme og fortælle mig om mit arbejde. Bare for at få det på plads, så er der over to hundrede arter diatoméer, der trives under arktiske isshelfer. Fjorten arter autotrofe nanoflagellater, tyve heterotrofe flagellater, fyrre heterotrofe dinoflagellater og adskillige Metazoa, inklusive polychæter, amfipoder, copepoder, euphasider og fisk. Nogen spørgsmål?"

Tolland rynkede brynene. "Det er klart, at du ved mere om arktisk fauna, end jeg gør, og du er enig med mig i, at der er masser af liv under os. Så hvorfor er du så så skeptisk over, at vi har set bioluminescerende plankton?"

"Fordi denne skakt er forseglet, Mike. Det er et *lukket* ferskvandsmiljø. Det er ikke muligt for havplankton at komme herind!"

"Jeg smagte salt i vandet," blev Tolland ved. "Meget svagt, men det var der. Der kommer altså saltvand herind på en eller anden måde."

"Godt," sagde Norah skeptisk. "Du smagte salt. Du slikkede på ærmet af en gammel, svedig parkacoat, og nu har du besluttet, at PODS og femten forskellige borekerner er upræcise."

Tolland holdt sit våde ærme frem som bevis.

"Mike, jeg slikker altså ikke på din frakke." Hun så ned i hullet. "Må jeg spørge, hvorfor noget, der angiveligt skulle være en flok plankton, skulle beslutte sig for at svømme ind i det, der angiveligt skulle være en revne?"

"Varme?" foreslog Tolland. "En masse havdyr bliver tiltrukket af varme. Da vi trak meteoritten op, varmede vi den op. Planktonet kan være blevet instinktivt tiltrukket af skakten, hvor der midlertidigt var varmere omgivelser."

Corky nikkede. "Det lyder logisk."

"Logisk?" Norah rullede med øjnene. "Ved I, at af en prisvindende fysiker og en verdensberømt havforsker at være, så er I et par værre grødhoveder. Har I slet ikke tænkt på, at selvom der er en revne – hvad jeg kan forsikre jer om, at der ikke er – er det fysisk umuligt for havvand at strømme ind i skakten." Hun kiggede på dem begge med medynk og ringeagt.

"Men, Norah …," begyndte Corky.

"Mine herrer! Vi står over havets overflade her." Hun stampede med foden på isen. "Hallo? Isfladen er tredive meter over havet. I kan måske huske den store klint for enden af denne isshelf? Vi er højere oppe end havet. Hvis der var en sprække ind i denne skakt, ville vandet strømme ud af skakten, ikke ind i den. Det hedder tyngdekraft."

Tolland og Corky så på hinanden.

"Pis," sagde Corky. "Det har jeg ikke tænkt på."

Norah pegede ned i den vandfyldte skakt. "I har måske også bemærket, at vandstanden ikke ændrer sig?"

Tolland følte sig som en idiot. Norah havde helt ret. Hvis der havde været en revne, skulle vandet strømme ud, ikke ind. Tolland stod længe tavs og spekulerede på, hvad han nu skulle gøre.

"Okay." Tolland sukkede. "Åbenbart giver sprækketeorien ingen mening. Men vi så altså bioluminescens i vandet. Den eneste konklusion er, at det her alligevel ikke er et lukket miljø. Jeg er klar over, at mange af dine isdateringsdata bygger på den præmis, at gletsjeren er en massiv blok, men …"

"Præmis?" Norah var klart ved at blive ophidset. "Husk lige på, at det ikke blot er *mine* data, Mike. NASA har gjort de samme fund. Vi har *alle sammen* bekræftet, at denne gletsjer er massiv. Ingen revner."

Tolland kiggede hen over kuplen mod de mange mennesker, der var samlet rundt om pressekonferenceområdet. "Hvad der så end foregår, tror jeg, at vi bliver nødt til at underrette NASA-chefen og …"

"Det er noget forfærdelig vrøvl!" hvæsede Norah. "Jeg siger jer, at ismassen her er i sin oprindelige form. Jeg skal ikke have stillet spørgsmål ved mine kernedata på grund af saltslikkeri og absurde hallucinationer." Hun stormede over til et nærliggende arbejdsområde og begyndte at samle redskaber sammen. "Jeg skal tage en ordentlig vandprøve og vise jer, at det her vand ikke indeholder noget saltvandsplankton – dødt eller levende!"

Rachel og de andre så til, mens Norah brugte en steril pipette på en snor til at opsamle en vandprøve fra smeltevandshullet. Norah placerede nogle dråber i et lille apparat, der lignede et miniatureteleskop. Så kiggede hun ned i okularet og rettede apparatet mod lyset, der strømmede ud fra den anden side af kuplen. Sekunder efter bandede hun.

"For fanden da!" Norah rystede apparatet og kiggede igen.

"Pokker stå i det! Der må være noget galt med det her refraktometer!"

"Saltvand?" hoverede Corky.

Norah rynkede brynene. "Delvis. Det registrerer tre procent saltvand – og det er jo totalt umuligt. Den her gletsjer er en snebunke. Ren ferskvand. Der burde ikke være noget salt." Norah bar prøven over til et mikroskop i nærheden og undersøgte den. Hun stønnede.

"Plankton?" spurgte Tolland.

"*G. polyhedra,*" svarede hun med en stemme, der nu var rolig. "Det er et af de planktoner, vi glaciologer hyppigt ser i havet under isshelfer." Hun kiggede over på Tolland. "De er døde nu. Åbenbart overlevede de ikke længe i et miljø med tre procent saltvand."

Alle fire stod tavse et øjeblik ved siden af den dybe skakt.

Rachel spekulerede på, hvad for konsekvenser dette paradoks kunne have for hele opdagelsen. Dilemmaet måtte være lille i forhold til den betydning, meteoritten havde, og dog havde Rachel som efterretningsanalytiker været vidne til, at hele teorier kollapsede på grund af mindre forhindringer end denne.

"Hvad foregår der derovre?" Stemmen var en lav rumlen.

Alle så op. NASA-chefens bjørneagtige skikkelse dukkede frem af mørket.

"Et mindre problem med vandet i skakten," sagde Tolland. "Vi prøver at løse det."

Corky lød næsten glad. "Norahs isdata er forkerte."

"Rend mig to gange," hviskede Norah.

NASA-chefen kom derhen. De buskede øjenbryn var rynkede. "Hvad er der forkert ved isdataene?"

Tolland udstødte et usikkert suk. "Vi påviser en tre procents saltvandsblanding i meteoritskakten. Det modsiger den glaciologiske rapport om, at meteoritten var lukket inde i en intakt ferskvandsgletsjer." Han holdt inde. "Der er også plankton til stede."

Ekstrom så næsten vred ud. "Det er helt klart umuligt. Der er ingen sprækker i denne gletsjer. Det har densitetsscanningerne bekræftet. Meteoritten var forseglet i et ismassiv."

Rachel vidste, at Ekstrom havde ret. Ifølge NASA's densitetsscanninger var isflagen helt massiv. Mange, mange meter frossen gletsjer på alle sider af meteoritten. Ingen revner. Og alligevel, da Rachel prøvede at forestille sig, hvordan densitetsscanningerne var foretaget, slog en underlig tanke ned i hende ...

"Hertil kommer," sagde Ekstrom, "at dr. Mangors borekerner bekræftede, at gletsjeren er massiv."

"Netop!" sagde Norah og smed refraktometeret på et bord. "Dobbelt bekræftelse. Ingen forkastningslinjer i isen. Og det efterlader os så uden nogen forklaring overhovedet på saltet og planktonet."

"Faktisk," sagde Rachel med en frimodighed i stemmen, der overraskede hende selv. "Der er en anden mulighed." Den lyse ide havde ramt hende fra det mest usandsynlige sted i hendes erindringer.

Alle så nu på hende med åbenlys skepsis.

Rachel smilede. "Der er en fuldstændig rimelig begrundelse for tilstedeværelsen af både salt og plankton." Hun sendte Tolland et ironisk blik. "Og ærligt talt, Mike, så er jeg forundret over, at du ikke har tænkt på det."

42

"Plankton *indefrosset* i gletsjeren?" Corky Marlinson lød ikke, som om han havde købt Rachels forklaring. "Ikke for at nedgøre dig, men sædvanligvis dør ting, når de fryser. De her små skiderikker blinkede til os, husker du det?"

"Faktisk," sagde Tolland og sendte Rachel et imponeret blik, "så kan hun have fat i noget. Der er et antal arter, som går i dvale, når deres omgivelser kræver det. Jeg har engang lavet et program om det fænomen."

Rachel nikkede. "Du viste nordiske gedder, som frøs inde i søer og måtte vente på tøvejr, før de kunne svømme væk. Du talte også om nogle mikroorganismer, der hed 'vandbjørne', og som blev totalt dehydrerede i ørkenen og forblev sådan gennem årtier, og så svulmede de op, når der kom regn igen."

Tolland kluklo. "Så du ser faktisk mine udsendelser?"

Rachel trak let forvirret på skuldrene.

"Hvad er Deres pointe, ms. Sexton?" spurgte Norah.

"Hendes pointe, som burde være gået op for mig tidligere," sagde Tolland, "er, at en af de arter, jeg omtalte i det program, var en slags plankton, som bliver nedfrosset i polariskappen hver vinter, overvintrer inde i isen og så svømmer væk hver sommer, når iskappen bliver tynd." Tolland tav. "Ganske vist var den art, jeg brugte i udsendelsen, ikke den bioluminescerende art, vi så her, men måske er der sket det samme."

"Frosset plankton," fortsatte Rachel, der var opstemt over, at Michael Tolland var så begejstret for hendes ide, "kunne forklare alt det, vi ser her. På et tidspunkt i fortiden kunne der have åbnet sig sprækker i den her gletsjer, de kunne være blevet fyldt med planktonrigt saltvand og så være frosset til igen. Hvad hvis der var frosne lommer med saltvand her i gletsjeren? Frosset saltvand, der indeholder frosset plankton? Forestil jer, at mens I hævede den opvarmede meteorit op gennem isen, er den passeret gennem en frosset saltvandslomme. Saltvandsisen ville være smeltet og have frigjort plankton fra dvaletilstanden, og det ville give os en lille procentdel salt blandet i ferskvandet."

"Åh, vorherre bevares!" udbrød Norah med en fjendtlig stønnen. "Pludselig er I alle sammen glaciologer!"

Corky så også skeptisk ud. "Men ville densitetsscanningen ikke have opdaget en hvilken som helst saltvandslomme? Når alt kommer til alt, har saltvandsis og ferskvandsis forskellige tætheder."

"*Små* forskelle," sagde Rachel.

"Fire procent er en væsentlig forskel," indvendte Norah.

"Ja, i et *laboratorium*," svarede Rachel. "Men PODS foretager sine målinger 200 kilometer oppe i rummet. Dens computere er udviklet til at skelne mellem det indlysende — is og sjap, granit og kalksten." Hun vendte sig om mod NASA-chefen. "Har jeg ret i at antage, at når PODS måler tætheder fra rummet, har den formentlig ikke nok opløsning til at kunne skelne mellem salt is og fersk is?"

NASA-chefen nikkede. "Det er korrekt. En fire procents forskel er under PODS' tolerancetærskel. Satellitten ville opfatte saltvandsis og ferskvandsis som en og samme ting."

Tolland så interesseret ud. "Det ville også forklare den stationære vandstand i skakten." Han så på Norah. "Du sagde, at den planktonart, du så i ophentningsskakten, blev kaldt ..."

"*G. polyhedra*," erklærede Norah. "Og nu spekulerer du på, om *G. polyhedra* er i stand til at overvintre inde i isen? Du vil blive glad for at få at vide, at svaret er ja. Absolut. *G. polyhedra* findes i massevis rundt om isshelfer, det bioluminescerer, og det kan overvintre inde i isen. Er der andre spørgsmål?"

Alle udvekslede blikke. Ud fra Norahs tonefald at dømme var der tydeligvis en slags "men" — og dog så det ud til, at hun lige havde bekræftet Rachels teori.

"Så du siger, at det er muligt, ikke?" forsøgte Tolland. "At teorien giver mening?"

"Bestemt," sagde Norah, "hvis man er totalt retarderet."

Rachel så forbavset på hende. "Hvabehar?"

Norah Mangor låste Rachel fast med blikket. "Jeg går ud fra, at det er sådan i Deres arbejde, at en lille smule viden er en farlig ting? Godt, så tro mig, når jeg siger, at det samme gælder for glaciologi." Norahs øjne vandrede nu fra den ene til den anden af de fire personer rundt om hende. "Lad mig gøre det her klart for jer alle sammen én gang for alle. De frosne saltlommer, som ms. Sexton har foreslået, forekommer. Vi glaciologer kalder dem interstitser. Interstitser dannes imidlertid ikke som lommer af saltvand, men snarere som et yderst forgrenet netværk af saltvandsis, hvis tråde er på tykkelse med et menneskehår. Den meteorit ville have været nødt til at passere gennem en allerhelvedes masse af en tæt række af interstitser for at frigøre nok saltvand til at danne en tre procent blanding i så dybt et vandhul."

Ekstrom så vredt på hende. "Så er det muligt, eller er det ikke?"

"Aldrig i livet," sagde Norah ligeud. "Totalt umuligt. Så ville jeg have ramt lommer af saltvandsis i mine kerneprøver."

"Kerneprøver bliver boret ud på helt tilfældige steder, ikke?" spurgte Rachel. " Er der nogen mulighed for, at boreprøverne ved et rent og skært uheld kunne have misset en lomme af havis?"

"Jeg borede ned i isen direkte over meteoritten. Så borede jeg en masse kerner nogle få meter på hver side. Man kan ikke komme tættere på."

"Jeg spurgte bare."

"Det er et omstridt punkt," sagde Norah. "Saltinterstitser forekommer kun i årstidsis – is, der dannes og smelter for hver årstid. Milne-isshelfen er fast is – is, der dannes oppe i bjergene og bliver der, indtil den vandrer mod kælvningsområdet og falder i havet. Hvor belejligt frosset plankton end ville være for at forklare det her mystiske, lille fænomen, så kan jeg garantere for, at der ikke er noget skjult netværk af frosset plankton i denne gletsjer."

Gruppen blev tavs igen.

Trods denne overbevisende tilbagevisning af teorien om frosset plankton kunne Rachels systematiske analyse af dataene ikke acceptere afvisningen. Instinktivt vidste Rachel, at den enkleste løsning på gåden ville være, at der fandtes frosset plankton i gletsjeren under dem. Parsimons Lov, tænkte hun. Den havde hendes NRO-instruktører hamret ind i hendes underbevidsthed. *Når der findes flere forklaringer, er det normalt den enkleste, der er den rigtige.*

Det var indlysende, at Norah Mangor havde en masse at tabe, hvis hendes iskernedata var forkerte, og Rachel spekulerede på, om Norah måske havde set planktonet, var blevet klar over, at hun havde begået en fejl ved at fastholde, at gletsjeren var massiv, og nu simpelthen prøvede at slette sine spor.

"Det eneste, jeg ved," sagde Rachel, "er, at jeg lige har briefet hele staben i Det Hvide Hus og fortalt dem, at meteoritten her er blevet opdaget i en oprindelig grundmasse af is og har været lukket inde uden ydre påvirkning siden 1716, hvor den brækkede af en berømt meteorit, der hed Jungersol. Det lader til, at der nu bliver sat spørgsmålstegn ved dette forhold."

NASA-chefen var tavs og hans ansigtsudtryk alvorligt.

Tolland rømmede sig. "Jeg er enig med Rachel. Der var saltvand og plankton i vandhullet. Uanset hvad forklaringen er, er denne skakt tydeligvis ikke et lukket miljø. Det kan vi ikke sige, at den er."

Corky så ud til at være ilde til mode. "Hm, folkens, ikke for at lyde som astrofysiker, men når vi begår fejltagelser inden for mit område, rammer vi ved siden af med milliarder af år. Betyder den her lille plankton-saltvandsblanding virkelig så meget? Vi har stadig fossilerne. Der er ingen, der betvivler, at de er ægte. Hvis det viser sig, at vi har lavet en fejl med iskernedataene, vil der ikke være nogen, der går op i det. Det eneste, de vil interessere sig for, er, at vi har fundet bevis på liv på en anden planet."

"Ja, undskyld, dr. Marlinson," sagde Rachel, "men jeg analyserer data som levevej, og jeg er ikke enig. Enhver lillebitte fejl i de data, NASA præsenterer i aften, kan kaste tvivl over hele opdagelsens troværdighed. Inklusive fossilernes ægthed."

Corkys stod med åben mund. "Hvad snakker du om? De her fossiler er uafviselige!"

"Det ved jeg. Det ved du. Men hvis offentligheden får opsnuset, at NASA bevidst har fremlagt iskernedata, som giver anledning til mistanke, så vil alle straks spekulere over, hvad NASA ellers har løjet om."

Norah trådte frem med lynende øjne. "Mine iskernedata er der ikke tvivl om." Hun vendte sig mod NASA-chefen. "Jeg kan udtrykkeligt bevise over for Dem, at der ikke er noget saltvandsis fanget nogetsteds i den her isshelf!"

NASA-chefen så længe på hende. "Hvordan det?"

Norah skitserede sin plan. Da hun var færdig, måtte Rachel indrømme, at ideen lød rimelig.

NASA-chefen så ikke så sikker ud. "Og resultaterne vil være definitive?"

"Et hundrede procents validering." forsikrede Norah ham. "Hvis der er bare en lille smule saltvand noget helst sted i nærheden af denne meteoritskakt, vil De se det. Selv nogle ganske få dråber vil lyse op på mit udstyr som Times Square."

NASA-chefen rynkede brynene under den militære karseklipsfrisure. "Der er ikke ret meget tid. Pressekonferencen er om et par timer."

"Jeg kan være tilbage om tyve minutter."

"Hvor langt ud på gletsjeren sagde De, De skal?"

"Ikke ret langt. To hundrede meter skulle kunne gøre det."

Ekstrom nikkede. "Er De sikker på, at det er forsvarligt?"

"Jeg tager nødblus med," svarede Norah. "Og Mike går med mig."

Tolland rejste hovedet med et ryk. "Gør jeg det?"

"Så sikkert som amen i kirken gør du det, Mike! Vi skal bindes sammen. Jeg vil sætte pris på et par stærke arme derude, hvis vinden pludselig tager til."

"Men ..."

"Hun har ret," sagde NASA-chefen og vendte sig om mod Tolland. "Hvis hun går, kan hun ikke gå alene. Jeg kunne sende nogle af mine mænd med hende, men helt ærligt vil jeg hellere, at vi holder det her planktonspørgsmål for os selv, indtil vi finder ud af, om der er et problem eller ej."

Tolland nikkede modstræbende.

"Jeg vil også gerne med," sagde Rachel.

Norah snurrede rundt som en kobra. "Gu' vil De ikke nikke nej."

"Faktisk," sagde NASA-chefen, som om en ide lige var slået ned i ham, "så tror jeg, at jeg ville føle mig mere sikker, hvis vi brugte det obligatoriske firmandstøjr. Hvis I kun går to, og Mike glider, ville De aldrig kunne holde ham. Fire personer er meget sikrere end to." Han tav og kiggede på Corky. "Det betyder enten Dem eller dr. Ming." Ekstrom så sig om i habisfæren. "Hvor er dr. Ming forresten?"

"Jeg har ikke set ham et stykke tid," sagde Tolland. "Det kan være, han tager sig en lur."

Ekstrom vendte sig mod Corky. "Dr. Marlinson, jeg kan ikke forlange, at De går med dem, men ..."

"Nej!" udbrød Norah. "Fire personer vil sinke os. Mike og jeg tager af sted alene."

"De tager ikke af sted alene." NASA-chefens tonefald var bestemt. "Der er en grund til at bruge firmandstøjr, og vi vil udføre det her så sikkert som muligt. Det sidste, jeg ønsker, er en ulykke et par timer før den største pressekonference i NASA's historie."

43

Gabrielle Ashe følte sig mere og mere usikker, som hun sad der i den tunge luft på Marjorie Tenchs kontor. *Hvad i alverden vil hun dog med mig?* Bag kontorets enlige skrivebord lænede Tench sig tilbage, og hendes hårde ansigtstræk så ud, som om hun nød synet af Gabrielles ubehag.

"Generer røgen Dem?" spurgte Tench og bankede en ny cigaret ud af pakken.

"Nej," løj Gabrielle.

Tench var under alle omstændigheder allerede ved at tænde en. "De og Deres kandidat har interesseret Dem en hel del for NASA under denne kampagne."

"Det er sandt," sagde Gabrielle kort for hovedet. Hun gjorde sig ikke nogen anstrengelse for at skjule sin vrede. "Takket være en vis kreativ opmuntring. Jeg vil gerne have en forklaring."

Tench så fornærmet og uskyldig ud. "De vil gerne vide, hvorfor jeg har sendt Dem e-mails, der kunne bruges til Deres angreb på NASA?"

"De oplysninger, De har sendt mig, rammer jo Deres præsident."

"På kort sigt, ja."

Den ildevarslende tone i Tenchs stemme gjorde Gabrielle urolig. "Hvad skal det betyde?"

"Slap af, Gabrielle. Mine e-mails har ikke ændret meget. Senator Sexton var i fuld gang med at slå løs på NASA, længe før jeg trådte til. Jeg har bare hjulpet ham med at gøre sit budskab klarere. At befæste sin position."

"Befæste sin position?"

"Lige præcis." Tench smilede og afslørede sine misfarvede tænder. "Og jeg må sige, at det gjorde han ret effektivt på CNN her i eftermiddag."

Gabrielle huskede senatorens reaktion på Tenchs lurepassersporgsmål. *Ja, jeg ville afskaffe NASA.* Sexton havde fået sig selv trængt op i et hjørne, men han havde spillet sig ud igen med et stærkt slag. Det var det rigtige træk. Var det ikke? Når hun nu så Tenchs tilfredse ansigtsudtryk, havde Gabrielle en fornemmelse af, at der manglede nogle oplysninger.

Tench rejste sig pludselig, og hendes ranglede skikkelse syntes at fylde det trange rum. Med cigaretten dinglende fra læberne gik hun over til sikkerhedsboksen i væggen, tog en tyk, brun kuvert, kom tilbage til bordet og satte sig igen.

Gabrielle kiggede på den bulnende kuvert.

Tench smilede og sad og gemte konvolutten i skødet som en pokerspiller, der holdt en royal flush. Hendes gule fingerspidser knipsede til hjørnet af kuverten og lavede en irriterende, kradsende lyd, som om hun nød at trække tiden ud.

Gabrielle vidste, at det blot var hendes egen dårlige samvittighed, men hendes første tanke var, at kuverten indeholdt bevis for hendes seksuelle fejltrin med senatoren. Latterligt, tænkte hun. Det var sket, efter at de havde opholdt sig i flere timer i Sextons aflåste senatorkontor. For ikke at tale om, at hvis Det Hvide Hus overhovedet havde noget bevis, ville de have offentliggjort det for længst.

De har måske en mistanke, tænkte Gabrielle, *men de har ikke noget bevis.*

Tench tværede sin cigaret ud. "Ms. Ashe, hvad enten De er klar over det eller ej, så er De fanget midt i en strid, der har raset bag kulisserne i Washington siden 1996."

Det var ikke et åbningstræk, Gabrielle havde ventet. "Undskyld?"

Tench tændte en ny cigaret. Hendes tynde læber krummede sig om den, og gløden lyste op i rødt. "Hvad kender De til forslaget til Lov om Rumkommercialisering og Erhvervsfremme?"

Det havde Gabrielle aldrig hørt om. Hun trak på skuldrene som en, der melder pas.

"Ikke det?" sagde Tench. "Det overrasker mig. I betragtning af Deres kandidats valgprogram. Loven om Rumkommercialisering og Erhvervsfremme blev foreslået tilbage i 1996 af senator Walker. Kort sagt henviser lovforslaget til, at det ikke er lykkedes for NASA at foretage sig noget som helst af betydning, siden de sendte en mand op til månen. Lovforslaget går ud på at privatisere NASA ved straks at sælge NASA's aktiver til private luftrumsselskaber og lade de frie markedskræfter udforske rummet mere effektivt. Det vil kunne lette den byrde, som NASA nu er for skatteborgerne."

Gabrielle havde hørt, at NASA-kritikere havde foreslået privatisering som en løsning på alle NASA's elendigheder, men hun var ikke klar over, at ideen faktisk fandtes i form af et officielt lovforslag.

"Det her lovforslag om kommercialisering har været forelagt Kongressen fire gange nu," sagde Tench. "Det ligner andre lovforslag, der har haft succes med at privatisere regeringsforetagender som uraniumproduktionen. Kongressen har vedtaget det alle fire gange. Heldigvis har Det Hvide Hus nedlagt veto mod det hver gang. Zachary Herney har måttet nedlægge veto mod det to gange."

"Og hvor vil De hen med det?"

"Min pointe er, at det lovforslag vil senator Sexton støtte, hvis han bliver præsident. Jeg har ikke grund til at tro, at Sexton vil have betænkeligheder ved at sælge ud af NASA's aktiver til kommercielle licitationsdeltagere, første gang han får chancen. Kort sagt ville Deres kandidat støtte privatisering frem for at lade amerikanske skattedollars betale for rumforskningen."

"Så vidt jeg ved, har senatoren aldrig offentligt kommenteret sin stillingtagen til nogen Lov om Rumkommercialisering og Erhvervsfremme."

"Sandt nok. Men når De nu kender hans politik, går jeg ikke ud fra, at De ville blive overrasket, hvis han støttede det."

"Frie markedskræfter har det med at skabe grobund for effektivitet."

"Det tager jeg som et 'ja'." Tench stirrede på hende. "Desværre er det en afskyelig ide at privatisere NASA, og der er utallige grunde til, at lovforslaget er blevet skudt ned af alle de administrationer, der har været i Det Hvide Hus, siden det blev fremsat første gang."

"Jeg har hørt argumenterne mod at privatisere rummet," sagde Gabrielle, "og jeg forstår Deres bekymringer."

"Gør De?" Tench lænede sig frem mod hende. "Hvilke argumenter har De hørt?"

Gabrielle skiftede uroligt stilling. "Joh, det er mest den gennemsnitlige akademiker, der er imod det ... det mest almindelige er, at hvis vi privatiserer NASA, vil vores nuværende stræben efter videnskabelig viden om rummet hurtigt blive opgivet til fordel for rentable forehavender."

"Rigtigt. Rumvidenskaben ville dø af hjertestop. I stedet for at give penge ud på at studere universet ville private rumselskaber drive minedrift på asteroiderne, bygge turisthoteller i rummet og tilbyde kommercielle tjenester til satellitopsendelser. Hvorfor skulle private selskaber ulejlige sig med at studere oprindelsen af vores univers, når det kunne koste dem milliarder og ikke ville give noget økonomisk udbytte?"

"Det ville de ikke," forsvarede Gabrielle sig. "Men man kunne jo grundlægge en national fond for rumvidenskab, der kunne finansiere akademiske rummissioner."

"Det system har vi allerede. Det hedder NASA."

Gabrielle blev tavs.

"At opgive videnskaben til fordel for profit er et sekundært aspekt," sagde Tench. "Og det er næppe relevant i forhold til det kaos, det ville resultere i, hvis vi tillod den private sektor

189

frit løb i rummet. Vi ville få det Vilde Vesten om igen. Vi ville opleve pionerer, der gør krav på Månen og på asteroider, og som beskytter disse krav med magt. Jeg har hørt om ansøgninger fra selskaber, der vil bygge neonreklameskilte, der sender reklamer op på nattehimlen. Jeg har set ansøgninger om rumhoteller og turistattraktioner, der indebærer, at de smider deres affald ud i det tomme rum og danner kredsløb af affaldsbunker. Så sent som i går læste jeg et forslag fra et selskab, der ønsker at lave rummet om til et mausoleum ved at sende de døde i omløb. Kan De forestille Dem vores telekommunikationssatellitter støde sammen med døde mennesker? I sidste uge havde jeg besøg på mit kontor af en administrerende direktør, der er milliardær, og som anmodede om tilladelse til at opsende en mission til en asteroide i et nærområde, trække den nærmere hen mod Jorden og grave efter kostbare mineraler i den. Jeg måtte faktisk minde ham om, at hvis man trækker asteroider ind i kredsløb tæt på Jorden, medfører det risici for en global katastrofe! Ms. Ashe, jeg kan forsikre Dem om, at hvis det lovforslag bliver vedtaget, så vil de iværksættere, der farer ud i rummet, ikke være videnskabsfolk. De vil være iværksættere med dybe lommer og små hjerner."

"Gode argumenter," sagde Gabrielle, "og jeg er sikker på, at senatoren ville afveje disse spørgsmål omhyggeligt, hvis han kommer i en position, hvor han skal stemme om lovforslaget. Men må jeg spørge om, hvad alt det her har med mig at gøre?"

Tench øjne blev små over cigaretten. "Der er mange, der kan tjene en masse penge på rummet, og den politiske lobby er parat til at fjerne alle restriktioner og åbne for sluserne. Præsidentens vetoret er den eneste barriere mod privatisering ... mod komplet anarki i rummet."

"Så vil jeg foreslå, at Zach Herney nedlægger veto mod lovforslaget."

"Jeg er bange for, at Deres kandidat ikke ville være så forsigtig, hvis han blev valgt."

"Jeg må gentage, at jeg går ud fra, at senatoren omhyggeligt ville afveje alle spørgsmål, hvis han nogensinde sad i en position, hvor han skulle godkende lovforslaget."

Tench så ikke helt overbevist ud. "Ved De, hvor meget senator Sexton bruger på mediereklamer?"

Spørgsmålet kom helt ud af det blå. "Men de tal er jo offentligt tilgængelige."

"Mere end tre millioner om måneden."

Gabrielle trak på skuldrene. "Det er sikkert rigtigt." Tallet var tæt på.

"Det er en masse penge at bruge på det."

"Han har en masse penge at bruge."

"Ja, han har planlagt det godt. Eller rettere sagt, giftet sig godt." Tench stoppede op for at puste røg ud. "Det var sørgeligt med hans kone, Katherine. Hendes død ramte ham hårdt." Derefter fulgte et tragisk suk, klart hyklerisk. "Hun døde for ikke så særlig længe siden, ikke?"

"Kom nu frem til det, De vil sige. Ellers går jeg."

Tench hostede, så lungerne rystede, og rakte ud efter den tykke, brune kuvert. Hun tog en lille stak sammenhæftede papirer ud og gav dem til Gabrielle. "Oversigter over Sextons økonomi."

Gabrielle så overrasket på dokumenterne. Fortegnelserne gik flere år tilbage. Selvom Gabrielle ikke var indviet i detaljerne i Sextons finanser, havde hun en fornemmelse af, at disse oplysninger var ægte nok – bankkonti, kreditkortkonti, lån, aktie- og obligationsaktiver, boligaktiver, gæld, kapitalgevinster og tab. "Det her er private oplysninger. Hvor har De fået dem fra?"

"Min kilde er ikke Deres problem. Men hvis De bruger lidt tid på at studere de her tal, vil De helt klart kunne se, at senator Sexton ikke har så mange penge, som han i øjeblikket giver ud. Efter at Katherine døde, formøblede han størstedelen af hendes arv på dårlige investeringer og personlige luksusting og købte sig til det, der nu ser ud som en sikker sejr ved primærvalgene. For seks måneder siden gik Deres kandidat fallit."

Det måtte være et bluffnummer. Hvis Sexton skulle være gået fallit, opførte han sig så sandelig ikke sådan. Han købte reklametid i større og større blokke for hver uge.

"Deres kandidat har i øjeblikket udgifter, der er fire gange så store som præsidentens," fortsatte Tench. "Og han har ingen penge selv."

"Vi får en masse donationer."

"Ja, og nogle af dem er lovlige."

Gabrielle løftede hovedet med et ryk. "Hvad mener De?"

Tench lænede sig ind over bordet, og Gabrielle kunne lugte hendes nikotinånde. "Gabrielle Ashe, jeg vil nu stille Dem et spørgsmål, og jeg foreslår, at De tænker Dem godt om, inden De svarer. Det kunne afgøre, om De skal tilbringe de næste år i fængsel eller ej. Er De klar over, at senator Sexton modtager enorme, ulovlige kampagnebestikkelser fra rumfartsselskaber, som har milliarder at vinde ved en privatisering af NASA?"

Gabrielle stirrede på hende. "Det er en absurd påstand!"

"Siger De, at De ikke er klar over denne aktivitet?"

"Jeg tror, jeg ville *vide*, hvis senatoren modtog bestikkelse af den størrelsesorden, De antyder."

Tench smilede koldt. "Gabrielle, jeg ved, at senator Sexton har haft en masse fælles med Dem, men jeg forsikrer Dem for, at der er meget mere, De ikke ved om den mand."

Gabrielle rejste sig. "Mødet er forbi."

"Tværtimod," sagde Tench og tog resten af indholdet fra kuverten og spredte det ud på bordet. "Nu skal mødet først til at begynde."

44

Inde i habisfærens "omklædningsværelse" følte Rachel Sexton sig som en astronaut, da hun trak i en af NASA's Mark IX mikroklima-overlevelsesdragter. Den sorte jumpsuit med hætte lignede en oppustelig dykkerdragt. Dobbeltlaget af viskoelastisk skum var forsynet med hule kanaler, hvor der var pumpet en tyktflydende gel ind for at hjælpe med at regulere legemstemperaturen i både varme og kolde omgivelser.

Da Rachel nu trak den tætsluttende hætte over hovedet, faldt hendes blik på NASA-chefen. Han stod som en tavs skildvagt ved døren og var tydeligt misfornøjet over denne lille opgave.

Norah Mangor mumlede bandeord, mens hun fik dem alle udstyret. "Her er en, der har ekstra vidde," sagde hun og smed en dragt over til Corky.

Tolland var allerede halvvejs i sin.

Da Rachel var helt lynet op, fandt Norah stophanen på siden og forbandt hende med en tilførselsslange, som snoede sig ud fra en sølvfarvet beholder, der lignede en stor undervandsdykkertank.

"Træk vejret ind," sagde Norah og åbnede for ventilen.

Rachel hørte en hvæsen og kunne mærke, hvordan der blev sprøjtet gel ind i dragten. Det viskoelastiske skum udvidede sig, og dragten pressede sig sammen om hende og trykkede mod hendes tøj. Fornemmelsen mindede hende om at stikke hånden ned i vand, når man har en gummihandske på. Da hætten blev pustet op omkring hovedet, pressede den mod hendes ører og fik alting til at lyde diffust. *Jeg er inden i et puppehylster.*

"Det bedste ved Mark IX er polstringen," sagde Norah. "Man kan falde på røven uden at mærke noget."

Det troede Rachel på. Hun følte det, som om hun var spærret inde i en madras.

Norah rakte Rachel en række forskelligt værktøj – en is-økse, fortøjningssnaplåse og karabinhager, som hun gjorde fast til det bælte, der var spændt om Rachels talje.

"Alt det her?" sagde Rachel og så på udstyret. "For at gå to hundrede meter?"

Norah kneb øjnene sammen. "Vil De med eller ej?"

Tolland gav Rachel et trøstende nik. "Norah er bare grun-dig."

Corky koblede sig til infusionstanken, pustede sin dragt op og så ud, som om han morede sig. "Jeg føler det, som om jeg har et kæmpestort kondom på."

Norah udstødte en forarget stønnen. "Som om du kendte noget til det, din lille jomfru."

Tolland satte sig ved siden af Rachel. Han sendte hende et blegt smil, da hun tog de tunge støvler med isbrodder på. "Er du sikker på, du vil med?" Hans blik, der udtrykte både be-skyttelse og bekymring, varmede hende.

Rachel håbede, at hendes tillidsfulde nik modsagde hendes voksende angst. *To hundrede meter ... ikke ret langt.* "Og du tro-ede kun, man kunne finde spænding på de store have."

Tolland smålo og sagde, mens han satte sine egne brodder på: "Jeg har besluttet, at jeg meget bedre kan lide flydende vand end det her frosne noget."

"Jeg har aldrig været en stor tilhænger af hverken det ene eller det andet," sagde Rachel. "Jeg faldt gennem isen, da jeg var barn. Lige siden har vand gjort mig nervøs."

Tolland så på hende med et medfølende blik. "Det er jeg ked af at høre. Når det her er overstået, skal du komme ud og besøge mig på Goya. Så skal jeg nok få dig til at skifte mening om vand. Det lover jeg."

Invitationen overraskede hende. Goya var Tollands forsk-ningsskib – velkendt både for sin rolle i Forunderlige farvande og for sit ry som et af de mærkeligste skibe, der var set på havet. Skønt et besøg på Goya kunne blive anstrengende for Rachel, vidste hun, at det ville blive svært at sige nej til.

"Hun er opankret tolv sømil ud for New Jersey i øjeblikket," sagde Tolland og kæmpede med låsen på sine brodder.

"Det lyder som et usandsynligt sted."

"Overhovedet ikke. Atlanterhavskysten er et helt utroligt sted. Vi var ved at gøre klar til at optage et nyt dokumentarprogram, da jeg så uhøfligt blev afbrudt af præsidenten."

Rachel lo. "Optage et dokumentarprogram om hvad?"

"*Sphyrna mokarran* og megaplumer."

Rachel rynkede brynene. "Jeg er glad for, at jeg spurgte."

Tolland fik sine brodder sat fast og så op. "Ja, jeg skal filme derude et par uger. Washington ligger ikke ret langt væk fra Jerseykysten. Kom derud, når du kommer hjem igen. Der er ingen grund til at være bange for vand hele livet. Min besætning vil rulle den røde løber ud for dig."

Norah Mangors stemme lød skinger. "Skal vi gå udenfor, eller skal jeg skaffe jer to nogle stearinlys og en flaske champagne?"

45

Gabrielle Ashe havde ingen anelse om, hvad hun skulle stille op med de dokumenter, der nu lå spredt ud foran hende på Marjorie Tenchs skrivebord. Bunken indeholdt fotokopier af breve, faxer og udskrifter af telefonsamtaler, og de så alle ud til at støtte påstanden om, at senator Sexton var i hemmelig dialog med private rumselskaber.

Tench skubbede et par kornede, sort-hvide fotografier over til Gabrielle. "Jeg går ud fra, at det her er nyt for Dem?"

Gabrielle så på fotografierne. Den første optagelse viste senator Sexton, der stod ud af en taxa i en slags underjordisk garage. *Sexton kører aldrig i taxa.* Gabrielle så på det næste billede – et telefoto af Sexton, der steg ind i en parkeret, hvid minivan. Det så ud til, at der sad en gammel mand og ventede på ham i vognen.

"Hvem er det?" sagde Gabrielle, der mistænkte fotografierne for at være falske.

"En stor kanon fra Forbundet for Rummets Udforskning."

Gabrielle tvivlede. "Virkelig?"

Forbundet for Rummets Udforskning var en slags "forening" for private rumselskaber. Det repræsenterede luftfartsleverandører, entreprenante virksomhedsledere, spekulationskapitalister – en hvilken som helst privat enhed, der gerne ville have adgang til luftrummet. De havde en tendens til at være kritiske over for NASA og hævdede, at USA's rumprogram brugte unfair forretningsmetoder for at forhindre private selskaber i at opsende missioner i rummet.

"Forbundet for Rummets Udforskning repræsenterer nu over et hundrede større foretagender – nogle meget velhavende virksomheder, som venter spændt på, at Lov om Rumkommercialisering og Erhvervsfremme bliver vedtaget," sagde Tench.

Gabrielle tænkte efter. Af indlysende grunde udtrykte Forbundet for Rummets Udforskning støtte til Sextons kampagne, selvom senatoren havde været omhyggelig med ikke at komme for tæt på dem på grund af deres kontroversielle lobbymetoder. For nylig havde Forbundet for Rummets Udforskning offentliggjort en voldsom beskyldning om, at NASA i virkeligheden var et "ulovligt monopol", hvis evne til at have driftsunderskud og stadig blive ved at eksistere repræsenterede en unfair konkurrence over for private firmaer. Ifølge Forbundet for Rummets Udforskning tilbød adskillige private rumselskaber at gøre arbejdet for rimelige 50 millioner dollars, når AT&T, USA's førende telekommunikationsselskab, skulle have en telekom-satellit sendt op. Uheldigvis kom NASA altid ind og tilbød at opsende AT&T's satellitter for bare 25 millioner, skønt det kostede NASA fem gange så meget at udføre jobbet! *At køre med driftsunderskud er bare en af de måder, NASA bevarer grebet om rummet på,* påstod advokaterne for Forbundet for Rummets Udforskning. *Og skatteborgerne betaler regningen.*

"Dette foto afslører, at Deres kandidat holder hemmelige møder med en organisation, der repræsenterer private rumforetagender," sagde Tench. Hun pegede på flere andre dokumenter på bordet. "Vi har også interne notater fra Forbundet for Rummets Udforskning, der viser, at der indsamles store pengesummer fra medlemmerne – beløb, der svarer til hver enkelts nettoværdi – og at disse beløb overføres til konti, der administreres af senator Sexton. Kort sagt, så betaler disse private rumagenturer indskud til at indsætte Sexton i embedet. Jeg kan kun gå ud fra, at han har indvilget i at vedtage lovforslaget om kommercialisering og privatisere NASA, hvis han bliver valgt."

Gabrielle så på stakken af papirer. Hun var stadig ikke overbevist. "Vil De have, at jeg skal tro på, at Det Hvide Hus har beviser for, at jeres modstander er indblandet i en dybt ulovlig kampagnefinansiering, og at I alligevel af en eller anden grund holder det hemmeligt?"

"Hvad ville De tro på?"

Gabrielle så vredt på hende. "Ærligt talt, i betragtning af, hvor kendt De er for at kunne manipulere, så vil jeg synes, at det var en mere logisk løsning at sige, at De på en eller anden måde forsyner mig med falske dokumenter og fotos, der er fabrikeret af et foretagsomt menneske i Deres stab med en computer, der har et desktoppublishing-program."

"Det ville være en mulighed. Men det er ikke rigtigt."

"Ikke? Hvordan har De så fået fat i alle de interne dokumenter fra erhvervsvirksomhederne? De ressourcer, der skulle til for at stjæle alt det bevismateriale fra så mange selskaber, er mere, end Det Hvide Hus kan præstere."

"Det har De helt ret i. De oplysninger har vi modtaget som en gave, uden at vi har bedt om det."

Nu gav Gabrielle fortabt.

"Åh jo," sagde Tench, "den slags får vi en masse af. Præsidenten har mange magtfulde politiske allierede, der gerne vil have, at han bliver siddende en embedsperiode mere. Husk på, at Deres kandidat foreslår nedskæringer hele vejen rundt – og mange af dem lige her i Washington. Senator Sexton har sandelig ingen skrupler over at anføre FBI's vældig store budget som et eksempel på regeringens ødselhed. Han har også skudt med spredehagl mod skattevæsenet. Der er måske nogen i FBI eller i skattevæsenet, der er blevet lidt bekymret."

Gabrielle fangede betydningen. Folk i FBI og skattevæsenet kunne skaffe sig den slags oplysninger. Dem kunne de så sende til Det Hvide Hus som en uopfordret tjenesteydelse for at hjælpe til med at få præsidenten genvalgt. Men hvad Gabrielle ikke kunne få sig selv til at tro, var, at senator Sexton kunne være indblandet i en ulovlig kampagnebetaling. "Hvis de her informationer er rigtige," indvendte Gabrielle, "hvad jeg stærkt betvivler – hvorfor har De så ikke offentliggjort dem?"

"Hvorfor tror De?"

"Fordi De har fået dem på ulovlig vis."

"Hvordan vi har fået dem, gør ingen forskel."

"Selvfølgelig gør det en forskel. Det ville være uantageligt i en retssag."

"Hvilken retssag? Vi ville blot lække det til en avis, og de ville køre det som en historie 'fra sædvanligvis velunderrettet kilde' med fotos og dokumentation og det hele. Sexton ville fremstå som skyldig, indtil han var kendt uskyldig. Hans udtalte modvilje mod NASA ville være bevis på, at han modtager bestikkelse."

Gabrielle vidste, det var sandt. "Godt," sagde hun udfordrende, "men hvorfor har De så ikke lækket de oplysninger?"

"Fordi det er negativt. Præsidenten lovede ikke at være negativ under kampagnen, og det løfte vil han holde, så længe han kan."

Ja, ja, rigtigt! "Fortæller De mig, at præsidenten er så retlinet, at han nægter at offentliggøre det her, fordi folk kunne betragte det som noget negativt?"

"Det er negativt for landet. Det involverer snesevis af private selskaber. Mange af dem består af hæderlige mennesker. Det tilsmudser senatet, og det er dårligt for landets moral. Uhæderlige politikere skader *alle* politikere. Amerikanerne har behov for at stole på deres ledere. Det her ville blive en rigtig væmmelig undersøgelse, og den ville højst sandsynlig sende en senator og flere anerkendte direktører i luftrumsselskaberne i fængsel."

Skønt Tenchs logik faktisk gav mening, tvivlede Gabrielle stadig på hendes påstande. "Og hvad har det her så at gøre med mig?"

"For at sige det rent ud, ms. Ashe, hvis vi offentliggør disse dokumenter, vil Deres kandidat blive anklaget for ulovlig kampagnefinansiering, miste sit sæde i senatet og højst sandsynligt komme i fængsel." Tench holdt en pause. "Medmindre ..."

Gabrielle så et slangelignende glimt i seniorrådgiverens øjne. "Medmindre *hvad?*"

Tench tog et langt sug på sin cigaret. "Medmindre De beslutter at hjælpe os med at undgå det."

En dyster tavshed sænkede sig over værelset.

Tench hostede med ru stemme. "Hør her, Gabrielle, jeg har besluttet at fortælle Dem om de her uheldige omstændigheder af tre grunde. For det første for at vise Dem, at Zach Herney er en hæderlig mand, som sætter regeringen højere end personlig vinding. For det andet for at fortælle Dem, at Deres kandidat ikke er så pålidelig, som De måske tror. Og for det tredje for at overtale Dem til at tage imod det tilbud, jeg nu giver Dem."

"Og hvad går det tilbud ud på?"

"Jeg vil gerne tilbyde Dem en chance til at gøre det rigtige. Være patriotisk. Hvad enten De ved det eller ej, så har De en unik mulighed for at forskåne Washington for en masse ubehagelig skandale. Hvis De kan gøre det, jeg nu vil bede Dem om, kunne De måske oven i købet selv få en plads på præsidentens hold.

En plads på præsidentens hold? Gabrielle kunne ikke tro sine egne ører. "Ms. Tench, hvad De så end har i sinde, så er jeg ikke særlig glad for at blive afpresset, tvunget eller talt ned til. Jeg arbejder for senatorens kampagne, fordi jeg tror på hans politik. Og hvis det her er nogen antydning af, hvordan Zach Herney udøver politisk indflydelse, så har jeg ingen interesse i at blive tilknyttet ham! Hvis De har noget på senator Sexton, så foreslår jeg, at De lækker det til pressen. Helt ærligt, så tror jeg, det hele er svindel og bedrag."

Tench udstødte et sørgmodigt suk. "Gabrielle, det er et faktum, at Deres kandidat modtager ulovlige midler. Jeg beklager. Jeg ved, De stoler på ham." Hun sænkede stemmen. "Hør nu her: Præsidenten og jeg kan offentliggøre sagen om de ulovlige midler, hvis vi absolut skal, men det vil brede sig som ringe i vandet. Det hører med til skandalen, at adskillige amerikanske virksomheder bryder loven. Der vil være en masse uskyldige personer, der kommer til at betale prisen for det." Hun tog et langt sug og pustede ud. "Hvad præsidenten og jeg håber på … er, at der er en anden måde at bringe senatorens etik i miskredit på. En måde som er mere under kontrol … hvor der ikke er uskyldige parter, der bliver ramt." Tench lagde cigaretten fra sig og foldede hænderne. "For at sige det ligeud, så ville vi gerne, at De offentligt tilstod, at De har haft en affære med senatoren."

Hele Gabrielles krop stivnede. Tench lød yderst sikker på sig selv. Det var umuligt, det vidste Gabrielle. *Der var ingen beviser.* De havde kun været seksuelt sammen én gang, og det havde været bag låste døre i Sextons senatorkontor. *Tench har ikke noget på mig. Hun fisker bare.* Gabrielle kæmpede for at bevare roen i stemmen. "De har en masse gætterier, ms. Tench."

"Om hvad? At De har haft en affære? Eller at De ville svigte Deres kandidat?"

"Begge dele."

Tench sendte hende et lille smil og rejste sig. "Godt, men skal vi så ikke tage kendsgerningerne nu?" Hun gik over til vægboksen igen og kom tilbage med et rødt papchartek. Det var stemplet med Det Hvide Hus' segl. Hun åbnede chartekket, vendte det om og lod indholdet falde ud på bordet foran Gabrielle.

I snesevis af farvefotos væltede ud på bordet. Gabrielle så hele sin karriere styrte sammen foran sig.

46

Uden for habisfæren brølede faldvinden ned ad gletsjeren. Den lignede overhovedet ikke de havvinde, Tolland var vant til. På havet var vinden afhængig af tidevand og forskel i lufttryk og kom og gik. Faldvinden, derimod, afhang af simple fysiske love – tung, kold luft, der for ned ad en gletsjerskråning som en tidevandsbølge. Det var den mest overvældende stormstyrke, Tolland nogensinde havde oplevet. Hvis den var kommet med en fart af tyve knob, ville faldvinden have været enhver sejlers drøm, men med de nuværende firs knob kunne den hurtigt blive et mareridt selv for dem, der stod på fast grund. Tolland fandt ud af, at hvis han standsede og lænede sig bagud, kunne den drabelige vind let holde ham oppe.

At isshelfen hældede en smule nedad mod havet tre kilometer borte, gjorde den rasende vind endnu mere plagsom for Tolland. Trods de skarpe pigge på Pitbull Rapido-isbrodderne på støvlerne havde Tolland en ubehagelig fornemmelse af, at et eneste forkert trin kunne fange ham i uvejret og lade ham glide ned ad den endeløse skråning. Norah Mangors to minutters kursus i sikkerhed på is virkede nu faretruende utilstrækkeligt.

En Piranha-isøkse, havde Norah sagt, da hun satte et T-formet redskab fast i bæltet på hver af dem, mens de tog udstyret på i habisfæren. *Standardblad, bananblad, halvrørsblad, hammer og skarøkse. Det eneste, I behøver at huske, er, at hvis nogen glider eller bliver fanget af et vindstød, så grib jeres økse med den ene hånd på hovedet og den anden på skaftet, slå bananbladet ned i isen, fald ned oven på den og bor jeres brodder ned i isen.*

Med disse beroligende ord havde Norah Mangor fæstnet YAK-karabiner og klatreseler på hver af dem. Alle iførte de sig beskyttelsesbriller og gik derefter ud i den mørke eftermiddag.

Nu bevægede de fire skikkelser sig ned ad gletsjeren i en lige linje med ti meter sikkerhedsreb mellem sig. Norah førte an fulgt af Corky, så Rachel og til sidst Tolland som anker.

Efterhånden som de bevægede sig længere væk fra habisfæren, følte Tolland en voksende uro. Skønt han var varm inde i sin oppustede dragt, følte han sig som en slags ukoordineret rumrejsende, der vandrede hen over en fjern planet. Månen var forsvundet bag tykke, bølgende uvejrsskyer, der efterlod isfladen i et uigennemtrængeligt mørke. Kastevinden lod til at blive stærkere for hvert minut, der gik, og pressede mod Tollands ryg med et konstant tryk. Mens hans øjne anstrengte sig for at skelne det store øde område gennem brillerne, begyndte han at fornemme en virkelig fare ved dette sted. Overflødige NASA-sikkerhedsregler eller ej, så var Tolland overrasket over, at NASA-chefen havde været villig til at risikere fire liv herude i stedet for to. Især da, når de to andre var en senatordatter og en berømt astrofysiker. Tolland var ikke overrasket over, at han følte en sådan beskyttende holdning over for Rachel og Corky.

Han havde været kaptajn på et skib, og han var vant til at føle sig ansvarlig for dem, der omgav ham.

"Bliv bag ved mig," råbte Norah med en stemme, der blev opslugt af vinden. "Lad slæden vise vej."

Den aluminiumsslæde, der var pakket med Norahs prøveudstyr, lignede en overdimensioneret børnekælk. Den havde været pakket i forvejen med undersøgelsesudstyr og sikkerhedstilbehør, som hun havde brugt på gletsjeren de sidste dage. Alt hendes udstyr – inklusive en batteripakke, sikkerhedsblus og en kraftig projektør fortil – var pakket ned under en sikret plastikpresenning. Trods det tunge læs gled slæden let på lange, lige meder. Selv på den næsten umærkelige hældning gled slæden ned af sig selv, og Norah holdt lidt igen næsten som for at tillade slæden at føre an.

Tolland kunne mærke, at der blev længere mellem gruppen og habisfæren, og så sig tilbage over skulderen. Kun halvtreds meter væk var den blege bue af kuplen næsten forsvundet i det stormfulde mørke.

"Er du slet ikke bange for, at du ikke kan finde vej tilbage?" råbte Tolland. "Habisfæren er næsten usyn ..." Hans ord blev afbrudt af den højlydte hvæsen fra et nødblus, der blev tændt i Norahs hånd. Den pludselige rød-hvide glød oplyste isshelfen i en ti meters radius hele vejen rundt om dem. Norah brugte sin hæl til at grave en lille fordybning i overfladesneen og dyngede en beskyttende vold op ved siden af hullet modsat vindretningen. Så hamrede hun blusset ned i fordybningen.

"Højteknologiske brødkrummer," råbte Norah.

"Brødkrummer?" spurgte Rachel og beskyttede øjnene mod det pludselige lys.

"Hans og Grete," råbte Norah. "De her blus kan vare en time – så vi har masser af tid til at finde tilbage."

Med disse ord vandrede Norah atter udefter og førte dem ned ad gletsjeren – ind i mørket igen.

47

Gabrielle Ashe kom stormende ud fra Marjorie Tenchs kontor og var lige ved at vælte en sekretær. I sin ydmygelse kunne Gabrielle ikke se andet end fotografier med arme og ben, der var slynget om hinanden. Ansigter i ekstase.

Gabrielle havde ingen anelse om, hvordan fotografierne var blevet taget, men hun var udmærket klar over, at de var ægte. De var taget på senator Sextons kontor og så ud til at være fotograferet ovenfra som med et skjult kamera. *Hjælp!* Et af disse fotos viste Gabrielle og Sexton, der havde samleje oven på senatorens skrivebord, oven i købet oven på nogle officielt udseende dokumenter.

Marjorie Tench indhentede Gabrielle uden for Kortrummet. Tench havde det røde chartek med fotos i hånden. "Ud fra Deres reaktion går jeg ud fra, at De tror på, at disse fotos er ægte?" Præsidentens seniorrådgiver så ud, som om hun nød det. "Jeg håber, de overbeviser Dem om, at de andre oplysninger, vi har, er lige så nøjagtige. De kommer fra samme kilde."

Gabrielle svedte over det hele, da hun marcherede ned ad gangen. *Hvor fanden er udgangen?*

Tenchs ranglede ben havde ikke noget besvær ved at følge med. "Senator Sexton har svoret over for hele verden på, at I to kun arbejder platonisk sammen. På tv. Det var faktisk ret overbevisende." Tench gjorde tegn hen over skulderen med et lille grin. "Faktisk har jeg et videobånd på mit kontor, hvis De gerne vil genopfriske hukommelsen?"

Gabrielle behøvede ingen genopfriskning. Hun huskede kun alt for godt den pressekonference. Sextons benægtelse var lige så hårdnakket, som den var dybtfølt.

"Det er uheldigt," sagde Tench og lød slet ikke til at være skuffet, "men senator Sexton så det amerikanske folk lige ind i øjnene og fortalte en lodret løgn. Det har offentligheden ret til at få at vide. Og den får det at vide. Det skal jeg personligt sørge for. Det eneste spørgsmål er nu, hvordan offentligheden finder ud af det. Vi mener, det er bedst, at det kommer fra Dem."

Gabrielle var målløs. "Tror De virkelig, at jeg vil hjælpe med til at lynche min egen kandidat?"

Tenchs ansigt blev hårdt. "Jeg prøver virkelig på at tænke etisk her, Gabrielle. Jeg giver Dem en chance for at redde alle for en masse forlegenhed ved at holde hovedet højt og sige sandheden. Det eneste, jeg behøver, er en underskrevet erklæring, hvor De tilstår, at De har haft en affære."

Gabrielle standsede brat. "Hvad!"

"Selvfølgelig. En underskrevet erklæring giver os den indflydelse, vi har brug for til at forhandle diskret med senatoren og skåne landet for et rigtig grimt syn. Mit tilbud er såre enkelt: Underskriv en erklæring, så kommer de her fotos aldrig til at se dagens lys."

"De vil have en erklæring?"

"Teknisk set skal jeg have en beediget skriftlig erklæring, men vi har en notar her i bygningen, som kunne ..."

"De er ikke rigtig klog." Gabrielle gik igen.

Tench blev ved med at gå ved siden af hende. Nu lød hun mere vred. "Senator Sexton går ned på den ene eller den anden måde, Gabrielle, og jeg tilbyder Dem en chance for at komme ud af det her uden at se Deres egen bare røv i morgenavisen! Præsidenten er en hæderlig mand, og han har ikke noget ønske om, at de her fotos skal offentliggøres. Hvis De blot giver mig en beediget skriftlig erklæring, hvor De tilstår affæren med Deres egne ord, så kan vi alle sammen bevare en smule værdighed."

"Jeg er ikke til salg."

"Nå, men det er Deres kandidat så sandelig. Han er en farlig mand, og han bryder loven."

"Bryder *han* loven? I er dem, der bryder ind på folks kontorer og tager ulovlige billeder! Har De nogensinde hørt om Watergate?"

"Vi har ikke haft noget at gøre med at indsamle de her belastende oplysninger. Fotografierne er kommet fra den samme kilde som informationen om kampagnemidler fra Forbundet for Rummets Udforskning. En eller anden har overvåget jer to nøje."

Gabrielle for forbi sikkerhedsbordet, hvor hun havde fået sit sikkerhedsskilt. Hun rev skiltet af og smed det til vagten, der stod med store øjne. Tench var stadig i hælene på hende.

"De må beslutte Dem hurtigt, ms. Ashe," sagde Tench, da de nærmede sig udgangen. "Enten bringer De mig en beediget skriftlig erklæring, hvor De tilstår, at De har været i seng med senatoren, eller også er præsidenten tvunget til at offentliggøre alt i aften klokken tyve – Sextons økonomiske transaktioner, fotografierne af Dem, hele molevitten. Og tro mig, når folk ser, at De stod lige så stille ved siden af og lod Sexton lyve om jeres forhold, så går De med ned i flammerne sammen med ham."

Gabrielle så døren og styrede hen mod den.

"På mit skrivebord i aften klokken tyve, Gabrielle. Vær nu lidt intelligent." Tench gav hende chartekket med fotos på vej ud. "Behold dem, min pige. Vi har mange flere."

48

Rachel Sexton følte sig mere og mere kold indeni, da hun gik ned ad isfladen og ud i den stadig mørkere nat. Foruroligende billeder hvirvlede rundt i hendes hjerne – meteoritten, det fosforescerende plankton og de konsekvenser, det ville have, hvis Norah Mangor havde taget fejl af borekernerne.

En massiv masse af ferskvandsis, havde Norah påstået og mindet dem alle om, at hun havde udboret kerner overalt i området plus direkte over meteoritten. Hvis gletsjeren indeholdt saltvandsinterstitser fyldt med plankton, ville hun have set dem. Ville hun ikke? Ikke desto mindre blev Rachels intuition ved med at vende tilbage til den enkleste løsning.

Der er plankton indefrosset i gletsjeren her.

Ti minutter og fire nødblus senere var Rachel og de andre nået cirka 250 meter væk fra habisfæren. Uden varsel standsede Norah brat. "Her er det," sagde hun og lød som en vandfinder med sin pilekvist, der på mystisk vis havde fundet frem til det perfekte sted at bore en brønd.

Rachel vendte sig om og kiggede op ad skråningen bag dem. Habisfæren var forsvundet for længe siden i den mørke, månebelyste nat, men linjen af blus var klart synlig; det fjerneste stod og blinkede beroligende som en svag stjerne. Blussene stod i en perfekt lige linje som en omhyggeligt beregnet landingsbane. Rachel var imponeret over Norahs færdigheder.

"En anden grund til, at vi lod slæden gå først," råbte Norah, da hun så Rachel beundre linjen med blus. "Mederne er lige. Hvis vi lader tyngdekraften føre slæden og lader være med at blande os, er vi sikre på at bevæge os i en lige linje."

"Godt trick," råbte Tolland. "Jeg ville ønske, der fandtes sådan noget for det åbne hav."

Men det her ER jo det åbne hav, tænkte Rachel og forestillede sig ishavet under dem. I en brøkdel af et sekund fangede den fjerneste flamme hendes opmærksomhed. Den var forsvundet, som om lyset var blevet skjult af en forbipasserende skikkelse. Et øjeblik senere kom lyset dog igen. "Norah," råbte hun, så det kunne høres over vinden, "ved De, om der er isbjørne heroppe?"

Glaciologen var ved at forberede det sidste blus, og enten hørte hun hende ikke, eller også ignorerede hun hende.

"Isbjørne spiser sæler," råbte Tolland. "De angriber kun mennesker, når vi trænger ind på deres område."

"Men det er da isbjørneland, ikke?" Rachel kunne aldrig huske, hvilken pol der havde bjørne, og hvilken der havde pingviner.

"Jo da," råbte Tolland tilbage. "Isbjørne har faktisk lagt navn til Arktis. Arktos er det græske ord for bjørn."

Strålende. Rachel kiggede nervøst ud i mørket.

"Antarktis har ingen bjørne," råbte Tolland. "Så det kalder man Anti-arktos."

"Tak, Mike," skreg Rachel. "Nok snak om isbjørne."

Han lo. "Okay. Undskyld."

Norah pressede et sidste blus ned i sneen. Ligesom tidligere blev de alle fire opslugt af et rødligt skær og så oppustede ud i deres sorte beskyttelsesdragter. Uden for cirklen af lys, der strålede ud fra blusset, var resten af verden blevet totalt usynlig, et slør af mørke opslugte dem.

Mens Rachel og de andre så til, plantede Norah sine fødder godt fast i isen og brugte omhyggelige håndbevægelser til at trække slæden tilbage op ad skråningen til det sted, hvor de stod. Hun holdt rebet stramt, lagde sig ned og aktiverede med håndkraft slædens klobremser – fire vinklede pigge, der stak ned i isen for at holde slæden på plads. Da det var gjort, rejste hun sig op og børstede sig fri for sne, mens rebet om hendes talje blev slapt.

"Okay," råbte Norah. "Så skal vi på arbejde."

Glaciologen gik i en cirkel ud til enden af slædens læside og begyndte at løsne snørerne, der holdt det beskyttende dækken fast over udstyret. Rachel, der følte, at hun måske havde været lidt hård ved Norah, gik hen for at hjælpe og begyndte at løsne den bageste ende af dækkenet.

"For helvede da, NEJ!" skreg Norah og løftede hovedet med et ryk. "Det må man aldrig gøre!"

Rachel veg forvirret tilbage.

"Man må aldrig løsne i vindsiden!" sagde Norah. "Man ville

lave en vindpose! Den her slæde ville være fløjet af sted som en paraply i en vindtunnel!"

Rachel gik væk. "Undskyld. Jeg ..."

Hun gloede. "De og rumdrengen burde slet ikke være herude."

Det var der ingen af os, der burde, tænkte Rachel.

Amatører, skummede Norah og forbandede NASA-chefen for at have insisteret på at sende Corky og Sexton med. *De hundehoveder ender sgu med at få nogen slået ihjel herude.* Det sidste, Norah ønskede lige nu, var at lege babysitter.

"Mike," sagde hun, "jeg skal have hjælp til at løfte min jordradar ned fra slæden."

Tolland hjalp hende med at pakke jordradaren ud og stille den på isen. Instrumentet lignede tre sneplove i miniaturestørrelse, som var fastgjort parallelt til en aluminiumsramme. Hele apparatet var ikke mere end en meter langt og var forbundet med kabler til et strømdæmpningsled og et marinbatteri på slæden.

"Er det en radar?" spurgte Corky. Han måtte råbe for at blive hørt i den stærke vind.

Norah nikkede tavst. Jordradaren var langt bedre egnet til at se saltvandsis, end PODS var. Jordradaren sendte pulsslag af elektromagnetisk energi gennem isen, og pulsen blev kastet forskelligt tilbage af stoffer med forskellige krystalstrukturer. Rent ferskvand frøs i et fladt, hårfint gitter. Havvand derimod frøs i et mere masket eller gaflet gitter på grund af natriumindholdet, der fik pulsene fra jordradaren til at svare uregelmæssigt tilbage og i høj grad formindskede antallet af tilbagestrålinger.

Norah ladede maskinen op. "Jeg vil tage billeder af ekkosteder i en slags tværprofil af ispladen rundt om ophentningsbrønden," råbte hun. "Maskinens software vil vise et tværsnit af gletsjeren og derefter printe det ud. Al havis vil fremtræde som en skygge."

"Printe?" Tolland så overrasket ud. "Kan du *printe* det ud her?"

Norah pegede på et kabel, der fra jordscanneren førte ind til et apparat, der stadig var beskyttet af presenningen. "Vi er nødt til at printe det. Computerskærme bruger alt for meget batterikraft, så glaciologer i marken sender data til varmeoverførselsprintere. Farverne bliver ikke noget at prale af, men lasertoner klumper sammen under minus tyve grader. Det lærte jeg på den hårde måde i Alaska."

Norah bad dem alle om at stå neden for jordscanneren, mens hun forberedte senderen på at sigte, så den ville scanne området for meteorithullet næsten tre fodboldbaner væk. Men da Norah så tilbage gennem natten i den retning, de var kommet fra, kunne hun ikke se noget som helst. "Mike, jeg skal have rettet jordscannerens transmitter mod meteoritstedet, men nødblusset har blændet mig. Jeg går tilbage op ad skråningen, så jeg kan komme uden for lyset. Jeg holder armene på linje med blussene, og du justerer sigtet på radaren."

Tolland nikkede og knælede ned ved siden af radarapparatet.

Norah stampede sine brodder ned i isen og lænede sig frem mod vinden, da hun gik op ad skråningen mod habisfæren. Kastevinden var meget stærkere i dag, end hun havde troet, og hun kunne mærke, at der var et uvejr under opsejling. Det spillede ingen rolle. De ville være færdige her i løbet af nogle få minutter. *De skal få at se, at jeg har ret.* Norah trampede tyve meter tilbage mod habisfæren. Hun nåede kanten af mørket, netop som sikkerhedsrebet blev stramt.

Norah så tilbage op ad gletsjeren. Da hendes øjne havde vænnet sig til mørket, kom linjen af blus langsomt til syne flere grader mod venstre. Hun ændrede sin position, til hun var fuldstændig på linje med dem. Så holdt hun armene ud som et kompas, drejede kroppen og angav den nøjagtige vektor. "Jeg er på linje med dem nu!" råbte hun.

Tolland indstillede jordradaren og vinkede. "Alt parat!"

Norah kiggede for sidste gang op ad hældningen og var taknemmelig for den oplyste vej tilbage. Men da hun så derop, skete der noget mærkeligt. Et kort øjeblik forsvandt et af de nærmeste blus fuldstændig ud af syne. Før Norah kunne nå at bekymre sig om, hvorvidt det var ved at dø ud, kom blusset igen. Hvis Norah ikke havde vidst bedre, ville hun have troet, at der var gået noget forbi mellem blusset og hende. Der var absolut ikke andre herude … medmindre NASA-chefen da var begyndt at føle sig skyldig og havde sendt et NASA-hold ud efter dem. Det var nok ingenting, bestemte hun. Et vindstød havde et kort øjeblik slukket flammen.

Norah vendte tilbage til jordradaren. "Er alt rettet ind?"

Tolland trak på skuldrene. "Det tror jeg."

Norah gik over til kontrolapparatet på slæden og trykkede på en knap. Fra jordradaren kom en skarp summen, og så blev den tavs. "Okay," sagde hun. "Færdig."

"Var det det?" sagde Corky.

"Alt arbejdet ligger i klargøringen. Selve billedet tager kun et sekund."

Om bord på slæden var varmeoverførselsprinteren allerede begyndt at summe og klikke. Printeren var lukket inde i et klart plastikdække og udspyede langsomt et tykt, snoet papir. Norah ventede, indtil apparatet var færdigt, så rakte hun op under plastikken og tog printet. *Nu skal de få at se,* tænkte hun og bar printet over til nødblusset, så de alle kunne se det. *Der er ikke noget saltvand.*

Alle samlede sig rundt om Norah, da hun stod over blusset og holdt godt fast i printet med handskerne. Hun trak vejret

dybt og rullede papiret ud for at undersøge dets data. Billedet
på papiret fik hende til at vige tilbage i rædsel.

"Åh, Gud!" Norah stirrede på papiret. Hun var ude af stand
til at tro på det, hun så. Som forventet viste printet et tydeligt
tværsnit af den vandfyldte meteoritskakt. Men hvad Norah al-
drig havde ventet at se, var det uklare, grålige omrids af en
menneskelignende form, der fløjd halvvejs nede i skakten. Hen-
des blod frøs til is. "Åh, Gud … der er et lig i ophentnings-
skakten."

Alle stirrede forbløffede og tavse på papiret.

Den spøgelseslignende krop fløjd med hovedet nedad i den
snævre skakt. Rundt om liget bølgede en slags kappe, der så
ud som et besynderligt ligklæde. Norah blev straks klar over,
hvad det var. Jordradaren havde fanget et svagt spor af ofrets
tunge frakke – og det kun kunne være en frakke, de kendte,
lang og af kameluld.

"Det er … Ming," sagde hun med en hvisken. "Han må
være gledet …"

Norah Mangor havde aldrig forestillet sig, at det at se
Mings lig i ophentningsskakten ville være det mindste af de to
chok, som printet ville afsløre, men da hendes øjne søgte nedad
i billedet af skakten, så hun noget mere.

Isen under ophentningsskakten …

Norah stirrede på billedet. Hendes første tanke var, at der
måtte være noget, der var gået galt med scanningen. Men da
hun derefter så nærmere på billedet, begyndte en foruroligende
erkendelse at vokse frem i takt med uvejret omkring dem. Pa-
pirets kanter blafrede vildt i vinden, da hun vendte sig og kig-
gede endnu mere intenst på printet.

Men … det er umuligt!

Pludselig kom sandheden væltende ned over hende. Er-
kendelsen føltes, som om den var ved at begrave hende. Hun
glemte alt om Ming.

Nu forstod Norah det. *Saltvandet i skakten!* Hun faldt på knæ i sneen ved siden af blusset. Hun kunne knap nok trække vejret. Mens hun stadig sad og krammede papiret i hænderne, begyndte hun at ryste.

Du gode Gud ... jeg tænkte ikke engang den tanke.

Og i et pludseligt raseriudbrud drejede hun derpå hovedet i retning af NASA-habisfæren. "I møgsvin!" skreg hun med en stemme, der blev båret væk med vinden. "I forbandede *møgsvin!*"

Ude i mørket, kun halvtreds meter borte, holdt Delta-et sit CrypTalk-apparat op til munden og sagde blot tre ord til sin leder. "De ved det."

49

Norah Mangor sad stadig på knæ på isen, da den desorienterede Michael Tolland tog jordradarprintet ud af hendes rystende hænder. Han var chokeret over at se Mings flydende lig og prøvede nu at samle tankerne og tyde det billede, han havde foran sig.

Han så tværsnittet af meteoritskakten, der strakte sig fra overfladen og halvfjerds meter ned i isen. Han så Mings lig flyde i vandet i skakten. Tollands øjne gled nu længere ned, og han kunne mærke, at der var noget galt. Direkte under ophentningsskakten strakte en mørk søjle af havis sig ned til det åbne hav nedenunder. Den lodrette søjle af saltvandsis var massiv og havde samme diameter som skakten.

"Du gode Gud!" råbte Rachel, der kiggede med over Tollands skulder. "Det ser ud til, at meteoritskakten fortsætter hele vejen ned *gennem* isshelfen til havet!"

Tolland stod stiv som en pind. Hans hjerne var ude af stand til at acceptere, hvad han vidste måtte være den eneste logiske forklaring. Corky så lige så opskræmt ud.

Norah råbte: "Der har været nogen, der har boret op under shelfen!" Hendes øjne var vilde af raseri. "Der har været nogen, der med vilje har sat den sten op nede fra havet!"

Den idealistiske del af Tolland ønskede at afvise Norahs ord, men den videnskabelige del vidste, at hun godt kunne have ret. Milne-isshelfen lå og flød på oceanet med masser af spillerum for en ubåd. Fordi alt vejede betydeligt mindre under vand, kunne selv en lille ubåd, der ikke var meget større end Tollands enmands-Triton, som han brugte til forskning, have transporteret meteoritten i lastearmene. Ubåden kunne være kommet fra havet, dukket op under isshelfen og have boret opad i isen. Så kunne den have brugt en forlængerlastearm eller oppustelige balloner til at skubbe meteoritten op i skakten. Når meteoritten først var på plads, ville havvandet, som havde rejst sig i skakten bag meteoritten, hurtigt begynde at fryse. Så snart skakten havde lukket sig nok til at holde meteoritten på plads, kunne ubåden trække armen tilbage og forsvinde og overlade det til Moder Natur at forsegle resten af tunnelen og slette alle spor af bedrageriet.

"Men *hvorfor?*" spurgte Rachel, der tog printet fra Tolland og så undersøgende på det. "Hvorfor skulle nogen dog gøre det? Er De sikker på, at Deres jordradar er i orden?"

"Selvfølgelig er jeg sikker! Og printet giver jo en logisk forklaring på, hvorfor der var fosforescerende bakterier i vandet!"

Tolland måtte indrømme, at Norahs logik var god, så god, at han fik kuldegysninger. Fosforescerende dinoflagellater ville have fulgt deres instinkt og være svømmet opefter i meteoritskakten, være blevet fanget lige under meteoritten og frosset til is. Og da Norah senere opvarmede meteoritten, ville isen lige under være smeltet og have frigjort planktonet. Så ville de svømme opefter endnu en gang og denne gang nå overfladen inde i habisfæren, hvor de til sidst ville dø af mangel på saltvand.

"Det her er jo det rene galimatias!" råbte Corky. "NASA har

en meteorit med fossiler fra verdensrummet i sig. Hvorfor skulle de bekymre sig om, hvor den blev fundet? Hvorfor ville de gøre sig al den umage med at begrave den under en isshelf?"

"Hvem fanden skulle vide det?" gav Norah igen. "Men jordradarprintet lyver ikke. Vi er blevet narret. Den meteorit er ikke en del af Jungersol-nedslaget. Den er blevet sat ind i isen for nylig. Inden for det sidste år, for ellers ville planktonet være dødt!" Hun var allerede i gang med at pakke sit jordradarudstyr op på slæden og gøre det fast. "Vi må se at komme tilbage og fortælle det til nogen. Præsidenten skal til at offentliggøre det med alle de forkerte data! NASA har snydt ham!"

"Vent lige et øjeblik!" råbte Rachel. "Vi burde i det mindste køre en ny scanning for at være sikker. Der er ikke noget af det her, der giver mening. Hvem ville tro på det?"

"Alle," sagde Norah og gjorde slæden klar. "Når jeg marcherer ind i habisfæren og udborer en ny prøve fra bunden af meteoritskakten, og den viser sig at være saltvandsis, så garanterer jeg for, at alle vil tro på det!"

Norah løsnede bremserne på udstyrsslæden, vendte den igen om mod habisfæren og begyndte at gå tilbage op ad hældningen, mens hun satte sine brodder ned i isen og trak slæden efter sig med overraskende lethed. Hun var en kvinde, der havde en mission.

"Så går vi!" råbte Norah og trak den sammenbundne gruppe af sted, mens hun styrede mod omkredsen af den oplyste cirkel. "Jeg ved ikke, hvad NASA er ude på her, men jeg har sgu ikke brug for at blive brugt som en brik i deres ..."

Norah Mangors nakke røg tilbage, som om hun var blevet ramt i panden af en usynlig kraft. Der kom et gisp af smerte fra hendes strube, hun vaklede og faldt bagover på isen. Næsten i samme øjeblik udstødte Corky et skrig og drejede rundt, som om hans skulder var blevet slynget bagover. Han faldt ned på isen og vred sig af smerte.

Rachel glemte straks alt om printet, hun holdt i hånden, Ming og den besynderlige tunnel under isen. Hun havde lige mærket et lille projektil strejfe sit øre; det havde været lige ved at ramme hende i tindingen. Instinktivt faldt hun på knæ og hev Tolland med sig ned.

"Hvad foregår der!" råbte Tolland.

En haglstorm var det eneste, Rachel kunne forestille sig – iskugler, der kom blæsende ned fra gletsjeren – og dog, med den kraft, Corky og Norah lige var blevet ramt med, vidste Rachel godt, at haglene skulle have bevæget sig med flere hundrede kilometer i timen. Sært nok lod den pludselige spærreild af genstande på størrelse med marmorkugler nu til at fokusere på Rachel og Tolland; haglene regnede ned rundt omkring dem, og store fjerskyer af eksploderende is stod op i luften. Rachel rullede om på maven, stak tåpiggene på sine brodder ned i isen og satte af mod det eneste tilgængelige ly. Slæden. Tolland kom til et øjeblik senere og dumpede i fuld fart ned ved siden af hende.

Tolland kiggede ud mod Norah og Corky, der lå ubeskyttet på isen. "Træk dem ind med tovet!" råbte han, greb fat i tovet og prøvede at trække.

Men tovet var viklet rundt om slæden.

Rachel stoppede printet i velcrolommen på sin Mark IX-dragt og kravlede på alle fire helt hen til slæden, mens hun prøvede at gøre tovet fri af mederne. Tolland var lige bag ved hende.

Haglene regnede pludselig ned i en spærreild mod slæden, som om Moder Natur havde opgivet Corky og Norah og nu tog direkte sigte på Rachel og Tolland. Et af haglene slog ind i toppen af slædepresenningen, blev delvis begravet, sprang videre og landede på ærmet af Rachels dragt.

Da Rachel så det, blev hun stiv af skræk. På et øjeblik var den forvirring, hun havde følt, gået over i rædsel. "Haglene" var lavet af mennesker. Kuglen af is på hendes ærme var en helt rund kugle på størrelse med et kirsebær. Overfladen var poleret og glat, kun brudt af en stregformet søm som på gammeldags støbte geværblykugler. De runde småkugler var uden tvivl menneskeskabte.

Iskugler ...

Rachel havde militær clearing, og hun var velbekendt med de nyeste eksperimenter inden for våbentyper: improviseret ammunition – snerifler, der komprimerede sne til iskugler, ørkenrifler, der smeltede sand om til glasprojektiler, vandbaserede skydevåben, der skød trykstød af flydende vand med en sådan kraft, at det kunne brække knogler. Improviseret ammunition havde en enorm fordel frem for konventionelle våben, fordi våben med improviseret ammunition brugte de kilder, der var tilgængelige, og bogstaveligt talt fabrikerede ammunitionen på stedet. Dermed kunne de forsyne soldaterne med ubegrænsede skud, uden at de var nødt til at bære rundt på tunge, konventionelle projektiler. De iskugler, der blev affyret mod dem nu, blev presset sammen "efter behov" af sne, der blev ført ind i kolben på geværet, vidste Rachel.

Det var ofte tilfældet i efterretningsverdenen, at jo mere man vidste, jo mere skræmmende blev scenariet. Det her var ingen undtagelse. Rachel ville have foretrukket at være blevet holdt hen i lykkelig uvidenhed, men hendes kendskab til våben med improviseret ammunition førte straks til den eneste, gysende konklusion: De var under angreb fra en af USA's specialoperationsstyrker, de eneste styrker i landet, der for øjeblikket havde adgang til at bruge de eksperimentelle våben med improviseret ammunition i marken.

At der skulle være en hemmelig, militær operationsenhed til stede her, førte den næste, endnu mere skræmmende erkendelse med sig: Sandsynligheden for, at de ville overleve dette angreb, var tæt på at være lig nul.

Denne uhyggelige tankerække blev afsluttet, da en af is-kuglerne fandt en åbning og kom hylende gennem væggen af udstyr, der stod på slæden, og ramte hende i maven. Selv i den polstrede Mark IX-dragt følte Rachel det, som om en usynlig mesterbokser netop havde ramt hende i solar plexus. Der begyndte at danse stjerner rundt i periferien, hun vaklede baglæns og greb fat i noget udstyr på slæden for at holde balancen. Michael Tolland slap Norahs reb og kastede sig frem for at støtte Rachel, men han kom for sent. Rachel faldt bagover og trak en dynge udstyr med sig. Hun og Tolland tumlede om på isen i en bunke elektroniske apparater.

"Det er ... projektiler ...," gispede hun, fordi der i øjeblikket ikke var luft i hendes lunger. "Løb!"

50

Washingtons undergrundstog, MetroRail, der nu forlod Federal Triangle-stationen, kunne ikke komme hurtigt nok væk fra Det Hvide Hus, hvis det stod til Gabrielle Ashe. Hun sad stift i et tomt hjørne af toget, mens mørke, uskarpe skikkelser for forbi udenfor. Marjorie Tenchs store, røde chartek lå i Gabrielles skød og føltes, som om det vejede ti tons.

Jeg må få snakket med Sexton! tænkte hun, mens toget satte farten op og kørte i retning af Sextons kontorbygning. *Omgående!*

I det svage, skiftende lys i toget følte Gabrielle det, som om hun var på et eller andet syretrip. Dæmpede lys piskede forbi ovenover som strobelys i slowmotion på et diskotek. Den lange tunnel rejste sig på alle sider som en canyon, der blev dybere og dybere.

Sig, at det ikke er sandt.

Hun kiggede ned på chartekket i sit skød. Hun åbnede klappen og trak et af fotografierne ud. Lyset i toget blinkede et øjeblik, og det grelle lys afslørede et chokerende billede – Sedgewick Sexton lå nøgen på sit kontor; hans veltilfredse ansigt vendte direkte mod kameraet, mens Gabrielles mørke skikkelse lå nøgen ved siden af ham.

Hun rystede, skubbede fotoet tilbage igen og famlede for at få lukket chartekket.

Det er slut.

Så snart toget kom ud af tunnelen og dukkede op i det fri tæt ved L'Enfant Plaza, fandt Gabrielle sin mobiltelefon frem og ringede til senatorens private mobilnummer. Han havde telefonsvarer på. Forundret ringede hun til senatorens kontor. Det var sekretæren, der svarede.

"Det er Gabrielle. Er han på kontoret?"

Sekretæren lød irriteret. "Hvor har du været? Han har ledt efter dig."

"Jeg havde et møde, der trak ud. Jeg skal tale med ham nu."

"Det må vente til i morgen. Han er i Westbrooke."

Westbrooke Place Luksuslejligheder var den bygning, hvor Sexton havde sin bolig i D.C. "Han svarer ikke på sit privatnummer," sagde Gabrielle.

"Han har sat aftenen af til P.E.," huskede sekretæren hende på. "Han gik tidligt."

Gabrielle så voldsomt utilfreds ud. Personlig event. I al sin ophidselse havde hun glemt, at Sexton havde afsat en hjemmeaften til sig selv. Han var meget nøjeregnende med ikke at blive forstyrret, når han havde afsat P.E.-tid. *Du skal kun banke på min dør, hvis bygningen brænder,* plejede han at sige. *Ellers kan det vente til i morgen.* Gabrielle afgjorde med sig selv, at der absolut var ild i bygningen nu. "Du bliver nødt til at få fat i ham, så jeg kan snakke med ham."

"Umuligt."

"Det her er alvorligt. Jeg kan virkelig …"

"Nej, jeg mener *virkelig* umuligt. Han lagde sin personsøger på mit skrivebord, da han gik, og sagde, at kan ikke ville forstyrres før i morgen tidlig. Han insisterede." Hun tav et øjeblik. "Mere end sædvanlig."

Pis. "Okay, tak." Gabrielle lagde på.

"L'Enfant Plaza," lød det fra en højttalerstemme i undergrundstoget. *"Forbindelse til alle stationer."*

Gabrielle lukkede øjnene og prøvede at klare hjernen, men de katastrofale billeder trængte sig på ... de chokerende fotos af hende selv og senatoren ... stakken af dokumenter, der stærkt antydede, at Sexton modtog bestikkelse. Gabrielle kunne stadig høre Tenchs ru krav: *Gør nu det fornuftige. Underskriv den erklæring. Tilstå affæren.*

Da toget hvinende kom ind på stationen, tvang Gabrielle sig til at forestille sig, hvad senatoren ville gøre, hvis fotografierne endte hos pressen. Det første, der dukkede op i hendes hoved, chokerede hende og fik hende til at skamme sig.

Sexton ville lyve.

Var det virkelig, hvad hun instinktivt forestillede sig om sin præsidentkandidat?

Ja. Han ville lyve ... fremragende.

Hvis disse fotos nåede ud til pressen, uden at Gabrielle havde tilstået affæren, ville senatoren ganske enkelt påstå, at fotografierne var en ondskabsfuld forfalskning. Nu om dage kunne alle og enhver redigere digitalfotos; alle, der nogensinde havde været på internettet, havde set de fejlfrie, retoucherede svindelfotos, hvor kendte personers hoveder digitalt var sat oven på andre folks kroppe, ofte på pornostjerner i fuld gang med deres metier. Gabrielle havde allerede oplevet, hvordan senatoren kunne se ind i et fjernsynskamera og lyve overbevisende om deres affære; hun var ikke i tvivl om, at han kunne overbevise alverden om, at disse fotos var et groft forsøg på at afspore hans karriere. Sexton ville slå fra sig, være rasende og indigneret og måske endda insinuere, at det var præsidenten selv, der havde givet ordre til forfalskningen.

Det er ikke så sært, at Det Hvide Hus ikke har offentliggjort dem. Gabrielle indså, at disse fotos kunne have den stik modsatte virkning. Hvor livagtige billederne end virkede, indeholdt de ikke tilstrækkelige beviser.

Gabrielle følte en pludselig bølge af håb.

Det Hvide Hus kan ikke bevise, at det her passer!

Tenchs magtspil over for Gabrielle havde været skånselsløst i al sin enkelhed: Indrøm jeres affære, eller Sexton kommer i fængsel. Pludselig gav det mening. Det Hvide Hus var afhængigt af, at Gabrielle tilstod affæren, for ellers var fotografierne værdiløse. Et lille glimt af fortrøstning fik hende i lidt bedre humør.

Da toget holdt ved perronen, og dørene gled op, var det, som om en anden, fjern dør gled op inde i Gabrielles hoved og åbenbarede en pludselig og opmuntrende mulighed.

Måske var det løgn, alt det, Tench fortalte mig om bestikkelse.

Når alt kom til alt, hvad havde Gabrielle så egentlig set? Ikke noget, der kunne bevise noget – nogle fotokopierede bankdokumenter, et kornet foto af Sexton i en parkeringskælder. Det hele kunne jo være forfalsket. Tench kunne have været snedig nok til at vise Gabrielle nogle falske økonomiske optegnelser i sammenhæng med de ægte sexfotos i håb om, at Gabrielle ville acceptere hele pakken som den sande vare. Det blev kaldt "verificering ved associering", og politikerne brugte det hele tiden for at sælge tvivlsomme ideer.

Sexton er uskyldig, sagde Gabrielle til sig selv. Det Hvide Hus var desperat, og de havde besluttet at satse vildt ved at skræmme Gabrielle til at offentliggøre affæren. De havde brug for, at Gabrielle offentligt svigtede Sexton – med en skandale. Slip ud af det, mens De kan, havde Tench sagt til hende. *De har indtil klokken tyve.* Den ultimative sælger, der pressede en kunde. *Det hele stemmer,* tænkte hun.

Undtagen én ting ...

Den eneste forvirrende brik i puslespillet var, at Tench havde sendt Gabrielle e-mails, der bagtalte NASA. Det kunne antyde, at NASA virkelig ønskede, at Sexton skulle befæste sin indstilling som NASA-modstander, så de kunne bruge det imod ham. Eller gjorde det? Gabrielle indså, at selv disse e-mails kunne have en fuldstændig logisk forklaring.

Hvad nu, hvis disse e-mails faktisk ikke kom fra Tench?

Det var muligt, at Tench blandt staben havde fanget en forræder, der sendte data til Gabrielle, havde fyret denne person og derefter var gået ind og selv havde sendt den sidste e-mail og indkaldt Gabrielle til et møde. *Tench kunne have foregivet, at hun lækkede alle disse NASA-data med vilje – for at narre Gabrielle.*

Nu hvæsede de hydrauliske bremser i undergrundstoget på L'Enfant Plaza, og dørene skulle til at lukke i.

Gabrielle kiggede ud på perronen, mens tankerne for af sted. Hun anede ikke, om hendes mistanker gav nogen mening, eller om de bare var ønsketænkning, men hvad fanden der så end foregik, vidste hun, at hun var nødt til at tale med senatoren med det samme – P.E.-aften eller ej.

Gabrielle holdt godt fast i chartekket med fotografierne og skyndte sig ud af toget, netop som dørene hvislende lukkede i. Hun havde et nyt bestemmelsessted.

Westbrooke Place-lejlighederne.

51

Kæmp eller flygt.

Som biolog vidste Tolland, at der skete omfattende fysiologiske ændringer, når en organisme fornemmede fare. Adrenalin oversvømmede hjernebarken, øgede hjerteslagene og befalede hjernen at tage den ældste og mest instinktive af alle biologiske beslutninger – kæmp eller flygt.

Tollands instinkt fortalte ham, at han skulle flygte, og alligevel mindede fornuften ham om, at han stadigvæk var bundet sammen med Norah Mangor. Det eneste ly i miles omkreds var habisfæren, og angriberne, hvem fanden i helvede de så end var, havde anbragt sig højt oppe på gletsjeren og afskåret den mulighed. Bag ham spredte den brede, åbne isplade sig vifteformet ud i en tre kilometer lang flade, der sluttede med et brat fald ned til et iskoldt hav. Flugt i den retning betød kuldedøden. Bortset fra de praktiske forhindringer for flugt vidste Tolland, at han ikke på nogen måde kunne forlade de andre. Norah og Corky lå stadig ude i det fri og var bundet sammen med Rachel og Tolland.

Tolland holdt sig tæt nede ved Rachel, mens iskuglerne fortsatte med at slå ind mod siden af den væltede udstyrsslæde. Han gennemrodede slædens indhold, der lå strøet rundt omkring, for at lede efter et våben, en signalpistol, en radio ... hvad som helst.

"Løb!" råbte Rachel med stadig anstrengt åndedræt.

Så holdt haglstormen af iskugler mærkeligt nok brat op. Selv i den stødende vind føltes natten pludselig rolig ... som om et uvejr var standset helt uventet.

Og så var det, netop da Tolland forsigtigt kiggede rundt om slæden, at han blev vidne til et af de mest rystende syn, han nogensinde havde set.

Uden anstrengelse kom tre spøgelsesagtige skikkelser glidende ud fra den mørke omkreds og ind i lyset. Skikkelserne, der dukkede op på ski, havde hvide beskyttelsesheldragter på. De havde ingen skistave, men store rifler, der ikke lignede noget skydevåben, Tolland før havde set. Deres ski var også aparte, futuristiske og korte, mere som rollerblades end som ski.

Som om de vidste, at de allerede havde vundet slaget, stoppede skikkelserne roligt op ved siden af deres nærmeste offer – den bevidstløse Norah Mangor. Tolland rejste sig rystende op på knæ og kiggede over slæden over på angriberne. De fremmede kiggede også på ham gennem sælsomme, elektroniske briller. De var tilsyneladende helt uinteresserede.

I det mindste i øjeblikket.

Delta-et følte ingen anger, da han så ned på kvinden, der lå bevidstløs på isen foran ham. Han var blevet trænet til at udføre ordrer, ikke til at sætte spørgsmålstegn ved motiverne.

Kvinden havde en tyk, sort termodragt på og havde en ophovnet stribe på siden af hovedet. Hendes vejrtrækning var overfladisk og anstrengt. En af isriflerne med improviseret ammunition havde fundet sit mål og slået hende bevidstløs.

Nu var det tid at afslutte jobbet.

Da Delta-et knælede ned ved siden af den bevidstløse kvinde, rettede hans holdkammerater deres geværer mod de andre mål – et mod den lille, bevidstløse mand, der lå på isen i nærheden, og et mod den væltede slæde, hvor de to andre ofre skjulte sig. Skønt hans mænd let kunne være gået ind og have afsluttet arbejdet, var de tilbageværende tre ofre ubevæbnede og havde ingen steder at flygte hen. At skynde sig for at få dem alle afviklet ville være skødesløst. *Spred aldrig din opmærksomhed, medmindre det er absolut nødvendigt.* Tag én modstander ad gangen. Deltastyrken ville dræbe disse personer én ad gangen, nøjagtig som de var blevet oplært. Magien bestod i, at de ikke ville efterlade noget spor, der antydede, hvordan deres ofre var døde.

Delta-et knælede ned ved siden af den bevidstløse kvinde, tog sine termohandsker af og skrabede en håndfuld sne op. Han trykkede sneen sammen, åbnede kvindens mund og begyndte at stoppe sneen ned i halsen på hende. Han fyldte hele hendes mund og skubbede sneen så langt ned i hendes luftrør, som han kunne. Hun ville være død inden for tre minutter.

Denne teknik, der var opfundet af den russiske mafia, blev kaldt *belaja smert* – den hvide død. Offeret ville være kvalt, længe før sneen i hendes strube var smeltet. Når hun først var død, ville hendes krop dog være varm længe nok til at smelte sneen. Selv hvis der skulle være mistanke om mystiske omstændigheder, ville der ikke være noget mordvåben eller tegn på vold. Muligvis kunne nogen måske regne det ud bagefter, men det ville tage tid. Iskuglerne ville være begravet i sneen og falde sammen med omgivelserne, og striben på denne kvindes hoved ville se ud, som om hun havde været udsat for et grimt styrt på isen – ikke overraskende i denne vind med stormstyrke.

De tre andre ville blive sat ud af spillet og dræbt på nogenlunde samme måde. Så ville Delta-et læsse dem alle op på slæden, trække dem flere hundrede meter ud af kurs, samle deres forbindelsesreb igen og lægge ligene til rette. Flere timer fra nu af ville de alle fire blive fundet, frosset ihjel i sneen. De, der fandt dem, ville undre sig over, hvad de foretog sig uden for kursen, men ingen ville være overrasket over, at de var døde. Deres blus ville være brændt ud, vejret var farligt, og at fare vild på Milne-isshelfen kunne meget hurtigt medføre døden.

Delta-et var nu færdig med at stoppe sne ned i kvindens hals. Før han vendte sin opmærksomhed mod de andre, løsnede han kvindens sikkerhedsseletøj. Han ville sætte det fast igen senere, men lige nu ønskede han ikke, at de to andre bag ved slæden skulle få gode ideer om at trække hans offer i sikkerhed.

Michael Tolland havde lige overværet en morderisk handling, der var mere bizar, end han selv i sin vildeste fantasi havde kunnet forestille sig. Nu, hvor de havde skåret Norah Mangor fri, vendte de tre angribere deres opmærksomhed mod Corky.

Jeg må gøre noget!

Corky var kommet til sig selv og klagede sig, mens han prøvede at sætte sig op, men en af soldaterne skubbede ham tilbage på ryggen, satte sig overskrævs på ham og tvang Corkys arme ned på isen ved at knæle på dem. Corky udstødte et skrig af smerte, som omgående blev opslugt af den rasende vind.

Med en næsten afsindig rædsel gennemrodede Tolland indholdet fra den væltede slæde. *Der må være noget her! Et våben! Et eller andet!* Alt, hvad han så, var grej til isundersøgelser, og det meste af det var smadret til ukendelighed af iskuglerne. Fortumlet prøvede Rachel at sætte sig op ved siden af ham og brugte sin isøkse til at støtte sig ved. "Løb ... Mike ..."

Tolland kiggede på øksen, der var bundet til Rachels håndled. Den kunne være et våben. En slags. Tolland overvejede, hvor store hans chancer ville være, hvis han angreb tre bevæbnede mænd med en lille økse.

Selvmord.

Da Rachel rullede rundt og fik sig sat op, fik Tolland øje på noget bag ved hende. En stor vinylpose. Han bad til skæbnen om, at den indeholdt en signalpistol eller en radio, kravlede forbi hende og greb posen. Indeni fandt han et stort, pænt sammenfoldet stykke mylarstof. Værdiløst. Tolland havde noget lignende på sit forskningsskib. Det var en lille vejrballon, der var beregnet til at bære en nyttelast af vejrobservationsudstyr, som ikke var ret meget tungere end en pc. Norahs ballon ville ikke være til nogen hjælp her, og da især ikke uden en heliumtank.

Ved lydene fra den kæmpende Corky mærkede Tolland en hjælpeløs fornemmelse, han ikke havde følt i årevis. Total fortvivlelse. Totalt tab. Som klichéen om ens liv, der passerer forbi ens øjne før døden, for Tollands tanker uventet tilbage til for længst glemte barndomsbilleder. Et kort øjeblik sejlede han i

San Pedro og lærte de gamle sejleres tidsfordriv med spiler-flyvning – at hænge på et reb med knuder over havet, dumpe leende ned i vandet, stige og falde som en knægt i et klokkereb og lade skæbnen overlade en til en bølgende spiler og den lunefulde havbrise.

Tollands øjne vendte straks tilbage til mylarballonen, han sad med i hånden, og blev klar over, at hans hjerne ikke havde givet op, men snarere havde prøvet på at minde ham om en løsning! *Spilerflyvning.*

Corky kæmpede stadig mod sin overfaldsmand, da Tolland rev beskyttelsesposen om ballonen op. Tolland havde ingen illusioner om, at hans plan var andet end et desperat forsøg, men han vidste, at blev de her, betød det den visse død for dem alle. Han holdt godt fast om det sammenfoldede mylarstof. På hægten var der en advarsel: FORSIGTIG: IKKE TIL BRUG I VIND OVER TI KNOB.

Til helvede med det! Han holdt godt fast, for at den ikke skulle folde sig ud, og kravlede over til Rachel, der halvt sad, halvt lå på den ene side. Han kunne se forvirringen i hendes øjne, da han trykkede sig ind til hende og råbte: "Hold fast i det her!"

Tolland rakte Rachel den sammenfoldede pakke stof og brugte så sine frie hænder til at stikke ballonens lastehægte gennem en af karabinhagerne i sin sele. Så rullede han om på siden og stak hægten gennem en af Rachels karabinhager også.

Tolland og Rachel hang nu sammen.

Sammenføjet ved hoften.

Fra dem strakte forbindelsesrebet sig hen over sneen til den kæmpende Corky … og ti meter længere frem til den tomme hægte ved siden af Norah Mangor.

Norah er allerede færdig, sagde Tolland til sig selv. *Der er ikke noget, du kan gøre.*

Angriberne bøjede sig nu ned over Corkys krop, der vred sig i smerte, trykkede en håndfuld sne sammen og gjorde sig klar til at stoppe den ned i halsen på Corky. Tolland vidste, at tiden var ved at løbe ud for dem.

Tolland tog den sammenfoldede ballon fra Rachel. Stoffet var let som silkepapir – og bogstaveligt talt ikke til at ødelægge. *Så starter vi.* "Hold godt fast!"

"Mike," sagde Rachel. "Hvad –"

Tolland kylede pakken af sammenpresset mylar op i luften. Den hylende vind opfangede den og foldede den ud som en faldskærm i en orkan. Hylsteret blev omgående fyldt med luft og lukkede sig helt op med et højt smæld.

Tolland mærkede et voldsomt ryk i sin sele og vidste med det samme, at han groft havde undervurderet faldvindens styrke. I løbet af en brøkdel af et sekund var han og Rachel halvvejs oppe i luften og blev trukket ned ad gletsjeren. Et øjeblik senere mærkede Tolland et ryk, da hans forbindelsesreb til Corky Marlinson strammedes. Tyve meter tilbage blev hans rædselsslagne ven revet væk fra sine forbløffede angribere med en sådan fart, at en af dem tumlede bagover. Corky udstødte et skrig, der kunne få blodet til at størkne, da også han blev trukket i fuld fart hen over isen og kun med nød og næppe undgik den væltede slæde og gled i en stor bue indad. Det andet reb hang slapt ned ved siden af Corky … rebet, der havde været bundet til Norah Mangor.

Der er ikke noget, du kan gøre, sagde Tolland til sig selv.

Som en sammenfiltret masse af menneskelige marionetter strøg de tre ned ad gletsjeren. Iskuglerne kom hvislende forbi dem, men Tolland vidste, at angriberne havde forspildt deres chance. Bag ham skrumpede de hvidklædte soldater ind til små oplyste pletter i lyset fra blussene.

Tolland mærkede nu, hvordan isen rev under hans polstrede dragt i større og større fart, og lettelsen over at være undsluppet forsvandt hurtigt. Mindre end tre kilometer fremme ophørte Milne-isshelfen brat ved en stejl klint – og efter den …

et fald på tredive meter direkte ned i Ishavets dødeligt hamrende brænding.

52

Marjorie Tench smilede, da hun gik nedenunder i Det Hvide Hus mod kommunikationsenheden, det computerudstyrede transmissionsanlæg, der udsendte de pressemeddelelser, som blev formuleret ovenpå i det åbne kontorlandskab. Mødet med Gabrielle Ashe var gået godt. Hvorvidt Gabrielle var blevet tilstrækkelig skræmt til at aflevere en beediget erklæring, der tilstod affæren, eller ej, var usikkert, men det var fandeme værd at prøve.

Det ville være klogt af Gabrielle at springe fra og lade ham i stikken, tænkte Tench. Den stakkels pige havde ingen anelse om, hvor hårdt Sexton ville falde.

Om få timer ville præsidentens pressekonference om meteoren skære Sexton ned til sokkeholderne. Den var hjemme. Hvis Gabrielle Ashe samarbejdede, ville hun blive det dødsstød, der sendte Sexton i knæ af skam. Næste morgen kunne Tench slippe Gabrielles erklæring løs til pressen sammen med optagelser af Sexton, der benægtede det.

En lige venstre.

Når alt kom til alt, drejede politik sig jo ikke bare om at vinde valget, det drejede sig om at vinde afgørende – at have drivkraften til at føre ens visioner ud i livet. Historisk set havde enhver præsident, som vandt embedet med en snæver margin, opnået meget mindre; han var for svag til at gøre sig gældende, og Kongressen lod ham aldrig glemme det.

Ideelt set ville ødelæggelsen af senator Sextons kampagne være altomfattende – et dobbelt angreb på både hans politik og hans etik. Denne strategi, der i Washington var kendt som "high-low-spillet", var stjålet fra den militære krigskunst.

Tving fjenden til at kæmpe på to fronter. Hvis en kandidat sad inde med en negativ oplysning om sin modstander, ventede han ofte, til han havde en mere, og offentliggjorde derefter begge på samme tid. Et dobbeltsidet angreb var altid mere effektivt end et enkelt skud, især hvis dobbeltangrebet indeholdt forskellige aspekter ved hans kampagne – det første mod hans politik, det andet mod hans karakter. Tilbagevisning af et politisk angreb krævede logik, mens tilbagevisning af et angreb mod hans karakter krævede følelser; at afvise begge på en og samme tid var en næsten umulig balanceakt.

I aften ville senator Sexton komme til at kæmpe for at trække sig ud af det politiske mareridt, som en forbløffende NASA-triumf ville være for ham, og samtidig ville hans vanskelige situation blive endnu mere alvorlig, hvis han blev tvunget til at forsvare sin holdning til NASA, mens han også blev stemplet som løgner af et fremtrædende kvindeligt medlem af sin stab.

Da Tench nåede frem til kommunikationsenheden, følte hun sig oplivet ved spændingen over kampen. Politik var krig. Hun tog en dyb indånding og så på sit ur. 18.00. Det første skud skulle til at affyres.

Hun gik ind.

Kommunikationsenheden var lille, ikke på grund af mangel af plads, men fordi den ikke behøvede at være større. Det var en af de mest effektive massekommunikationsstationer i verden, og der var ikke mere end fem personer beskæftiget. Lige nu stod alle fem ansatte over deres computere og alt deres elektroniske udstyr og lignede svømmere, der ventede på startpistolen.

De er klar, kunne Tench se i deres ivrige blikke.

Det forundrede hende altid, at dette lille kontor i løbet af kun to timer kunne kontakte mere end en tredjedel af hele verdens civiliserede befolkning. Med elektronisk forbindelse til bogstaveligt talt titusindvis af verdensomspændende nyhedskilder – fra de største tv-stationer til de mindste lokalaviser – kunne Det Hvide Hus' kommunikationsenhed nå ud til hele verden ved at trykke på nogle få knapper.

Faxcomputere kværnede pressemeddelelser til indbakken på radio- og tv-stationer, aviser og internetnyheder fra Maine til Moskva. Masseforsendelser af e-mails omfattede online nyheds-udsendelser. Automatiske telefonopkald ringede til tusinder af redaktører og afspillede indtalte, båndoptagne bekendtgørelser. En nyheds-netside sørgede for konstante opdateringer og præformateret indhold. Nyhedskilderne, der kunne komme med direkte udsendelser – CNN, NBC, ABC, CBS og udenlandske syndikater – ville blive angrebet fra alle vinkler og lovet gratis, live tv-optagelser. Hvad så ellers disse netværk var ved at sende, ville de standse op med skrigende bremser, hvis der kom en akut meddelelse fra præsidenten.

Hundrede procent udbredelse.

Som en general, der inspicerede sine tropper, gik Tench tavs over til manuskriptbordet og tog et print af den pressemeddelelse "med klokker", der nu sad klar til affyring i alle transmissionsmaskinerne som patroner i et gevær.

Da Tench læste den, måtte hun smile i sit stille sind. Ud fra stedets normale standarder var denne pressemeddelelse temmelig håndfast – mere en annonce end en bekendtgørelse – men præsidenten havde givet kommunikationskontoret ordre til at sætte alle sejl til. Og det havde de gjort. Teksten var perfekt – rig på nøgleord og let i indholdet. En dræbende kombination. Nyhedsnettene, som brugte automatiske "nøgleordssnuseprogrammer" til at sortere i deres indgående post, ville få indtil flere flag frem på det her:

Fra: Det Hvide Hus' kommunikationskontor.

Emne: Vigtig meddelelse fra præsidenten.

Præsidenten for *Amerikas Forenede Stater* afholder en *vigtig* pressekonference i aften klokken 20.00 fra mø-

derummet i Det Hvide Hus. Emnet for hans bekendt-
gørelse er i øjeblikket *hemmeligt*. Direkte audio-visuelle
optagelser vil være tilgængelige via de sædvanlige ka-
naler.

Marjorie Tench lagde papiret tilbage på bordet, så sig om i
kommunikationsenheden og sendte staben et imponeret nik.
De så ivrige ud.

Hun tændte en cigaret, pulsede et øjeblik og mærkede for-
ventningen stige. Omsider grinede hun. "Mine damer og her-
rer. Start jeres maskiner."

53

Al logisk fornuft var fordampet fra Rachel Sextons hjerne. Hun
tænkte ikke på meteoritten, det mystiske print i hendes lom-
me, Ming eller det rædselsfulde angreb på isfladen. Det dre-
jede sig kun om en ting.

Overlevelse.

Isen gled forbi i et utydeligt billede under hende som en en-
deløs, glat motorvej. Om hendes krop var følelsesløs af skræk
eller blot forpuppet inde i beskyttelsesdragten, vidste Rachel
ikke, men hun følte ingen smerte. Hun følte intet.

Og dog.

Liggende på siden og bundet fast til Tolland ved hoften lå
Rachel ansigt til ansigt med ham i en mærkelig omfavnelse. Et
sted forude for dem bølgede ballonen fyldt med vind som en
faldskærm bag ved en væddeløbsbil. Corky blev slæbt bagefter
i vildt sving som en traktoranhænger ude af kontrol. Blusset,
der markerede det sted, hvor de var blevet angrebet, var næsten
forsvundet i det fjerne.

Den hvæsende lyd fra deres Mark IX- nylondragter mod
isen voksede mere og mere i tonehøjde, da de fik mere og mere
fart på. Hun havde intet begreb om, hvor hurtigt de for af sted

nu, men vinden var på mindst hundrede kilometer i timen, og den gnidningsløse startbane under dem lod til at fare hurtigere og hurtigere forbi for hvert sekund, der gik. Den lufttætte mylarballon havde tilsyneladende ikke til hensigt at briste eller slippe sit tag.

Vi er nødt til at give slip, tænkte hun. De jog i rasende fart væk fra en dødelig kraft – og direkte hen imod den næste. *Havet ligger formentlig kun en kilometer forude nu!* Tanken om iskoldt vand fik de rædselsfulde minder til at vende tilbage.

Vindstødene blev hårdere, og deres fart steg endnu mere. Et sted bag dem udstødte Corky et skrig af rædsel. Med denne fart vidste Rachel, at det kun var et spørgsmål om minutter, inden de blev trukket ud over klinten og ned i det iskolde hav.

Tolland havde åbenbart de samme tanker, for han kæmpede nu med lastehægten, der var sat fast til deres dragter.

"Jeg kan ikke hægte os fri!" råbte han. "Der er for meget træk på!"

Rachel håbede, at et midlertidigt ophold i stormvejret kunne give Tolland lidt spillerum, men faldvinden fortsatte med nådesløs ensformighed. For at prøve på at hjælpe drejede Rachel kroppen, bankede tåklampen på den ene af sine isbrodder ned mod isen og sendte et sprøjt af iskrystaller op i luften. Deres hastighed aftog en anelse.

"Nu!" råbte hun og løftede foden.

Et kort øjeblik slækkedes lastelinen på ballonen en smule. Tolland trak ned og prøvede at udnytte den slappere line til at få lastehægten ud af deres karabinhager. Han var ikke engang tæt på.

"Prøv igen!" råbte han.

Denne gang drejede de sig begge to mod hinanden, rammede deres tåpigge ned mod isen og sendte en dobbelt fjersky af is op i luften. Det sagtnede det hele mere mærkbart.

"Nu!"

På Tollands kommando holdt de begge op. Da ballonen skød fremad igen, stak Tolland sin tommelfinger ned mod karabinsmæklåsen og drejede hagen for at prøve at frigøre hægten. Skønt han var tættere på denne gang, behøvede han stadig mere slæk. Norah havde pralet med, at karabinhagerne var førsteklasses Joker-sikkerhedsclips, der var specielt lavet med en ekstra løkke i metallet, så de aldrig ville give slip, hvis der var bare det mindste træk på dem.

Dræbt af sikkerhedsclips, tænkte Rachel, der ikke fandt ironien den mindste smule morsom.

"En gang til!" råbte Tolland.

Rachel opbød al sin energi og alt sit håb og drejede sig nu så meget, hun kunne, og hamrede begge tåspidser ned i isen. Hun spændte ryggen i en bue og prøvede at flytte al sin vægt over på tæerne. Tolland fulgte efter, indtil de stod vinkelret på hinanden med maverne, og forbindelsen ved bælterne strammede deres sikkerhedsseler. Tolland hamrede sine tæer ned, og Rachel spændte sig endnu mere bagover. Vibrationerne sendte chokbølger op i hendes ben. Hun følte det, som om hendes ankler var ved at brække over.

"Hold fast ... hold fast ..." Tolland vred sig rundt for at frigøre Joker-clipsen, da farten tog af. "Nu er den der næsten ..."

Rachels isbrodder gav efter. Metalklamperne blev revet af hendes støvler og tumlede bagud i natten og hoppede hen over Corky. Ballonen susede straks fremad og sendte Rachel og Tolland i et stort sving ud til den ene side. Tolland mistede grebet om clipsen.

"Pis!"

Som om mylarballonen var blevet vred over at være blevet holdt tilbage et øjeblik, slingrede den nu atter fremad og trak endnu hårdere, mens den slæbte dem ned ad gletsjeren frem mod havet. Rachel vidste, at de hurtigt nærmede sig klinten, selvom de var udsat for fare allerede før det tredive meter høje fald ned i Ishavet. Tre store snevolde stod i vejen for dem. Selvom hun var beskyttet af polstringen i Mark IX-dragten, fyldte tanken om at blive sendt op over snebunkerne med høj fart hende med rædsel.

Mens hun desperat kæmpede med deres sikkerhedsseler, prøvede hun at finde en måde at frigøre ballonen på. Det var netop da, at hun hørte den rytmiske klikken på isen – det lynhurtige staccato af letvægtsmetal på den nøgne isflade.

Øksen.

I sin frygt havde hun fuldstændig glemt isøksen, der var forbundet til udløserlinen ved hendes bælte. Letvægtsværktøjet i aluminium hoppede af sted ved siden af hendes ben. Hun så op på lastelinen på ballonen. Tyk, svær, snoet nylon. Hun rakte ned og famlede efter den hoppende økse. Hun greb om håndtaget og trak den til sig ved at strække den elastiske line. Mens hun stadig lå på siden, kæmpede hun for at løfte armene op over hovedet for at placere øksens savtakkede kant på det tykke reb. Akavet begyndte hun at save i det stramme kabel.

"Ja!" råbte Tolland og famlede nu efter sin egen økse.

Mens Rachel gled af sted på siden, lå hun udstrakt med armene over sig og savede i det stramme kabel. Linen var stærk, og de enkelte nylontråde flossede langsomt. Tolland greb sin egen økse, drejede sig, løftede armene over hovedet og prøvede at save nedefra på det samme sted. Deres bananblade klikkede sammen, som om de arbejdede i et tandemhold som skovhuggere. Rebet begyndte at flosse på begge sider nu.

Vi klarer det, tænkte Rachel. *Linen går i stykker!*

Pludselig begyndte sølvboblen af mylar foran dem at slå op efter, som om den havde ramt en opvind. I al sin gru gik det op for Rachel, at den simpelthen fulgte konturerne af underlaget.

De var nået frem.

Snevoldene.

Væggen i hvidt dukkede op et kort øjeblik, før de ramte den. Slaget på Rachels side, da de ramte skråningen, slog luften ud af hendes lunger og vred øksen ud af hendes hånd. Som en sammenfiltret vandskiløber, der blev trukket op over et hop, følte Rachel sin krop blive trukket op ad forsiden på volden og fyret af. Hun og Tolland blev pludselig skudt af som fra en katapult med en svimlende, opadgående snerren. Renden mellem digerne bredte sig ud langt nede under dem, men den flossede lasteline holdt, løftede deres accelererede kroppe opad og bar dem fri hen over den første rende. I et nu så hun, hvad der lå forude. Endnu to diger – et kort, fladt stykke – og så et fald ned i havet.

Som for at lægge stemme til Rachels egen, øredøvende rædsel skar et højt skrig fra Corky Marlinson gennem luften. Et sted bag ved dem sejlede han op over den første vold. Alle tre var nu i luften, mens ballonen klatrede opad som et vildt dyr, der prøvede at bryde sine fangelænker.

Pludselig lød der et smæld ovenover, der gav ekko som et geværskud i natten. Det flossede reb gav efter, og den forrevne ende faldt tilbage i ansigtet på Rachel. Med det samme faldt de. Et sted over hovedet på dem bølgede mylarballonen videre, ude af kontrol … og snoede sig ud mod havet.

Indviklet i karabinhager og seler tumlede Rachel og Tolland tilbage mod jorden. Da den hvide bunke af den anden vold rejste sig mod dem, forberedte Rachel sig på sammenstødet. De nåede lige over toppen af det andet dige og ramte ned på den anden side, så slaget blev delvis afbødet af deres dragter og af skråningen ned fra diget. Mens verden omkring hende gik over i et virvar af arme, ben og is, følte Rachel sig selv fare som en raket ned ad skråningen og ud på isrenden i midten. Instinktivt spredte hun arme og ben for at prøve at sagtne farten, før de ramte den næste vold. Hun kunne mærke, at de satte farten ned, men kun lidt, og det lod til kun at vare sekunder, inden hun og Tolland gled op ad den næste stigning. På toppen var der et øjebliks vægtløshed, da de kom fri af kammen. Fyldt med rædsel kunne Rachel derefter mærke, at de begyndte den lige glidning ned ad den anden side og ud på den sidste flade strækning … de sidste femogtyve meter af Milne-gletsjeren.

Da de gled ned mod klinten, kunne Rachel føle Corkys træk i forbindelsesrebet, og hun vidste, at de sagtnede farten. Hun vidste også, at det var lidt for sent. Enden af gletsjeren for hen imod dem, og Rachel udstødte et hjælpeløst skrig.

Så skete det.

Kanten af isen gled væk under dem. Det sidste, Rachel huskede, var, at hun faldt.

54

Westbrooke Place Luksuslejligheder ligger på N Street NW 2201 og markedsfører sig som en af de få ubestridt korrekte adresser i Washington. Gabrielle skyndte sig gennem den forgyldte svingdør og ind i marmorforhallen, hvor et øredøvende vandfald gav genlyd.

Dørvogteren ved skranken så ud til at være overrasket over at se hende. "Ms. Ashe? Jeg vidste ikke, at De kom forbi i aften."

"Jeg er ved at komme for sent." Gabrielle skrev sig hurtigt ind. Uret ovenover viste 18.22.

Dørvogteren kløede sig i hovedet. "Senatoren gav mig en liste, men De var ikke …"

"De glemmer altid de folk, der hjælper dem mest." Hun sendte ham et plaget smil og skred forbi ham hen mod elevatoren.

Nu så dørvogteren foruroliget ud. "Jeg må hellere ringe."

"Tak," sagde Gabrielle og gik ind i elevatoren. *Senatorens telefon er trukket ud af stikket.*

Gabrielle tog elevatoren til niende etage, steg ud og gik ned ad en elegant vestibule. For enden, ved senatorens indgangsdør, kunne hun se en af hans tunge personlige sikkerhedsvagter – et pænere navn for bodyguards – sidde i vestibulen. Han så ud til at kede sig. Gabrielle var overrasket over at se sikkerhedsvagten i arbejde, men tilsyneladende ikke så overrasket, som han var over at se hende. Han sprang op, da hun nærmede sig.

"Jeg ved det," råbte Gabrielle stadig kun halvvejs fremme i vestibulen. "Det er P.E.-aften. Han vil ikke forstyrres."

Vagten nikkede med overbevisning. "Han gav mig meget bestemte ordrer om, at der ingen besøgende ..."

"Det er en nødsituation."

Vagten blokerede fysisk indgangen. "Han sidder i et privat møde."

"Virkelig?" Gabrielle trak det røde chartek frem under armen. Hun viftede manden i hovedet med Det Hvide Hus' segl. "Jeg har lige været i Det Ovale Værelse. Jeg er nødt til at give senatoren den her oplysning. Uanset hvilke gamle kammesjukker han sladrer med i aften, må de klare sig uden ham i et par minutter. Lad mig så komme ind."

Vagten krympede lidt ved synet af Det Hvide hus' segl på chartekket.

Sig nu ikke, at jeg skal åbne den, tænkte Gabrielle.

"Giv mig chartekket," sagde han. "Så går jeg ind til ham med det."

"Du gør fanden, gør du. Jeg har direkte ordre fra Det Hvide Hus til egenhændigt at aflevere dette. Hvis jeg ikke taler med ham straks, kan vi alle begynde at se os om efter andet arbejde i morgen. Forstår du det?"

Vagten så ud til at være i dyb strid med sig selv, og Gabrielle fornemmede, at senatoren virkelig havde lagt usædvanlig stor vægt på ikke at få besøgende i aften. Hun satte det dræbende slag ind. Gabrielle holdt Det Hvide Hus' chartek direkte op i ansigtet på ham, sænkede stemmen til en hvisken og udtalte de fire ord, som alt sikkerhedspersonel i Washington frygtede mest.

"Du forstår ikke situationen."

Sikkerhedspersonel for politikere forstod aldrig situationen, og de hadede det. De var hyrede jægere, der ikke fik noget at vide om noget, og som aldrig var sikre på, om de skulle stå fast ved deres ordrer eller risikere at miste deres arbejde ved stædigt at ignorere åbenlyse kriser.

Vagten gjorde en synkebevægelse og så på Det Hvide Hus' segl igen. "Okay, men jeg fortæller senatoren, at du forlangte at blive lukket ind."

Han låste døren op, og Gabrielle maste sig ind forbi ham, inden han kunne nå at skifte mening. Hun trådte ind i lejligheden, lukkede stille døren bag sig og låste den igen.

Da hun nu var inde i foyeren, kunne hun høre dæmpede stemmer i Sextons arbejdsværelse nede ad gangen – mandestemmer. Aftenens P.E. var åbenbart ikke det private møde, Sexton havde antydet tidligere.

Gabrielle gik ned ad gangen mod arbejdsværelset og kom forbi et åbent skab, hvor der hang en håndfuld dyre mandefrakker – fin uld og tweed. Der stod flere attachemapper på gulvet. Tilsyneladende kom arbejdet ikke med ind i aften. Gabrielle ville være gået lige forbi taskerne, hvis det ikke var, fordi en af dem bar et tydeligt firmalogo. En strålende rød raket.

Hun standsede og knælede ned for at læse det:

SPACE AMERICA, INC.

Forundret undersøgte hun de andre mapper.

BEAL AEROSPACE. MICROCOSM, INC. ROTARY ROCKET COMPANY. KISTLER AEROSPACE.

Marjorie Tenchs ru stemme gav genlyd i hendes hjerne. *Er De klar over, at Sexton modtager bestikkelse fra private rumfartsselskaber?*

Gabrielles puls begyndte at banke, da hun kiggede ned gennem den mørke gang mod buegangen, der førte ind til senatorens arbejdsværelse. Hun vidste, at hun burde kalde og fortælle, at hun var her, og alligevel opdagede hun, at hun lige så stille listede sig nærmere. Hun bevægede sig hen, så hun var lige ved buegangen, stod lydløst i skyggen ... og lyttede til samtalen derinde.

55

Mens Delta-tre blev tilbage for at samle Norah Mangors lig og slæden op, skyndte de to andre soldater sig ned ad gletsjeren efter deres bytte.

På fødderne havde de elektrisk trukne ski på larvefødder. Med Fast Trax-motoriserede ski som forbillede var de hemmelige ElektroTreads i det væsentlige sneski med fastspændt bæltetræk i miniatureudgave – som snemobiler, der var sat på fødderne. Farten blev kontrolleret ved at skubbe spidserne af pegefingeren og tommelfingeren sammen og derved presse to trykplader inde i højre hånds handske sammen. Et kraftigt gelbatteri var formet rundt om foden, så det både virkede som isolering og fik skiene til at glide lydløst. Den bevægelsesenergi, der blev skabt af tyngdekraften og larvefødderne, der drejede rundt, når brugeren gled ned ad bakke, blev på genial vis automatisk opsamlet til at genoplade batterierne til den næste stigning.

Delta-et holdt ryggen mod vinden, krummede sig helt ned og gled frem mod havet, mens han så ud over gletsjeren foran sig. Hans infrarøde system var langt mere udviklet end den Patriot-model, som blev brugt af Søværnet. Delta-et så ud gennem et håndfrit visir med 40 x 90 mm seks-elementlinser, en tre-element forstørrelsesmultiplikator og Super Long Range IR. Verden udenfor fremtrådte i en gennemsigtig, kølig blå farvetone i stedet for den sædvanlige grønne – farvespektret var specielt udviklet til terræner med et stærkt tilbagekastet lys som i de arktiske egne.

Da han nærmede sig det første dige, afslørede Delta-ets briller adskillige friske striber af sne, der var blevet ændret for nylig, og som gik op ad og hen over diget som en neonpil i natten. Åbenbart havde de tre flygtninge enten ikke tænkt på at gøre sig fri af deres nødhjælpssejl, eller også havde de ikke været i stand til det. Hvad enten det nu skyldtes det ene eller det andet, så ville de nu befinde sig et sted ude i havet, hvis de ikke havde frigjort sig ved det sidste dige. Delta-et vidste, at hans ofres beskyttelsesdragter ville hjælpe dem til at overleve længere end normalt i vandet, men den nådesløse fralandsstrøm ville trække dem udefter i havet. De ville ikke kunne undgå at drukne.

Trods sin selvsikkerhed var Delta-et optrænet til aldrig at antage noget. Han skulle se lig. Han krummede sig sammen, pressede fingrene mod hinanden og satte fart op ad den første skråning.

Michael Tolland lå uden at røre sig og tog mål af sine kvæstelser. Han var forslået, men han mærkede ingen brækkede knogler. Han var ikke i tvivl om, at den gelfyldte Mark IX-dragt havde sparet ham for alvorlige læsioner. Da han åbnede øjnene, var hans tanker længe om at koncentrere sig. Alting virkede blødere her ... roligere. Vinden hylede stadig, men med langt mindre vildskab.

Vi røg ud over kanten ... gjorde vi ikke?

Da Tolland fik orienteret sig, fandt han ud af, at han lå på noget is, slængt hen over Rachel Sexton i en næsten ret vinkel med deres låste, forvredne karabinhager. Han kunne mærke hendes åndedræt under sig, men han kunne ikke se hendes ansigt. Han rullede væk fra hende med muskler, der næsten ikke reagerede.

"Rachel ...?" Tolland var ikke sikker på, om der kom lyd over hans læber eller ej.

Tolland huskede de sidste sekunder af deres rædselsfulde tur – det opadgående træk i ballonen, kablet, der bristede, deres kroppe, der faldt ned på den anden side af volden, så gliddet op ad og over den sidste vold og derpå ud mod kanten – isen, der slap op. Tolland og Rachel var faldet, men faldet havde været mærkværdigt kort. I stedet for det forventede styrt i havet var de kun faldet cirka tre meter eller deromkring, før de ramte en anden isflade og gled, til de standsede på grund af dødvægten af Corky på slæb.

Nu løftede Tolland hovedet og så ud mod havet. Ikke ret langt borte endte isen med en brat væg, og bag ved den kunne han høre lydene fra havet. Han så tilbage op mod gletsjeren og anstrengte sig for at se ind i natten. Tyve meter tilbage mødte hans øjne en høj mur af is, som syntes at hænge ud over dem. Det var på det tidspunkt, det gik op for ham, hvad der var sket. På en eller anden måde var de gledet væk fra hovedgletsjeren og ned på en lavere terrasse af is. Dette stykke var fladt, så stort som en hockeybane og var delvis faldet sammen – som om det forberedte sig på at brække af og falde i havet når som helst.

Kælvning, tænkte Tolland og så på den usikre repos af is, han nu lå på. Det var en bred, firkantet plade, som hang ned fra gletsjeren som en kolossal balkon omgivet på tre sider af skrænter ned mod havet. Isflagen var kun forbundet bagtil med gletsjeren, og Tolland kunne se, at forbindelsen var alt andet end permanent. Grænsen, hvor denne lavere terrasse klyngede sig til Milne-isshelfen, var markeret ved en gabende trykspalte på godt en meter på tværs. Tyngdekraften var godt på vej til at vinde slaget.

Næsten mere skrækindjagende end at se spalten var synet af Corky Marlinsons livløse skikkelse, der lå krøllet sammen på isen. Corky lå ti meter væk for enden af det stramme reb, der forbandt dem.

Tolland prøvede at rejse sig, men han var stadig spændt fast til Rachel. Han satte sig op og begyndte at gøre deres sammenføjede karabinhager fri.

Rachel så kraftesløs ud, da hun prøvede at sætte sig op. "Er vi ikke røget ... udover?" Hendes stemme var forundret.

"Vi faldt ned på en lavereliggende isblok," sagde Tolland og fik sig endelig gjort fri fra hende. "Jeg må hjælpe Corky."

Det gjorde ondt, da Tolland prøvede at rejse sig, og hans ben føltes svage. Han tog fat i rebet og trak. Corky begyndte at glide hen mod dem over isen. Efter en halv snes træk lå Corky på isen nogle få meter væk.

Corky Marlinson så forslået ud. Han havde mistet sine briller, havde en slem flænge i kinden, og det blødte fra næsen. Tollands bekymring over, at Corky skulle være død, blev hurtigt jaget væk, da Corky rullede rundt og så på Tolland med et olmt blik.

"For helvede da," stammede han. "Hvad fanden var det for et lille trick!"

Tolland følte en bølge af lettelse.

Rachel satte sig nu op og ømmede sig. Hun så sig omkring. "Vi må ... se at komme væk herfra. Den her isblok ser ud til at være ved at brække af."

Tolland kunne ikke have været mere enig. Det eneste spørgsmål var: hvordan?

De fik ikke tid til at overveje en løsning. En bekendt, skinger, vibrerende lyd kunne nu høres på gletsjeren over dem. Tollands blik for op og fik øje på to hvidklædte skikkelser, der uden anstrengelse skiede hen til kanten og stoppede samtidig. De to mænd stod der et øjeblik og kiggede ned på deres forslåede bytte som skakmestre, der nød deres skakmat før den endelige nedlægning.

Delta-et var overrasket over at se de tre undslupne i live. Han vidste dog, at det kun var midlertidigt. De var faldet ned på et stykke af gletsjeren, som allerede var begyndt på sit uundgåelige styrt ned i havet. Dette bytte kunne gøres ukampdygtigt og dræbes på samme måde som den anden kvinde, men der havde lige vist sig en langt renere løsning. En løsning, hvor der aldrig nogensinde ville blive fundet noget lig.

Da Delta-et kiggede ned over kanten, fokuserede han på den gabende kløft, som var begyndt at brede sig som en revne mellem isshelfen og den nedhængende isblok. Det stykke af isen, som de tre flygtninge befandt sig på, hang faretruende risikabelt ... parat til at brække af og falde i havet når som helst.

Hvorfor ikke i dag ...

Her på isshelfen blev natten rystet af øredøvende brag med få timers mellemrum – lyden af is, der brækkede af gletsjeren og faldt i havet. Hvem ville lægge mærke til det?

Delta-et mærkede det velkendte varme sus af adrenalin, som kom, når han forberedte et drab. Han rakte ned i sin forsyningssæk og trak en tung, citronformet genstand frem. Tingesten, der var standardudstyr for militære angrebsstyrker, blev kaldt et blitzbrag – en "ikke-dræbende" trykgranat, som midlertidigt desorienterede fjenden ved at udvikle et blændende lys og en øredøvende trykbølge. I aften vidste Delta-et imidlertid, at dette blitzbrag helt sikkert ville være dræbende.

Han stillede sig helt hen til kanten og spekulerede på, hvor langt ned spalten gik, før den spidsede til. Syv meter? Femten meter? Det spillede ikke nogen rolle, vidste han. Hans plan ville være effektiv uanset hvad.

Med den ro, som talløse henrettelser giver en, drejede Delta-et en ti sekunders forsinkelse på granatens drejeskive, trak nålen ud og smed granaten ned i kløften. Bomben faldt tungt ned i mørket og forsvandt.

Så trak Delta-et og hans partner sig tilbage op på toppen af snevolden og ventede. Det her ville blive et syn for guder.

Selv i sin omtågede tilstand havde Rachel Sexton en meget klar ide om, hvad det var, angriberne lige havde smidt ned i kløften.

Om Michael Tolland også vidste det, eller om han læste angsten i hendes øjne, var uklart, men hun så, at han blev bleg, kastede et skrækslagent blik på den kæmpestore isflage, de var strandet på, og indså deres uundgåelige skæbne.

Som en uvejrssky, der blev oplyst af et indre lynglimt, blev isen under Rachel belyst indefra. Det forunderlige, hvide, gennemsigtige lys skød ud i alle retninger. I en cirkel af hundrede meter rundt omkring dem glimtede gletsjeren hvidt. Trykket kom bagefter. Ikke en rumlen som fra et jordskælv, men en øredøvende chokbølge af voldsom kraft. Rachel mærkede, hvordan stødet forplantede sig gennem isen og op i hendes krop.

Som om der var blevet drevet en kile ind mellem isshelfen og isblokken, der bar dem, begyndte blokken straks at rive sig løs med et modbydeligt brag. Rachels blik mødte Tollands i et stillbillede af angst. Corky skreg rædselsslagen i nærheden.

Så faldt bunden ud.

Rachel følte sig vægtløs et øjeblik, hvor hun svævede over den flere millioner kilo tunge isblok. Så gled de ned med isbjerget ... og faldt i det iskolde hav.

56

Den øredøvende skurren af is mod is lød højt i Rachels ører, da den massive plade gled ned langs forsiden af Milne-isshelfen og sendte tårnhøje faner af sneprøjt op i luften. Da pladen blev slynget ned, sagtnede den farten, og Rachels krop, der havde føltes vægtløs, faldt ned oven på isen. Tolland og Corky landede hårdt i nærheden.

Blokkens nedadgående bevægelse drev den dybere ned mod havet, og Rachel kunne se havets skummende overflade fare opad – som jorden under en bungee-jumper, hvis elastik var et par meter for lang. Opad ... opad ... og så var det der. Hendes barndoms mareridt var tilbage. *Isen ... vandet ... mørket.* Angsten var traumatisk og forfærdelig.

Toppen af flagen kom under vandlinjen, og det iskolde hav væltede ind over kanterne i en rivende strøm. Da havet skyllede ind hele vejen rundt om hende, følte Rachel sig suget ned. Den bare hud i hendes ansigt strammede og brændte, da saltvandet ramte hende. Isunderlaget forsvandt under hende, og Rachel kæmpede sig vej tilbage mod overfladen, mens gelen i hendes dragt holdt hende flydende. Hun fik en mundfuld saltvand ind og kom spruttende op til overfladen. Hun kunne se de to andre tumle rundt i nærheden, viklet ind i forbindelsesreb. Lige da Rachel rettede sig op, råbte Tolland.

"Den kommer op igen!"

Mens hans ord genlød over tumulten, mærkede Rachel, hvordan vandet vældede op under hende på den mest uhyggelige måde. Som et voldsomt stort lokomotiv, der kæmpede for at ændre retning, var isflagen sukkende standset nede i vandet og begyndte nu at stige op igen direkte under dem. Flere favne nedefra kom den hule lyd af en ubehagelig, lavfrekvent rumlen op gennem vandet, da den gigantiske, neddykkede plade begyndte at skrabe sig vej tilbage op ad forsiden af gletsjeren.

Flagen rejste sig med en fantastisk fart og accelererede undervejs, da den dukkede op af mørket. Rachel kunne mærke, at hun blev løftet op. Havet var i oprør hele vejen rundt, da isen mødte hendes krop. Hun klatrede forgæves rundt og prøvede at finde balancen, da isen slyngede hende op mod himlen sammen med tonsvis af havvand. Som en bøje, der kom op, lå den gigantiske flage og huggede i vandoverfladen og hævede og sænkede sig for at finde sit tyngdepunkt. Rachel kravlede i vand til livet hen over den enorme flade. Da vandet begyndte at strømme væk fra isens overflade, opslugte strømmen Rachel og trak hende med ned mod kanten. Mens hun gled af sted på maven, kunne hun se kanten nærme sig hurtigt.

Hold fast! Rachels mors stemme kaldte på samme måde, som da Rachel var lille og sprællede under isen på dammen. Hold fast! Du må ikke gå under!

Det voldsomme træk i hendes sele drev den lille smule luft ud, Rachel havde tilbage i lungerne. Med et ryk blev hun bragt til standsning bare et par meter fra kanten. Ti meter væk kunne hun se, hvordan Corkys slappe krop, der stadig var bundet fast til hende, også standsede brat. De havde været ved at flyde væk fra isflagen i modsatte retninger, og det var hans bevægelse, der havde standset hende. Da vandet løb af og stod lidt lavere, dukkede der en skikkelse mere frem ovre ved Corky. Han lå på alle fire, holdt fast i Corkys reb og kastede saltvand op.

Michael Tolland.

Da det sidste af bølgen skyllede forbi hende og ned ad isbjerget, lå Rachel tavs og skrækslagen og lyttede til lydene fra havet. Hun kunne mærke en dødelig kulde snige sig ind på hende og fik sig trukket op på alle fire. Isbjerget skvulpede stadig op og ned som en enorm isterning. Omtåget og stærkt forpint kravlede hun tilbage til de andre.

Højt oven over dem, oppe på gletsjeren, stod Delta-et og så med sine infrarøde briller på vandet, der piskede rundt om Ishavets nyeste isbjerg med den plane overflade. Han kunne ikke se nogen i vandet, men det undrede ham ikke. Havet var sort, og de beskyttelsesdragter og huer, hans bytte havde på, var sorte.

Han lod blikket glide hen over overfladen på den enorme, flydende isplade, men havde svært ved at holde den i fokus. Den var allerede ved at blive trukket ud til havs af den stærke fralandsstrøm. Han var lige ved at vende blikket mod havet igen, da han så noget uventet. Tre sorte pletter på isen. *Er det menneskekroppe?* Delta-et prøvede at få dem i fokus.

"Kan du se noget?" spurgte Delta-to.

Delta-et sagde ikke noget, men fokuserede gennem forstørrelsesbrillerne. I den svage farvenuance på isbjerget var han forbløffet over at se tre menneskeskikkelser, der krøb sammen uden at røre sig, på øen af is. Om de var døde eller levende, havde Delta-et ingen anelse om. Det betød heller ikke noget. Hvis de var levende, ville de selv i beskyttelsesdragter være døde inden for en time. De var våde, der var et uvejr i anmarch, og de drev til søs på et af de mest dødbringende havområder på kloden. Deres lig ville aldrig blive fundet.

"Kun skygger," sagde Delta-et og vendte sig væk fra klinten. "Lad os komme tilbage til basen."

57

Senator Sedgewick Sexton satte sit cognacglas med Courvoisier fra sig på kaminhylden i sin Westbrooke-lejlighed og brugte flere minutter på at lægge brænde på ilden, mens han samlede tankerne. De seks mænd, der sad i arbejdsværelset, var tavse nu … de ventede. Deres smalltalk var forbi. Det var tid for senator Sexton til at komme med sin salgstale. De vidste det. Han vidste det.

Politik drejede sig om salg.

Opbyg tillid. Lad dem vide, at du forstår deres problemer.

"Som de herrer måske ved," sagde Sexton og vendte sig om mod dem, "så har jeg gennem de seneste måneder mødt mange mænd i samme stilling som jeres." Han smilede og satte sig ned for at være på samme niveau som dem. "Men I er de eneste, jeg nogensinde har inviteret indenfor i mit hjem. I er usædvanlige mænd, og jeg er beæret over at møde jer."

Sexton foldede hænderne og lod blikket glide rundt i rummet for at skabe personlig kontakt med hver enkelt gæst. Så rettede han sin opmærksomhed mod det første mål – den kraftige mand med cowboyhatten.

"Space Industries fra Houston," sagde Sexton. "Jeg er glad for, at De kunne komme."

Texaneren gryntede. "Jeg hader den her by."

"Det kan jeg ikke fortænke Dem i. Washington har ikke været retfærdig over for Dem."

Texaneren kiggede ud under skyggen på sin hat, men sagde ingenting.

"For tolv år siden," begyndte Sexton, "kom De med et tilbud til forbundsregeringen. De tilbød at bygge en rumstation for kun fem milliarder dollars."

"Jeps, det gjorde jeg. Jeg har stadig originaltegningerne."

"Og alligevel overbeviste NASA regeringen om, at en amerikansk rumstation skulle være et NASA-projekt."

"Korrekt. NASA begyndte at bygge for næsten ti år siden."

"Ti år. Og ikke alene er NASA-rumstationen ikke engang klar til drift endnu, men indtil nu har det projekt kostet tyve gange så meget som Deres bud. Som amerikansk skatteborger bliver jeg dårlig over at høre den slags."

En enig brummen lød rundt i arbejdsværelset. Sexton flyttede blikket og tog igen øjenkontakt med gruppen.

"Jeg er helt klar over," sagde senatoren, der nu henvendte sig til dem alle, "at flere af jeres selskaber har tilbudt at sende private rumfærger op for en bagatel af halvtreds millioner dollars pr. gang."

Flere nik.

"Og alligevel underbyder NASA jer ved kun at forlange otteogtredive millioner dollars pr. flyvning … selvom deres faktiske omkostninger er på over et hundrede og halvtreds millioner dollars!"

"Det er den måde, de holder os ude fra rummet på," sagde

en af mændene. "Den private sektor kan umuligt konkurrere med et selskab, som har råd til at sende rumfærger op med fire hundrede procents tab og stadig være med i konkurrencen."

"Det burde den heller ikke," sagde Sexton.

Nik hele vejen rundt.

Nu vendte Sexton sig mod den barske iværksætter, der sad ved siden af ham, en mand, hvis dossier Sexton havde læst med interesse. Som mange af de andre virksomhedsledere, der betalte til Sextons kampagne, var ham her en tidligere militæringeniør, der var blevet skuffet over de lave lønninger og regeringsbureaukratiet, og som havde forladt sin militære stilling for at søge sin lykke i rumfarten.

"Kistler Aerospace," sagde Sexton og rystede fortvivlet på hovedet. "Deres selskab har tegnet og bygget en raket, der kan opsende nyttelast for så lidt som tusind dollars pr. kilo sammenlignet med NASA's omkostninger på fem tusind dollars pr. kilo." Sexton holdt en lille pause for effektens skyld. "Og alligevel har De ingen kunder."

"Hvordan skulle jeg kunne få kunder?" svarede manden. "I sidste uge underbød NASA os ved at afkræve Motorola så lidt som fire hundrede og seks dollars pr. kilo for at opsende en telekommunikationssatellit. Regeringen har opsendt den satellit med ni hundrede procents tab!"

Sexton nikkede. De amerikanske skatteborgerne vidste ikke, at de støttede et agentur, der var ti gange mindre effektivt end sin konkurrent. "Det er blevet pinligt klart," sagde han med en stemme, der nu blev mørkere, "at NASA arbejder meget ihærdigt på at undertrykke konkurrence i rummet. De skubber private rumfartsforetagender ud ved at prissætte ydelserne under markedsværdien."

"Det er rummets Wal-Marting," sagde texaneren.

Skidegod analogi, tænkte Sexton. *Den må jeg huske.* Wal-Mart var berygtet for at rykke ind på et nyt område og sælge varer til underpris, så de lokale konkurrenter blev tvunget til at dreje nøglen om.

"Jeg er led og ked af at betale millioner i selskabsskat, så Onkel Sam kan bruge pengene til at stjæle mine kunder for!" sagde texaneren.

"Det kan jeg godt forstå," sagde Sexton.

"Det er manglen på virksomhedssponsorater, der slår Rotary Rocket ihjel," sagde en sortklædt mand. "Lovene mod sponsorater er kriminelle!"

"Jeg kunne ikke være mere enig." Sexton var blevet chokeret over at få at vide, at en anden måde, NASA forskansede sit monopol i rummet på, var at få vedtaget regeringspålæg om at forbyde reklamer på rumskibe. I stedet for at tillade private selskaber at sikre finansieringen gennem virksomhedssponsorater og reklamelogoer – som for eksempel professionelle racerbilkørere gjorde – måtte rumfartøjer kun vise ordene USA og selskabets navn. I et land, der brugte 185 milliarder dollars om året på at reklamere, var der ikke en eneste reklamedollar, der nogensinde havde fundet vej til de private rumselskabers pengekiste.

"Det er røveri," snerrede en af mændene. "I min virksomhed håber vi på at klare os længe nok til, at vi kan opsende landets første prototype af en turistrumfærge næste år i maj. Vi forventer en enorm pressedækning. Nike har lige tilbudt os syv millioner sponsoratdollars for at male Nike-vingen og 'Just do it!' på siden af rumfærgen. Pepsi har tilbudt os det dobbelte for 'Pepsi: Den nye generations valg'. Men ifølge loven kan vi ikke sende færgen op, hvis den viser reklamer!"

"Det er rigtigt," sagde senator Sexton. "Og bliver jeg valgt, vil jeg arbejde på at droppe den lovgivning mod sponsorater. Det er et løfte. Rummet bør være åbent for reklamer på samme måde, som hver kvadratcentimeter af Jorden er åben for reklamer."

Sexton så nu ud på sin tilhørerskare, mens hans blik holdt dem fast, og hans stemme blev højtidelig. "Men vi må være klar over, at den største forhindring for at privatisere NASA ikke er lovene, men derimod folkets syn på sagen. De fleste amerikanere har stadig et romantisk forhold til det amerikanske rumprogram. De tror stadigvæk, at NASA er et nødvendigt regeringsagentur."

"Det er også de forbandede Hollywood-film!" sagde en mand. "Hvor mange film kan Hollywood da lave om NASA, der redder verden fra en dræberasteroide, for himlens skyld? Det er ren propaganda!"

Den ekstreme mængde NASA-film, der kom fra Hollywood, var ene og alene et spørgsmål om penge, vidste Sexton. Efter den vildt populære film Top Gun – et hit med Tom Cruise som jetpilot, der gik som to timers reklame for USA's søværn – var NASA blevet klar over, hvilket potentiale der lå i Hollywood som et PR-kraftcentrum. NASA begyndte i det stille at tilbyde filmselskaberne gratis adgang til optagelser på alle NASA's dramatiske områder – affyringsramper, kontrolcentre, træningsanlæg. Producerne, der var vant til at betale enorme licensafgifter for on location-optagelser, når de filmede alle andre steder, tog med kyshånd imod chancen for at spare millioner i budgetomkostninger ved at lave NASA-thrillere med "gratis" kulisser. Selvfølgelig fik Hollywood kun adgang, hvis NASA kunne godkende manuskriptet.

"Hjernevask af folk," gryntede en latinamerikaner. "Filmene er ikke nær så dårlige som PR-numrene. At sende en pensionist op i rummet! Og nu har NASA planer om en rumfærgebesætning, der udelukkende består af kvinder! Alt sammen for at få PR!"

Sexton sukkede, og hans stemme lød tragisk. "Det er sandt, og jeg ved, jeg ikke behøver at minde Dem om, hvad der skete tilbage i firserne, da Undervisningsministeriet gik fallit og påstod, at NASA formøblede millioner, der kunne være brugt på uddannelse. NASA fandt på et PR-stunt for at bevise, at NASA skam bekymrede sig om skolerne. De sendte en folkeskolelærer op i rummet." Sexton tav lidt. "Vi husker alle Christa McAuliffe."

Der blev stille i arbejdsværelset.

"Mine herrer," sagde Sexton og standsede dramatisk foran ilden. "Jeg mener, det er på tide, at amerikanerne får sandheden at vide, så det kan blive til glæde for os alle i fremtiden. Det er på tide, at amerikanerne forstår, at NASA ikke fører os op mod himlen, men derimod er ved at kvæle rumforskningen. Rumfart er ikke forskellig fra andre brancher, og at give den private sektor startforbud er på nippet til at være en kriminel handling. Se på computerindustrien! Her har vi sådan en eksplosion i væksten, at vi næsten ikke kan følge med fra uge til uge! Og hvorfor? Fordi computerindustrien tilhører det frie marked: Det belønner effektivitet og fremsyn med overskud. Hvad ville der ske, hvis computerindustrien blev styret af regeringen? Vi ville være tilbage i den mørke Middelalder. Vi står i stampe i rummet. Vi burde lægge rumforskningen i hænderne på den private sektor, hvor den hører hjemme. Amerikanerne ville blive forbavsede over den vækst og de arbejdspladser, der ville vise sig, og de drømme, der ville blive til virkelighed. Jeg tror på, at vi burde lade det frie marked anspore os til nye højdepunkter i rummet. Hvis jeg bliver valgt, vil jeg gøre det til min personlige opgave at låse dørene til den sidste forhindring op og lade dem stå på vid gab."

Sexton løftede sit cognacglas.

"Mine venner, I er kommet her for at afgøre, om jeg kan være værdig til jeres tillid. Jeg håber, jeg er på vej til at fortjene den. På samme måde, som det kræver investorer at opbygge en virksomhed, kræver det investorer at opbygge en præsidentpost. På samme måde, som aktionærerne forventer udbytte, forventer I som politiske investorer et udbytte. Mit budskab til jer er enkelt: Invester i mig, og jeg skal aldrig glemme jer. Aldrig. Vores opgaver går ud på det samme."

Sexton rakte sit glas frem mod dem for at skåle.

"Mine venner, med jeres hjælp vil jeg snart være i Det Hvide Hus ... og I vil alle opsende jeres drømme."

Kun fem meter derfra stod Gabrielle Ashe skjult i skyggen, stiv som en pind. Fra arbejdsværelset lød den venskabelige klinkning af krystalglas og ildens knitren.

58

I panik løb den unge NASA-tekniker gennem habisfæren. *Der er sket noget forfærdeligt!* Han fandt NASA-chef Ekstrom alene tæt ved presseområdet.

"Sir," gispede teknikeren og løb hen til ham. "Der er sket en ulykke!"

Ekstrom vendte sig om. Han så fraværende ud, som om han allerede i forvejen var dybt bekymret over andre ting. "Hvad siger De? En ulykke? Hvor?"

"I ophentningsskakten. Der er lige flydt et lig op. Dr. Wailee Ming."

Ekstroms ansigt var udtryksløst. "Dr. Ming? Men ..."

"Vi trak ham op, men det var for sent. Han er død."

"For satan da. Hvor længe har han været dernede?"

"Cirka en time, tror vi. Det lader til, at han faldt i og gik til bunds, men da hans lig svulmede op, flød han op igen."

Ekstroms rødmossede ansigt skiftede farve til mørkerødt. "Fanden stå i det! Hvem kender ellers noget til det?"

"Ingen, sir. Vi er kun to. Vi fiskede ham op, men vi tænkte, at vi hellere måtte fortælle Dem det, før ..."

"De har handlet helt korrekt," sagde Ekstrom med et tungt

suk. "Gem dr. Mings lig af vejen straks. Lad være med at sige noget."

Teknikeren var helt perpleks. "Men sir, jeg –"

Ekstrom lagde en stor hånd på mandens skulder. "Hør nu godt efter. Det er en tragisk ulykke, som jeg dybt beklager. Selvfølgelig vil jeg tage mig af det på behørig vis, når den tid kommer. Det er bare ikke lige nu og her."

"Siger De, jeg skal gemme liget?"

Ekstroms kolde, nordiske øjne borede sig ind i hans. "Tænk over det. Vi kunne fortælle det til alle og enhver, men hvad godt ville det gøre? Der er omkring en time til pressekonferencen. Hvis vi fortalte, at vi har haft en dødsulykke, ville det overskygge opdagelsen og have en ødelæggende virkning på moralen. Dr. Ming har begået en skødesløs fejl; det har jeg ikke til hensigt at lade NASA betale for. De civile forskere har tilranet sig nok opmærksomhed, uden at jeg behøver at lade en af deres sjuskefejl kaste en skygge over vores store øjeblik. Dr. Mings uheld må forblive en hemmelighed, indtil pressekonferencen er ovre. Forstået?"

Manden blev bleg og nikkede. "Jeg gemmer hans lig."

59

Michael Tolland havde været til søs tilstrækkelig mange gange til at vide, at havet krævede sine ofre uden skrupler eller tøven. Derfra, hvor han udmattet lå på den vidtstrakte flade af is, kunne han lige skelne det spøgelsesagtige omrids af den imponerende høje Milne-isshelf, der forsvandt i det fjerne. Han vidste, at den stærke, arktiske strøm, der gik ud for Elizabethan Islands, snoede sig i en enorm slynge rundt om Nordpolens iskappe og til sidst ville nå land i det nordlige Rusland. Ikke at det betød noget. Det ville vare flere måneder.

Vi har måske tredive minutter ... allerhøjst femogfyrre.

Uden den beskyttende isolation, som deres gelfyldte dragter gav dem, vidste Tolland, at de allerede ville være døde. Heldigvis havde deres Mark IX-dragter holdt dem tørre – det vigtigste aspekt, når det gjaldt om at overleve kulde. Termogelen rundt om deres krop havde ikke alene afbødet faldet for dem, men den hjalp dem nu også med at holde på den smule varme, der var tilbage.

Snart ville underafkølingen sætte ind. Den ville begynde som en svag følelsesløshed i lemmerne, når blodet søgte ind til de centrale kropsområder for at beskytte de vigtige indre organer. Derefter ville der opstå forvildede hallucinationer, når puls og åndedræt blev langsommere og snød hjernen for ilt. Så ville kroppen gøre en sidste kraftanstrengelse for at bevare den smule varme, der var tilbage, ved at standse alle funktioner undtagen hjerte og åndedræt. Det ville medføre bevidstløshed. Til sidst ville hjerte- og åndedrætscentrene i hjernen helt ophøre med at fungere.

Tolland vendte blikket over mod Rachel og ønskede, at han kunne gøre noget for at redde hende.

*

Den følelsesløshed, der bredte sig i Rachel Sextons krop, var mindre smertefuld, end hun havde forestillet sig. Næsten en velkommen bedøvelse. *Naturens morfin.* Hun havde mistet sine beskyttelsesbriller i faldet, og hun kunne knap nok åbne øjnene mod kulden.

Hun kunne se Tolland og Corky på isen i nærheden. Tolland så på hende. Hans øjne var fulde af beklagelse. Corky bevægede sig, men det var tydeligt, at han havde svære smerter. Hans højre kindben var såret og blodigt.

Rachels krop rystede ubehersket, mens hendes hjerne ledte efter svar. *Hvem? Hvorfor?* Hendes tanker blev mere og mere omtågede, jo tungere hun følte sig. Der var ingenting, der gav mening. Hun følte det, som om hendes krop langsomt var ved at pakke sammen, beroliget af en usynlig kraft, der ville have hende til at sove. Hun bekæmpede den. Der blev tændt en heftig vrede inde i hende, og hun prøvede at puste til ilden.

De prøvede at slå os ihjel! Hun så ud på det truende hav og havde en fornemmelse af, at deres angribere havde haft held med deres forehavende. Vi er allerede døde. Selv nu, hvor hun vidste, at hun sandsynligvis ikke ville leve længe nok til at lære hele sandheden at kende om det livsfarlige spil, der foregik på Milne-isshelfen, havde Rachel en mistanke om, at hun godt vidste, hvem hun skulle skyde skylden på.

NASA-chef Ekstrom var den, der havde mest at vinde ved det. Det var ham, der havde sendt dem ud på isen. Han havde forbindelser både til Pentagon og de militære specialstyrker. *Men hvad havde Ekstrom at vinde ved at anbringe meteoritten nede under isen? Var der nogen, der havde noget at vinde?*

Rachel tænkte et kort øjeblik på Zach Herney og spekulerede på, om præsidenten var medsammensvoren eller en uvidende brik i spillet. *Herney ved ingenting. Han er uskyldig.* Det var indlysende, at præsidenten var blevet ført bag lyset af NASA. Nu var der kun cirka en time til, at Herney skulle komme med NASA's erklæring. Og det ville han gøre, bevæbnet med en videodokumentarfilm, der indeholdt opbakning fra fire uafhængige forskere.

Fire *døde,* uafhængige forskere.

Rachel kunne ikke gøre noget for at standse pressekonferencen nu, men hun svor på, at hvem der så ellers var ansvarlig for dette angreb, ikke skulle slippe af sted med det.

Rachel samlede alle kræfter og prøvede at sætte sig op. Hendes lemmer føltes som granit, og alle led skreg af smerte, da hun bøjede arme og ben. Langsomt fik hun trukket sig selv op på knæ og fandt en stilling, hun kunne være i på den flade is. Hendes hoved snurrede. Hele vejen rundt om hende piskede havet. Tolland lå i nærheden og kiggede op på hende med spørgende øjne. Rachel kunne mærke, at han formentlig tænkte, at hun knælede for at bede en bøn. Det gjorde hun nu ikke, selvom en bøn sandsynligvis havde lige så store chancer for at redde dem som det, hun nu ville forsøge.

Rachels højre hånd famlede hen over taljen og fandt isøksen, der stadigvæk var bundet fast til bæltet med elastik. Hendes stive fingre fik fat i skaftet. Hun vendte øksen om og anbragte den som et omvendt T. Så begyndte hun at hamre øksens nakke ned mod isen, så hårdt hun kunne. *Dunk.* Igen. *Dunk.* Blodet føltes som kold sirup i hendes årer. *Dunk.* Tolland så på hende med åbenlys forvirring. Rachel hamrede øksen ned igen. *Dunk.*

Tolland prøvede at løfte sig op på en albue. "Ra ... chel?"

Hun svarede ikke. Hun havde brug for al sin energi. *Dunk. Dunk.*

"Jeg tror ikke ...," sagde Tolland, "så langt nordpå ... at det akustiske ... kan høre ..."

Rachel vendte sig overrasket om. Hun havde glemt, at Tolland var havforsker og måske havde en ide om, hvad det var, hun ville. *God ide ... men jeg kalder nu ikke det akustiske undervandsanlæg.*

Hun fortsatte med at hamre.

Det akustiske undervandsanlæg var et levn fra den kolde krig, som nu blev brugt af havforskere verden rundt til at lytte efter hvaler. Undervandslyde forplantede sig over hundredvis af kilometer, og derfor kunne anlægget med sine nioghalvtreds undervandsmikrofoner rundt om Jorden aflytte en overraskende stor procentdel af planetens havområder. Uheldigvis var denne fjerne afdeling af Arktis ikke med i den procentdel, men Rachel vidste, at der var andre, der lyttede til havbunden – andre, som ikke mange mennesker vidste eksisterede. Hun blev ved med at hamre. Hendes besked var enkel og klar.

DUNK. DUNK. DUNK.

DUNK … DUNK … DUNK …

DUNK. DUNK. DUNK.

Rachel gjorde sig ingen forestillinger om, at hun kunne redde livet for dem med det her; hun kunne allerede mærke, hvordan kulden tog plads i hendes krop. Hun tvivlede på, at hun havde så meget som en halv time tilbage at leve i. Det var uden for mulighedernes grænse, at de kunne blive reddet nu. Men det her drejede sig ikke om, at de skulle reddes.

DUNK. DUNK. DUNK.

DUNK … DUNK … DUNK …

DUNK. DUNK. DUNK.

"Der er … ikke tid …" sagde Tolland.

Det drejer sig ikke … om os, tænkte hun. *Det drejer sig om den oplysning, der ligger i min lomme.* Rachel tænkte på det belastende jordradarprint inde i velcrolommen på hendes Mark IX-dragt. *Jeg må sørge for, at NRO får det her radarprint i hænderne … og snart.*

Selv i sin omtågede tilstand var Rachel sikker på, at hendes besked ville blive hørt. Midt i firserne havde NRO erstattet det akustiske undervandsanlæg med et anlæg, der var tredive gange stærkere. Total global dækning: Den Klassiske Troldmand, NRO's øre mod havbunden til 12 millioner dollars. I løbet af de næste timer ville Cray-supercomputerne på NRO/NSA's lyttepost i Menwith Hill vise en uregelmæssig sekvens i en af hydrofonerne i Arktis, dechifrere dunkene som et SOS, triangulere koordinaterne og opsende et redningsfly fra Thule Air Base i Grønland. Flyet ville finde tre lig på et isbjerg. Frosset ihjel. Et af dem ville være en NRO-medarbejder … og hun ville have et mærkeligt stykke termopapir i lommen.

Et jordradarprint.

Norah Mangors testamente.

Når redningsfolkene undersøgte printet, ville den mystiske indføringstunnel under meteoritten blive afsløret. Derefter havde Rachel ingen ide om, hvad der ville ske, men i det mindste ville hemmeligheden ikke dø sammen med dem her på isen.

60

Enhver præsident, der skal til at bo i Det Hvide Hus, får en privat rundvisning til tre sværtbevogtede magasiner, der indeholder uvurderlige samlinger af møbler og genstande, der har været brugt i Det Hvide Hus: skriveborde, sølvtøj, kommoder og senge og alt muligt andet, der er blevet benyttet af tidligere præsidenter så langt tilbage som til George Washington. Under rundgangen bliver den kommende præsident bedt om at vælge de arvestykker, han bedst kan lide, så han kan bruge dem i Det Hvide Hus under sin præsidentperiode. Kun sengen i Lincoln-soveværelset er fast tilbehør i Det Hvide Hus. Ironisk nok sov Lincoln aldrig i den.

Det bord, Zach Herney lige nu sad ved inde i Det Ovale Værelse, havde engang tilhørt hans forbillede, Harry Truman. Selvom bordet var lille efter moderne målestok, tjente det Zach Herney som en daglig påmindelse om, at sorteper faktisk standsede her, og at Herney i sidste instans var ansvarlig, hvis hans administration begik fejl. Herney tog imod dette ansvar som en ære og gjorde sit bedste for at motivere sin stab til at gøre alt, hvad der skulle til for at udføre arbejdet.

"Mr. præsident?" kaldte hans sekretær og kiggede ind i kontoret. "Deres opkald er lige gået igennem."

Herney vinkede. "Tak for det."

Han rakte ud efter telefonen. Han ville have foretrukket lidt mere ro til dette opkald, men det ville han sgutte få noget af lige nu. To makeupspecialister svævede rundt om ham, pyntede på hans ansigt og rodede op i hans frisure. Direkte foran hans bord stillede et fjernsynshold ting op, og en endeløs sværm af rådgivere og PR-folk for omkring i kontoret og diskuterede ophidset strategi.

En time …

Herney trykkede på den oplyste knap på sin private telefon. "Lawrence? Er De der?"

"Jeg er her." NASA-chefens stemme lød træt og fjern.

"Er alt okay deroppe?"

"Der er et uvejr undervejs, men mine folk siger, at satellitforbindelsen ikke vil blive berørt. Vi er parat til at starte. En time, og på nedtælling."

"Glimrende. Højt humør, håber jeg."

"Meget højt. Mine folk er spændte. Faktisk har vi lige drukket nogle øller."

Herney lo. "Det er jeg glad for at høre. Hør, jeg ville bare ringe for at sige tak, inden vi går i gang. Det bliver en allerhelvedes stor aften."

NASA-chefen holdt inde og lød usædvanlig usikker. "Det bliver det, sir. Det har vi ventet længe på."

Herney tøvede. "De lyder udmattet."

"Jeg trænger til noget solskin og en rigtig seng."

"En time endnu. Smil til kameraerne, nyd øjeblikket, og så sender vi et fly derop, så vi kan få Dem tilbage til D.C."

"Det ser jeg frem til." Manden blev tavs igen.

Som en erfaren forhandler var Herney øvet i at lytte, i at høre, hvad der blev sagt mellem linjerne. Der var noget i NASA-chefens stemme, der lød underligt. "Er De sikker på, at alt er i orden deroppe?"

"Absolut. Alle systemer fungerer." NASA-chefen lod til at være ivrig efter at skifte emne. "Har De set den sidste udgave af Michael Tollands dokumentarprogram?"

"Jeg har lige set den," sagde Herney. "Han har gjort et fantastisk stykke arbejde."

"Ja. De gjorde et kup ved at få ham med."

"Er De stadig vred på mig for at involvere civile forskere?"

"Ja, for fanden." NASA-chefen knurrede godmodigt med den sædvanlige styrke i stemmen.

Det fik Herney til at føle sig bedre tilpas. *Ekstrom har det fint,* tænkte Herney. *Han er bare lidt træt.* "Okay, vi ses om en time via satellitten. Nu skal de få noget at snakke om."

"Nemlig."

"Hej, Lawrence?" Herneys stemme blev lav og alvorlig nu. "De har gjort et allerhelvedes flot stykke arbejde deroppe. Det skal jeg aldrig glemme."

Uden for habisfæren kæmpede Delta-tre mod vinden, mens han prøvede at rette Norah Mangors væltede udstyrsslæde op og pakke den sammen igen. Da først hele udstyret var tilbage om bord, strammede han vinyltoppen ned og anbragte Mangors døde krop ovenpå og bandt hende fast. Netop som han skulle til at trække slæden ud af kurs, kom hans to partnere glidende op ad gletsjeren mod ham.

"Ændring i planerne," råbte Delta-et over vinden. "De tre andre røg ud over kanten."

Delta-tre var ikke overrasket. Han vidste også, hvad det betød. Deltastyrkens ide med at iscenesætte en ulykke ved at anbringe fire døde mennesker på isshelfen var ikke længere en løsning. At efterlade et enligt lig ville give flere spørgsmål end svar. "Rent bord?" spurgte han.

Delta-et nikkede. "Jeg samler blussene sammen, og I to skaffer jer af med slæden."

Delta-et gik tilbage ad den vej, glaciologen var gået, og samlede omhyggeligt alle de sidste spor op, der kunne vise, at der nogensinde havde været nogen der. Imens bevægede Delta-tre og hans partner sig ned ad gletsjeren med den lastede udstyrsslæde. De kæmpede sig op over snevoldene og nåede omsider faldet for enden af Milne-isshelfen. De gav et skub, og

Norah Mangor og hendes slæde gled lydløst ud over kanten og ned i Ishavet.

Pæn oprydning, tænkte Delta-tre.

Da de styrede hjem mod basen, var han godt tilfreds med at se, at vinden slettede de spor, deres ski havde sat.

61

Atomubåden Charlotte havde opholdt sig i Ishavet i fem dage nu. Dens tilstedeværelse her var tophemmelig.

Som ubåd i Los Angeles-klassen var Charlotte konstrueret til at "lytte og ikke blive hørt". Dens toogfyrre tons turbine-motorer var ophængt i fjedre for at dæmpe enhver vibration, de måtte forårsage. Trods behovet for at holde sig skjult havde Los Angeles-klasse-ubåden et af de største fodspor, nogen rekognosceringsubåd kunne sætte i vandet. Den spændte over 110 meter fra næse til agterstavn, og hvis skroget blev sat ned på en fodboldbane, ville det knuse begge mål og endda nå længere ud. Charlotte var syv gange længere end Søværnets første Holland-klasse-ubåd, og den fortrængte 6.927 tons vand, når den var helt neddykket, og kunne sejle med den forbløffende fart af femogtredive knob.

Fartøjets normale sejldybde var lige under temperatur-springlaget, et normalt temperaturfald, som forvrængede sona-rekkoerne oppefra og gjorde ubåden usynlig for overfladeradar. Med en besætning på 148 og en maksimal dykkedybde på over fem hundrede meter repræsenterede fartøjet det hidtil ypperste inden for ubåde og var havets arbejdshest for USA's søværn. Den havde et fordampnings-elektrolyse-iltningssystem, to atomre-aktorer og maskindrevne forsyninger, som gjorde den i stand til at sejle rundt om kloden enogtyve gange uden at komme op til overfladen. Som på de fleste store skibe blev menneskeligt affald fra besætningen presset sammen i tredivekilosblokke og slynget ud i havet – de store fæcesblokke blev spøgefuldt omtalt som "hvallorte."

Teknikeren, der sad ved oscillatorskærmen i sonarrummet, var en af de bedste i verden. Hans hjerne var et opslagsværk af lyde og bølgeformer. Han kunne høre forskel på lydene fra snesevis af russiske ubådspropeller, hundredvis af havdyr og sågar præcist angive stedet for undervandsvulkaner så langt væk som i Japan.

I øjeblikket lyttede han imidlertid til et monotont, gentaget ekko. Lyden var let at skelne, men højst uventet.

"Du kan ikke gætte, hvad der kommer ind gennem mine lyttebøffer," sagde han til sin katalogiseringsassistent og rakte ham høretelefonerne.

Hans assistent tog høretelefonerne på, og et vantro udtryk løb over hans ansigt. "Hold da kæft. Det er lige så tydeligt, som hvis de stod ved siden af. Hvad gør vi?"

Sonarmanden var allerede i røret til kaptajnen.

Da ubådens kaptajn kom ind i sonarrummet, sendte teknikeren en samtidig optagelse over et lille sæt højttalere.

Kaptajnen lyttede uden at fortrække en mine.

DUNK. DUNK. DUNK.

DUNK ... DUNK ... DUNK ...

Langsommere. Langsommere. Mønstret blev løsere. Mere og mere svagt.

"Hvad er koordinaterne?" spurgte kaptajnen.

Teknikeren rømmede sig. "Faktisk, sir, så kommer det fra overfladen cirka tre sømil til styrbord."

62

I den mørke gang uden for senator Sextons arbejdsværelse stod Gabrielle Ashe med rystende ben. Ikke så meget af udmattelse over at stå stille som for, at hun var frygtelig desillusioneret over det, hun lyttede til. Mødet i arbejdsværelset var stadig i gang, men Gabrielle havde ikke behov for at høre mere. Sandheden var pinagtigt tydelig.

Senator Sexton modtager bestikkelse fra private rumselskaber. Marjorie Tench havde talt sandt.

Det voldsomme ubehag, Gabrielle blev opfyldt af, skyldtes hans bedrag. Hun havde troet på Sexton. Hun havde kæmpet for ham. Hvordan kan han gøre det? Gabrielle havde set senatoren lyve offentligt fra tid til anden for at beskytte sit privatliv, men sådan var politik jo. Det her var lovbrud.

Han er ikke engang valgt endnu, og han er allerede ved at forråde Det Hvide Hus!

Gabrielle vidste, at hun ikke længere kunne støtte senatoren. Et løfte om at gennemføre lovforslaget om en privatisering af NASA kunne kun gives, hvis man foragtede både loven og det demokratiske system. Selv hvis senatoren mente, at det ville være i alles interesse, så ville en sådan forhåndsbeslutning smække dørene i for regeringens kontrol og regnskaber og ignorere mulige modargumenter fra Kongressen, rådgivere, vælgere og lobbyister. Men det allervigtigste var, at ved at garantere en privatisering af NASA havde Sexton banet vejen for et endeløst misbrug af avanceret viden – hvor insiderhandel var det mest almindelige – og tydeligt favoriseret en velstående insiderkerne på bekostning af hæderlige, offentlige investorer.

Gabrielle havde kvalme og spekulerede på, hvad hun skulle gøre.

En telefon ringede skingert bag ved hende og splintrede stilheden i gangen. Forskrækket vendte Gabrielle sig. Lyden kom fra det lille skab i entreen – en mobiltelefon i lommen på en af gæsternes frakker.

"Undskyld, venner," kom det med en drævende texasaccent i arbejdsværelset. "Det er til mig."

Gabrielle kunne høre manden rejse sig. *Han kommer denne*

vej! I en fart skyndte hun sig tilbage på tæppet samme vej, hun var kommet. Halvvejs oppe i gangen drejede hun til venstre og skyndte sig ud i det mørke køkken, netop som texaneren kom ud fra arbejdsværelset og drejede ud i gangen. Gabrielle stod stille i mørket uden at røre sig.

Texaneren skred forbi uden at bemærke hende.

Over lyden fra sit bankende hjerte kunne Gabrielle høre ham rumstere i skabet. Omsider svarede han den ringende telefon.

"Såh? ... Hvornår? ... Virkelig? Vi tænder for det. Tak." Manden lagde på, gik tilbage mod arbejdsværelset og råbte, mens han gik: "Hej! Tænd for fjernsynet. Det lader til, at Zach Herney har en vigtig pressekonference i aften. Klokken 20. Alle kanaler. Enten erklærer vi krig mod Kina, eller også er den internationale rumstation lige faldet i havet."

"Ja, det ville da være værd at skåle på!" var der en, der råbte.

Alle lo.

Gabrielle havde det, som om køkkenet drejede rundt om hende. *En pressekonference klokken 20?* Det lod til, at Tench alligevel ikke havde bluffet. Hun havde givet Gabrielle indtil klokken 20 til at aflevere en beediget erklæring, hvor hun tilstod affæren med senator Sexton. *Tag afstand fra senatoren, inden det er for sent,* havde Tench sagt til hende. Gabrielle var gået ud fra, at deadline var blevet lagt der, for at Det Hvide Hus kunne lække oplysningen til morgendagens aviser, men nu så det ud til, at Det Hvide Hus selv ville offentliggøre påstandene.

En vigtig pressekonference? Jo mere Gabrielle tænkte over det, jo mærkeligere lød det. *Skulle Herney gå på direkte tv med den her redelighed? Ham personligt?*

Der blev tændt for fjernsynet inde i arbejdsværelset. Højt. Nyhedsværtens stemme var ved at slå klik af ophidselse. "Det Hvide Hus har ikke givet nogen antydning af temaet for denne aftens overraskende henvendelse fra præsidenten, og spekulationer er der mange af. Nogle politiske analytikere tror nu, at præsidentens nederlag i kampagnekampen måske nu resulterer i, at Zach Herney er ved at forberede en erklæring om, at han ikke vil gå efter en ny præsidentperiode."

Et håbefuldt bifaldsråb rejste sig i arbejdsværelset.

Det var jo absurd, tænkte Gabrielle. Med alle de kompromitterende oplysninger, Det Hvide Hus havde på Sexton lige nu, var der da ingen udsigt til, at præsidenten ville smide håndklædet i ringen i aften. *Den her pressekonference drejer sig om noget andet.* Gabrielle havde en sugende fornemmelse i maven af, at hun allerede var blevet advaret om, hvad det var.

Hun blev mere og mere urolig og så på sit ur. Mindre end en time. Hun skulle tage en beslutning, og hun vidste lige, hvem hun havde brug for at tale med. Hun holdt fotografierne godt fast under armen og gik stille ud af lejligheden.

Ude i vestibulen så bodyguarden lettet ud. "Jeg hørte jubelråb derinde. Det lader til, at du var et hit."

Hun sendte ham et stift smil og gik hen mod elevatoren.

Ude på gaden var aftenvinden usædvanlig kølig. Hun vinkede efter en taxa, krøb ind og prøvede at forsikre sig selv om, at hun var helt klar over, hvad det var, hun gjorde.

"ABC's fjernsynsstudier," sagde hun til chaufføren. "I en fart."

63

Michael Tolland lå på siden på isen og hvilede hovedet på sin udstrakte arm, som han ikke længere kunne føle. Hans øjenlåg føltes tunge som bly, men han kæmpede for at holde dem åbne. Fra dette mærkelige udkigspunkt indsamlede Tolland de sidste billeder i sin verden – nu kun hav og is – i en underlig sidelæns vinkel. Det kunne jo være en passende afslutning på en dag, hvor der ikke havde været noget, der var, hvad det så ud til.

En sælsom ro var begyndt at sænke sig over den flydende isflåde. Rachel og Corky var begge blevet tavse, og den hamrende lyd var holdt op. Jo længere væk fra gletsjeren de flød, jo roligere blev vinden. Tolland kunne høre, hvordan også hans egen krop blev roligere. Med den tætte kalot over ørerne kunne han høre sit eget åndedræt blive forstærket inde i hovedet. Det blev langsommere ... mere overfladisk. Hans krop var ikke længere i stand til at bortjage den følelse af komprimering, som fulgte med hans eget blod, der hurtigt skyndte sig væk fra hans lemmer som en besætning, der forlod skibet, og instinktivt flød ind til hans vitale organer i et sidste forsøg på holde ham ved bevidsthed.

Det var en kamp, han ville tabe, vidste han.

Besynderligt nok var der ikke længere nogen smerter. Han var forbi det stadium. Nu var det følelsen af at være oppustet. Følelsesløs. Flydende. Da den første af hans refleksbevægelser – at blinke med øjnene – begyndte at høre op, blev Tollands syn uklart. Den vandholdige legemsvæske, der cirkulerede mellem hans hornhinde og linsen, var ved at fryse til. Tolland kiggede tilbage mod det uskarpe omrids af Milne-isshelfen, der nu kun var en svag, hvid form i det uklare månelys.

Han mærkede, at hans sjæl erkendte nederlaget. Han balancerede på overgangen mellem nærvær og fravær og stirrede ud på bølgerne i det fjerne. Vinden tudede omkring ham.

Det var da, at Tolland begyndte at hallucinere. I de sidste sekunder, inden bevidstløsheden satte ind, hallucinerede han underligt nok ikke nogen redning. Han hallucinerede ikke varme eller trøstende tanker. Hans sidste illusion var skræmmende.

En kæmpe kom op fra vandet ved siden af isbjerget og brød vandets overflade med en ildevarslende hvæsen. Den kom som et sagnagtigt søuhyre – glat, sort og dødbringende med vandet skummende omkring sig. Tolland tvang sig selv til at blinke med øjnene. Hans syn klarede lidt op. Dyret var tæt på og bumpede mod isen som en enorm haj, der stødte til en lille båd. I sin uhyrlige størrelse tårnede det sig op foran ham med sin glinsende, våde hud.

Det uklare billede gik over i sort, og det eneste, der blev tilbage, var lydene. Metal mod metal. Tænder, der gnavede i isen. Kom nærmere. Og trak kroppe væk.

Rachel ...

Tolland mærkede, hvordan nogen greb hårdt fat i ham.

Og så blev alt tomt.

64

Gabrielle Ashe kom i fuld fart ind i redaktionslokalet på tredje etage hos ABC News. Og alligevel bevægede hun sig langsommere end alle andre i rummet. Intensiteten var i feberomdrejninger fireogtyve timer i døgnet, men for øjeblikket lignede det åbne, firkantede rum et børsmarked på speed. Redaktørerne skreg med vilde øjne til hinanden hen over deres aflukker, journalisterne viftede med faxmeddelelser og styrtede fra bås til bås og sammenlignede noter, og de hektiske praktikanter åd Snickers og Mountain Dew mellem opgaverne.

Gabrielle var taget ud til ABC for at træffe Yolanda Cole.

Sædvanligvis kunne Yolanda træffes i redaktionens dyre område – hvor de private kontorer med glasvægge var reserveret til beslutningstagerne, som faktisk havde brug for fred og ro til at tænke. I aften var Yolanda dog ude på gulvet, hvor det hele foregik. Da hun så Gabrielle, udstødte hun sit sædvanlige, overstrømmende velkomstråb.

"Gabrielle!" Yolanda var i noget tætsluttende batik og havde hornbriller på næsen. Som sædvanligt hang der flere kilo prangende pynt ned fra hende som glimmer på et juletræ. Yolanda kom vraltende og vinkende over til hende. "Knus!"

Yolanda Cole havde været redaktionschef på ABC News i seksten år. Yolanda var en lille og tyk, fregnet og tyndhåret polak, som alle kærligt kaldte "Mor". Hendes matroneagtige ydre og gode humør dækkede over en jordbunden skånselsløshed. Hun ville gøre alt for at få fat i historien. Gabrielle havde mødt Yolanda ved et vejlederseminar for Kvinder i Politik, som hun havde deltaget i, kort efter hun var kommet til Washington. De havde sludret om Gabrielles baggrund, udfordringerne ved at være kvinde i Washington og til sidst om Elvis Presley – en lidenskab, de var overraskede over at opdage, at de havde til fælles. Yolanda havde taget Gabrielle under sine vinger og havde hjulpet hende med at skabe forbindelser. Gabrielle kom stadig forbi cirka en gang om måneden for lige at hilse på.

Gabrielle gav hende et stort knus, og Yolandas begejstring satte hende allerede i bedre humør.

Yolanda gik baglæns og så undersøgende på Gabrielle. "Du ser ud til at være blevet hundrede år ældre, min pige! Hvad er der sket?"

Gabrielle sænkede stemmen. "Jeg er i knibe, Yolanda."

"Det er ellers ikke det, man hører. Det lyder, som om din senator er ved at komme til tops."

"Er der et sted, vi kan tale ugeneret?"

"Dårlig timing, skat. Præsidenten holder pressekonference om en halv time, og vi har stadig ingen anelse om, hvad det drejer sig om. Jeg skal fremskaffe ekspertkommentarer, og jeg flyver rundt i blinde."

"Jeg ved, hvad pressekonferencen drejer sig om."

Yolanda så skeptisk på hende over brilleglassene. "Gabrielle, vores korrespondent inde i Det Hvide Hus kender ikke noget til det. Siger du nu, at Sextons kampagne har forhåndsviden?"

"Nej, jeg siger, at jeg har forhåndsviden. Giv mig fem minutter. Jeg skal nok fortælle dig det hele."

Yolanda kiggede ned på det røde chartek fra Det Hvide Hus, som Gabrielle holdt i hånden. "Det er en intern folder fra Det Hvide Hus. Hvordan har du fået fat i den?"

"Ved et privat møde med Marjorie Tench her i eftermiddag."

Yolanda så længe på hende. "Følg med mig."

Inde i Yolandas bås med glasvæggene, hvor de ikke blev forstyrret, betroede Gabrielle sig nu til sin gode veninde og tilstod, at hun havde haft en engangsaffære med Sexton, og at Tench havde fotografier, der beviste det.

Yolanda smilede bredt og rystede leende på hovedet. Hun havde åbenbart været inden for Washington-journalistikken så længe, at intet kunne ryste hende. "Åh, Gabrielle, jeg havde en fornemmelse af, at du og Sexton havde lavet noget hokuspokus. Det kommer ikke som nogen overraskelse. Han har noget af et ry i den retning, og du er en køn pige. Det er ærgerligt med de fotografier, men det ville jeg nu ikke bekymre mig om."

Ikke bekymre sig om?

Gabrielle forklarede, at Tench havde anklaget Sexton for at modtage ulovlig bestikkelse fra rumfartsvirksomheder, og at Gabrielle lige havde overværet et hemmeligt møde med Forbundet for Rummets Udforskning, der bekræftede det! Og igen viste Yolandas ansigtsudtryk hverken overraskelse eller bekymring – indtil Gabrielle fortalte hende, hvad hun havde tænkt sig at gøre ved det.

Nu så Yolanda bekymret ud. "Gabrielle, hvis du ønsker at aflevere et juridisk dokument, der siger, at du har været i seng med en amerikansk senator og stod ved siden af, mens han løj om det, så er det din sag. Men jeg siger, at det er et meget dårligt udspil. Du må tænke længe og alvorligt over, hvad det vil kunne betyde for dig."

"Du hører ikke efter. Jeg har ikke ret meget tid!"

"Jeg hører efter, og ved du hvad, skattepige, hvad enten klokken tikker eller ej, så er der visse ting, man bare ikke gør. Man afslører ikke en amerikansk senator i en sexskandale. Det er det rene selvmord. Hør nu her, min pige, hvis du fælder en præsidentkandidat, må du se at hoppe ind i din bil og drøne så langt væk fra D.C., som det er muligt at komme. Du vil være stemplet. En masse mennesker bruger en masse penge på at få deres kandidater til tops. Der er store formuer og magt på spil her – den slags magt, folk dræber for."

Nu blev Gabrielle tavs.

"Personligt tror jeg, at Tench har presset dig, fordi hun håbede, du ville gå i panik og gøre noget dumt – som at bakke ud og tilstå affæren." Yolanda pegede på det røde chartek, Gabrielle sad med i hænderne. "De her billeder af dig og Sexton betyder ikke en pind, medmindre du eller Sexton indrømmer, at de er ægte. Det Hvide Hus ved udmærket godt, at hvis de lækker de fotos, vil Sexton påstå, at de er falske, og smide dem tilbage i hovedet på præsidenten."

"Det har jeg tænkt på, men spørgsmålet om bestikkelse for finansieringen af kampagnen er stadigvæk ..."

"Lille skat, tænk nu over det. Hvis Det Hvide Hus ikke har offentliggjort påstandene om bestikkelse endnu, så har de sandsynligvis ikke i sinde at gøre det. Præsidenten mener det meget alvorligt med ikke at føre negativ kampagne. Mit gæt er, at han besluttede at undgå en skandale om rumfartsindustrien og sendte Tench efter dig med et bluffnummer i håbet om, at hun kunne skræmme dig til at tilstå sexsagen. Få dig til at dolke din kandidat i ryggen."

Gabrielle overvejede det. Yolanda fik det til at give mening, men alligevel var der stadigvæk noget, der føltes underligt. Gabrielle pegede gennem glasset ud på det travle nyhedslokale. "Yolanda, dine folk er ved at gøre klar til et stort pressemøde med præsidenten. Hvis præsidenten ikke offentliggør noget om bestikkelse eller sex, hvad handler det hele så om?"

Yolanda så forbløffet ud. "Stop en halv. Tror du, at den her pressekonference handler om dig og Sexton?"

"Eller bestikkelsen. Eller begge dele. Tench sagde, at jeg havde indtil i aften klokken tyve til at underskrive en tilståelse, og ellers ville præsidenten bekendtgøre ..."

Yolandas latter rystede hele glasburet: "Åh, hold op! Stands! Du slår mig ihjel!"

Gabrielle var ikke i humør til at spøge. "Hvad!"

"Gabrielle, hør nu godt efter," lykkedes det Yolanda at sige mellem latteranfaldene, "og stol på mig i den her sag. Jeg har haft med Det Hvide Hus at gøre i seksten år, og der er ikke så meget som skyggen af chance for, at Zach Herney har kaldt de globale nyhedsmedier sammen for at fortælle dem, at han mistænker senator Sexton for at modtage fordækt kampagnefinansiering eller for at gå i seng med dig. Det er den slags oplysninger, man lækker. Præsidenten bliver ikke populær på at afbryde planlagte tv-programmer for at brokke sig over sex eller påståede brud på uklare love om kampagnebetaling."

"Uklare?" vrissede Gabrielle. "At sælge sin beslutning om et lovforslag om rummet for millioner i reklamepenge er vel ikke uklart!"

"Er du sikker på, at det er det, han gør?" Yolandas tonefald blev hårdere nu. "Er du sikker nok på det til, at du vil stå med bukserne nede på tv? Tænk lige over det. Det kræver en masse forbindelser at få noget lavet nu om stunder, og kampagnebetaling er en kompleks sag. Måske var Sextons møde fuldstændig lovligt."

"Han bryder loven," sagde Gabrielle. Gør han ikke?

"Det er i hvert fald, hvad Marjorie Tench gerne ville have dig til at tro. Kandidaterne modtager altid gaver fra de store virksomheder bag kulisserne. Det er ikke kønt, men det er ikke nødvendigvis ulovligt. Faktisk drejer de fleste lovspørgsmål sig ikke om, hvor pengene kommer fra, men om, hvordan kandidaten vælger at bruge dem."

Gabrielle tøvede. Nu følte hun sig usikker.

"Gabrielle, Det Hvide Hus har leget med dig her i eftermiddag. De prøvede at få dig til at vende dig mod din kandidat, og indtil nu har du ladet dig narre. Hvis jeg skulle lede efter nogen at stole på, tror jeg, jeg ville holde mig til Sexton, før jeg hoppede om bord hos en som Marjorie Tench."

Yolandas telefon ringede. Hun svarede, nikkede, sagde aha og tog notater. "Interessant," sagde hun til sidst. "Jeg kommer med det samme. Tak."

Yolanda lagde på og vendte sig med løftede bryn. "Gabrielle, det lader til, at du slipper for videre tiltale. Nøjagtig som jeg sagde."

"Hvad sker der?"

"Jeg ved ikke noget præcist endnu, men jeg kan fortælle dig så meget – præsidentens pressekonference har intet at gøre med sexskandaler eller kampagnefinansiering."

Gabrielle følte et glimt af håb og ville frygtelig gerne tro på hende. "Hvordan ved du det?"

"En indefra har lige lækket, at pressekonferencen har noget med NASA at gøre."

Gabrielle satte sig pludselig op. "NASA?"

Yolanda blinkede. "Det her kunne være din heldige aften. Mit bud er, at præsident Herney føler sig så meget under pres fra senator Sexton, at han har besluttet, at Det Hvide Hus ikke har andet valg end at trække stikket ud til den internationale rumstation. Det forklarer hele den globale mediedækning."

En pressekonference, der tilintetgør rumstationen? Det kunne Gabrielle ikke forestille sig.

Yolanda rejste sig. "Det angreb fra Tench her i eftermiddag, ikke? Det var nok bare et sidste forsøg på at få fodfæste over for

Sexton, før præsidenten måtte gå i luften med de dårlige nyheder. Der er ikke noget som en sexskandale til at fjerne opmærksomheden fra endnu et flop fra præsidentens side. Uanset hvad, Gabrielle, så har jeg et arbejde, der skal gøres. Mit råd til dig er – tag dig en kop kaffe, bliv siddende her, tænd for mit fjernsyn og kom igennem det som alle vi andre. Vi har tyve minutter inden forestillingen, og jeg siger dig, der er ingen chance for, at præsidenten begår dumheder i aften. Hele verden ser med. Hvad han så end har at sige, er det betydningsfuldt." Hun blinkede beroligende til hende. "Giv mig så det chartek nu."

"Hvad?"

Yolanda rakte en bydende hånd frem. "De billeder skal låses inde i mit skrivebord, indtil alt det her er overstået. Jeg vil være sikker på, at du ikke gør noget dumt."

Modvilligt rakte Gabrielle hende chartekket.

Yolanda låste omhyggeligt fotografierne ned i en skrivebordsskuffe og stak nøglerne i lommen. "Du vil takke mig, Gabrielle. Det sværger jeg på." Hun uglede muntert Gabrielles hår på vejen ud. "Slap af. Jeg tror, der er gode nyheder på vej."

Gabrielle sad alene i glasburet og prøvede at lade sig smitte af Yolandas optimisme. Det eneste, Gabrielle kunne tænke på, var dog det selvtilfredse smil på Marjorie Tenchs ansigt her i eftermiddag. Gabrielle kunne ikke forestille sig, hvad det var, præsidenten skulle til at fortælle verden, men det ville afgjort ikke være gode nyheder for senator Sexton.

65

Rachel Sexton havde det, som om hun blev brændt levende.

Det regner med ild!

Hun prøvede at åbne øjnene, men det eneste, hun kunne skelne, var tågede former og blændende lys. Det regnede rundt om hende. Skoldhed regn, der hamrede ned på hendes nøgne hud. Hun lå på siden og kunne mærke varme fliser under sig. Hun krummede sig endnu mere sammen i fosterstilling og prøvede at beskytte sig mod den skoldende væske, der kom tordnende ned over hende. Hun kunne lugte kemikalier. Klor måske. Hun forsøgte at kravle væk, men kunne ikke. Stærke hænder pressede hendes skuldre ned og holdt hende nede.

Slip mig! Jeg brænder!

Instinktivt prøvede hun igen at slippe fri, og igen blev hun skubbet tilbage, mens de stærke hænder holdt hende i en skruestik. "Bliv, hvor De er," sagde en mandsstemme. Accenten var amerikansk. Professionel. "Det er snart ovre."

Hvad er snart ovre? tænkte Rachel. *Smerten? Mit liv?* Hun forsøgte at få øjnene til at fokusere. Der var skarpe lys. Hun kunne mærke, at rummet var lille. Trangt. Lavloftet.

"Jeg brænder!" Rachels skrig kom ud som en hvisken.

"Det er okay," sagde stemmen. "Vandet er lunkent. Stol på mig."

Rachel blev klar over, at hun var næsten nøgen og kun havde sit gennemblødte undertøj på. Hun følte ingen forlegenhed; hendes hjerne var fyldt med alt for mange andre spørgsmål.

Erindringerne vendte nu tilbage med fuld styrke. Isshelfen. Jordradaren. *Angrebet. Hvem? Hvor er jeg?* Hun prøvede at samle brudstykkerne, men hendes hjerne var træg som et sæt tandhjul, der ikke passede sammen. Ud af den rodede forvirring kom der en enkelt tanke: *Michael og Corky … hvor er de?*

Rachel prøvede at fokusere sit uklare syn, men kunne kun se de mænd, der stod bøjet over hende. De var alle klædt i den samme slags blå jumpsuits. Hun ville sige noget, men hendes mund nægtede at formulere et eneste ord. Den brændende fornemmelse i huden blev nu afløst af pludselige, dybe bølger af smerte, der rullede gennem musklerne som jordrystelser.

"Bare lad det ske," sagde manden over hende. "Blodet skal

flyde tilbage til musklerne." Han talte som en læge. "Prøv at bevæge arme og ben så meget, De kan."

Smerten, der martrede Rachels krop, føltes, som om der blev slået med en hammer på hver enkelt muskel. Hun lå på flisegulvet, hendes brystkasse snørede sig sammen, og hun kunne næsten ikke trække vejret.

"Bevæg arme og ben," blev manden ved. "Lige meget hvordan det føles."

Rachel forsøgte. Hver bevægelse føltes, som der blev boret en kniv ind i leddene. Vandstrålerne blev atter varmere. Skoldningen kom igen. Den knusende smerte fortsatte. I samme øjeblik hun tænkte, at nu kunne hun ikke holde det ud et sekund længere, mærkede hun, at nogen gav hende en indsprøjtning. Smerten aftog hurtigt, blev mindre og mindre voldsom, og gav til sidst slip. Rystelserne blev langsommere. Hun kunne mærke, at hun igen trak vejret.

Nu bredte en ny fornemmelse sig i kroppen, en underlig prikkende følelse af stifter og nåle. Det stak overalt og blev skarpere og skarpere. Millioner af små prik med nålespidser, der blev forstærket, hver gang hun bevægede sig. Hun prøvede at holde sig stille, men vandstrålerne blev ved med at ramme hende. Manden over hende holdt hendes arme og bevægede dem.

Gudfader, hvor gør det ondt! Rachel var for svag til at kæmpe. Tårer af udmattelse og smerte løb ned over hendes ansigt. Hun lukkede øjnene hårdt og lukkede verden ude.

Endelig begyndte stifterne og nålene at forsvinde. Regnen ovenfra stoppede. Da Rachel åbnede øjnene, var hendes syn tydeligere.

Det var da, hun så dem.

Corky og Tolland lå ved siden af, rystende, halvnøgne og gennemblødte. Ud fra det smertefulde udtryk i deres ansigter sansede Rachel, at de lige havde været igennem en lignende tortur. Michael Tollands brune øjne var blodskudte og svømmende. Da han så Rachel, kunne han lige akkurat frembringe et svagt smil med skælvende, blå læber.

Rachel forsøgte at sætte sig op for at få et overblik over de aparte omgivelser. De lå alle tre i en rystende bunke af halvnøgne lemmer på gulvet i et lille bruserum.

66

Stærke arme løftede hende op.

Rachel mærkede, hvordan de stærke fremmede mænd tørrede hendes krop og pakkede hende ind i tæpper. Hun blev lagt på en slags hospitalsseng og blev kraftigt masseret på arme, ben og fødder. Endnu en indsprøjtning i armen.

"Adrenalin," var der en, der sagde.

Rachel følte, hvordan indsprøjtningen løb gennem årerne som en livskraft og styrkede hendes muskler. Selvom hun stadig havde en fornemmelse af et iskoldt hul, der stod spændt som et trommeskind inde i maven, følte Rachel, hvordan blodet langsomt vendte tilbage til hendes lemmer.

Tilbage fra de døde.

Hun prøvede at fokusere blikket. Tolland og Corky lå i nærheden og rystede i tæpperne, mens mændene masserede deres kroppe og også gav dem indsprøjtninger. Rachel var ikke i tvivl om, at denne mystiske samling mænd havde reddet deres liv. Mange af dem var drivvåde, fordi de var hoppet fuldt påklædte med ind i brusebadet for at hjælpe. Hvem de var, og hvordan de var nået frem til Rachel og de andre i tide, gik over hendes forstand. Det gjorde ingen forskel lige nu. *Vi er i live.*

"Hvor … er vi?" fik Rachel frem. Den enkle handling, det var at prøve på at tale, gav hende straks en bragende hovedpine.

Manden, der masserede hende, svarede: "De er i sygestuen på en Los Angeles-klasse ..."

"*På dæk!*" var der en, der råbte.

Rachel mærkede en pludselig tumult omkring sig og forsøgte at sætte sig op. En af mændene i blåt hjalp til, stak puder i ryggen på hende og trak tæpperne op omkring hende. Rachel gned sig i øjnene og så, at der kom en person ind i rummet.

Den nyankomne var en stærk, afroamerikansk mand. Pæn og myndig. "Rør," sagde han og gik hen mod Rachel, stod over hende og kiggede ned på hende med stærke, sorte øjne. "Harold Brown," sagde han med en dyb og bydende stemme. Kaptajn på U.S.S. Charlotte. Og De er?"

U.S.S. Charlotte, tænkte Rachel. Navnet lød på en eller anden måde bekendt. "Sexton ...," svarede hun. "Jeg er Rachel Sexton."

Manden så forvirret ud. Han trådte et skridt nærmere og så opmærksomt på hende. "Ja, for pokker. Det er De da også."

Rachel følte sig fortabt. *Kender han mig?* Rachel var sikker på, at hun ikke kendte ham, men da hendes blik gled fra hans ansigt ned til tjenestedsmærket på hans bryst, så hun det velkendte emblem med en ørn, der holder et anker i kløerne omgivet af ordene U.S. NAVY.

Nu faldt det på plads, hvorfor hun kendte navnet Charlotte.

"Velkommen om bord, ms. Sexton," sagde kaptajnen. "De har lavet resumé af flere af dette skibs rekognosceringsrapporter. Jeg ved godt, hvem De er."

"Men hvad laver De i disse farvande?" stammede hun.

Hans ansigt blev lidt hårdere. "Ærligt talt, ms. Sexton, så skulle jeg lige til at spørge Dem om det samme."

Nu satte Tolland sig langsomt op og åbnede munden for at sige noget. Rachel fik ham til at tie ved at ryste bestemt på hovedet. *Ikke her. Ikke nu.* Hun var ikke i tvivl om, at det første,

Tolland og Corky ville tale om, var meteoritten og angrebet, men det var bestemt ikke et emne, der egnede sig til at blive diskuteret i påhør af en besætning på en af flådens ubåde. I efterretningsverdenen gjaldt CLEARING over alt andet, krise eller ej; meteoritsituationen var og blev tophemmelig.

"Jeg skal tale med NRO-direktør William Pickering," sagde hun til kaptajnen. "Privat og omgående."

Kaptajnen løftede øjenbrynene. Han var tilsyneladende ikke vant til at tage imod ordrer på sit eget skib.

"Jeg har hemmelige oplysninger, jeg skal have videregivet."

Kaptajnen så længe på hende. "Lad os nu få Deres legemstemperatur tilbage, så skal jeg sætte Dem i forbindelse med NRO-direktøren."

"Det er vigtigt, sir. Jeg ..." Rachel standsede brat. Hun havde lige fået øje på et ur på væggen over medicinskabet.

Klokken 19.51.

Rachel blinkede og kiggede. "Går ... går det ur rigtigt?"

"De er på et flådeskib, ma'am. Vores ure går nøjagtigt."

"Og det er ... fem timer efter Greenwich-tid?"

"19.51, fem timer efter Greenwich-tid. Vi er på samme længdegrad som Norfolk."

Du gode Gud! tænkte hun overrasket. *Er klokken kun 19.51?* Rachel havde indtryk af, at der var gået flere timer, siden hun besvimede. Den var ikke engang over otte? *Præsidenten har endnu ikke offentliggjort noget om meteoritten! Jeg kan stadigvæk nå at stoppe ham!* Hun gled straks ned fra sengen og svøbte tæppet rundt om sig. Hendes ben rystede. "Jeg skal tale med præsidenten med det samme."

Kaptajnen så forbløffet ud. "Præsidenten for hvad?"

"For De Forenede Stater!"

"Jeg troede, De ville have fat i William Pickering."

"Det har jeg ikke tid til. Jeg skal have fat i præsidenten."

Kaptajnen rørte sig ikke, og hans store skikkelse blokerede

vejen for hende. "Jeg har forstået, at præsidenten netop skal til at give en vigtig direkte pressekonference. Jeg tvivler på, at han tager imod personlige telefonopkald."

Rachel stod så oprejst, hun kunne, på sine vaklende ben og fæstnede blikket på kaptajnen. "Sir, De har ikke clearing til, at jeg kan forklare Dem situationen, men præsidenten er ved at begå en frygtelig fejltagelse. Jeg har oplysninger, som han skal have at vide. Nu. De må stole på mig."

Kaptajnen så længe på hende. Han rynkede brynene og så på uret igen. "Ni minutter? Jeg kan ikke give Dem en sikker forbindelse til Det Hvide Hus på så kort tid. Det eneste, jeg kan tilbyde, er en radiotelefon. Usikret. Og vi må gå til antennedybde, og det vil tage nogle …"

"Gør det! Nu!"

67

Telefonomstillingen i Det Hvide Hus lå i underetagen i Østfløjen. Der var altid tre telefonister på vagt. For øjeblikket sad der kun to ved bordene. Den tredje var i fuldt firspring på vej mod mødrummet. I hånden holdt hun en trådløs telefon. Hun havde prøvet at sende opkaldet igennem til Det Ovale Værelse, men præsidenten var allerede på vej til pressekonferencen. Hun havde prøvet at ringe til hans assistenter på deres mobiltelefoner, men når der skulle være tv-udsendelser, blev alle mobiltelefoner i og rundt om mødrummet altid afbrudt for ikke at forstyrre udsendelsen.

At løbe af sted med en trådløs telefon direkte til præsidenten på sådan et tidspunkt ville i bedste fald være dybt problematisk, men når NRO's kontaktperson til Det Hvide Hus ringede og påstod, at hun havde en katastrofeoplysning, som præsidenten skulle have, inden han skulle på direkte tv, var telefonisten ikke i tvivl om, at hun skulle løbe. Spørgsmålet var nu, om hun ville nå frem i tide.

I et lille lægekontor om bord på U.S.S. Charlotte holdt Rachel Sexton et telefonrør til øret og ventede på at komme til at tale med præsidenten. Tolland og Corky sad ved siden af og så stadig rystede ud. Corky var syet med fem sting i et dybt sår over kindbenet. De var alle tre blevet hjulpet i Thinsulate-termounderrøj, svære flådejumpsuits, uldsokker i overstørrelse og dækstøvler. Med en varm kop kaffe i den anden hånd begyndte Rachel at føle sig næsten som et menneske igen.

"Hvorfor kommer der ikke noget?" spurgte Tolland. "Den er nitten seksoghalvtreds!"

Rachel anede det ikke. Hun var kommet igennem til en af telefonisterne i Det Hvide Hus, havde forklaret, hvem hun var, og at det her var et akut opkald. Telefonisten havde været hjælpsom, havde sat Rachel i venteposition og gjorde nu formentlig alt, hvad hun kunne, for at få Rachel igennem til præsidenten.

Fire minutter, tænkte Rachel. *Få nu lidt fart på!*

Rachel lukkede øjnene og forsøgte at samle tankerne. Dagen havde været det rene helvede. *Jeg er om bord i en atomubåd,* sagde hun til sig selv og vidste, at hun var usandsynlig heldig med overhovedet at befinde sig noget sted. Ifølge ubådskaptajnen havde Charlotte været på rutinepatrulje i Beringshavet for to dage siden og havde opfanget nogle unormale undervandslyde, der kom fra Milne-isshelfen – boringer, flystøj og en masse krypteret radiotrafik. De var blevet omdirigeret og havde fået ordre til at ligge stille og lytte. For cirka en time siden havde de hørt en eksplosion i isshelfen og var sejlet hen for at undersøge det. Det var på det tidspunkt, de hørte Rachels SOS-kald.

"Tre minutter igen!" Tolland lød bekymret, da han kiggede på klokken.

Rachel blev afgjort nervøs nu. Hvad var det, der tog så lang tid? Hvorfor havde præsidenten ikke taget imod hendes opkald? Hvis Zach Herney gik i luften med de data, som nu –

Rachel tvang tanken væk og rystede røret. *Tag den nu!*

Da telefonisten i Det Hvide Hus sprang af sted mod indgangen til mødeværelset, blev hun mødt af personalet, der samlede sig her. Alle talte ophidset med hinanden og var i gang med de sidste forberedelser. Hun kunne se, at præsidenten stod tyve meter væk og ventede på at gå ind. Makeup-folkene var stadig i gang med at nette ham.

"Jeg skal igennem!" sagde telefonisten og prøvede at mase sig gennem flokken. "Opkald til præsidenten. Undskyld. Jeg skal igennem!"

"Direkte udsendelse om to minutter!" råbte en mediekoordinator.

Telefonisten holdt godt fast i telefonen og skubbede sig vej hen mod præsidenten. "Opkald til præsidenten!" råbte hun og hev efter vejret. "Jeg skal igennem!"

En høj vejblokade trådte ind foran hende. Marjorie Tench. Seniorrådgiverens lange ansigt så misbilligende ned på hende. "Hvad foregår der her?"

"Jeg har et akut opkald!" Telefonisten var stakåndet. "… telefonopkald til præsidenten."

Tench så vantro ud. "Ikke nu, det kan De ikke!"

"Det er fra Rachel Sexton. Hun siger, det er vigtigt."

Det utilfredse udtryk, som formørkede Tenchs ansigt, lod til at skyldes undren snarere end vrede. Tench så på den trådløse telefon. "Det er en intern linje. Den er ikke sikker."

"Nej, ma'am. Men opkaldet er også åbent. Hun er på en radiotelefon. Hun skal tale med præsidenten med det samme."

"Direkte udsendelse om halvfems sekunder!"

Tenchs kolde øjne stirrede på hende, og hun rakte en edderkoppelignende klo frem. "Giv mig den telefon."

Nu hamrede telefonistens hjerte. "Ms. Sexton ønsker at tale direkte med præsident Herney. Hun bad mig udskyde pressekonferencen, indtil hun havde talt med ham. Jeg lovede –"

Tench gik helt hen til telefonisten og sagde med en sydende hvislen. "Lad mig fortælle Dem, hvordan tingene fungerer her. De modtager ikke ordrer af en, der er datter af præsidentens modstander, De modtager Deres ordrer af mig. Jeg kan forsikre Dem for, at De ikke kommer præsidenten et skridt nærmere, før jeg har fundet ud af, hvad i helvede der foregår."

Telefonisten så over mod præsidenten, som nu var omgivet af mikrofonteknikere, stylister og en håndfuld ansatte, der sammen med ham gennemgik de sidste rettelser i hans tale.

"*Tres sekunder!*" råbte producenten.

Om bord på Charlotte gik Rachel Sexton rundt som en løve i bur i det trange rum, da hun endelig hørte et klik på telefonlinjen.

En ru stemme kom på. "Hallo?"

"Præsident Herney?" busede det ud af Rachel.

"Marjorie Tench," rettede stemmen hende. "Jeg er præsidentens seniorrådgiver. Hvem De end er, må jeg advare Dem om, at telefongas til Det Hvide Hus er en overtrædelse af ..."

For himlens skyld! "Det er ikke gas! Jeg er Rachel Sexton. Jeg er Deres NRO-kontaktperson og –"

"Jeg er klar over, hvem Rachel Sexton er, ma'am. Og jeg tvivler på, at det er Dem. De har ringet til Det Hvide Hus på en åben linje og bedt mig afbryde en vigtig udsendelse med præsidenten. Det er næppe den korrekte fremgangsmåde for en med –"

"Hør lige her," sagde Rachel rasende, "jeg briefede hele staben for et par timer siden om en meteorit. De sad på forreste række. De overværede min briefing i et fjernsynsapparat, der stod på præsidentens skrivebord! Nogen spørgsmål?"

Tench blev tavs et øjeblik. "Ms. Sexton, hvad skal det her betyde?"

"Det skal betyde, at De må standse præsidenten! Alle de oplysninger, han har om meteoritten, er forkerte! Vi er lige blevet klar over, at meteoritten er blevet anbragt i isshelfen nedefra. Jeg ved ikke af hvem, og jeg ved ikke hvorfor! Men tingene heroppe er ikke, hvad de ser ud til! Præsidenten kommer til at videregive nogle oplysninger, der er fuldstændig vildledende, og jeg vil stærkt tilråde …"

"Vent for fanden lige et øjeblik!" Tench sænkede stemmen. "Er De klar over, hvad De siger?"

"Ja! Jeg mistænker NASA-chefen for at have iscenesat et storstilet bedrageri, og præsident Herney er ved at blive fanget lige midt i suppedasen. De må i det mindste udsætte det ti minutter, så jeg kan forklare ham, hvad der foregår heroppe. Der er nogen, der har prøvet at slå mig ihjel, for fanden!"

Tenchs stemme blev til is. "Ms. Sexton, lad mig lige advare Dem. Hvis De er kommet på andre tanker angående Deres rolle med at hjælpe Det Hvide Hus i valgkampagnen, burde De have tænkt på det, længe før De personligt videregav oplysninger om meteoritten til præsidenten."

"Hvad!" *Hører hun overhovedet ikke efter?*

"Jeg er oprørt over Deres opførsel. At bruge en åben forbindelse er et billigt trick. Og at påstå, at oplysningerne om meteoritten er blevet forfalsket. Og hvad er det for en efterretningsansat, der bruger en radiotelefon til at ringe til Det Hvide Hus og tale om hemmelige oplysninger? Åbenbart håber De på, at der er nogen, der opfanger dette opkald."

"Norah Mangor er blevet dræbt på grund af det her! Dr. Ming er også død. De må advare …"

"Stop lige her! Jeg ved ikke, hvad De er ude på, men jeg vil minde Dem – og alle andre, som tilfældigvis opfanger dette opkald – om, at Det Hvide Hus er i besiddelse af videooptagelser med udsagn fra NASA's topvidenskabsfolk, adskillige berømte, uafhængige forskere og Dem selv, ms. Sexton, der alle bevidner, at oplysningerne om meteoritten er nøjagtige. Hvorfor De pludselig vil ændre Deres historie, kan jeg kun gisne om. Hvad grunden så end er, kan De betragte Dem som fritstillet fra Deres job fra nu af, og hvis De prøver på at ødelægge denne opdagelse med flere absurde påstande om uærligt spil, kan jeg forsikre Dem om, at Det Hvide Hus og NASA vil sagsøge Dem for injurier så hurtigt, at De ikke får tid til at pakke en kuffert, inden De sidder i fængsel."

Rachel åbnede munden for at sige noget, men der kom ingen ord.

"Zach Herney har været venlig over for Dem," snerrede Tench, "og ærligt talt smager det her af et billigt Sexton-PR-stunt. Drop det omgående, eller De vil blive tiltalt. Det lover jeg."

Linjen døde.

Rachels mund stod stadig åben, da kaptajnen bankede på døren.

"Ms. Sexton?" sagde kaptajnen og kiggede ind. "Vi har opfanget et svagt signal fra den canadiske radio. Præsident Zach Herney er lige begyndt på sin pressekonference."

68

Zach Herney, der stod på podiet i mødeværelset i Det Hvide Hus, følte varmen fra medielysene og vidste, at hele verden ventede. Det målrettede overraskelsesangreb, som pressekontoret i Det Hvide Hus havde udført, havde skabt en smittende medietravlhed. De, som ikke havde hørt om pressemødet via fjernsyn, radio eller nyheder online, hørte uvægerligt om det fra naboer, kolleger og familien. Da klokken blev 20, var alle, der ikke boede i en jordhule, spændte på, hvad der kunne være emnet for præsidentens tale. I barer og opholdsstuer rundt om på hele kloden lænede millioner sig frem mod deres fjernsyn og ventede spændt.

Det var i øjeblikke som disse – ansigt til ansigt med hele verden – at Zach Herney virkelig følte vægten af sit embede. Den, der påstod, at magt ikke var vanedannende, havde aldrig rigtig oplevet den. Men da Herney begyndte på sin tale, følte han, at der var noget galt. Han led ikke af sceneskræk, og derfor blev han forundret over den prikkende ængstelse, der nu strammede sammen i maven.

Det er de mange tilhørere, sagde han til sig selv. Og dog vidste han noget andet. Instinktet. Noget, han havde set.

Det havde været sådan en lille ting, og alligevel ...

Han sagde til sig selv, at han skulle glemme det. Det var ingenting. Og alligevel blev det hængende.

Tench.

For et øjeblik siden, da Herney forberedte sig på at gå på scenen, havde han set Marjorie Tench i den gule hall, hvor hun talte i en trådløs telefon. Det var i sig selv mærkeligt, men det blev endnu mere mærkeligt af, at en af Det Hvide Hus' telefonister stod ved siden af hende med et ansigt, der var hvidt af skræk. Herney kunne ikke høre Tenchs telefonsamtale, men han kunne se, at der var uenighed i luften. Tench skændtes med en voldsomhed og vrede, som præsidenten sjældent havde set – selv hos Tench. Han standsede et øjeblik og fangede spørgende hendes blik.

Tench gav ham tommelfingeren op. Herney havde aldrig set Tench give nogen en tommelfinger op. Det var det sidste billede, Herney havde i hovedet, da han blev kaldt på scenen.

På det blå tæppe i presseområdet inde i NASA-habisfæren på Ellesmere Island sad NASA-chef Lawrence Ekstrom for midten af det lange konferencebord flankeret af topembedsmænd og topforskere fra NASA. På en stor skærm over for dem blev præsidentens indledning sendt direkte. Resten af NASA-besætningen flokkedes omkring andre skærme, fyldt med begejstring, da landets øverste chef gik i gang med sin pressekonference.

"Godaften," sagde Herney og lød usædvanlig stiv. "Til mine landsmænd og til vore venner rundt omkring i verden ... "

Ekstrom stirrede, da den store, forkullede stenmasse dukkede frem foran ham. Hans øjne flyttede sig til en anden skærm, hvor han så sig selv, omgivet af alvorlige ansatte, op mod et bagtæppe, der bestod af et kæmpestort amerikansk flag og NASA's logo. Den dramatiske lyssætning fik sceneriet til at ligne en slags neomoderne maleri – de tolv apostle ved den sidste nadver. Zach Herney havde lavet det hele om til et politisk show. *Herney havde ikke noget valg.* Ekstrom følte sig stadig som en tv-præst, der forklarede Gud i små doser til masserne.

Om cirka fem minutter ville præsidenten introducere Ekstrom og hans NASA-stab. Via en dramatisk satellitsammenkobling fra verdens top ville NASA så sammen med præsidenten fortælle alle om nyheden. Efter en kort beretning om, hvordan opdagelsen var blevet gjort, hvad den betød for rumvidenskaben, og en del gensidigt rygklapperi, ville NASA og præsidenten give ordet til den berømte videnskabsmand Michael Tolland, hvis dokumentarprogram ville køre i lidt mindre end femten minutter. Bagefter, når troværdigheden og begejstringen var på sit højeste, ville Ekstrom og præsidenten sige farvel og tak for i aften og love, at der ville komme flere oplysninger i dagene fremover via endeløse NASA-pressekonferencer.

Mens Ekstrom sad og ventede på sit stikord, mærkede han en hul skam bundfælde sig. Han havde vidst, at den ville komme. Han havde ventet den.

Han havde fortalt løgne ... godkendt usandheder.

Men på en eller anden måde betød løgnene ikke noget lige nu. Ekstrom havde tungere ting at tænke på.

*

I det kaotiske redaktionslokale på ABC stod Gabrielle Ashe skulder ved skulder med snesevis af fremmede, der alle strakte hals mod den række af fjernsynsskærme, der hang ned fra loftet. Stilheden sænkede sig, da øjeblikket kom. Gabrielle lukkede øjnene og bad til, at hun ikke ville se billeder af sin egen nøgne krop, når hun åbnede dem igen.

Luften inde i senator Sextons arbejdsværelse dirrede af ophidselse. Alle gæsterne stod op nu og havde øjnene klistret til den store fjernsynsskærm.

Zach Herney stod foran hele verden, og utroligt nok havde hans indledning været underlig. Han så ud til at være usikker.

Han ser rystet ud, tænkte Sexton. *Han ser da aldrig rystet ud.*

"Se på ham," hviskede en. "Det må være dårlige nyheder."

Rumstationen? tænkte Sexton.

Herney så direkte ind i kameraet og trak vejret dybt. "I flere dage har jeg spekuleret på, hvordan jeg bedst kunne komme med denne bekendtgørelse ..."

I sit stille sind prøvede senator Sexton at give ham stikordet: *Tre små lette ord: Vi har fejlet.*

Herney sagde lidt om, hvor uheldigt det var, at NASA var blevet sådan et emne før valget, og når det nu var tilfældet, følte han, at han måtte indlede med at undskylde timingen af denne pressekonference.

"Jeg ville have foretrukket ethvert andet øjeblik i historien til at komme med denne meddelelse," sagde han. "Den politiske spænding, der hænger i luften, kan gøre drømmere til tvivlere, men som Deres præsident har jeg intet andet valg end at dele de informationer med Dem, som jeg har fået for nylig." Han smilede. "Det lader til, at magien i kosmos er noget, der ikke arbejder efter nogen menneskelig køreplan ... end ikke en præsidents."

Alle i Sextons arbejdsværelse syntes at træde et skridt tilbage på samme tid. *Hvad for noget?*

"For to uger siden," sagde Herney, "passerede NASA's nye densitetsscanner i polarkredsløb hen over Milne-isshelfen ved Ellesmere Island, en landmasse i Ishavet nord for den firsindstyvende breddegrad."

Sexton og de andre så forvirret på hinanden.

"Denne NASA-satellit," fortsatte Herney, "opdagede en stor sten med en usædvanlig stor massefylde begravet halvfjerds meter nede i isen." Herney smilede nu for første gang og fandt rytmen. "Da NASA modtog data herfra, havde de straks mistanke om, at PODS havde fundet en meteorit."

"En meteorit?" sagde Sexton rasende. "Skulle det være en nyhed?"

"NASA sendte et hold op til isshelfen for at tage kerneprøver. Det var derved, at NASA gjorde ..." Han holdt en lille pause. "For at sige det lige ud, så gjorde de århundredets mest betydningsfulde videnskabelige opdagelse."

Sexton tog et vantro skridt hen mod fjernsynet. Nej ... Hans gæster rørte uroligt på sig.

"Mine damer og herrer," bekendtgjorde Herney, "op fra den arktiske is hentede NASA for nogle timer siden en otte tons meteorit, som indeholder ..." Præsidenten holdt igen en lille pause og gav hele verden tid til at læne sig frem. "En meteorit, som indeholder fossiler af en livsform. I snesevis. Et entydigt bevis på liv uden for Jorden."

På stikordet lyste et klart billede op på skærmen bag præsidenten – et perfekt aftegnet fossil af et stort, insektlignende væsen indkapslet i en forkullet sten.

I Sextons arbejdsværelse sprang seks virksomhedsledere op med rædselsslagne, vidtopspilede øjne. Sexton stod som naglet fast til stedet.

"Mine venner," sagde præsidenten, "fossilet her bag mig er

190 millioner år gammelt. Det blev opdaget i et brudstykke af en meteorit, der kaldes Jungersol-nedslaget, og som ramte Ishavet for næsten tre hundrede år siden. NASA's spændende, nye PODS-satellit opdagede brudstykket, hvor det lå begravet i en isshelf. Gennem de sidste to uger har NASA og Det Hvide Hus' administration været overordentlig omhyggelige med at få bekræftet ethvert aspekt ved denne betydningsfulde opdagelse, før den blev offentliggjort. I den næste halve time vil De høre om fundet fra flere videnskabsmænd, både fra NASA og uafhængige forskere, og De vil se et kort dokumentarprogram, der er forberedt af en, som jeg er sikker på, De alle kender. Men før jeg går videre, vil jeg via en direkte satellitforbindelse til nord for polarcirklen byde velkommen til den mand, hvis lederskab, fremsyn og hårde arbejde alene er ansvarligt for dette historiske øjeblik. Det er mig en stor ære at præsentere Dem for NASA's chef, Lawrence Ekstrom."

Herney vendte sig om mod skærmen med perfekt timing.

Billedet af meteoritten opløste sig og blev dramatisk til et panel af NASA-folk, der sad ved et langt bord omkring Lawrence Ekstroms markante skikkelse som hoffolk omkring kongen.

"Tak, mr. præsident." Ekstroms mine var barsk og stolt, da han rejste sig og så direkte ind i kameraet. "Det er med stor stolthed, at jeg nu kan dele dette NASA's stolteste øjeblik ... med resten af verden."

Ekstrom talte lidenskabeligt om NASA og fundet. Med en fanfare af patriotisme og triumf lavede han en fejlfri overgang til et dokumentarprogram, hvis vært var den berømte forsker og tv-stjerne, Michael Tolland.

Her faldt senator Sexton ned på knæ foran fjernsynet, mens han rev sig i det kraftige, sølvgrå hår. *Nej! Åh Gud, nej!*

69

Marjorie Tench var edderspændt rasende, da hun banede sig vej gennem det joviale kaos uden for mødeværelset og marcherede tilbage til sit private hjørne i Vestfløjen. Hun var absolut ikke i humør til at feste. Telefonopkaldet fra Rachel Sexton var kommet helt uventet.

Meget skuffende.

Tench smækkede døren i til sit kontor, spankulerede hen til skrivebordet og drejede nummeret til omstillingen i Det Hvide Hus. "William Pickering. NRO."

Tench tændte en cigaret og gik rundt i værelset, mens hun ventede på, at telefonisten fik opsporet Pickering. Normalt ville han være gået hjem, men med Det Hvide Hus' store pressekonference gættede Tench på, at Pickering havde været på sit kontor hele aftenen foran en fjernsynsskærm, mens han spekulerede på, hvad der dog kunne foregå her i verden, som NRO's direktør ikke havde nogen førstehåndsviden om.

Tench bandede over, at hun ikke havde stolet på sine instinkter, da præsidenten sagde, at han ville sende Rachel Sexton til Milne. Tench havde været på vagt. Hun følte, det var en unødvendig risiko. Men præsidenten havde været overbevisende og havde overtalt Tench ved at sige, at staben i Det Hvide Hus var blevet kynisk gennem de seneste uger og ville være mistroisk over for en opdagelse fra NASA, hvis nyheden kom fra en intern kilde. Som Herney havde lovet, havde Rachel Sextons opbakning kvalt alle mistanker og afværget enhver skeptisk diskussion internt og havde samtidig tvunget staben i Det Hvide Hus til at vise fælles front. Det var uvurderligt, det måtte Tench indrømme. Og nu havde Rachel Sexton så alligevel skiftet mening.

Den skide kælling ringede til mig på en åben linje.

Det var tydeligt, at Rachel Sexton var opsat på at så tvivl

om troværdigheden ved denne opdagelse, og Tenchs eneste trøst lå i at vide, at præsidenten havde optaget Rachels tidligere briefing på video. *Gud ske tak og lov.* I det mindste havde Herney da tænkt på den lille forholdsregel. Tench var ved at blive bange for, at de kunne få brug for den.

Lige nu forsøgte Tench imidlertid at standse lækagen på andre måder. Rachel Sexton var intelligent, og hvis hun virkelig havde til hensigt at konfrontere Det Hvide Hus og NASA, ville hun få brug for nogle stærke allierede. Hendes første logiske valg ville være William Pickering. Tench vidste godt, hvilket syn Pickering havde på NASA. Hun måtte nå frem til Pickering før Rachel.

"Ms. Tench?" sagde en klar stemme på linjen. "William Pickering her. Hvad skylder jeg æren?"

Tench kunne høre fjernsynet i baggrunden – NASA-kommentarer. Hun kunne mærke på hans tonefald, at han stadig var groggy oven på pressekonferencen. "Har De et øjeblik?"

"Jeg troede, at De havde travlt med at feste. Noget af en aften for Dem. Det ser ud til, at NASA og præsidenten er tilbage i kampen."

Tench hørte en stærk forundring i hans stemme kombineret med et anstrøg af bitterhed – det sidste uden tvivl på grund af mandens legendariske aversion mod at høre store nyheder på samme tid som resten af verden.

"Ja, jeg undskylder, at Det Hvide Hus og NASA har været tvunget til ikke at fortælle Dem noget," sagde Tench, der prøvede at skabe en gensidig forståelse.

"De er godt klar over, at NRO opdagede NASA-aktivitet deroppe for et par uger siden og sendte en forespørgsel," sagde Pickering.

Tench rynkede brynene. Han er sur. "Ja, det ved jeg. Og …"

"NASA fortalte os, at det ikke var noget. De sagde, at de foretog en slags træningsøvelser i ekstreme omgivelser. Afprøvede udstyr og den slags." Pickering trak vejret. "Og den løgn købte vi."

"Lad os ikke kalde det en løgn," sagde Tench. "Snarere en nødvendig vildledning. I betragtning af, hvor betydningsfuld opdagelsen er, tror jeg, De forstår, at NASA havde brug for at holde det hemmeligt."

"For offentligheden måske."

Surmuleri var ikke på repertoiret hos mænd som William Pickering, og Tench havde en fornemmelse af, at det her var så tæt på, som han kunne komme. "Jeg har kun et minut," sagde Tench og kæmpede for at bevare sin førerposition i denne samtale, "men jeg mente, at jeg hellere måtte ringe og advare Dem."

"Advare mig?" Pickering blev straks ironisk. "Har Zach Herney besluttet at udnævne en ny, NASA-venlig direktør for NRO?"

"Selvfølgelig ikke. Præsidenten forstår udmærket, at Deres kritik af NASA simpelthen er et spørgsmål om sikkerhed, og de huller arbejder han på at stoppe. Nej, jeg ringer angående en af Deres ansatte." Hun tav lidt. "Rachel Sexton. Har De hørt fra hende her til aften?"

"Nej. Jeg sendte hende til Det Hvide Hus i morges på præsidentens anmodning. De har tilsyneladende holdt hende travlt beskæftiget lige siden. Hun har ikke meldt tilbage endnu."

Tench var lettet over, at hun var kommet igennem til Pickering først. Hun tog et sug på cigaretten og sagde så roligt som muligt: "Jeg vil tro, at De får en opringning fra ms. Sexton meget snart."

"Godt. Det har jeg ventet på. Jeg må tilstå, at da præsidentens pressekonference begyndte, var jeg bekymret for, om Zach Herney kunne have overtalt ms. Sexton til at deltage offentligt. Jeg er glad for at se, at det har han ikke gjort."

"Zach Herney er et hæderligt menneske," sagde Tench. "Det er mere, end jeg kan sige om Rachel Sexton."

Der blev en lang pause på linjen. "Det håber jeg, jeg misforstod."

Tench sukkede tungt. "Nej, sir, det er jeg bange for, De ikke gjorde. Jeg ville have foretrukket ikke at præcisere det nærmere over telefonen, men det lader til, at Rachel Sexton har besluttet, at hun vil undergrave troværdigheden af NASA's bekendtgørelse. Jeg aner ikke hvorfor, men efter at hun har undersøgt og understøttet NASA's informationer tidligere på eftermiddagen, har hun pludselig ændret opfattelse og kommer nu med de mest umulige og usandsynlige påstande om forræderi og falskneri fra NASA's side."

Pickering lød yderst opmærksom nu. "Undskyld?"

"Ja, det er bekymrende. Jeg er ikke glad for at fortælle Dem det her, men ms. Sexton kontaktede mig to minutter før pressekonferencen og sagde, at jeg skulle standse hele molevitten."

"Med hvilken begrundelse?"

"Ja, det var rent ud sagt absurd. Hun sagde, at jeg havde fundet alvorlige fejl i oplysningerne."

Pickerings lange tavshed var mere vagtsom, end Tench brød sig om. "Fejl?" sagde han omsider.

"Ja, det er virkelig latterligt efter to hele uger, hvor NASA har undersøgt og –"

"Jeg har meget svært ved at tro på, at Rachel Sexton ville bede Dem om at udskyde præsidentens pressekonference, medmindre hun havde en pokkers god grund til det." Pickering lød bekymret. "Måske skulle De have lyttet til hende."

"Åh, hold nu op!" udbrød Tench og hostede. "De så pressekonferencen. Oplysningerne om meteoritten blev bekræftet og genbekræftet af talløse specialister. Inklusive de uafhængige. Synes De ikke, at det er mistænkeligt, at Rachel Sexton – der er datter af den eneste mand, som denne bekendtgørelse rammer – pludselig ændrer mening?"

"Det forekommer mistænkeligt, ms. Tench, udelukkende

fordi jeg ved, at ms. Sexton og hendes far knap nok er høflige over for hinanden. Jeg kan ikke forestille mig, hvorfor Rachel Sexton efter flere års tjeneste hos præsidenten pludselig skulle beslutte at skifte lejr og fortælle løgne for at støtte sin far."

"Ambitioner måske? Jeg ved det virkelig ikke. Måske chancen for at blive 'førstedatter'..." Tench lod beskyldningen hænge i luften.

Pickerings stemme blev omgående hård. "Tynd is, ms. Tench. Meget tynd."

Tench så irriteret ud. Hvad fanden havde hun ventet? Hun anklagede et fremtrædende medlem af Pickerings stab for forræderi mod præsidenten. Manden var ved at gå over i defensiven.

"Giv mig hende," forlangte Pickering. "Jeg vil selv tale med ms. Sexton."

"Det er desværre umuligt," svarede Tench. "Hun er ikke i Det Hvide Hus."

"Hvor er hun så?"

"Præsidenten sendte hende til Milne her til morgen for at undersøge oplysningerne på første hånd. Hun er ikke kommet tilbage endnu."

Pickering lød rasende. "Jeg har ikke fået at vide –"

"Jeg har ikke tid til såret stolthed, direktør Pickering. Jeg har simpelthen ringet op for at være venlig. Jeg ville advare Dem om, at Rachel Sexton har besluttet at følge sin egen dagsorden med hensyn til aftenens bekendtgørelse. Hun må se sig om efter allierede. Hvis hun kontakter Dem, skal De vide, at Det Hvide Hus er i besiddelse af en videooptagelse fra tidligere på dagen, hvor hun gav sin helhjertede opbakning til oplysningerne om meteoritten over for præsidenten, hans kabinet og hele hans stab. Uanset hvilke motiver Rachel Sexton måtte have, så sværger jeg på, at hvis hun nu forsøger at besudle Zach Herneys eller NASA's gode navn og rygte, så vil

Det Hvide Hus sørge for, at hun falder hårdt, og at hun falder langt." Tench ventede et øjeblik for at være sikker på, at budskabet var trængt ind. "Jeg forventer, at De gengælder denne venlighed ved straks at fortælle mig om det, hvis Rachel Sexton kontakter Dem. Hun angriber præsidenten direkte, og Det Hvide Hus har i sinde at tilbageholde hende i forhør, før hun gør nogen alvorlig skade. Jeg venter på Deres opkald, direktør Pickering. Det var det hele. Godaften."

Marjorie Tench lagde på. Hun var sikker på, at William Pickering aldrig i hele sit liv var blevet talt til på den måde. I det mindste vidste han nu, at hun mente det alvorligt.

På øverste etage i NRO stod William Pickering ved vinduet og stirrede ud i Virginia-natten. Opringningen fra Marjorie Tench havde været dybt bekymrende. Han bed sig i læben, mens han prøvede at samle brudstykkerne i hovedet.

"Direktør Pickering?" sagde hans sekretær og bankede stille på. "Der er et opkald mere."

"Ikke nu," sagde Pickering fraværende.

"Det er Rachel Sexton."

Pickering snurrede rundt. Tench kunne åbenbart spå. "Okay. Stil hende ind med det samme."

"Faktisk, sir, så er det en krypteret, audio-visuel linje. Vil De modtage samtalen i konferencerummet?"

En AV-linje? "Hvor ringer hun fra?"

Det fortalte sekretæren ham.

Pickering stirrede på hende. Forvirret skyndte han sig ned gennem vestibulen mod konferencerummet. Det her var noget, han absolut måtte se.

70

Charlottes "døde rum" – der var designet efter en lignende konstruktion i Bell Laboratories – var et akustisk rent rum, der ikke havde nogen parallelle eller reflekterende overflader, og som absorberede lyd med 99,4 procents effektivitet. Fordi både metal og vand er akustisk ledende, var der altid risiko for, at samtaler om bord i ubåde kunne blive opsnappet af andre i nærheden eller af sugemikrofoner, som nogen kunne have sat på det ydre skrog. Det døde rum var et lille aflukke inderst inde i ubåden, og fra det slap der absolut ingen lyde ud. Alle samtaler inde i denne isolerede boks var fuldstændig sikre.

Aflukket så ud som et lille skab, man kunne gå ind i. Loftet, væggene og gulvet var helt dækket af skumkrøller, der strittede ud i alle retninger. Det mindede Rachel om en indeklemt undervandshule, hvor drypstenene var gået amok og voksede ud fra alle overflader. Mest foruroligende var dog, at der ikke var noget rigtigt gulv.

Gulvet bestod af et stramt metalnet, der var spændt vandret hen over rummet som et fiskenet og gav dem, der var derinde, en fornemmelse af, at de hang i luften halvvejs op ad væggene. Nettets masker var belagt med gummi, der føltes stift under fødderne. Da Rachel kiggede ned under gulvnettet, havde hun det, som om hun krydsede en hængebro over et surrealistisk brudstykke af et landskab. En meter nede pegede en skov af skumnåle truende op mod hende.

Så snart Rachel trådte indenfor, havde hun bemærket, hvor desorienterende livløs luften var; det virkede, som om hver en stump energi blev suget ud af hende. Hendes ører føltes, som om de var stoppet ud med vat. Det eneste, hun kunne høre, var hendes eget åndedræt inde i hovedet. Hun råbte, og virkningen var som at tale ind i en pude. Væggene absorberede enhver tilbagekastning; de eneste rystelser var dem, hun selv havde inde i hovedet.

Nu var kaptajnen gået og havde lukket den polstrede dør efter sig. Rachel, Corky og Tolland sad midt i rummet ved et lille U-formet bord, der stod på lange metalstylter, som gik ned gennem nettet. Der var skruet adskillige svanehalsmikrofoner, hovedtelefoner og en videokonsol med et fiskeøjekamera øverst fast på bordet. Det lignede en minikonference i de Forenede Nationer.

Fra sit arbejde i efterretningstjenesten i USA – verdens førende producent af faststoflaser-mikrofoner, parabolske undervandslytteapparater og andet højfølsomt lytteudstyr – vidste Rachel, at der ikke var ret mange steder på Jorden, hvor man kunne føre en fuldstændig sikker samtale. Det døde rum var helt åbenbart et af de steder. Mikrofonerne og hovedtelefonerne på bordet muliggjorde et "konferenceopkald" ansigt til ansigt, hvor personerne kunne tale frit og kunne være sikre på, at vibrationerne fra deres ord ikke slap ud fra rummet. Når deres stemmer kom ind i mikrofonerne, ville de blive krypteret før den lange rejse gennem atmosfæren.

"Lydstyrkekontrol." Stemmen dukkede pludselig op inde i deres hovedtelefoner, så det gav et sæt i Rachel, Tolland og Corky. "Kan De høre mig, ms. Sexton?"

Rachel lænede sig frem mod mikrofonen. "Ja. Tak." *Hvem De så end er.*

"Jeg har direktør Pickering på linjen til Dem. Han accepterer AV. Jeg lukker af her nu. De vil få Deres datastrøm om et øjeblik."

Rachel hørte, hvordan forbindelsen gik død. Der var en svag knitren af atmosfæriske forstyrrelser og derpå en bippen og klikken i hovedtelefonerne i hurtig rækkefølge. Med forbløffende klarhed kom der liv i videoskærmen foran dem, og Rachel så direktør Pickering i NRO's konferencerum. Han løftede hovedet og så Rachel lige i øjnene.

Hun følte sig underligt lettet ved at se ham.

"Ms. Sexton," sagde han med et forvirret og bekymret udtryk. "Hvad i alverden foregår der?"

"Meteoritten, sir," sagde Rachel. "Jeg tror, vi har et alvorligt problem."

71

Inde i Charlottes døde rum præsenterede Rachel Sexton Michael Tolland og Corky Marlinson for Pickering. Så overtog hun ledelsen og gik i gang med en hurtig beretning om dagens utrolige begivenheder.

NRO-direktøren sad stille og lyttede.

Rachel fortalte om det bioluminescerende plankton i ophentningsskakten, deres rejse ud på isshelfen, deres opdagelse af, at der var en indføringsskakt under meteoritten, og endelig om det pludselige angreb fra et militærhold, som hun mistænkte for at være en af specialstyrkerne.

William Pickering var kendt for sin evne til at lytte til foruroligende oplysninger uden så meget som at blinke, og alligevel blev hans blik mere og mere bekymret for hver ny oplysning i Rachels historie. Hun kunne mærke hans vantro og derpå hans vrede, da hun fortalte om mordet på Norah Mangor og om, hvordan de selv havde undgået døden. Rachel havde lyst til at lufte sin mistanke om, at NASA's chef var involveret, men hun kendte Pickering godt nok til ikke at pege fingre uden at have beviser. Hun gav Pickering hele historien som kolde, hårde fakta. Da hun var færdig, gik der flere sekunder, inden Pickering svarede.

"Ms. Sexton," sagde han omsider, "I er alle sammen ..." Han så på hver af dem. "Hvis det, De siger, er sandt, og jeg kan ikke forestille mig, hvorfor I alle tre skulle lyve om det, så er I meget heldige med at være i live."

De nikkede alle tavst. *Præsidenten havde indkaldt fire uafhængige forskere ... og to af dem var døde nu.*

Pickering drog et bedrøvet suk, som om han ikke vidste, hvad han nu skulle sige. Det var tydeligt, at begivenhederne ikke gav nogen mening for ham. "Er der nogen mulighed for, at den her indføringsskakt, man ser på radarprintet, kunne være et naturfænomen?" spurgte Pickering.

Rachel rystede på hovedet. "Den er alt for perfekt." Hun foldede det gennemblødte jordradarprint ud og holdt det op foran kameraet. "Fejlfrit."

Pickering så nøje på billedet og rynkede brynene. Han var enig. "Det der må De ikke give slip på."

"Jeg ringede til Marjorie Tench for at bede hende om at standse præsidenten," sagde Rachel. "Men hun afviste mig."

"Ja, det ved jeg. Det har hun fortalt mig."

Rachel så forbløffet op. "Har Marjorie Tench ringet til Dem?" Det var hurtigt.

"Lige for et øjeblik siden. Hun var meget bekymret. Hun tror, at De har gang i en slags stunt for at miskreditere præsidenten og NASA. Måske for at hjælpe Deres far."

Rachel rejste sig. Hun viftede med radarprintet og pegede på sine to ledsagere. "Vi var lige ved at blive slået ihjel! Ligner det her en slags stunt? Og hvorfor skulle jeg –"

Pickering holdt hænderne op. "Rolig nu. Men ms. Tench fortalte mig ikke, at I er tre."

Rachel kunne ikke huske, om Tench overhovedet havde givet hende tid til at nævne Corky og Tolland.

"Hun fortalte mig heller ikke, at De havde fysiske beviser," sagde Pickering. "Jeg var skeptisk over for hendes postulater, før jeg talte med Dem, og nu er jeg overbevist om, at hun tager fejl. Jeg tvivler ikke på Deres påstande. Spørgsmålet er nu, hvad det alt sammen betyder."

Der blev en lang tavshed.

William Pickering så sjældent usikker ud, men nu rystede han på hovedet, som om han gav fortabt. "Lad os nu antage, at der virkelig var nogen, der anbragte meteoritten under isen. Det stiller det åbenlyse spørgsmål: hvorfor? Hvis NASA havde en meteorit med fossiler i, hvorfor skulle de så – eller andre, for den sags skyld – have interesse i, hvor den blev fundet?"

"Det ser ud til," sagde Rachel, "at meteoritten blev anbragt sådan, at densitetsscanneren i polarkredsløb ville opdage den, og at den ville fremstå som et brudstykke fra et kendt nedslag."

"Jungersol-nedslaget," sufflerede Corky.

"Men hvordan kan det have værdi, at meteoritten bliver forbundet med et kendt nedslag?" spurgte Pickering og lød næsten vred. "Er disse fossiler ikke en forbløffende opdagelse hvor som helst og når som helst? Uanset hvilken meteoritbegivenhed de så har forbindelse med?"

De nikkede alle tre.

Pickering tøvede og så misfornøjet ud. "Medmindre ... selvfølgelig ..."

Rachel kunne se tandhjulene rotere inde bag direktørens øjne. Han havde fundet den enkleste forklaring på, hvorfor man skulle placere meteoritten sammen med Jungersol-strataene, men den enkleste forklaring var også den mest foruroligende.

"Medmindre," fortsatte Pickering, "at den omhyggelige placering havde til hensigt at udstyre totalt falske data med troværdighed." Han sukkede og vendte sig mod Corky. "Dr. Marlinson, hvad er muligheden for, at denne meteorit er en forfalskning?"

"Forfalskning, sir?"

"Ja. Svindel. Fabrikeret."

"En falsk meteorit?" Corky udstødte en sær latter. "Helt umuligt! Den her meteorit er blevet undersøgt af professionelle folk. Mig selv indbefattet. Kemiske scanninger, spektrografi, rubidium-strontium-databehandling. Den ligner ingen anden sten, der nogensinde er set på jorden. Meteoritten er ægte. Det ville enhver astrogeolog give mig ret i."

Det så Pickering ud til at overveje længe, mens han sad og strøg let hen over sit slips. "Men når man tager i betragtning, hvad NASA har at vinde, at den bliver opdaget her og nu, og de angivelige tegn på, at der er snydt med beviserne, og at De bliver angrebet ... så er den første og eneste logiske konklusion, jeg kan få ud af det, at denne meteorit er et veludført bedrag."

"Det er umuligt!" Nu lød Corky vred. "Med al respekt, sir, så er meteoritter ikke nogen specialeffekt fra Hollywood, som man kan fremstille i et laboratorium for at narre et bundt intetanende astrofysikere. De er kemisk komplekse genstande med unikke, krystallinske strukturer og elementforhold!"

"Jeg anklager ikke Dem, dr. Marlinson. Jeg følger ganske enkelt en logisk analysekæde. I betragtning af, at nogen ville dræbe Dem, for at De ikke skulle afsløre, at meteoritten er blevet anbragt under isen, så er jeg tilbøjelig til at forestille mig alle mulige slags vilde scenarier her. Hvad er det specielt, der får Dem til at være sikker på, at denne sten virkelig er en meteorit?"

"Specielt?" Corkys stemme smældede i hovedtelefonerne. "En fejlfri smelteskorpe, tilstedeværelsen af chondruler, et nikkelforhold ulig noget, som nogensinde er fundet på Jorden. Hvis De foreslår, at nogen har narret os ved at fremstille denne sten i et laboratorium, så kan jeg kun sige, at det laboratorium var cirka 190 millioner år gammelt." Corky dykkede ned i sin lomme og trak en sten frem, der var formet som en cd. Han holdt den op foran kameraet. "Vi har foretaget kemiske dateringer på prøver som den her med en masse forskellige metoder. Rubidium-strontium-datering er ikke noget, man kan forfalske!"

Pickering så overrasket ud. "Har De en prøve?"

Corky trak på skuldrene. "Dem har NASA i læssevis, de ligger og flyder overalt."

"Vil De fortælle mig," sagde Pickering og så nu på Rachel, "at NASA har opdaget en meteorit, som de tror indeholder vidnesbyrd om liv, og at de lader folk stikke af med prøver?"

"Det vigtige er, at prøven i min hånd er ægte," sagde Corky. Han holdt stenen tæt op mod kameraet. "De kunne give den her til en hvilken som helst petrolog eller geolog eller astronom på Jorden, så ville de foretage prøver, og de prøver ville fortælle to ting: For det første, at den er 190 millioner år gammel; og for det andet, at den er kemisk forskellig fra den slags sten, vi har på Jorden."

Pickering lænede sig frem og studere fossilet, der var indlejret i stenen. Han så ud til at være helt paralyseret. Endelig sukkede han. "Jeg er ikke videnskabsmand. Det eneste, jeg kan sige, er, at hvis den meteorit er ægte, og det lader den til at være, så vil jeg gerne vide, hvorfor NASA ikke har vist den frem for hele verden, som den var? Hvorfor har nogen omhyggeligt anbragt den under isen som for at overbevise os om dens ægthed?"

I samme øjeblik, inde i Det Hvide Hus, ringede en sikkerhedsofficer til Marjorie Tench.

Seniorrådgiveren svarede ved den første ringetone. "Ja?"

"Ms. Tench," sagde officeren, "jeg har den oplysning, De bad om tidligere. Det radiotelefonopkald, Rachel Sexton foretog til Dem her i aften. Vi har sporet det."

"Hvor?"

"Efterretningstjenesten siger, at signalet kom fra søværnsubåden Charlotte."

"Hvad!"

"De har ikke koordinaterne, ma'am, men de er sikre på skibskoden."

"Åh, for fanden da!" Tench smækkede røret på uden videre.

72

Den dæmpede akustik i Charlottes døde rum var ved at give Rachel en let kvalme. På skærmen flyttede William Pickerings bekymrede blik sig nu over mod Michael Tolland. "De er tavs, mr. Tolland."

Tolland så op som en skoleelev, der lige er blevet uventet råbt op. "Sir?"

"De har lige leveret et overbevisende dokumentarprogram i fjernsynet," sagde Pickering. "Hvad er Deres opfattelse af meteoritten nu?"

"Tja, sir," sagde Tolland med tydeligt ubehag, "jeg er enig med dr. Marlinson. Jeg tror, at fossilerne og meteoritten er autentiske. Jeg er temmelig velbevandret i dateringsteknik, og alderen af den sten er blevet bekræftet ved talrige prøver. Også nikkelindholdet. Den slags data kan man ikke forfalske. Der er ingen tvivl om, at stenen, der blev dannet for 190 millioner år siden, fremviser ikke-jordiske nikkelforhold og indeholder snesevis af bekræftede fossiler, der også dateres til 190 millioner år. Jeg kan ikke tænke mig nogen anden forklaring, end at NASA har fundet en ægte meteorit."

Pickering blev nu tavs. Hans ansigtsudtryk antydede et indre dilemma, et udtryk, som Rachel aldrig tidligere havde set hos William Pickering.

"Hvad skal vi gøre, sir?" spurgte Rachel. "Det er indlysende, at vi må informere præsidenten om, at der er problemer med dataene."

Pickering rynkede brynene. "Lad os håbe, at præsidenten ikke allerede ved det."

Rachel følte en knude stramme i struben. Pickerings antydning var klar. *Præsident Herney kunne være involveret.* Det tvivlede Rachel stærkt på; men både præsidenten og NASA havde en masse at vinde her.

"Med undtagelse af jordradarprintet, der afslører en indføringsskakt, så peger alle de videnskabelige data på et troværdigt NASA-fund," sagde Pickering og standsede så forfærdet op. "Og det her med, at De blev angrebet ..." Han så på Rachel. "De nævnte militære specialstyrker?"

"Ja, sir." Hun fortalte ham igen om den improviserede ammunition og taktikken.

Pickering så mere og mere ulykkelig ud, for hvert øjeblik der gik. Rachel havde en fornemmelse af, at hendes chef overvejede, hvor mange der kunne have adgang til en lille militær likvideringsstyrke. Præsidenten havde bestemt adgang. Også Marjorie Tench som seniorrådgiver. Højst sandsynligt også NASA's chef, Lawrence Ekstrom, med sine forbindelser til Pentagon. Rachel overvejede vrimlen af muligheder og blev klar over, at den kontrollerende magt bag angrebet desværre kunne have været næsten hvem som helst, der havde politisk slagkraft på højt niveau og de rette forbindelser.

"Jeg kunne ringe til præsidenten med det samme," sagde Pickering, "men det tror jeg ikke er klogt, i det mindste ikke, indtil vi ved, hvem der er indblandet. Min magt til at beskytte jer bliver begrænset, når vi først har involveret Det Hvide Hus. Jeg er heller ikke sikker på, hvad jeg kunne fortælle ham. Hvis meteoritten er ægte, og det mener I alle den er, så giver jeres påstand om en indføringsskakt og et angreb ingen mening. Præsidenten ville have al mulig ret til at tvivle på gyldigheden af min påstand." Han holdt inde, som om han regnede på mulighederne. "Uanset hvad ... hvad der er sandt, og hvem der er med, så vil nogle meget magtfulde folk blive ramt, hvis disse oplysninger bliver offentliggjort. Jeg foreslår, at vi sørger for at få jer i sikkerhed omgående, inden vi begynder med at lave uorden i tingene."

Får os i sikkerhed? Bemærkningen overraskede Rachel. "Jeg tror, vi er temmelig sikre i en atomubåd, sir."

Pickering så skeptisk ud. "Det vil ikke være hemmeligt ret længe, at I er om bord i en ubåd. Jeg trækker jer ud straks. Ærligt talt vil jeg have det meget bedre, når I alle tre sidder på mit kontor."

73

Senator Sexton sad helt alene og krøb sammen i sofaen og følte sig som en mand på flugt. Hans lejlighed i Westbrooke Place, som for en time siden havde været fyldt med nye venner og støtter, så nu forladt ud, var et rod af cognacglas og visitkort og forladt af de mænd, der helt bogstaveligt var styrtet ud ad døren.

Nu sad Sexton ensom og skuttede sig foran sit fjernsyn. Han ønskede mere end noget andet at slukke for det, og alligevel var han ude af stand til at holde sig fra de endeløse medieanalyser. Det her var Washington, og det tog ikke lang tid for analytikerne at fare gennem deres pseudovidenskabelige og filosofiske overdrivelser for at fokusere på det grimme stofområde – politik. Som tortureksperter, der gned salt ind i Sextons sår, fastslog nyhedsoplæserne gang på gang det ganske indlysende.

"For nogle timer siden var Sextons kampagne på vej opad," sagde en analytiker. "Med NASA's opdagelse er senatorens kampagne nu styrtet tilbage til jorden."

Sexton krympede sig, rakte ud efter Courvoisier'en og tog en slurk direkte fra flasken. Han vidste, at denne nat ville blive den længste og mest ensomme nat i hele hans liv. Han hadede

Marjorie Tench for at lokke ham i baghold. Han hadede Gabrielle Ashe for at være den, der i første omgang overhovedet havde nævnt NASA. Han hadede præsidenten for at være så forbandet heldig. Og han hadede hele verden for at grine ad ham.

"Det er klart, at det her er altødelæggende for senatoren," sagde analytikeren. "Præsidenten og NASA har vundet en helt uvurderlig sejr med dette fund. En nyhed som denne ville øge effekten af præsidentens kampagne, uanset hvad Sextons indstilling var over for NASA, men Sexton har så sent som i dag erklæret, at han ville afskaffe finansieringen af NASA straks, hvis det blev nødvendigt ... præsidentens bekendtgørelse er altså en lige venstre, som senatoren ikke vil komme sig over."

Det var snyd, sagde Sexton. *Det Hvide Hus har sgu snydt mig.*

Nu smilede analytikeren. "Mange amerikanere havde mistet troen på NASA i den seneste tid, men den har NASA fået igen i rigelig mængde. Der er virkelig en følelse af national stolthed ude på gaderne netop nu."

"Og det er helt fortjent. De elsker Zach Herney, og de var ved at miste troen. Man må indrømme, at præsidenten havde fået nogle temmelig store knubs på det seneste og var blevet ganske groggy, men han kom ud af det og vejrer nu morgenluft."

Sexton tænkte på CNN-debatten samme eftermiddag og hang med hovedet. Han havde kvalme. Al den NASA-modstand, han så omhyggeligt havde bygget op gennem de sidste måneder, var ikke blot standset med skrigende bremser, den var også blevet til en møllesten om hans hals. Han fremstod som en ren idiot. Det Hvide Hus have spillet mod ham, og kampen havde været unfair. Han frygtede allerede vittighedstegningerne i morgendagens aviser. Hans navn ville være pointen i enhver vits i hele landet. Det var indlysende, at der ikke ville komme flere hemmelige kampagnemidler fra Forbundet for Rummets Udforskning. Alting var forandret. Alle de mænd, der havde været i hans lejlighed i aften, havde lige set deres drømme forsvinde ud ad vinduet. Privatiseringen af rummet havde ramt muren, en solid mur.

Han tog endnu en slurk cognac, rejste sig op og gik usikkert hen til skrivebordet. Han så ned på telefonrøret, der var taget af. Han vidste, det var masochistisk, ja, rent ud sagt flagellantisk, men han lagde telefonrøret på igen og begyndte at tælle sekunderne.

Et … to … Telefonen ringede. Han lod telefonsvareren tage sig af det.

"Senator Sexton, det er Judy Oliver fra CNN. Jeg vil gerne give Dem lejlighed til at reagere på NASA's opdagelse i aften. Vær venlig at ringe til mig." Hun lagde røret på.

Sexton begyndte at tælle igen. *Et …* Telefonen begyndte at ringe. Han lod den være og lod telefonsvareren gå i gang igen. Endnu en journalist.

Med Courvoisierflasken i hånden gik Sexton over til skydedøren til balkonen, åbnede den og trådte ud i den kølige luft. Han lænede sig mod gelænderet og kiggede ud over byen over mod den oplyste facade på Det Hvide Hus i det fjerne. Det så ud, som om lysene blinkede af munterhed i vinden.

Skiderikker, tænkte han. Igennem århundreder har vi ledt efter bevis på liv i verdensrummet. Og skulle vi nu finde det lige netop det forpulede år, hvor jeg skulle vælges? Det var ikke bare heldigt, det var sgu clairvoyant. Så langt Sexton kunne se i vinduerne i de andre lejligheder, var fjernsynet tændt alle steder. Sexton spekulerede på, hvor Gabrielle Ashe mon var i aften. Det her var alt sammen hendes skyld. Hun havde forsynet ham med den ene NASA-fejl efter den anden.

Han løftede flasken for at tage endnu en stor slurk.

Den skid til Gabrielle … det er hendes skyld, jeg nu sidder i lort til halsen.

*

I den anden ende af byen og midt i det kaotiske redaktions-
lokale hos ABC følte Gabrielle Ashe sig lammet. Præsidentens
bekendtgørelse var kommet fuldstændig uventet og havde
gjort hende groggy og næsten paralyseret. Hun stod midt på
gulvet i redaktionslokalet ude af stand til at røre sig og kig-
gede op på en af fjernsynsskærmene, mens vild forvirring her-
skede rundt om hende.

De første sekunder af præsidentens tale havde medført en
dødstille tavshed i nyhedsrummet. Det havde kun varet et øje-
blik, inden stedet brød ud i et larmende virvar af travle jour-
nalister. Det var professionelle folk. De havde ikke tid til at
standse op og tænke efter. Det kunne gøres, når arbejdet var
overstået. Lige nu ventede verden på at få mere at vide, og det
skulle ABC sørge for. Den her historie havde det hele – viden-
skab, historie, politisk drama – en guldgrube af følelser. Der
var ingen i medierne, der fik søvn i øjnene i nat.

"Gabrielle?" Yolandas stemme lød medfølende. "Lad os få
dig tilbage til mit kontor, før nogen bliver klar over, hvem du
er, og begynder at forhøre dig om, hvad det her betyder for
Sextons kampagne."

Gabrielle mærkede som i en tåge, at hun blev ført ind i Yo-
landas kontor med glasvæggene. Yolanda fik hende sat ned i en
stol og rakte hende et glas vand. Hun prøvede at få et smil frem
hos hende. "Se på det fra den lyse side, Gabrielle. Din kandidats
kampagne er færdig, men det er du i det mindste ikke."

"Tak. Herligt."

Yolandas tonefald blev alvorligt. "Gabrielle, jeg ved, du har
det ad helvede til. Din kandidat er lige blevet ramt af en bull-
dozer, og hvis du spørger mig, kommer han ikke op igen. I
hvert fald ikke i tide til at ændre det her igen. Men i det mind-
ste er der ingen, der smasker dit billede ud over hele fjern-
synsskærmen. Helt ærligt. Det er da gode nyheder. Herney har

ikke brug for en sexskandale nu. Lige nu ligner han alt for meget en, der bliver siddende en valgperiode mere, til, at han vil tale om sex."

Det lod til at være en ringe trøst for Gabrielle.

"Og Tenchs påstande om Sextons ulovlige kampagnefinansiering …" Yolanda rystede på hovedet. "Jeg tvivler. Det er rigtigt, at Herney mener det alvorligt, når han siger, at han vil undgå negativ kampagne. Og det er rigtigt, at en bestikkelsesundersøgelse ville være skidt for landet. Men er Herney virkelig så patriotisk, at han ville forspilde en chance til at knuse sin modstander bare for at beskytte den nationale moral? Jeg gætter på, at Tench var noget lemfældig med sandheden om Sextons pengemidler i et forsøg på at skræmme dig. Hun gamblede og håbede på, at du ville gå fra borde og give præsidenten en gratis sexskandale. Og du må da indrømme, Gabrielle, at i aften ville have været en fantastisk aften at sætte fokus på Sextons moral!"

Gabrielle nikkede vagt. En sexskandale ville have været en lige venstre, som Sextons karriere aldrig ville være kommet sig over … aldrig nogensinde.

"Du holdt ud længere end hende, Gabrielle. Marjorie Tench var ude med snøren, men du bed ikke på. Du er sluppet for videre tiltale. Der kommer andre valg."

Gabrielle nikkede vagt. Hun var usikker på, hvad hun skulle tro på mere.

"Du må da indrømme," sagde Yolanda, "at Det Hvide Hus spillede brillant mod Sexton – narrede ham ind på NASA-vejen, fik ham til at engagere sig i det og lokkede ham til at lægge alle sine æg i NASA-kurven."

Og det hele er min skyld, tænkte Gabrielle.

"Og den tale, vi lige har hørt, den var da ved gud genial! Helt bortset fra den betydning, opdagelsen har, var det en strålende redigering. Direkte optagelser fra Arktis? En dokumentarfilm fra Michael Tolland? Du godeste gud, hvordan kan man konkurrere med den slags? Zach Herney har slået det fast med syvtommersøm i aften. Der er en grund til, at den mand er præsident."

Og det vil han være i fire år mere ...

"Jeg skal tilbage til arbejdet, Gabrielle," sagde Yolanda. "Du bliver siddende her, så længe du vil. Kom til dig selv igen." Yolanda styrede ud ad døren. "Skat, jeg kommer tilbage om et par minutter."

Gabrielle var alene nu og tog en slurk af vandet, men det smagte dårligt. Det gjorde det hele. *Det er alt sammen min skyld*, tænkte hun og prøvede at berolige sin samvittighed ved at minde sig selv om alle de traurige NASA-pressekonferencer i løbet af det sidste år – rumstationsforsinkelserne, udsættelsen af X-33, alle de fejlslagne Marssonder, de evindelige rednings-aktioner for at redde budgettet. Gabrielle spekulerede på, hvad hun kunne have gjort anderledes.

Ingenting, sagde hun til sig selv. *Du har gjort alt det rigtige.*

Det havde simpelthen givet bagslag.

74

SeaHawk-flådehelikopteren, der dundrede af sted, var gået i luften i en fart under en hemmelig operationsposition ud for Thule Air Base i det nordlige Grønland. Den holdt sig lavt nede ude af radarrækkevidde, mens den fløj for fuld fart gen-nem vinde af stormstyrke hen over hundrede kilometer åbent hav. Piloterne, der udførte de mærkværdige ordrer, de havde fået, kæmpede mod vinden og fik helikopteren til at hænge over et forudbestemt sæt koordinater på det tomme hav.

"Hvor er mødestedet?" råbte andenpiloten forvirret. De havde fået ordre til at komme med en helikopter forsynet med et redningsspil, så han regnede med, de var ude på en eftersøgning og redning. "Er du sikker på, det er de rigtige koordinater?" Han afsøgte de høje bølger med et søgelys, men der var ingenting under dem, bortset ...

"For fanden i helvede da!" Piloten trak styrepinden tilbage og hev dem opad.

Op af bølgerne rejste det sorte stålbjerg sig foran dem uden varsel. En kæmpemæssig, umærket ubåd blæste ballast og steg op i en sky af bobler.

Piloterne så på hinanden og grinede nervøst. "Jeg gætter på, det er dem."

Som beordret foregik transaktionen under komplet radiotavshed. Dobbeltåbningen på toppen af tårnet gik op, og en sømand blinkede signaler til dem med et stroboskoplys. Helikopteren bevægede sig derefter hen over ubåden og nedsænkede en tremandsredningssele, der bestod af tre gummibeklædte slynger på et kabel med tilbagetrækning. Inden for tres sekunder svingede de tre ukendte "galgefugle" under helikopteren, der langsomt steg opad imod den nedadgående luftstrøm fra rotorerne.

Da andenpiloten halede dem om bord – to mænd og en kvinde – blinkede piloten et klarsignal til ubåden. Inden for et par sekunder forsvandt det enorme fartøj under det vindpiskede hav uden at efterlade noget som helst spor af, at det nogensinde havde været der.

Med passagererne sikkert om bord rettede piloten opmærksomheden fremad, sænkede næsen på helikopteren og satte fart på sydover for at afslutte sin opgave. Uvejret nærmede sig hurtigt, og de tre fremmede skulle bringes sikkert tilbage til Thule Air Base til videre jettransport. Hvor de skulle hen, havde piloten ingen anelse om. Han vidste blot, at hans ordrer var kommet højt oppefra, og at han transporterede en meget værdifuld last.

75

Da Milne-stormen endelig eksploderede og gik løs på NASA-habisfæren med fuld styrke, rystede den kuplen, som om den var parat til at løfte den fri af isen og smide den ud i havet. Støttekablerne af stål stod stramt op mod pælene og vibrerede som kæmpestore guitarstrenge, der udsendte en bedrøvelig, brummende bas. Generatorerne udenfor hakkede, fik lysene til at blinke og truede med at mørklægge det store rum totalt.

NASA-chef Lawrence Ekstrom gik hen over kuplens gulv. Han ville ønske, han kunne komme langt væk herfra i aften, men sådan skulle det ikke være. Han skulle blive en dag til, give en pressekonference mere på stedet næste morgen og stå for forberedelserne med at transportere meteoritten tilbage til Washington. For øjeblikket ønskede han ikke andet end at få noget søvn; dagens uventede problemer havde krævet meget af ham.

Ekstroms tanker gik igen til Wailee Ming, Rachel Sexton, Norah Mangor, Michael Tolland og Corky Marlinson. Nogle i NASA-staben var begyndt at bemærke, at de civile videnskabsfolk manglede.

Slap af, sagde Ekstrom til sig selv. *Alt er under kontrol.*

Han trak vejret dybt og mindede sig selv om, at alle på kloden var begejstrede for NASA og rummet lige nu. Liv i rummet havde ikke været så spændende et emne siden den berømte "Roswell-hændelse" tilbage i 1947 – hvor nogle påstod, at et fremmed rumskib var styrtet ned i Roswell, New Mexico, som siden var blevet til en helligdom for millioner af ufo-entusiaster og var det den dag i dag.

I de år, Ekstrom havde arbejdet i Pentagon, havde han fået at vide, at Roswell-hændelsen ikke havde været andet end en militærulykke under en hemmelig operation benævnt Projekt Mogul – prøveflyvningen af en spionballon, der var beregnet på at lytte sig ind på russiske atomprøvesprængninger. Under

314

afprøvningen var en prototype drevet ud af kurs og styrtet ned i ørkenen i New Mexico. Uheldigvis var der en civilperson, der fandt vraget, inden militæret gjorde det.

Den intetanende gårdejer William Brazel var snublet over et område med vragrester, der bestod af syntetisk radikalneopren og letvægtsmetaller, og som ikke lignede noget som helst andet, han nogensinde havde set, så han fik omgående fat i sheriffen. Aviserne bragte historien om de mærkelige vragdele, og den offentlige interesse voksede hurtigt. Militæret benægtede, at de havde noget med vragdelene at gøre, og det gav næring til ilden og fik journalisterne til at gå i gang med at udforske sagen, så Mogulprojektets hemmeligstempling kom i alvorlig fare. Lige da det så ud til, at det følsomme emne om en spionballon stod for at blive afsløret, skete der noget vidunderligt.

Nyhedsmedierne drog en uventet konklusion. De vedtog, at stumperne af sådan noget futuristisk materiale måtte være kommet fra en kilde i verdensrummet – skabninger, der var videnskabeligt mere avancerede end mennesket. At militæret benægtede hændelsen, kunne helt klart kun skyldes én ting – de dækkede over kontakt med rumvæsener! Luftvåbnet blev noget forbløffet over denne nye hypotese, men de havde så sandelig ikke i sinde at lade en god undskyldning gå fra sig. De greb rumvæsenshistorien med kyshånd; verdens mistanke om, at der kom rumvæsener på besøg i New Mexico, var en langt mindre trussel, end hvis russerne fik færten af Mogulprojektet.

For at puste til ilden i dækhistorien om rumvæsener omgav efterretningstjenesten Roswell-hændelsen med stor hemmelighed og begyndte at iværksætte "sikkerhedslækager" – diskret mumlen om rumkontakter, fundne rumskibe og endda en mystisk "Hangar 18" ved Daytons Wright-Patterson Air Force Base, hvor regeringen opbevarede lig af rumvæsener på is. Verden købte historien, og Roswell-feberen bredte sig over kloden. Fra det øjeblik kunne efterretningstjenesten blot støve den gamle sammensværgelse af, så snart en civilperson fejlagtigt fik øje på et avanceret amerikansk militærfly.

Det er ikke et fly, det er et fremmed rumskib!

Ekstrom var forundret over at tænke på, at dette enkle fupnummer stadig virkede. Hver gang medierne rapporterede om en pludselig hektisk aktivitet af ufo'er, grinede Ekstrom i skægget. Det var nok snarere sådan, at en heldig borger havde fået et glimt af et af NRO's syvoghalvtreds hurtigtflyvende, ubemandede rekognosceringsfartøjer, kendt som Global Hawks – lange, fjernstyrede fly, der ikke lignede noget andet på himlen.

Ekstrom fandt det latterligt, at mange turister stadig tog på pilgrimsrejse til ørkenen i New Mexico for at afsøge nattehimlen med deres videokameraer. Det skete af og til, at en af dem var heldig og fangede et "sikkert bevis" på en ufo – strålende lys, der fløj rundt på himlen i rasende fart og med større manøvredygtighed og hurtighed end noget fartøj, der nogensinde var bygget af mennesker. Hvad disse pilgrimme ikke var klar over, var, at der faktisk var tolv års forsinkelse mellem, hvad regeringen kunne bygge, og hvad offentligheden kendte til. Disse ufo-kiggere fangede simpelthen et glimt af den næste generation af militærfly, der blev udviklet ude i Area 51. Mange af dem var baseret på lyse ideer fra NASA-ingeniører. Selvfølgelig rettede efterretningsofficererne aldrig misforståelsen; det var åbenlyst at foretrække, at verden læste om endnu en ufo-observation, end at folk skulle vide noget om det amerikanske militærs sande flyvekapacitet.

Men nu har alting ændret sig, tænkte Ekstrom. Om nogle få timer ville rummyten være en bekræftet realitet.

"Chef?" En NASA-tekniker skyndte sig hen over isen bag ham. "Der er et sikret, akut opkald til Dem i den transportable kommunikationsenhed."

Ekstrom sukkede og vendte sig om. *Hvad fanden er der nu?* Han gik hen mod kommunikationsboksen.

Teknikeren skyndte sig op på siden af ham. "Dem, der bemander radaren i kommunikationsenheden, var nysgerrige, sir …"

"Såh?" Ekstroms tanker var stadig langt borte.

"Jo, den kæmpeubåd, der opholdt sig ud for kysten her, ikke? Vi har undret os over, hvorfor De ikke har sagt noget om den."

Ekstrom gloede. "Undskyld?"

"Ubåden, sir? De kunne da i det mindste have fortalt det til dem ved radaren. Ekstra sikkerhed til søs er forståelig, men det overrumplede radarholdet."

Ekstrom standsede brat. "Hvad for ubåd?"

Teknikeren stod nu også stille. Det var tydeligt, at han blev forbløffet over NASA-chefens overraskelse. "Er hun ikke en del af vores operation?"

"Nej! Hvor er den?"

Teknikeren gjorde en synkebevægelse. "Omtrent tre sømil ude. Vi fik hende tilfældigvis på radaren. Var kun oppe et par minutter. Et temmelig stort glimt. Det må være en af de store. Vi regnede med, at De havde bedt flåden om at holde vagt over denne operation uden at sige det til nogen af os."

Ekstrom stirrede. "Det har jeg helt bestemt ikke!"

Nu dirrede teknikerens stemme. "Nå, sir, så tror jeg, at jeg bør underrette Dem om, at en ubåd lige har haft stævnemøde med et luftfartøj lige ud for kysten her. Det lignede en udveksling af personer. Faktisk var vi alle sammen noget imponeret over, at nogen ville forsøge noget fra vand til luft i sådan et stormvejr."

Ekstrom følte sine muskler stivne. *Hvad i helvede laver en ubåd ud for kysten af Ellesmere Island uden min viden?* "Så De, hvad retning luftfartøjet fløj i bagefter?"

"Tilbage til Thule Air Base. For at skabe transportforbind-
else med fastlandet, går jeg ud fra."

Ekstrom sagde ingenting resten af vejen til den transpor-
table kommunikationsenhed. Da han trådte ind i det trange,
mørke rum, havde den hæse stemme på linjen en bekendt ras-
pen.

"Vi har et problem," sagde Tench og hostede, mens hun
talte. "Det drejer sig om Rachel Sexton."

76

Senator Sexton vidste ikke, hvor længe han havde siddet og
stirret ud i den tomme luft, da han hørte en banken. Da det
gik op for ham, at den bankende lyd i hans ører ikke skyldtes
alkohol, men derimod kom fra nogen ved døren, rejste han sig
fra sofaen, gemte flasken med Courvoisier af vejen og gik ud i
gangen.

"Hvem er det?" råbte Sexton, der ikke var i humør til at få
besøgende.

Hans livvagt svarede og fortalte, hvem der var Sextons uven-
tede gæst. Sexton blev ædru med det samme. *Det var hurtigt.*
Sexton havde håbet på, at han ikke skulle have denne samtale
før til morgen.

Sexton tog en dyb indånding, glattede på håret og åbnede
døren. Ansigtet foran ham var alt for velbekendt – sejt og læ-
deragtigt trods mandens nogle og halvfjerds år. Sexton havde
mødt ham så sent som i morges i den hvide Ford Windstar mi-
nivan i parkeringskælderen på et hotel. *Var det virkelig i morges?*
spurgte Sexton sig selv. I guder, hvor tingene da havde ændret
sig siden da.

"Må jeg komme ind?" spurgte den mørkhårede mand.

Sexton trådte til side og lod chefen for Forbundet for Rum-
mets Udforskning komme forbi.

"Gik mødet godt?" spurgte manden, da Sexton lukkede døren.

Gik det godt? Sexton spekulerede på, om manden levede i en osteklokke. "Det gik strålende, indtil præsidenten kom på tv."

Manden nikkede og så misfornøjet ud. "Ja. En utrolig sejr for ham. Den vil skade vores sag betydeligt."

Skade vores sag? Her var sørme en optimist. Med den triumf, NASA havde haft i aften, ville manden da være både død og begravet, inden Forbundet for Rummets Udforskning nåede sit mål om privatisering af rummet.

"Jeg har haft mistanke om, at der var beviser på vej, i flere år," sagde den gamle mand. "Jeg vidste ikke, hvordan eller hvornår det ville komme frem, men at vi før eller senere ville få det at vide, var sikkert."

Sexton var chokeret. "De er ikke overrasket?"

"Hvis man laver matematiske beregninger om kosmos, kan man se, at der kræves andre livsformer," sagde manden og gik ned mod Sextons arbejdsværelse. "Jeg er ikke overrasket over den her opdagelse. Intellektuelt er jeg betaget. Åndeligt er jeg ærefrygtig. Politisk er jeg dybt foruroliget. Timingen kunne ikke være værre."

Sexton undrede sig over, hvorfor manden var kommet. Det var i hvert fald ikke for at muntre ham op.

"Som De ved," sagde manden, "har medlemsvirksomhederne i Forbundet for Rummets Udforskning ofret millioner på at prøve at åbne grænsen til rummet for private borgere. På det seneste er mange af de penge gået til Deres kampagne."

Sexton følte sig pludselig i defensiven. "Jeg har ikke haft nogen kontrol over denne fiasko. Det Hvide Hus har lokket mig til at angribe NASA!"

"Ja. Præsidenten har spillet spillet godt. Og alligevel er det hele måske ikke tabt." Der var et sært håbefuldt glimt i den gamle mands øjne.

Han er senil, afgjorde Sexton. Alt var uigenkaldelig tabt. Hver eneste tv-station i hele landet talte nu om, at Sextons kampagne var ødelagt.

Den gamle mand gik ind i arbejdsværelset, satte sig på sofaen og rettede sine trætte øjne mod senatoren. "Kan De huske de problemer, NASA havde i starten med anomalisoftwaren om bord i satellitten med densitetsscanneren i polarkredsløb?" sagde manden.

Sexton kunne ikke forestille sig, hvor det her skulle føre hen. *Hvilken forskel gør det nu, for helvede? PODS har fundet en skide meteorit med fossiler!*

"De husker måske," sagde manden, "at softwaren om bord ikke fungerede ordentligt til at begynde med? Og det gjorde De et stort nummer ud af i pressen."

"Det var jeg da nødt til!" sagde Sexton og satte sig over for manden. "Det var endnu en NASA-fejl!"

Manden nikkede. "Jeg er helt enig. Men kort tid efter det holdt NASA en pressekonference og bekendtgjorde, at de var nået frem til en nødløsning – en slags erstatning for den software."

Sexton havde faktisk ikke set pressekonferencen, men han havde hørt, at den var kort, tør og så at sige uden nyhedsværdi – lederen af PODS-projektet havde givet en kedelig, teknisk beskrivelse af, hvordan NASA havde klaret et mindre teknisk problem i densitetsscannerens software til afsløring af uregelmæssigheder og havde fået alt op at stå og til at køre.

"Jeg har fulgt den polarkredsløbsscanner med interesse, lige siden den kiksede," sagde manden. Han trak en videokassette frem, gik over til Sextons fjernsyn og satte videoen i. "Det her burde interessere Dem."

Videoen begyndte at spille. Den viste NASA's presserum i hovedkvarteret i Washington. En velklædt mand gik på talerstolen og hilste på tilhørerne. Undertitlen under podiet viste:

CHRIS HARPER, afdelingsleder
PODS

Chris Harper var høj, kultiveret og talte med den rolige værdighed, der passede sig for en europæisk amerikaner, som stadig holdt stolt fast ved sine rødder. Hans udtale var akademisk og elegant. Han henvendte sig selvsikkert til pressen og gav dem nogle dårlige nyheder om satellitten.

"Polarkredsløbssatellitten er i omløb og fungerer godt, men vi har et mindre problem med computeren om bord. En mindre programmeringsfejl, som jeg tager det fulde ansvar for. Helt nøjagtigt har FIR-filteret et defekt voxelindeks, og det betyder, at scannerens software til afsløring af anomalier ikke fungerer ordentligt. Vi arbejder på at rette det."

Tilhørerne sukkede. De var åbenbart vant til afbrændere hos NASA. "Hvad betyder det for satellittens nuværende effektivitet?" spurgte en.

Harper tog det professionelt. Han var selvsikker og saglig. "Forestil Dem to perfekte øjne uden en fungerende hjerne. I det væsentlige har polarkredsløbssatelitten et fuldstændig perfekt syn, men den har ikke det fjerneste begreb om, hvad den kigger på. Formålet med denne mission er at se efter smeltevandslommer i polariskappen, men uden computeren til at analysere de densitetsdata, satellitten modtager fra scannerne, kan den ikke skelne, hvor interessepunkterne er. Vi skulle få afhjulpet situationen, når den næste rumfærgemission kan foretage en justering af computeren om bord."

Der lød en skuffet stønnen.

Den gamle mand kiggede over på Sexton. "Han fremlægger dårlige nyheder ganske godt, ikke?"

"Han er fra NASA," brummede Sexton. "Den slags kan de."

Videobåndet blev tomt et øjeblik og skiftede så til en anden NASA-pressekonference.

"Den her næste pressekonference blev afholdt for nogle få uger siden," sagde den gamle mand til Sexton." Ret sent om aftenen. Der var ikke mange, der så den. Men denne gang kommer dr. Harper med gode nyheder."

Optagelsen startede. Denne gang så Chris Harper forpjusket og utilpas ud. "Jeg er glad for at kunne meddele, at NASA har fundet en nødløsning på polarkredsløbssatellittens software-problem," sagde Harper og så alt andet end tilfreds ud. Han fumlede sig igennem en forklaring om nødløsningen – noget om at omadressere de rå data og sende dem gennem computere her på Jorden i stedet for at stole på computeren om bord i satellitten. Alle lod til at være imponeret. Det lød alt sammen både teknisk muligt og spændende. Da Harper var færdig, gav tilhørerne ham et begejstret bifald.

"Kan vi så forvente at modtage data snart?" spurgte en i auditoriet.

Harper nikkede svedende. "Om et par uger."

Mere bifald. Hænderne røg op rundt omkring.

"Det er alt, hvad jeg har til Dem nu," sagde Harper og så syg ud, mens han samlede sine papirer sammen. "PODS er oppe og kører. Vi får snart data frem." Han bogstaveligt talt løb væk fra scenen.

Sexton rynkede brynene. Han måtte indrømme, at det her virkede besynderligt. Hvorfor så Chris Harper afslappet ud, når han afleverede dårlige nyheder, og var utilpas, når han havde gode nyheder? Det burde have været omvendt. Sexton havde faktisk ikke set den her pressekonference, da den blev sendt, men han havde dog læst om softwarereparationen. Reparatio-nen havde virket som en ubetydelig NASA-redning; medierne og folk i al almindelig var ikke imponerede – polarkredsløbs-satellitten var bare endnu et NASA-projekt, der ikke havde virket ordentligt, og som var blevet lappet klodset sammen i en langtfra ideel løsning.

Den gamle mand slukkede for fjernsynet. "NASA påstod, at dr. Harper ikke følte sig rask den aften." Han tav lidt. "Jeg tror nu, Harper løj."

Løj? Sexton stirrede på ham. Hans trætte tanker var ikke i stand til at finde nogen logisk begrundelse for, at Harper skulle have løjet om softwaren. Men Sexton havde fortalt løgne nok i sit liv til at genkende en dårlig løgner, når han så en, og han måtte indrømme, at dr. Harper faktisk så mistænkelig ud.

"De er måske ikke klar over det?" sagde den gamle mand. "Men den lille bekendtgørelse, De netop har hørt fra Chris Harper, er uden sidestykke den vigtigste pressekonference i NASA's historie." Han holdt inde. "Den bekvemme software-ordning, han lige beskrev, er den, der gjorde det muligt for polarkredsløbssatellitten at finde meteoritten."

Sexton var forvirret. *Og De tror, han løj om det?* "Men hvis Harper løj, og satellittens software ikke fungerer, hvordan fanden den kunne NASA så finde meteoritten?"

Den gamle mand smilede. "Præcis."

77

Det amerikanske militærs flåde af "genbrugsfly", som var blevet beslaglagt under arrestationer for narkohandel, bestod af mere end en halv snes private jetfly, inklusive tre ombyggede G4'ere, der blev brugt til at transportere militære VIP'er med. For en halv time siden var et af disse G4'ere gået i luften fra startbanen i Thule, havde kæmpet sig vej gennem det voldsomme uvejr og hamrede nu sydpå i den canadiske nat på vej mod Washington. Om bord havde Rachel Sexton, Michael Tolland og Corky Marlinson kabinen med otte sæder for sig selv. De lignede et forpjusket sportshold i deres ens blå jumpsuits og kasketter fra U.S.S. Charlotte.

Trods brølet fra Grumman-motorerne sad Corky Marlinson og sov bagude. Tolland sad foran og så udmattet ud, mens han kiggede ud ad vinduet ned på havet. Rachel sad ved siden af ham og vidste, at hun ikke kunne sove, om hun så var blevet bedøvet. Hendes hjerne kværnede sig gennem mysteriet med meteoritten og nu sidst samtalen med Pickering i det døde rum. Inden Pickering havde afbrudt, havde han givet Rachel to foruroligende oplysninger mere.

For det første påstod Marjorie Tench, at hun havde en video-optagelse med Rachels private briefing af staben i Det Hvide Hus. Tench truede nu med at bruge videoen som bevis, hvis Rachel ikke fastholdt sin bekræftelse om meteoritdataene. Den nyhed var særlig foruroligende, fordi Rachel udtrykkeligt havde sagt til Zach Herney, at hendes bemærkninger udelukkende var til internt brug. Tilsyneladende havde Zach Herney ignoreret hendes anmodning.

Den anden bekymrende nyhed handlede om en CNN-debat, hendes far havde deltaget i tidligere på eftermiddagen. Åbenbart havde Marjorie Tench været med, hvad der skete yderst sjældent, og havde behændigt lokket Rachels far til at gøre sin indstilling til NASA krystalklar. Helt specifikt havde Tench forledt ham til for gud og hvermand at proklamere sin skepsis om, at man nogensinde ville finde liv i rummet.

Æde sin gamle hat! Det havde Pickering sagt, at hendes far havde tilbudt at gøre, hvis NASA nogensinde fandt liv i rummet. Rachel gad nok vide, hvordan Tench havde båret sig ad med at lokke sådan et godt citat ud af ham. Det var tydeligt, at Det Hvide Hus havde iscenesat det hele omhyggeligt – de havde skånselsløst stillet alle dominobrikkerne op og forberedt det store Sexton-sammenbrud. Som en politisk bryderduo var præsidenten og Marjorie Tench skiftedes til at gå ind og manøvrere sig frem til drabet. Præsidenten holdt sig værdigt uden for ringen, men Tench var gået ind, havde danset rundt og med kløgt stillet senatoren, så præsidenten kunne gå ind og tvinge ham ned på ryggen med skuldrene i jorden.

Præsidenten havde sagt til Rachel, at han havde bedt NASA om at vente med at bekendtgøre fundet for at give tid til, at man kunne få bekræftet, at dataene var nøjagtige. Rachel kunne godt se nu, at der kunne være andre fordele ved at vente. Den ekstra tid havde Det Hvide Hus brugt til lidt efter lidt at fire det reb ud, som senatoren skulle bruge til at hænge sig i.

Rachel havde ingen medlidenhed med sin far, men nu blev hun klar over, at der lurede en durkdreven haj under præsident Zach Herneys varme, lune ydre. Man blev ikke den mest magtfulde mand i verden uden et dræberinstinkt. Spørgsmålet var nu, om denne haj var en uskyldig tilskuer – eller en medspiller.

Rachel rejste sig og strakte benene. Da hun gik ned ad flyets midtergang, følte hun sig frustreret over, at brikkerne i dette puslespil var så selvmodsigende. Pickering, der havde ren logik som sit kendingsmærke, havde konkluderet, at meteoritten måtte være et svindelnummer. Corky og Tolland havde med videnskabelig overbevisning insisteret på, at meteoritten var ægte. Rachel vidste kun, hvad hun havde set – en forkullet sten med fossiler, der var trukket op af isen.

Da hun nu gik forbi Corky, kiggede hun ned på astrofysikeren, der var blevet slemt forslået under sine oplevelser på isen. Hævelsen på hans kind var ved at fortage sig nu, og stingene så godt ud. Han snorkede, mens hans buttede hænder holdt godt fast om den skiveformede meteoritprøve som en slags sutteklud.

Rachel rakte ned og tog forsigtigt meteoritprøven ud af hænderne på ham. Hun holdt den op og så undersøgende på fossilerne igen. *Væk med alle antagelser*, sagde hun til sig selv og tvang sig til at reorganisere sine tanker. *Genopbyg dokumentationskæden.* Det var et gammelt NRO-trick. At genopbygge et bevis helt fra bunden var en proces, der var kendt som en "nulstart" – noget, alle analytikere praktiserede, når brikkerne ikke helt passede.

Saml beviset på ny.

Hun begyndte at gå op og ned igen.

Repræsenterer denne sten bevis på liv i verdensrummet?

Hun vidste, at bevis var en konklusion, der byggede på en pyramide af kendsgerninger, en bred basis af godkendte oplysninger, ud fra hvilke mere specifikke påstande kunne skabes.

Fjern alle grundlæggende formodninger. Start forfra.

Hvad har vi?

En sten.

Det tænkte hun over. *En sten. En sten med forstenede væsener.* Hun gik tilbage og satte sig ved siden af Michael Tolland.

"Mike, lad os spille et spil."

Tolland vendte sig om fra vinduet. Han så fjern ud, var tilsyneladende fordybet i sine egne tanker. "Et spil?"

Hun rakte ham meteoritprøven. "Lad os nu antage, at du ser den her fossile sten for første gang. Jeg har ikke fortalt dig noget om, hvor den kom fra, eller hvordan den blev fundet. Hvad ville du sige, den er?"

Tolland udstødte et trist suk. "Det er sjovt, at du spørger. Jeg har lige haft den mærkeligste tanke ..."

Flere hundrede kilometer bag Rachel og Tolland holdt et mærkeligt udseende fly sig lavt nede, mens det med stor fart fløj sydpå over et øde hav. Om bord sad Deltastyrken i dyb tavshed. De var før blevet trukket ud af en position i en fart, men aldrig på den her måde.

Deres leder var rasende.

Tidligere havde Delta-et informeret lederen om, at der var sket nogle uventede begivenheder på isshelfen, som havde gjort, at hans hold ikke havde andet valg end at udøve magt – magt, som havde medført, at der var blevet dræbt fire civile, inklusive Rachel Sexton og Michael Tolland.

Lederen reagerede med chok. Selvom drab var en autoriseret sidste udvej, havde det åbenbart ikke indgået i lederens plan.

Senere var lederens utilfredshed med drabene gået over til fuldstændigt raseri, da han fik at vide, at likvideringen ikke var forløbet som planlagt.

"Jeres hold har fejlet!" havde lederen sydet, og det androgyne tonefald skjulte dårligt nok personens raseri. "Tre af jeres fire mål er stadig i live!"

Umuligt! havde Delta-et tænkt. "Men vi så selv –"

"De fik kontakt med en ubåd og er nu på vej mod Washington."

"Hvad!"

Lederens stemme blev farlig. "Hør nu godt efter. Jeg giver jer nye ordrer. Og denne gang fejler I ikke."

78

Senator Sexton følte faktisk et glimt af håb, da han fulgte sin uventede gæst ud til elevatoren. Det havde vist sig, at chefen for Forbundet for Rummets Udforskning ikke var kommet for at skælde ud på Sexton, men snarere for at give ham en peptalk og fortælle ham, at kampen skam ikke var forbi endnu.

En mulig sprække i NASA's rustning.

Videooptagelsen af den besynderlige NASA-pressekonference havde overbevist Sexton om, at den gamle mand havde ret – Chris Harper, der var afdelingsleder for PODS, løj. Men hvorfor? *Og hvis NASA aldrig havde repareret på satellittens software, hvordan havde NASA så fundet meteoritten?*

Da de gik hen mod elevatoren, sagde den gamle mand: "Somme tider skal der kun en enkelt tråd til at trævle noget op. Måske kan vi finde en måde, vi kan angribe NASA's sejr på indefra. Kaste mistanke på nogen. Hvem ved, hvad det kan føre til?" Den gamle mand fæstnede sit trætte blik på Sexton.

"Jeg er ikke parat til at lægge mig til at dø endnu, senator. Og det tror jeg heller ikke, De er."

"Selvfølgelig ikke," sagde Sexton og gjorde stemmen fast. "Det er vi kommet alt for langt til."

"Chris Harper løj om reparationen af satellitten," sagde manden, da han gik ind i elevatoren. "Og vi skal finde ud af hvorfor."

"Det skal jeg få opklaret hurtigst muligt," svarede Sexton. *Jeg har lige den rette person.*

"Godt. Deres fremtid afhænger af det."

Da Sexton gik tilbage mod lejligheden, var hans trin lidt lettere og hans hoved lidt klarere. NASA løj om polarkredsløbssatellitten. Det eneste problem var, hvordan Sexton kunne bevise det.

Han tænkte allerede på Gabrielle Ashe. Hvor hun så end var lige nu, måtte hun have det ad helvede til. Gabrielle havde uden tvivl set pressekonferencen og stod nu på en afsats et eller andet sted og var parat til at springe. Hendes forslag om at gøre NASA til et hovedtema i Sextons kampagne havde vist sig at være den største fejltagelse i hele Sextons karriere.

Hun skylder mig noget, tænkte Sexton. *Og hun ved det.*

Gabrielle havde allerede bevist, at hun havde tag på at indhente NASA-hemmeligheder. *Hun har en kontakt,* tænkte Sexton. Hun havde fået fat i insider-oplysninger i flere uger. Gabrielle havde kontakter, som hun ikke delte med nogen. Forbindelser, som hun kunne pumpe for informationer om polarkredsløbssatellitten. Og hvad mere var, fra i aften ville Gabrielle være motiveret. Hun havde en gæld at betale, og Sexton gik ud fra, at hun ville gøre alt for at vinde hans velvilje tilbage.

Da Sexton kom tilbage til døren til sin lejlighed, nikkede hans bodyguard. "Godaften, senator. Jeg håber, det var korrekt, at jeg lukkede Gabrielle ind tidligere på aftenen? Hun sagde, det var yderst vigtigt, at hun fik fat i Dem."

Sexton standsede. "Undskyld?"

"Ms. Ashe? Hun havde vigtige oplysninger til Dem tidligere på aftenen. Det var derfor, jeg lukkede hende ind."

Sexton følte musklerne stivne. Han så på døren til sin lejlighed. *Hvad fanden er det, fyren snakker om?*

Vagtens ansigtsudtryk skiftede til forvirring og bekymring. "Senator, er De okay? De husker det da, ikke? Gabrielle kom, mens De holdt møde. Hun talte da med Dem, ikke? Det må hun have gjort. Hun var derinde ret længe."

Sexton stirrede på vagten et langt øjeblik og følte, hvordan pulsen pludselig steg. *Har den her idiot lukket Gabrielle ind i min lejlighed under et privat møde med Forbundet for Rummets Udforskning?* Hun har listet rundt derinde og tog af sted igen uden et ord? Sexton turde ikke tænke på, hvad Gabrielle kunne have hørt. Han kvalte sin vrede og fremtvang et smil til vagten. "Åh, ja! Undskyld. Jeg er totalt udmattet. Fik også et par drinks. Ms. Ashe og jeg talte skam sammen. De gjorde det helt rigtige."

Vagten så lettet ud.

"Sagde hun, hvor hun skulle hen, da hun gik?"

Vagten rystede på hovedet. "Hun havde meget travlt."

"Okay, tak."

Sexton gik rasende ind i sin lejlighed. *Hvor svært kan det være?* Ingen besøgende! Han måtte gå ud fra, at hvis Gabrielle havde været indenfor i længere tid og havde sneget sig ud igen uden et ord, så måtte hun have hørt ting og sager, hun ikke burde have hørt. *Og så i aften af alle aftener.*

Senator Sexton vidste frem for alt, at han ikke havde råd til at miste Gabrielle Ashes tillid; kvinder kunne blive både hævngerrige og åndssvage, hvis de følte sig bedraget. Sexton havde brug for at få hende tilbage. I aften mere end nogensinde havde han brug for hende i sin lejr.

79

På fjerde etage i ABC's fjernsynsstudier sad Gabrielle Ashe alene i Yolandas kontor med glasvæggene og kiggede ned på et flosset gulvtæppe. Hun havde altid været stolt af sin gode intuition og havde været sikker på, at hun vidste, hvem hun kunne stole på. Nu følte Gabrielle sig for første gang i årevis alene og usikker på, hvor hun skulle vende sig hen.

Lyden fra hendes mobiltelefon fik hende til at se op. Hun tog den tøvende. "Gabrielle Ashe."

"Gabrielle, det er mig."

Hun genkendte straks klangen i senator Sextons stemme, skønt han lød overraskende rolig i betragtning af, hvad der lige var foregået.

"Det har været en frygtelig aften herovre," sagde han, "så jeg skal gøre det kort. Jeg er sikker på, at du har set præsidentens konference. I guder, hvor har vi dog spillet de forkerte kort. Det er jeg ret så træt af. Det kan godt være, du bebrejder dig selv. Det skal du ikke. Hvem fanden kunne have gættet det? Det er ikke din fejl. Under alle omstændigheder, så hør her: Jeg tror, vi kan finde en måde at komme på benene på igen."

Gabrielle rejste sig. Hun kunne ikke forestille sig, hvad Sexton kunne mene. Det her var slet ikke den reaktion, hun havde ventet.

"Jeg har haft et møde her i aften," sagde Sexton, "med repræsentanter fra private rumindustrier, og ..."

"Har du det?" røg det ud af Gabrielle, der var forbløffet over at høre ham indrømme det. "Jeg mener ... det vidste jeg ikke."

"Tja, ikke noget særligt. Jeg ville faktisk have bedt dig om at være med, men de her fyre er lidt sarte. Nogle af dem giver penge til min kampagne. Det er ikke noget, de bryder sig om at skilte med."

Gabrielle følte sig totalt afvæbnet. "Men ... er det ikke ulovligt?"

"Ulovligt? Nej, for fanden! Alle donationer er under grænsen på to tusind dollars. Småting. De mennesker spiller knap nok nogen rolle, men jeg lytter til deres beklagelser alligevel. Kald det en investering i fremtiden. Jeg holder tæt med det, for helt ærligt, så ville det ikke se så godt ud. Hvis Det Hvide Hus fik færten af det, ville de få en helvedes masse ud af det. Men det er nu ikke det, der er pointen. Jeg ringer for at fortælle dig, at efter det her møde i aften har jeg talt med chefen for Forbundet for Rummets Udforskning ..."

Skønt Sexton stadig talte, var der flere sekunder, hvor det eneste, Gabrielle kunne høre, var blodet, der strømmede op i kinderne på hende, sådan skammede hun sig. Uden den mindste opfordring havde senatoren sagt, at han havde holdt møde her i aften med private rumvirksomheder. Fuldstændig lovligt. Og så at tænke på, hvad Gabrielle havde været lige ved at gøre! Gud ske tak og lov, at Yolanda havde standset hende. *Jeg var jo næsten sprunget over bord på grund af Marjorie Tench!*

" ... og så fortalte jeg chefen for Forbundet for Rummets Udforskning," sagde senatoren, "at du måske kunne skaffe de oplysninger til os."

Gabrielle samlede tråden op igen. "Okay."

"Den kontakt, du har fået alle de her insider-informationer fra om NASA de sidste måneder? Jeg går ud fra, at du stadig har adgang der?"

Marjorie Tench. Gabrielle krympede sig og vidste, at hun aldrig kunne fortælle senatoren, at hendes meddeler havde manipuleret med hende hele tiden. "Øh ... det tror jeg," løj Gabrielle.

"Godt. Der er nogle bestemte oplysninger, jeg har brug for. Med det samme."

Mens Gabrielle lyttede, blev hun klar over, hvor meget

hun havde undervurderet senator Sedgewick Sexton. Noget af mandens stråleglans var falmet, siden hun var begyndt at følge hans karriere. Men i aften var den tilbage. Over for det, der så ud til at være det ultimative, dødbringende slag mod hans kampagne, planlagde Sexton et modangreb. Og selvom det var Gabrielle, der havde ledt ham ind på den uheldssvangre vej, straffede han hende ikke. Nej, han gav hende tværtimod en chance for at gøre det godt igen.

Og gøre det godt igen, det ville hun.

Ligegyldigt hvad der skulle til.

80

William Pickering stod og kiggede ud ad sit vindue på den fjerne række billygter på Leesburg Highway. Han tænkte ofte på hende, når han stod heroppe alene på toppen af verden.

Al denne magt ... og jeg kunne ikke redde hende.

Pickerings datter, Diana, var omkommet i Det Røde Hav, mens hun var udstationeret om bord på et af Søværnets små støtteskibe under sin uddannelse til navigatør. Hendes skib havde været opankret i en sikker havn en solrig eftermiddag, da en lille båd med sprængstoffer og bemandet med to selvmordsterrorister tøffede langsomt tværs over havnen og eksploderede, da den ramte skibets skrog. Diana Pickering og tretten andre unge, amerikanske soldater var blevet dræbt den dag.

William Pickering havde været helt slået ud. Smerten overvældede ham i flere uger. Da terroristangrebet blev sporet til en kendt celle, som CIA uden held havde eftersøgt i årevis, forvandlede Pickerings tungsind sig til raseri. Han var marcheret lige ind i CIA's hovedkvarter og havde forlangt at få et svar.

Det svar, han fik, havde været svært at sluge.

Tilsyneladende havde CIA været forberedt på at rykke ind på denne celle for flere måneder siden og havde bare ventet på et ultraskarpt satellitfoto, så de kunne planlægge et helt præcist angreb på terroristernes gemmested i bjergene i Afghanistan. Det var meningen, at disse fotos skulle tages af NRO's satellit med kodenavnet Vortex 2 til 1,2 milliarder dollars, den selv samme satellit, som var blevet sprængt i luften på affyringsrampen af sin NASA-affyringsraket. På grund af NASA-uheldet var CIA-angrebet blevet udsat, og nu var Diana Pickering død.

Pickerings hjerne sagde til ham, at NASA ikke havde været direkte ansvarlig, men hans hjerte fandt det svært at tilgive. En undersøgelse af raketeksplosionen afslørede, at NASA's ingeniører, der var ansvarlige for brændstofindsprøjtningssystemet, var blevet tvunget til at bruge andenklasses materialer i et forsøg på at overholde budgettet.

"Ved ubemandede flyvninger bestræber NASA sig frem for alt på at bruge det, der er økonomisk rentabelt," forklarede Lawrence Ekstrom på en pressekonference. " I dette tilfælde må vi indrømme, at resultatet ikke har været optimalt. Vi er ved at undersøge det."

Ikke optimalt. Diana Pickering var død.

Fordi spionsatellitten var tophemmelig, fik offentligheden endvidere aldrig at vide, at NASA havde ødelagt et NRO-projekt til 1,2 milliarder dollars og, i indirekte sammenhæng, slået flere amerikanere ihjel.

"Sir?" Pickering hørte sekretærens stemme over samtaleanlægget og blev forskrækket. "Linje et. Det er Marjorie Tench."

Pickering rykkede sig fri af sin forvirring og så på telefonen. *Nu igen?* Det var, som om det blinkende lys på linje et sitrede med en arrig påtrængenhed. Pickering rynkede brynene og besvarede opkaldet.

"Det er Pickering."

Tenchs stemme var rasende. "Hvad har hun fortalt Dem?"

"Hvabehar?"

"Rachel Sexton har kontaktet Dem. Hvad har hun sagt? Hun var om bord i en ubåd, for himlens skyld! Hvordan vil De forklare det?"

Pickering var klar over, at det var en kendsgerning, han ikke kunne benægte; Tench havde gjort sit hjemmearbejde godt. Pickering var overrasket over, at hun havde fundet ud af det med Charlotte, men hun havde åbenbart været ude at spille med musklerne, indtil hun fik svar. "Ms. Sexton har kontaktet mig, ja."

"De har sørget for, at hun blev hentet. Og De kontaktede ikke mig?"

"Jeg har sørget for, at hun blev hentet. Det er korrekt." Der ville gå endnu to timer, før Rachel Sexton, Michael Tolland og Corky Marlinson ville ankomme til den nærliggende Bollings Air Force Base.

"Og alligevel valgte De ikke at informere mig om det?"

"Rachel Sexton er kommet med nogle meget foruroligende anklager."

"Om, at meteoritten måske ikke er ægte ... og at hun nær var blevet slået ihjel?"

"Blandt andet."

"Det er indlysende, at hun lyver."

"Er De klar over, at hun er sammen med to andre, der bekræfter hendes historie?"

Tench blev stille et øjeblik. "Ja. Højst foruroligende. Det Hvide Hus er meget bekymret over deres påstande."

"Det Hvide Hus? Eller Dem personligt?"

Hendes tonefald blev skarpt som et barberblad. "Hvad Dem angår, direktør Pickering, så er der ingen forskel i aften."

Det gjorde ikke noget indtryk på Pickering. Han var ikke ukendt med bralrende politikere og deres medarbejdere, der prøvede at styre efterretningstjenesten. Der var få, der prøvede så ihærdigt som Marjorie Tench. "Ved præsidenten, at De ringer til mig?"

"Ærligt talt, direktør Pickering, så er jeg chokeret over, at De overhovedet beskæftiger Dem med disse sindssyge fantasterier."

Du svarede ikke på mit spørgsmål. "Jeg ser ingen logisk begrundelse for, at disse personer skulle lyve. Jeg må gå ud fra, at enten fortæller de sandheden, eller også har de begået en ærlig fejltagelse."

"Fejltagelse? Påstande om angreb? Fejl i meteoritdataene, som NASA ikke har fået øje på? Ved De nu hvad! Det her er et åbenlyst politisk trick."

"Hvis det er tilfældet, kan jeg ikke få øje på motiverne."

Tench sukkede dybt og sænkede stemmen. "Direktør Pickering, der er kræfter på spil her, som De muligvis ikke er klar over. Det kan vi tale meget mere om senere, men lige her og nu skal jeg vide, hvor ms. Sexton og de andre befinder sig. Jeg skal til bunds i det her, inden de forårsager varig skade. Hvor er de?"

"Det er ikke en oplysning, jeg er tryg ved at dele med nogen. Jeg skal nok kontakte Dem, når de er nået frem."

"Nej, sådan spiller klaveret ikke. Jeg vil være der og byde dem velkommen, når de ankommer."

Dig og hvor mange sikkerhedsagenter? tænkte Pickering. "Hvis jeg giver Dem tid og sted for deres ankomst, vil vi så alle sammen få en chance for at tale venskabeligt sammen, eller har De i sinde at få en privat hær til at tage dem i forvaring?"

"Disse personer udgør en direkte trussel mod præsidenten. Det Hvide Hus har al mulig ret til at tilbageholde dem og udspørge dem."

Pickering vidste, at hun havde ret. Ifølge lovtitel 18, afsnit 3056 i De Forenede Staters lovsamling kan agenter i den amerikanske efterretningstjeneste bære våben, bruge dødbringende magt og foretage arrestationer uden hjemmel blot på mistanke om, at en person har begået eller har til hensigt at begå en alvorlig forbrydelse eller et angreb mod præsidenten. Efterretningstjenesten havde carte blanche. De, der tiest blev tilbageholdt, var folk, der drev rundt uden for Det Hvide Hus, og skolebørn, der sendte trussels-e-mails for sjov.

Pickering var ikke i tvivl om, at efterretningstjenesten havde hjemmel til at slæbe Rachel Sexton og de to andre ned i kælderen i Det Hvide Hus og beholde dem der på ubestemt tid. Det ville være højt spil, men Tench var tydeligvis klar over, at indsatserne var høje. Spørgsmålet var, hvad der ville ske, hvis Pickering tillod Tench at overtage kontrollen. Det havde han ikke i sinde at finde ud af.

"Jeg vil gøre alt, hvad der er nødvendigt," erklærede Tench, "for at beskytte præsidenten mod falske anklager. Den blotte antydning af urent trav vil kaste en tung skygge over Det Hvide Hus og NASA. Rachel Sexton har misbrugt præsidentens tillid, og jeg har ikke til hensigt at vente på at se, at præsidenten betaler prisen."

"Og hvis jeg nu anmoder om, at ms. Sexton får lov til at fremlægge sin sag for et spørgepanel fra embedsværket?"

"Så ville De ignorere en direkte ordre fra præsidenten og give hende en platform, hvor hun kunne forårsage et frygteligt politisk roderi! Jeg spørger Dem endnu en gang, direktør Pickering. Hvor flyver De dem hen?"

Pickering tog en lang indånding. Hvad enten han fortalte Marjorie Tench, at flyet ville ankomme til Bollings Air Force Base, eller ej, vidste han, at hun havde metoderne til at finde ud af det. Spørgsmålet var, om hun ville gøre det eller ikke. Ud fra den beslutsomhed, han kunne mærke i hendes stemme, havde han en fornemmelse af, at hun ville sætte himmel og jord i bevægelse. Marjorie Tench var skræmt.

"Marjorie," sagde Pickering med umiskendeligt lysere

stemme. "Der er nogen, der lyver for mig. Det er jeg sikker på. Enten er det Rachel Sexton og de to uafhængige forskere – eller også er det Dem. Jeg tror, det er Dem."

Tench eksploderede. "Hvor vover ..."

"Deres harme virker ikke på mig, så den kan De spare Dem. De burde være klog nok til at vide, at jeg har absolut bevis på, at NASA og Det Hvide Hus har udsendt usandheder her til aften."

Tench blev pludselig stum.

Pickering lod hende hænge og dingle et øjeblik. "Jeg er ikke ude på et politisk ragnarok, og det er De heller ikke. Men der har været løgne. Løgne, der vil blive afsløret. Hvis De ønsker, at jeg skal hjælpe Dem, må De begynde med at være ærlig over for mig."

Tench lød fristet, men vagtsom. "Hvis De er så sikker på, at der har været løgne, hvorfor er De så ikke trådt frem?"

"Jeg blander mig ikke i politiske anliggender."

Tench mumlede noget, der i betænkelig grad lød som "skråt op".

"Forsøger De at fortælle mig, Marjorie, at den oplysning, præsidenten er kommet med her i aften, var helt igennem sand?"

Der blev en lang tavshed på linjen.

Pickering vidste, at han havde hende. "Hør nu her, vi ved begge to, at det her er en tidsindstillet bombe, der venter på at eksplodere. Men det er ikke for sent. Der er kompromis'er, vi kan finde."

Tench sagde ingenting i flere sekunder. Til sidst sukkede hun. "Vi bør mødes."

Et-nul, tænkte Pickering.

"Jeg har noget at vise Dem," sagde Tench. "Og jeg tror, det vil kaste lys over sagen."

"Jeg kan komme hen på Deres kontor."

"Nej," sagde hun hurtigt. "Det er langt ud på natten. Hvis De kom her, kunne det give anledning til bekymring. Jeg ville foretrække, hvis vi kunne holde den her sag bare mellem os to."

Pickering læste mellem linjerne. *Præsidenten ved ikke noget om det her.* "De er velkommen til at komme her," sagde han.

Tench lød mistroisk. "Lad os mødes et eller andet diskret sted."

Det var, hvad Pickering havde ventet.

"Roosevelt-mindesmærket ligger ikke ret langt fra Det Hvide Hus," sagde Tench. "Der vil være tomt på den her tid af natten."

Pickering tænkte over det. Roosevelt-mindesmærket stod midtvejs mellem mindesmærkerne for Jefferson og Lincoln i et yderst sikkert område af byen. Efter en lang betænkningstid indvilgede Pickering.

"Om en time," sagde Tench til afslutning. "Og kom alene."

Så snart Marjorie Tench havde lagt på, ringede hun til Ekstrom, NASA's chef. Hendes stemme var anspændt, da hun overbragte de dårlige nyheder.

"Pickering kunne blive et problem."

81

Gabrielle Ashe var fyldt med nyt håb, da hun stod ved Yolandas skrivebord i ABC's redaktionslokale og ringede til oplysningen. Hvis de påstande, Sexton lige havde fortalt hende om, blev bekræftet, rummede de et chokerende potentiale. *Skulle NASA have løjet om polarkredsløbssatellitten?* Gabrielle havde set den pressekonference, Sexton havde fortalt om, og kunne huske, at hun havde syntes, den var mærkelig, og alligevel havde hun glemt alt om den; for nogle uger siden havde PODS ikke været et vigtigt emne. Men i aften var den blevet det.

Nu havde Sexton brug for insider-oplysninger, og det skulle ske hurtigt. Han stolede på, at Gabrielles "meddeler" kunne skaffe informationerne. Gabrielle havde forsikret senatoren om, at hun ville gøre sit bedste. Problemet var selvfølgelig, at hendes meddeler var Marjorie Tench, som ikke ville være til nogen hjælp overhovedet. Så Gabrielle måtte skaffe sig oplysninger ad anden vej.

"Oplysningen," sagde stemmen i telefonen.

Gabrielle fortalte, hvad hun ledte efter. Telefonisten kom tilbage med tre opslag på en Chris Harper i Washington. Gabrielle prøvede alle numrene.

Det første var et sagførerfirma. Det andet svarede ikke. Det tredje ringede nu.

En kvinde svarede efter første ring. "Hos Harper."

"Fru Harper," sagde Gabrielle så høfligt som muligt. "Jeg håber ikke, at jeg vækkede Dem?"

"Du godeste, nej da! Jeg tror ikke, der er nogen, der får sovet i nat." Hun lød opstemt. Gabrielle kunne høre fjernsynet i baggrunden. En udsendelse om meteoritten. "De ringer til Chris, går jeg ud fra?"

Gabrielles puls steg. "Ja, ma'am."

"Han er her desværre ikke. Han skyndte sig af sted på arbejde, så snart præsidentens tale var ovre." Kvinden lo. "Selvfølgelig tvivler jeg på, at de skal arbejde. De skal nok snarere fejre det. Bekendtgørelsen kom som en fuldstændig overraskelse for ham. Det var den for alle. Vores telefon har ringet hele aftenen. Jeg vil vædde på, at hele NASA-holdet er derovre nu."

"E Street-komplekset?" spurgte Gabrielle, der gik ud fra, at hun mente NASA's hovedkvarter.

"Jeps. Tag festdresset på."

"Tak. Jeg finder ham derovre."

Gabrielle lagde på. Hun skyndte sig ud i redaktionsrummet og fandt Yolanda, som lige var blevet færdig med at vejlede en gruppe rumeksperter, som skulle til at give begejstrede kommentarer om meteoritten.

Yolanda smilede, da hun så Gabrielle komme. "Du ser bedre ud nu," sagde hun. "Er du begyndt at se lyset igen?"

"Jeg har lige talt med senatoren. Hans møde her i aften var ikke, hvad jeg troede."

"Jeg sagde jo nok, at Tench legede kispus med dig. Hvordan tager senatoren nyheden om meteoritten?"

"Bedre end forventet."

Yolanda så overrasket ud. "Jeg ville have troet, han havde kastet sig ud foran et tog."

"Han mener, der er et problem med NASA's data."

Yolanda udstødte et tvivlende fnys. "Har han set den samme pressekonference, som jeg lige har set? Hvor meget mere bekræftelse og genbekræftelse har manden brug for?"

"Jeg tager lige over til NASA for at undersøge noget."

Yolandas optegnede øjenbryn røg op i advarende buer. "Vil senator Sextons højre hånd nu marchere lige ind i NASA's hovedkvarter? Her i aften? Kan du stave til 'offentlig stening'?"

Gabrielle fortalte Yolanda om Sextons mistanke om, at afdelingslederen for PODS, Chris Harper, havde løjet om reparationen af softwaren, der skulle registrere uregelmæssigheder.

Det var åbenlyst, at Yolanda ikke købte den historie. "Vi dækkede den pressekonference, Gabrielle, og jeg vil indrømme, at Harper ikke var sig selv den aften, men NASA sagde, at han var hundesyg."

"Senator Sexton er overbevist om, at han løj. Andre er også overbeviste. Magtfulde folk."

"Hvis satellittens anomalisoftware ikke var ordnet, hvordan kunne den så finde meteoritten?"

Sextons pointe, tænkte Gabrielle. "Det ved jeg ikke. Men senatoren vil have, at jeg skaffer ham nogle svar."

Yolanda rystede på hovedet. "Sexton sender dig ind i en hvepserede. Lad være med at tage af sted. Du skylder ham ikke noget."

"Jeg har ødelagt hans kampagne totalt."

"Det var sort uheld, der ødelagde hans kampagne."

"Men hvis senatoren har ret, og afdelingslederen for polarkredsløbssatellitten faktisk løj …"

"Skat, hvis afdelingslederen for PODS har løjet for hele verden, hvad får så dig til at tro, at han vil fortælle dig sandheden?"

Det havde Gabrielle overvejet, og hun var allerede ved at lægge en plan. "Hvis jeg finder en historie derovre, ringer jeg til dig."

Yolanda udstødte en skeptisk latter. "Hvis du finder en historie derovre, vil jeg æde min gamle hat."

82

Glem alt, hvad du ved om denne stenprøve.

Michael Tolland havde kæmpet med sine egne, foruroligende grublerier om meteoritten, men med Rachels borende spørgsmål følte han sig nu endnu mere urolig. Han så ned på den stenskive, han sad med i hånden.

Forestil dig, at nogen gav den til dig uden som helst forklaring om, hvor den var fundet, eller hvad den var. Hvad ville din analyse så lyde på?

Tolland vidste, at Rachels spørgsmål var ledende, men som en analytisk øvelse var det glimrende. Ved at forkaste alle de kendsgerninger, han havde fået ved sin ankomst til habisfæren, måtte Tolland indrømme, at hans undersøgelse af forsteningerne i bund og grund var sket ud fra en enkelt forudsætning – at stenen, som fossilerne var fundet i, var en meteorit.

Hvad nu, hvis jeg IKKE havde fået noget at vide om meteoritten? spurgte Tolland sig selv. Skønt han stadigvæk ikke var i stand til at forestille sig nogen anden forklaring, tillod han sig det spillerum hypotetisk at fjerne "meteorit" som forudsætning, og når han gjorde det, var resultaterne temmelig bekymrende. Nu diskuterede Tolland og Rachel ideerne med en groggy Corky Marlinson.

"Altså, Mike," gentog Rachel med ivrig stemme, "du siger, at hvis nogen gav dig den her sten med fossiler i hånden uden nogen forklaring på noget som helst, så ville du konkludere, at den var fra Jorden."

"Selvfølgelig," svarede Tolland. "Hvad skulle jeg ellers konkludere? Det er et langt større skridt at hævde, at man har fundet liv i rummet, end det er at påstå, at man har fundet en forstening af en hidtil uopdaget, jordisk dyreart. Forskere finder snesevis af nye arter hvert år."

"Lus, der er en halv meter lange?" spurgte Corky og lød skeptisk. "Ville du antage, at et leddyr af den størrelsesorden var fra Jorden?"

"Ikke *nu*, måske," svarede Tolland, "men arten behøver ikke nødvendigvis at leve nu om dage. Det er et fossil. Det er 190 millioner år gammelt. Omtrent samme alder som vores Juratid. Der er masser af forhistoriske fossiler, der har været skabninger i overstørrelse, og som ser chokerende ud, når vi opdager resterne af dem – enorme krybdyr med vinger, dinosaurer, fugle."

"Ikke for at spille fysiker her, Mike," sagde Corky, "men der er altså en alvorlig brist i dit argument. De forhistoriske skabninger, du lige nævnte – dinosaurer, krybdyr, fugle – de har alle sammen indre *skeletter,* som giver dem mulighed for at vokse til store størrelser på trods af Jordens tyngdekraft. Men den her forstening ..." Han tog prøven og holdt den frem. "De små fyre her har *exo*skeletter – ydre skeletter. De er arthropoder. Leddyr. Du sagde selv, at et leddyr på denne størrelse kun kunne være udviklet i et miljø med lav tyngdekraft. Ellers ville dets ydre skelet være kollapset under dyrets egen vægt."

"Korrekt," sagde Tolland. "Den her art ville være kollapset under sin egen vægt, hvis den gik rundt på jorden."

Corky rynkede irriteret brynene. "Tja, Mike, medmindre en eller anden hulemand drev en antityngdekrafts-lusefarm, kan jeg ikke indse, hvordan du på nogen måde kan konkludere, at et halv meter langt leddyr har sin oprindelse på Jorden."

Tolland smilede for sig selv. Corky overså en virkelig simpel pointe. "Faktisk er der en anden mulighed." Han så nøje på sin ven. "Corky, du er vant til at se opad. Se nedad. Der er et kæmpestort antityngdekraftmiljø lige her på Jorden. Og det har været her fra tidernes morgen."

Corky gloede arrigt på ham. "Hvad fanden snakker du om?"

Rachel så også overrasket ud.

Tolland pegede ud ad vinduet på det månebelyste hav, der glimtede under flyet. "Havet."

Rachel fløjtede anerkendende. "Selvfølgelig."

"Vand er et miljø med en lav tyngdekraft," forklarede Tolland. "Alting vejer mindre under vandet. I havet lever enorme, skrøbelige væsener, der aldrig ville kunne eksistere på land – gopler, kæmpeblæksprutter, den blå ribbon eel."

Corky gav lidt efter. "Godt, men der var altså ikke kæmpeleddyr i det forhistoriske hav."

"Det var der da. Og det er der faktisk stadigvæk. Folk spiser dem hver dag. De er en delikatesse i de fleste lande."

"Mike, hvem fanden spiser kæmpestore havleddyr?"

"Alle dem, der spiser hummere, krabber og rejer."

Corky stirrede.

"Skaldyr er i bund og grund store havleddyr," forklarede Tolland. "De er en underart af phylum Arthropoda – lus, krabber, edderkopper, insekter, græshopper, skorpioner, hummere – de er alle sammen i familie. De er alle sammen arter med leddelte ben og exoskeletter."

Corky så pludselig ud til at blive dårlig.

"Ud fra et klassifikationssynspunkt ligner de leddyr rigtig meget," forklarede Tolland. "Hesteskokrabber ligner gigantiske trilobitter. Og kløerne på en hummer ligner dem på en stor skorpion."

Corky blev grøn i hovedet. "Okay, så har jeg spist min sidste hummersandwich."

Rachel så fascineret ud. "Så arthropoder på landjorden forbliver små, fordi tyngdekraften favoriserer dem, der er små. Men i vandet bliver de holdt oppe, så de kan vokse sig meget store."

"Netop," sagde Tolland. "En gigantisk kongekrabbe fra Alaska kunne godt blive klassificeret som en kæmpeedderkop ved en fejl, hvis vi havde begrænset fossilbevis."

Rachels iver blev nu afløst af bekymring. "Mike, med forbehold for det forhold, at meteoritten tilsyneladende er ægte, så sig mig lige: Tror du, at de fossiler, vi så på Milne, muligvis kunne være kommet fra havet? *Jordens* hav?"

Tolland mærkede hendes direkte blik og betydningen af hendes spørgsmål. "Hypotetisk set, så må jeg sige ja. Havbunden har afsnit, der er 190 millioner år gamle. Samme alder som fossilerne. Og teoretisk set kunne havet have bevaret livsformer, der så ud som det her."

"Åh, hold op!" kom det hånligt fra Corky. "Jeg tror ikke mine egne ører. Med forbehold for meteorittens ægthed? Den meteorit kan ikke modbevises. Selvom Jorden har en havbund, der er lige så gammel som meteoritten, har vi for fanden da ikke en havbund, der har smelteskorpe, et unormalt nikkelindhold og chondruler. I klamrer jer til et halmstrå."

Tolland vidste, at Corky havde ret, men alligevel havde den kendsgerning, at han overhovedet havde forestillet sig fossilerne som havskabninger, gjort, at Tolland ikke følte helt så stor ærefrygt for dem længere. De var ligesom lidt mere velkendte nu.

"Mike," sagde Rachel, "hvorfor var der ingen af NASA's videnskabsfolk, der tænkte på, om de her fossiler kunne være havdyr? Selv fra et hav på en anden planet?"

"Det er der faktisk to grunde til. Pelagiske fossilprøver – dem fra havbunden – viser normalt en syndflod af sammenblandede arter. Alt, hvad der lever i de millioner af kubikmeter af liv over havbunden, vil til sidst dø og synke ned på bunden. Det betyder, at havbunden bliver til en gravplads for arter fra alle dybder, tryk og temperaturomgivelser. Men prøven fra Milne var ren – en enkelt art. Den lignede mere noget, man kunne finde i ørkenen. Et kuld af samme slags dyr, der blev begravet i en sandstorm, for eksempel."

Rachel nikkede. "Og den anden grund til, at du gættede på land frem for hav?"

Tolland trak på skuldrene. "Instinktiv fornemmelse. Videnskabsfolk har altid troet, at hvis rummet var befolket, ville det være befolket af insekter. Og fra det, vi har observeret i rummet, er der mange flere mineraler og sten derude, end der er vand."

Rachel blev tavs.

"Meen ...," tilføjede Tolland. Rachel havde sat en tankerække i gang hos ham. "Jeg skal da indrømme, at der findes nogle meget dybe dele i havbunden, som vi havforskere kalder døde zoner. Vi forstår dem ikke helt, men det er områder, hvor strømmene og fødekilderne er sådan, at der næsten ingenting lever der. Kun nogle få arter ådselædende bunddyr. Så ud fra det synspunkt vil jeg tro, at fossiler af bare én art ikke helt kan udelukkes."

"Hallo?" brummede Corky. "Husker du smelteskorpen? Gennemsnitsindholdet af nikkel? Chondrulerne? Hvorfor snakker vi overhovedet om det her?"

Tolland svarede ikke.

"Spørgsmålet om nikkelindholdet," sagde Rachel til Corky. "Forklar mig lige det igen. Nikkelindholdet i sten på Jorden er enten meget højt eller meget lavt, men i meteoritter ligger nikkelindholdet inden for et specifikt middelområde."

Corky nikkede. "Præcis."

"Og derfor falder nikkelindholdet i denne prøve præcist inden for det forventede værdiområde."

"Meget tæt på, ja."

Rachel så overrasket ud. "Stop lige en halv. Tæt på? Hvad skal det nu sige?"

Corky så irriteret ud. "Som jeg har forklaret dig tidligere, så er alle meteoritmineralogier forskellige. Når vi videnskabsmænd finder nye meteoritter, er vi konstant nødt til at opdatere vores beregninger med hensyn til, hvad vi anser for at være et acceptabelt nikkelindhold for meteoritter."

Rachel så ud til at være rystet, da hun holdt prøven frem. "Så den her meteorit tvang dig altså til at revurdere, hvad du anser for at være et acceptabelt nikkelindhold i en meteorit? Faldt det uden for det vedtagne middelområde for nikkel?"

"Kun en lille smule," svarede Corky.

"Hvorfor er der ikke nogen, der har nævnt det?"

"Det er ikke et relevant spørgsmål. Astrofysik er en dynamisk videnskab, som konstant bliver opdateret."

"*Imens* der foregår en utrolig vigtig analyse?"

"Hør nu her," sagde Corky med et fnys, "jeg kan forsikre dig for, at nikkelindholdet i den prøve er fandens meget tættere på andre meteoritter end på nogen sten på Jorden."

Rachel vendte sig om mod Tolland. "Vidste du noget om det her?"

Tolland nikkede modstræbende. Det havde ikke været noget stort problem dengang. "Jeg fik fortalt, at den her meteorit fremviste et lidt højere nikkelindhold end andre meteoritter, men det lod ikke til, at det var noget, NASA-specialisterne bekymrede sig om."

"Og med god grund!" indskød Corky. "Det mineralogiske bevis her er ikke, at nikkelindholdet er uomtvisteligt meteoritlignende, men derimod, at det er uomtvisteligt ikke-Jordlignende."

Rachel rystede på hovedet. "Beklager, men inden for mit fag er det den slags falsk logik, der gør, at der bliver slået nogen ihjel. At sige, at en sten er ikke-Jord-lignende, beviser ikke, at den er en meteorit. Det beviser bare, at den ikke ligner noget, vi nogensinde har set på Jorden."

"Hvad fanden er forskellen?"

"Der er ikke nogen," sagde Rachel. "Hvis man har set alle sten på Jorden."

Corky blev tavs et øjeblik. "Okay," sagde han endelig, "ignorer nikkelindholdet, hvis det gør dig nervøs. Vi har stadig en upåklagelig smelteskorpe og chondruler."

"Ja," sagde Rachel og lød uimponeret. "To ud af tre, det er da slet ikke dårligt."

83

Den bygning, der husede NASA's hovedkvarter, var en kæmpestor firkant, der befandt sig på E Street 300 i Washington, D.C. Bygningen havde et edderkoppespind på mere end tre hundrede kilometer datakabler og flere tusind tons computerprocessorer. Det var hjemsted for 1.134 tjenestemænd, der havde ansvaret for NASA's årlige budget på 15 milliarder dollars og den daglige drift af de tolv NASA-baser rundt omkring i landet.

Trods det sene tidspunkt var Gabrielle overhovedet ikke

overrasket over at finde masser af mennesker i bygningens foyer, tilsyneladende et sammenrend af opstemte mediehold og endnu mere begejstrede NASA-ansatte. Gabrielle skyndte sig indenfor. Indgangspartiet lignede et museum med dramatiske gengivelser i fuld størrelse af berømte rumkapsler og satellitter, der var hængt op i loftet. Tv-holdene afmærkede deres territorium på det udstrakte marmorgulv og filmede NASA-ansatte med store øjne, som kom ind gennem døren.

Gabrielle så ud over mængden, men kunne ikke få øje på nogen, der lignede Chris Harper, afdelingsleder for PODS-satellitten. Halvdelen af dem, der var i foyeren, havde pressekort, og den anden halvdel foto-id-kort med NASA-logo om halsen. Gabrielle havde ingen af delene. Hun fik øje på en ung kvinde med et NASA-id og skyndte sig over til hende.

"Hej. Jeg leder efter Chris Harper?"

Kvinden så underligt på Gabrielle, som om hun genkendte hende et eller andet sted fra og ikke helt kunne placere det. "Jeg så dr. Harper gå igennem for et stykke tid siden. Jeg tror, han skulle ovenpå. Kender jeg Dem?"

"Det tror jeg ikke," sagde Gabrielle og vendte sig. "Hvordan kommer jeg ovenpå?"

"Arbejder De for NASA?"

"Nej, det gør jeg ikke."

"Så kan De ikke komme ovenpå."

"Nå. Er der en telefon, jeg kan bruge, så jeg –"

"Hov," sagde kvinden og så pludselig vred ud. "Nu ved jeg, hvem De er. Jeg har set Dem i fjernsynet sammen med senator Sexton. De kan da ikke være så fræk at –"

Gabrielle var allerede gået og var forsvundet i mængden. Bag sig kunne hun høre kvindens vrede stemme fortælle andre, at Gabrielle var her.

Strålende. To sekunder, siden jeg kom gennem døren, og nu er jeg allerede på listen over de mest eftersøgte.

Gabrielle dukkede hovedet, mens hun skyndte sig over til den anden side af foyeren. Der hang en adresseliste på væggen. Hun kørte hurtigt navnene igennem og så efter Chris Harper. Intet. Vejledningen angav ingen navne overhovedet. Den var inddelt efter afdelinger.

Polarkredsløb måske? Hun afsøgte listen for alt, der havde med polarkredsløb, scanner og densitet at gøre. Hun fandt intet. Hun var bange for at se sig tilbage, da hun halvvejs ventede at se en flok vrede NASA-ansatte komme for at stene hende. Det eneste, hun så på listen, der så blot en smule lovende ud, lå på fjerde etage:

JORDKLODEFORSKNING, FASE II

Jordovervågningssystemet (EOS)

Gabrielle drejede hovedet fra foyeren og gik over mod en niche, der rummede en række elevatorer og en drikkevandsfontæne. Hun ledte efter en knap til elevatoren, men fandt kun sprækker. Fandens også. Elevatorerne var sikkerhedskontrolleret – adgang kun for ansatte med id-nøglekort.

En gruppe unge mænd kom hurtigt hen mod elevatorerne, mens de talte i munden på hinanden. De havde NASA's foto-id om halsen. Gabrielle bøjede sig hurtigt ind over fontænen og så bagud. En mand med bumser i hele hovedet stak sit id-kort ind i sprækken og åbnede elevatoren. Han lo og rystede forundret på hovedet.

"Fyrene i programmet til efterforskning af intelligent ikke-jordisk liv må være ved at blive vanvittige!" sagde han, mens de alle gik ind i elevatoren. "Deres radioteleskop har afsøgt strømningsfelter på to hundrede milliJansky i tyve år, og så har det fysiske bevis ligget begravet i isen her på Jorden hele tiden!"

Elevatordørene gik i, og mændene forsvandt.

Gabrielle rettede sig op, tørrede sig om munden og spekulerede på, hvad hun nu skulle gøre. Hun så sig om efter en intern telefon. Der var ikke nogen. Hun overvejede, om hun kunne stjæle et nøglekort, men noget fortalte hende, at det nok var uklogt. Hvad hun så end gjorde, vidste hun, at hun måtte gøre det hurtigt. Hun kunne se den kvinde, hun først havde talt med ude i foyeren. Nu banede hun sig vej gennem mængden sammen med en af NASA's sikkerhedsfolk.

En velbygget, skaldet mand kom rundt om hjørnet og skyndte sig over mod elevatorerne. Gabrielle bøjede sig atter ind over fontænen. Manden lod ikke til at ænse hende. Gabrielle så til i tavshed, mens manden lænede sig frem og stak sit id-kort ind i sprækken. Det næste sæt elevatordøre gled op, og manden trådte ind.

Hul i det, tænkte Gabrielle og besluttede sig. *Det er nu eller aldrig.*

Da elevatordørene var ved at glide i, vendte Gabrielle sig fra fontænen og løb derover, rakte hånden frem og greb fat om døren. Dørene sprang op igen, og hun trådte ind med et ansigt, der strålede af begejstring. "Har du nogensinde set magen?" spurgte hun overstrømmende venligt den forbløffede, skaldede mand. "Hold da helt op. Det er jo sindssygt!"

Manden sendte hende et sært blik.

"Fyrene i programmet til efterforskning af intelligent ikke-jordisk liv må være ved at blive vanvittige!" sagde Gabrielle. "Deres radioteleskop har afsøgt strømningsfelter på to hundrede milliJansky i tyve år, og så har det fysiske bevis ligget begravet i isen her på Jorden hele tiden!"

Manden så overrasket ud. "Tja … ja, det er ret …" Han så på hendes hals, tilsyneladende i vildrede med ikke at se et id-kort. "Undskyld, er De …"

"Fjerde etage, tak. Jeg kom af sted i sådan en fart, at jeg næsten glemte at tage undertøj på!" Hun lo og stjal sig til et hurtigt kig på fyrens id-kort: *James Theisen, Økonomiforvaltningen.*

"Arbejder De her?" Manden så urolig ud. "Miss …?"

Gabrielle var ved at tabe underkæben. "Jim! Jeg er såret! Du må da aldrig få en kvinde til at føle sig glemt!"

Manden blev bleg et øjeblik, så utilpas ud og førte forvirret en hånd hen over hovedet. "Undskyld. Al den her hurlumhej, ikke sandt? Jeg må indrømme, at du ser da velkendt ud. Hvad for et program arbejder du med?"

Pis. Gabrielle lyste op i et tillidsfuldt smil. "Jordovervågningssystemet."

Manden pegede på den oplyste knap til fjerde etage. "Ja, det kan jeg se. Jeg mente hvilket specifikt projekt?"

Gabrielle mærkede, hvordan pulsen steg. Hun kunne kun tænke på én ting. "PODS."

Manden så overrasket ud. "Gør du det? Jeg troede, jeg havde mødt alle på dr. Harpers hold."

Hun nikkede genert. "Chris holder mig gemt af vejen. Jeg er den idiotiske programmør, der ødelagde det voxelindeks i anomaliprogrammet."

Nu var det den skaldede mand, der stod med åben mund. "Var det *dig?*"

Gabrielle rynkede brynene. "Jeg har ikke sovet i flere uger."

"Men *dr. Harper* tog da hele skraldet for det!"

"Det ved jeg. Chris er sådan en fin fyr. I det mindste fik han det glattet ud. Men sikke en bekendtgørelse her i aften, ikke sandt? Den der meteorit. Jeg er helt i chok!"

Elevatoren standsede ved fjerde etage. Gabrielle sprang ud. "Rart at se dig, Jim. Hils regnedrengene i budgetafdelingen!"

"Det skal jeg nok," stammede manden, mens dørene lukkede sig. "Hyggeligt at møde dig igen."

84

Som de fleste præsidenter før ham overlevede Zach Herney på fire-fem timers søvn hver nat. Gennem de sidste uger havde han dog overlevet på langt mindre. Da spændingen over aftenens begivenheder langsomt begyndte at ebbe ud, kunne Herney mærke, hvordan det sene tidspunkt gjorde ham træt i alle lemmer.

Han og nogle af de øverste stabsmedlemmer opholdt sig i Roosevelt-værelset, nød noget festchampagne og så den endeløse række af genudsendelser af pressekonferencen, uddrag af Tollands dokumentarprogram og nogle lærde opsummeringer i fjernsynet. På skærmen så man i øjeblikket en overstrømmende indenrigskorrespondent, der stod foran Det Hvide Hus og holdt om sin mikrofon.

"Ud over de fantastiske efterdønninger for menneskeslægten som art," forkyndte hun, "så har denne NASA-opdagelse nogle barske politiske efterdønninger her i Washington. Opdagelsen af disse meteoritfossiler kunne ikke være kommet på et bedre tidspunkt for den kriseramte præsident." Hendes stemme blev dyster. "Heller ikke på et værre tidspunkt for senator Sexton." Udsendelsen skiftede over til en genafspilning af den nu berygtede CNN-debat tidligere på dagen.

"Efter femogtredive år," erklærede Sexton," tror jeg, det er temmelig klart, at vi ikke kommer til at finde liv uden for Jorden."

"Og hvis De tager fejl?"

Sexton rullede med øjnene. "Åh, i himlens navn, ms. Tench, hvis jeg tager fejl, så vil jeg æde min gamle hat."

Alle i Roosevelt-værelset lo. Den måde, Tench fik ham trængt op i en krog på, kunne have virket grusom og alt for håndfast i tilbageblik, men det lod tilskuerne ikke til at bemærke; det arrogante tonefald i senatorens svar var så selvtilfreds, at Sexton kun syntes at få, hvad han havde fortjent.

Præsidenten så sig om efter Tench. Han havde ikke set hende siden før pressekonferencen. *Besynderligt,* tænkte han. *Det her er da hendes fest, lige så meget som det er min.*

Nyhedsreportagen i fjernsynet var ved at være slut; den opridsede dog igen Det Hvide Hus' politiske kvantespring fremad og senator Sextons katastrofale skred.

Sikke en forskel en dag kan gøre, tænkte præsidenten. *I politik kan ens verden ændre sig på et øjeblik.*

Ved daggry skulle han erkende, hvor sande disse ord kunne være.

85

Pickering kunne blive et problem, havde Tench sagt.

NASA-chef Ekstrom var alt for optaget af denne nye oplysning til at lægge mærke til, at uvejret uden for habisfæren rasede hårdere nu. De hylende kabler havde forhøjet tonen, og NASA-medarbejderne gik nervøst rundt og snakkede i stedet for at lægge sig til at sove. Ekstroms tanker var tabt i et andet uvejr – en storm af eksplosionsstyrke, der gærede hjemme i Washington. De sidste timer havde bragt mange problemer, som Ekstrom prøvede at tage sig af alle sammen. Men der var et problem, der ragede op over alle de andre tilsammen.

Pickering kunne blive et problem.

Ekstrom kunne ikke tænke sig nogen på Jorden, han havde mindre lyst til at måle sig med, hvad intelligens angik. Pickering havde plaget Ekstrom og NASA i årevis nu, prøvet at styre deres hemmelige taktik, havde lobbyet for ændrede opgaveprioriteringer og raset over NASA's stigende fejlratio.

Ekstrom vidste, at Pickerings afsky for NASA stak langt dybere end det nylige tab af NRO-SIGINT-satellitten til en milliard dollars, der var eksploderet på en NASA-affyringsrampe, eller NASA's sikkerhedslækager eller slaget om at rekruttere nøglepersoner til rumfarten. Pickerings klager over NASA var et drama af desillusionering og bitterhed, der aldrig holdt op.

NASA's X-33-rumfly, som man havde regnet med skulle

være afløseren for rumfærgerne, var fem år bagud, og det betød, at vedligeholdelse af NRO-satellitter og opsendelsesprogrammer blev skrottet eller udsat i snesevis. For nylig havde Pickerings raseri over X-33 nået feberstadiet, da han opdagede, at NASA helt havde aflyst projektet og dermed havde måttet æde et anslået tab på 900 millioner dollars.

Ekstrom trådte ind på sit kontor, satte sig ved skrivebordet og gemte hovedet i hænderne. Han havde nogle beslutninger, der skulle tages. Det, der var begyndt som en vidunderlig dag, var blevet til et mareridt, der udspillede sig omkring ham. Han forsøgte at sætte sig ind i William Pickerings tankegang. Hvad ville manden nu foretage sig? En, der var så intelligent som Pickering, måtte kunne indse betydningen af den her NASA-opdagelse. Han måtte tilgive visse valg, der var foretaget i desperation. Han måtte kunne se den uoprettelige skade, som ville ske ved at ødelægge dette øjeblik af triumf.

Hvad ville Pickering gøre med de oplysninger, han havde? Ville han se gennem fingre med det, eller ville han få NASA til at betale for sine fejltagelser?

Ekstrom rynkede brynene. Han var ikke i tvivl om, hvilken af de to muligheder det ville blive.

Når alt kom til alt, havde William Pickering mere dybtliggende problemer med NASA ... en gammel, personlig bitterhed, som stak langt dybere end politik.

86

Rachel sad stille nu og stirrede tomt på kabinen, mens G4-flyet fløj sydpå langs den canadiske kystlinje ved St. Lawrence-golfen. Tolland sad i nærheden og talte med Corky. Selvom de fleste af beviserne tydede på, at meteoritten var ægte, havde Corkys indrømmelse af, at nikkelindholdet var "uden for de forud fastsatte gennemsnitsværdier", tjent til at få Rachels allerførste mistanke frem igen. At anbringe en meteorit under isen i al hemmelighed kunne kun give mening, hvis det var en del af et brillant udtænkt falskneri.

Ikke desto mindre pegede de tilbageværende videnskabelige beviser på, at meteoritten var ægte.

Rachel vendte sig fra vinduet og kiggede ned på den pladeformede meteoritprøve, hun sad med i hånden. De små chondruler funklede. Tolland og Corky havde siddet og diskuteret disse metalliske chondruler i ret lang tid og havde formuleret sig i videnskabelige vendinger, der gik langt over Rachels forstand – ligevægtige olivintærskler, metastabile glasgrundmasser og metamorf rehomogenisering. I øvrigt var udfaldet klart: Corky og Tolland var enige om, at chondrulerne afgjort var fra en meteorit. Ingen forfalskning ved den kendsgerning.

Rachel vendte den pladeformede sten i hånden og kørte med en finger hen over kanten, hvor en del af smelteskorpen var synlig. Forkulningen så relativ frisk ud – garanteret ikke tre hundrede år gammel – selvom Corky havde forklaret hende, at meteoritten havde været hermetisk forseglet i is og derfor havde undgået atmosfærisk erosion. Det lød logisk. Rachel havde set programmer i fjernsynet, hvor de jordiske rester af et menneske var blevet gravet ud af isen efter fire tusind år, og personens hud så næsten perfekt ud.

Mens hun sad og betragtede smelteskorpen, slog en underlig tanke ned i hende – der var et indlysende forhold, der var blevet udeladt. Rachel spekulerede på, om det ganske enkelt havde været en forglemmelse blandt alle de data, der var blevet smidt i hovedet på hende, eller om nogen simpelthen havde glemt at fortælle det.

Hun vendte sig pludselig om mod Corky. "Er der nogen, der har dateret smelteskorpen?"

Corky så over på hende og så forvirret ud. "Hvad?"

"Var der nogen, der daterede forbrændingen? Ved vi med sikkerhed, at forbrændingen på stenen er sket nøjagtig på det tidspunkt, hvor Jungersol-nedslaget fandt sted?"

"Beklager," sagde Corky, "det er umuligt at datere. Iltning ændrer på alle de nødvendige isotopmarkører. Desuden er radioisotopers henfaldstid for langsomme til at måle alt under fem hundrede år."

Det vurderede Rachel og forstod nu, hvorfor brændingstidspunktet ikke var en del af dataene. "Ergo kunne den her sten være blevet brændt i Middelalderen eller sidste weekend, så vidt vi ved, ikke sandt?"

Tolland kluklo. "Der er ingen, der har sagt, at videnskaben kender alle svarene."

Rachel lod tankerne løbe videre, mens hun talte højt. "En smelteskorpe er i det væsentlige bare en svær forbrænding. Teknisk set kunne forbrændingen på den her sten være sket på et hvilket som helst tidspunkt inden for det sidste halve århundrede på et stort antal forskellige måder."

"Forkert," sagde Corky. "Brændt på et stort antal forskellige måder? Nej. Brændt på én måde. Ved at falde gennem atmosfæren."

"Er der ikke andre muligheder? Hvad med en højovn?"

"En højovn?" sagde Corky. "Disse prøver er blevet undersøgt i et elektronmikroskop. Selv den reneste højovn på Jorden ville have efterladt brændstofrester overalt på stenen – atomare, kemiske og fossile brændstoffer. Glem det. Og hvad med striberne, den fik af at fare gennem atmosfæren? Dem kunne man ikke få i en højovn."

Rachel havde glemt orienteringsstriberne på meteoritten. Den lod virkelig til at være faldet ned gennem luften. "Hvad med en vulkan?" dristede hun sig til at sige. "Pyroklaster, der er slynget op under et udbrud?"

Corky rystede på hovedet. "Forbrændingen er alt for ren."

Rachel så over på Tolland.

Havforskeren nikkede. "Beklager, jeg har haft de samme erfaringer med vulkaner både over og under vandet. Corky har ret. Pyroklaster er gennemtrukket af snesevis af toksiner – kuldioxid, svovldioxid, brintsulfid og saltsyre – som alle sammen ville være blevet afsløret i vores elektroniske scanninger. Hvad enten vi kan lide det eller ej, så er den smelteskorpe resultatet af en ren, atmosfærisk friktionsbrænding."

Rachel sukkede og så igen ud ad vinduet. *En ren forbrænding*. Vendingen blev siddende i hovedet på hende. Hun vendte sig igen om mod Tolland. "Hvad mener man med en ren forbrænding?"

Han trak på skuldrene. "Simpelthen, at i et elektronmikroskop ser vi ingen rester af brændstofelementer, så vi ved, at varmen er blevet frembragt ved bevægelsesenergi og gnidningsmodstand og ikke kemiske eller nukleare bestanddele."

"Hvis I ikke fandt nogen fremmede brændstofelementer, hvad fandt I så? Helt præcist, hvad var smelteskorpen sammensat af?"

"Vi fandt nøjagtigt, hvad vi forventede at finde," sagde Corky. "Rene, atmosfæriske bestanddele. Kvælstof, ilt, brint. Ingen stenolier. Ingen svovl. Ingen vulkanske syrer. Ikke noget, der var specielt. Kun alt det, vi ser, når meteoritter falder gennem atmosfæren."

Rachel lænede sig tilbage i sædet. Hendes tanker koncentrerede sig nu om noget.

Corky lænede sig frem for at se på hende. "Kom nu ikke og fortæl mig, at din nye teori er, at NASA tog en fossilsten med op i en rumfærge og sendte den af sted ned mod Jorden i håb om, at ingen ville bemærke ildkuglen, det store krater eller eksplosionen?"

Det havde Rachel ikke tænkt på, selvom det da var en ganske interessant teori. Ikke mulig, men interessant alligevel. Hendes tanker var faktisk mere jordbundne. *Alle naturlige,*

atmosfæriske elementer. Ren forbrænding. Striber af at fare gennem
luften. Et svagt lys glimtede i en fjern afkrog af hendes hjerne.
"Ratioerne i de atmosfæriske elementer, I så," sagde hun. "Var
de nøjagtig de samme ratioer, som I ser i enhver anden meteo-
rit med en smeltekorpe?"

Corky lod til at væve lidt. "Hvorfor spørger du?"

Rachel så ham tøve og mærkede pulsen stige. "Ratioerne
var skæve, var de ikke?"

"Der er en videnskabelig forklaring."

Nu hamrede Rachels hjerte pludselig. "Fandt I tilfældigvis
et usædvanlig højt indhold af specielt ét element?"

Tolland og Corky så overrasket på hinanden. "Ja," sagde
Corky, "men ..."

"Var det ioniseret brint?"

Astrofysikerens øjne blev så store som tekopper. "Hvordan i
alverden kunne du vide det!"

Tolland så også yderst forundret ud.

Rachel stirrede på dem begge. "Hvorfor er der ikke nogen,
der har nævnt det for mig?"

"Fordi der er en fuldstændig fornuftig videnskabelig forkla-
ring!" erklærede Corky.

"Jeg er lutter øren," sagde Rachel.

"Der var et overskud af ioniseret brint," sagde Corky, "fordi
meteoritten passerede gennem atmosfæren tæt ved Nordpolen,
hvor Jordens magnetfelt forårsager en unormalt høj koncentra-
tion af brintioner."

Rachel rynkede brynene. "Desværre har jeg en anden forkla-
ring."

87

Fjerde etage i NASA's hovedkvarter var mindre imponerende
end foyeren – lange, sterile korridorer med kontordøre med

jævne mellemrum langs væggene Korridorerne lå øde hen.
Plastlaminerede skilte pegede i alle retninger.

<- LANDSAT 7
TERRA ->
<- ACRIMSAT
<- JASON 1
AQUA ->
PODS ->

Gabrielle fulgte tegnet for PODS. Efter en snoet vej gennem
en række af lange korridorer og tværgange kom hun til et par
tunge ståldøre. På skiltet stod:

DENSITETSSCANNER I POLARKREDSLØB (PODS)
Afdelingsleder Chris Harper

Dørene var låst og sikret med både nøglekort og pinkode. Ga-
brielle satte øret til den kolde metaldør. Et øjeblik syntes hun,
at hun hørte nogen tale. Et skænderi. Måske ikke. Hun overve-
jede, om hun bare skulle banke på døren, indtil nogen lukkede
hende ind. Desværre krævede hendes plan for at håndtere Chris
Harper en smule mere finesse end bare at stå og banke på en
dør. Hun så sig omkring efter en anden indgang, men kunne
ikke få øje på nogen. Der var en garderobeniche lige ved siden
af døren, og Gabrielle gik derind og ledte efter en viceværts-
nøglering eller et nøglekort i den svage belysning. Intet. Bare
fejekoste og mopper.

Hun gik tilbage til døren og lagde øret til metallet igen.
Denne gang hørte hun afgjort stemmer. De blev højere. Og
fodtrin. Låsen blev aktiveret indefra.

Gabrielle havde ikke tid til at skjule sig, da metaldøren
sprang op. Hun sprang til side og stillede sig fladt op ad væg-

gen bag døren, mens en gruppe mennesker skyndte sig igennem og talte højt. De lød vrede.

"Hvad fanden er Harpers problem? Jeg troede, han ville være i den syvende himmel i aften!"

"Og han vil være alene en aften som i aften," sagde en anden, da gruppen gik forbi. "Han burde sgu da feste!"

Gruppen gik væk fra Gabrielle, og den tunge dør begyndte at falde i igen på sine pneumatiske hængsler, så den ville afsløre hende. Hun stod stiv som en pind, mens mændene fortsatte ned i vestibulen. Hun ventede så længe, hun overhovedet kunne, indtil døren kun var nogle få centimeter fra at gå i, og så sprang hun frem og greb fat i dørhåndtaget. Hun stod ubevægelig, da mændene rundede hjørnet nede i vestibulen. Heldigvis var de alt for optaget af deres snak til at se sig tilbage.

Med hamrende hjerte rev Gabrielle døren op og trådte ind i det svagt oplyste område bagved. Hun lukkede stille døren.

Rummet var et åbent arbejdsområde, som mindede hende om fysiklaboratoriet på et gymnasium: computere, arbejdsområder og elektronisk udstyr. Da hendes øjne havde vænnet sig til mørket, kunne hun se planer og ark med beregninger, der lå spredt rundt i lokalet. Hele området var mørkt undtagen et kontor på den anden side af laboratoriet, hvor der skinnede lys ud under døren. Gabrielle gik lydløst derover. Døren var lukket, men gennem vinduet kunne hun se en mand sidde ved en computer. Hun genkendte manden fra NASA's pressekonference. Navneskiltet på døren viste:

Chris Harper
Afdelingsleder, PODS

Da Gabrielle var nået så langt, følte hun sig pludselig bange og spekulerede på, om hun virkelig kunne gennemføre sit forehavende. Hun mindede sig selv om, hvor sikker Sexton var på, at Chris Harper havde løjet. *Det vil jeg vædde min kampagne på,* havde Sexton sagt. Tilsyneladende var der andre, der havde det på samme måde, andre, der ventede på, at Gabrielle ville afsløre sandheden, så de kunne komme ind på livet af NASA og prøve at få afbødet virkningerne af aftenens ødelæggelser. Den måde, Tench og Herneys administration havde leget med Gabrielle på, gjorde i hvert fald, at hun var ivrig efter at hjælpe.

Gabrielle løftede hånden for at banke på døren, men med Yolandas stemme i ørerne tøvede hun et øjeblik. *Hvis Chris Harper har løjet over for hele verden om PODS, hvad får så dig til at tro, at han vil fortælle DIG sandheden?*

Frygt, sagde Gabrielle til sig selv. Hun var næsten selv blevet offer for frygten i dag. Hun havde en plan. Den indebar en taktik, som hun havde set Sexton bruge ved forskellige lejligheder for at skræmme oplysninger ud af politiske modstandere. Gabrielle havde lært en masse under Sextons vinger, og det var ikke alt sammen tiltalende eller etisk. Men i aften havde hun brug for alle kneb. Hvis Gabrielle kunne overtale Chris Harper til at tilstå, at han havde løjet – uanset af hvilken grund – kunne hun åbne en lille dør for senatorens kampagne. Ud over det var Sexton en mand, som kunne vikle sig ud af næsten enhver knibe, hvis han fik bare den mindste smule plads at manøvrere på.

Gabrielles plan for at forhandle med Harper var en taktik, som Sexton kaldte "at skyde over målet" – en forhørsteknik, som myndighederne i Romerriget havde opfundet for at lokke tilståelser ud af kriminelle, som de mistænkte for at lyve. Metoden var skuffende enkel:

Postuler den oplysning, som du vil have tilstået.

Påstå så noget, der er meget værre.

Formålet var at give modstanderen mulighed for at vælge det mindste af to onder – i dette tilfælde sandheden.

Knebet var at udstråle selvsikkerhed, noget, som Gabrielle

ikke mærkede meget til i øjeblikket. Hun tog en dyb indånding, løb drejebogen igennem i hovedet og bankede så myndigt på kontordøren.

"Jeg har jo sagt, at jeg har travlt!" råbte Harper med en tydelig britisk accent.

Hun bankede igen. Højere.

"Jeg har jo sagt, at jeg ikke er interesseret i at komme ned!"

Denne gang bankede hun på døren med en knytnæve.

Chris Harper kom hen og rev døren op. "For fanden i helvede, vil I –" Han afbrød brat og var tydeligt overrasket over at se Gabrielle.

"Dr. Harper," sagde hun og lagde intensitet i stemmen.

"Hvordan er De kommet herop?"

Gabrielles ansigt var strengt. "Ved De, hvem jeg er?"

"Selvfølgelig. Deres boss har modarbejdet mit projekt i månedsvis. Hvordan er De kommet ind?"

"Senator Sexton har sendt mig herhen."

Harpers blik afsøgte laboratoriet bag ved Gabrielle. "Hvor er Deres NASA-ledsager?"

"Det skal De ikke bryde Dem om. Senatoren har indflydelsesrige forbindelser."

"I den her bygning?" Harper så tvivlende ud.

"De har været uærlig, dr. Harper. Og senatoren har desværre bedt en særlig senatsretskommission om at efterforske Deres løgne."

Et slør gled hen over Harpers ansigt. "Hvad taler De om?"

"De er for klog til at kunne spille dum, dr. Harper. De er i knibe, og senatoren har sendt mig herop for at tilbyde Dem en handel. Senatorens kampagne fik et slemt slag i aften. Han har intet at miste nu, og han er parat til at tage Dem med sig i faldet, hvis det skulle blive nødvendigt."

"Hvad fanden snakker De om?"

Gabrielle tog en dyb indånding og spillede ud. "De løj på pressekonferencen om PODS-softwarens anomalidetektor. Det ved vi. Det er der mange, der ved. Det er ikke det, der er spørgsmålet." Før Harper kunne åbne munden for at benægte, tromlede Gabrielle videre. "Senatoren kunne afsløre Deres løgne lige her og nu, men det er han ikke interesseret i. Han er interesseret i den store historie. Jeg tror, De ved, hvad jeg taler om."

"Nej, jeg –"

"Det her er senatorens tilbud: Han vil holde mund om Deres løgne om softwaren, hvis De giver ham navnet på den højtstående person i NASA, som De begår økonomisk bedrageri sammen med."

Chris Harpers øjne skelede et øjeblik. "Hvad for noget? Jeg svindler ikke!"

"Nu synes jeg, De skal passe på med, hvad De siger, sir. Senatorens komité har samlet dokumentation sammen i flere måneder. Troede I virkelig, at I begge to kunne slippe af sted med det? At forfalske PODS-papirer og omdirigere NASA-midler til private konti? At lyve og at begå underslæb kan få Dem smidt i fængsel, dr. Harper."

"Jeg har ikke gjort noget!"

"Siger De, at De ikke har løjet om PODS?"

"Nej, jeg siger, at jeg for fanden ikke har svindlet mig til penge!"

"Altså siger De, at De har løjet om PODS."

Harper stirrede på hende og manglede tydeligvis ord.

"Glem det med at lyve," sagde Gabrielle og viftede det til side. "Senatoren er ikke interesseret i, om De har løjet på en pressekonference. Det er vi vant til. Men I fandt en meteorit, og ingen interesserer sig for, hvordan det gik til. For ham er spørgsmålet det økonomiske bedrageri. Han har brug for at fælde nogen i NASA, der er højt på strå. Bare fortæl ham, hvem det er, De samarbejder med, så skal han nok styre undersøgelsen helt uden om Dem. De kan gøre det let og fortælle os, hvem den anden person er. Eller senatoren kan gøre det rigtig ubehageligt og begynde at tale om anomalidetektor-software og forkerte procedurer."

"De bluffer. Der er ingen svindel med midler."

"De er ikke ret god til at lyve, dr. Harper. Jeg har set dokumentationen. Deres navn står på alle belastende papirer. Igen og igen."

"Jeg sværger på, at jeg ikke kender noget til økonomisk bedrageri!"

Gabrielle udstødte et skuffet suk. "Prøv at sætte Dem i mit sted, dr. Harper. Jeg kan kun drage to konklusioner her. Enten lyver De over for mig, som De løj på den pressekonference. Eller også fortæller De sandheden, og så er der en eller anden magtfuld person i agenturet, der stiller Dem op som syndebuk for sine egne ulovlige handlinger."

Det forslag så ud til at få Harper til at tænke sig om.

Gabrielle så på sit ur. "Senatorens tilbud om en handel er på bordet i en time. De kan redde Dem selv ved at give ham navnet på den fagdirektør i NASA, som De er sammen med om at svindle med skatteborgernes penge. Han er ligeglad med Dem. Han vil have den store fisk. Det er indlysende, at vedkommende har noget at skulle have sagt her i NASA; han eller hun har klaret at holde sin identitet ude af papirsporet, så det er Dem, der bliver syndebukken."

Harper rystede på hovedet. "De lyver."

"Ville De bryde Dem om at sige det i retten?"

"Bestemt. Jeg vil benægte det hele."

"Under ed?" Gabrielle prustede forarget. "Så vil De sikkert også benægte, at De har løjet om at reparere PODS' software?" Gabrielles hjerte hamrede, mens hun stirrede manden lige ind øjnene. "Tænk nøje over Deres valgmuligheder her,

dr. Harper. Amerikanske fængsler kan være rigtig ubehage-
lige."

Harper stirrede igen, og Gabrielle gjorde en viljeanstrengel-
se for at få ham til at give efter. Et øjeblik troede hun, hun så
et glimt af overgivelse, men da Harper talte, var hans stemme
hård som stål.

"Ms. Ashe," erklærede han med sydende vrede øjne, "De
bokser ud i den tomme luft. Vi ved begge to, at der ikke fore-
går økonomisk bedrageri i NASA. Den eneste løgner her, det
er Dem."

Gabrielle kunne mærke, hvordan hun blev stiv i alle musk-
ler. Mandens blik var vredt og skarpt. Hun havde lyst til at
vende om og løbe sin vej. *Du har prøvet at bluffe en raketforsker.
Hvad fanden havde du regnet med?* Hun tvang sig til at holde ho-
vedet højt. "Det eneste, jeg kender til," sagde hun og lod, som
hun var fuldstændig selvsikker og ligeglad med hans stilling,
"er de belastende dokumenter, jeg har set – et afgørende bevis
på, at De og en anden i NASA svindler med NASA's midler.
Senatoren har simpelthen bedt mig om at tage herover i aften
og tilbyde Dem muligheden for at afsløre Deres partner i stedet
for at stå over for en undersøgelse alene. Jeg vil fortælle senato-
ren, at De foretrækker at risikere at stå over for en dommer. De
kan fortælle retten, hvad De har fortalt mig – De svindler ikke
med pengemidler, og De løj ikke om PODS-softwaren." Hun
sendte ham et ubehageligt smil. "Men efter den lidet overbe-
visende pressekonference, som De holdt for to uger siden, så
tvivler jeg nu på det." Gabrielle drejede om på hælen og skred
gennem det mørke PODS-laboratorium. Hun spekulerede på,
om hun måske kom til at sidde og se på fængselsvægge i stedet
for Harper.

Gabrielle holdt hovedet højt, mens hun gik væk og ventede
på, at Harper skulle kalde hende tilbage. Tavshed. Hun skub-
bede sig vej gennem metaldørene, skred ud i gangen og håbede

på, at elevatorerne ikke fungerede med nøglekort heroppe ligesom nede i foyeren. Hun havde tabt. På trods af alle hendes anstrengelser havde Harper ikke bidt på. *Måske havde han fortalt sandheden på sin PODS-pressekonference*, tænkte Gabrielle.

Der lød et brag ned gennem gangen, da metaldørene bag hende sprang op. "Ms. Ashe," kaldte Harper. "Jeg sværger på, at jeg ikke ved noget om noget økonomisk bedrageri. Jeg er en ærlig mand!"

Gabrielle mærkede, hvordan hendes hjerte sprang et slag over. Hun tvang sig selv til at gå videre. Hun trak ligegyldigt på skulderen og råbte tilbage. "Og alligevel løj De på pressekonferencen."

Tavshed. Gabrielle blev ved med at gå ned ad gangen.

"Vent lidt!" råbte Harper. Han kom småløbende op på siden af hende og var meget bleg. "Det her med bedrageri," sagde han og sænkede stemmen. "Jeg tror, jeg ved, hvem der har brugt mig."

Gabrielle standsede brat. Hun gad nok vide, om hun havde forstået ham korrekt. Hun vendte sig så langsomt og afslappet, hun kunne. "Forventer De, at jeg skal tro på, at nogen bruger Dem?"

Harper sukkede. "Jeg sværger på, at jeg ikke ved noget om noget økonomisk bedrageri. Men hvis der er beviser mod mig …"

"Der er dynger af det."

Harper sukkede. "Så er det alt sammen plantet. For at miskreditere mig. Og der er kun én person, som ville kunne gøre det."

"Hvem?"

Harper så hende ind i øjnene. "Lawrence Ekstrom hader mig."

Gabrielle var chokeret. *"NASA's chef?"*

Harper nikkede dystert. "Det var ham, der tvang mig til at lyve på det pressemøde."

88

Selvom Auroraflyet kun fløj for halv kraft på sit fremdrivningssystem med metanforstøvning, jog Deltastyrken gennem natten med tre gange lydens hastighed – over tre tusind kilometer i timen. Den gentagne banken fra pulsdetonationsbølgemotorerne bag dem gav turen en hypnotisk rytme. Tredive meter nede piskede havet op efter vakuumbølgen efter Auroraflyet, som sugede femten meter høje vandfaner op mod himlen i lange, parallelle lag bag sig.

Det her fly er grunden til, at SR-71 Blackbird gik på pension, tænkte Delta-et.

Aurora var en af de hemmelige flyvemaskiner, som ingen skulle vide eksisterede, men som alle kendte. Selv Discoverykanalen havde omtalt Aurora og dets prøveflyvninger ude ved Groom Lake i Nevada. Hvad enten sikkerhedslækagerne var kommet fra de gentagne lydmursbrag, der kunne høres så langt væk som til Los Angeles, eller et øjenvidne, der uheldigvis så det fra en olieboreplatform i Nordsøen, eller fra den administrative bommert, der efterlod en beskrivelse af Aurora i en offentlig kopi af Pentagons budget, ville man aldrig få at vide. Det spillede heller ingen rolle. Det var ikke længere nogen hemmelighed: Det amerikanske militær havde et fly, der kunne præstere en hastighed på 6 Mach, og det var ikke længere på tegnebrættet. Det var i luften.

Lockheed havde bygget Aurora, der lignede en flad amerikansk fodbold. Det var treogtredive meter langt, atten meter bredt og med en glat overflade, der var dækket af en krystallinsk patina af termiske kakler på samme måde som en rumfærge. Farten var primært resultatet af et utraditionelt nyt fremdrivningssystem, der blev kaldt en pulsdetonationsbølgemotor, og som efterlod ren, forstøvet, flydende brint og en afslørende, pulserende kondensstribe på himlen. Af samme grund fløj det kun om natten.

I nat tog Deltastyrken den lange vej hjem ud over det åbne ocean. Men selv da overhalede de deres bytte. Med denne fart ville Deltastyrken ankomme til den østlige kystlinje på mindre end en time og godt to timer før deres offer. Der havde været tale om at opspore og nedskyde det pågældende fly, men lederen havde med rette frygtet, at hændelsen ville blive optaget på radar, eller at det brændte vrag kunne medføre en intensiv undersøgelse. Det var bedst at lade flyet lande som planlagt, havde lederen besluttet. Når det først var klart, hvor deres bytte havde i sinde at lande, ville Deltastyrken slå til.

Mens Aurora jog hen over det øde hav ud for Labrador, angav Delta-ets CrypTalk et opkald. Han svarede.

"Situationen har ændret sig," fortalte den elektroniske stemme dem. "De har et andet mål nu, inden Rachel Sexton og videnskabsmændene lander."

Et andet mål. Delta-et kunne føle det. Tingene var ved at smuldre. Lederens skib var sprunget læk igen, og lederen havde brug for dem til at lappe det så hurtigt som muligt. *Skibet ville ikke være læk*, mindede Delta-et sig selv om, *hvis vi havde ramt vores mål med et positivt resultat på Milne-isshelfen.* Delta-et vidste udmærket godt, at han ryddede op efter sit eget makværk.

"En fjerde part er blevet indblandet," sagde lederen.

"Hvem?"

Lederen ventede et øjeblik – og gav dem så et navn.

De tre mænd udvekslede skræmte blikke. Det var et navn, de kendte godt.

Ikke så mærkeligt, at lederen lød tøvende! tænkte Delta-et. Af en operation at være, der var udtænkt som et foretagende med "nul ofre", steg ligtællingen og målomfanget hurtigt. Han kunne mærke, hvordan hans sener blev stramme, mens lederen forberedte sig på at oplyse dem om, nøjagtigt hvordan og hvor de skulle eliminere dette nye individ.

"Der står meget på spil nu," sagde lederen. "Hør godt efter. Jeg giver Dem kun disse instrukser én gang."

89

Højt oppe over det nordlige Maine fortsatte et G4-jetfly sin fart mod Washington. Om bord hørte Michael Tolland og Corky Marlinson efter, da Rachel Sexton begyndte at forklare sin teori om, hvorfor der kunne være et forøget antal brintioner i smelteskorpen på meteoritten.

"NASA har et privat prøveanlæg, der hedder Plum Brook Station," forklarede Rachel, der havde svært ved at forstå, at det her var noget, de skulle tale om. At dele tophemmelige oplysninger med nogen, der ikke var clearet, havde hun aldrig tidligere gjort, men i betragtning af omstændighederne havde Tolland og Corky ret til at vide det. "Plum Brook er stort set et prøvekammer for NASA's utraditionelle nyeste motorsystemer. For to år siden skrev jeg et resumé om en ny konstruktion, som NASA afprøvede der – noget, der hed en udvidelsescyklusmotor."

Corky så mistroisk på hende. "Udvidelsescyklusmotorer er stadig kun på tegnebrættet. På papir. Der er ingen, der afprøver dem for øjeblikket. Det ligger flere årtier forude."

Rachel rystede på hovedet. "Beklager, Corky. NASA har prototyper. De afprøver dem."

"Hvad?" Corky så skeptisk ud. "Udvidelsescyklusmotorer kører på flydende ilt og brint, som fryser i rummet og gør motoren værdiløs for NASA. De sagde, at de ikke engang ville prøve at bygge en udvidelsescyklusmotor, før de havde klaret problemet med, at brændstoffet frøs."

"Det klarede de. De fjernede ilten og ændrede brændstoffet til en brintsjapblanding, som er en slags kryogent brændstof bestående af ren brint i halvfrosset tilstand. Det er meget kraftigt og brænder meget rent. Det er også kandidat til fremdrivningssystemet, hvis NASA sender missioner til Mars."

Corky så forundret ud. "Det kan ikke passe."

"Det skal sgu passe," sagde Rachel. "Jeg skrev et resumé om det til præsidenten. Min boss var kampberedt, fordi NASA ønskede at offentliggøre, at sjapbrint var en stor succes, og Pickering ønskede, at Det Hvide Hus skulle tvinge NASA til at holde sjapbrint tophemmeligt."

"Hvorfor?"

"Det er uvæsentligt," sagde Rachel, der ikke havde i sinde at dele flere hemmeligheder med dem, end hun var nødt til. Sandheden var, at Pickering ønskede at hemmeligholde sjapbrintens succes for at bekæmpe en voksende national sikkerhedsbekymring, som kun få vidste eksisterede – den foruroligende udvidelse af Kinas rumteknologi. Kineserne var i færd med at udvikle en dødbringende affyringsrampe "til leje", som de havde til hensigt at leje ud til de højestbydende, hvoraf de fleste ville være fjender af USA. Konsekvenserne for USA's sikkerhed var altødelæggende. Heldigvis vidste NRO, at Kina forfulgte en dødsdømt brændstoffremdrivningsmodel til deres affyringsrampe, og Pickering så ingen grund til at give dem et tip om NASA's mere lovende sjapbrintfremdrivning.

"Altså," sagde Tolland og så urolig ud, "du siger, at NASA har et fremdrivningssystem, der kører på ren brint, og som forbrænder helt rent?"

Rachel nikkede. "Jeg har ingen tal, men udstødningstemperaturerne i disse motorer er tilsyneladende flere gange varmere end noget som helst, man har udviklet indtil nu. Det kræver, at NASA udvikler nye dysematerialer." Hun ventede lidt. "En stor sten, der er anbragt bag ved en af disse sjapbrintmotorer, ville blive skoldet af en brintmættet strøm af udstødningsild, der kom ud med en hidtil uhørt temperatur. Man ville få noget af en smelteskorpe."

"Hold nu op!" sagde Corky. "Er vi tilbage ved scenariet med den falske meteorit?"

Tolland lød pludselig til at være interesseret. "Det er faktisk en god ide. Det ville mere eller mindre være det samme som at efterlade en kampesten på affyringsrampen under en rumfærge under opsendelsen."

"Gudfader bevares," mumlede Corky, "jeg er i luften med idioter."

"Corky," sagde Tolland. "Hypotetisk set ville en sten, der var anbragt i et udstødningsområde, fremvise træk, der ligner dem, man ser på en sten, der er faldet gennem atmosfæren, ville den ikke? Man ville få de samme retningsstriber og tilbageløb af det smeltede materiale."

Corky fnøs. "Det vil jeg tro."

"Og Rachels brintbrændstof, der forbrænder rent, ville ikke efterlade nogen kemiske rester. Kun brint. Forhøjede tærskelværdier af brintioner i smeltepletterne."

Corky rullede med øjnene. "Hør, hvis nogen af de her udvidelsescyklusmotorer virkelig eksisterer og fungerer på sjapbrint, så vil jeg tro, at det, I taler om, er muligt. Men det er virkelig langt ude."

"Hvorfor det?" spurgte Tolland. "Processen lyder temmelig enkel."

Rachel nikkede. "Det eneste, man behøver, er en 190 millioner år gammel sten med fossiler. Svid den i udstødningsilden fra en sjapbrintmotor og begrav den i isen. Og vips, så har du en meteorit."

"Ja, for en turist måske," sagde Corky, "men ikke for en NASA-videnskabsmand! Du har stadigvæk ikke forklaret chondrulerne!"

Rachel prøvede at huske Corkys forklaring på, hvordan chondruler dannes. "Du sagde, at chondruler forårsages af hurtig ophedning og afkøling i rummet, ikke?"

Corky sukkede. "Chondruler dannes, når en sten, der er afkølet i rummet, pludselig bliver overophedet til et delvist smeltestadium – i nærheden af 1550 grader celsius. Så skal stenen afkøles igen ekstremt hurtigt, og så stivner væskelommerne til chondruler."

Tolland så på sin ven. "Og den proces kan ikke foregå på Jorden?"

"Umuligt," sagde Corky. "Vores planet har ikke en temperaturforskel, der kan bevirke så hurtige omslag. Vi taler altså om atomar varme og det absolutte nul i rummet. Sådanne ekstremer eksisterer ganske enkelt ikke her på Jorden."

Rachel overvejede det. "I det mindste ikke naturligt."

Corky vendte sig om mod hende. "Hvad skal det betyde?"

"Hvorfor kunne opvarmning og afkøling ikke være sket kunstigt her på Jorden?" spurgte Rachel. "Stenen kunne være blevet svedet af en sjapbrintmotor og så hurtigt nedkølet i en kryogen fryser."

Corky stirrede. "Fabrikerede chondruler?"

"Det er da en ide."

"En latterlig ide," svarede Corky og viftede med sin meteoritprøve. "Du har måske glemt det? De her chondruler er blevet uigendriveligt dateret til 190 millioner år." Hans tonefald blev nedladende. "Så vidt jeg ved, ms. Sexton, så var der ingen, der for 190 millioner år siden brugte sjapbrintmotorer og kryogene køleapparater."

Chondruler eller ej, tænkte Tolland, *beviserne hober sig op.* Han havde nu været tavs i flere minutter og var dybt foruroliget over Rachels nyeste afsløring om smelteskorpen. Selvom hendes hypotese var chokerende dristig, havde den åbnet alle slags nye døre og fået Tolland til at tænke i nye retninger. *Hvis smelteskorpen kan forklares ... hvilke andre muligheder er der så?*

"Du er stille," sagde Rachel ved siden af ham.

Tolland så over på hende. I det dæmpede lys i flyet så han et øjeblik en blødhed i Rachels øjne, der mindede ham om Celia. Han rystede minderne af sig og sendte hende et træt suk. "Åh, jeg tænkte bare …"

Hun smilede. "På meteoritter?"

"Hvad ellers?"

"Løber alle beviserne igennem, prøver at regne ud, hvad der mangler?"

"Sådan cirka."

"Nogen teorier?"

"Ikke rigtig. Jeg er foruroliget over, hvor mange data der er kollapset i lyset af opdagelsen af den indføringsskakt under isen."

"Følgeslutninger er et korthus," sagde Rachel. "Hvis man fjerner den første præmis, falder det hele sammen. *Stedet,* hvor meteoritten blev fundet, var en præmis."

Det tør da siges. "Da jeg kom til Milne, fortalte NASA-chefen mig, at meteoritten var blevet fundet inde i en uberørt masse af tre hundrede år gammel is, og at den havde større densitet end nogen anden sten, der var fundet noget andet sted i området. Det tog jeg som et logisk bevis på, at stenen var faldet ned fra rummet."

"Dig og alle os andre."

"At nikkelindholdet har middelværdi, er åbenbart ikke afgørende, selvom det er overbevisende."

"Det er tæt på," sagde Corky i nærheden. Han lyttede tilsyneladende med.

"Men ikke eksakt."

Corky indvilgede med et modstræbende nik.

"Og," sagde Tolland, "selvom tanken er chokerende, så kunne dette rumdyr, der er af en art, man aldrig før har set, i virkeligheden bare være et meget gammelt dybhavskrebsdyr."

Rachel nikkede. "Og nu smelteskorpen …"

"Jeg er ked af at sige det," sagde Tolland og så på Corky, "men det begynder at føles, som om der er flere negative beviser end positive."

"I naturvidenskaben drejer det sig ikke om anelser," sagde Corky. "Det drejer sig om beviser. Chondrulerne i den sten er decideret fra en meteor. Jeg er enig med jer begge i, at alt, hvad vi har set, er dybt foruroligende, men vi kan ikke ignorere disse chondruler. Beviset for er fuldgyldigt, mens beviset imod er indirekte."

Rachel rynkede brynene. "Så hvor står vi så?"

"Ingen steder," sagde Corky. "Chondrulerne beviser, at vi har med en meteorit at gøre. Det eneste spørgsmål er, hvorfor nogen har gemt den under isen."

Tolland ville gerne tro på sin vens sunde logik, men der var noget, der føltes helt forkert.

"Du ser ikke overbevist ud, Mike," sagde Corky.

Tolland sukkede forvirret. "Jeg ved det ikke. To ud af tre var ikke dårligt, Corky. Men vi er nede på en ud af tre. Jeg har bare en fornemmelse af, at der er noget, vi overser."

90

Jeg blev snuppet, tænkte Chris Harper og følte en kuldegysning, mens han forestillede sig en amerikansk fængselscelle. *Senator Sexton ved, at jeg løj om PODS-softwaren.*

Mens afdelingslederen for PODS gik med Gabrielle Ashe tilbage til sit kontor og lukkede døren, følte han, hvordan hans had til NASA-chefen blev dybere for hvert øjeblik. I aften havde Harper lært, hvor dybt NASA-chefens løgne virkelig stak. Ikke blot havde han tvunget Harper til at lyve om, at han havde repareret PODS-softwaren, han havde åbenbart også tegnet en slags forsikring i tilfælde af, at Harper skulle få kolde fødder og beslutte sig for ikke at spille med længere.

Bevis på økonomisk bedrageri, tænkte Harper. *Pengeafpresning. Meget snedigt.* Hvem ville overhovedet tro på en, der havde begået underslæb, og som derefter forsøgte at bringe det suverænt største øjeblik i amerikansk rumhistorie i miskredit? Harper havde allerede set, hvor langt NASA-chefen ville gå for at redde Amerikas rumagentur, og med bekendtgørelsen om en meteorit med fossiler stod der nu enormt meget mere på spil.

Harper gik i flere sekunder rundt om det brede bord, hvor der stod en skalamodel af PODS-satellitten – et cylindrisk prisme med mange antenner og linser bag ved nogle refleksionsskjolde. Gabrielle satte sig ned, så på ham med sine mørke øjne og ventede. Kvalmen mindede Harper om, hvordan han havde haft det under den forfærdelige pressekonference. Han havde virkelig gjort det dårligt den aften, og alle havde spurgt ham om, hvad der havde været i vejen. Han var nødt til at lyve igen og sige, at han følte sig syg den aften og ikke var sig selv. Hans kolleger og pressen trak på skuldrene af hans svage præstation og glemte hurtigt alt om den.

Nu var løgnen vendt tilbage for at hjemsøge ham.

Gabrielle Ashe fik et mildere udtryk i ansigtet. "Mr. Harper, med NASA-chefen som fjende har De brug for en magtfuld forbundsfælle. Senator Sexton kunne meget vel være Deres eneste ven på nuværende tidspunkt. Lad os begynde med løgnen om PODS-softwaren. Fortæl mig, hvad der skete."

Harper sukkede. Han vidste, at tiden var inde til at fortælle sandheden. *Jeg skulle for fanden have fortalt sandheden fra første færd!* "Opsendelsen af PODS gik glat," begyndte han. "Satellitten kom ind i et perfekt kredsløb omkring Nordpolen, fuldstændig som vi havde planlagt."

Gabrielle Ashe så ud til at kede sig. Det vidste hun tilsyneladende godt. "Fortsæt."

"Så kom problemerne. Da vi var ved at være klar at begynde

at søge i isen efter tæthedsanomalier, svigtede programmet i afvigelsesdetektoren om bord."

"Ja ... ja."

Nu kom Harpers ord hurtigere. "Softwaren skulle have været i stand til hurtigt at undersøge flere kvadratkilometer for data og finde de dele af isen, som faldt uden for normal istæthed. I første række søgte softwaren efter bløde pletter i isen – indikatorer for global opvarmning – men hvis den snublede over andre tæthedsafvigelser, var den programmeret til også at vise dem. Planen med PODS var at scanne polarcirklen igennem flere uger og identificere alle afvigelser, som vi kunne bruge til at måle den globale opvarmning med."

"Men med noget software, der ikke fungerede," sagde Gabrielle, "var PODS ikke noget værd. NASA ville blive nødt til at undersøge billeder af hver kvadratcentimeter af Arktis med håndkraft for at lede efter steder, hvor der var problemer."

Harper nikkede og genoplevede mareridtet med sin programmeringsbommert. "Det ville tage flere årtier. Det var en frygtelig situation. På grund af en fejl i min programmering var PODS totalt værdiløs. Med valget, der nærmede sig, og senator Sexton, der var så kritisk over for NASA ..." Han sukkede.

"Deres fejl var ødelæggende for både NASA og præsidenten."

"Den kunne ikke være kommet på et værre tidspunkt. Chefen var edderspændt rasende. Jeg lovede ham, at jeg kunne ordne problemet under den næste rumfærgemission – et enkelt spørgsmål om at udskifte den chip, der indeholdt PODS-softwaresystemet. Men det var for sent. Han sendte mig hjem på orlov – men i virkeligheden var jeg fyret. Det skete for en måned siden."

"Og alligevel var De tilbage på tv for to uger siden for at fortælle, at De havde fundet en nødløsning."

Harper faldt sammen. "En forfærdelig fejltagelse. Det var den dag, jeg fik et desperat opkald fra chefen. Han fortalte mig, at der var dukket noget op, noget, der gjorde, at jeg måske kunne gøre skaden god igen. Jeg tog straks ind på kontoret og mødtes med ham. Han bad mig om at holde en pressekonference og fortælle alle, at jeg havde fundet en løsning på PODS-softwaren, og at vi ville få data i løbet af nogle få uger. Han sagde, at han ville forklare det senere."

"Og De slog til."

"Nej, jeg nægtede! Men en time senere var chefen tilbage i mit kontor – sammen med seniorrådgiveren i Det Hvide Hus!"

"Hvad!" Gabrielle så forbavset ud. "Marjorie Tench?"

En forfærdelig skabning, tænkte Harper og nikkede. "Hun og NASA-chefen fortalte mig, at min fejltagelse helt bogstaveligt havde bragt NASA og præsidenten på randen af et totalt sammenbrud. Ms. Tench fortalte mig om senator Sextons planer om at privatisere NASA. Hun sagde til mig, at jeg skyldte præsidenten og rumagenturet at gøre skaden god igen. Så fortalte hun mig hvordan."

Gabrielle lænede sig frem. "Ja, fortæl."

"Marjorie Tench orienterede mig om, at Det Hvide Hus ved et rent og skært held havde opfanget et stærkt, geologisk bevis på, at der lå en enorm meteorit begravet i Milne-isshelfen. En af de største nogensinde. En meteorit af den størrelse ville være et meget stort fund for NASA."

Gabrielle så målløs ud. "Lige et øjeblik. De siger altså, at nogen allerede vidste, at meteoritten var der, før PODS opdagede den?"

"Ja. PODS havde ikke noget med opdagelsen at gøre. Chefen vidste, at meteoritten eksisterede. Han gav mig simpelthen koordinaterne, befalede mig at stationere PODS over isshelfen igen og foregive, at PODS havde gjort opdagelsen."

"De gør grin med mig."

"Det var også min reaktion, da de bad mig om at deltage i det fupnummer. De nægtede at fortælle mig, hvordan de havde fundet ud af, at meteoritten var der, men ms. Tench påstod, at det ikke spillede nogen rolle, og at det var den ideelle lejlighed til at redde min PODS-fiasko. Hvis jeg kunne foregive, at PODS-satellitten havde lokaliseret meteoritten, så kunne NASA rose PODS som en stærkt tiltrængt succes, og det ville hjælpe præsidenten i valgkampen."

Gabrielle var rædselsslagen. "Og selvfølgelig kunne De ikke påstå, at PODS havde afsløret en meteorit, før De havde bekendtgjort, at PODS' anomalidetektor-software fungerede."

Harper nikkede. "Deraf løgnen på pressemødet. Jeg blev tvunget til det. Tench og chefen var nådesløse. De huskede mig på, at jeg havde svigtet alle – præsidenten havde finansieret mit projekt, NASA havde brugt år på det, og nu havde jeg ødelagt det hele med en programmeringsbommert."

"Så De indvilgede i at hjælpe."

"Jeg havde ikke noget valg. Min karriere var færdig, hvis jeg ikke gjorde det. Og sandheden var, at hvis jeg ikke havde forkludret softwaren, så ville PODS have fundet den meteorit af sig selv. Så det lignede bare en lille løgn dengang. Jeg retfærdiggjorde det over for mig selv ved at sige, at softwaren ville blive repareret om nogle få måneder, når rumfærgen kom op, så jeg bekendtgjorde blot reparationen lidt tidligere."

Gabrielle fløjtede. "En lille løgn for at udnytte fordelen ved et meteoritfund."

Harper følte sig syg ved bare at tale om det. "Så ... jeg gjorde det. Jeg fulgte chefens ordre, holdt en pressekonference og bekendtgjorde, at jeg havde fundet på en udvej for min anomalidetektor-software, ventede et par dage, og så flyttede jeg PODS hen over chefens meteoritkoordinater. Derefter fulgte jeg den rigtige rækkefølge, ringede til lederen af jordovervåg-

ningssystemet og rapporterede, at PODS havde lokaliseret en
hård tæthedsafvigelse i Milne-isshelfen. Jeg gav ham koordina-
terne og fortalte ham, at afvigelsen forekom at være tæt nok til
at være en meteorit. Begejstret sendte NASA et lille hold op
for at tage nogle borekerner. Det var på det tidspunkt, opera-
tionen blev meget tys-tys."

"Så De havde intet begreb om, at der var fossiler i meteorit-
ten før i aften?"

"Det var der ingen her, der havde. Vi er alle sammen i chok.
Nu kalder de mig en helt for at finde bevis på ikke-jordiske
bioformer, og jeg ved ikke, hvad jeg skal sige."

Gabrielle tav længe og så på Harper med sine rolige, sorte
øjne. "Men hvis PODS ikke lokaliserede meteoritten i isen,
hvordan vidste NASA-chefen så, at den var der?"

"Der var en anden, der fandt den først."

"En anden? Hvem?"

Harper sukkede. "En canadisk geolog ved navn Charles
Brophy – en forsker på Ellesmere Island. Åbenbart foretog han
geologiske issonderinger på Milne-isshelfen, da han rent tilfæl-
digt opdagede noget, der så ud til at være en stor meteorit i
isen. Han sendte det over radio, og NASA opfangede tilfældig-
vis transmissionen."

Gabrielle stirrede på ham. "Men er den her canadier så ikke
rasende over, at NASA tager al æren for fundet?"

"Nej," sagde Harper og følte en kuldegysning. "Meget be-
lejligt, så er han død."

91

Michael Tolland lukkede øjnene og lyttede til den brummende
lyd fra jetmotoren i G4'en. Han havde opgivet at tænke mere
over meteoritten, før de kom tilbage til Washington. Chondru-

lerne var ifølge Corky et afgørende bevis; stenen i Milne-isshelfen kunne kun være en meteorit. Rachel havde håbet på at have et afgørende svar til William Pickering, når de landede, men hendes tankebaner var løbet ind i en blindgyde med chondrulerne. Hvor mistænkelige beviserne om meteoritten end var, så så meteoritten ud til at være ægte.

Så er det sådan.

Det var tydeligt, at Rachel var rystet over traumet i havet, men Tolland var forbavset over hendes ukuelighed. Hun koncentrerede sig nu om det forhåndenværende spørgsmål – prøvede at finde en måde til enten at pille meteoritten ned fra piedestalen eller at bevise dens ægthed og forsøgte at finde frem til, hvem der havde villet slå dem ihjel.

Under det meste af turen havde Rachel siddet i sædet ved siden af Tolland. Han nød at tale med hende trods de belastende omstændigheder. For flere minutter siden var hun gået tilbage mod hvilerummet, og nu var Tolland overrasket over at mærke, at han savnede hende ved siden af. Han spekulerede på, hvor længe siden det var, at han havde savnet en kvindes tilstedeværelse – en anden kvinde end Celia.

"Mr. Tolland?"

Tolland så op.

Piloten stak hovedet ind i kabinen. "De bad mig om at sige til, når vi kom inden for telefonisk rækkevidde af Deres skib, ikke? Jeg kan skaffe Dem forbindelse nu, hvis De ønsker det."

"Tak." Tolland gik op ad midtergangen.

Inde i cockpittet sendte Tolland et opkald til sin besætning. Han ville fortælle dem, at han ikke kunne være tilbage før om et par dage. Han havde selvfølgelig ikke til hensigt at fortælle dem om de problemer, han var løbet ind i.

Telefonen ringede flere gange, og Tolland blev overrasket, da han hørte skibets SHINCOM 2100-samtalesystem svare. Den udgående besked var ikke den sædvanlige professionelle hilsen, men derimod den grove røst af en fra Tollands besætning, skibets spøgefugl.

"Hejsa, hejsa, her er Goya," bekendtgjorde stemmen. "Vi beklager, at her ikke er nogen lige nu, men vi er alle sammen blevet bortført af en stor lus! Faktisk har vi taget midlertidig landlov for at fejre Mikes store aften. Gudfader, hvor er vi stolte! De kan lægge navn og nummer, og måske er vi tilbage i morgen, når vi er ædru. Ciao! Af sted, E.T.!"

Tolland lo og savnede allerede sin besætning. De havde åbenbart set pressekonferencen. Han var glad for, at de var gået i land; han havde forladt dem temmelig brat, da præsidenten havde sendt bud efter ham, og det ville være tosset, hvis de bare skulle sidde ørkesløse til søs. Skønt beskeden lød på, at alle var gået i land, gik Tolland ud fra, at de ikke ville have efterladt skibet uden opsyn, specielt i den stærke strøm, hvor det nu var opankret.

Tolland trykkede på nummerkoden for at afspille eventuelle telefonbeskeder, der kunne være kommet til ham. Det bippede én gang. Én besked. Stemmen var den samme, spøgefuglens.

"Hej, Mike, det var sgu da et show! Hvis du hører det her, så lytter du sikkert til dine telefonbeskeder, mens du er til et eller andet smart selskab i Det Hvide Hus, og undrer dig over, hvor fanden vi er henne. Undskyld, at vi forlod skibet, makker, men det her er en aften, der ikke kan fejres tørlagt. Du skal ikke være bekymret, vi har forankret hende meget sikkert og har ladet lyset brænde over gadedøren. I al hemmelighed håber vi på, at hun bliver kapret af pirater, så du kan få NBC til at købe en ny båd til dig! Jeg spøger bare, mand. Du skal ikke være bange, Xavia indvilgede i at blive om bord og forsvare borgen. Hun sagde, at hun foretrak at være her helt alene frem for at feste med en bande fordrukne fiskehandlere. Kan du forstå det?"

Tolland klukkede og var lettet over at høre, at der var nogen om bord til at passe på skibet. Xavia var ansvarsbevidst og afgjort ikke af den selskabelige type. Som højagtet maringeolog havde Xavia ry for at sige sin mening med ætsende ærlighed.

"Under alle omstændigheder, Mike," fortsatte beskeden, "så var det jo en utrolig aften. Den får en til at være stolt af at være forsker, ikke? Alle taler om, hvor godt det her er for NASA. Skid hul i NASA, siger jeg! Det er endnu bedre for os! Seertallet for Forunderlige farvande må være steget med flere millioner i aften. Du er en stjerne, mand. En rigtig stjerne. Til lykke. Strålende arbejde."

Der lød en dæmpet samtale på linjen, og så kom stemmen igen. "Åh, jo, og nu vi taler om Xavia, og bare så du ikke får for stort et hoved, så vil hun lige drille dig med noget. Her er hun."

Xavias stemme, der var skarp som en ragekniv, kom nu frem. "Mike, det er Xavia, du er en gud, ja da, ja da. Og fordi jeg elsker dig så meget, har jeg lovet at være babysitter på dette dit vrag fra før syndfloden. Helt ærligt, så bliver det rart at være lidt væk fra de udskud, som du kalder forskere. Ud over at være babysitter for skibet, så har besætningen bedt mig om at gøre alt, hvad der står i min magt som skibstøs, for at sørge for, at du ikke bliver indbildsk og hoven. Efter i aften er jeg klar over, at det bliver svært, men jeg måtte være den første til at fortælle dig, at du lavede en bæ i dit dokumentarprogram. En sjælden hjerneprut for Michael Tolland. Tag dig ikke af det, der er kun cirka tre personer her på Jorden, der vil lægge mærke til det, og de er alle sammen maringeologer på analstadiet uden sans for humor! Faktisk ligesom mig. Men du ved, hvad de siger om os geologer – altid på udkig efter forkastninger!" Hun lo. "Under alle omstændigheder er det ingenting, blot et lillebitte spørgsmål om meteoritpetrologi. Jeg nævner det kun for at spolere din aften. Du får måske et par opringninger om det, så jeg tænkte, at jeg hellere lige måtte varsko dig, så du ikke kommer til at lyde som den sinke, vi alle ved, du i virkeligheden er." Hun lo igen. "Under alle omstændigheder er jeg ikke så meget til selskaber, så jeg bliver om bord. Du skal ikke ringe til mig; jeg måtte slå svareren til, fordi den skide presse har ringet hele aftenen. Du er en virkelig stjerne i aften trods din bommert. Jeg skal nok fortæller dig om det, når du kommer tilbage. Ciao."

Linjen gik død.

Michael Tolland rynkede brynene. *En fejl i mit dokumentarprogram?*

Rachel Sexton stod ude på toilettet i G4 og så på sig selv i spejlet. Hun så bleg ud, tænkte hun, og mere skrøbelig, end hun havde forestillet sig. Aftenens forskrækkelse havde tappet hende. Hun spekulerede på, hvor længe det ville vare, før hun ville holde op med at ryste, eller før hun kunne nærme sig et hav. Hun tog sin U.S.S. Charlotte-kasket af og lod håret falde ned. Det var bedre, tænkte hun og følte sig mere som sig selv.

Da hun så sig selv i øjnene, mærkede hun en dyb træthed. Under den så hun dog beslutsomheden. Hun vidste, det var en arv fra moderen. *Ingen skal fortælle dig, hvad du kan og ikke kan gøre.* Rachel funderede over, om hendes mor havde set, hvad der var sket i aften. *Der var nogen, der prøvede at slå mig ihjel, mor. Der var nogen, der prøvede at slå os alle sammen ihjel …*

Rachels hjerne scrollede gennem navnelisten, som den nu havde gjort det i adskillige timer.

Lawrence Ekstrom … Marjorie Tench … præsident Zach Herney. De havde alle sammen et motiv. Og endnu mere skræmmende, de havde alle sammen midlerne. Præsidenten er ikke indblandet, sagde Rachel til sig selv og klyngede sig til håbet om, at præsidenten, som hun respekterede meget mere end sin egen far, var en uskyldig tilskuer til denne mystiske tildragelse.

Vi ved stadigvæk ingenting.

Ikke hvem ... ikke hvis ... ikke hvorfor.

Rachel ville gerne have haft svarene til William Pickering, men det eneste, hun havde nået indtil nu, var at stille endnu flere spørgsmål.

Da Rachel forlod toilettet, blev hun overrasket over at se, at Michael Tolland ikke var på sit sæde. Corky døsede i nærheden. Rachel så sig omkring, og i det samme trådte Mike ud fra cockpittet, mens piloten lukkede for en radiotelefon. Hans øjne var store af bekymring.

"Hvad er der?" spurgte Rachel.

Tollands stemme var tung, da han fortalte hende om telefonbeskeden.

En fejl i hans fremstilling? Rachel tænkte, at Tolland overreagerede. "Det er nok ikke noget. Hun fortalte dig ikke specifikt, hvad fejlen var?"

"Det havde noget med meteoritpetrologi at gøre."

" Stenstruktur?"

"Tja. Hun sagde, at de eneste, der ville lægge mærke til fejlen, var nogle få andre geologer. Det lød som om, at hvad det så end var for en fejl, jeg havde begået, havde den at gøre med sammensætningen af selve meteoritten."

Rachel trak vejret hurtigt. Nu forstod hun det. "Chondruler?"

"Det ved jeg ikke, men det virker temmelig sammenfaldende."

Rachel var enig. Chondrulerne var det eneste bevis, der var tilbage, som kategorisk understøttede NASA's påstand om, at der virkelig var tale om en meteorit.

Corky sluttede sig til og gned sig i øjnene. "Hvad sker der?"

Tolland fortalte ham om det.

Corky rynkede brynene og rystede på hovedet. "Der er ingen problemer med chondrulerne, Mike. Ikke på nogen måde.

Alle dine data kom fra NASA. Og fra mig. De var upåklage-lige."

"Hvad for en petrologisk fejl kunne jeg så have begået?"

"Hvem fanden ved det? Hvad ved maringeologer i øvrigt om chondruler?"

"Det har jeg ingen anelse om, men hun er vanvittig intelligent."

"I betragtning af omstændighederne," sagde Rachel, "så tror jeg, at vi burde tale med hende, før vi taler med direktør Pickering."

Tolland trak på skuldrene. "Jeg ringede til hende fire gange og fik telefonsvareren. Hun sidder sikkert i hydrolaboratoriet og kan ikke høre en skid. Hun får ikke mine beskeder før allertidligst i morgen." Tolland afbrød og så på sit ur. "Men ..."

"Men hvad?"

Tolland så intenst på hende. "Hvor vigtigt tror du det er, at vi taler med Xavia, før vi taler med din boss?"

"Hvis hun har noget at sige om chondrulerne? Jeg ville sige, at det er afgørende, Mike," sagde Rachel. "I øjeblikket har vi kendsgerninger, der stritter i alle retninger. William Pickering er vant til at få klare svar. Når vi møder ham, ville jeg være rigtig glad, hvis jeg har noget væsentligt, han kan handle ud fra."

"Så burde vi gøre et ophold."

Rachel tænkte sig om. "På dit skib?"

"Det ligger ud for kysten af New Jersey. Næsten direkte på vores vej til Washington. Vi kan tale med Xavia og finde ud af, hvad hun ved. Corky har stadig meteoritprøven, og hvis Xavia ønsker at foretage nogle geologiske undersøgelser af den, har skibet et temmelig veludstyret laboratorium. Jeg kan ikke forestille mig, at det ville tage os mere end en time at få nogle afgørende svar."

Rachel mærkede et ængsteligt pulsslag. Tanken om at skulle konfronteres med havet så hurtigt igen var foruroligende. *Afgørende svar,* sagde hun til sig selv. Hun var fristet af muligheden. *Pickering vil afgjort ønske sig nogle afgørende svar.*

92

Delta-et var glad for igen at have fast grund under fødderne.

På trods af, at Auroraflyet kun fløj for halv kraft og tog en omvej ud over havet, havde det fuldført sin rejse på mindre end to timer og givet Deltastyrken et godt forspring til at gå i stilling og forberede sig på det ekstra drab, som lederen havde forlangt.

På en militærlandingsplads uden for D.C. forlod Deltastyrken nu Auroraflyet og entrede deres nye transportmiddel – en OH-58D Kiowa Warrior-helikopter, der stod og ventede på dem.

Endnu en gang har lederen arrangeret det bedst muligt, tænkte Delta-et.

Kiowa Warrior, der oprindelig var udtænkt som en let observationshelikopter, var blevet "udbygget og forbedret" til at blive til en af militærets nyeste form for angrebshelikoptere. Kiowa havde infrarød, termal visualiseringsevne, der satte dets lasersøgnings-skudviddefinder i stand til at udføre autonom afsøgning for laserstyrede præcisionsvåben som luft-til-luft-Stingermissiler og AGM-1148 Hellfire-missilsystemet. En lynhurtig digitalsignalsberegner sørgede for opsporing af op til seks samtidige mål. Ikke mange fjender havde nogensinde set en Kiowa tæt på og overlevet til at fortælle om det.

Delta-et følte et bekendt sus af magt, da han klatrede ind i Kiowa'ens pilotsæde og spændte sig fast. Han havde trænet med dette fly og fløjet det under hemmelige operationer tre gange. Selvfølgelig havde han aldrig før skudt efter en fremtrædende amerikansk embedsmand. Kiowa var det perfekte fly til formålet, måtte han indrømme. Dets Rolls Royce Allison-motor og dobbelte, halvstive rotorblade var "lydløst roteren-de". Det betød i al sin enkelhed, at mål på jorden ikke kunne høre helikopteren, før den var lige over dem. Og fordi den var i stand til at flyve blindflyvning uden lys og var malet matsort uden reflekterende halenumre, var den så godt som usynlig, medmindre målet havde radar.

Tavse, sorte helikoptere.

Konspirationsteoretikerne var ved at blive vanvittige over dem. Nogle påstod, at invasionen af tavse, sorte helikoptere var et bevis på "den nye verdensordens stormtropper" under ledelse af de Forenede Nationer. Andre påstod, at helikopterne var tavse sonder fra rummet. Atter andre, der så Kiowa'erne i tæt formation om natten, blev narret til at tro, at de så på markeringslysene på et meget større fly – en enkelt flyvende tallerken, der tilsyneladende var i stand til at flyve lodret.

Forkert igen. Men militæret var glade for afledningen.

Under en nylig overstået hemmelig mission havde Delta-et fløjet en Kiowa bevæbnet med den allerhemmeligste nye ame-rikanske militærteknologi – et udspekuleret, holografisk våben med øgenavnet S&M. Trods associationer til sadomasochisme stod S&M for "smoke and mirrors" – røg og spejle – og bestod af holografiske billeder, der blev "projekteret" op på himlen over fjendtligt territorium. Kiowa havde brugt S&M-teknolo-gien til at projektere hologrammer af amerikanske fly op over et fjendtligt antiluftskytsanlæg. De panikslagne antiluftskytter fyrede som afsindige på de flyvende spøgelser. Da al deres am-munition var sluppet op, satte De Forenede Stater den ægte vare ind.

Da Delta-et og hans mænd lettede fra startbanen, kunne Delta-et stadig høre ordene fra sin leder. *De har et andet mål nu.* Det forekom at være topmålet af underdrivelse i betragtning af, hvem deres nye mål var. Delta-et mindede imidlertid sig selv om, at det ikke var hans opgave at stille spørgsmål. Hans hold havde fået en ordre, og de ville udføre den nøjagtig på den måde, de havde fået instruks om – hvor chokerende metoden end var.

Jeg håber for helvede, at lederen er sikker på, at det er det rigtige træk.

Da Kiowa'en lettede fra startbanen, styrede Delta-et mod sydvest. Han havde set Roosevelt-mindesmærket to gange før, men i nat ville være første gang, han så det fra luften.

93

"Blev meteoritten oprindelig opdaget af en canadisk geolog?" Gabrielle Ashe stirrede forbløffet på den unge programmør, Chris Harper. "Og den canadier er *død* nu?"

Harper nikkede dystert.

"Hvor længe har De vidst det?" spurgte hun

"Et par uger. Efter at chefen og Marjorie Tench tvang mig til at afgive falsk forklaring på pressekonferencen, vidste de, at jeg ikke kunne tage mine ord i mig igen, så de fortalte mig sandheden om, hvordan meteoritten virkelig blev fundet."

PODS er ikke ansvarlig for fundet af meteoritten! Gabrielle havde ingen ide om, hvor alle disse oplysninger ville føre hen, men det var tydeligt, at det var skandaløst. Dårlige nyheder for Tench. Gode nyheder for senatoren.

"Som jeg sagde før," sagde Harper og så dyster ud nu, "så blev meteoritten opdaget ved, at man opsnappede en radio-transmission. Er De bekendt med et program, der hedder IN-SPIRE – det interaktive rumfysiske NASA-ionsfæreradioeks-periment?"

Det havde Gabrielle kun hørt en smule om.

"I det væsentlige," sagde Harper, "er det en række meget lavfrekvente radiomodtagere tæt ved Nordpolen, der lytter til

lydene fra Jorden – plasmabølge-emissioner fra nordlys, bred-
båndspulse fra tordenvejr og den slags ting."

"Okay."

"For nogle uger siden fik en af INSPIRE's radiomodtagere
opsnappet et tilfældigt opkald fra Ellesmere Island. Det var en
canadisk geolog, der råbte om hjælp på en usædvanlig lav fre-
kvens." Harper ventede lidt. "Faktisk var frekvensen så lav, at
der ikke var andre end NASA's VLF-modtagere, der overhove-
det kunne have hørt det. Vi gik ud fra, at canadieren sendte
langt."

"Undskyld?"

"At han sendte på den lavest mulige frekvens for at få mak-
simumdistance på sin transmission. Husk på, at han befandt
sig langt ude i ødemarken; en transmission på en standard-
frekvens ville sandsynligvis ikke have nået langt nok ud til at
blive hørt."

"Hvad gik hans besked ud på?"

"Transmissionen var kort. Canadieren sagde, at han havde
været ude for at foretage nogle issonderinger på Milne-isshel-
fen, havde opdaget en afvigelse i isen med en usædvanlig stor
densitet, havde antaget, at det var en gigantisk meteorit, og at
han var blevet fanget i et uvejr, mens han foretog sine måling-
er. Han opgav sine koordinater, bad om hjælp til at komme
væk fra uvejret og lukkede af. NASA's lyttepost sendte et fly
ud fra Thule for at redde ham. De søgte efter ham i flere timer
og fandt ham omsider milevidt ude af kurs og død på bunden
af en kløft med sin slæde og sine hunde. Åbenbart havde han
forsøgt at flygte fra uvejret, var blevet sneblind, var kommet
ud af kurs og var faldet ned i en gletsjerspalte."

Gabrielle overvejede forvirret oplysningen. "Så pludselig
kendte NASA til en meteorit, som ingen andre vidste noget
om?"

"Netop. Og hvis min software havde virket ordentligt, ville

PODS-satellitten ironisk nok have observeret den samme meteorit – en uge før canadieren gjorde det."

Sammentræffet gav Gabrielle lidt pusterum. "En meteorit, der har ligget begravet i tre hundrede år, blev næsten opdaget to gange i samme uge?"

"Jeg ved det. Lidt besynderligt, men sådan kan videnskab godt være. Skidt eller kanel. Pointen er, at chefen har det sådan, at meteoritten burde have været vores opdagelse under alle omstændigheder – hvis jeg havde gjort mit arbejde ordentligt. Han fortalte mig, at eftersom canadieren nu var død, var der ingen, der ville vide noget, hvis jeg simpelthen satte PODS til de koordinater, canadieren havde videresendt i sit SOS. Så kunne jeg foregive at opdage meteoritten helt fra begyndelsen, og vi kunne få respekt igen efter en pinlig fejl."

"Og det var, hvad De gjorde."

"Som jeg sagde, jeg havde ikke noget valg. Jeg havde svigtet hele foretagendet." Han tav. "Men så i aften, hvor jeg hørte præsidentens pressekonference og fandt ud af, at den meteorit, som jeg havde foregivet at have opdaget, indeholdt fossiler …"

"Blev De chokeret."

"Helt slået ud, ville jeg sige!"

"Tror De, NASA-chefen vidste, at meteoritten indeholdt fossiler, inden han bad Dem om at lade, som om det var PODS, der fandt den?"

"Det kan jeg ikke forestille mig. Meteoritten havde ligget begravet og uberørt, indtil det første NASA-hold nåede frem. Mit bedste skøn er, at NASA ikke havde begreb om, hvad de virkelig havde fundet, før de fik et hold derop til at tage borekerner og røntgenbilleder. De bad mig om at lyve om PODS og troede, at de havde vundet en lille sejr med en stor meteorit. Da de nåede frem, gik det op for dem, hvor stort det fund i virkeligheden var."

Gabrielle trak vejret hurtigt og ophidset. "Dr. Harper, vil De bekræfte, at NASA og Det Hvide Hus tvang Dem til at lyve om PODS-softwaren?"

"Det ved jeg ikke." Harper så forskrækket ud. "Jeg kan ikke forestille mig, hvor stor en skade det kunne være for agenturet ... og for opdagelsen."

"Dr. Harper, vi ved begge to, at den meteorit bliver ved med at være en vidunderlig opdagelse, ligegyldigt hvordan den kom frem. Pointen her er, at De har løjet for det amerikanske folk. Offentligheden har ret til at vide, at PODS ikke er alt det, NASA siger, den er."

"Det ved jeg ikke. Jeg har kun foragt tilovers for chefen, men mine kolleger ... det er gode folk."

"Og de fortjener at få at vide, at de bliver bedraget."

"Og det, De havde mod mig om en økonomisk forbrydelse?"

"Det kan De godt glemme nu," sagde Gabrielle, der selv næsten havde glemt sit kneb. "Jeg siger til senator Sexton, at De ikke kender noget til underslæbet. Det er ganske enkelt en mistænkeliggørelse – en forsikring, som chefen har tegnet for sig selv for få Dem til at holde mund om PODS."

"Kan senatoren beskytte mig?"

"Fuldstændigt. De har ikke gjort noget forkert. De har blot adlydt en ordre. Og med de oplysninger, De lige har givet mig om den her canadiske geolog, kan jeg da ikke forestille mig, at senatoren overhovedet bliver nødt til at rejse spørgsmålet om økonomisk bedrageri. Vi kan fokusere udelukkende på NASA's misinformationer om PODS og meteoritten. Når først senatoren har fortalt om canadieren, vil NASA-chefen ikke kunne miskreditere Dem med løgne."

Harper så stadig bekymret ud. Han blev tavs og dyster, mens han grundede over sine muligheder. Gabrielle gav ham lidt tid. Hun var blevet klar over, at der var et andet bekymrende sammentræf i denne historie. Hun ville ikke nævne det, men hun kunne se, at dr. Harper behøvede et sidste skub.

"Har De hunde, dr. Harper?"

Han så op. "Hvabehar?"

"Jeg syntes bare, det lød mærkeligt. De fortalte mig, at kort tid efter at den canadiske geolog opgav meteorittens koordinater over radioen, løb hans slædehunde blindt ned i en gletsjersprække?"

"Det var uvejr. De var ude af kurs."

Gabrielle trak på skuldrene og lod sin skepsis skinne igennem. "Tja ... okay."

Det var tydeligt, at Harper fornemmede hendes tøven. "Hvad mener De?"

"Jeg ved det ikke. Der er bare en frygtelig masse sammentræf ved den her opdagelse. En canadisk geolog transmitterer meteoritkoordinater på en frekvens, som kun NASA kan høre? Og så løber hans slædehunde blindt ned i en spalte?" Hun ventede lidt. "Det er jo indlysende, at denne geologs død banede vejen for hele NASA's triumf."

Farven forsvandt fra Harpers ansigt. "Tror De, at chefen ville myrde for den meteorit?"

Storpolitik. Store penge, tænkte Gabrielle. "Lad mig snakke med senatoren, og så tales vi ved. Er der en bagdør ud herfra?"

Gabrielle Ashe efterlod en bleg Chris Harper og gik ned ad en brandtrappeskakt til en øde vej bag ved NASA. Hun vinkede efter en taxa, som lige havde sat flere feststemte NASA-folk af.

"Westbrooke Place Luksuslejligheder," sagde hun til chaufføren. Hun var på vej til at gøre senator Sexton til en meget gladere mand.

94

Gad vide, hvad det er, jeg har sagt ja til. Rachel stod ved indgangen til G4's cockpit og rakte et kabel fra den kombinerede radiomodtager og -sender ind i kabinen, så hun kunne foretage sit opkald, uden at piloten hørte det. Corky og Tolland så til. Skønt Rachel og NRO-direktør William Pickering havde aftalt, at de ikke ville tale sammen over radioen, før hun kom til Bollings Air Force Base uden for D.C., havde Rachel nu nogle nye oplysninger, som hun var sikker på, at Pickering ønskede at høre omgående. Hun havde ringet til hans sikre mobiltelefon, som han altid havde på sig.

Da Pickering kom på tråden, var han kort for hovedet. "Tal med omhu. Jeg kan ikke garantere for forbindelsen."

Det forstod Rachel. Som de fleste af NRO's felttelefoner havde Pickerings mobiltelefon en indikator, som afslørede usikrede opkald. Fordi Rachel talte over en radiotelefon, som var et af de mindst sikre kommunikationsmidler, der fandtes, havde Pickerings telefon advaret ham. Denne samtale måtte blive vag. Ingen navne. Ingen stedsangivelser.

"Min stemme er min identitet," sagde Rachel og brugte NRO's standardfelthilsen. Hun havde forventet, at direktøren ville være utilfreds med, at hun havde løbet risikoen ved at kontakte ham, men Pickerings reaktion lød positiv.

"Ja, jeg skulle til selv at tage kontakt med Dem. Vi må omdirigere. Jeg er bekymret for, at De måske får et velkomstselskab."

Rachel blev pludselig bange. *Der er nogen, der holder øje med os.* Hun kunne høre faren på Pickerings tonefald. *Omdirigere.* Han ville blive glad for at få at vide, at hun havde ringet til ham for at bede om netop det, omend af helt andre grunde.

"Spørgsmålet om ægthed," sagde Rachel. "Vi har drøftet det. Vi har måske en måde til at bekræfte eller benægte kategorisk."

"Fremragende. Der har været udviklinger, og så ville jeg i det mindste have en solid basis at gå videre fra."

"Beviset indebærer, at vi afbryder rejsen med et kort ophold. En af os har adgang til et laboratorieanlæg –"

"Ingen nøjagtige stedsangivelser. For Deres egen sikkerheds skyld."

Rachel havde ikke til hensigt at annoncere sine planer over denne linje. "Kan De skaffe os clearing til at lande på GAS-AC?"

Pickering var tavs et øjeblik. Rachel kunne mærke, at han prøvede at tyde ordet. GAS-AC var et uklart NRO-akronym for kystvagtens Group Air Station ved Atlantic City. Rachel håbede, at direktøren kendte til det.

"Ja," sagde han omsider. "Det kan jeg arrangere. Er det Deres endelige bestemmelsessted?"

"Nej. Vi får brug for videre helikoptertransport."

"Der vil vente et luftfartøj."

"Tak."

"Jeg tilråder den yderste forsigtighed, indtil vi ved mere. Tal ikke med nogen. Deres mistanke har vakt stor bekymring blandt magtfulde personer."

Tench, tænkte Rachel og ønskede, at det var lykkedes hende at få direkte kontakt med præsidenten.

"Jeg sidder i øjeblikket i min bil på vej til at møde den omhandlede kvinde. Hun har udbedt sig et privat møde på et neutralt sted. Det burde kunne afsløre meget."

Kører Pickering et sted hen for at møde Tench? Hvad Tench så end ville fortælle ham, måtte det være vigtigt, hvis hun afslog at fortælle ham det over telefonen.

Pickering sagde: "Diskuter ikke Deres endelige koordinater med nogen. Og ikke mere radiokontakt. Er det forstået?"

"Ja, sir. Vi vil være ved GAS-AC om en time."

"Transporten vil være klar. Når De når Deres endelige be-

stemmelsessted, kan De kalde mig over mere sikre kanaler."
Han ventede. "Jeg kan ikke overdrive, hvor vigtig tavshed er
for Deres sikkerhed. De har fået nogle stærke fjender i aften.
Udvis behørig forsigtighed." Pickering var væk.

Rachel følte sig anspændt, da hun afbrød forbindelsen og
vendte sig om mod Tolland og Corky.

"Ændring af destination?" sagde Tolland og så ud til at være
ivrig efter et svar.

Rachel nikkede modstræbende. "Goya."

Corky sukkede og kiggede ned på meteoritprøven i sin
hånd. "Jeg kan stadig ikke forestille mig, at NASA muligvis
kunne have …" Hans stemme døde hen, og han så mere og
mere bekymret ud, for hvert minut der gik.

Vi får det snart nok at vide, tænkte Rachel.

Hun gik ind i cockpittet og afleverede radiomodtageren. Da
hun kiggede ud ad forruden på det rullende bjerglandskab af
månebelyste skyer, der jog forbi under dem, havde hun en for-
uroligende fornemmelse af, at hun ikke ville bryde sig om det,
der mødte dem om bord på Tollands skib.

95

William Pickering følte sig usædvanlig ensom, da han kørte
sin sedan ned ad Leesburg Highway. Klokken var næsten 2 om
natten, og vejen lå øde hen. Det var flere år siden, han havde
været ude at køre så sent.

Marjorie Tenchs ru stemme skurrede stadig i hovedet på
ham. *Mød mig ved Roosevelt-mindesmærket.*

Pickering prøvede at huske sidste gang, han havde set Mar-
jorie Tench ansigt til ansigt – aldrig nogen behagelig oplevel-
se. Det havde været for to måneder siden. I Det Hvide Hus.
Tench sad over for Pickering ved et langt egetræsbord omgivet

af medlemmer af det nationale sikkerhedsråd, militærchefer, CIA, præsident Herney og NASA's chef.

"Mine herrer," sagde chefen for CIA og så direkte på Marjorie Tench. "Endnu en gang sidder jeg her for indtrængende at anmode administrationen om at konfrontere den fortsatte sikkerhedskrise i NASA."

Erklæringen kom ikke bag på nogen i værelset. NASA's sikkerhedskvaler var blevet et trættende tema i efterretningstjenesten. To dage tidligere havde hackere stjålet mere end tre hundrede satellitfotos med høj opløselighed, der var taget af en af NASA's jordovervågningssatellitter, fra en NASA-database. Fotografierne – der ved en fejltagelse afslørede et tophemmeligt amerikansk militært træningsanlæg i Nordafrika – var dukket op på det sorte marked, hvor de var blevet købt af fjendtlige efterretningsagenter i Mellemøsten.

"Trods de bedste hensigter," sagde CIA-direktøren med træt stemme, "vedbliver NASA at være en trussel mod den nationale sikkerhed. For at sige det kort, så er vores rumagentur ikke udstyret til at beskytte de data og teknologier, de selv udvikler."

"Jeg er opmærksom på, at der har været indiskretioner," svarede præsidenten. "Ødelæggende lækager. Og det foruroliger mig dybt." Han gjorde en bevægelse hen over bordet mod NASA-chef Lawrence Ekstroms barske ansigt. "Vi leder igen efter måder, vi kan stramme NASA's sikkerhed op på."

"Med al respekt," sagde CIA-direktøren, "uanset hvilke sikkerhedsændringer NASA indfører, vil de være ineffektive, så længe NASA's operationer forbliver uden for paraplyen af De Forenede Staters efterretningsvæsen."

Den erklæring forårsagede en urolig raslen hos de forsamlede. Alle vidste, hvor det ville føre hen.

"Som De ved," fortsatte CIA-direktøren i en skarpere tone, "så er alle regeringsenheder i USA, som har med følsomme efterretningsoplysninger at gøre, styret af strenge regler om hemmelighed – militæret, CIA, NSA, NRO – alle må de adlyde de strenge love med hensyn til hemmeligholdelse af de data, de indsamler, og de teknologier, de udvikler. Jeg spørger endnu en gang Dem alle, hvorfor NASA – det agentur, der på nuværende tidspunkt er førende inden for teknologi i luftrummet, hvad enten det drejer sig om billedoptagelser, flyvninger, edb-programmer, rekognoscering eller telekommunikationsteknologier, der bruges af militæret og efterretningsvæsenet – eksisterer uden for denne paraply af hemmelighed."

Præsidenten drog et dybt suk. Forslaget var klart. *Omstrukturer NASA, så det bliver en del af USA's militære efterretningstjeneste.* Skønt der tidligere var foretaget lignende omstruktureringer med andre agenturer, havde Herney afslået ideen om at placere NASA under ledelse af Pentagon, CIA, NRO eller alle andre militære værn. Det nationale sikkerhedsråd var ved at blive splittet over spørgsmålet, og der var mange, der tog parti for efterretningsvæsenet.

Lawrence Ekstrom så aldrig tilfreds ud ved disse møder, og det her var ingen undtagelse. Han kastede et skarpt blik på CIA-direktøren. "Med risiko for at gentage mig selv, sir, så er de teknologier, NASA udvikler, beregnet til ikke-militære, akademiske formål. Hvis Deres efterretningstjeneste ønsker at dreje et af vores rumteleskoper rundt og se på Kina, er det Deres valg."

CIA-direktøren så ud, som om han var ved at koge over.

Pickering fangede hans blik og blandede sig. "Larry," sagde han og sørgede for holde stemmen rolig, "hvert år knæler NASA for Kongressen og beder om penge. I foretager jeres operationer med for få midler, og det betaler I prisen for med opgaver, der går galt. Hvis vi indlemmer NASA i efterretningstjenesten, behøver NASA ikke længere at bede Kongressen om hjælp. I ville få midler på et betydeligt højere niveau. Det er en dobbeltgevinst. NASA vil få de penge, der er brug for, for at I kan drive jeres virksomhed ordentligt, og efterretningstjenesten vil få fred i sindet ved at vide, at NASA's teknologier er beskyttede."

Ekstrom rystede på hovedet. "Af principielle årsager kan jeg ikke støtte, at nogen maler NASA med den pensel. NASA drejer sig om rumforskning; vi har ikke noget at gøre med national sikkerhed."

CIA-direktøren rejste sig. Noget, man aldrig gjorde, når præsidenten sad ned. Ingen standsede ham. Han stirrede vredt ned på NASA-chefen. "Fortæller De mig, at De ikke tror, videnskab har noget at gøre med national sikkerhed? Larry, de er synonyme, for himlens skyld! Det er kun Amerikas videnskabelige og tekniske forspring, der holder os sikre, og hvad enten vi kan lide det eller ej, så spiller NASA en større og større rolle i udviklingen af disse teknologier. Desværre er Deres agentur læk som en si og har gang på gang bevist, at spørgsmålet om dets sikkerhed er en belastning!"

Der blev stille i rummet.

Nu var det NASA-chefen, der rejste sig og så sin angriber ind i øjnene. "Så De foreslår, at vi skal spærre tyve tusind forskere fra NASA inde i lufttætte militærlaboratorier og få dem til at arbejde for jer? Tror De virkelig, at NASA's nyeste rumteleskoper ville være blevet opfundet, hvis det ikke havde været for vores forskeres personlige ønske om at se længere ud i rummet? NASA skaber forbløffende gennembrud af en eneste grund – vores ansatte ønsker at forstå kosmos bedre. De er en samling drømmere, der så op på en stjernefyldt himmel, da de var børn, og spurgte sig selv, hvad der var deroppe. Lidenskab og nysgerrighed er det, der driver NASA's nytænkning, ikke løftet om militært overherredømme."

Pickering rømmede sig, talte dæmpet og prøvede at sænke temperaturen rundt om bordet. "Larry, jeg er sikker på, at direktøren ikke taler om at hverve NASA's forskere til at bygge militærsatellitter. NASA's overordnede målsætning ville ikke blive ændret. NASA ville fortsætte sit arbejde som sædvanlig, bortset fra, at I ville få flere midler og bedre sikkerhed." Pickering henvendte sig til præsidenten. "Sikkerhed koster. Alle herinde er klar over, at NASA's sikkerhedslækager er et resultat af underfinansiering. NASA skal hele tiden finde besparelser, skære hjørner af sikkerhedsprocedurerne og lave fællesprojekter med andre lande, så de kan dele regningen. Jeg foreslår, at NASA skal blive ved med at være den fremragende, videnskabelige, ikke-militære enhed, som den for øjeblikket er, men med et større budget og skønsmæssige beføjelser."

Adskillige medlemmer af sikkerhedsrådet nikkede i tavs enighed.

Præsident Herney rejste sig langsomt og stirrede direkte på William Pickering. Det var tydeligt, at han ikke var begejstret for den måde, Pickering lige havde overtaget ledelsen på. "Bill, lad mig spørge om en ting: NASA håber på at nå op til Mars i løbet af det næste årti. Hvordan vil efterretningsvæsenet have det ved at bruge en stor del af budgettet på en Mars-mission – en mission, der ikke har nogen umiddelbar fordel for nationens sikkerhed?"

"NASA vil være i stand til at gøre, hvad de vil."

"Skråt op," svarede Herney ligeud.

Alle spærrede øjnene op. Præsident Herney brugte sjældent grove ord.

"Hvis der er noget, jeg har lært som præsident," erklærede Herney, "så er det, at det er dem, der kontrollerer pengene, der kontrollerer, hvor de går hen. Jeg nægter at lægge NASA's pengekasse i hænderne på dem, som ikke er enige i det formål, agenturet blev grundlagt på. Jeg kan levende forestille mig, hvor meget grundforskning der ville blive tid til, hvis det var militæret, der skulle afgøre, hvilke NASA-missioner der er rentable."

Herneys øjne løb værelset rundt. Langsomt og målbevidst vendte han sit faste blik mod Pickering igen.

"Bill," sukkede Herney, "Deres utilfredshed med, at NASA har engageret sig i fællesprojekter med andre landes rumagenturer, er pinagtig kortsynet. I det mindste er der da nu nogen, der arbejder konstruktivt sammen med kineserne og russerne. Vi får aldrig fred på kloden på grundlag af militærstyrke. Vi får fred på grund af dem, der kommer sammen på trods af de forskelligheder, deres regeringer står for. Hvis De spørger mig, så gør NASA's fællesmissioner mere for at fremme den nationale sikkerhed end en hvilken som helst spionsatellit til flere milliarder dollars, og de giver sgu også bedre håb for fremtiden."

Pickering mærkede vreden vælde op. *Hvor vover en politiker at tale ned til mig på den måde!* Herneys idealisme fungerede fint i et bestyrelseslokale, men i den virkelige verden var den årsag til, at folk blev slået ihjel.

"Bill," afbrød Marjorie Tench, som om hun kunne mærke, at Pickering var ved at eksplodere, "vi ved, at De mistede et barn. Vi ved, at det er et personligt spørgsmål for Dem."

Pickering hørte ikke andet end nedladenhed i hendes stemme.

"Men De skal huske på, at Det Hvide Hus hele tiden holder en sværm af investorer tilbage, der ønsker at åbne rummet for den private sektor, " sagde Tench. "Hvis De spørger mig, så har NASA på trods af alle sine fejltagelser været en god ven over for efterretningsvæsenet. I kan alle være taknemmelige for det, I har."

En rumlestribe på kanten af motorvejen rystede Pickerings tanker tilbage til nutiden. Han var snart fremme. Da han nærmede sig afkørslen fra D.C., kørte han forbi et blodigt rådyr, der lå dødt ved siden af vejen. Han følte en underlig betænkelighed ... men blev ved med at køre.

Han havde et møde, han skulle til.

96

Franklin Delano Roosevelt-mindesmærket er et af de største mindesmærker i hele landet. Det består af en park, flere vandfald, statuer, nicher og et bassin og er opdelt i fire udendørs samlinger, en for hver af Roosevelts præsidentperioder.

Halvanden kilometer derfra kom en enlig Kiowa Warrior ind fra kysten højt oppe over byen med dæmpede positionslys. I en by som Washington D.C., hvor der færdes mange VIP'er og mediefolk, var helikoptere i luften et lige så almindeligt syn som fugle på træk. Delta-et vidste, at så længe han holdt sig uden for det område, der blev kaldt "kuplen" – en boble af beskyttet luftrum omkring Det Hvide Hus – ville han vække meget lidt opmærksomhed. De skulle ikke være her ret længe.

Kiowa'en var oppe i 650 meters højde, da den sagtnede farten i nærheden, men ikke direkte over det mørke Rooseveltmindesmærke. Delta-et holdt sig svævende og kontrollerede sin position. Han kastede et blik til venstre, hvor Delta-to bemandede det infrarøde teleskopiske overvågningssystem. Videooptagelsen viste et grønligt billede af indkørslen til mindesmærket. Området lå øde hen.

Nu skulle de bare vente.

Det her ville ikke blive en stille likvidering. Der var nogle mennesker, man simpelthen ikke kunne slå stille ihjel. Uanset metoden ville der være eftervirkninger. Undersøgelser. Forhør. I den slags tilfælde var det bedste dække at lave en masse støj. Eksplosioner, ild og røg fik det til at se ud, som om man kom med en erklæring, og den første tanke ville være fremmed terrorisme. Specielt når målet var en højtplaceret embedsmand.

Delta-et scannede den infrarøde transmission af det trædækkede mindesmærke nedenunder. Parkeringspladsen og indkørslen var tom. Snart, tænkte han. Selvom stedet for dette private møde lå i et byområde, var der heldigvis helt øde på dette tidspunkt af døgnet. Delta-et vendte blikket fra skærmen til sine egne våbenstyringssystemer.

Hellfire-systemet ville blive det foretrukne våben i aften. Hellfire var et laserstyret, metalgennembrydende missil – "skyd og glem". Projektilet kunne ramme en laserplet, som var usynlig for nogen på jorden, i andre fly, selv for det affyrende fly. I nat ville missilet være selvstyrende via laserpegeren i et sigte anbragt på en opstander. Når først Kiowa'ens "pegepind" havde "malet" målet med en laserstråle, ville Hellfire-missilet være selvstyrende. Fordi Hellfire kunne affyres enten fra luften eller fra jorden, ville det, at det var blevet brugt i nat, ikke nødvendigvis indikere, at der havde været et luftfartøj indblandet. I tilgift var Hellfire en populær ammunition blandt det sorte markeds våbenhandlere, så terroristaktivitet kunne sagtens få skylden.

"Sedan," sagde Delta-to.

Delta-et så på transmissionsskærmen. En ubestemmelig, sort luksussedan nærmede sig på tilkørselsvejen nøjagtig til tiden. Det var en typisk bil fra et stort regeringskontor. Chaufføren skiftede til kort lys ved indkørslen til mindesmærket. Vognen kørte rundt et par gange og parkerede så tæt på en lille lund. Delta-et så på skærmen, og hans makker indstillede det infrarøde teleskop på førerens siderude. Efter et øjeblik kom personens ansigt til syne.

Delta-et tog en hurtig indånding.

"Målet bekræftet," sagde hans partner.

Delta-et så på den infrarøde skærm – med dets dødbringende krucifiks af trådkors – og han følte sig som en snigskytte, der sigtede på en kongelig. *Målet bekræftet.*

Delta-to vendte sig mod luftfartselektronikken i venstre side og aktiverede laserpegeren. Han sigtede, og seks hundrede meter nede kom en nålespids af lys til syne på taget af sedanen, usynlig for personen indeni. "Målet malet," sagde han.

Delta-et tog en dyb indånding. Han fyrede af.

En skarp, hvæsende lyd sydede under helikopteren og blev fulgt af et bemærkelsesværdigt svagt lysspor, der for ned mod jorden. Et sekund senere blev bilen på parkeringspladsen sprængt i stumper og stykker, mens flammerne rejste sig mod himlen. Sammenkrøllet metal fløj rundt overalt. Brændende hjul rullede ind i den lille lund.

"Likvidering udført," sagde Delta-et, der allerede satte helikopteren i fart væk fra området. "Kald lederen."

Mindre end tre kilometer borte var præsident Zach Herney ved at gå i seng. De skudsikre Lexan-vinduer i privatboligen var tommetykke. Herney hørte aldrig eksplosionen.

97

Kystvagtens lufthavn, Atlantic City, befinder sig i en sikker afdeling af den føderale luftfartsadministrations tekniske center ved Atlantic City International Airport. Kystvagtens ansvarsområde omfatter Atlanterhavskysten fra Asbury Park til Cape May.

Rachel Sexton blev vækket af bumpene, da flyets hjul hvinende landede på asfalten på den enlige landingsbane, der lå og puttede sig mellem to enorme godsbygninger. Hun var forbavset over, at hun var faldet i søvn, og så fortumlet på sit ur.

2.13. Midt om natten. Hun havde det, som om hun havde sovet i flere dage.

Et varmt tæppe var blevet puttet omhyggeligt rundt om

hende, og Michael Tolland var også ved at vågne op ved siden af hende. Han sendte hende et træt smil.

Corky kom tumlende op ad midtergangen og rynkede brynene, da han så dem. "For fanden da, er I her stadig? Jeg vågnede op og håbede, at det hele havde været en ond drøm."

Rachel vidste præcis, hvordan han havde det. *Jeg er på vej tilbage til havet.*

Flyvemaskinen taxiede til standsning, og Rachel og de to andre klatrede ud og ned på en øde landingsbane. Natten var overskyet, men kystluften var tung og varm. I sammenligning med Ellesmere føltes New Jersey næsten tropisk.

"Her!" råbte en stemme.

Rachel og de to andre vendte sig om og fik øje på en af kystvagtens klassiske højrøde HH-65 Dolphin-helikoptere, der stod og ventede i nærheden. En pilot i fuldt udstyr stod indrammet af den strålende, hvide stribe på helikopterens hale og vinkede dem over til sig.

Tolland nikkede imponeret til Rachel. "Din chef får sandelig tingene gjort."

Du skulle bare vide, tænkte hun.

Corky sank sammen. "Allerede? Ingen spisepause?"

Piloten bød dem velkommen og hjalp dem om bord. Han spurgte dem ikke om deres navne, men fyrede vittigheder af og fortalte om sikkerhedsforanstaltninger. Pickering havde åbenbart gjort det klart for kystvagten, at det drejede sig om en hemmeligholdt flyvning. Trods Pickerings diskretion kunne Rachel alligevel se, at det kun varede et par sekunder, inden de var genkendt; piloten fik store øjne og kunne ikke skjule sin overraskelse over at se tv-stjernen Michael Tolland.

Rachel følte sig allerede anspændt, da hun satte sig ved siden af Tolland og spændte selen fast. Aerospatiale-motoren over dem satte i gang med en hylen, og Dolphin'ens hængende tolvmeters rotorblade begyndte at flade ud i en sølvskinnende, vibrerende plet. Hvinet blev til et brøl, da helikopteren løftede sig fra jorden og steg op i natten.

Piloten vendte sig om i cockpittet og råbte: "Jeg fik besked om, at De ville give mig bestemmelsesstedet, når vi først var i luften."

Tolland gav piloten koordinaterne på et sted ud for kysten cirka halvtreds kilometer sydøst for deres nuværende position.

Hans skib ligger tolv sømil fra kysten, tænkte Rachel og følte en gysen.

Piloten skrev koordinaterne ind i sit navigationssystem. Så satte han sig til rette og speedede motorerne op. Helikopteren tippede forover og krængede sydpå.

Da de mørke klitter på New Jersey-kysten gled væk under flyet, vendte Rachel blikket væk fra havet, der bredte sig under hende. Selvom hun var nervøs over at være tilbage over vand, prøvede hun at berolige sig med, at hun var i selskab med en mand, der havde gjort havet til en livsvarig ven. Tolland sad presset tæt ind til hende i det snævre rum, så hans hofte og skulder rørte hendes. Ingen af dem gjorde forsøg på at ændre stilling.

"Jeg ved godt, at jeg ikke burde sige det," kom det pludselig fra piloten, der lød, som om han var ved at sprænges af ophidselse, "men De er jo Michael Tolland. Og jeg må sige, tja, vi har set Dem på tv hele aftenen. Meteoritten! Det er absolut utroligt! I må være imponerede!"

Tolland nikkede tålmodigt. "Helt stumme."

"Det dokumentarprogram var fantastisk! Tv-stationerne bliver ved med at vise det igen og igen. Der er ingen af de piloter, der har vagt i aften, der havde lyst til den her tur, for de ville alle sammen hellere blive ved med at se fjernsyn, så jeg trak det korte strå. Hvabehar! Det korte strå! Og her sidder jeg! Hvis drengene havde haft nogen anelse om, at jeg skulle flyve for selveste ..."

"Vi sætter pris på turen," afbrød Rachel ham, "og vi er nødt til at understrege, at De ikke må fortælle nogen, at vi er her. Der er ingen, der må vide, at vi er her."

"Selvfølgelig, ma'am. Mine ordrer var meget tydelige."

Piloten tøvede, og så lyste hans ansigt op. "Hov, vi skal da vel ikke ud til Goya, skal vi?"

Tolland nikkede modstræbende. "Det skal vi."

"Hold da kæft!" udbrød piloten. "Ja, undskyld, men jeg har set hende på Deres program. Det er den med dobbeltskrog, ikke? Det ser altså mærkeligt ud! Jeg har faktisk aldrig været om bord på en Swath-båd. Jeg havde da aldrig drømt om, at Deres skulle blive den første!"

Rachel lukkede manden ude og følte en stigende uro over at have kurs mod havet.

Tolland vendte sig om mod hende. "Er du okay? Du kunne være blevet i land. Det sagde jeg til dig."

Jeg skulle være blevet i land, tænkte Rachel og vidste, at det ville hun være for ærekær til. "Nej tak, jeg har det fint."

Tolland smilede. "Jeg skal nok holde øje med dig."

"Tak." Rachel var overrasket over, hvordan varmen i hans stemme fik hende til at føle sig mere sikker.

"Du har set Goya i fjernsynet, ikke?"

Hun nikkede. "Den ser … øh… interessant ud."

Tolland lo. "Ja, ja. Hun var en ekstremt progressiv proto-type i sin tid, men konstruktionen slog aldrig helt an."

"Det kan jeg da ikke forstå," sagde Rachel spøgende og så skibets mærkelige profil for sig.

"Nu presser NBC på for, at jeg skal have et nyere skib. No-get … åh, jeg ved ikke rigtig, noget mere prangende, mere sexet. Der går måske et par sæsoner mere, så får de mig nok til at skille mig af med hende." Tolland lød helt melankolsk ved tanken.

"Ville du ikke gerne have et helt nyt skib?"

"Jeg ved snart ikke ... der er en masse minder om bord i Goya."

Rachel smilede blidt. "Ja, som min mor plejede at sige, så bliver vi før eller senere nødt til at give slip på vores fortid".

Tolland så hende længe ind i øjnene. "Ja, det ved jeg."

98

"Åh, for fanden," sagde chaufføren og så sig tilbage over skulderen på Gabrielle. "Det ser ud til, at der er sket en ulykke længere fremme. Vi kommer ingen vegne. Ikke i et stykke tid."

Gabrielle kiggede ud ad vinduet og så de roterende lys fra udrykningskøretøjerne, der gennembrød nattens mørke. Der stod flere politibetjente på vejen forude og standsede trafikken.

"Det må være en pokkers stor ulykke," sagde føreren og pegede på nogle flammer tæt på Roosevelt-mindesmærket.

Gabrielle rynkede brynene, da hun så det glimtende skær. *Og så lige nu.* Hun skulle hen til senator Sexton med de nye oplysninger om PODS og den canadiske geolog. Hun spekulerede på, om NASA's løgne om, hvordan de havde fundet meteoritten, ville være en skandale, der var stor nok til at puste liv i Sextons kampagne igen. *Måske ikke for de fleste politikere,* tænkte hun, men nu drejede det sig om Sedgewick Sexton, en mand, der havde bygget sin kampagne op på at gøre opmærksom på andres fejltagelser.

Gabrielle var ikke altid lige stolt af senatorens evne til at skabe negativ opmærksomhed ved at pege på modstandernes politiske uheld, men den var effektiv. Sextons evner inden for både insinuation og krænkelse kunne muligvis vende denne ene NASA-løgn til et radikalt spørgsmål om de personlige egenskaber, der inficerede hele rumagenturet – og dermed også præsidenten.

Uden for vinduet så flammerne ved Roosevelt-mindesmærket ud til at blive endnu højere. Nogle træer i nærheden var blevet antændt, og brandbilerne sprøjtede nu vand på dem og fik dem slukket. Taxachaufføren tændte for bilradioen og begyndte at surfe på kanalerne.

Gabrielle lukkede øjnene med et suk og mærkede, hvordan udmattelsen skyllede ind over hende i bølger. Da hun første gang kom til Washington, havde hun drømt om at blive ved med at arbejde inden for politik, måske en skønne dag i Det Hvide Hus. I øjeblikket følte hun det imidlertid, som om hun havde fået nok af politik for resten af livet – duellen med Marjorie Tench, de uanstændige fotografier af hende selv og senatoren, alle NASA's løgne ...

En nyhedsoplæser i radioen sagde noget om en bilbombe og mulig terrorisme.

Jeg må se at komme ud af den her by, tænkte Gabrielle for første gang, siden hun var kommet til nationens hovedstad.

99

Lederen følte sig sjældent træt, men dagen i dag havde sat sine spor. Intet var gået som forventet – den uheldige opdagelse af indføringsskakten i isen, besværlighederne med at holde informationen hemmelig og nu den voksende liste af dødsofre.

Der skulle jo ikke dø nogen ... undtagen canadieren.

Det forekom ironisk, at den teknisk set mest besværlige del af planen havde vist sig at være det mindste problem. Anbringelsen af meteoritten, der var sket for flere måneder siden, var blevet udført uden vanskeligheder. Da først anomalien var på plads, var det eneste, der manglede, at vente på, at PODS-satellitten skulle blive opsendt. Densitetsscanneren i polarkredsløb var beregnet på at afsøge enorme områder af den nordlige polarkreds, og før eller senere ville anomalisoftwaren om bord afsløre meteoritten og give NASA et stort fund.

Men den skide software virkede ikke.

Da lederen fik at vide, at anomalisoftwaren havde svigtet, og at der ikke var nogen chance for, at den kunne blive repareret før efter valget, var hele planen i fare. Uden PODS ville meteoritten ikke blive opdaget. Lederen havde fundet på en måde, hvorpå man hemmeligt kunne gøre nogen i NASA opmærksom på meteorittens eksistens. Løsningen indebar et radiotransmitteret nødopkald fra en canadisk geolog i nogenlunde nærhed af anbringelsesstedet. Geologen måtte af indlysende årsager dræbes omgående, og hans død skulle ligne en ulykke. At smide en uskyldig geolog ud fra en helikopter havde bare været begyndelsen. Nu udviklede tingene sig hurtigt.

Wailee Ming. Norah Mangor. De var begge døde.

Den dristige likvidering, der netop havde fundet sted ved Roosevelt-mindesmærket.

Og snart skulle Rachel Sexton, Michael Tolland og dr. Marlinson føjes til listen.

Der er ingen anden udvej, tænkte lederen og bekæmpede det voksende samvittighedsnag. *Der står alt for meget på spil.*

100

Kystvagtens Dolphin var stadig tre kilometer fra Goyas koordinater og fløj i ni hundrede meters højde, da Tolland råbte til piloten.

"Har De NightSight om bord?"

Piloten nikkede. "Jeg er en redningsenhed."

Det havde Tolland også regnet med. NightSight var Raytheons marintermiske afbildningssystem, der gjorde det muligt at lokalisere overlevende skibbrudne i mørket. Varmen fra et flydende menneskes hoved ville vise sig som en rød plet i et blæksort hav.

"Slå det til," sagde Tolland.

Piloten så forvirret ud. "Hvorfor? Savner De nogen?"

"Nej. Der er noget, jeg gerne vil vise jer alle sammen."

"Vi vil ikke se noget som helst termisk så højt oppefra, medmindre det er en brændende olieplet."

"Bare tænd for det," sagde Tolland.

Piloten sendte Tolland et skævt blik og justerede så nogle skalaer, så den termiske optik under helikopteren blev sat til at overvåge et fem kilometer stort område af havet foran dem. En LCD-skærm på hans instrumentbræt lyste op. Billedet kom i fokus.

"Hold da kæft!" Helikopteren krængede et øjeblik, da piloten overrasket trak overkroppen tilbage og derpå genvandt fatningen, mens han stirrede på skærmen.

Rachel og Corky lænede sig frem og så på billedet med lige så stor overraskelse. Den sorte baggrund af havet var oplyst af en enorm, hvirvlende spiral, der pulserede rødt.

Rachel vendte sig ængsteligt om mod Tolland. "Det ligner en cyklon."

"Det er det også," sagde Tolland. "En cyklon af varme strømme. Næsten en kilometer i diameter."

Kystvagtpiloten kluklo af forbløffelse. "Det er en ordentlig en. Vi ser dem af og til, men jeg havde ikke hørt om den her endnu."

"Den dukkede op i sidste uge," sagde Tolland. "Den vil nok ikke vare mere end et par dage mere."

"Hvad er det, der udløser den?" spurgte Rachel. Hun var forståeligt nok forvirret over den kæmpestore hvirvel af vand midt i havet.

"Et magmaskjold," sagde piloten.

Rachel vendte sig mod Tolland og så vagtsom ud. "En vulkan?"

"Nej," sagde Tolland. "Østkysten har typisk ingen aktive vulkaner, men af og til får vi vildfarne lommer af magma, der svulmer op under havbunden og giver varmepletter. Varmepletten er skyld i en omvendt temperaturgradient – varmt vand på bunden og køligere vand længere oppe. Det resulterer i disse gigantiske spiralstrømme. De kaldes megaplumer. De roterer rundt i et par uger og bliver så opløst."

Piloten så på den pulserende spiral på sin LCD-skærm. "Det ser ud til, at den her stadig er i fuldt sving." Han tav lidt, kontrollerede koordinaterne på Tollands skib og så sig overrasket tilbage over skulderen. "Mr. Tolland, det ser ud til, at De har parkeret næsten lige i centrum af den."

Tolland nikkede. "Strømmene er lidt langsommere i nærheden af øjet. Atten knob. Det er som at ankre op i en hurtigtstrømmende flod. Vores kæde er rigtig kommet på overarbejde i denne uge."

"Hold da kæft," sagde piloten. "En atten knobs strøm? Lad være at falde over bord!" Han lo.

Rachel lo ikke. "Mike, du har ikke sagt noget om nogen megaplume, magmaskjold eller varme strømme."

Han lagde en beroligende hånd på hendes knæ. "Det er fuldkommen sikkert, stol på mig."

Rachel rynkede brynene. "Men var det dokumentarprogram, du lavede herude, om det her magmaskjolds-noget?"

"Megaplumer og *Sphyrna mokarran*."

"Det er rigtigt, ja. Det har du før sagt."

Tolland smilede hemmelighedsfuldt. "*Sphyrna mokarran* elsker varmt vand, og lige nu samler hver eneste en i hundrede kilometers omkreds sig i den her kæmpestore cirkel af opvarmet hav."

"Hvor dejligt." Rachel nikkede usikkert til ham. "Og kan du også fortælle mig, hvad en *Sphyrna mokarran* er for noget?"

"Den grimmeste fisk i havet."

"En flynder?"

Tolland lo. "Den store hammerhaj."

Rachel blev helt stiv. "Er der *hammerhajer* rundt om dit skib?"

Tolland blinkede. "Slap af, de er ikke farlige."

"Det ville du ikke sige, medmindre de var farlige."

Tolland klukkede. "Jeg tror, du har ret." Han råbte spøgefuldt til piloten. "Hej, hvor længe er det siden, I gutter har reddet nogen fra et angreb af en hammerhaj?"

Piloten trak på skuldrene. "Orv! Vi har ikke reddet nogen fra en hammerhaj i flere år."

Tolland vendte sig om mod Rachel. "Der kan du selv se. *Flere år.* Ingen grund til bekymring."

"Så sent som i sidste måned," tilføjede piloten, "havde vi et angreb, hvor en idiotisk svømmedykker ville være venner med ..."

"Stop en halv!" sagde Rachel. "De sagde, at De ikke havde reddet nogen i flere år!"

"Ja, ja," svarede piloten. "*Reddet* nogen. Vi kommer normalt for sent. De skiderikker dræber i en lynende fart."

101

Fra luften kunne man se det glimtende omrids af *Goya* dukke op i horisonten. På en halv sømils afstand kunne Tolland skelne de strålende dækslys, som hans besætningsmedlem Xavia fornuftigt nok havde ladet lyse. Da han så lysene, følte han sig som en træt rejsende, der endelig kørte ind i sin egen indkørsel.

"Jeg syntes, du sagde, at der kun var én person om bord," sagde Rachel, der så overrasket ud ved synet af alle lysene.

"Lader du ikke lyset være tændt, når du er alene hjemme?"

"Ét lys. Ikke hele huset."

Tolland smilede. Trods Rachels forsøg på at lyde ubekymret kunne han mærke, at hun var meget bange for at være herude. Han havde lyst til at lægge en arm om hende og berolige hende, men han vidste, at der ikke var noget, han kunne sige. "Lysene er der af sikkerhedsårsager. De får skibet til at se aktivt ud."

Corky klukkede. "Er du bange for pirater, Mike?"

"Næh. Den største fare herude er alle de idioter, som ikke ved, hvordan de skal aflæse en radar. Det bedste forsvar mod at blive vædret er at sikre sig, at alle kan se dig."

Corky kneb øjnene sammen mod det strålende skib. "Se dig? Det ligner et festskib nytårsaften. Det er tydeligt at se, at NBC betaler for din elektricitet."

Kystvagthelikopteren sagtnede farten, krængede rundt om det store, oplyste skib, og piloten manøvrerede hen mod helikopterlandingspladsen på agterdækket. Selv fra luften kunne Tolland se den rasende strøm, der trak i skibets skrogstivere. Opankret fra stævnen pegede Goya op mod strømmen, der trak i dets store ankerkæde som et tøjret dyr.

"Hun er virkelig en skønhed," sagde piloten og lo.

Tolland vidste godt, at det var ment sarkastisk. Goya var grim. "Tudegrim" ifølge en af tv-anmelderne. Som et ud af de kun sytten Swath-skibe, der nogensinde var bygget med dobbeltskrog og lille vandspejlskontakt, var Goyas skrog alt andet end smukt.

Fartøjet var stort set en massiv, horisontal platform, der fløj ti meter over havet på fire store stivere, der var gjort fast til pontoner. På afstand lignede skibet en lavtliggende boreplatform. Tæt på lignede det en husbåd på stylter. Besætningskvarterer, forskningslaboratorier og kommandobro lå i en række lagdelte konstruktioner på toppen, så man fik indtrykket af et gigantisk, flydende sofabord, der bar et sammensurium af fleretages bygninger.

Trods det langtfra strømlinede ydre betød Goyas konstruktion, at skibet nød godt af det betydelig mindre vandspejl, hvad der resulterede i øget stabilitet. Den ophængte platform gav mulighed for bedre filmoptagelser, lettere laboratoriearbejde og færre søsyge forskere. Skønt NBC pressede Tolland for at lade dem købe noget nyere til ham, havde Tolland afslået. Det var selvfølgelig rigtigt nok, at der fandtes bedre skibe nu, endog nogle, der var mere stabile, men Goya havde været hans hjem i næsten ti år – det var det skib, hvor han havde kæmpet sig vej tilbage efter Celias død. Nogle nætter kunne han stadig høre hendes stemme i vinden ude på dækket. Hvis og når spøgelserne nogensinde forsvandt, ville Tolland overveje et andet skib.

Ikke endnu.

Da helikopteren endelig landede på Goyas agterdæk, følte Rachel Sexton sig stadigvæk ikke helt lettet. Den gode nyhed var, at hun ikke længere fløj hen over havet. Den dårlige nyhed var, at hun nu stod på det. Hun bekæmpede den rystende fornemmelse i benene, da hun klatrede ned på dækket og så sig omkring. Dækket var forbløffende trangt, især med helikopteren på helipaden. Da hun rettede blikket mod stævnen, stirrede hun på den klodsede, opstablede bygning, som udgjorde hovedparten af skibet.

Tolland stod lige ved siden af hende. "Jeg ved det," sagde han og talte højt for at overdøve lyden fra den rasende strøm. "Det ser større ud i fjernsynet."

Rachel nikkede. "Og mere stabilt."

"Det er et af de sikreste skibe på havet. Det lover jeg." Tolland lagde en hånd på hendes skulder og ledte hende hen over dækket.

Varmen fra hans hånd gjorde mere til at berolige Rachels

nerver end noget, han kunne have sagt. Da hun så hen mod agterenden af skibet, så hun den turbulente strøm, der strømmede ud bag dem, som om skibet sejlede for fuld kraft. *Vi sidder på en megaplume*, tænkte hun.

Midt på den forreste sektion af agterdækket fik Rachel øje på en velkendt enmands-Triton-ubåd, der hang i et gigantisk lossespil. Triton'en – opkaldt efter den græske havgud – så slet ikke ud som sin forgænger, den stålindkapslede Alvin. Triton'en havde en halvkugleformet akrylkuppel fortil, der fik den til at ligne en meget stor guldfiskekumme mere end en ubåd. Rachel kunne ikke komme i tanke om mange andre ting, der var mere skrækindjagende end at dykke mange meter ned i havet uden andet mellem ens ansigt og havet end en plade af klar akryl. Ifølge Tolland var den eneste, ubehagelige del af turen i en Triton den indledende fase – langsomt at blive sænket ned gennem faldlemmen i Goyas dæk og hænge som et pendul ti meter over havet.

"Xavia er nok i hydrolaboratoriet," sagde Tolland og gik hen over dækket. "Det er denne vej."

Rachel og Corky fulgte efter Tolland hen over agterdækket. Kystvagtpiloten blev siddende i sin helikopter med strenge ordrer om ikke at bruge radioen.

"Kom og se her," sagde Tolland og gjorde holdt ved agterrælingen.

Tøvende nærmede Rachel sig rælingen. De var meget højt oppe. Vandet var godt ti meter under dem, og alligevel kunne Rachel mærke varmen, der steg op fra vandet.

"Det er cirka samme temperatur som et varmt bad," sagde Tolland over lyden af strømmen. Han rakte ud mod en afbryderboks på rælingen. "Se nu." Han trykkede på en kontakt.

En bred bue af lys spredte sig gennem vandet under skibet og oplyste det indefra som et oplyst svømmebassin. Rachel og Corky gispede på samme tid.

Vandet rundt om skibet var fyldt med snesevis af spøgelsesagtige skygger. Kun et par meter under den oplyste overflade svømmede der hære af glatte, mørke former parallelt mod strømmen, mens deres umiskendeligt hammerformede kranier svajede frem og tilbage som til takten af en forhistorisk rytme.

"Gudfader bevares," stammede Corky. "Hvor er jeg glad for, at du viste os det her."

Rachels krop blev helt stiv. Hun ville træde tilbage fra rælingen, men kunne ikke røre sig. Hun stod som naglet til stedet.

"De er utrolige, er de ikke?" sagde Tolland. Hans hånd lå igen trøstende på hendes skulder. "De kan træde vande i varmepletterne i ugevis. De har bare de bedste næser i hele havet – med meget store lugtelapper i forhjernen. De kan lugte blod op til halvanden kilometer væk."

Corky så skeptisk ud. "Med meget store lugtelapper i forhjernen?"

"Tror du ikke på mig?" Tolland begyndte at rode rundt i et aluminiumsskab i nærheden. Lidt efter halede han en lille, død fisk frem. "Perfekt." Han tog en kniv fra kølebeholderen og skar i den slappe fisk flere steder. Der begyndte at dryppe blod fra den.

"Mike, for fanden," sagde Corky. "Det er ækelt."

Tolland kastede den blodige fisk over bord, og den faldt ti meter ned. I samme øjeblik den ramte vandet, styrtede seks eller syv hajer frem i et rasende, forrygende slagsmål, og deres rækker af sølvglinsende tænder lukkede sig sammen om den blodige fisk. På et øjeblik var fisken væk.

Forfærdet vendte Rachel sig om og stirrede på Tolland, som allerede holdt den næste fisk i hånden. Samme slags. Samme størrelse.

"Den her gang uden blod," sagde Tolland. Uden at skære i fisken smed han den i vandet. Fisken faldt ned med et plask, men der skete ingenting. Hammerhajerne lod ikke til at tage notits af den. Lokkemaden blev båret væk af strømmen uden at have tiltrukket sig interesse overhovedet.

"De angriber kun ud fra lugtesansen," sagde Tolland og førte dem bort fra rælingen. "Faktisk kunne man svømme derude i total sikkerhed – forudsat at man ikke havde et åbent sår."

Corky pegede på suturerne på sin kind.

Tolland rynkede brynene. "Det er rigtigt. Ingen svømmetur til dig."

102

Gabrielle Ashes taxa flyttede sig ikke ud af stedet.

Mens hun sad i en vejspærring ved Roosevelt-mindesmærket, kiggede hun ud på redningskøretøjerne i det fjerne. Det var, som om en surrealistisk tågebanke havde sænket sig over byen. Radioreportagerne oplyste nu, at der måske havde været en højtstående regeringsembedsmand i den eksploderede bil.

Hun fandt sin mobiltelefon frem og ringede til senatoren. Han var sikkert begyndt at undre sig over, hvad der tog Gabrielle så lang tid.

Nummeret var optaget.

Gabrielle så på taxaens tikkende taxameter og rynkede brynene. Nogle af de andre biler, der var standset her, trak op over fortovet og vendte rundt for at finde alternative veje.

Føreren så sig tilbage over skulderen. "Vil De vente? Det er Deres penge."

Gabrielle så flere officielt udseende biler komme til. "Nej. Lad os vende om."

Chaufføren gryntede bekræftende og begyndte akavet at manøvrere vognen rundt i flere omgange. Da de bumpede over kantstenen, prøvede Gabrielle at ringe til Sexton igen.

Stadig optaget.

Efter at have været omkring en stor omvej kørte taxaen flere minutter senere op ad C Street. Gabrielle så Philip A. Hart-kontorbygningen dukke op. Hun havde haft i sinde at tage direkte ud til senatorens lejlighed, men med hendes eget kontor så tæt på ...

"Hold ind her," sagde hun hurtigt til chaufføren. "Lige her. Tak." Hun pegede.

Vognen standsede.

Gabrielle betalte beløbet på taxameteret og lagde ti dollars oveni. "Kan De vente ti minutter?"

Føreren så på pengene og derefter på sit ur. "Ikke et minut længere."

Gabrielle skyndte sig af sted. *Jeg er her igen om fem.*

De øde marmorkorridorer i senatets kontorbygning forekom næsten gravkammeragtige på denne tid af døgnet. Gabrielles muskler var spændte, da hun skyndte sig gennem spidsroden af dystre statuer, der stod langs indgangen på tredje etage. Deres livløse øjne så ud, som om de fulgte hende som tavse skildvagter.

Da Gabrielle kom hen til hoveddøren til senator Sextons femværelses kontorsuite, brugte hun sit nøglekort til at komme ind. Sekretariatets forkontor var svagt oplyst. Hun gik igennem foyeren og ned ad en gang til sit kontor. Hun trådte ind, tændte for neonlyset i loftet og gik direkte hen til sine arkivskabe.

Hun havde et helt arkiv om finansieringen af NASA's jordovervågningssystem, EOS, inklusive masser af oplysninger om PODS. Sexton ville sikkert gerne have alle de data, han overhovedet kunne få om PODS, så snart hun fortalte ham om Harper.

NASA løj om PODS.

Mens Gabrielle bladede gennem sit kartotek, ringede hendes mobiltelefon.

"Senator?" svarede hun.

"Nej, Gabrielle, det er Yolanda." Hendes venindes stemme lød usædvanlig skarp. "Er du stadig hos NASA?"

"Nej. På kontoret."

"Fandt du noget hos NASA?"

Du skulle bare vide. Gabrielle vidste, at hun ikke kunne fortælle Yolanda noget, før hun havde talt med Sexton; senatoren ville have sine egne ideer om, hvordan det var bedst at håndtere oplysningerne. "Jeg skal nok fortælle om det, efter at jeg har talt med Sexton. Jeg skal over til hans lejlighed nu."

Yolanda ventede lidt. "Gabrielle, du ved det der, du sagde om Sextons kampagnefinansiering og Forbundet for Rummets Udforskning?"

"Jeg sagde jo til dig, at jeg havde taget fejl, og ..."

"Jeg har lige fundet ud af, at to af vores journalister, som dækker rumindustrien, har arbejdet med en lignende historie."

Gabrielle var overrasket. "Og det betyder?"

"Jeg ved det ikke. Men de er et par gode fyre, og det lader til, at de er temmelig overbeviste om, at Sexton modtager bestikkelse fra Forbundet for Rummets Udforskning. Jeg syntes hellere, at jeg måtte ringe til dig. Jeg ved godt, at jeg sagde til dig, at det var en vanvittig ide. At have Marjorie Tench som kilde forekom ikke imponerende, men de her to fyre ... Jeg ved ikke, men du skulle måske tale med dem, før du ser senatoren."

"Hvis de er så overbevist om det, hvorfor har de så ikke offentliggjort det?" Gabrielle lød mere defensiv, end hun havde lyst til.

"De har ikke noget endegyldigt bevis. Senatoren er åbenbart god til at dække sine spor."

Det er de fleste politikere. "Der er altså ikke noget der, Yolanda. Jeg fortalte dig, at senatoren indrømmede, at han havde modtaget gaver fra Forbundet for Rummets Udforskning, men de gaver er alle sammen under tærsklen for det tilladte."

"Jeg ved, hvad han har fortalt dig, Gabrielle, og jeg påstår ikke, at jeg ved, hvad der er rigtigt eller forkert her. Jeg følte mig blot forpligtet til at ringe, fordi jeg sagde, at du ikke skulle stole på Marjorie Tench, og nu finder jeg så ud af, at der er andre end Tench, der tror, at senatoren kan være på understøttelse. Det er det hele."

"Hvem var de journalister?" Gabrielle kunne mærke en uventet vrede koge nu.

"Ingen navne. Jeg kan ikke arrangere et møde. De er dygtige. De har forstand på kampagnefinansieringsloven ..." Yolanda tøvede et øjeblik. "Forstår du, de tror faktisk, at Sexton i den grad mangler penge – eller endda er gået fallit."

I sit stille kontor kunne Gabrielle høre Tenchs ru beskyldninger give genlyd. *Efter at Katherine døde, formøblede senatoren størstedelen af hendes arv på dårlige investeringer og personlige luksusting og købte sig til det, der nu ser ud som en sikker sejr ved primærvalgene. For seks måneder siden gik Deres kandidat fallit.*

"Vores folk vil rigtig gerne tale med dig," sagde Yolanda.

Ja, det kan du bilde mig ind, tænkte Gabrielle. "Jeg ringer tilbage til dig."

"Du lyder pissesur og fornærmet."

"Aldrig på dig, Yolanda. Aldrig på dig. Tak."

Gabrielle lagde på.

Sikkerhedsvagten, der sad og døsede på en stol i vestibulen uden for senator Sextons Westbrooke-lejlighed, vågnede med et spjæt ved lyden af sin mobiltelefon. Han satte sig ret op og ned på stolen, gned sig i øjnene og trak telefonen op af blazerlommen.

"Hallo?"

"Owen, det er Gabrielle."

Sextons vagt genkendte hendes stemme. "Åh, hej."

"Jeg er nødt til at tale med senatoren. Gider du banke på hans dør for mig? Hans linje er optaget."

"Det er lidt sent."

"Han er vågen. Det er jeg sikker på." Gabrielle lød ængstelig. "Det er en nødsituation."

"Igen?"

"Det er den samme. Bare få ham på telefonen, Owen. Der er noget, jeg virkelig er nødt til at spørge ham om."

Vagten sukkede og rejste sig. "Okay, okay. Jeg banker." Han strakte sig og gik over mod Sextons dør. "Men jeg gør det kun, fordi han var så glad for, at jeg lukkede dig ind tidligere." Modstræbende løftede han en næve for at banke.

"Hvad var det, du lige sagde?" spurgte Gabrielle.

Vagtens næve standsede midtvejs i luften. "Jeg sagde, at senatoren var glad for, at jeg lukkede dig ind tidligere på aftenen. Du havde helt ret. Det var slet ikke noget problem."

"Har du talt med senatoren om det?" Gabrielle lød overrasket.

"Ja, da. Og hvad så?"

"Nej, jeg tænkte bare …"

"Egentlig var det underligt. Senatoren skulle bruge et par sekunder til at komme i tanke om, at du havde været derinde. Jeg tror, drengene havde lagt nakken tilbage nogle gange."

"Hvornår talte I to sammen, Owen?"

"Lige efter at du var gået. Er der noget galt?"

Der blev stille et øjeblik. "Nej … nej. Der er ikke noget galt. Hør, nu jeg tænker over det, så lad os ikke forstyrre senatoren i denne omgang. Jeg prøver på at ringe til ham på fastnetforbindelsen, og hvis jeg ikke har heldet med mig, ringer jeg tilbage til dig, og så kan du banke på."

Vagten rullede med øjnene. "Som du vil, ms. Ashe."

"Tak, Owen. Jeg er ked af, at jeg forstyrrede dig."

"Det er helt i orden." Vagten lagde på, sank tilbage på sin stol og faldt i søvn.

Gabrielle stod alene i sit kontor uden at røre sig i flere se-

kunder, før hun lagde på. *Sexton ved, at jeg var inde i hans lejlig-*
hed ... og han sagde ikke noget om det?

Aftenens mærkværdige hændelser antog en mørkere farve. Ga-
brielle tænkte på senatorens opkald til hende, mens hun var
på ABC. Senatoren havde overrasket hende ved uopfordret at
fortælle om sit møde med rumselskaberne, og at han modtog
penge. Hans ærlighed havde bragt hende tilbage til ham. Til-
med gjort hende flov. Hans tilståelse forekom nu at være noget
mindre nobel, for at sige det mildt.

Penge uden forpligtelser, havde Sexton sagt. *Fuldkommen lov-*
ligt.

Pludselig var det, som om alle de uklare, bange anelser, Ga-
brielle altid havde haft over for senator Sexton, dukkede op til
overfladen på én gang.

Udenfor tudede taxaen i hornet.

103

Broen på Goya var en terning af plexiglas, der befandt sig to
niveauer over hoveddækket. Derfra havde Rachel et 360-gra-
ders udsyn ud over det omgivende, mørke hav, en foruroligen-
de udsigt, som hun kun kiggede på én gang, før hun lukkede
af og vendte sin opmærksomhed mod den aktuelle sag.

Efter at Rachel havde sendt Tolland og Corky af sted for
at finde Xavia, forberedte hun sig på at kontakte Pickering.
Hun havde lovet direktøren, at hun ville ringe til ham, når de
var kommet frem, og hun kunne næsten ikke vente på at få at
vide, hvad han havde fået ud af sit møde med Marjorie Tench.

Goyas SHINCOM 2100 digitale kommunikationssystem
var Rachel bekendt med. Hun vidste, at forbindelsen ville være
sikret, hvis hun blot holdt sit opkald kort.

Hun ringede til Pickerings private nummer, ventede, holdt

røret på SHINCOM 2100 til øret og ventede. Hun regnede med, at Pickering ville svare på det første ring. Men telefonen blev ved med at ringe.

Seks ring. Syv. Otte ...

Rachel kiggede ud på det mørke hav, og det gjorde ikke noget for at dulme hendes uro over at være til søs, at hun ikke kunne få fat på direktøren.

Ni ring. Ti ring. *Tag den nu!*

Hun gik lidt frem og tilbage og ventede. Hvad foregik der? Pickering havde altid sin telefon med, og han havde udtrykkeligt bedt Rachel om at ringe ham op.

Efter femten ringninger lagde hun på. Med voksende ængstelse løftede hun røret på SHINCOM og ringede op igen.

Fire ring. Fem ring.

Hvor er han?

Omsider klikkede forbindelsen igennem. Rachel følte en bølge af lettelse, men den var kortvarig. Der var ingen på linjen. Kun stilhed.

"Hallo," sagde hun. "Direktør Pickering?"

Tre hurtige klik.

"Hallo?" sagde Rachel.

Et udbrud af elektroniske atmosfæriske forstyrrelser rystede linjen og bragede ind i øret på Rachel. Det gjorde vanvittig ondt, og hun rykkede hurtigt røret væk fra hovedet. Lyden standsede. Nu kunne hun høre en række svingende toner, der slog med intervaller på et halvt sekund. Rachels forvirring blev hurtigt afløst af viden. Og så af frygt.

"Pis!"

Hun snurrede rundt til styresystemet på broen, smækkede røret på og afbrød forbindelsen. I et stykke tid stod hun rædselsslagen og spekulerede på, om hun havde lagt på i tide.

Midtskibs, to dæk længere nede, lå Goyas hydrolaboratorium. Det var et stort arbejdsområde, der var delt op af lange laboratorieborde og arbejdspladser og var stuvende fuldt af elektronisk udstyr – apparater til bundkortlægning, havstrømsanalysatorer, stinkskabe, røghætter, et kølerum til prøver, pc'er, en stabel værktøjskasser til forskningsdata og reservedele til elektronikken for at holde det hele i gang.

Da Tolland og Corky kom ind, sad Goyas ombordværende geolog, Xavia, tilbagelænet foran et højtråbende fjernsyn. Hun vendte sig ikke engang om.

"Løb I gutter tør for ølpenge?" råbte hun over skulderen. Det var tydeligt, at hun troede, nogen i hendes besætning var kommet tilbage.

"Xavia," sagde Tolland. "Det er Mike."

Geologen snurrede rundt og slugte en bid af den sandwich, hun sad med. "Mike?" stammede hun. Der var ingen tvivl om, at hun var målløs over at se ham. Hun rejste sig, skruede ned for fjernsynet og kom over til dem, mens hun stadig gumlede på sin sandwich. "Jeg troede, det var nogle af gutterne, der var kommet tilbage fra deres værtshusrunde. Hvad laver du her?" Xavia var kraftig, mørklødet, havde en skarp stemme og så sur ud. Hun pegede på fjernsynet, som sendte en genudsendelse af Tollands meteoritdokumentarprogram. "Det var ikke længe, du blev hængende på den isshelf, hva'?"

Der kom noget på tværs, tænkte Tolland. "Xavia, jeg er sikker på, du genkender Corky Marlinson."

Xavia nikkede. "Mig en ære, sir."

Corky sendte et langt blik til sandwichen i hendes hånd. "Den ser godt ud."

Xavia kiggede skævt på ham.

"Jeg fik din besked," sagde Tolland til Xavia. "Du sagde, jeg havde lavet en fejl i min forklaring. Det vil jeg gerne snakke med dig om."

Geologen stirrede på ham og udstødte en skinger latter. "Er det derfor, du kommer tilbage? Åh, Mike, for himlens skyld, jeg sagde jo, at det ikke var noget særligt. Jeg drillede dig bare. Det er tydeligt, at NASA har givet dig nogle gamle data. Uden logisk sammenhæng. Helt ærligt, der er altså kun tre eller fire maringeologer i hele verden, der kan have bemærket fejlen!"

Tolland holdt vejret. "Den fejl, du snakker om, har den tilfældigvis noget med chondruler at gøre?"

Xavia ansigt blev udtryksløst af overraskelse. "Du godeste. Er der allerede en af de andre geologer, der har ringet til dig?"

Tolland sank sammen. Chondrulerne. Han så på Corky og derefter tilbage på maringeologen. "Xavia, jeg er nødt til at vide alt, hvad du kan fortælle mig om de chondruler. Hvad var det for en fejl, jeg begik?"

Xavia stirrede på ham og fornemmede åbenbart nu, at han var dødsens alvorlig. "Mike, det er virkelig ingenting. Jeg læste en lille artikel i et geologisk tidsskrift for et stykke tid siden. Men jeg kan ikke forstå, hvorfor du er så bekymret over det."

Tolland sukkede. "Xavia, hvor besynderligt det end kan lyde, så er det sådan lige nu, at jo mindre du ved, jo bedre. Det eneste, jeg beder dig om, er, at du fortæller os alt, hvad du ved om chondruler, og derefter skal vi have dig til at undersøge en stenprøve for os."

Xavia så ud til at undre sig og til at være lidt fornærmet over at blive holdt udenfor. "Godt, lad mig hente den artikel til dig. Den er på mit kontor." Hun lagde sin sandwich fra sig og gik hen mod døren.

Corky råbte efter hende. "Må jeg få resten?"

Xavia standsede op og lød, som om hun ikke troede sine egne ører. "Vil du have resten af min sandwich?"

"Tja, jeg tænkte, at hvis du ..."

"Du kan sgu da selv tage en sandwich." Xavia gik.

Tolland klukkede og pegede hen over laboratoriet på et køleskab til prøver. "Nederste hylde, Corky. Mellem sambuca'en og blæksprutterne."

Udenfor på dækket kom Rachel ned ad den stejle trappe fra broen og over mod helipaden. Kystvagtpiloten sad og døsede, men rettede sig op, da Rachel bankede på cockpittet.

"Færdig allerede?" spurgte han. "Det var hurtigt."

Rachel rystede nervøst på hovedet. "Kan De køre både overflade- og luftradar?"

"Ja da. En radius på femten kilometer."

"Vil De godt slå den til."

Piloten så forundret ud, drejede på et par knapper, og radarskærmen lyste op. Sweepet drejede rundt i dovne cirkler.

"Er der noget?" spurgte Rachel.

Piloten lod sweepet gå helt rundt flere gange. Han justerede nogle knapper og så efter. Det var helt klart. "Et par små skibe langt ude i periferien, men de styrer væk fra os. Vi er alene. Milevis af åbent hav i alle retninger."

Rachel Sexton sukkede, skønt hun ikke følte sig særlig lettet. "Gør mig den tjeneste, at hvis De ser noget nærme sig – skib, fly, hvad som helst – vil De så lade mig det vide omgående?"

"Det er helt sikkert. Er alt i orden?"

"Åh, ja. Jeg ville bare gerne vide, om vi fik selskab."

Piloten trak på skuldrene. "Jeg skal nok holde øje med radaren, ma'am. Hvis der er noget, der blipper, skal De være den første, der får det at vide."

Rachels sanser var vidåbne, da hun gik hen mod hydrolaboratoriet. Da hun trådte ind, stod Corky og Tolland alene foran en computerskærm og tyggede på hver deres sandwich.

Corky råbte til hende med munden fuld: "Hvad skal det være? Fisk og kylling, fisk og kødsovs eller fisk og æggesalat?"

Rachel hørte knap nok spørgsmålet. "Mike, hvor hurtigt kan vi få de oplysninger og komme væk fra skibet?"

104

Tolland gik frem og tilbage i hydrolaboratoriet og ventede sammen med Rachel og Corky på, at Xavia skulle komme tilbage. Nyhederne om chondrulerne var næsten lige så foruroligende som Rachels beretning om, at hun ikke kunne komme i kontakt med Pickering.

Direktøren svarede ikke.

Og nogen prøvede at opsnappe Goyas position.

"Slap af," sagde Tolland. "Vi er sikre her. Kystvagtpiloten ser på radaren. Han kan give os masser af advarsler, hvis der kommer nogen denne vej."

Rachel nikkede. Hun var enig, selvom hun stadig så ud til at være nervøs.

"Mike, hvad fanden er det der for noget?" spurgte Corky og pegede på en Sparc-computerskærm, som viste et truende, psykedelisk billede, der piskede pulserende rundt, som om det var levende.

"Akustisk Doppler-strømprofileringsapparat," sagde Tolland. "Det giver et gennemsnit af strømmene og temperaturgradienterne i havet under skibet."

Rachel stirrede. "Er vi er opankret oven på det?"

Tolland måtte indrømme, at billedet så skræmmende ud. Ved overfladen fremtrådte vandet i hvirvlende blågrønt, men på vej nedad skiftede farverne til truende orangerødt, efterhånden som temperaturerne steg. Tæt ved bunden, over halvanden kilometer nede, rasede en blodrød, cyklonisk malstrøm.

"Det er megaplumen," sagde Tolland.

Corky gryntede. "Den ligner en undervandstornado."

"Det er samme princip. Havet er normalt koldere og har

større densitet tæt på bunden, men her er dynamikken om-
vendt. Det dybe vand bliver opvarmet, og dermed bliver det
lettere, så det stiger op mod overfladen. Men så er overflade-
vandet jo tungere, så det styrter ned i en stor spiral for at ud-
fylde tomrummet. Man får de her strømme i havet, der ligner
dem, du har i din køkkenvask. Enorme malstrømme."

"Hvad er den store bule på havbunden?" Corky pegede på
den flade strækning af havbunden, hvor en stor, kuppelformet
høj rejste sig som en boble. Lige over den hvirvlede malstrøm-
men.

"Den forhøjning er et magmaskjold," sagde Tolland. "Det
er der, hvor lavaen skubber sig opad under havbunden."

Corky nikkede. "Som en stor bums."

"På en måde, ja."

"Og hvis den brister?"

Tolland rynkede brynene, da han huskede den berømte me-
gaplume ud for Juan de Fuca Ridge i 1986, hvor flere tusind
tons magma, der var på 1200 grader Celsius, væltede op i
havet på én gang og gjorde plumens intensitet mange gange
større næsten omgående. Overfladestrømmene blev forstærket,
da strømhvirvlen hurtigt udvidede sig opefter. Hvad der deref-
ter skete, var noget, som Tolland ikke havde i sinde at fortælle
Corky og Rachel om her i nat.

"Atlantiske magmaskjolde brister ikke," sagde Tolland.
"Det kolde vand, der cirkulerer rundt over bulen, afkøler og
hærder hele tiden jordskorpen og holder magmaen sikkert
nede under et tykt klippelag. Efterhånden afkøles lavaen ne-
denunder, og spiralen forsvinder. Megaplumer er sædvanligvis
ikke farlige."

Corky pegede på et laset tidsskrift, der lå ved siden af com-
puteren. "Mener du, at *Scientific American* udgiver science fic-
tion?"

Tolland så på forsiden og krympede sig. En eller anden havde åbenbart hevet det frem fra Goyas arkiv af gamle videnska-belige magasiner: *Scientific American*, februar 1999. Forsiden vi-ste en kunstners gengivelse af en supertanker, der var helt ude af kontrol i en enorm havtragt. I overskriften stod der: MEGA-PLUMER – GIGANTISKE DRÆBERE FRA DYBET?

Tolland slog det hen med en latter. "Det er totalt irrelevant. Den artikel handler om megaplumer i *jordskælvszoner*. Det var en populær hypotese om Bermudatrekanten for nogle år til-bage, der skulle forklare, hvorfor der er skibe, der forsvinder uden spor. Hvis der teknisk set sker en slags geologisk natur-katastrofe på havbunden – og det er uhørt på disse kanter – så kunne skjoldet briste, og malstrømmen kunne blive stor nok til, at ... tja, I ved ..."

"Nej, det ved vi ikke," sagde Corky.

Tolland trak på skuldrene. "Til at komme op til overfla-den."

"Herligt. Jeg er så glad for, at du fik os med om bord."

Xavia kom ind med nogle papirer i hånden. "Beundrer I megaplumen?"

"Uha, ja," sagde Corky sarkastisk. "Mike var lige i gang med at fortælle os om, hvad der sker, hvis den lille bule brister, så vi alle sammen kommer til at dreje rundt i en spiral i en stor køkkenvask."

"Køkkenvask?" Xavia udstødte en kold latter. "Det bliver mere som at blive skyllet ud i verdens største toilet."

Udenfor på dækket af Goya holdt kystvagtens helikopterpi-lot årvågent øje med EMS-radarskærmen. Som redningspilot havde han set frygt i folks øjne; Rachel Sexton havde afgjort været bange, da hun bad ham om at holde holde øje med, om der kom uønskede gæster til Goya.

Hvilken slags gæster venter hun mon? tænkte han.

Ud fra, hvad han kunne se, indeholdt havet og luften i femten kilometers omkreds til alle sider intet, der så ud til at være ud over det sædvanlige. En fiskerbåd otte sømil væk. Af og til et fly, der skar hen over et hjørne af radarområdet og så forsvandt igen mod et ukendt mål.

Piloten sukkede og så nu ud på havet, der jog forbi rundt om skibet. Fornemmelsen var spøgelsesagtig – som at sejle for fuld fart, mens man lå for anker.

Han flyttede blikket tilbage til radarskærmen. Årvågent.

105

Om bord på Goya havde Tolland nu præsenteret Xavia og Rachel for hinanden. Skibets geolog så ud til at blive mere og mere forbløffet over det fornemme selskab, der stod foran hende i hydrolaboratoriet. Oven i det var det tydeligt, at Rachels iver efter at få foretaget prøverne og forsvinde fra skibet så hurtigt som muligt gjorde Xavia nervøs.

Giv dig bare god tid, Xavia, sagde Tolland til hende i sit stille sind. *Vi skal have det hele at vide.*

Xavia begyndte at tale med en underlig stiv stemme. "I dit dokumentarprogram, Mike, sagde du, at de her små, metalliske indeslutninger i stenen kun kunne dannes i rummet."

Tolland følte allerede en dirrende ængstelse. *Chondruler dannes kun i rummet. Det var det, NASA fortalte mig.*

"Men ifølge det, der står her," sagde Xavia og holdt siderne op, "er det ikke fuldstændig rigtigt."

Corky stirrede arrigt på hende. "Selvfølgelig er det rigtigt!"

Xavia så vredt på ham og viftede med siderne. "Sidste år brugte en ung geolog, Lee Pollock fra Drew Universitet, en ny udgave af en marinrobot til at foretage oceanbundsskorpeprøver i Stillehavet i Marianergraven. Han trak en løs sten op, som indeholdt et geologisk træk, han aldrig havde set før. Trækkets udseende svarede fuldstændig til chondruler. Han kaldte dem 'plagioklase trykindeslutninger' – bittesmå bobler af metal, der tilsyneladende var blevet rehomogeniseret under påvirkning af dybhavstryk. Dr. Pollock var forbløffet over at finde metalbobler i en havsten, og han fremsatte en unik teori til at forklare deres tilstedeværelse."

Corky mukkede. "Det var han vel nødt til."

Xavia ignorerede ham. "Dr. Pollock hævdede, at stenen blev dannet i et ultradybt havmiljø, hvor et ekstremt tryk omdannede en allerede eksisterende sten og derved tillod nogle forskellige metaller at blive sammenblandet."

Tolland tænkte over det. Marianergraven var cirka elleve kilometer dyb og en af de virkelig uudforskede egne på jordkloden. Kun en håndfuld robotsonder havde nogensinde vovet sig så dybt ned, og de fleste var kollapset, længe før de nåede bunden. Vandtrykket i graven var enormt – forbløffende 1000 atmosfæres tryk mod 1 atmosfære ved havets overflade. Oceanografer havde stadig kun et meget beskedent kendskab til de geologiske kræfter, der herskede i dybhavsbunden. "Så ham her Pollock mener, at Marianergraven kan lave sten med noget, der ligner chondruler?"

"Det er en yderst uklar teori," sagde Xavia. "Faktisk er den aldrig blevet formelt publiceret. Jeg kom kun til at falde over Pollocks personlige notater på internettet i sidste måned, da jeg var i gang med undersøge flydende stens interaktioner for at forberede vores udsendelse om megaplumer. Ellers ville jeg aldrig have hørt om den."

"Teorien er aldrig blevet offentliggjort," sagde Corky, "fordi den er latterlig. Der skal varme til for at danne chondruler. Der er ikke nogen mulighed for, at tryk kunne omdanne den krystallinske struktur i en sten."

"Tryk," gav Xavia igen, "er tilfældigvis den største bidrager til geologisk forandring på vores klode. En lille tingest, der hedder en metamorf sten? Havde du ikke det i skolen?"

Corky så ondt på hende.

Tolland blev klar over, at Xavia havde fat i noget. Selvom varme jo spillede en rolle i noget af Jordens metamorfose, var de fleste metamorfe sten dannet ved højt tryk. Utroligt nok var sten dybt nede i jordskorpen under så meget tryk, at de mere opførte sig som sirup end som solide sten. De blev elastiske og undergik kemiske forandringer undervejs. Ikke desto mindre forekom dr. Pollocks teori temmelig søgt.

"Xavia," sagde Tolland. "Jeg har aldrig hørt, at vandtryk alene kemisk kan ændre en sten. Du er geolog, hvad mener du?"

"Tja," sagde hun og bladede gennem notaterne, "det lader til, at vandtryk ikke er den eneste faktor." Xavia fandt et afsnit og læste højt fra Pollocks noter. "'Oceanets jordskorpe i Marianergraven, der allerede er under en enorm, hydrostatisk trykpåvirkning, kan blive yderligere sammentrykket af de tektoniske kræfter i områdets subduktionszoner'."

Selvfølgelig, tænkte Tolland. Ud over at blive klemt under elleve kilometer vand var Marianergraven en subduktionszone – pladegrænsen, hvor Stillehavets kontinentalplade og den indiske plade bevægede sig mod hinanden og kolliderede. Det kombinerede tryk i graven kunne være enormt, og fordi området var så fjerntliggende og farligt at studere, så ville chancerne for, at nogen kendte til dem, hvis der var chondruler dernede, være spinkle.

Xavia fortsatte med at læse. "'Et kombineret hydrostatisk og tektonisk tryk kunne potentielt presse skorpen til en elastisk eller halvflydende tilstand, hvad der kunne gøre det muligt for lettere bestanddele at løbe sammen til chondrullignende strukturer, som man hidtil har troet kun kunne ske i rummet'."

Corky rullede med øjnene. "Umuligt."

Tolland så på Corky. "Er der nogen alternativ forklaring på chondrulerne i den sten, dr. Pollock fandt?"

"Nemt," sagde Corky. "Pollock fandt nok en meteorit. Der falder hele tiden meteoritter ned i havet. Pollock ville ikke have troet, at det var en meteorit, fordi smelteskorpen ville være eroderet væk efter mange år under vandet, så den så ud som en normal sten." Corky vendte sig om mod Xavia. "Pollock var velsagtens ikke kvik nok til at måle nikkelindholdet, vel?"

"Jo, faktisk," gav Xavia igen og bladede på ny i notaterne. "Pollock skriver: 'Jeg var overrasket over at finde, at nikkelindholdet i prøven falder inden for en middelværdi, der ikke sædvanligvis bliver forbundet med sten på Jorden'." Tolland og Rachel udvekslede skræmte blikke.

Xavia fortsatte med at læse. "'Skønt mængden af nikkel ikke falder inden for den normalt accepterede middelværdi for meteoritoprindelse, er den forbløffende tæt på'."

Rachel så bekymret ud. "Hvor tæt? Er der nogen måde, man kunne forveksle sådan en sten fra havet med en meteorit på?"

Xavia rystede på hovedet. "Jeg er ikke kemisk petrolog, men som jeg forstår det, er der talrige kemiske forskelle mellem den sten, Pollock fandt, og ægte meteoritter."

"Hvad er forskellene?" pressede Tolland på.

Xavia vendte sin opmærksomhed mod en kurve i noterne. "Ifølge det her er der én forskel, som ligger i selve den kemiske struktur i chondrulerne. Det lader til, at titanium/zirconium-forholdene varierer. Titanium/zirconium-forholdet i havprøven viste ultrareduceret zirconium." Hun så op. "Kun to dele per million."

"To ppm?" for det ud af Corky. "Meteoritter har flere tusind gange mere!"

"Præcis," svarede Xavia. "Og det er derfor, Pollock tror, at chondrulerne i hans prøve ikke stammer fra rummet."

Tolland lænede sig over mod Corky og hviskede: "Målte

NASA tilfældigvis titanium/zirconium-forholdet i Milne-stenen?"

"Selvfølgelig ikke," kom det vredt fra Corky. "Det ville ingen da nogensinde måle. Det er som at se på en bil og måle hjulenes gummiindhold for at bekræfte, at man ser på en bil!"

Tolland sukkede dybt og så igen på Xavia. "Hvis vi giver dig en stenprøve med chondruler i, kan du så foretage en undersøgelse for at afgøre, hvorvidt disse indeslutninger er meteoritchondruler eller ... en af Pollocks dybhavskompressionstingester?"

Xavia trak på skuldrene. "Det går jeg ud fra. Elektronmikroskopet skulle være nøjagtigt nok. Hvad drejer det her sig i øvrigt om?"

Tolland vendte sig om mod Corky. "Giv hende den."

Modstræbende trak Corky meteoritprøven op af lommen og holdt den frem mod Xavia.

Xavias rynkede brynene, da hun tog imod stenpladen. Hun så på smelteskorpen og derefter på det indlejrede fossil i stenen. "Du godeste!" sagde hun og løftede hovedet med et ryk. "Det er da vel ikke en del af ...?"

"Joh," sagde Tolland. "Det er det desværre."

106

Gabrielle Ashe stod alene i sit kontor og kiggede ud ad vinduet, mens hun spekulerede på, hvad hun nu skulle foretage sig. For mindre end en time siden havde hun forladt NASA og været helt oppe og køre, fordi hun skulle fortælle senatoren om Chris Harpers PODS-bedrageri.

Nu var hun ikke så sikker.

Ifølge Yolanda mistænkte to uafhængige ABC-journalister Sexton for at modtage bestikkelse fra Forbundet for Rummets Udforskning. Derudover havde Gabrielle lige fundet ud af, at

Sexton faktisk vidste, at hun havde sneget sig ind i hans lejlighed under mødet med Forbundet for Rummets Udforskning, og alligevel ikke havde sagt noget til hende om det.

Gabrielle sukkede. Hendes taxa var taget af sted for længe siden, og selvom hun kunne få fat i en ny på få minutter, vidste hun, at der var noget, hun skulle have gjort først.

Vil jeg virkelig prøve på det?

Gabrielle rynkede brynene. Hun havde ikke noget valg. Hun vidste ikke længere, hvem hun kunne stole på.

Hun trådte ud fra sit kontor, gik tilbage til sekretariatets forkontor og ind i en bred gang på den modsatte side. I den anden ende kunne hun se de massive egetræsdøre til Sextons kontor, der var flankeret af to flag – Stars and Stripes til højre og Delawarestatens flag til venstre. Som i de fleste senatskontorer i bygningen var hans døre stålforstærkede og sikrede med almindelige nøgler, elektroniske nøgler og et alarmsystem.

Hun vidste, at hvis hun bare kunne komme indenfor, om det så blot var i nogle ganske få minutter, kunne alle svar blive åbenbaret. Gabrielle gik hen mod de svært sikrede døre, men havde ingen illusioner om, at hun kunne komme igennem dem. Hun havde andre planer.

Godt tre meter fra Sextons kontor drejede Gabrielle til højre og trådte ind på dametoilettet. Neonlyset blev automatisk tændt, og de hvide fliser kastede et skarpt lysskær tilbage. Mens hendes øjne vænnede sig til lyset, stod Gabrielle og ventede og så på sig selv i spejlet. Som sædvanlig så hendes ansigtstræk blødere ud, end hun havde håbet. Skrøbelige nærmest. Hun følte sig altid stærkere, end hun så ud til.

Er du sikker på, at du er parat til det her?

Gabrielle vidste, at Sexton ventede spændt på, at hun skulle komme og give ham en komplet, detaljeret gennemgang af PODS-situationen. Desværre var hun nu også klar over, at Sexton havde manipuleret med hende i nat med største behændighed. Gabrielle Ashe kunne ikke lide at blive styret. Senatoren havde skjult noget for hende i nat. Spørgsmålet var, hvor meget. Svarene, vidste hun, lå inde på hans kontor – lige på den anden side af toiletvæggen.

"Fem minutter," sagde Gabrielle højt og viljefast.

Hun gik hen til toilettets rengøringsrum, rakte hånden op og lod den glide hen over dørkarmen. En nøgle faldt klirrende til jorden. Rengøringsholdet i Philip A. Hart var ansat af forbundsregeringen og havde for vane at fordufte, hver gang der var bare antydning af en strejke, så toiletterne var uden toiletpapir og tamponer i flere uger ad gangen. Kvinderne i Sextons kontor, der var trætte af at blive taget med bukserne nede, havde taget sagen i egne hænder og gemt en ekstra nøgle til rengøringsrummet til "nødsituationer".

Det her er en nødsituation, tænkte hun.

Hun åbnede skabet.

Det var overfyldt og pakket med rengøringsmidler, koste og flere hylder med papirforsyninger. For en måned siden, hvor Gabrielle havde ledt efter papirhåndklæder, havde hun gjort en usædvanlig opdagelse. Hun kunne ikke nå håndklæderne på øverste hylde, så hun havde brugt enden af en kost til at pirke til en rulle, så den kunne falde ned. På den måde var hun kommet til at løfte en af loftspladerne op. Da hun klatrede op for at sætte pladen på plads, blev hun forundret over at høre senator Sextons stemme.

Krystalklart.

Ud fra ekkoet at dømme blev hun klar over, at senatoren talte med sig selv, mens han var inde på det private toilet, der hørte til hans kontor, og som åbenbart kun var adskilt fra rengøringsrummet med loftsplader af fiberpap, der let kunne fjernes.

Nu, hvor Gabrielle var tilbage i rummet efter langt mere end toiletpapir, sparkede hun skoene af, klatrede op ad hylderne, skubbede loftspladen ud og trak sig selv op. *Jeg giver ikke meget for den nationale sikkerhed*, tænkte hun ved sig selv og spekulerede på, hvor mange stats- og forbundslove, hun nu var i færd med at bryde.

Da hun sænkede sig ned gennem loftet i Sextons private toilet, placerede hun sine strømpefødder på den kolde porcelænsvask og lod sig så falde ned på gulvet. Hun holdt vejret, da hun gik ud derfra og ind på Sextons private kontor.

Hans orientalske tæpper føltes bløde og varme.

107

Halvtreds kilometer derfra jog en sort Kiowa-kamphelikopter hen over krattet af fyrretræer i det nordlige Delaware. Delta-et kontrollerede koordinaterne, der var fastlåst i det automatiske navigationssystem.

Selvom Rachels transmissionsudstyr på skibet og Pickerings mobiltelefon var krypteret for at beskytte indholdet af deres samtale, havde det ikke været formålet at opsnappe indholdet af denne samtale, da Deltastyrken sporede sig ind på Rachels opkald fra havet. Formålet havde været at opfange opkaldets position. GPS og computertriangulation gjorde det betydeligt lettere at finde frem til transmissionskoordinater med stor præcision, end det var at dekryptere indholdet af et opkald.

Det morede altid Delta-et at tænke på, at de fleste, der brugte mobiltelefoner, ikke havde nogen anelse om, at hvis en regeringslyttepost ville, så kunne den afsløre deres position med tre meters nøjagtighed overalt på jorden, hver gang de foretog et opkald – et lille teknisk problem, som mobiltelefonselskaberne undlod at skilte med. I nat kunne Deltastyrken let spore koordinaterne på opkaldet til William Pickering, når først de havde fået adgang til modtagefrekvenserne på hans mobiltelefon.

De fløj på en direkte kurs mod deres mål, og Delta-et havde nu en afstand på tredive kilometer. "Paraply klar?" spurgte han og vendte sig om mod Delta-to, som bemandede radaren og våbensystemerne.

"Bekræftet. Afventer otte kilometers rækkevidde."

Otte kilometer, tænkte Delta-et. Han var nødt til at flyve langt inden for målets radarrækkevidde for at komme inden for det område, hvor han kunne bruge Kiowas våbensystem. Han var ikke i tvivl om, at en eller anden om bord på Goya nu stod og så nervøst op på himlen, og eftersom Deltastyrkens opgave var at eliminere målet uden at give dem chance for at råbe om hjælp over radioen, måtte Delta-et nu nærme sig sit bytte uden at advare dem.

Da han var femogtyve kilometer ude og stadig sikkert uden for radarrækkevidde, drejede Delta-et brat Kiowa'en femogtredive grader fra kursen mod vest. Han steg til ni hundrede meter – højden for små fly – og afpassede farten til 110 knob.

På Goyas dæk bippede kystvagthelikopterens radarindikator med det samme, da der kom en ny kontakt inden for seksten kilometer-omkredsen. Piloten satte sig op og så opmærksomt på skærmen. Kontakten så ud til at være et lille transportfly, der var på vej mod vest op langs kysten.

Sandsynligvis mod Newark.

Selvom flyets nuværende bane ville bringe det inden for seks kilometer fra Goya, var flyets rute åbenbart et spørgsmål om tilfælde. Men kystvagtpiloten var på vagt, og han holdt øje med den blinkende plet, der trak en langsom linje på 110 knob hen over højre side af hans indikator. Da flyet var tættest på, var det cirka seks kilometer mod vest. Som han havde forventet, blev flyet ved med at bevæge sig – og fløj nu væk fra dem.

6,1 kilometer. 6,3 kilometer.

Piloten pustede ud og slappede af.

Og så skete den mest besynderlige ting.

"Paraply nu slået til," råbte Delta-to og viste tommelfingeren opad fra sit våbenkontrolsæde på bagbordssiden af Kiowa-kamphelikopteren. "Spærreild, moduleret støj og pulsdække. Alt er aktiveret og fastlåst."

Delta-et fik sit stikord, krængede hårdt til højre og satte helikopteren på en direkte kurs mod Goya. Denne manøvre ville være usynlig for skibets radar.

"Det slår godt nok stanniol, hva'?" råbte Delta-to.

Delta-et gav ham helt ret. "Jamming" blev opfundet under Anden Verdenskrig, da en kvik britisk flyver begyndte at smide høballer, der var pakket ind i stanniol, ud fra sit fly under bombetogterne. Tyskernes radar lokaliserede så mange reflekterende kontakter, at de ikke havde nogen anelse om, hvad de skulle skyde på. Teknikken var blevet væsentlig forbedret siden da.

Kiowa'ens ombordværende "paraply"-radarjammingsystem var et af militærets mest dødbringende, elektroniske kampvåben. Ved at udsende en paraply af baggrundsstøj i atmosfæren over et givet sæt overfladekoordinater kunne Kiowa udslette øjne, ører og stemme på sit mål. For nogle øjeblikke siden var alle radarskærme om bord på Goya med garanti blevet tomme. På det tidspunkt, hvor besætningen blev klar over, at de måtte tilkalde hjælp, ville de være ude af stand til at sende. På et skib var al kommunikation baseret på radio- eller mikrobølger – der var ingen faste telefonlinjer. Hvis Kiowa'en kom tæt nok på, ville alle Goyas kommunikationssystemer holde op med at fungere, fordi deres bæresignaler ville blive visket ud af den usynlige sky af termisk støj, der blev sendt ud foran Kiowa'en som et blændende lys.

Deres mål havde haft held til at foretage en snedig flugt fra

Milne-isshelfen, men det ville ikke blive gentaget. Da Rachel Sexton og Michael Tolland havde valgt at forlade landjorden, hvad de truffet et dårligt valg. Det ville blive den sidste, dårlige beslutning, de nogensinde traf.

Inde i Det Hvide Hus følte Zach Herney sig lettere omtåget, da han satte sig op i sengen med telefonrøret i hånden. "Nu? Ønsker Ekstrom at tale med mig *nu?*" Herney kneb øjnene sammen og så på uret ved sengen. *3.17 om natten.*

"Ja, mr. præsident," sagde kommunikationsmedarbejderen. "Han siger, det er en nødsituation."

108

Mens Corky og Xavia stod bøjet over elektronmikroskopet og målte zirconiumindholdet i chondrulerne, fulgte Rachel efter Tolland ind i et rum ved siden af laboratoriet. Her tændte Tolland for en anden computer. Åbenbart var der en ting mere, havforskeren ønskede at kontrollere.

Mens computeren startede op, vendte Tolland sig om mod Rachel og så ud, som om han lige skulle til at sige noget. Han ventede lidt.

"Hvad er der?" spurgte Rachel, der var overrasket over at mærke, at hun var fysisk tiltrukket af ham selv midt i alt dette hurlumhej. Hun havde lyst til at lukke det hele ude og bare være sammen med ham – bare et minut.

"Jeg skylder dig en undskyldning," sagde Tolland og så brødebetynget ud.

"For hvad?"

"På dækket? Hammerhajerne? Jeg var så begejstret. Somme tider glemmer jeg, hvor frygtindgydende havet kan være for andre."

Ansigt til ansigt med ham følte Rachel sig som en teenager,

der gik og skævede til en dreng i klassen. "Tak. Det var ikke noget problem. Overhovedet ikke." Hun havde en fornemmelse af, at Tolland havde lyst til at kysse hende.

Uden at sige noget vendte han sig genert væk igen. "Jeg ved det godt. Du vil gerne i land. Vi må hellere se at komme i gang med arbejdet."

"Lige nu." Rachel smilede blødt.

"Lige nu," gentog Tolland og satte sig ved computeren.

Rachel trak vejret dybt. Hun stod lige bag ved ham og nød uforstyrretheden i det lille laboratorium. Hun så Tolland styre rundt i en række filer på computeren. "Hvad laver vi?"

"Kontrollerer databasen for store havlus. Jeg vil gerne se, om vi kan finde nogen forhistoriske havfossiler, som ligner det, vi har set i NASA-meteoritten." Han fandt en søgeside frem, hvor der med fede typer stod hen over toppen: PROJEKT DIVERSITAS.

Mens Tolland scrollede ned gennem menuerne, forklarede han: "Diversitas er hovedsageligt en oversigt over biodata i havet, som hele tiden bliver opdateret. Når en marinbiolog opdager en ny havart eller et havfossil, kan han trutte i hornet og fortælle om sit fund ved at lægge data og fotos ind i en central databank. Der bliver opdaget så mange nye data hver eneste uge, så det er faktisk den eneste måde at holde forskningen up to date på."

Rachel så Tolland navigere rundt i menuerne. "Går du ind på nettet nu?"

"Nej. Internetadgang er ikke pålidelig til søs. Vi opbevarer alle disse data på en enorm række optiske drev i det andet rum. Hver gang vi er i havn, går vi ind på Projekt Diversitas og opdaterer vores databank med de nyeste fund. På den måde kan vi få adgang til data til søs uden en netforbindelse, og oplysningerne er aldrig mere end en måned eller to gamle." Tolland smålo, mens han begyndte at skrive søgeord ind i computeren. "Du har formentlig hørt om den kontroversielle fildelingstjeneste med musik, der hedder Napster?"

Rachel nikkede.

"Diversitas bliver betragtet som marinbiologens version af Napster. Vi kalder den LOBSTER – Lonely Oceanic Biologists Sharing Totally Eccentric Research – Ensomme havbiologer deler totalt excentrisk forskning."

Rachel lo. Selv i denne spændte situation havde Michael Tolland en ironisk humor, der dæmpede hendes frygt. Hun var begyndt at indse, at hun havde haft alt for lidt at le ad i sit liv på det seneste.

"Vores database er enorm," sagde Tolland og blev færdig med at taste søgeord. "Mere end ti terabytes med beskrivelser og fotos. Der er oplysninger her, som ingen nogensinde har set – og ingen nogensinde vil få at se. Der er simpelthen for mange havarter." Han klikkede på "søg"-knappen. "Okay, lad os så se, om der er nogen, der har set et havfossil, der ligner vores lille rumdyr."

Efter nogle få sekunder lyste skærmen op igen og afslørede fire lister over forstenede dyr. Tolland klikkede på hver af listerne og undersøgte fotografierne. Ingen havde bare den fjerneste lighed med fossilerne i Milne-meteoritten.

Tolland rynkede brynene. "Lad os prøve noget andet." Han fjernede ordet "fossil" fra søgestrengen og klikkede på "søg". "Vi vil søge efter alle levende arter. Måske kan vi finde en levende efterkommer, der har nogle af de samme fysiologiske karakteristika som Milne-fossilet."

Skærmen lyste op.

Igen rynkede Tolland brynene. Computeren viste hundredvis af hits. Han sad et øjeblik og strøg sig over hagen, der var mørk af skægstubbe. "Okay, det her er for meget. Lad os søge lidt mere specifikt."

Rachel så på, da han kom ind på en dropdown-menu, hvor

der stod "habitat". Listen af muligheder så ud til at være endeløs: tidevandssø, marsk, lagune, rev, undersøisk højderyg, svovlhuller. Tolland scrollede ned gennem listen og valgte en mulighed, der angav: DESTRUKTIVE MARGINER/DYB-HAVSGRAVE.

Smart, tænkte Rachel. Tolland begrænsede søgningen til kun at omfatte de arter, der levede tæt på det miljø, hvor man kunne antage, at de chondrullignende træk kunne dannes.

Siden lyste op. Denne gang smilede Tolland. "Glimrende. Kun tre hits."

Rachel kneb øjnene sammen ved det første navn på listen. *Limulus poly ...* et eller andet.

Tolland klikkede på ordet. Der kom et foto til syne; væsenet lignede en hesteskokrabbe i overstørrelse uden hale.

"Nixen," sagde Tolland og vendte tilbage til den foregående side.

Rachel så det næste punkt på listen. *Rejus grimus fra Helvedus.* Hun var forvirret. "Er det et rigtigt navn?"

Tolland klukkede. "Nej. Det er en ny art, der endnu ikke er klassificeret. Ham, der har opdaget den, har sans for humor. Han foreslår *Rejus grimus* som den officielle, taksonomiske klassificering." Tolland klikkede på fotoet. Det viste et usædvanlig grimt, rejelignende væsen med knurhår og fluorescerende, lyserøde antenner.

"Et passende navn," sagde Tolland. "Men det er ikke vores rumdyr." Han vendte tilbage til indekset. "Det sidste bud er ..." Han klikkede på den tredje indgang, og siden kom frem.

"*Bathynomus giganteus ...*" Tolland læste højt, da teksten kom til syne. Fotografiet blev fyldt ud. Et nærbillede i farver.

Det gav et sæt i Rachel. "Hold da op!" Væsenet, der stirrede igen, gav hende kuldegysninger.

Tolland trak vejret dybt. "Åh nej! Ham her ser vist bekendt ud."

Rachel nikkede stumt. *Bathynomus giganteus.* Dyret lignede en kæmpestor, svømmende lus. Den lignede fossilarten i NASA-stenen.

"Der er nogle svage forskelle," sagde Tolland og scrollede ned til nogle anatomiske diagrammer og skitser. "Men den er sgu tæt på. Især i betragtning af, at den har haft 190 millioner år til at udvikle sig i."

Tæt på, det er helt rigtigt, tænkte Rachel. *Alt for tæt.*

Tolland læste beskrivelsen på skærmen: "'*Bathynomus giganteus,* der menes at være en af de ældste arter i havet, er en ådsel-ædende dybvandsisopod, der ligner en stor bænkebider. Denne art, der kan blive op til tres centimeter lang, har et kitin-exoskelet, der er opdelt i hoved, bryst og bagkrop. Den har parvise lemmer, følehorn og sammensatte øjne som landinsekter. Den fouragerer og bor på bunden, har ingen kendte fjender og lever i øde, pelagiske omgivelser, man hidtil har troet var ubeboelige'." Tolland så op. "Det kunne forklare, hvorfor der ikke var andre fossiler i prøven!"

Rachel stirrede på dyret på skærmen. Hun var spændt, men usikker på, om hun helt forstod, hvad alt det her betød.

"Tænk," sagde Tolland begejstret, "for 190 millioner år siden blev et hold af de her Bathynomus-væsener begravet under et mudderskred i et dybt hav. Da mudderet blev til sten, blev leddyrene fossilleret til sten. Og havbunden, der hele tiden bevæger sig som et langsomt transportbånd hen mod dybhavsgravene, bærer samtidig fossilerne ind i en zone med et fantastisk højt tryk, og der danner stenen så chondruler!" Tolland talte hurtigere nu. "Og hvis noget af den fossillerede skorpe med chondruler brækkede af og endte oppe på kanten af graven, hvilket slet ikke er usædvanligt, så ville den ligge godt for at blive opdaget!"

"Men hvis NASA ...," stammede Rachel. "Jeg mener, hvis alt det her er en stor løgn, så må NASA da have vidst, at der før eller senere var nogen, der ville finde ud af, at dette fossil ligner et havdyr, ikke? Jamen, vi har da lige fundet ud af det!"

Tolland begyndte at printe fotografierne af *Bathynomus* ud på en laserprinter. "Det ved jeg nu ikke. Selvom nogen trådte frem og pegede på lighederne mellem fossilerne og en levende havlus, er deres fysiologier ikke identiske. Det er nærmere et bevis mere på, at NASA har ret."

Rachel forstod det pludselig. "Panspermi". *Liv på Jorden blev sået fra rummet.*

"Netop. Lighederne mellem rumorganismer og Jordens organismer giver glimrende mening set ud fra et videnskabeligt synspunkt. Denne havlus styrker faktisk NASA's påstand."

"Undtagen hvis der sættes spørgsmålstegn ved, om meteoritten er ægte."

Tolland nikkede. "Hvis der først sættes spørgsmåltegn ved meteoritten, falder det hele fra hinanden. Vores havlus bliver NASA's fjende i stedet for deres ven."

Rachel stod tavs og så til, mens siderne med *Bathynomus* kom ud af printeren. Hun prøvede at sige til sig selv, at alt det her var en hændelig og hæderlig fejltagelse, NASA havde begået, men hun vidste, at sådan var det ikke. Folk, der begik ærlige fejl, prøvede ikke på at myrde andre mennesker.

Corkys nasale stemme gjaldede pludselig gennem laboratoriet. *"Umuligt!"*

Både Tolland og Rachel vendte sig om.

"Mål det skide forhold igen! Det giver ingen mening!"

Xavia kom styrtende ind med et computerprint i hånden. Hun var helt grå i hovedet. "Mike, jeg ved ikke, hvordan jeg skal sige det …" Hendes stemme knækkede over. "Titanium/zirconium-forholdet i den her prøve, ikke?" Hun rømmede sig. "Det er helt tydeligt, at NASA har begået en stor fejltagelse. Deres meteorit er en havsten."

Tolland og Rachel så på hinanden, men ingen af dem sagde

et ord. De vidste det. Alle mistanker og tvivl var svulmet op som en bølge, der nåede til det punkt, hvor den ville kamme over.

Tolland nikkede med triste øjne. "Aha. Tak, Xavia."

"Men det forstår jeg ikke," sagde Xavia. "Smelteskorpen ... findestedet i isen ..."

"Det forklarer vi på vej til kysten," sagde Tolland. "Vi tager af sted nu."

Hurtigt samlede Rachel alle de papirer og beviser sammen, som de nu havde. Beviserne var chokerende afgørende: jordradar-printet, der viste indføringsskakten i Milne-isshelfen; fotos af en levende havlus, der lignede NASA's fossil; dr. Pollocks artikel om havchondruler; og data fra mikroundersøgelser, der viste ultrareduceret zirconium i meteoritten.

Konklusionen var ikke til at komme uden om. *Bedrag.*

Tolland så på stakken af papirer i Rachels hænder og sukkede tungt. "Tja, jeg må sige, at William Pickering har sit bevis nu."

Rachel nikkede og spekulerede igen på, hvorfor Pickering ikke havde taget telefonen.

Tolland løftede røret af en telefon ved siden af og holdt det hen til hende. "Vil du prøve at nå ham igen herfra?"

"Nej, lad os komme af sted. Jeg vil prøve at kontakte ham fra helikopteren." Rachel havde allerede besluttet, at hvis hun ikke kunne få kontakt med Pickering, ville hun få kystvagten til at flyve dem direkte til NRO. Det var kun 300 kilometer væk.

Tolland var ved at lægge røret på, men tøvede så. Han så forvirret ud, lyttede til røret og rynkede brynene. "Det var da sært. Der er ingen klartone."

"Hvad mener du?" sagde Rachel, der nu var på vagt.

"Besynderligt," sagde Tolland. "Direkte COMSAT-forbindelser mister aldrig deres bære–"

"Mr. Tolland?" Kystvagtpiloten kom farende ind i laboratoriet. Han var hvid i ansigtet.

"Hvad er der?" spurgte Rachel. "Kommer der nogen?"

"Det er problemet," sagde piloten. "Jeg ved det ikke. Al radar og alle forbindelser er lige gået død."

Rachel stoppede papirerne ind under blusen. "Ind i helikopteren. Vi tager af sted. NU!"

109

Gabrielles hjerte galopperede af sted, da hun gik hen over gulvet i senator Sextons mørke kontor. Værelset var lige så stort, som det var elegant – flotte træpaneler på væggene, oliemalerier, persiske tæpper, læderstole og et enormt mahogniskrivebord. Rummet var kun oplyst af det lidt uhyggelige, neonagtige skær fra Sextons computerskærm.

Gabrielle gik over til hans skrivebord.

Senator Sexton havde taget det "digitale kontor" til sit hjerte og havde undgået at fylde stedet op med kartoteksskabe. I stedet nød han godt af den kompakte forenkling med computeren, som var let at søge i, og som han fodrede med enorme mængder informationer – digitaliserede mødenotater, indscannede artikler, taler og gode ideer. Sextons computer var hans hellige område, og han holdt altid sit kontor aflåst for at beskytte den. Han nægtede oven i købet at gå på internettet af frygt for hackere, der kunne infiltrere hans hellige digitale bankboks.

For et år siden ville Gabrielle aldrig have troet, at nogen politiker ville være dum nok til at opbevare dokumenter, der kunne være en belastning for ham selv, men Washington havde lært hende en masse. Viden er magt. Gabrielle var blevet forbløffet over at finde ud af, at det var almindelig praksis blandt politikere, som accepterede tvivlsomme kampagnebidrag, at opbevare sikre beviser på disse donationer – breve, bankud-skrifter, kvitteringer, journaler – alt gemt væk på et sikkert sted. Denne anti-pengeafpresningstaktik, der i Washington eufemistisk var kendt som "siamesisk forsikring", beskyttede kandidater mod donorer, som følte, at deres gavmildhed på en eller anden måde bemyndigede dem til at lægge utilbørligt, politisk pres på en kandidat. Hvis bidragyderen blev for kræ-vende, kunne kandidaten simpelthen fremlægge bevis på det illegale bidrag og minde donoren om, at begge parter havde brudt loven. Beviset sikrede, at kandidater og donorer hang sammen for evigt – som siamesiske tvillinger.

Gabrielle gled om bag senatorens skrivebord og satte sig ned. Hun trak vejret dybt og så på hans computer. *Hvis senatoren modtager bestikkelser fra Forbundet for Rummets Udforskning, og der er beviser på det, så er det her, de er.*

Skærmbaggrunden på Sextons computer var et diasshow af Det Hvide Hus og dets områder. Den var lavet af en af hans overivrige ansatte, som var fantastisk dygtig til visualisering og positiv tænkning. Rundt om billederne kravlede der et bånd rundt, hvor der stod: *Præsident for Amerikas Forenede Stater Sedgewick Sexton … Præsident for Amerikas Forenede Stater Sedge-wick Sexton … Præsident for Amerikas …*

Gabrielle fik fat i musen, og der kom en sikkerhedsdialog-boks frem.

SKRIV KODEORD:

Det havde hun også ventet. Det ville ikke være noget pro-blem. I sidste uge var Gabrielle kommet ind på senatorens kontor, netop som han sad og loggede sig ind på sin computer. Hun så ham trykke tre korte tasteanslag i hurtig rækkefølge.

"Skulle det være et kodeord?" sagde hun udfordrende fra døråbningen, da hun kom ind.

Sexton kiggede op. "Hvad?"

"Og her troede jeg, du bekymrede dig om sikkerhed,"

skændte Gabrielle godmodigt på ham. "Er dit kodeord kun på tre bogstaver? Jeg mener da, at teknikfyrene siger, at vi skal bruge mindst seks."

"Teknikfyrene er ikke andet end teenagere. De skulle prøve at huske seks tilfældige bogstaver, når de er over fyrre. Desuden er der alarm på døren. Der kan ikke komme nogen ind her."

Gabrielle gik hen mod ham og smilede. "Hvad hvis nogen slap ind, mens du var på lokum?"

"Og forsøgte alle kombinationer af kodeord?" Han lo en skeptisk latter. "Jeg er langsom på toilettet, men ikke så langsom."

"Jeg vil vædde en middag på Davide på, at jeg kan gætte dit kodeord på ti sekunder."

Sexton så forvirret og fornøjet ud. "Du har jo ikke råd til Davide, Gabrielle."

"Så du indrømmer, at du er en kylling?"

Sexton lod næsten til at være ked af det på hendes vegne, da han modtog udfordringen. "Ti sekunder?" Han loggede ud og gav tegn til Gabrielle om at sætte sig ned og forsøge sig. "Du ved, at jeg kun bestiller saltimbocca hos Davide. Og det er ikke billigt."

Hun trak på skuldrene, da hun satte sig ned. "Det bliver dine penge."

SKRIV KODEORD:

"Ti sekunder," mindede Sexton hende om.

Gabrielle måtte le. Hun behøvede kun to. Selv henne fra døråbningen kunne hun se, at Sexton havde tastet sine tre kodebogstaver i meget hurtig rækkefølge og kun brugt pegefingeren. *Helt klart den samme tast. Ikke særlig smart.* Hun kunne også se, at hans hånd havde været anbragt helt ude til venstre på tastaturet – og dermed skåret det mulige alfabet ned til højst ni bogstaver. At vælge bogstavet var simpelt; Sexton havde altid elsket det trefoldige bogstavrim i sin titel. Senator Sedgewick Sexton.

Undervurder aldrig en politikers ego.

Hun tastede SSS, og skærmbaggrunden forsvandt.

Sextons tabte underkæben, så den næsten ramte gulvet.

Det havde været i sidste uge. Nu, hvor Gabrielle sad foran hans computer igen, var hun sikker på, at Sexton endnu ikke ville have brugt tid på at regne ud, hvordan han skulle indsætte et nyt kodeord. *Hvorfor skulle han det? Han stoler ubetinget på mig.*

Hun tastede SSS.

UGYLDIGT KODEORD – ADGANG NÆGTET

Gabrielle stirrede chokeret.

Hun havde åbenbart overvurderet sin senators tillid.

110

Angrebet kom uden varsel. Ud af den sydvestlige himmel over Goya kom den lavtflyvende, dødbringende silhuet af en kamphelikopter og slog ned som en stor hveps. Rachel var ikke i tvivl om, hvad den var, eller hvorfor den var der.

Gennem mørket brød et staccato løs fra snuden på helikopteren og sendte en strøm af projektiler fræsende hen over Goyas glasfiberdæk og skar en streg hen over agterskibet. Rachel sprang i dækning for sent og følte det svidende snit af et projektil strejfe sin arm. Hun ramte dækket hårdt, rullede rundt og kravlede videre for at komme hen under den halvkugleformede, gennemsigtige kuppel på Triton-ubåden.

En torden af rotorer eksploderede ovenover, da helikopteren fejede forbi skibet. Støjen aftog med en underlig hvislen, da helikopteren med raketfart jog ud over havet og påbegyndte en bred krængning for at lægge an til endnu en beskydning.

Rachel lå rystende på dækket, holdt på sin arm og så tilbage mod Tolland og Corky. De to mænd, der åbenbart havde kastet sig i ly bag et lageranlæg, kom nu vaklende på benene med øjne, der afsøgte himlen i rædsel. Rachel trak sig op på knæ. Hele verden syntes pludselig at bevæge sig i slowmotion.

Rachel sad sammenkrøbet bag den gennemsigtige runding på Triton-ubåden og så i panik hen på deres eneste mulighed for redning – kystvagthelikopteren. Xavia var allerede klatret ind i helikopterens kabine og vinkede afsindigt til dem om at komme om bord. Rachel kunne se piloten springe ind i cockpittet og bakse febrilsk med kontakter og håndtag. Rotorerne begyndte at dreje rundt ... åh, så langsomt.

For langsomt.

Skynd jer!

Rachel mærkede, at hun nu stod op og forberedte sig på at løbe, mens hun spekulerede på, om hun kunne nå hen over dækket, inden angriberne kom igen. Bag sig hørte hun Corky og Tolland, der styrtede hen mod hende og den ventende helikopter. *Ja! Skynd jer!*

Så så hun den.

Hundrede meter ude, oppe i himlen, viste der sig ud af det tomme mørke en blyantstynd stråle af rødt lys, der skrånede ned gennem natten og afsøgte Goyas dæk. Da strålen fandt sit mål, standsede den på siden af den ventende kystvagthelikopter.

Det tog kun et øjeblik at opfatte dette billede. I samme nu følte Rachel, at alle bevægelser på Goyas dæk blev visket ud og forvandlede sig til en collage af former og lyde. Tolland og Corky, der sprang hen mod hende – Xavia, der sad og fægtede vildt i helikopteren – det stærke laserlys, der skar sig hen over nattehimlen.

Det var for sent.

Rachel snurrede rundt mod Corky og Tolland, som nu for fuld fart løb hen mod helikopteren. Hun sprang ud og stillede sig i vejen for dem med udstrakte arme for at standse dem. Kollisionen føltes som et togsammenstød, da de alle tre faldt om på dækket i en sammenfiltret masse af arme og ben.

I det fjerne kom et glimt af hvidt lys til syne. Rachel så til med vantro og rædsel, da en fuldstændig lige linje af udstødningsild fulgte sporet af laserstrålen direkte mod helikopteren.

Da Hellfire-missilet smældede ind i skroget, eksploderede helikopteren i stumper og stykker som et stykke legetøj. Trykbølgen af varme og støj tordnede hen over dækket, mens sprængstykkerne regnede ned. Helikopterens flammende skelet tumlede baglæns på sin splintrede hale, vaklede et øjeblik og faldt så ned fra bagenden af skibet og bragede ned i havet i en sydende sky af damp.

Rachel lukkede øjnene. Hun var ikke i stand til at trække vejret. Hun kunne høre det flammende vrag gurgle og sprutte, da det sank og blev trukket væk fra Goya af de stærke havstrømme. I kaoset hørte hun Michael Tollands stemme råbe. Rachel mærkede hans stærke hænder, der forsøgte at trække hende op at stå. Men hun kunne ikke røre sig.

Kystvagtpiloten og Xavia er døde.

Vi bliver de næste.

I I I

Uvejret på Milne-isshelfen var løjet af, og habisfæren var stille. Selv da havde NASA-chef Lawrence Ekstrom ikke prøvet på at få søvn i øjnene. Han havde tilbragt timerne alene med at gå rundt i kuplen, med at stirre ned i ophentningsskakten og med at lade hænderne glide hen over rillerne på den store, forkullede sten.

Omsider havde han besluttet sig.

Nu sad han ved videofonen i habisfærens transportable kommunikationsboks og så ind i øjnene på den trætte præsident for Amerikas Forenede Stater. Zach Herney sad i badekåbe og så alt andet end fornøjet ud. Ekstrom vidste, at han ville være endnu mindre fornøjet, når han hørte, hvad Ekstrom havde at fortælle ham.

Da Ekstrom var færdig med at tale, så Herney utilpas ud – som om han tænkte, at han stadigvæk var for søvnig til at have forstået det rigtigt.

"Vent lige lidt," sagde Herney. "Vi må have en dårlig forbindelse. Har De lige fortalt mig, at NASA opfangede denne meteorits koordinater over et radionødopkald – og derefter foregav, at det var PODS, der fandt meteoritten?"

Ekstrom sad stille, alene i mørket, og tvang sin krop til at vågne op fra dette mareridt.

Tavsheden passede tydeligvis ikke præsidenten. "For guds skyld, Larry, fortæl mig, at det ikke er sandt!"

Ekstroms mund blev tør. "Meteoritten blev fundet, mr. præsident. Det er alt, hvad der er relevant her."

"Jeg sagde: Fortæl mig, at det ikke er *sandt!*"

Den hviskende lyd svulmede op og blev til et brøl i Ekstroms ører. *Jeg måtte fortælle ham det,* sagde Ekstrom til sig selv. *Det skal være slemt, for at det kan blive bedre.* "Mr. præsident, den fejl i PODS var ved at ødelægge Dem i meningsmålingerne. Da vi opfangede en radiotransmission om en stor meteorit, der sad fast i isen, øjnede vi en chance til at komme med i spillet igen."

Herney lød rystet. "Ved at svindle sig til en PODS-opdagelse?"

"PODS ville være oppe og fungere snart under alle omstændigheder, men ikke tids nok for valget. Meningsmålingerne gik den forkerte vej, og Sexton kørte løs på NASA, så ..."

"Er De da vanvittig! De løj for mig, Larry!"

"Chancen lå lige foran os, sir. Jeg besluttede at gribe den.

Vi opfangede radiotransmissionen fra en canadier, som havde gjort et meteoritfund. Han omkom i et uvejr. Der var ingen andre, der vidste, at meteoritten var der. PODS var i omløb i området. NASA trængte til en sejr. Vi havde koordinaterne."

"Hvorfor fortæller De mig det nu?"

"Jeg syntes, De skulle vide det."

"Ved De, hvad Sexton ville gøre med disse oplysninger, hvis han fandt ud af dem?"

Ekstrom foretrak ikke at tænke på det.

"Han ville fortælle verden, at NASA og Det Hvide Hus har løjet for det amerikanske folk! Og De ved, at han ville have ret!"

"De har ikke løjet, sir, det var mig. Og jeg vil træde tilbage, hvis –"

"Larry, De har ikke fattet, hvad det her drejer sig om. Jeg har prøvet at køre denne præsidentperiode på sandhed og anstændighed! For fanden da! Aftenen i går var ren. Værdig. Og nu finder jeg så ud af, at jeg har løjet for hele verden?"

"Kun en lille løgn, sir."

"Sådan noget findes ikke, Larry," sagde Herney rasende.

Ekstrom kunne mærke, hvordan det lille rum lukkede sig omkring ham. Der var så meget mere at fortælle præsidenten, men Ekstrom kunne se, at det måtte vente, til det blev morgen. "Jeg er ked af, at jeg vækkede Dem, sir. Jeg syntes blot, De skulle vide det."

I den anden ende af byen tog Sedgewick Sexton endnu en slurk cognac og gik rundt i sin lejlighed med stigende irritation.

Hvor fanden er Gabrielle henne?

112

Gabrielle Ashe sad ved senator Sextons skrivebord og skulede vredt og modfalden til hans computer.

UGYLDIGT KODEORD – ADGANG NÆGTET

Hun havde prøvet flere andre kodeord, hun mente kunne være sandsynlige muligheder, men der var ingen af dem, der havde virket. Gabrielle havde gennemsøgt kontoret for alle uaflåste skuffer eller tilfældige fingerpeg og havde nu næsten givet fortabt. Hun skulle lige til at gå, da hun fik øje på noget mærkeligt, der glimtede i Sextons kalenderbog. Nogen havde understreget datoen for valget med en rød, hvid og blå glimmerpen. Det var bestemt ikke senatoren. Gabrielle trak kalenderen nærmere. Hen over datoen var der et farvestrålende, glitrende udbrud: PAFS!

Sextons livlige sekretær havde åbenbart glittermalet positive tanker ind i kalenderen for ham til valgdagen. Akronymet PAFS var efterretningstjenestens kodenavn for Præsident for Amerikas Forenede Stater. Hvis alt gik vel på valgdagen, ville Sexton blive den nye PAFS.

Gabrielle skulle til at gå, og hun lagde kalenderen på plads igen på skrivebordet og rejste sig. Hun standsede pludselig og kiggede tilbage på computerskærmen.

SKRIV KODEORD:

Hun så igen på kalenderen.

PAFS.

Hun følte et pludseligt håb vælde frem. Der var noget ved PAFS, der slog Gabrielle. Det ville være et perfekt kodeord for Sexton. *Det var enkelt, positivt og henviste til ham selv.*

Hun indtastede hurtigt bogstaverne.

PAFS

Hun holdt vejret og trykkede på returtasten. Computeren bippede.

UGYLDIGT KODEORD – ADGANG NÆGTET

Gabrielle faldt sammen og gav op. Hun gik tilbage mod døren til toilettet for at komme ud samme vej, hun var kommet ind. Hun var nået halvvejs gennem rummet, da hendes mobiltelefon ringede. Hun var allerede nervøs, og lyden forskrækkede hende. Hun standsede på stedet, trak sin telefon frem og så op for at kontrollere tiden på Sextons højt værdsatte Jourdain-standur. *Næsten 4.00.* Gabrielle vidste, at på denne tid af natten kunne opkaldet kun komme fra Sexton. Det var klart, at han undrede sig over, hvor helvede hun var henne. *Skal jeg tage den eller lade den ringe?* Hvis hun svarede, ville hun være nødt til at lyve. Men hvis hun ikke gjorde, ville Sexton blive mistænksom.

Hun tog den. "Hallo?"

"Gabrielle?" Sexton lød utålmodig. "Hvad sker der?"

"Roosevelt-mindesmærket," sagde Gabrielle. "Taxaen blev fanget i kaoset der, og nu er vi –"

"Det lyder ikke, som om du sidder i en taxa."

"Nej," sagde hun, og nu pumpede blodet hurtigt rundt. "Det gør jeg heller ikke. Jeg bestemte mig for at standse ved kontoret og tage nogle NASA-dokumenter med, som kunne være relevante for PODS. Jeg har lidt problemer med at finde dem."

"Godt, men skynd dig nu lidt. Jeg skal have planlagt en pressekonference til i morgen, og vi skal have lagt detaljerne på plads."

"Jeg kommer lige straks," sagde hun.

Der var en pause på linjen. "Er du på dit kontor?" Han lød pludselig forvirret.

"Ja, det er jeg. Ti minutter mere, og så er jeg på vej."

En ny pause. "Okay. Vi ses lige straks, så."

Gabrielle lagde på. Hun var alt for optaget til at bemærke den høje og tydelige tredobbelte tikken fra Sextons højt værdsatte Jourdain-standur kun et par meter væk.

113

Michael Tolland var ikke klar over, at Rachel var såret, før han så blodet på hendes arm, da han hev hende i skjul bag Triton'en. Ud fra det skrækslagne udtryk i hendes ansigt kunne han fornemme, at hun ikke mærkede nogen smerte. Tolland støttede hende og vendte sig om for at finde Corky. Astrofysikeren kravlede hen over dækket for at slutte sig til dem, og hans øjne var tomme af rædsel.

Vi må finde et skjulested, tænkte Tolland. Angsten over, hvad der lige var sket, var endnu ikke helt trængt ind. Instinktivt for hans øjne op ad de mange rækker dæk over dem. Trapperne, der førte op til broen, var alle i det fri, og broen selv var en glasboks – en gennemsigtig målskive fra luften. At søge opad var selvmord. Der var kun én retning tilbage.

I et flygtigt øjeblik så Tolland forhåbningsfuldt på Triton-ubåden og overvejede, om han måske kunne få dem alle ned under vandet og væk fra kuglerne.

Absurd. Triton havde plads til én person, og det tog lossespillet godt ti minutter at sænke ubåden gennem faldlemmen i dækket ned til havoverfladen ti meter nede. Uden nyopladede batterier og kompressorer ville Triton desuden være død i vandet.

"Her kommer de!" råbte Corky med en stemme, der var skinger af angst, da han pegede op mod himlen.

Tolland så ikke engang op. Han pegede på et skot, hvor der var en aluminiumsrampe, der førte ned under dækket. Tilsyneladende behøvede Corky ingen opmuntring. Han holdt hovedet nede, hastede hen mod åbningen og forsvandt ned ad hældningen. Tolland lagde en fast arm rundt om livet på Rachel og fulgte efter. De forsvandt begge under dækket, netop som helikopteren vendte tilbage og sprøjtede projektiler ud ovenpå.

Tolland hjalp Rachel ned ad risterampen til den ophængte platform ved bunden. Da de kom derned, kunne han mærke, at

Rachels krop pludselig blev helt stiv. Han snurrede rundt og frygtede, at hun var blevet ramt af et rikochetterende projektil.

Da han så hendes ansigtsudtryk, vidste han, at det var noget andet. Tolland fulgte hendes forstenede blik nedad og forstod med det samme, hvad der var galt.

Rachel stod uden at røre sig, med ben, der nægtede at bevæge sig. Hun stirrede ned på den groteske verden under hende.

På grund af sit Swath-design havde Goya intet skrog, men derimod stivere som en stor katamaran. De var lige kommet ned fra dækket til en løbebro af riste, der hang over en åben afgrund ti meter fra det rasende hav. Støjen var øredøvende her og gav genlyd fra undersiden af dækket. Til Rachels gru føjede sig det faktum, at skibets undervandsprojektører stadig var tændt og kastede en grønlig glans dybt ned i havet direkte under hende. Hun stod og stirrede ned på seks eller syv spøgelsesagtige silhuetter i vandet. Enorme hammerhajer. Deres lange skygger svømmede på stedet mod strømmen – gummiagtige kroppe, der bøjede sig frem og tilbage.

Tollands stemme lød i hendes øre. "Rachel, du er okay. Hold blikket lige fremad. Jeg er lige bag ved dig." Hans hænder greb om hende bagfra og prøvede blidt at få hendes knyttede næver til at give slip på gelænderet. Det var netop da, at Rachel så den lille, højrøde bloddråbe rulle ned fra hendes arm og falde gennem risten. Hendes øjne fulgte dråben, da den plumpede ned mod havet. Skønt hun aldrig så den ramme vandet, vidste hun nøjagtigt, hvornår det skete, for hammerhajerne drejede sig samtidig lige på én gang og slog med deres stærke haler og bragede sammen i et foruroligende vanvid af tænder og finner.

Med meget store lugtelapper i forhjernen ...

De kan lugte blod op til halvanden kilometer væk.

"Blikket lige fremad," gentog Tolland med en stærk og beroligende stemme. "Jeg er lige bag ved dig."

Rachel følte hans hænder på hofterne nu. De tvang hende fremad. Hun lukkede tomrummet under sig ude og gik hen ad løbebroen. Et sted ovenover kunne hun høre rotorerne fra helikopteren igen. Corky var allerede et godt stykke ude foran dem og slingrede hen over løbebroen i en slags sanseløs panik.

Tolland råbte til ham. "Hele vejen ud til den fjerneste stiver, Corky! Ned ad trappen!"

Rachel kunne nu se, hvor de skulle hen. Ude foran førte en række glidebaneramper nedad. I vandhøjde strakte et smalt, hyldelignende dæk sig i hele Goyas længde. Ud fra dette dæk ragede der en række små, ophængte dokker, der dannede en slags miniature-marina nede under skibet. På et stort skilt stod der:

DYKKEROMRÅDE
Svømmere kan komme til overfladen uden varsel
– Både skal sejle med forsigtighed –

Rachel måtte gå ud fra, at Michael ikke havde til hensigt at lade dem svømme. Hendes frygt blev forstærket, da Tolland standsede ved en række aflukker med trådnet langs løbebroen. Han rev dørene op, og hun så våddragter, snorkler, svømmefødder, redningsveste og harpungeværer hænge derinde. Inden hun kunne nå at protestere, rakte han ind og greb en signalpistol. "Af sted."

De kom videre.

Ude foran var Corky nået frem til gliderampen og var allerede halvvejs nede. "Jeg kan se den!" råbte han. Hans stemme lød nærmest munter over det rasende vand.

Se hvad? Det spekulerede Rachel over, mens Corky løb langs den smalle løbebro. Det eneste, hun kunne se, var et hajbefængt hav, der skød op faretruende tæt på. Tolland tvang hende fremad, og pludselig kunne Rachel se, hvad Corky var så begejstret over. Ved den anden ende af dækket nedenunder lå der en lille motorbåd fortøjet. Corky løb hen mod den.

Rachel stirrede efter ham. *Flygte fra en helikopter i en motorbåd?*

"Den har radio," sagde Tolland. "Og hvis vi kan komme langt nok væk fra helikopterens forstyrrende …"

Rachel hørte ikke mere af, hvad han sagde. Hun havde lige set noget, der fik hendes blod til at isne. "For sent," sagde hun hæst og strakte en rystende finger frem. *Vi er færdige …*

Da Tolland vendte sig om, vidste han med det samme, at det var forbi.

Som en drage, der stirrede ind i åbningen på en hule, havde den sorte helikopter sænket sig néd ved den anden ende af skibet og hang lige foran dem. Et kort øjeblik troede Tolland, at den ville til at flyve direkte mod dem midt igennem båden. Men helikopteren begyndte at dreje rundt i en vinkel for at tage sigte.

Tolland fulgte retningen af våbenløbene. *Nej!*

Corky, der sad sammenkrøbet ved siden af motorbåden og var i færd med at løsne fortøjningerne, kiggede op, netop som maskingeværerne under helikopteren brød ud i en tordenflamme. Corky faldt bagover, som om han var ramt. Han klatrede desperat op over rælingen, dykkede ned i båden og lagde sig fladt ned på bunden for at søge ly. Geværerne standsede. Tolland kunne se Corky kravle længere ind i motorbåden. Den nederste del af hans højre ben var dækket af blod. Da Corky sad sammenkrøbet under instrumentbrættet, rakte han en hånd op og famlede hen over kontrolpanelet, indtil hans fingre fandt nøglen. Bådens Mercurymotor på 250 hk startede med et brøl.

I næste øjeblik kom en laserstråle til syne. Den kom fra næsen af den svævende helikopter og sigtede på motorbåden med et missil.

Tolland reagerede instinktivt og sigtede med det eneste våben, han havde.

Signalpistolen hvislede, da han trykkede på aftrækkeren. En blændende stribe for af sted i en vandret bane under skibet og styrede direkte mod helikopteren. Selv da følte Tolland, at han havde handlet for sent. Lige da det stregformede lys var ved at ramme helikopterens forrude, udspyede raketaffyringen under helikopteren sit eget lynglimt. I det selvsamme øjeblik, hvor missilet blev affyret, svingede helikopteren skarpt til side og trak sig ud af syne for at undgå nødblusset, der var ved at ramme den.

"Pas på!" råbte Tolland og hev Rachel ned på løbebroen.

Missilet sejlede forbi, undgik lige Corky, fortsatte så i hele Goyas længde og ramte det nederste af stiveren ti meter under Rachel og Tolland.

Lyden var apokalyptisk. Vand og flammer sprøjtede op under dem. Stykker af snoet metal fløj rundt i luften og splintrede løbebroen under dem. Metal mod metal kværnede mod hinanden, da skibet forskød sig og fandt en ny balance let på skrå.

Da røgen lagde sig, kunne Tolland se, at den ene af Goyas fire hovedstivere var blevet alvorligt beskadiget. De stærke strømme fossede forbi pontonen og truede med at brække den af. Vindeltrappen, der førte ned til det underste dæk, så ud til at hænge i en tynd tråd.

"Kom nu!" råbte Tolland og puffede Rachel hen mod den. *Vi er nødt til at komme ned!*

Men de var for sent på den. Med et eftergivende knæk blev trappen skrællet af den ødelagte stiver og faldt i havet.

Oven over skibet kæmpede Delta-et med håndtagene på Kiowa-helikopteren og fik den under kontrol. Da han et øjeblik

461

var blevet blændet af flammeskæret, der kom mod ham, havde han pr. refleks trukket opad og fået Hellfire-missilet til at forfejle sit mål. Bandende svævede han nu over stævnen af skibet og forberedte sig på at dale nedad igen for at afslutte jobbet.

Eliminer alle passagerer. Lederens ordrer havde været klare.

"For pokker! Se!" råbte Delta-to fra bagsædet og pegede ud ad vinduet. "Speedbåd!"

Delta-et snurrede rundt og så en gennemhullet Crestliner-speedbåd stryge af sted væk fra Goya og ud i mørket.

Han skulle træffe en hurtig beslutning.

114

Corkys blodige hænder greb om rattet på Crestliner Phantom 2100'en, mens den hamrede hen over havet. Han gav den fuld gas og prøvede at komme op på maksimumfart. Det var ikke før nu, han mærkede den brændende smerte. Han så ned og så blodet strømme fra sit højre ben. Han blev straks svimmel.

Mens han støttede sig til rattet, vendte han sig om og så tilbage mod Goya som for at tvinge helikopteren til at følge efter ham. Med Tolland og Rachel fanget på løbebroen havde Corky ikke været i stand til at nå dem. Han havde været tvunget til at træffe en hurtig beslutning.

Del og hersk.

Corky vidste, at hvis han kunne lokke helikopteren tilstrækkelig langt væk fra Goya, kunne Tolland og Rachel måske tilkalde hjælp over radioen. Da han så sig tilbage over skulderen mod det oplyste skib, kunne han desværre se, at helikopteren stadig hang og svævede der, som om den var ubeslutsom.

Kom så, I skiderikker! Følg efter mig!

Men helikopteren fulgte ikke efter. I stedet krængede den hen over agterenden på Goya, rettede sig op, dalede ned og landede på dækket. *Nej!* Corky så til i rædsel og blev nu klar over, at han havde ladet Tolland og Rachel blive tilbage, så de blev myrdet.

Nu vidste han, at det var op til ham at tilkalde hjælp over radioen. Han famlede hen over instrumentbrættet og fandt radioen. Han trykkede på tændknappen. Der skete ingenting. Intet lys. Ingen strøm. Han drejede volumenknappen helt op. Ingenting. *Kom så!* Han slap rattet og knælede ned for at se efter. Hans ben skreg af smerte, da han bøjede sig ned. Hans øjne fokuserede på radioen. Han troede ikke sine egne øjne. Instrumentbrættet var blevet strejfet af projektiler, og radioskalaen var splintret. Løse ledninger hang ud foran. Han stirrede vantro på det.

Af alle forbandede uheld ...

Svag i knæene fik Corky rejst sig op igen og spurgte sig selv, om tingene kunne blive værre. Da han så tilbage på Goya, fik han svar. To bevæbnede soldater hoppede ud af helikopteren og ned på dækket. Så lettede helikopteren igen, drejede i retning mod Corky og kom efter ham for fuld fart.

Corky faldt sammen. *Del og hersk.* Åbenbart var han ikke den eneste, der havde fået den lyse ide i nat.

Da Delta-tre gik hen over dækket og nærmede sig gitterrampen, der førte ned under dæk, hørte han en kvinde råbe et sted under ham. Han vendte sig og gav tegn til Delta-to om, at han gik under dæk for at finde ud af det. Hans partner nikkede og blev bagved for at dække den øverste del. De to mænd kunne holde kontakt over CrypTalk'en; Kiowa'ens radioforstyrrelse holdt praktisk nok en lille båndbredde åben for deres egne kommunikationer.

Delta-tre holdt sit kortnæsede maskingevær parat i hænderne og bevægede sig stille ned ad rampen, der førte under dæk. Med den trænede morders årvågenhed sneg han sig i små ryk nedad og holdt geværet skudklart.

Hældningen gav begrænset udsyn, og Delta-tre bøjede sig ned for at se bedre. Han kunne høre råbene tydeligere nu. Han blev ved med at gå nedad. Halvvejs nede ad trappen kunne han nu skelne de mange snoede gange, der var gjort fast til undersiden af Goya. Råbene blev højere.

Så så han hende. Midtvejs over en tværgående løbebro stirrede Rachel Sexton ud over et rækværk og kaldte desperat ned mod vandet efter Michael Tolland.

Var Tolland faldet i? Måske under eksplosionen?

Hvis det var tilfældet, ville Delta-tres job blive endnu lettere end ventet. Han behøvede kun gå en lille meter længere ned for at få frit skud. Som at skyde fisk i en tønde. Hans eneste svage bekymring var, at Rachel stod tæt ved et åbent udstyrsaflukke. Det betød, at hun kunne have et våben – et harpungevær eller en hajriffel – selvom ingen af delene ville kunne måle sig med hans maskingevær. Delta-tre havde fuld tillid til, at han beherskede situationen, pegede med sit våben og tog endnu et trin nedefter. Rachel Sexton var næsten helt i syne nu. Han løftede geværet.

Endnu et trin.

Den lette bevægelse kom nede under ham, under trappen. Delta-tre var mere forvirret end forskrækket, da han kiggede ned og så Michael Tolland støde en aluminiumsstage op mod hans fødder. Selvom Delta-tre var blevet narret, lo han næsten over dette dårlige forsøg på at spænde ben for ham.

Så følte han spidsen af stokken ramme ham i hælen.

En strøm af hvidglødende smerte skød gennem hans krop, da hans højre fod eksploderede under ham ved det voldsomme anslag. Delta-tre mistede balancen, drejede rundt og tumlede ned ad trappen. Hans maskingevær klirrede ned ad rampen og faldt over bord, mens han sank sammen på løbebroen. I smerte snoede han sig rundt for at gribe om sin højre fod, men den var der ikke længere.

Tolland stod straks over sin angriber, mens han stadig holdt den rygende eksplosionsstok i hænderne – et halvanden meter langt apparat, der gik under navnet Powerhead Shark-Control. I spidsen havde aluminiumsstagen en trykfølsom, 12-kaliber geværpatron. Den var beregnet til selvforsvar i tilfælde af hajangreb. Tolland havde genladet eksplosionsstokken med en ny patron og holdt nu den takkede, rygende spids ned mod angriberens adamsæble. Manden lå som lammet på ryggen og stirrede op på Tolland med et udtryk af forbløffet raseri og smerte.

Rachel kom løbende hen ad løbebroen. Planen var, at hun skulle tage mandens maskingevær, men uheldigvis var våbnet røget ud over kanten af løbebroen og ned i havet.

Samtaleapparatet ved mandens bælte knitrede. Stemmen, der lød deri, var robotagtig. "Delta-tre? Kom ind. Jeg hørte et skud."

Manden gjorde ingen anstalter til at svare.

Apparatet knitrede igen. "Delta-tre, bekræft. Behøver du hjælp?"

Næsten omgående knitrede en ny stemme ind over forbindelsen. Den var også robotagtig, men adskilte sig ved lyden af helikopterstøj i baggrunden. "Her er Delta-et," sagde piloten. "Jeg er på jagt efter det flygtende fartøj. Delta-tre, bekræft. Behøver du hjælp?"

Tolland pressede eksplosionsstokken mod mandens strube. "Fortæl helikopteren, at han skal holde sig fra den speedbåd. Hvis de myrder min ven, dør du."

Soldaten vred sig af smerte, da han løftede samtaleapparatet op til sine læber. Han så direkte på Tolland, da han trykkede på knappen og talte. "Delta-tre her. Jeg er okay. Ødelæg det flygtende fartøj."

115

Gabrielle Ashe gik tilbage til Sextons private toilet og skulle til at klatre væk fra hans kontor igen. Hun følte sig nervøs efter Sextons opkald. Han havde helt afgjort lydt tøvende, da hun fortalte ham, at hun var på sit kontor – som om han vidste, at hun løj. Under alle omstændigheder var det ikke lykkedes for hende at få adgang til Sextons computer, og nu var hun usikker på sit næste træk.

Sexton venter.

Da hun klatrede op på håndvasken og skulle til at trække sig selv op, hørte hun noget rasle ned på flisegulvet. Hun kiggede ned og blev irriteret over at se, at hun havde sparket et par af Sextons manchetknapper ned, som åbenbart var blevet lagt på kanten af vasken.

Efterlad tingene, nøjagtig som du fandt dem.

Gabrielle klatrede ned igen, samlede manchetknapperne op og lagde dem tilbage på vasken. Da hun begyndte at klatre op igen, tøvede hun et øjeblik og kiggede igen på manchetknapperne. På en hvilken som helst anden nat ville Gabrielle ikke have lagt mærke til dem, men i nat fangede deres monogram hendes opmærksomhed. Som de fleste andre af Sextons genstande med monogram havde manchetknapperne to sammenflettede bogstaver. SS. Gabrielle tænkte tilbage på Sextons første computer-kodeord – SSS. Hun så hans kalender for sig ... PAFS ... og skærmbaggrunden med Det Hvide Hus med den optimistiske navnestrimmel, der kravlede rundt på skærmen i det uendelige.

Præsident for Amerikas Forenede Stater Sedgewick Sexton ... Præsident for Amerikas Forenede Stater Sedgewick Sexton... Præsident for Amerikas ...

Gabrielle stod et øjeblik og spekulerede. *Kunne han være så selvsikker?*

Hun vidste, at det kun ville tage et øjeblik at finde ud af

det, så hun skyndte sig tilbage til Sextons kontor, gik hen til hans computer og indtastede et kodeord på seks bogstaver.

PAFSSS

Skærmbaggrunden forsvandt straks.

Hun stirrede vantro.

Undervurder aldrig en politikers ego.

116

Corky Marlinson stod ikke længere ved rattet på Crestliner Phantom'en, mens den ræsede af sted i natten. Han vidste, at båden ville bevæge sig i en lige linje med eller uden ham ved rattet. *Inertiens lov.*

Corky sad bag i den hoppende båd og prøvede at vurdere skaden på sit ben. Et projektil var trængt ind i den forreste del af læggen lige forbi skinnebenet. Der var ikke noget udgangssår på bagsiden af læggen, så han vidste, at projektilet stadig måtte være inde i benet. Han rodede rundt for at finde noget til at standse blødningen med, men fandt intet – nogle svømmefødder, en snorkel og et par redningsveste. Ingen førstehjælpskasse. Desperat åbnede Corky en lille værktøjskasse og fandt noget værktøj, klude, gaffertape, olie og andet reparationsudstyr. Han så på sit blodige ben og spekulerede på, hvor langt han skulle sejle for at være ude af hajområdet.

Allerhelvedes meget længere end det her.

Delta-et holdt Kiowa-helikopteren lavt nede over havet, mens han afsøgte mørket for Crestliner'en. Han gik ud fra, at den flygtende båd ville styre mod kysten og forsøge at lægge så meget afstand som muligt til Goya, og Delta-et havde derfor fulgt Crestliner'ens oprindelige bane væk fra Goya.

Jeg burde have overhalet ham allerede.

Normalt ville det være en enkel sag at spore den flygtende båd ved at bruge radaren, men med Kiowa'ens "jamming"-system, der spredte en paraply af varmestøj over flere kilometer, var hans radar værdiløs. Og han kunne ikke afbryde "jamming"-systemet, før han fik besked om, at alle om bord på Goya var døde. Der ville ikke komme noget nødopkald fra Goyas telefon i nat.

Hemmeligheden om meteoritten dør. Lige her. Lige nu.

Heldigvis havde Delta-et andre metoder til at spore på. Selv mod denne besynderlige baggrund af det opvarmede hav var det enkelt at finde en motorbåds varmeaftryk med stor nøjagtighed. Han slog termoscanneren til. Havet rundt om ham blev registreret til femogtredive grader celcius. Heldigvis var udstødningen fra en 250 hk udenbordsmotor i fuld fart flere hundrede grader varmere.

Corky Marlinsons ben og fod var følelsesløse.

Da han ikke vidste, hvad han ellers skulle gøre, havde han tørret sin sårede læg af med en klud og bundet såret ind med lag efter lag af gaffertape. Da tapen slap op, var hele hans læg dækket af et tæt sølvrør fra anklen til knæet. Blødningen var stoppet, men hans tøj og hænder var stadig dækket af blod.

Corky sad på dørken af den flygtende Crestliner og undrede sig over, at helikopteren endnu ikke havde fundet ham. Han kiggede ud og afsøgte horisonten bag sig. Han forventede at se Goya i det fjerne og helikopteren komme imod sig. Besynderligt nok så han ingen af dem. Lysene på Goya var forsvundet. Så langt var han da ikke kommet, vel?

Corky følte pludselig håb om, at han måske kunne undvige. Måske var han forsvundet for dem i mørket. Måske kunne han komme ind til kysten!

Netop da bemærkede han, at kølvandet efter hans båd ikke var lige. Det så ud til dreje i et sving gradvis væk bag efter båden, som om han sejlede i en bue i stedet for en lige linje.

Det gjorde ham forvirret, og han drejede hovedet for at følge kølvandsbuen, der trak et stort sving hen over havet. Et øjeblik efter så han den.

Goya var direkte på hans bagbordsside mindre end en halv sømil væk. Med rædsel indså Corky for sent sin fejltagelse. Uden nogen ved rattet havde Crestliner'ens bov hele tiden rettet sig ind efter retningen af den stærke strøm – megaplumens cirklende vandstrøm. *Jeg sejler rundt i en stor, forpulet cirkel!*

Han havde fulgt sit eget spor.

Han vidste, at han stadig var inde i den hajfyldte megaplume, og han huskede Tollands ubarmhjertige ord. *Med meget store lugtelapper i forhjernen ... hammerhajer kan lugte en lille bloddråbe op til halvanden kilometer væk.* Corky så på sit ben i gaffertapen og sine blodige hænder.

Helikopteren ville snart være over ham.

Corky flåede sit blodige tøj af og kravlede nøgen hen til hækken. Han vidste, at ingen hajer ville kunne holde trit med båden, så han skyllede sig så ren, han kunne, i den stærke trykbølge i kølvandet.

En enkelt, lille bloddråbe ...

Corky rejste sig op i nattevinden. Han vidste, at han kun manglede at gøre en enkelt ting. Han havde engang hørt, at dyr afmærker deres territorium med urin, fordi urinsyre var den kraftigst lugtende væske, kroppen kunne producere.

Kraftigere end blod, håbede han. Corky ønskede, at han havde drukket noget mere øl i nat, løftede sit beskadigede ben op på rælingen og forsøgte at tisse på gaffertapen. *Kom nu!* Han ventede. *Der er ikke noget som at blive presset til at pisse på sig selv, mens man bliver jagtet af en helikopter.*

Omsider kom det. Corky tissede over alt på gaffertapen og gennemblødte det fuldstændigt. Han brugte den smule, der var tilbage i blæren, til at gennembløde en stor klud, som han derefter svabrede hen over hele kroppen. *Meget behageligt.*

I den mørke himmel ovenover kom en rød laserstråle til syne ned mod ham som det skinnende blad på en stor guillotine. Helikopteren kom ud fra en skrå vinkel. Piloten var åbenbart blevet forvirret over, at Corky var cirklet tilbage mod Goya.

Hurtigt tog Corky redningsvesten på og flyttede sig hen til agterenden af fartøjet, der ræsede af sted. På bådens blodplettede dørk, kun halvanden meter fra, hvor Corky stod, kom en glødende, rød plet til syne.

Tiden var inde.

Om bord på Goya så Michael Tolland ikke sin Crestliner Phantom 2100 bryde ud i flammer og tumle gennem luften i en vejrmølle af ild og røg.

Men han hørte eksplosionen.

117

Vestfløjen var usædvanlig stille på denne tid af natten, men præsidentens uventede tilsynekomst i badekåbe og slippers havde fået hjælperne og dem, der havde nattevagt, ud af deres drømmesenge og sovekvarterer.

"Jeg kan ikke finde hende, mr. præsident," sagde en ung hjælper og skyndte sig efter ham ind i Det Ovale Værelse. Han havde ledt overalt. "Ms. Tench svarer hverken på sin personsøger eller mobiltelefon."

Præsidenten så irriteret ud. "Har De set efter i ..."

"Hun har forladt bygningen, sir," sagde en anden hjælper, der kom styrtende ind. "Hun udskrev sig for cirka en time siden. Vi tror, at hun måske er taget over til NRO. En af telefondamerne sagde, at hun og Pickering har talt sammen i nat."

"*William* Pickering?" Præsidenten lød desorienteret. Tench og Pickering var alt andet end venner. "Har De ringet til ham?"

"Han svarer heller ikke, sir. Omstillingsbordet i NRO kan

ikke få fat i ham. De siger, at Pickerings mobiltelefon ikke så meget som ringer. Det er, som om han er forsvundet fra Jordens overflade."

Herney stirrede på sine assistenter en stund og gik så hen til baren og skænkede sig en bourbon. Da han løftede glasset til munden, kom en mand fra efterretningstjenesten farende ind.

"Mr. præsident? Jeg ville ikke vække Dem, men De bør være klar over, at der har været en bilbombe ved Roosevelt-mindesmærket i nat."

"Hvad!" Herney tabte næsten sin drink. "Hvornår?"

"For en time siden." Hans ansigt var dystert. "Og FBI har lige identificeret ofret ..."

118

Delta-tres fod skreg af smerte. Han følte, at han gled ind i en plumret bevidsthed. *Er det døden?* Han forsøgte at bevæge sig, men følte sig lammet og knap nok i stand til at trække vejret. Han så kun udviskede former. Hans hukommelse spolede tilbage og genkaldte sig eksplosionen af Crestliner'en til søs. Han så raseriet i Michael Tollands øjne, da havforskeren stod over ham og holdt eksplosionsstokken mod hans strube.

Tolland har med garanti slået mig ihjel ...

Og alligevel fortalte den sydende smerte i Delta-tres højre fod ham, at han så sandelig var i live. Langsomt vendte det tilbage. Da Tolland hørte eksplosionen i Crestliner'en, havde han udstødt et råb af forpint raseri over sin mistede ven. Så vendte han sine vilde øjne mod Delta-tre og havde krummet sig sammen, som om han skulle til at hamre stokken ned mod Delta-tres strube. Men han lod til at tøve, som om hans egen moral holdt ham tilbage. Med brutal frustration og raseri smed Tolland stokken fra sig og stampede med sin støvle ned på Delta-tres søndersprængte fod.

Det sidste, Delta-tre huskede, var, at han kastede op af smerte, mens hele hans verden forsvandt i et sort delirium. Nu kom han til sig selv uden nogen anelse om, hvor længe han havde været bevidstløs. Han kunne mærke, at hans arme var bundet bag ryggen med en knude så stram, at den kun kunne være knyttet af en sømand. Hans ben var også bundet, bøjet om bag ham, bundet til hans håndled og havde efterladt ham ubevægelig i en bagoverbøjet bue. Han forsøgte at råbe, men der kom ikke en lyd. Hans mund var stoppet til med noget.

Delta-tre kunne ikke forestille sig, hvad der foregik. Så følte han pludselig den kølige brise og så det klare lys. Han blev klar over, at han var oppe på Goyas hoveddæk. Han snoede sig for at lede efter hjælp og blev mødt af et frygteligt syn, sit eget spejlbillede – halvkugleformet og misdannet i den reflekterende plexiglasboble på Goyas dybvandsubåd. Ubåden hang lige foran ham, og Delta-tre blev klar over, at han lå på en stor faldlem på dækket. Det var ikke nær så foruroligende som det mest indlysende spørgsmål.

Hvis jeg er på dækket ... hvor er så Delta-to?

Delta-to var blevet urolig.

På trods af partnerens CrypTalk-transmission, der påstod, at han havde det fint, havde det enlige skud ikke været fra et maskingevær. Åbenbart havde Tolland eller Rachel Sexton affyret et våben. Delta-to gik over for at se ned ad rampen, som hans partner var gået ned ad, og han så blod.

Med løftet våben gik han under dæk, hvor han fulgte blodsporet langs en løbebro til skibets stævn. Her havde blodsporet ført ham tilbage og op ad en anden rampe til hoveddækket. Det lå øde hen. Med stigende vagtsomhed havde Delta-to fulgt det blodrøde spor langs dækket på siden tilbage til skibets agterende, hvor det passerede åbningen til den rampe, han oprindelig var kommet ned ad.

Hvad i helvede foregår der? Sporet så ud til at gå rundt i en stor cirkel.

Delta-to bevægede sig forsigtigt med sit skydevåben rettet fremad og gik forbi indgangen til skibets laboratorieafdeling. Sporet fortsatte hen mod agterdækket. Forsigtigt kom han ud i det fri og rundede hjørnet. Hans øjne fulgte sporet.

Så så han det.

Gudfader bevares!

Der lå Delta-tre – bundet og kneblet – smidt uden videre direkte ned foran Goyas lille ubåd. Selv på afstand kunne Delta-to se, at hans partner manglede en stor del af sin højre fod.

På vagt for en fælde løftede Delta-to sit våben og gik fremad. Delta-tre vred sig nu og prøvede at tale. Ironisk nok reddede den måde, han var blevet bundet på – med knæet bøjet skarpt bagom – sandsynligvis hans liv; blødningen i hans fod lod til at være aftaget.

Da Delta-to nærmede sig ubåden, værdsatte han den sjældne luksus at være i stand til at dække sin egen ryg; hele dækket på skibet blev genspejlet i ubådens afrundede cockpitkuppel. Delta-to kom hen til sin kæmpende partner. Han så advarslen i hans øjne for sent.

Sølvglimtet kom ud af det tomme intet.

En af Triton'ens styrbare kløer sprang pludselig frem og slog ned på Delta-tos venstre lår med knusende kraft. Han forsøgte at trække sig væk, men kloen holdt fast. Han skreg af smerte og mærkede en knogle brække. Hans blik fløj over mod ubådens cockpit. Han stirrede ind gennem genspejlingen af dækket, og nu kunne Delta-to se ham forskanset i skyggen af Triton'ens indre.

Michael Tolland sad inde i ubåden ved kontrolbordet.

Dårlig ide, kogte det i Delta-to. Han lukkede sin smerte ude og satte maskingeværet til skulderen. Han sigtede op og til venstre på Tollands brystkasse kun en meter væk på den anden side af ubådens plexiglaskuppel. Han trykkede på aftrækkeren, og geværet drønede. Delta-to var vild af raseri over at være blevet narret og holdt aftrækkeren i bund, indtil det sidste af hans patronhylstre faldt ned på dækket, og det tømte gevær klikkede. Åndeløs smed han geværet fra sig og gloede på den splintrede kuppel foran sig.

"Død!" hvæsede soldaten og anstrengte sig for at trække sit ben fri af kloen. Da han vred sig rundt, sønderrev metalkloen hans hud og åbnede et gabende sår. "Lort!" Han rakte nu efter sin CrypTalk i bæltet. Men da han løftede den op mod munden, åbnede en anden robotagtig arm sig, sprang fremad og lukkede sig om hans højre arm. CrypTalk'en faldt ned på dækket.

I det øjeblik så Delta-to genfærdet i vinduet foran sig. Et blegt ansigt lænede sig sidelæns og stirrede ud gennem en uskadt glasside. Forbløffet så Delta-to på midten af kuplen og blev klar over, at kuglerne end ikke var kommet i nærheden af at gennembryde den tykke skal. Kuplen var arret af små fordybninger.

Et øjeblik senere blev toplugen på ubåden åbnet, og Michael Tolland dukkede op. Han så rystet, men uskadt ud. Tolland klatrede ned ad aluminiumstrappen og beså ubådens kuppelvindue.

"600 atmosfæres tryk," sagde Tolland. "Det lader til, at du har brug for en større kanon."

Inde i hydrolaboratoriet vidste Rachel, at tiden var ved at løbe ud. Hun havde hørt geværskuddene ude på dækket og bad til, at alt var foregået nøjagtig, som Tolland havde planlagt det. Hun bekymrede sig ikke længere om, hvem der stod bag meteorit-bedrageriet – NASA-chefen, Marjorie Tench eller præsidenten selv – intet af det spillede længere nogen rolle.

De skal ikke slippe af sted med det her. Hvem det så end er, skal sandheden komme frem.

Såret på Rachels arm var holdt op med at bløde, og adrenalinet, der strømmede gennem hendes krop, havde dæmpet smerten og skærpet hendes fokusering. Hun fandt pen og papir og kradsede en besked på to linjer ned. Ordene var klodsede og besynderlige, men veltalenhed var ikke en luksus, hun havde tid til lige nu. Hun tilføjede denne notits til stakken af papirer, hun holdt i hånden – jordradar-printet, billeder af *Bathynomus giganteus*, fotos og artikler angående havchondruler og et elektronisk mikroscanprint. Meteoritten var falsk, og dette var beviset.

Rachel lagde hele stakken i hydrolaboratoriets faxmaskine. Hun kendte kun nogle få faxnumre udenad, så hun havde et begrænset valg, men hun havde allerede besluttet sig for, hvem der skulle modtage disse sider og hendes notits. Hun holdt vejret, og så indtastede hun omhyggeligt personens faxnummer.

Hun trykkede på "send" og bad til, at hun havde truffet et klogt valg med denne modtager.

Faxmaskinen bippede.

FEJL: INGEN RINGETONE

Det havde Rachel ventet. Goyas forbindelser blev stadigvæk forstyrret. Hun stod og ventede og så på maskinen. Hun håbede, den fungerede som den, hun havde derhjemme.

Kom så!

Efter fem sekunder bippede maskinen igen.

KALDER OP IGEN ...

Ja! Rachel så, at maskinen blev ved med den samme endeløse gentagelse.

FEJL: INGEN RINGETONE

KALDER OP IGEN ...

FEJL: INGEN RINGETONE

KALDER OP IGEN ...

Rachel overlod faxmaskinen til selv at søge efter en ringetone og styrtede ud fra hydrolaboratoriet, netop som helikopterrotorerne kom tordnende ind ovenover.

119

Tre hundrede kilometer væk fra Goya sad Gabrielle Ashe og kiggede på senator Sextons computerskærm i stum forbavselse. Hendes mistanker havde været rigtige.

Men hun havde ikke forestillet sig hvor rigtige.

Hun så på de digitale indscanninger af snesevis af bankchecks, der var udskrevet til Sexton fra private rumselskaber og deponeret på konti uden navn, men kun med nummer, på Cayman Islands. Den mindste check, Gabrielle så, var på femten tusind dollars. Der var flere, der var på langt over en halv million dollars.

Småting, havde Sexton sagt til hende. *Alle donationerne er under grænsen på to tusind dollars.*

Åbenbart havde Sexton løjet hele vejen igennem. Gabrielle sad nu og så på en ulovlig kampagnefinansiering af et enormt omfang. En smerte over bedrageriet og en dyb desillusionering satte sig dybt i hendes hjerte. Han havde løjet.

Hun følte sig dum. Hun følte sig snavset. Men mest af alt følte hun sig vred.

Gabrielle sad alene i mørket og var klar over, at hun ikke havde nogen anelse om, hvad hun nu skulle gøre.

120

Delta-et kiggede ned på Goya, da Kiowa'en krængede ind over agterdækket. Hans blik blev fanget af et højst uventet syn.

Michael Tolland stod på dækket ved siden af en lille ubåd. I ubådens robot-arme dinglede Delta-to og kæmpede forgæves for at befri sig fra to enorme kløer.

Hvad i himlens navn!?

Et lige så chokerende billede var Rachel Sexton, der lige var kommet ud på dækket og indtog sin position over en bundet og blødende mand, der lå ved enden af ubåden. Manden kunne kun være Delta-tre. Rachel holdt et af Deltastyrkens maskingeværer rettet mod ham og stirrede op på helikopteren, som om hun ville udfordre den til at angribe.

Delta-et følte sig et øjeblik helt desorienteret. Han kunne ikke fatte, hvordan det her kunne være sket. Deltastyrkens fejl på isshelfen havde været en sjælden, men forklarlig tildragelse. Men det her var utænkeligt.

Delta-ets ydmygelse ville have været uudholdelig under normale omstændigheder. Men i nat blev hans skam forstørret ved, at der var et andet menneske, der fløj sammen med ham i helikopteren, en person, hvis tilstedeværelse her var højst ukonventionel.

Lederen.

Efter Deltastyrkens likvidering ved Roosevelt-mindesmærket havde lederen beordret Delta-et til at flyve til en øde, offentlig park ikke langt fra Det Hvide Hus. På lederens ordre var Delta-et landet på en græsklædt, lille høj blandt nogle træer, netop som lederen, der havde parkeret i nærheden, kom ud fra mørket og entrede Kiowa'en. De var alle på vej igen i løbet af nogle få sekunder.

Skønt det var sjældent, at en leder blandede sig direkte i missionsopgaver, kunne Delta-et dårligt beklage sig. Lederen var presset af den måde, Deltastyrken havde håndteret mordene på Milne-isshelfen på, og frygtede, at der ville komme øget mistanke og granskning fra flere sider, og havde derfor oplyst Delta-et om, at den afsluttende fase af operationen ville blive overvåget personligt.

Nu var lederen med som en anden praktikant og overværede personligt en fejl, hvis lige Delta-et aldrig tidligere havde været ude for.

Det her må have en ende. Nu.

Fra Kiowa'en kiggede lederen ned på Goyas dæk og spekulerede på, hvordan i alverden det her dog kunne være sket. Der var ikke noget, der var gået godt – mistankerne om meteoritten, de fejlslagne Deltadrab på isshelfen, mordet på en højtstående embedsmand ved Roosevelt-mindesmærket.

"Leder," stammede Delta-et med et tonefald, der afspejlede hans forbløffede skamfølelse, da han så situationen på Goyas dæk. "Jeg kan ikke forestille mig ..."

Det kan jeg heller ikke, tænkte lederen. Det var åbenlyst, at deres bytte var blevet groft undervurderet.

Lederen så ned på Rachel Sexton, som stirrede udtryksløst op på helikopterens reflekterende forrude og løftede et Cryp-Talk-apparat op til munden. Da hendes syntetiske stemme knitrede inde i Kiowa'en, forventede lederen, at hun ville bede helikopteren forsvinde eller slukke for "jamming"-systemet, så Tolland kunne tilkalde hjælp. Men de ord, der kom fra Rachel, var langt mere isnende.

"I kommer for sent," sagde hun. "Vi er ikke de eneste, der ved besked."

Ordene gav genlyd et øjeblik inde i helikopteren. Skønt påstanden lød temmelig søgt, blev lederen betænkelig ved, at der måske kunne være blot den svageste mulighed for, at Rachel talte sandt. Skulle hele sagen få et heldigt udfald, krævede det, at alle, der kendte sandheden, blev elimineret. Med det blodige omfang, sagen nu havde udviklet sig til, var lederen nødt til at være sikker på, at det her var afslutningen.

Der er andre, der ved det ...

Når man vidste, at Rachel Sexton havde ry for strengt at følge reglerne for klassificerede data, fandt lederen det svært at tro på, at hun skulle have besluttet at dele dem med en ekstern kilde.

Rachel kom på CrypTalk'en igen. "Forsvind, og så skåner vi jeres mænd. Kom bare lidt nærmere, og de dør. På den ene eller den anden måde kommer sandheden frem. Pådrag jer ikke flere tab. Træk jer tilbage."

"Du bluffer," sagde lederen, der vidste, at Rachel Sexton hørte en androgyn, robotagtig stemme. "Du har ikke fortalt det til nogen."

"Er du parat til at tage chancen?" fyrede Rachel igen. "Jeg kunne ikke komme igennem til William Pickering tidligere, så jeg så spøgelser og tegnede en anden forsikring."

Lederen rynkede brynene. Det lød plausibelt.

"Den køber de ikke," sagde Rachel og så på Tolland.

Soldaten i ubådskløerne sendte hende et forpint, tilfreds smil. "Jeres gevær er tomt, og helikopteren sprænger jer i stumper og stykker. I dør begge to. Jeres eneste håb er at lade os gå."

Nej, fandeme nej, tænkte Rachel og prøvede at beregne deres næste træk. Hun så på den bundne og kneblede mand, der lå ved hendes fødder direkte foran ubåden. Han så ud til at være omtåget af blodtabet. Hun knælede ned ved siden af ham og så ind i mandens hårde øjne. "Jeg vil nu fjerne din knebel og holde CrypTalk'en; du skal overbevise helikopteren om, at den skal forsvinde. Er det klart?"

Manden nikkede alvorligt.

Rachel fjernede mandens knebel. Soldaten sendte en ladning blodigt spyt op i ansigtet på Rachel.

"Din luder," hvæsede han og hostede. "Jeg vil se på, at du dør. De vil dræbe dig som et svin, og jeg vil nyde hvert minut."

Rachel tørrede det varme spyt af ansigtet, da hun mærkede Tollands hænder løfte hende væk, trække hende baglæns og støtte hende, mens han tog maskingeværet. Hun kunne mærke på hans rystende krop, at noget inde i ham var bristet. Tolland gik over til et kontrolpanel få meter borte, lagde hånden på et håndtag og så lige ind i øjnene på manden, der lå på dækket.

"Det var anden gang," sagde Tolland. "Og på mit skib er det alt, hvad du får."

Med et beslutsomt raseri hev Tolland ned i håndtaget. En stor faldlem i dækket under Triton'en faldt ned som bunden i en galge. Den bundne soldat udstødte et kort hyl af angst og forsvandt så, da han dumpede ned gennem hullet. Han faldt de ti meter ned til havet nedenunder. Pletten blev blodrød. Hajerne var over ham med det samme.

Fra Kiowa'en så lederen ned på det, der var tilbage af Deltatres krop, som flød ud under skibet i den stærke strøm, og rystede af raseri. Det oplyste vand var lyserødt. Adskillige fisk sloges om noget, der lignede en arm.

I guder.

Lederen så tilbage på dækket. Delta-to hang stadig i Triton'ens kløer, men nu hang ubåden over et gabende hul i dækket. Hans fødder dinglede over det tomme rum. Det eneste, Tolland behøvede at gøre, var at løsne kløerne, og Delta-to ville være den næste.

"Okay," bjæffede lederen ind i CrypTalk'en. "Stop. Vent lige lidt!"

Rachel stod nedenunder på dækket og stirrede op på Kiowa'en. "Tror I stadig, at vi bluffer?" spurgte hun. "Ring til telefonomstillingen i NRO. Spørg efter Jim Samiljan. Han er på natholdet i Planlægnings- og Analyseafdelingen. Jeg har har fortalt ham alt om meteoritten. Det vil han bekræfte."

Giver hun mig et navn? Det varslede ikke godt. Rachel Sexton var ikke noget fjols, og hvis det her var et bluffnummer, kunne lederen efterprøve det på få sekunder. Lederen kendte ganske vist ikke til nogen i NRO, der hed Jim Samiljan, men det var en enormt stor organisation, så det var meget muligt, at Rachel talte sandt. Før lederen gav ordre til den endelige likvidering, måtte det bekræftes, at dette var bluff – eller ikke.

Delta-et så sig tilbage over skulderen. "Skal jeg slå jammeren fra, så De kan kalde op og tjekke det?"

Lederen kiggede ned på Rachel og Tolland, der begge var fuldt synlige. Hvis nogen af dem gjorde en bevægelse for at få fat i en mobiltelefon eller radio, vidste lederen, at Delta-et altid kunne slå jammeren til igen og afbryde dem. Risikoen var minimal.

"Slå jammeren fra," sagde lederen og trak en mobiltelefon frem. "Jeg får bekræftet, at Rachel lyver. Så finder vi ud af, hvordan vi får fat i Delta-to og får afsluttet det her."

I Fairfax var telefonisten ved NRO's omstillingsbord ved at blive utålmodig. "Som jeg lige har sagt, så kan jeg ikke finde nogen Jim Samiljan i Planlægnings- og Analyseafdelingen." Personen i den anden ende blev ved. "Har De forsøgt andre stavemåder? Har De prøvet andre afdelinger?"

Telefonisten havde allerede set efter, men hun tjekkede det igen. Efter nogle sekunder sagde hun: "Vi har ikke nogen Jim Samiljan i vores stab. Ligegyldigt hvordan man staver det."

Det lød til, at den, der ringede op, blev underligt tilfreds over at høre det. "Så De er sikker på, at NRO ikke har en ansat, der hedder Jim Samil ..."

Et pludseligt virvar af aktivitet brød ud på linjen. Der var nogen, der råbte. Personen i den anden ende bandede højt og lagde prompte på.

Om bord i Kiowa'en hylede Delta-et af raseri, da han skyndte sig at reaktivere "jamming"-systemet. Han havde opdaget det for sent. I den store række af oplyste kontrolpaneler i cockpittet angav en lille LED-måler, at et SATCOM-datasignal var ved at blive afsendt fra Goya. *Men hvordan? Der var jo ingen, der havde forladt dækket!* Før Delta-et kunne slå jammeren til igen, sluttede forbindelsen fra Goya af sig selv.

Inde i hydrolaboratoriet bippede faxmaskinen tilfreds.

MODTAGER FUNDET … FAX AFSENDT

121

Dræb eller bliv dræbt. Rachel havde opdaget en side af sig selv, som hun ikke vidste eksisterede. Kampen for at overleve – en vild livskraft, der blev styrket af frygt.

"Hvad var der i den afsendte fax?" spurgte stemmen i Cryp-Talk'en.

Rachel var lettet over at høre en bekræftelse på, at faxen var afsendt som planlagt. "Forlad området," befalede hun over CrypTalk'en og kiggede op på den svævende helikopter. "Det er slut. Jeres hemmelighed er ude." Rachel oplyste deres angribere om alle de oplysninger, hun lige havde sendt. En håndfuld billeder og tekst. Uomstødelige beviser på, at meteoritten var fup. "Hvis I skader os, vil det kun gøre jeres situation værre."

Der var en tung pause. "Hvem har du sendt faxen til?"

Det spørgsmål havde Rachel ikke til hensigt at svare på. Hun og Tolland var nødt til at købe sig så meget tid som muligt. De havde stillet sig ved siden af åbningen i dækket lige ved Triton'en, så helikopteren ikke kunne skyde uden at ramme soldaten, der hang og dinglede i ubådens kløer.

"William Pickering," gættede stemmen og lød mærkelig håbefuld. "Du har faxet til Pickering."

Forkert, tænkte Rachel. Pickering ville have været hendes første valg, men hun var blevet tvunget til at vælge en anden af frygt for, at hendes angribere allerede havde elimineret Pickering – et træk så dristigt, at det ville være et isnende vidnesbyrd om, hvor fast besluttet hendes fjende var. I et øjeblik, hvor hun skulle træffe en desperat afgørelse, havde Rachel faxet oplysningerne til det eneste faxnummer, hun kunne udenad.

Hendes fars kontor.

Senator Sextons kontor-faxnummer var blevet pinagtigt indprentet i Rachels hukommelse efter hendes mors død, hvor hendes far havde valgt at afgøre mange af detaljerne om dødsboet uden at drøfte dem med Rachel personligt. Rachel havde aldrig forestillet sig, at hun ville vende sig til sin far i nødens stund, men i nat havde han to væsentlige egenskaber – alle de korrekte, politiske begrundelser til at slippe oplysningerne om meteoritten løs uden tøven og i besiddelse af tilstrækkelig slagkraft til at ringe til Det Hvide Hus og presse dem til at tilbagekalde dette dræberhold.

Selvom hendes far med garanti ikke var på sit kontor på denne tid af natten, vidste Rachel, at han holdt sit kontor aflåst som en bankboks. Rachel havde faktisk faxet oplysningerne til en boks med tidsindstilling. Selvom angriberne vidste, hvor hun havde sendt dem hen, var der ikke mange chancer for, at de kunne slippe gennem den strenge sikkerhedskontrol i Philip A. Hart-senatskontorbygningen og bryde ind på en senators kontor, uden at der var nogen, der bemærkede det.

”Hvem du så end har sendt den fax til,” sagde stemmen fra oven, ”så har du bragt den person i fare.”

Rachel vidste, at hun var nødt til at tale, som om det var hende, der havde overtaget, uanset at hun var bange. Hun pegede på soldaten, der hang fanget i Tritons kløer. Hans ben dinglede ud over afgrunden, og blodet dryppede ti meter ned i havet. ”Den eneste, der er i fare her, er jeres agent,” sagde hun ind i CrypTalk’en. ”Det er slut. Træk jer tilbage. Oplysningerne er sendt. I har tabt. Forlad området, eller manden her dør.”

Stemmen på CrypTalk’en prøvede igen: ”Ms. Sexton, du forstår ikke …”

”Forstår?” eksploderede Rachel. ”Jeg forstår, at I har myrdet uskyldige mennesker! Jeg forstår, at I har løjet om meteoritten! Og jeg forstår, at det her slipper I ikke godt fra. Selvom I slår os alle sammen ihjel, så er det slut nu!"

Der blev en lang pause. Omsider sagde stemmen: "Jeg kommer ned."

Rachel følte sine muskler stivne. *Kommer ned?*

"Jeg er ubevæbnet," sagde stemmen. "Gør ikke noget overilet. Du og jeg er nødt til at tale ansigt til ansigt."

Før Rachel kunne nå at reagere, sænkede helikopteren sig ned på Goyas dæk. Passagerdøren gik op, og en skikkelse trådte ud. Han var en helt almindelig mand i sort jakkesæt og slips. Et øjeblik stod Rachels hjerne helt stille.

Hun stod og stirrede på William Pickering.

William Pickering stod på dækket af Goya og så beklagende på Rachel Sexton. Han havde aldrig forestillet sig, at det skulle komme så vidt. Da han gik hen mod hende, kunne han se den farlige kombination af følelser i sin medarbejders øjne.

Chok, forræderi, forvirring og raseri.

Alt sammen forståeligt, tænkte han. *Der er så meget, hun ikke forstår.*

Et kort øjeblik tænkte Pickering tilbage på sin datter, Diana, og spekulerede på, hvilke følelser hun havde haft, før hun døde. Både Diana og Rachel var ofre for den samme krig, en krig, som Pickering havde svoret at bekæmpe. Somme tider kunne tabene være så grusomme.

"Rachel," sagde Pickering. "Vi kan stadigvæk finde ud af det her. Der er så meget, jeg er nødt til at forklare."

Rachel så forfærdet ud, havde nærmest kvalme. Tolland havde maskingeværet nu og sigtede mod Pickerings bryst. Han så også forvirret ud.

"Stop der!" råbte Tolland.

Pickering stoppede fem meter væk og koncentrerede sig

om Rachel. "Deres far modtager bestikkelser, Rachel. Betalinger fra private rumselskaber. Han har planer om at nedlægge NASA og åbne rummet for den private sektor. Han måtte standses, det var et spørgsmål om nationens sikkerhed."

Rachels ansigtsudtryk var helt tomt.

Pickering sukkede. "Trods alle deres fejl er det vigtigt, at NASA forbliver en enhed under regeringen." *Hun må da kunne forstå farerne.* En privatisering ville få NASA's bedste hjerner og ideer til at strømme over i den private sektor. Regeringens hjernetrust ville gå i opløsning. Militæret ville miste indsigt. Private rumselskaber, der kun var ude på at rejse kapital, ville begynde at sælge NASA's patenter og ideer til de højstbydende verden over!

Rachels stemme skælvede. "Så De forfalskede meteoritten og myrdede uskyldige mennesker ... i den nationale sikkerheds navn?"

"Det har aldrig været planen, at det skulle gå sådan," sagde Pickering. "Planen var at redde et vigtigt regeringsagentur. Ikke at myrde nogen."

Pickering vidste, at meteoritbedrageriet havde været et resultat af frygt, som det var tilfældet med de fleste forslag fra efterretningsvæsenet. Under en bestræbelse på at udvide NRO's hydrofoner til dybere vande, hvor de ikke kunne røres af fjendtlige sabotører, havde Pickering for tre år siden stået i spidsen for et program, der benyttede et bygningsmateriale, som NASA lige havde opfundet, til i al hemmelighed at udvikle en forbløffende holdbar ubåd, der var i stand til at fragte mennesker ned til de dybeste områder af havet – inklusive bunden af Marianergraven.

Denne tomands-ubåd, der var fremstillet af et revolutionerende, keramisk stof, var konstrueret ud fra tegninger, der var hacket fra en californisk ingeniørs computer, en Graham Hawkes, der var en genial ubådskonstruktør, hvis livsdrøm var at bygge en ultradybvands-ubåd, som han kaldte Deep Flight II. Hawkes havde besvær med at skaffe midler til at bygge en prototype. Pickering havde derimod et ubegrænset budget.

Ved at bruge den tophemmelige, keramiske ubåd sendte Pickering et hemmeligt hold ned under vandet for at fastgøre nye hydrofoner til væggene i Marianergraven, dybere end nogen fjende på nogen måde kunne se. Under boringsprocessen opdagede de imidlertid nogle geologiske strukturer, der ikke lignede noget andet, forskerne hidtil havde kendt til. Disse opdagelser bestod blandt andet af chondruler og fossiler af forskellige, ukendte arter. Fordi NRO's evne til at dykke så dybt var klassificeret, kunne ingen af disse oplysninger selvfølgelig nogensinde offentliggøres.

Det var først for ganske nylig – hvor de endnu en gang var drevet af frygt – at Pickering og hans tavse NRO-hold af videnskabelige rådgivere havde besluttet at anvende deres viden om Marianergravens enestående geologi til at hjælpe til med at redde NASA. At lave en Marianersten om til en meteorit havde vist sig at være en forbløffende nem opgave. Ved at bruge en ECE-sjapbrintmotor forkullede NRO-holdet stenen med en overbevisende smelteskorpe. Derefter brugte de en lille fragtubåd til at dykke ned under Milne-isshelfen og anbringe den forkullede sten i isen nedefra. Da indføringsskakten først var frosset til igen, så stenen ud, som om den havde været der i mere end tre hundrede år.

Som det så ofte var tilfældet i en verden af lyssky operationer, kunne selv de største planer uheldigvis blive afsløret af de mindste forhindringer. I går var hele bedraget blevet ødelagt af en smule bioluminescerende plankton ...

Fra cockpittet af helikopteren i tomgang fulgte Delta-et det drama, der udfoldede sig foran ham. Rachel og Tolland så ud til at have fuldstændig styr på det, skønt Delta-et næsten måtte le af denne illusion. Maskingeværet i Tollands hænder var værdiløst; selv herfra kunne Delta-et se, at bundstykket var åbent og angav, at kammeret var tomt.

Delta-et så ud på sin partner, der kæmpede i Tritons kløer, og vidste, at han måtte skynde sig. Al opmærksomhed på dækket var vendt mod Pickering, og nu kunne Delta-et foretage sit træk. Han lod rotorerne blive ved med at dreje dovent rundt og lod sig glide ud ad bagenden på skroget, mens han brugte helikopteren som skjul og uden at blive opdaget kom hen til styrbords løbebro. Med sit eget maskingevær i hænderne bevægede han sig hen mod stævnen. Pickering havde givet ham udtrykkelige ordrer, inden de landede på dækket, og Delta-et havde ikke i sinde at forfejle denne enkle opgave.

I løbet af nogle få minutter, vidste han, *vil alt det her være overstået.*

122

Zach Herney sad stadig i badekåbe ved sit skrivebord i Det Ovale Værelse med dunkende hoved. Den nyeste brik i puslespillet var lige blevet afsløret.

Marjorie Tench er død.

Herneys assistenter sagde, at de havde oplysninger, der tydede på, at Tench var kørt til Roosevelt-mindesmærket til et privat møde med William Pickering. Nu, hvor Pickering savnedes, frygtede staben, at Pickering også kunne være død.

Præsidenten og Pickering havde kæmpet deres kampe på det seneste. For nogle måneder siden fik Herney at vide, at Pickering havde deltaget i ulovlige aktiviteter på Herneys vegne i et forsøg på at redde Herneys mislykkede kampagne.

Ved at bruge NRO-oplysninger havde Pickering diskret indsamlet tilstrækkeligt med kompromitterende oplysninger om senator Sexton til at skyde hans kampagne i sænk – skandaløse, seksuelle fotos af senatoren sammen med sin assistent,

Gabrielle Ashe, og belastende økonomiske optegnelser, der beviste, at Sexton modtog bestikkelser fra private rumselskaber. Pickering havde anonymt sendt alle vidnesbyrdene til Marjorie Tench. Han gik ud fra, at Det Hvide Hus ville bruge dem klogt. Men da Herney så oplysningerne, havde han forbudt Tench at bruge dem. Sexskandaler og bestikkelser var kræftsvulster i Washington, og at komme og vifte folk i hovedet med endnu en skandale ville kun øge deres mistillid til regeringen.

Kynisme er ved at slå vores land ihjel.

Selvom Herney vidste, at han kunne ødelægge Sexton med en skandale, ville omkostningen være, at han dermed besudlede det amerikanske senats værdighed. Det nægtede Herney at gøre.

Ikke flere negative ting. Herney ville slå senator Sexton på politiske spørgsmål.

Pickering var blevet vred over, at Det Hvide Hus nægtede at bruge de beviser, han havde forsynet dem med, og prøvede at sætte skandalen i gang ved at lække et rygte om, at Sexton havde været i seng med Gabrielle Ashe. Desværre erklærede Sexton sin uskyld med en så overbevisende indignation, at det endte med, at præsidenten personligt måtte undskylde for lækagen. Til syvende og sidst havde William Pickering gjort mere skade end gavn. Herney havde sagt til Pickering, at hvis han nogensinde blandede sig i kampagnen igen, ville der blive rejst tiltale mod ham. Det var skæbnens ironi, at Pickering end ikke brød sig om præsident Herney. NRO-chefens forsøg på at hjælpe Herneys kampagne skyldtes ganske enkelt frygt for NASA's skæbne. Zach Herney var det mindste af to onder.

Er der nu nogen, der har dræbt Pickering?

Det kunne Herney ikke begribe.

"Mr. præsident?" sagde en assistent. "Jeg har ringet til Lawrence Ekstrom, som De bad om, og fortalt ham om Marjorie Tench."

"Tak."

"Han vil gerne tale med Dem."

Herney var stadig rasende på Ekstrom for at have løjet om PODS. "Sig til ham, at jeg vil tale med ham i morgen tidlig."

"Mr. Ekstrom ønsker at tale med Dem nu, sir." Assistenten så utilpas ud. "Han er meget chokeret."

Er HAN chokeret? Herney kunne føle, at hans irritation voksede. Da præsidenten gik over for at besvare Ekstroms opkald, spekulerede han på, hvad der da for helvede ellers på nogen måde kunne gå galt i nat.

123

Om bord på Goya følte Rachel sig svimmel. Mysteriet, der havde sænket sig rundt om hende som en tyk tåge, lettede nu. Den barske realitet, der kom frem, fik hende til at føle sig nøgen og skuffet. Hun så på den ukendte person foran sig og kunne knap nok høre hans stemme.

"Vi var nødt til at genopbygge NASA's image," sagde Pickering. "Det blev farligt på så mange niveauer, at NASA brugte for mange penge og blev mindre og mindre populært." Pickering tav lidt, mens hans grå øjne så ind i hendes. "Rachel, NASA havde *desperat* brug for en triumf. Nogen måtte få det til at ske."

Noget måtte der gøres, havde Pickering tænkt.

Meteoritten havde været en sidste desperat handling. Pickering og andre med ham havde prøvet at redde NASA ved hjælp af korridorsnak om at indlemme rumagenturet i efterretningsvæsenet, hvor det ville nyde godt af øgede midler og bedre sikkerhed, men Det Hvide Hus blev ved med at afvise tanken og så den som et angreb på grundforskningen. *Snæversynet idealisme.* Med Sextons stigende popularitet som NASA-modstander vidste Pickering og hans korps af militære magtudøvere, at tiden var ved at løbe ud. De besluttede, at den sidste udvej var at fange skatteborgernes og Kongressens opmærksomhed og fantasi, hvis de skulle komme NASA's image til hjælp og redde det fra auktionshammeren. Hvis rumagenturet skulle overleve, skulle det have en saltvandsindsprøjtning af noget rigtig stort – noget, der kunne minde skatteborgerne om NASA's glorværdige *Apollo*-tid. Og hvis Zach Herney skulle slå senator Sexton, ville han få brug for hjælp.

Jeg forsøgte at hjælpe ham, sagde Pickering til sig selv og tænkte på alle de ødelæggende beviser, han havde sendt til Marjorie Tench. Uheldigvis havde Herney forbudt, at de blev brugt, så Pickering havde ikke haft andet valg end at tage drastiske midler i brug.

"Rachel," sagde Pickering, "de informationer, De lige har faxet fra skibet her, er farlige. Det må De forstå. Hvis de kommer ud, vil Det Hvide Hus og NASA se ud til at være medskyldige. Det vil give bagslag både for præsidenten og NASA, et enormt bagslag. Præsidenten og NASA ved ingenting, Rachel. De er uskyldige. De tror på, at meteoritten er ægte."

Rachel havde end ikke overvejet Herney eller Ekstrom. De var begge to alt for idealistiske til, at de ville have indvilget i nogen form for bedrageri, uanset at det kunne gøre det muligt at redde præsidentembedet eller rumagenturet. NASA-chef Ekstroms eneste forbrydelse havde været at overtale PODS' afdelingsleder til at lyve om anomalisoftwaren, et træk, som Ekstrom uden tvivl fortrød, i samme øjeblik han blev klar over, hvor grundigt denne særlige meteorit ville blive undersøgt.

Marjorie Tench, der var frustreret over, at Herney insisterede på at udkæmpe en sober kampagne, konspirerede med Ekstrom om PODS-løgnen og håbede på, at en lille PODS-succes kunne hjælpe præsidenten til at afværge Sextons stigende popularitet.

Hvis Tench bare havde brugt de fotografier og beviser på bestikkelse, jeg gav hende, ville alt det her aldrig være sket!

Mordet på Tench var selvfølgelig dybt beklageligt, men det havde været bestemt af skæbnen, så snart Rachel havde ringet til Tench og var kommet med beskyldninger om svindel. Pickering vidste, at Tench ville foretage gennemgribende undersøgelser, indtil hun nåede til bunds i Rachels motiver til disse skændige påstande, og det var klart, at Pickering ikke kunne lade en sådan undersøgelse gå i gang. Ironisk nok ville Tench tjene sin præsident bedst ved at dø. Hendes voldsomme endeligt ville skabe sympati for Det Hvide Hus og samtidig kaste en svag mistanke om uærligt spil på en desperat Sexton-kampagne, som var blevet så forfærdelig ydmyget i fuld offentlighed af Marjorie Tench på CNN.

Rachel holdt stand og vendte ikke blikket bort fra sin chef.

"De må forstå," sagde Pickering, "at hvis nyheden om dette meteoritbedrag slipper ud, vil De ødelægge en uskyldig præsident og et uskyldigt rumagentur. De vil også placere en meget farlig mand i Det Ovale Værelse. Jeg er nødt til at vide, hvor De har faxet de oplysninger hen."

Da han sagde det, for der et mærkeligt udtryk hen over Rachels ansigt. Det var det pinefulde udtryk af rædsel hos en, der lige var blevet klar over, at vedkommende havde begået en alvorlig fejl.

Delta-et var listet rundt om stævnen og vendt tilbage langs bagbordssiden og stod nu i hydrolaboratoriet, hvorfra han havde set Rachel dukke frem, da helikopteren var fløjet ind. En computer i laboratoriet viste et foruroligende billede – en mangefarvet gengivelse af den pulserende dybvandsmalstrøm, der åbenbart bevægede sig over havbunden et sted neden under Goya.

Endnu en grund til at komme væk herfra i en fart, tænkte han og gik hen mod sit mål.

Faxmaskinen stod på et laboratoriebord ved væggen i den anden side af rummet. Bakken var fyldt med en stak papirer, nøjagtig som Pickering havde regnet med. Delta-et tog stakken op. Øverst lå en notits fra Rachel. Kun to linjer. Han læste dem.

Lige til sagen, tænkte han.

Da han bladede gennem siderne, blev han både forbavset og forfærdet over, hvor meget Tolland og Rachel havde afsløret om meteoritbedraget. Den, der så disse udskrifter, ville ikke være i tvivl om, hvad de betød. Heldigvis behøvede Delta-et ikke trykke på "ring op igen" for at finde ud af, hvor udskrifterne var blevet sendt til. Det sidste faxnummer stod stadig i LCD-ruden.

Et nummer i Washington, D.C.

Han skrev omhyggeligt faxnummeret ned, greb alle papirerne og gik ud af laboratoriet.

Tollands hænder var svedige, mens han holdt på maskingeværet og sigtede på William Pickerings brystkasse. NRO-direktøren pressede stadig Rachel for at få hende til at fortælle, hvor hun havde sendt oplysningerne hen, og Tolland var begyndt at få en foruroligende fornemmelse af, at Pickering simpelthen prøvede at trække tiden ud. *Hvorfor?*

"Det Hvide Hus og NASA er *uskyldige*," gentog Pickering. "Samarbejd med mig. Lad ikke mine fejltagelser ødelægge den smule troværdighed, NASA endnu har tilbage. NASA vil se skyldig ud, hvis det her kommer frem. De og jeg kan komme til en forståelse. Vores land har brug for den her meteorit. Fortæl mig, hvor De faxede oplysningerne hen, før det er for sent."

"Så De kan myrde nogle flere?" sagde Rachel. "De giver mig kvalme."

Tolland var forbløffet over Rachels styrke. Hun afskyede sin far, men havde klart ikke til hensigt at udsætte senatoren for nogen fare overhovedet. Desværre havde Rachels plan om at faxe til sin far efter hjælp givet bagslag. Selv hvis senatoren kom ind på sit kontor, fik øje på faxen, ringede til præsidenten med nyheden om meteoritsvindelen og fortalte ham om angrebet, ville ingen i Det Hvide Hus have nogen ide om, hvad Sexton talte om, eller endda om, hvor de var.

"Jeg vil kun sige det én gang til," sagde Pickering og og holdt Rachel fast med et truende blik. "Denne situation er alt for kompleks til, at De fuldt ud kan forstå den. De har begået en enorm fejltagelse ved at sende disse oplysninger fra skibet her. De har bragt Deres land i fare."

William Pickering købte virkelig tid, indså Tolland nu. Og årsagen kom roligt gående hen imod dem langs styrbordssiden af båden. Tolland følte et glimt af frygt, da han så soldaten komme spadserende hen mod dem med en stak papirer og et maskingevær i hænderne.

Tolland reagerede med en beslutsomhed, der chokerede også ham selv. Han holdt om maskingeværet, snurrede rundt, sigtede på soldaten og trykkede på aftrækkeren.

Geværet frembragte et harmløst klik.

"Jeg fandt faxnummeret," sagde soldaten og rakte Pickering et stykke papir. "Og mr. Tolland er løbet tør for ammunition."

124

Sedgewick Sexton stormede op ad gangen i Philip A. Hart-senatskontorbygningen. Han havde ingen anelse om, hvordan Gabrielle havde båret sig ad, men hun var åbenbart kommet ind på hans kontor. Mens de talte sammen i telefonen, havde Sexton tydeligt hørt den distinkte, tredobbelte tikken fra sit eget Jourdain-ur i baggrunden. Det eneste, han kunne forestille sig, var, at det, Gabrielle havde hørt, da hun havde stået og luret under mødet med Forbundet for Rummets Udforskning, havde undermineret hendes tillid til ham, og at hun derfor var begyndt at grave efter beviser.

Hvordan i helvede kom hun ind på mit kontor?

Sexton var glad for, at han havde ændret sit computerkodeord.

Da han ankom til sit private kontor, trykkede han sin kode ind for at slå alarmen fra. Så fumlede han efter sine nøgler, låste de tunge døre op, slog dem op på vid gab og brasede ind. Det eneste, han tænkte på, var at gribe Gabrielle på fersk gerning.

Men kontoret var tomt og mørkt, kun oplyst af skæret fra hans computerskærm. Han tændte lysene, og hans blik afsøgte rummet. Alt så ud til at være på plads. Dødstille undtagen den tredobbelte tikken fra hans ur.

Hvor fanden er hun?

Han hørte noget rasle ude på hans private toilet, for derover og tændte for lyset. Toilettet var tomt. Han kiggede bag ved døren. Intet.

Mystificeret så Sexton på sig selv i spejlet og spekulerede på, om han havde fået for meget at drikke i nat. *Jeg hørte noget.* Han følte sig desorienteret og forvirret og gik tilbage til sit kontor.

"Gabrielle?" råbte han. Han gik ned gennem gangen til hendes kontor. Hun var der ikke. Hendes kontor var mørkt.

Et toilet skyllede ud på dametoilettet. Sexton drejede omkring og styrtede nu tilbage mod toiletterne. Han nåede frem, netop som Gabrielle kom ud, mens hun tørrede hænderne. Det gav et sæt i hende, da hun så ham.

"Hold da op! Der gjorde du mig rigtignok forskrækket!" sagde hun og så virkelig skrækslagen ud. "Hvad laver du her?"

"Du sagde, at du var ved at finde NASA-dokomenterne på dit kontor," sagde han og så på hendes tomme hænder. "Hvor er de?"

"Jeg kunne ikke finde dem. Jeg har ledt alle vegne. Det var det, der tog så lang tid."

Han så hende direkte inde i øjnene. "Har du været inde på mit kontor?"

Jeg skylder hans faxmaskine mit liv, tænkte Gabrielle.

For bare nogle få minutter siden havde hun siddet ved Sextons computer og prøvet at printe billederne af de illegale checks på hans computer ud. Filerne var beskyttet på en eller anden måde, og hun skulle bruge mere tid til at regne ud, hvordan hun skulle få dem printet ud. Formentlig ville hun stadig have siddet der og forsøgt det, hvis ikke Sextons faxmaskine havde ringet, forskrækket hende og sendt hende tilbage til virkeligheden. Gabrielle tog det som sit stikord til at komme væk. Uden at give sig tid til at se, hvad den indgående fax drejede sig om, loggede hun sig ud af Sextons computer, ryddede op og brugte samme vej tilbage, som hun var kommet. Hun var lige ved at klatre ud fra Sextons badeværelse, da hun hørte ham komme ind.

Nu stod Sexton foran hende og kigge ned på hende. Hun kunne mærke, at han så hende undersøgende ind i øjnene for at se, om hun løj. Sedgewick Sexton kunne lugte usandheder som ingen anden, Gabrielle nogensinde havde mødt. Hvis hun løj for Sexton, ville han vide det.

"Du har drukket," sagde Gabrielle og vendte sig væk. *Hvordan ved han, at jeg var inde på hans kontor?*

Sexton lagde hænderne på hendes skuldre og drejede hende rundt igen. "Var du inde på mit kontor?"

Gabrielle kunne mærke, at hun blev bange. Sexton havde drukket. Hans berøring var hårdhændet. "På dit kontor?" spurgte hun og fremtvang en forvirret latter. "Hvordan det? *Hvorfor?*"

"Jeg kunne høre mit Jourdain-ur i baggrunden, da jeg ringede til dig."

Gabrielle krympede sig indvendigt. Hans ur? Det var end ikke faldet hende ind. "Det var da noget mærkeligt noget at sige."

"Jeg sidder hele dagen på det kontor. Jeg ved, hvordan mit ur lyder."

Gabrielle kunne mærke, at hun måtte se at få en ende på det her øjeblikkeligt. *Det bedste forsvar er et godt angreb.* Det var i det mindste det, Yolanda Cole altid sagde. Gabrielle satte hænderne i siden og gik løs på ham med alt, hvad hun havde. Hun gik helt hen til ham, så ham lige op i ansigtet og så vredt på ham. "Lad mig lige få det her på plads, senator. Klokken er fire om morgenen, du har drukket, du har hørt en tikken i telefonen, og derfor kommer du her?" Hun pegede indigneret med en finger ned gennem gangen på hans dør. "Bare for god ordens skyld: Du anklager mig altså for at gå igennem regeringens alarmsystem, dirke to sæt låse op, bryde ind på dit kontor, at være dum nok til at svare på min mobiltelefon, mens jeg er i fuld gang med at begå en alvorlig forbrydelse, at tilslutte alarmsystemet på vejen ud og derefter bruge dametoilettet i ro og mag, inden jeg flygter væk. Uden at det kan ses. Er det din historie?"

Sexton blinkede overrasket.

"Der er en grund til, at man ikke skal drikke alene," sagde Gabrielle. "Men vil du tale om NASA nu, eller vil du ikke?"

Sexton følte sig omtåget, da han gik tilbage til sit kontor. Han gik direkte hen til baren og skænkede sig en Pepsi. Han følte sig sgu da ikke beruset. Kunne han virkelig have taget så meget fejl? I den anden ende af kontoret tikkede hans Jourdain spottende. Han skyllede sin Pepsi ned, skænkede en ny til sig selv og en til Gabrielle.

"En cola, Gabrielle?" spurgte han og vendte sig om. Gabrielle var ikke fulgt med ham ind. Hun stod stadig i døråbningen og strøede salt i såret. "Åh, for himlens skyld! Kom dog ind. Fortæl mig, hvad du har fundet ud af hos NASA."

"Jeg tror, jeg har fået nok for i nat," sagde hun og lød fjern. "Lad os tales ved i morgen."

Sexton var ikke i humør til spilfægteri. Han havde brug for de oplysninger nu, og han havde ikke til hensigt at tigge for at få dem. Han udstødte et træt suk. *Vis tillid. Det drejer sig om tillid.* "Jeg har taget fejl," sagde han. "Undskyld. Det har været en frygtelig dag. Jeg ved ikke, hvad jeg tænkte på."

Gabrielle blev stående i døråbningen.

Sexton gik tilbage til sit skrivebord og satte Gabrielles Pepsi fra sig på skriveunderlaget. Han pegede på sin læderstol – magtens sæde. "Sid ned. Drik en cola. Jeg går ud og stikker hovedet i vaskekummen." Han styrede hen mod toilettet.

Gabrielle rørte sig stadigvæk ikke.

"Jeg tror, jeg så en fax i maskinen," råbte Sexton hen over skulderen, da han trådte ind på toilettet. *Vis hende, at du stoler på hende.* "Kig lige på den for mig, ikke?"

Sexton lukkede døren og fyldte kummen med koldt vand. Han skyllede ansigtet flere gange og følte sig ikke spor klarere. Det her var aldrig sket for ham før – at være så sikker og tage så meget fejl. Sexton var en mand, der stolede på sine instinkter, og hans instinkter fortalte ham, at Gabrielle Ashe havde været inde på hans kontor.

Men hvordan? Det var umuligt.

Sexton sagde til sig selv, at det skulle han glemme alt om nu og i stedet koncentrere sig om sagen. *NASA.* Han havde brug for Gabrielle lige nu. Det var ikke det rigtige tidspunkt at støde hende fra sig på. Han havde brug for at vide, hvad hun vidste. *Glem dine instinkter. Du tog fejl.*

Sexton tørrede ansigtet, lagde nakken tilbage og tog en dyb indånding. Han lukkede øjnene, trak vejret dybt igen og følte sig bedre tilpas.

Da Sexton kom ud fra toilettet, var han lettet over at se, at Gabrielle havde givet sig og var kommet ind på hans kontor.

Godt, tænkte han. *Nu kan vi komme til sagen.* Gabrielle stod ved hans faxmaskine og bladede igennem de ark, der var kommet ind. Sexton blev forvirret, da han så hendes ansigtsudtryk. Det lyste af desorientering og frygt.

"Hvad er der?" spurgte Sexton og gik hen mod hende.

Gabrielle vaklede, som om hun var ved at besvime.

"Hvad?"

"Meteoritten ..." Hun var ved at kvæles, og hendes stemme var svag, da hun med rystende hænder holdt stakken af faxpapirer frem mod ham. "Og din datter ... hun er i fare."

Forvirret gik Sexton hen og tog faxsiderne fra Gabrielle. Det øverste ark var en håndskreven notits. Sexton genkendte omgående skriften. Meddelelsen var besynderlig og chokerende i al sin enkelhed.

Meteoritten er en forfalskning. Her er beviserne. NASA/Det Hvide Hus prøver at dræbe mig. Hjælp! – RS

Senatoren følte sig sjældent totalt ude af stand til at forstå, hvad folk sagde, men da han læste Rachels ord igen, havde han ingen ide om, hvad de betød.

Meteoritten er en forfalskning? NASA og Det Hvide Hus prøver at dræbe hende?

Med tiltagende forvirring begyndte Sexton omhyggeligt at undersøge den håndfuld ark, der var kommet ind i faxen. Den første side var et computerbillede med overskriften "Jordradar". Billedet lod til at være en is-ekkolodning af en eller anden slags. Sexton så ophalingsskakten, som de havde talt om i fjernsynet. Hans øjne blev draget mod noget, der lignede det svage omrids af en krop, der flød i skakten. Så så han noget mere chokerende – det klare omrids af en anden skakt direkte under det sted, hvor meteoritten havde været – som om stenen var blevet anbragt derinde fra undersiden af isen.

Hvad i alverden?

Sexton bladede til næste side og stod ansigt til ansigt med et fotografi af et slags levende oceanvæsen, der blev kaldt *Bathynomus giganteus*. Han stirrede i lutter forbløffelse. Det er dyret fra meteoritfossilerne!

Han bladede hurtigt videre og så nu en grafisk afbildning, der viste det ioniserede brintindhold i meteorittens skorpe. Der stod noget med en sjusket håndskrift på denne side: *Sjaphrint-brænding? NASA's udvidelsescyklusmotor?*

Sexton kunne ikke tro sine egne øjne. Værelset begyndte at sejle for ham, da han bladede frem til den sidste side – et foto af en sten, der indeholdt metalliske bobler, der så ud nøjagtigt som dem i meteoritten. Chokeret læste han i den ledsagende beskrivelse, at stenen var et produkt af vulkanaktivitet i havet. *En sten fra havet?* Sexton undrede sig. *Men NASA havde da sagt, at chondruler kun dannes i rummet!*

Sexton lagde arkene ned på skrivebordet og faldt sammen i stolen. Det havde kun taget ham femten sekunder at sammenstykke det, han så. Hvad konsekvensen af billederne på disse papirer var, var krystalklart. Ethvert hundehoved kunne se, hvad disse fotos beviste.

NASA-meteoritten er en forfalskning!

Ingen dag i Sextons karriere havde været fyldt med så ekstreme op- og nedture. Dette døgn havde været en rutsjetur mellem håb og fortvivlelse. Sextons forundring over, hvordan dette enorme bedrageri kunne være udført, fordampede og blev ganske irrelevant, da han blev klar over, hvad svindelen betød for ham politisk.

Når jeg offentliggør disse oplysninger, er præsidentembedet mit!

I sin begyndende feststemning havde senator Sedgewick Sexton et øjeblik glemt sin datters besked om, at hun var i vanskeligheder.

"Rachel er i fare," sagde Gabrielle. "Hendes notits siger, at NASA og Det Hvide Hus prøver på at …"

Sextons faxmaskine begyndte pludselig at ringe igen. Gabrielle snurrede rundt og stirrede på maskinen. Sexton stirrede også. Han kunne ikke forestille sig, hvad Rachel ellers kunne sende til ham. Mere bevis? Hvor meget mere kunne der være? *Det her er rigeligt!*

Da faxmaskinen besvarede opkaldet, kom der imidlertid ingen sider igennem. Maskinen, der ikke fandt noget datasignal, havde slået om til svarfunktionen.

"Hallo," knasede Sextons telefonsvarer. "Det er senator Sedgewick Sextons kontor. Hvis De prøver at sende en fax, kan De sende når som helst. Hvis ikke, kan De efterlade en besked efter klartonen."

Før Sexton kunne nå at tage røret, bippede maskinen.

"Senator Sexton?" Man kunne høre på mandens stemme, at han havde travlt. "Det er William Pickering, direktør for NRO. De er sikkert ikke på kontoret på denne tid af natten, men jeg er nødt til at tale med Dem omgående." Han holdt inde, som om han ventede på, at nogen ville svare.

Gabrielle rakte ud for at tage røret.

Sexton greb hendes hånd og rev røret væk.

Gabrielle så rystet ud. "Men det er direktøren for …"

"Senator," fortsatte Pickering og lød nærmest lettet over, at der ikke var nogen, der havde svaret. "Jeg ringer desværre med nogle meget dårlige nyheder. Jeg har lige fået besked om, at Deres datter, Rachel, er i yderste fare. Jeg har et hold, der prøver på at hjælpe hende lige nu. Jeg kan ikke gå i detaljer med situationen over telefonen, men jeg har netop fået oplyst, at hun kan have faxet nogle data til Dem, der angår NASA-meteoritten. Jeg har ikke set disse data, og jeg ved heller ikke, hvad de er, men de folk, der truer Deres datter, har lige advaret mig om, at hvis De eller nogen anden offentliggør oplysningerne, vil Deres datter dø. Jeg er ked af, at jeg må sige det så direkte, sir; jeg siger det for at gøre det helt klart. Deres datters liv er truet. Hvis hun virkelig har faxet noget til Dem, må De ikke vise det til andre. Ikke endnu. Deres datters liv afhænger af det. Bliv, hvor De er. Jeg kan snart være der." Han tøvede lidt. "Med lidt held, senator, vil alt det her være klaret, når De vågner. Hvis De tilfældigvis skulle få denne meddelelse, før jeg når frem til Deres kontor, skal De blive, hvor De er, og ikke ringe til nogen. Jeg gør alt, hvad der står i min magt for at få Deres datter sikkert tilbage."

Pickering lagde røret på.

Gabrielle rystede. "Er Rachel taget som gidsel?"

Sexton kunne mærke, hvordan Gabrielle følte en forpint medfølelse ved at tænke på en ung kvinde, der var i fare, selvom hun selv lige var blevet så pinagtigt desillusioneret over ham. Mærkeligt nok havde Sexton besvær med at mærke de samme følelser. Han følte sig nærmere som et lille barn, der netop havde fået den julegave, han allermest ønskede sig, og som han nægtede at lade andre rive ud af hænderne på ham.

Vil Pickering have, at jeg skal holde tæt?

Han stod et øjeblik og prøvede at afgøre, hvad alt det her betød. I en kold, beregnende del af sin hjerne følte Sexton maskineriet begynde at dreje – en politisk computer, der afspillede ethvert scenario og beregnede hvert et udfald. Han kiggede på stakken af faxer, han stod med i hænderne, og kunne mærke den rå magt, billederne besad. Denne NASA-meteorit havde ødelagt hans drømme om præsidentembedet. Men det var alt sammen løgn. Et tankeværk. Nu skulle de betale, dem, der havde gjort dette. Meteoritten, som hans fjender havde skabt for at ødelægge ham, ville give ham en magt, der lå ud over den vildeste forestilling, han nogensinde havde drømt om. Det havde hans datter sørget for.

Der er kun ét acceptabelt resultat, vidste han. *Kun én handlemåde for en sand leder.*

Sexton følte sig hypnotiseret over de skinnende drømmebilleder af sin egen genopstandelse og følte det, som om han drev gennem en tåge, da han gik hen over gulvet til sin kopimaskine. Han tændte for den for at komme til at kopiere de papirer, Rachel havde sendt til ham.

"Hvad laver du?" spurgte Gabrielle og lød forvirret.

"De vil ikke dræbe Rachel," erklærede Sexton. Selvom der skulle gå noget galt, vidste Sexton, at hvis han tabte sin datter til fjenden, ville det kun give ham endnu mere magt. I begge tilfælde ville han vinde. En acceptabel risiko.

"Hvem er de kopier til?" spurgte Gabrielle. "William Pickering sagde jo, at du ikke måtte fortælle det til nogen!"

Sexton vendte sig fra maskinen og så på Gabrielle. Han blev forbløffet over, hvor lidt tiltrækkende han pludselig syntes, hun var. I det øjeblik var senator Sexton en ø. Urørlig. Han stod nu med alt, hvad han behøvede for at fuldende sine drømme, i hænderne. Intet kunne standse ham nu. Ingen påstande om bestikkelse. Ingen rygter om sex. Intet.

"Gå hjem, Gabrielle. Jeg har ikke brug for dig mere."

125

Det er slut, tænkte Rachel.

Hun og Tolland sad side om side på dækket og kiggede ind i løbet på Deltasoldatens maskingevær. Uheldigvis vidste Pickering nu, hvor Rachel havde sendt faxen hen. Senator Sedgewick Sextons kontor.

Rachel tvivlede på, at hendes far nogensinde ville modtage den telefonbesked, Pickering lige havde lagt til ham. Pickering kunne formentlig nå frem til Sextons kontor i god tid før nogen anden her til morgen. Hvis Pickering kunne komme ind, stille og roligt fjerne faxen og slette telefonbeskeden, før Sexton ankom, ville der ikke være noget behov for at skade senatoren. William Pickering var sandsynligvis et af de få mennesker i Washington, som ulovligt kunne trænge ind i en amerikansk senators kontor, uden at alle alarmklokker gik i gang. Rachel var altid forbløffet over, hvad der kunne gennemføres "i den nationale sikkerheds navn".

Hvis det skulle slå fejl, tænkte Rachel, *kunne Pickering selvfølgelig bare flyve forbi og sende et Hellfire-missil ind gennem vinduet og sprænge faxmaskinen i luften.* Noget sagde hende, at det nok ikke blev nødvendigt.

Rachel sad tæt ved Tolland, og hun blev overrasket over at føle hans hånd blidt glide ind i hendes. Hans berøring havde en blød styrke i sig, og deres fingre flettede sig sammen så naturligt, at Rachel følte, at det havde de gjort gennem et helt liv. Det eneste, hun ønskede lige nu, var at ligge i hans arme, godt beskyttet mod den tyngende brølen fra det natsorte hav, der strømmede rundt om dem i en stor spiral.

Aldrig, erkendte hun. *Det ville ikke ske.*

Michael Tolland følte sig som en mand, der havde fundet håb på vej til galgen.

Livet gør nar ad mig.

I flere år efter Celias død havde Tolland gennemlevet nætter, hvor han ønskede at dø, timer med kval og ensomhed, som det kun syntes muligt at undslippe fra ved at gøre en ende på det hele. Og alligevel havde han valgt livet ved at fortælle sig selv, at han kunne klare det alene. For første gang var Tolland i dag begyndt at forstå, hvad hans venner havde sagt til ham hele tiden.

Mike, du behøver ikke at klare det alene. Du vil finde en ny kærlighed.

Rachels hånd i hans gjorde denne ironi så meget hårdere at sluge. Skæbnen havde valgt et grusomt tidspunkt. Han følte det, som om flere lag rustning faldt væk fra hans hjerte. På Goyas slidte dæk fornemmede Tolland et øjeblik Celias genfærd, der·så ned på ham, som hun så ofte gjorde. Hendes stemme lød i det brusende vand ... med de sidste ord, hun havde sagt i live.

"Du er en overlever," hviskede hendes stemme. "Lov mig, at du vil finde en ny kærlighed."

"Jeg vil aldrig ønske nogen anden," havde Tolland sagt til hende.

Celias smil var fyldt med visdom. "Det bliver du nødt til at lære."

På dækket af Goya blev Tolland nu klar over, at han var ved at lære det. En dyb følelse vældede pludselig frem i hans sjæl. Han erkendte, at det var lykke.

Og med den kom en overvældende vilje til at leve.

Pickering følte sig mærkværdigt afsondret, da han gik hen til sine to fanger. Han standsede foran Rachel og var lidt overrasket over, at det ikke var sværere for ham.

"Undertiden," sagde han, "kan omstændighederne skabe umulige beslutninger."

Rachels øjne veg ikke en tomme. "De har selv skabt disse omstændigheder."

"Krig indebærer tab," sagde Pickering med fastere stemme nu. *Spørg Diana Pickering eller alle de andre, der dør hvert år, mens de forsvarer vores land.* "De ud af alle skulle kunne forstå det, Rachel." Hans øjne så lige på hende. *"Iactura paucorum serva multos."*

Han kunne se, at hun genkendte ordene – nærmest en kliché i de nationale sikkerhedskredse. Man må ofre de få for at redde de mange.

Rachel så på ham med tydelig afsky. "Og nu er Michael og jeg blevet en del af Deres få?"

Pickering tænkte over det. Der var ikke andre måder. Han vendte sig mod Delta-et. "Slip Deres partner fri og afslut dette."

504

Delta-et nikkede.

Pickering kastede et langt, sidste blik på Rachel og gik så hen til skibets bagbords ræling, mens han stirrede ud på havet, der jog forbi. Det her var noget, han foretrak ikke at overvære.

Delta-et greb sit våben og kiggede over på sin partner, der hang i klamperne. Alt, hvad der var tilbage, var at lukke faldlemmen under Delta-tos fødder, befri ham fra klamperne og eliminere Rachel Sexton og Michael Tolland.

Desværre havde Delta-et set det indviklede kontrolpanel tæt ved faldlemmen – en række ikke-mærkede håndtag og talskiver, der åbenbart kontrollerede faldlemmen, lossespillet og talrige andre kommandomuligheder. Han skulle ikke have noget af at ramme det forkerte håndtag og risikere sin partners liv ved at komme til at sænke ubåden i havet.

Eliminer al risiko. Forhast dig aldrig.

Han ville tvinge Tolland til at sætte partneren fri. Og for at sikre, at han ikke foretog sig noget utilsigtet, ville Delta-et tegne en forsikring, der i hans profession var kendt som "biologisk sideordnet".

Brug dine modstandere mod hinanden.

Delta-et svingede geværløbet direkte mod Rachels ansigt og standsede kun få centimeter fra hendes pande. Rachel lukkede øjnene, og Delta-et kunne se, hvordan Tolland knyttede næverne i en beskyttende vrede.

"Ms. Sexton, rejs Dem op," sagde Delta-et.

Det gjorde hun.

Med geværet trykket ind mod hendes ryg tvang Delta-et hende over til et aluminiumssæt af bærbare stiger, der førte op til toppen af Triton-ubåden bagfra. "Kravl op og stå på toppen af ubåden."

Rachel så skræmt og forvirret ud.

"Gør det bare," sagde Delta-et.

*

Rachel havde det, som om hun bevægede sig i et mareridt, da hun klatrede op ad aluminiumsgangbroen bag ved Triton'en. Hun standsede ved toppen. Hun havde ikke noget ønske om at træde ud over afgrunden og over på den ophængte Triton.

"Gå over på toppen af ubåden," sagde soldaten, vendte sig om mod Tolland og pressede geværet mod hans hoved.

Foran Rachel hang soldaten i klamperne og vred sig i smerte, åbenlyst ivrig efter at komme ud. Rachel så på Tolland, som nu havde et geværløb presset ind mod hovedet. *Se så at komme over på toppen af ubåden.* Hun havde ikke noget valg.

Rachel følte det, som om hun kantede sig ud på en afsats over en kløft, og trådte over på Triton'ens motorkasse, en flad sektion bag ved det afrundede kuppelvindue. Hele ubåden hang som et massivt blylod over den åbne faldlem. Selvom den ni tons tunge ubåd hang i spilkablet, registrerede den næsten ikke hendes ankomst; den svingede bare nogle få millimeter, da hun fandt fodfæste.

"Okay, lad os så komme i gang," sagde soldaten til Tolland. "Gå hen til styresystemet og luk faldlemmen."

Med soldaten, der holdt geværet rettet mod hans hoved, bag ved sig gik Tolland hen mod kontrolpanelet. Da Tolland kom hen mod hende, bevægede han sig langsomt, og Rachel kunne se hans blik fæstne sig opmærksomt på hende, som om han prøvede at sende hende en besked. Han så direkte på hende og derpå ned på den åbne luge på toppen af Triton'en.

Rachel kiggede ned. Lugen ved hendes fødder stod åben med det tunge, runde dæksel trukket op. Hun kunne se ned i cockpittet med det ene sæde. *Vil han have mig til at hoppe ind?* Hun mente, at hun måtte tage fejl, og kiggede over på Tolland igen. Han var næsten helt henne ved kontrolpanelet. Tollands blik låste sig fast i hendes. Denne gang var han mindre forsigtig.

Hans læber formede lydløst ordene: "Hop ind! Nu!"

*

Ud ad øjenkrogen så Delta-et Rachel bevæge sig, drejede sig instinktivt og åbnede ild, mens Rachel faldt ned gennem ubådens luge lige under spærreilden af projektiler. Det åbne lugedæksel klingede, da projektilerne rikochetterede på den runde åbning, opsendte en byge af gnister og smækkede låget ned over hende.

I samme øjeblik Tolland mærkede geværet flytte sig fra sin ryg, foretog han sit træk. Han dykkede ned til venstre væk fra faldlemmen, ramte dækket og rullede, netop som soldaten hvirvlede rundt mod ham med geværild. Projektilerne eksploderede bag Tolland, da han styrtede i ly bag skibets hækankerspole – en enorm, motoriseret cylinder omviklet med flere tusind meter stålkabel, der var forbundet med skibets anker.

Tolland havde en plan og måtte handle hurtigt. Mens soldaten styrtede efter ham, rakte Tolland op, greb fat i ankerlåsen med begge hænder og hev nedad. Øjeblikkelig begyndte ankerspolen at stikke kabellængder ud, og Goya krængede i den stærke strøm. Den pludselige bevægelse sendte alt og alle på dækket på en sidelæns vaklen. Da båden tog fart baglæns med strømmen, firede ankerspolen kabel ud hurtigere og hurtigere.

Kom så, baby, hviskede Tolland.

Soldaten genvandt balancen og kom efter Tolland. Tolland ventede til det sidst mulige øjeblik, mobiliserede alle sine kræfter, jog håndtaget op igen og låste ankerspolen. Kæden stod og dirrede stramt, standsede skibet omgående og sendte en skælvende rystelse gennem Goya. Alt på dækket fløj rundt. Soldaten faldt på knæ ved siden Tolland. Pickering faldt på ryggen væk fra rælingen ned på dækket. Triton'en svingede vildt i kablet.

En hvinende hylen af bristende metal jog op fra skibets underside som et jordskælv, da den beskadigede stiver omsider gav efter. Goyas højre agterhjørne begyndte at kollapse under sin egen vægt. Skibet vaklede og vippede diagonalt som et tungt bord, der tabte et af sine fire ben. Støjen nedefra var øredøvende – en jamren fra vridende, hvinende metal og dundrende bølgeslag.

Inde i cockpittet på Triton holdt Rachel fast med hvide knoer, mens den ni tons tunge maskine hang og svingede over faldlemmen i dækket, der nu hældede stejlt. Gennem bunden af glaskuplen kunne hun se havet rase forbi under sig. Da hun så op, og hendes blik ledte efter Tolland på dækket, iagttog hun et grotesk drama udfolde sig på dækket i løbet af ganske få sekunder.

Kun en meter væk hang Deltasoldaten, der var fanget i Tritons kløer, og skreg af smerte, mens han hoppede op og ned som en marionetdukke. William Pickering kravlede hen over Rachels synsfelt og greb fat i en klampe på dækket. Nær ved ankerhåndtaget hagede Tolland sig fast og prøvede på ikke at glide ud over kanten og ned i vandet. Da Rachel så soldaten med maskingeværet afstøtte sig i nærheden, råbte hun inde i ubåden. "Mike, pas på!"

Men Delta-et ignorerede Tolland fuldstændigt. Soldaten så tilbage mod helikopteren, der stadig gik i tomgang, med munden åben i rædsel. Rachel vendte sig og fulgte hans blik. Kiowa-kamphelikopterens store rotorblade drejede stadig rundt, og helikopteren var begyndt langsomt at glide fremad på det hældende dæk. Dets lange metalskinner fungerede som ski på en bjergskråning. Det var da, at Rachel blev klar over, at den store maskine gled direkte ned mod Triton'en.

Delta-et kravlede op ad det skrånende dæk mod det glidende fly og klatrede ind i cockpittet. Han havde ikke i sinde at lade deres eneste middel til at undslippe glide ned fra dækket. Delta-et greb fat i Kiowa'ens styresystem og trak styrepinden tilbage. *Let så!* Med en øredøvende brølen accelererede rotorbladene ovenover og anstrengte sig for at løfte den tungt

508

bevæbnede kamphelikopter op fra dækket. *Op for fanden!* Helikopteren gled direkte ned mod Triton'en og Delta-to, der hang i dens greb.

Med Kiowa'ens næse tippet fremad hældede rotorerne også, og da helikopteren satte af fra dækket, sejlede den mere fremad end opad og accelererede ned mod Triton'en som en gigantisk rundsav. Op! Delta-et trak i pinden og ønskede, han kunne droppe det halve ton Hellfire-missiler, der tyngede ham ned. Rotorerne undgik lige toppen af Delta-tos hoved og toppen af Triton-ubåden, men helikopteren bevægede sig for hurtigt. Den ville aldrig komme klar af Triton'ens spilkabel.

Da Kiowa'ens stålrotorer med 300 omdrejninger i minuttet kolliderede med ubådens snoede stålspilkabel med en kapacitet på femten tons, splintredes natten med et skrig af metal mod metal. Lydene fremmanede billeder af et gigantisk slag. Fra helikopterens forstærkede cockpit så Delta-et sine rotorer flå i ubådens kabel som en kæmpestor plæneklipper, der løber over en stålkæde. Et blændende skumsprøjt af gnister brød ud ovenover, og Kiowa'ens rotorer eksploderede. Delta-et mærkede, at helikopteren faldt ned, og at dens stivere ramte dækket hårdt. Han forsøgte at kontrollere helikopteren, men havde ingen opdrift. Helikopteren hoppede to gange ned ad det skrånende dæk, gled videre og brasede mod skibets sikkerhedsrækværk.

Et kort øjeblik troede han, at rækværket ville holde.

Så hørte Delta-et smældet. Den tungt lastede helikopter rullede ud over kanten og styrtede ned i havet.

Inde i Triton'en sad Rachel Sexton som lammet med kroppen trykket tilbage i ubådens sæde. Miniubåden var blevet rystet voldsomt, da helikopterens rotorblade snoede sig omkring kablet, men hun havde klaret at holde fast. På en eller anden måde havde bladene ikke ramt selve kroppen af ubåden, men hun vidste, at der var sket stor skade på kablet. Det eneste, Rachel kunne tænke på i dette øjeblik, var at komme væk fra ubåden, så hurtigt hun kunne. Soldaten, der var fanget i ubådens kløer, stirrede på hende, omtåget, blødende og såret. Bag ham så Rachel William Pickering, der stadig klamrede sig til en klampe på det hældende dæk.

Hvor er Michael? Hun kunne ikke se ham. Hendes panik varede kun et øjeblik, før en ny frygt greb hende. Ovenover udstødte Triton'ens trævlede spilkabel en truende piskende lyd, mens snoningerne trevlede op. Så lød der et højt smæld, og Rachel mærkede kablet give efter.

Rachel var et øjeblik vægtløs og svævede over sædet inde i cockpittet, da ubåden styrtede nedad. Dækket forsvandt ovenover, og løbebroerne under Goya for forbi. Soldaten, der var fanget i kløerne, var hvid af skræk og stirrede på Rachel, da ubåden accelererede nedefter.

Faldet forekom endeløst.

Da ubåden styrtede ned i havet under Goya, faldt den hårdt ned under brændingen og slog Rachel ned i sædet med et smæld. Hendes rygrad blev trykket sammen, da det oplyste hav jog op over kuplen. Hun følte et kvælende træk, da ubåden langsomt standsede under vandet og derefter for tilbage mod overfladen, hvor den dukkede op som en prop.

Hajerne slog til omgående. Fra sin plads på første række sad Rachel stiv som en støtte, mens skuet udfoldede sig blot en meter borte.

Delta-to mærkede, hvordan hajens aflange hoved brasede ind i ham med en fantastisk styrke. En skruetvinge, der var skarp som et barberblad, lukkede sig om hans overarm, skar sig ind til benet og holdt fast. Et glimt af hvidglødende smerte eksploderede, da hajen drejede sin stærke krop, rystede voldsomt med hovedet og rev Delta-tos arm løs fra kroppen. Andre hajer tog over. Knive stak i hans ben. Bryst. Nakke. Delta-to havde ikke luft til at skrige i sin dødskamp, mens hajerne flåede store stykker af hans krop væk. Det sidste, han så, var en halvmåneformet mund, der drejede sig sidelæns, og et svælg med tænder, der pressede sig ned over hans ansigt.

Verden blev sort.

Inde i Triton'en hørte bumpene fra de tunge bruskhoveder, der slog mod kuplen, omsider op. Rachel åbnede øjnene. Manden var væk. Vandet, der vaskede mod vinduet, var højrødt.

Slemt forslået krøb Rachel sammen i stolen med knæene trukket op mod brystet. Hun kunne mærke ubåden bevæge sig. Den drev med strømmen og skrabede langs med Goyas nedre dykkerdæk. Hun kunne mærke, at den også bevægede sig i en anden retning. Nedad.

Udenfor blev den tydelige gurglen af vand, der flød ind i ballasttankene, højere. Havet krøb højere op på glasset foran hende.

Jeg synker!

Et jag af skræk skød gennem Rachel, og hun kom pludselig på benene. Hun rakte opad og greb fat i lugemekanismen. Hvis hun kunne klatre op på toppen af ubåden, havde hun stadig tid til at hoppe ud på Goyas dykkerdæk. Det var kun et par meter væk.

Jeg er nødt til at komme ud!

Lugemekanismen havde en tydelig markering af, hvilken vej man skulle dreje for at åbne. Hun skubbede. Lugen rørte sig ikke ud af flækken. Hun prøvede igen. Der skete ingenting. Åbningen var blokeret. Bøjet. Mens frygten steg i hendes blod som havet omkring hende, trak Rachel en sidste gang.

Lugen bevægede sig ikke.

Triton'en sank et par centimeter dybere og bumpede mod Goya for sidste gang, før den drev ud under det lemlæstede skrog … og ud på det åbne hav.

126

"Gør det ikke," tiggede Gabrielle senatoren, da han var færdig ved kopimaskinen. "Du sætter din datters liv på spil!"

Sexton lukkede hendes stemme ude og gik tilbage til skrivebordet med ti ens stakke fotokopier. Hver stak indeholdt kopier af de sider, Rachel havde faxet til ham, inklusive hendes håndskrevne notits, der påstod, at meteoritten var et falskneri, og beskyldte NASA og Det Hvide Hus for at prøve at dræbe hende.

Det er de mest chokerende oplysninger til pressen, der nogensinde er blevet samlet, tænkte Sexton, da han begyndte omhyggeligt at putte hver stak i sin egen, hvide bøttekuvert. Hver konvolut bar hans navn, kontoradresse og senatorsegl. Der skulle ikke være nogen tvivl om, hvor disse utrolige oplysninger kom fra. *Århundredets politiske skandale,* tænkte Sexton, *og det bliver mig, der afslører den!*

Gabrielle bad stadig for Rachels sikkerhed, men Sexton hørte ingenting. Mens han samlede konvolutterne, var han i sin egen, private verden. Enhver politisk karriere har et afgørende øjeblik. *Dette er mit.*

William Pickerings telefonbesked havde advaret Sexton om, at hvis han offentliggjorde oplysningerne, ville Rachels liv være i fare. Uheldigvis for Rachel vidste Sexton også, at hvis han bekendtgjorde beviserne for NASA's bedrag, ville denne enkelte, dristige handling sende ham til Det Hvide Hus med mere fynd og klem og politisk drama, end man nogensinde før havde set i amerikansk politik.

Livet er fyldt med vanskelige afgørelser, tænkte han. *Og vinderne er dem, der træffer dem.*

Gabrielle Ashe havde set udtrykket i Sextons øjne før. Blind ambition. Hun frygtede den. Og med god grund, blev hun nu klar over. Sexton var åbenbart indstillet på at sætte sin datters liv på spil for at være den første til at bekendtgøre NASA's bedrag.

"Kan du da ikke se, at du allerede har vundet?" spurgte Gabrielle. "Zach Herney og NASA kan umuligt overleve den skandale. Ligegyldigt hvem der offentliggør den! Ligegyldigt hvornår det kommer frem! Vent, indtil du ved, at Rachel er i sikkerhed. Vent, til du har talt med Pickering!"

Det var tydeligt, at Sexton ikke længere lyttede efter, hvad hun sagde. Han åbnede sin skrivebordsskuffe og trak et ark ud med møntstore, selvklæbende laksegl med hans initialer på. Gabrielle vidste, at han normalt brugte dem til formelle invitationer, men han mente tilsyneladende, at et højrødt laksegl ville give kuverterne et ekstra anstrøg af drama. Sexton pillede de runde segl af arket, pressede et ned på flappen på hver konvolut og forseglede dem som et brev med monogram.

Gabrielles hjerte bankede hårdt med en ny vrede. Hun tænkte på de digitaliserede billeder af ulovlige checks i hans computer. Hvis hun sagde noget, vidste hun, at han bare ville ødelægge beviserne. "Gør ikke det der," sagde hun, "ellers fortæller jeg om vores affære."

Sexton lo højt, mens han klæbede lakseglene på. "Virkelig? Og tror du, at de vil tro på dig – en magthungrende hjælper, der ikke er blevet forfremmet i min administration og derfor søger hævn for enhver pris? Jeg har benægtet vores forhold én gang, og hele verden troede på mig. Jeg vil simpelthen benægte det igen."

"Det Hvide Hus har fotos," fortalte Gabrielle.

Sexton ikke så meget som så op. "De har ingen fotos. Og selvom de havde, er de meningsløse." Han klæbede det sidste laksegl på. "Jeg er immun. De kuverter her overtrumfer alt, hvad nogen kunne finde på at beskylde mig for."

Gabrielle vidste, at han havde ret. Hun følte sig i den grad hjælpeløs, mens Sexton sad og beundrede sit gør det selv-arbejde. På hans skrivebord lå der nu ti hvide bøttekuverter, der hver var prydet med hans navn og adresse og sikret med et højrødt laksegl med hans håndskrevne initialer. De lignede kongelige breve. Konger var givetvis blevet kronet på grundlag af mindre virkningsfulde oplysninger.

Sexton samlede konvolutterne op og forberedte sig på at gå. Gabrielle gik hen til ham og spærrede vejen for ham. "Du begår en fejl. Det her kan vente."

Sextons blik borede sig ind i hendes. "Jeg har skabt dig, Gabrielle. Og nu har jeg fyret dig."

"Den fax fra Rachel skal nok sikre dig præsidentembedet. Og det kan du takke hende for."

"Jeg har givet hende rigeligt."

"Hvad hvis der sker hende noget?"

"Så vil det give mig endnu flere sympatitilkendegivelser."

Gabrielle kunne ikke tro, at han så meget som havde tænkt den tanke, langt mindre ladet den komme over sine læber. Hun rakte ud efter telefonen i væmmelse. "Jeg ringer til Det Hvide …"

Sexton snurrede rundt og slog hende hårdt i ansigtet.

Gabrielle vaklede baglæns og følte sin læbe springe op. Hun fandt balancen, greb fat i skrivebordet og kiggede forbløffet op på den mand, hun engang havde tilbedt.

Sexton sendte hende et langt, hårdt blik. "Hvis du så meget som tænker på at modarbejde mig i det her, så skal jeg få dig til at fortryde det resten af livet." Han stod ubøjelig og holdt godt fast i kuverterne under armen. I hans blik brændte en rå fare.   Da Gabrielle kom ud fra kontorbygningen og ud i den kolde natteluft, blødte hendes læbe stadig. Hun prajede en taxa og satte sig ind. For første gang, siden hun var kommet til Washington, brød Gabrielle Ashe sammen og græd.

127

Triton'en faldt ...

Michael Tolland kom vaklende op at stå på det hældende dæk og kiggede over ankerspolen op på det flossede spilkabel, hvor Triton'en plejede at hænge. Han snurrede rundt mod agterstævnen og så ned i vandet. Triton'en dukkede frem på strømmen under Goya i samme øjeblik. Tolland var lettet over at se, at ubåden i det mindste var intakt, men han så på lugen og ønskede ikke andet end at se, at den åbnede sig, og Rachel klatrede uskadt ud. Men lugen var fortsat lukket. Mon hun var blevet slået bevidstløs af det voldsomme fald?

Selv fra dækket kunne Tolland se, at Triton'en lå usædvanlig lavt i vandet – langt under den normale vandlinje for dykning. Den synker. Tolland kunne ikke forestille sig hvorfor, men det var i det øjeblik uvæsentligt.

Jeg skal have Rachel ud. Nu.

Mens Tolland stod parat til at styrte hen til kanten af dækket, eksploderede en byge af maskingeværild over ham, så det slog gnister fra den svære ankerspole over hans hoved. Han faldt tilbage på knæ. *Fandens også!* Han kiggede rundt om spolen en brøkdel af et sekund, men længe nok til at se Pickering ligge på øverste dæk og tage sigte som en snigskytte. Deltasoldaten havde tabt sit maskingevær, da han klatrede ind i den dødsdømte helikopter, og Pickering havde åbenbart samlet det op. Nu var direktøren klatret op på øverste dæk.

Fanget bag spolen så Tolland tilbage mod den synkende Triton. *Kom nu, Rachel! Kom ud!* Han ventede på, at lugen skulle blive åbnet. Der skete ingenting.

Da Tolland igen vendte blikket mod Goyas dæk, målte han med øjnene det åbne område mellem sin egen position og agterrælingen. Syv meter. En lang vej uden noget skjul.

Tolland tog en dyb indånding og besluttede sig. Han rev sin skjorte af og kylede den ud på det åbne dæk til højre for sig. Mens Pickering blæste skjorten fuld af huller, styrtede Tolland til venstre ned ad det skrånende dæk og videre mod hækken. Med et vildt spring kastede han sig ud over rælingen fra bagenden af skibet. Tolland svingede i en høj bue ud i luften og hørte projektilerne hvisle overalt omkring sig. Han vidste, at et enkelt strejfskud ville gøre ham til et festmåltid for hajer i samme øjeblik, han ramte vandet.

Rachel Sexton følte sig som et vildt dyr, der var fanget i et bur. Hun havde prøvet lugen igen og igen uden held. Hun kunne høre en tank et eller andet sted neden under hende, der blev fyldt med vand, og hun kunne mærke, at ubåden blev tungere. Det mørke hav krøb højere op over den gennemsigtige kuppel som et sort tæppe, der rejste sig nedefra.

Gennem den nederste halvdel af glasset kunne Rachel se tomrummet i havet kalde på hende som en grav. Det enorme tomme rum nedenunder truede med at opsluge hende fuldstændigt. Hun greb fat i lugemekanismen og prøvede at dreje den op endnu en gang, men den ville ikke røre sig ud af stedet. Hendes lunger var anstrengte nu, den klamme stank af overskydende kultveilte var bitter i næseborene. Og gennem alt dette var der en tanke, der blev ved med at hjemsøge hende.

Jeg skal dø alene under vandet.

Hun undersøgte Triton'ens kontrolpanel for at finde noget, der kunne hjælpe, men alle lamper var sorte. Ingen strøm. Hun var låst inde i en død stålkrypt, der sank ned mod bunden af havet.

Den gurglende lyd i tankene lød stærkere nu, og havet steg næsten til toppen af glasset. I det fjerne, hen over de endeløse, flade vidder, krøb en stribe af rødt op over horisonten. Morgenen var på vej. Rachel frygtede, at det ville blive det sidste lys, hun nogensinde ville få at se. Hun lukkede øjnene for at lukke af for den umiddelbart forestående skæbne og følte de skræmmende barndomsbilleder strømme tilbage i sin hukommelse.

Falde gennem isen. Glide ned i vandet.

Ikke trække vejret. Ikke løfte sig. Synke.

Hendes mor, der kaldte på hende: "Rachel! Rachel!"

En banken på ydersiden af ubåden rev Rachel ud af vildelsen. Hendes øjne sprang op.

"Rachel!" Stemmen var forvrænget. Et spøgelsesagtigt ansigt kom til syne mod glasset, omvendt og med mørkt hår, der hvirvlede rundt. Hun kunne næsten ikke skelne ham ude i mørket.

"Michael!"

Tolland kom op til overfladen og pustede ud i lettelse over at se Rachel bevæge sig inde i ubåden. *Hun er i live.* Han svømmede med stærke tag hen til bagenden af Triton'en og klatrede op på den neddykkede motorkasse. Havstrømmene føltes varme og blytunge rundt om ham, da han bragte sig i stilling for at gribe den runde åbningsskrue, mens han holdt sig nede og håbede på, at han var uden for rækkevidde af Pickerings gevær.

Triton'ens skrog var nu næsten helt under vand, og Tolland vidste, at han måtte skynde sig, hvis han skulle nå at åbne lugen og trække Rachel op. Han havde femogtyve centimeter, og de var hurtigt ved at forsvinde. Når lugen først var under vand, ville det sende en strøm af havvand ind i Triton'en, hvis han åbnede den, fange Rachel derinde og sende ubåden i frit fald mod bunden.

"Det er nu eller aldrig," gispede han og greb fat i lugehjulet og trak det modsat uret. Der skete intet. Han forsøgte igen og lagde al sin kraft i trækket. Igen nægtede lugen at dreje.

Han kunne høre Rachel indenfor på den anden side af lemmen. Hendes stemme var halvkvalt, men han kunne mærke hendes rædsel. "Jeg har prøvet!" råbte hun. "Jeg kunne ikke dreje den!"

Vandet slog ind over låget nu. "Vi drejer sammen!" råbte han til hende. "Du skal dreje med uret derinde!" Han vidste, at skiven var tydeligt markeret. "Okay, nu!"

Tolland spændte sig op mod ballastlufttankene og anstrengte sig med alle sine kræfter. Han kunne høre Rachel under sig gøre det samme. Skiven drejede halvanden centimeter og standsede så fuldstændigt.

Nu fik Tolland øje på det. Åbningslugen sad ikke lige i åbningen. Som et låg på et syltetøjsglas, der var blevet sat skævt på og skruet hårdt ned, sad det fast. Og selvom gummipakningen var anbragt rigtigt, var lugehængslerne bøjet; det betød, at den eneste måde, døren kunne åbnes på, var med en svejseflamme.

Da toppen af ubåden sank ned under vandets overflade, blev Tolland grebet af en pludselig, overvældende rædsel. Rachel Sexton ville ikke undslippe fra Triton'en.

Seks hundrede meter længere nede var det sammenkrøllede skrog af den bombelastede Kiowa-helikopter fanget af tyngdekraften og det kraftige træk fra dybvandsmalstrømmen og sank hurtigt. Inde i cockpittet var Delta-ets livløse legeme ikke længere genkendeligt, forkrøblet af det knusende tryk i dybet.

Mens helikopteren snoede sig nedad med sine Hellfiremissiler, der stadig var på plads, ventede det glødende magmaskjold på havbunden som en rødglødende helipad. Under skjoldets tre meter tykke skorpe boblede toppen af den kogende lava ved tusind grader celsius, en vulkan, der ventede på at eksplodere.

128

Tolland stod i vand til knæene på motorkassen på den synkende Triton og endevendte sin hjerne for en måde at redde Rachel på.

Lad ikke ubåden synke!

Han så tilbage mod Goya og overvejede, om han på nogen måde kunne få et spil forbundet til Triton'en for at holde den i nærheden af overfladen. Umuligt. Den var halvtreds meter væk nu, og Pickering stod højt oppe på broen som en romersk kejser på første række til et eller andet blodigt skuespil i Colosseum.

Tænk! sagde Tolland til sig selv. *Hvorfor synker ubåden?*

Mekanismen ved en ubåds flydeevne var pinlig enkel: Ballasttanke, der var pumpet fulde af enten luft eller vand, justerede ubådens opdriftsevne, så den kunne bevæge sig op eller ned i vandet.

Tilsyneladende var ballasttankene ved at være fyldt.

Men det skulle de ikke være!

Alle ubådes ballasttanke var udstyret med huller både på over- og undersiden. De nederste åbninger,"fyldehullerne" , stod altid åbne, mens hullerne på toppen, "luftventilerne", kunne åbnes og lukkes for at lade luften slippe ud, så vandet kunne flyde ind.

Måske stod Triton'ens luftventiler åbne af en eller anden grund? Tolland kunne ikke forestille sig hvorfor. Han bevægede sig med besvær hen over den neddykkede motorkasse, og hans hænder famlede hen over en af Triton'ens ballasttanke. Luftventilerne var lukket. Men da han mærkede ventilerne, mærkede hans fingre også noget andet.

Skudhuller.

Pis! Triton'en var blevet gennemhullet af skud, da Rachel sprang ind. Tolland dykkede omgående ned, svømmede ind under ubåden og lod hånden køre forsigtigt hen over den noget vigtigere tank på Triton'en – negativtanken. Englænderne kaldte denne tank for "nedtursekspressen". Tyskerne kaldte den "at trække blystøvler på". Uanset hvad, var meningen klar. Når negativtanken var fyldt, trak den ubåden *ned*.

Da Tollands hånd følte på siderne af tanken, talte han i snesevis af skudhuller. Han kunne mærke vandet strømme ind. Triton'en forberedte sig på at dykke, hvad enten Tolland syntes om det eller ej.

Ubåden lå nu en meter under vandoverfladen. Tolland bevægede sig hen til stævnen, pressede sit ansigt ind mod glasset og kiggede ind i kuplen. Rachel bankede på glasset og råbte. Frygten i hendes stemme fik ham til at føle sig magtesløs. Et kort øjeblik var han tilbage på et koldt hospital, så kvinden, han elskede, dø, og vidste, at der ikke var noget, han kunne gøre. Mens han lå og trådte vande foran den synkende ubåd, sagde Tolland til sig selv, at det kunne han ikke klare en gang til. *Du er en overlever,* havde Celia sagt til ham, men Tolland ønskede ikke at overleve alene ... ikke igen.

Tollands lunger skreg efter luft, og alligevel blev han hos hende. Hver gang Rachel bankede på glasset, kunne Tolland høre luftbobler, der gurglede op, og ubåden sank dybere ned. Rachel råbte noget om vand, der kom ind rundt om vinduet.

Udkigsvinduet lækkede.

Et skudhul i vinduet? Det lød tvivlsomt. Tolland forberedte sig på at stige op til overfladen med lunger, der var ved at briste. Da han følte med fingrene opad over det store akrylvindue, ramte han et stykke løs gummikalfatring. En pakning var åbenbart blevet revet løs i faldet. Det var grunden til, at cockpittet lækkede. *Flere dårlige nyheder.*

Da Tolland var klavret op til overfladen, tog han tre dybe indåndinger og forsøgte at klare tankerne. Hvis der flød vand ind i cockpittet, ville det få ubåden til at synke endnu hurtigere. Ubåden var allerede halvanden meter nede i vandet, og Tolland kunne knap nok nå den med fødderne. Han kunne høre Rachel banke desperat på skroget.

Tolland kunne kun komme i tanke om en eneste ting. Hvis han dykkede ned til Triton'ens motorkasse og lokaliserede højtryksluftcylinderen, kunne han bruge den til at blæse negativballasttanken fri med. At få den ødelagte tank blæst fri ville måske ikke være andet end en formålsløs øvelse, men det kunne måske holde Triton'en nær ved overfladen i et par minutter, inden den perforerede tank blev fyldt op igen.

Og hvad så?

Uden andre umiddelbare valg forberedte Tolland sig på at dykke. Han tog en overordentlig dyb indånding og udvidede sine lunger langt ud over deres naturlige tilstand, næsten til smertegrænsen. *Mere lungekapacitet. Mere ilt. Længere dykning.* Men da han følte sine lunger udvide sig og presse mod brystkassen, slog en sær tanke ned i ham.

Hvad hvis han forøgede trykket *inde* i ubåden? Udkigskuplen havde en ødelagt pakning. Hvis Tolland kunne øge trykket inde i cockpittet, kunne han måske blæse hele udkigskuplen væk fra ubåden og få Rachel ud.

Han pustede ud igen, trådte vande i overfladen et øjeblik og prøvede at forestille sig muligheden. Det var fuldstændig logisk, ikke? Når alt kom til alt, var en ubåd bygget til at være stærk i kun én retning. Den skulle modstå et enormt tryk udefra, men næsten intet indefra.

Desuden brugte Triton'en ensretterventiler for at nedsætte antallet af reservedele, Goya skulle have med. Tolland kunne simpelthen frigøre højtrykscylinderens ladeslange og lave den om til en nødventilationsregulator på bagbordssiden af ubåden! At sætte kabinen under tryk ville komme til at gøre meget ondt på Rachel, men det kunne måske få hende ud.

Tolland trak vejret dybt ind og dykkede.

Ubåden var omkring to en halv meter nede nu, og strømmen og mørket gjorde det vanskeligt for ham at orientere sig. Da Tolland først havde fundet tryktanken, vendte han hurtigt slangen om og forberedte sig på at pumpe luft ind i cockpittet. Da han greb fat i stophanen, fik han en påmindelse af den reflekterende, gule bemaling på siden af tanken om, hvor farlig hans manøvre var: ADVARSEL: KOMPRESSIONSLUFT – 1100 ATMOSFÆRES TRYK.

1100 atmosfære, tænkte Tolland. Han håbede på, at Triton'ens udsigtskuppel ville hoppe af ubåden, før trykket i kabinen knuste Rachels lunger. Tolland var stort set ved at stikke en brandslange under højtryk ind i en vandballon, og han bad om, at ballonen ville springe i en fart.

Han greb fat i stophanen og besluttede sig. Tolland sad på ryggen af den synkende Triton, drejede stophanen og åbnede ventilen. Slangen blev omgående stiv, og Tolland kunne høre luften suse ind i cockpittet med en enorm kraft.

Inde i Triton'en følte Rachel en pludselig, sydende smerte skære sig ind i hendes hoved. Hun åbnede munden for at skrige, men luften tvang sig ind i hendes lunger med et så smertefuldt tryk, at hun troede, hendes brystkasse skulle eksplodere. Hendes øjne føltes, som om de blev slået tilbage i kraniet. En øredøvende torden rev i hendes trommehinder og skubbede hende ind mod bevidstløsheden. Instinktivt lukkede hun øjnene fast i og pressede hænderne over ørerne. Smerten blev endnu mere voldsom.

Rachel hørte en banken direkte foran sig. Hun tvang øjnene op lige længe nok til at se Michael Tollands våde silhuet i mørket. Hans ansigt var presset ind mod glasset. Han gjorde tegn til hende om, at hun skulle gøre noget.

Men hvad?

Hun kunne næsten ikke se ham i mørket. Hendes syn var uklart, hendes øjeæbler var forvrænget af trykket. Selv da kunne hun se, at ubåden var sunket ned under de sidste, flakkende fingre af Goyas undervandslys. Rundt om hende var der kun en endeløs, blæksort afgrund.

Tolland lagde sig hen over vinduet på Triton'en og blev ved med at banke. Hans brystkasse brændte efter luft, og han vidste, at han blev nødt til at vende tilbage til overfladen i løbet af ganske få sekunder.

Pres på glasset! råbte han tavst til hende. Han kunne høre lufttrykket slippe ud rundt om glasset og boble op. Et eller andet sted var pakningen løs. Tollands hænder greb efter en kant, noget at få fingrene ind under. Der var ingenting.

Da hans ilt slap op, begyndte tunnelsynet, og han bankede på glasset en sidste gang. Han kunne end ikke se hende mere. Det var for mørkt. Med den sidste luft i lungerne råbte han under vandet.

"Rachel ... tryk ... på ... glasset!"

Hans ord lød som en boblende, dæmpet mumlen.

129

Inde i Triton'en følte Rachel det, som om hendes hoved blev trykket sammen i en slags middelalderlig torturskruestik. Hun stod halvvejs bøjet ved siden af cockpitstolen og kunne mærke døden nærme sig fra alle sider. Lige foran hende var den halvkugleformede udsigtskuppel tom. Mørk. Bankelydene var hørt op.

Tolland var væk. Han havde forladt hende.

Hvæset fra trykluften, der blæste ind over hende, mindede hende om den øredøvende faldvind på Milne. Der stod en kvart meter vand på gulvet i ubåden nu. *Luk mig ud!* Tusindvis af tanker og minder begyndte at strømme gennem hendes hjerne som glimt af violet lys.

I mørket begyndte ubåden at få slagside. Rachel vaklede og tabte balancen. Hun snublede over sædet, faldt forover og ramte hårdt mod indersiden af den halvkugleformede kuppel. En skarp smerte brød ud i hendes skulder. Hun faldt sammen op mod vinduet, og da hun gjorde det, mærkede hun en uventet fornemmelse – et pludseligt fald i trykket inde i ubåden. Spændingen i trommehinderne i Rachels ører lettede mærkbart, og hun hørte virkelig en gurglen af luft slippe ud fra ubåden.

Det tog hende et øjeblik at blive klar over, hvad der lige var sket. Da hun faldt ud mod kuplen, havde hendes vægt på en eller anden måde tvunget den halvkugleformede plade tilstrækkeligt udad til, at noget af det indre tryk kunne slippe ud rundt om en pakning. Kuppelglasset sad altså løst! Rachel blev pludselig klar over, hvad det var, Tolland havde prøvet at gøre ved at øge trykket indeni.

Han prøver at blæse vinduet ud!

Ovenover blev Triton'ens trykcylinder ved med at pumpe. Selv mens hun lå der, følte hun trykket stige igen. Denne gang bød hun det nærmest velkommen, skønt hun følte, at den kvælende kraft skubbede hende faretruende langt over mod bevidstløsheden. Rachel kæmpede sig på højkant og pressede udad på glasset med hele sin styrke.

Denne gang var der ingen gurglen. Glasset rørte sig næsten ikke.

Hun kastede hele sin vægt mod vinduet igen. Der skete ingenting. Hendes skuldersår gjorde ondt, og hun kiggede ned på det. Blodet var tørt. Hun forberedte sig på at forsøge igen, men det fik hun ikke tid til. Uden varsel begyndte den lemlæstede ubåd at tippe – bagover. Da den tunge motorkasse vandt over de fyldte trimtanke, rullede Triton'en om på ryggen og sank nu med bagenden først.

Rachel faldt på ryggen ned mod cockpittets bagvæg. Hun

lå halvvejs dækket af skvulpende vand og kiggede lige op mod den lækkende kuppel, der svævede over hende som et kæmpemæssigt tagvindue.

Udenfor var der kun nat ... og tusindvis af tons havvand, der pressede nedad.

Med en viljesanstrengelse kom Rachel op at stå, men hendes krop føltes død og tung. Igen spolede hendes hukommelse baglæns til det isnende greb af en frossen flod.

"Kæmp, Rachel!" råbte hendes mor og rakte ned for at trække hende op af vandet. "Grib fast!"

Rachel lukkede øjnene. Jeg synker. Hendes skøjter føltes som blyvægte, der trak hende ned. Hun kunne se sin mor ligge med udbredte arme og ben for at fordele sin egen vægt, mens hun rakte ud efter hende.

"Spark, Rachel! Spark med fødderne!"

Rachel sparkede, det bedste hun kunne. Hendes krop steg en smule opad i det iskolde hul. Et glimt af håb. Hendes mor greb fat.

"Ja!" råbte hendes mor. "Hjælp mig med at løfte dig! Spark med fødderne!"

Mens hendes mor trak til oppefra, brugte Rachel sine sidste kræfter på at sparke med skøjterne. Det gav lige akkurat nok til, at hendes mor kunne trække Rachel op i sikkerhed. Hun trak den gennemblødte Rachel hele vejen op til den snedækkede bred, før hun faldt sammen i tårer.

Inde i den tiltagende fugtighed og varme i ubåden åbnede Rachel nu øjnene i mørket omkring sig. Hun hørte sin mor hviske fra graven med en stemme, der var klar og tydelig selv her i den synkende Triton.

Spark med fødderne.

Rachel så op mod kuplen over sig. Hun opbød det sidste af sit mod, klatrede op på cockpitstolen, som nu lå næsten vandret som en tandlægestol. Mens Rachel lå på ryggen, bøjede hun knæene, trak benene så langt tilbage, hun kunne, sigtede med fødderne opefter og eksploderede fremad. Med et vildt skrig af desperation og kraft stødte hun fødderne mod midten af akryl-kuplen. Hun blev næsten spiddet af smerten, der skød gennem hendes skinneben og fik hendes hjerne til at dreje rundt. Der lød en pludselig torden i hendes ører, og hun følte, hvordan trykket blev udlignet med et voldsomt jag. Pakningen i venstre side af kuplen gav efter, den store linse flyttede sig delvis og svingede op som en ladeport.

En strøm af vand brød ind i ubåden og drev Rachel tilbage i stolen. Havet tordnede ind omkring hende, hvirvlede op under hendes ryg, løftede hende ud af stolen og smed hende så med bunden i vejret rundt som en sok i en vaskemaskine. Rachel greb i blinde efter noget at holde fast i, men hun roterede løbsk rundt. Da cockpittet blev fyldt med vand, kunne hun mærke ubåden begynde på et hurtigt, frit fald mod bunden. Hendes krop blev stødt opad i cockpittet, og hun følte sig holdt fast. En strøm af bobler brød ud omkring hende, drejede hende, trak hende til venstre og opad. En flig af hårdt akryl slog ind mod hendes hofte.

Pludselig var hun fri.

Mens hun drejede og tumlede rundt i det endeløse, varme og våde mørke, følte Rachel sine lunger skrige efter luft. *Kom op til overfladen!* Hun så efter lys, men så ingenting. Hendes verden så ens ud i alle retninger. Sort. Ingen tyngdekraft. Ingen fornemmelse af op eller ned.

I dette skrækindjagende øjeblik blev Rachel klar over, at hun ikke havde nogen anelse om, hvilken retning hun skulle svømme i.

Flere tusind meter under hende skrumpede den synkende Kiowa-helikopter ind under det ubarmhjertigt tiltagende tryk. De femten højeksplosive, antitank AGM-114 Hellfire-missiler, der stadig var om bord, blev voldsomt belastet af trykket, og deres kobberforingsrør med sprængdetonatorer blev trykket faretruende længere indad.

Tredive meter over havbunden greb den kraftige skakt af megaplumen fat i den tilbageværende del af helikopteren, sugede den nedad og slyngede den ned mod den rødglødende skorpe på magmaskjoldet. Som en æske tændstikker, der blev antændt i flere serier, eksploderede Hellfire-missilerne og rev et gabende hul i toppen af magmaskjoldet.

Efter at Michael Tolland havde været oppe ved overfladen for at få luft og derefter var dykket ned igen i desperation, hang han fem meter nede i vandet og afsøgte mørket, da Hellfire-missilerne eksploderede. Det hvide glimt bølgede opad og oplyste et forbløffende billede – et fastfrosset billede, som han altid ville huske.

Rachel Sexton hang tre meter under ham som en sammenfiltret marionetdukke i vandet. Under hende faldt Triton-ubåden hurtigt væk med sin løsthængende kuppel. Hajerne i området spredtes ud mod det åbne hav. De havde en klar fornemmelse af den fare, dette område var ved at slippe løs.

Tollands glæde over at se Rachel ude af ubåden blev straks afløst af erkendelsen af, hvad der skulle følge efter. Tolland huskede hendes position, da lyset forsvandt, dykkede af al magt og svømmede ned mod hende.

Flere tusind meter nede eksploderede den ødelagte skorpe på magmaskjoldet i stumper og stykker, undervandsvulkanen brød ud og udspyede tolv hundrede grader varmt lava op i havet. Den skoldhede lava fordampede alt vand, den rørte ved, og sendte en massiv søjle af damp med raketfart op mod overfladen i megaplumens centrale akse. Dampens lodrette overførsel af energi, der blev drevet frem af de samme kinematiske egenskaber som den dynamik, der drev tornadoer frem, blev modbalanceret af en anticyklonisk hvirvelspiral, der cirklede omkring skakten og medførte energi i den modsatte retning.

Havstrømmene snoede sig i spiraler omkring denne søjle af opstigende gas og begyndte at forstærkes og sno sig nedad. Den undslippende damp skabte et enormt vakuum, der sugede tonsvis af havvand nedefter til kontakt med lavaen. Da det nye vand ramte bunden, blev det også omdannet til damp og behøvede en vej til at undslippe, sluttede sig til den voksende søjle af udstødningsdamp, skød opad og trak endnu mere vand ind under sig. Efterhånden som mere vand styrtede ind for at overtage pladsen, tiltog malstrømmen. Den hydrotermiske plume blev langstrakt, og den lodret tiltagende hvirvelstrøm blev stærkere for hvert sekund, der gik. Dens øvre kant bevægede sig uafbrudt op mod overfladen.

Et sort hul i havet var lige blevet født.

Rachel følte sig som et barn i livmoderen. Varmt, vådt mørke omgav hende. Hendes tanker var tågede i den blækagtige varme. *Træk vejret.* Hun bekæmpede refleksen. Det lysglimt, hun havde set, kunne kun komme fra overfladen, og alligevel lod det til at være så langt væk. *Et blændværk. Kom op til overfladen.* Afkræftet begyndte Rachel at svømme i den retning, hvor hun havde set lyset. Hun så mere lys nu ... et sælsomt, rødt skær i det fjerne. *Dagslys?* Hun svømmede stærkere.

En hånd greb fast om hendes ankel.

Rachel halvskreg under vandet og udstødte næsten den sidste luft, hun havde i lungerne.

Hånden trak hende baglæns, drejede hende og vendte hende om i den modsatte retning. Rachel mærkede en bekendt hånd gribe fat i hendes. Michael Tolland var der og trak hende med sig den anden vej.

Rachels forstand sagde, at han trak hende nedad. Hendes hjerte sagde, at han vidste, hvad han gjorde.

Spark med fødderne, hviskede hendes mors stemme.

Rachel sparkede så hårdt, hun kunne.

130

Selv da Tolland og Rachel brød igennem vandets overflade, vidste han, at det var forbi. *Magmaskjoldet var i udbrud.* Så snart toppen af malstrømmen nåede overfladen, ville den gigantiske undervandstornado begynde at trække alting ned. Mærkeligt nok var verden over overfladen ikke det stille morgengry, han havde forladt nogle få øjeblikke tidligere. Støjen var øredøvende. Vinden slog imod ham, som om der var brudt et uvejr løs, mens han havde været under vandet.

Tolland følte sig uklar på grund af iltmangel. Han prøvede at støtte Rachel i vandet, men hun blev trukket ud af hans arme. *Strømmen!* Tolland forsøgte at holde hende fast, men den usynlige kraft var stærkere og truede med at rive hende fra ham. Pludselig gled Rachels krop ud gennem hans arme og væk fra hans greb – men *opad.*

Fortumlet så Tolland Rachels krop stige op af vandet.

Ovenover svævede kystvagtens Osprey-tiltrotorfly og fik Rachel op med trækspillet. For tyve minutter siden havde kystvagten fået en rapport om en eksplosion til søs. De havde tabt sporet af den Dolphin-helikopter, der formodedes at være i området, og frygtede en ulykke. De tastede helikopterens sidst kendte koordinater ind i navigationssystemet og håbede på det bedste.

En halv sømil fra den oplyste Goya så de et område med brændende vragdele drive med strømmen. Det lignede en speedbåd. I nærheden lå en mand i vandet og vinkede vildt med armene. De trak ham op. Han var splitternøgen – undtagen et ben, som var dækket af gaffertape.

Udmattet så Tolland op på undersiden af det tordnende tiltrotorfly. Øredøvende stød slog ned fra dets horisontale propeller. Da Rachel steg op med et kabel, kom talrige hænder frem og trak hende ind i skroget. Mens Tolland så hende blive trukket i sikkerhed, fik han øje på en velkendt mand, der halvnøgen sad og krøb sammen i døråbningen.

Corky? Tollands hjerte svævede. *Du er i live!*

Omgående faldt selen ned fra himlen igen. Den landede tre meter væk. Tolland ville svømme hen til den, men han kunne allerede mærke den sugende fornemmelse fra plumen. Havets ubønhørlige greb svøbte sig om ham og nægtede at give slip.

Strømmen trak ham ned. Han kæmpede sig op til overfladen, men udmattelsen var *overvældende*. Du er en overlever, var der en, der sagde. Han sparkede med benene og crawlede op mod overfladen. Da han brød igennem til vindstødene, var selen stadig uden for rækkevidde. Strømmen gjorde sit bedste for at trække ham ned. Da Tolland så op i den hvirvlende strøm af vind og støj, så han Rachel. Hun kiggede ned, og hendes øjne befalede ham at komme op til hende.

Det tog Tolland fire kraftige tag at nå selen. Med sine allersidste kræfter stak han en arm og hovedet ind i slyngen og faldt sammen.

Med det samme begyndte havet at forsvinde under ham.

Tolland så ned, netop som den gabende malstrøm åbnede sig. Megaplumen havde omsider nået overfladen.

William Pickering stod på Goyas bro og så til med målløs ærefrygt, mens skuespillet udfoldede sig hele vejen rundt om ham. Ude til styrbord for Goyas hæk dannede en stor, bassinagtig fordybning sig på havets overflade. Hvirvelstrømmen var flere hundrede meter bred og udvidede sig hurtigt. Oceanet snoede sig ned i den i en spiral og for med en besynderlig blødhed ned over kanten. Overalt omkring ham lød nu en guttural klagen nede fra dybet. Pickerings hjerne var tom, mens han så hullet udvide sig over mod ham som den gabende mund på en gigantisk gud, der hungrede efter et offer.

Jeg drømmer, tænkte Pickering.

Med en eksplosiv hvæsen, der pludselig splintrede vinduerne på Goyas bro, brød en tårnhøj sky af damp ud af malstrømmen højt oppe. En kolossal gejser rejste sig tordnende opad, og toppen forsvandt i den sortnende himmel.

Omgående blev tragtens vægge stejlere, omkredsen udvidede sig hurtigere nu og tyggede sig hen over havet mod ham. Agterenden af Goya svingede hårdt hen mod det voksende hulrum. Pickering tabte balancen og faldt på knæ. Som et barn foran Gud stirrede han ned i den tiltagende afgrund.

Hans sidste tanker gik til hans datter, Diana. Han bad til, at hun ikke havde kendt en frygt som denne, da hun døde.

Trykbølgen fra den undslippende damp slyngede Osprey'en sidelæns. Tolland og Rachel holdt om hinanden, da piloterne rettede op og krængede lavt hen over den dødsdømte Goya. Da de så ud, kunne de se William Pickering – kvækeren – knæle i sort jakkesæt og slips ved den øverste ræling på det dødsdømte skib.

Da hækken slog i en vifte ud over kanten af den enorme tornado, bristede ankerkablet omsider. Med stævnen stolt i vejret faldt Goya baglæns ud over den våde afsats og blev suget ned i den stejle, drejende væg af vand. Hendes lys lyste stadig, da hun forsvandt i havet.

131

Morgenen i Washington var klar og kølig.

En frisk brise sendte hvirvler af blade flagrende rundt om foden af Washington-monumentet. Verdens største obelisk vågnede sædvanligvis op til sit eget, fredelige billede i spejldammen, men med denne morgen fulgte et kaos af skubbende journalister, der forventningsfulde trængte sig sammen om monumentets fod.

Senator Sedgewick Sexton følte sig større end selve Washington, da han steg ud af limousinen og skred som en løve hen mod presseområdet, der ventede på ham for foden af monumentet. Han havde inviteret nationens ti største medienetværk hertil og lovet dem årtiets skandale.

Der er ikke noget, der får gribbene frem, som lugten af død, tænkte Sexton.

Sexton holdt godt fast om stakken af hvide bøttekuverter, der hver især var elegant prydet med hans laksegl med monogram. Hvis informationer var magt, så gik Sexton nu med et atomsprænghoved i hånden.

Han følte sig næsten beruset, da han nærmede sig podiet, og var tilfreds med at se, at hans improviserede scene indbefattede to "ping-rammer" – store, fritstående skillevægge, der flankerede hans podium som marineblå gardiner – et gammelt Ronald Reagan-trick for at sikre, at han altid stod frem foran et bagtæppe.

Sexton entrede scenen fra højre side og skred frem fra skillevæggene som en skuespiller, der kom ud fra kulisserne. Journalisterne indtog hurtigt deres pladser på de rækker af klapstole, der var sat op neden for podiet. Mod øst brød solen netop frem over kuplen på Capitol og sendte stråler af lyserødt og guld ned på Sexton som stråler fra himlen.

En perfekt dag til at blive den mest magtfulde mand i verden.

"Godmorgen, mine damer og herrer," sagde Sexton og lagde

konvolutterne på pulten foran sig. "Jeg vil gøre dette så kort og smertefrit som muligt. De oplysninger, jeg nu vil give Dem, er helt ærligt temmelig foruroligende. Disse kuverter indeholder bevis på et forræderi på højeste regeringsplan. Jeg er flov over at sige, at præsidenten ringede til mig for en halv time siden og tiggede mig – ja, tiggede mig – om ikke at offentliggøre disse beviser." Han rystede skuffet på hovedet. "Men jeg er en mand, der tror på sandheden. Uanset hvor pinefuld den er."

Sexton tav og holdt konvolutterne op for at friste den siddende skare. Journalisternes øjne fulgte kuverterne som et kobbel hunde, der savlede over en ukendt lækkerbisken.

Præsidenten havde ringet til Sexton for en halv time siden og forklaret alt. Herney havde talt med Rachel, som var sikkert om bord i et fly et eller andet sted. Utroligt nok lod det til, at Det Hvide Hus og NASA var uskyldige, at de blot var tilskuere til denne fiasko – en intrige, som William Pickering var hjernen bag.

Ikke at det spiller nogen rolle, tænkte Sexton. *Zach Herney vil stadigvæk falde hårdt.*

Sexton ønskede, at han kunne være en flue på væggen i Det Hvide Hus lige nu for at se præsidentens ansigt, når han blev klar over, at Sexton trådte offentligt frem. Sexton havde indvilget i at møde Herney i Det Hvide Hus netop nu for at diskutere, hvordan man bedst skulle fortælle nationen sandheden om meteoritten. Herney stod sandsynligvis foran et fjernsyn i dette øjeblik i målløs chok og måtte erkende, at der ikke var noget, Det Hvide Hus kunne gøre for at standse skæbnens hånd.

"Mine venner," sagde Sexton og lod sit blik møde flokken. "Jeg har afvejet dette nøje. Jeg har overvejet at respektere præsidentens ønske om at holde disse oplysninger hemmelige, men jeg må gøre, som mit hjerte siger." Sexton sukkede og sænkede hovedet som en mand, der er indfanget af historien. "Sandheden er sandheden. Jeg vil ikke formaste mig til at besmykke Deres egen fortolkning af disse kendsgerninger på nogen måde. Jeg vil simpelthen give Dem de umiddelbare oplysninger."

I det fjerne hørte Sexton slagene fra store helikopter-rotorer. Et kort øjeblik spekulerede han på, om præsidenten måske i panik fløj over fra Det Hvide Hus i håb om at standse pressekonferencen. *Det ville være at slå hovedet på sømmet,* tænkte Sexton lystigt. *Hvor skyldig ville Herney SÅ se ud?*

"Jeg finder ikke nogen fornøjelse ved at gøre dette," fortsatte Sexton og mærkede, at hans timing var perfekt. "Men jeg føler, at det er min pligt at lade det amerikanske folk vide, at man har løjet for dem."

Helikopteren tordnede ind og landede på esplanaden til højre for dem. Da Sexton kiggede derover, blev han overrasket over at se, at det ikke var præsidentens helikopter alligevel, men derimod et stort Osprey-tiltrotorfly.

På flyets krop stod der: AMERIKAS FORENEDE STATERS KYSTVAGT.

Forbløffet så Sexton til, mens kabinedøren gik op, og en kvinde dukkede frem. Hun havde en orangefarvet kystvagt-parka på og så så forpjusket ud, at man skulle tro, hun havde været i krig. Hun gik over mod presseområdet. Der gik et kort øjeblik, inden Sexton genkendte hende. Så slog det ham.

Rachel? Han måbede chokeret. *Hvad fanden laver HUN her?*

En forvirret mumlen lød i forsamlingen.

Sexton smurte sit største smil på ansigtet og vendte sig igen om mod pressen og løftede en undskyldende finger. "Hvis De lige vil give mig bare et minut? Jeg er forfærdelig ked af det." Han drog et træt, godmodigt suk. "Familien først."

Enkelte af journalisterne lo.

Med den datter, der hurtigt kom gående hen mod ham fra højre, var Sexton ikke i tvivl om, at hans far og datter-gensyn helst skulle holdes privat. Uheldigvis stod det noget skralt til med privatliv i det øjeblik. Sextons blik for over mod den store skillevæg til højre for ham.

Sexton stod stadig roligt og smilede, mens han vinkede til sin datter og trådte væk fra mikrofonerne. Ved at nærme sig hende i en vinkel fik han manøvreret det sådan, at Rachel måtte passere bag om skillevæggen for at nå hen til ham. Sexton mødte hende halvvejs, skjult for pressens øjne og ører.

"Skat," sagde han og åbnede favnen, da Rachel kom hen til ham. "Sikke en overraskelse!"

Rachel trådte helt hen til ham og slog ham i ansigtet.

Rachel, der nu stod alene med sin far bag skillevæggen, så på ham med afsky i øjnene. Hun havde slået ham hårdt, men han ikke så meget som blinkede. Under hans iskolde selvbeherskelse smeltede det falske smil væk og blev til et advarende vredt blik.

Hans stemme ændrede sig til en dæmonisk hvisken. "Du burde ikke være her."

Rachel så vreden i hans øjne, og for første gang i sit liv følte hun sig ikke bange. "Jeg bad dig om hjælp, og du forrådte mig! Jeg var ved at blive slået ihjel!"

"Du er tilsyneladende i fin form." Hans tonefald var næsten skuffet.

"NASA er *uskyldig!*" sagde hun. "Det har præsidenten jo fortalt dig! Hvad laver du så her?" Rachels korte flyvetur til Washington om bord i kystvagtens Osprey havde været ledsaget af hektiske telefonsamtaler mellem hende, Det Hvide Hus, hendes far og selv en chokeret Gabrielle Ashe. "Du lovede Zach Herney, at du ville komme til Det Hvide Hus!"

"Det gør jeg." Han smilede selvtilfreds. "På valgdagen."

Rachel følte sig syg om hjertet ved tanken om, at denne mand var hendes far. "Det, du er ved at gøre, er den rene galimatias."

"Såh?" Sexton klukkede. Han vendte sig om og pegede hen på podiet, der kunne ses for enden af skillevæggen. På podiet lå en stak hvide konvolutter og ventede. "Disse kuverter indeholder de oplysninger, som du sendte til mig, Rachel. Fra dig. Præsidentens blod er på dine hænder."

"Jeg faxede de oplysninger til dig, da jeg havde brug for din hjælp! Da jeg troede, at præsidenten og NASA var skyldige!"

"I betragtning af bevismaterialet ser NASA sandelig ud at være skyldig."

"Men det er de ikke! De fortjener en chance til selv at indrømme deres fejl. Du har allerede vundet valget. Zach Herney er færdig! Det ved du. Lad dog manden bevare sin værdighed."

Sexton stønnede. "Hvor naivt. Det drejer sig ikke om at vinde valget, Rachel, det drejer sig om magt. Det drejer sig om den afgørende sejr, store handlinger, at knuse modstand og kontrollere magten i Washington, så man kan få noget gjort."

"Til hvilken pris?"

"Vær nu ikke så frelst. Jeg fremlægger bare bevismaterialet. Folk kan drage deres egne konklusioner om, hvem der er skyldig."

"Du ved, hvordan det kommer til at se ud."

Han trak på skuldrene. "Måske er NASA's tid kommet."

Senator Sexton kunne mærke, at pressen var ved at blive urolig bag skillevæggen, og han havde bestemt ikke til hensigt at stå her hele formiddagen og lade sig belære af sin datter. Hans store time ventede.

"Det her er vi færdige med," sagde han. "Jeg har en pressekonference, der venter."

"Som din datter bønfalder jeg dig," tryglede Rachel. "Gør det ikke. Tænk på, hvad det er, du er ved at gøre. Der er en bedre måde."

"Ikke for mig."

Der lød en hylen i højttalerne bag ham, og Sexton snurrede rundt og så en kvindelig journalist, der var kommet for sent, og som nu bøjede sig ind over hans pult og forsøgte at sætte en netværksmikrofon fast på en af svanehalsclipsene.

Hvorfor kan de idioter dog ikke komme til tiden? tænkte Sexton rasende.

I sit hastværk kom journalisten til at vælte Sextons stak af konvolutter ned på gulvet.

For fanden da også! Sexton marcherede derhen og bandede over sin datter, der havde distraheret ham. Da han nåede derhen, lå kvinden på knæ og samlede konvolutterne op fra gulvet. Sexton kunne ikke se hendes ansigt, men hun var sikkert fra en af de store tv-stationer – klædt i en hellang kashmirfrakke, matchende halstørklæde og en mohairbaret ned over øjnene, hvor ABC-pressekortet var clipset fast.

Dumme ko, tænkte Sexton. "Dem tager jeg," snerrede han ad hende og rakte hånden ud efter konvolutterne.

Kvinden samlede den sidste af kuverterne op og rakte dem til Sexton uden at se op. "Undskyld ...," mumlede hun og var af indlysende årsager forvirret. Hun krøb sammen af skam og forsvandt hurtigt i mængden.

Sexton talte hurtigt konvolutterne. Ti. Godt. Ingen skulle tage brødet ud af munden på ham i dag. Han fattede sig, rettede på mikrofonerne og sendte forsamlingen et spøgefuldt smil. " Jeg må vist hellere dele de her ud, inden der kommer nogen til skade!"

Folk lo og så ivrige ud.

Sexton kunne mærke, at hans datter stod lige i nærheden bag ved skillevæggen.

"Gør det ikke," sagde Rachel til ham. "Du vil fortryde det."

Sexton ignorerede hende.

"Jeg beder dig om at stole på mig," sagde Rachel nu med højere stemme. "Det er en fejltagelse."

Sexton samlede konvolutterne op og rettede kanterne ud.

"Far," sagde Rachel intenst og tryglede nu. "Det er din sidste chance for at gøre det, der er rigtigt."

Gøre det, der er rigtigt? Sexton dækkede over mikrofonen og vendte sig om som for at klare stemmen. Han kiggede diskret om på sin datter. "Du er ligesom din mor – idealistisk og lille. Kvinder forstår simpelthen ikke magtens sande natur."

Sedgewick Sexton havde allerede glemt sin datter, da han vendte sig mod mediefolkene. Med højtløftet hoved gik han rundt på podiet og rakte kuverterne ned til de hænder, som den ventende presse rakte frem. Han så kuverterne sprede sig hurtigt i forsamlingen. Han kunne høre seglene blive brudt og konvolutterne blive revet i stykker som julegaver.

Der sænkede sig en pludselig stilhed over skaren.

I stilheden kunne Sexton høre det afgørende øjeblik i sin karriere.

Meteoritten er et bedrag. Og jeg er den mand, der afslørede det.

Sexton vidste, at det ville tage pressen et øjeblik at forstå de faktiske konsekvenser af det, de så: jordradar-billeder af en indføringsskakt i isen; en levende havart, der var næsten identisk med NASA-fossilerne; beviser på chondruler dannet på Jorden. Det førte alt sammen til én chokerende konklusion.

"Sir?" stammede en journalist og lød overrasket, da han kiggede ned i sin konvolut. "Er det her rigtigt?"

Sexton udstødte et melankolsk suk. "Ja, jeg er bange for, at det faktisk er vældig rigtigt."

Der spredte sig nu en forvirret mumlen i mængden.

"Jeg vil give alle et øjeblik til at gennemse disse sider," sagde Sexton. "Så vil jeg besvare spørgsmål og forsøge at kaste lys over, hvad det er, De ser på."

"Senator Sexton?" spurgte en anden journalist og lød yderst forundret. "Er disse billeder ægte? ... ikke retoucherede?"

"Et hundrede procent," sagde Sexton og talte fastere nu. "Jeg ville ikke fremlægge beviser for Dem på anden måde."

Forvirringen i forsamlingen syntes at blive større, og Sexton syntes endda, han hørte nogen le – slet ikke den reaktion, han havde ventet. Han var begyndt at frygte for, at han havde overvurderet medieskarens evne til at forbinde de åbenlyse punkter.

"Hm, mr. senator?" sagde en og lød sært fornøjet. "For lige at slå det fast, så indestår De for, at disse billeder er ægte?"

Sexton var ved at blive frustreret. "Mine venner, jeg vil sige dette denne sidste gang: Beviserne, De nu sidder med i hænderne, er et hundrede procent nøjagtige. Og hvis nogen kan bevise andet, vil jeg æde min gamle hat!"

Sexton ventede på latteren, men den kom aldrig.

Der var dødsensstille. Tomme blikke.

Den journalist, der lige havde talt, gik op mod Sexton og bladede sine fotokopier igennem, mens han gik. "De har ret, senator. Det her er skandaløse oplysninger." Journalisten tav og kløede sig i hovedet. "Så jeg vil mene, at vi er lidt forundrede over, hvorfor De har besluttet at give os de informationer på den her måde, specielt efter at De har benægtet det så kraftigt tidligere."

Sexton havde ingen begreb om, hvad det var, manden talte om. Journalisten rakte ham fotokopierne. Sexton så på siderne – og i det øjeblik blev hans hjerne fuldstændig tom.

Der kom ingen ord.

Han stirrede på ubekendte fotografier. Farvebilleder. To mennesker. Nøgne. Arme og ben filtret ind i hinanden. Et kort øjeblik havde Sexton ingen anelse om, hvad det var, han så på. Så gik den ind. En kanonkugle i maven.

I rædsel løftede Sexton hovedet og så ud over flokken. Nu lo de. Halvdelen af dem var allerede ved at indtelefonere historien til deres nyhedsredaktioner.

Sexton mærkede en let banken på skulderen.

I en tåge snurrede han rundt.

Der stod Rachel. "Vi forsøgte at standse dig," sagde hun. "Vi gav dig alle mulige chancer." Der stod en kvinde ved siden af hende.

Sexton rystede, da hans blik gled over til kvinden ved Rachels side. Hun var journalisten med kashmirfrakke og mohairbaret – den kvinde, der havde skubbet til konvolutterne. Sexton så hendes ansigt, og hans blod frøs til is.

Gabrielles mørke øjne syntes at bore sig lige gennem ham, da hun åbnede frakken for at afsløre en stak hvide konvolutter, der var stukket ind under hendes arm.

132

Det Ovale Værelse lå hen i mørke og var kun oplyst af det bløde lys fra messinglampen på præsident Herneys skrivebord. Gabrielle Ashe holdt hovedet højt, da hun stod foran præsidenten. Uden for vinduet bag ham var tusmørket ved at sænke sig over Vestplænen.

"Jeg hører, De forlader os," sagde Herney og lød skuffet.

Gabrielle nikkede. Skønt præsidenten havde været generøs og tilbudt hende tilflugt på ubestemt tid i Det Hvide Hus, væk fra pressens øjne, foretrak Gabrielle ikke at ride denne specielle storm af ved at gemme sig. Hun ville så langt væk som muligt. I det mindste et stykke tid.

Herney kiggede hen over skrivebordet og så imponeret ud. "Det valg, De traf i morges, Gabrielle ..." Han tøvede, som om han ledte efter ordene. Hans øjne var ligefremme og klare – intet i sammenligning med de gådefulde dybder, som engang havde tiltrukket Gabrielle hos Sedgewick Sexton. Og alligevel så Gabrielle, at der selv på baggrund af dette magtfulde sted var ægte venlighed i hans blik, en ære og værdighed, hun sent ville glemme.

"Jeg gjorde det også for min egen skyld," sagde Gabrielle omsider.

Herney nikkede. "Jeg skylder Dem tak alligevel. Han rejste sig og gjorde tegn til hende om at følge med ham ud i vestibulen. "Jeg håbede faktisk, at De ville blive hængende her længe nok til, at jeg kunne tilbyde Dem en stilling i min budgetlægningsstab."

Gabrielle sendte ham et tvivlende blik. "Ud med udgifterne. Ind med indsatserne?"

Han klukkede. "Noget i den retning."

"Jeg tror, at vi begge to ved, sir, at jeg mere er en hæmsko end et aktiv for Dem i øjeblikket."

Herney trak på skuldrene. "Giv det et par måneder. Det vil alt sammen blæse over. Masser af store mænd og kvinder har været udsat for lignende situationer og er fortsat mod storhed." Han blinkede. "Et par stykker af dem var endda præsidenter i USA."

Gabrielle vidste, at han havde ret. Selvom Gabrielle kun havde været uden job i nogle få timer, havde hun allerede afslået to andre jobtilbud i dag – et fra Yolanda Cole ved ABC og det andet fra St. Martins Press, som ville give hende et uanstændig stort forskud, hvis hun ville udgive en biografi, der "fortalte alt". *Nej tak.*

Mens Gabrielle og præsidenten gik ned ad gangen, tænkte Gabrielle på billederne af hende selv, som nu blev vist på alle fjernsynskanaler.

Skaden for landet kunne have været meget værre, sagde hun til sig selv. *Meget værre.*

Efter at Gabrielle var taget over til ABC for at få fat i fotografierne igen og låne Yolanda Coles pressekort, havde hun sneget sig tilbage til Sextons kontor for at ordne kopierne af Sextons kuverter. Da hun nu var derinde, havde hun også printet kopierne af gavecheckene i Sextons computer ud. Efter konfrontationen ved Washington-monumentet havde Gabrielle givet nogle kopier af checkene til den målløse senator Sexton og stillet sine krav. *Giv præsidenten en chance til at bekendtgøre sin meteoritfejltagelse, eller resten af disse data bliver også offentliggjort.* Senator Sexton havde kastet et enkelt blik på stakken af økonomisk bevismateriale, låst sig ind i sin limousine og var kørt bort. Han havde ikke ladet høre fra sig siden.

Da præsidenten og Gabrielle nu ankom til bagudgangen af mødelokalet, kunne Gabrielle høre den ventende menneskeskare bagved. For anden gang på fireogtyve timer var verden forsamlet for at lytte til en speciel præsidentudtalelse.

"Hvad vil De fortælle dem?" spurgte Gabrielle.

Herney sukkede med et bemærkelsesværdig roligt ansigtsudtryk. "Igennem årene har jeg lært én ting igen og igen ..." Han lagde en hånd på hendes skulder og smilede. "Der er simpelthen ingen erstatning for sandheden."

Gabrielle blev fyldt af en uventet stolthed, da hun så ham gå over mod scenen. Zach Herney var på vej til at indrømme den største fejltagelse i sit liv, og sært nok havde han aldrig set mere præsidentagtig ud.

133

Da Rachel vågnede, var der mørkt i værelset.

Et lysende ur viste 22.14. Sengen var ikke hendes egen. I flere minutter lå hun uden at bevæge sig og spekulerede over, hvor hun var. Langsomt begyndte det hele at vende tilbage ... megaplumen ... Washington-monumentet i morges ... præsidentens invitation til at blive i Det Hvide Hus.

Jeg er i Det Hvide Hus, gik det op for Rachel. *Jeg har sovet her hele dagen.*

Kystvagtens tiltrotorfly havde på præsidentens befaling fløjet en udmattet Michael Tolland, Corky Marlinson og Rachel Sexton fra Washington-monumentet til Det Hvide Hus, hvor de havde fået et overdådigt morgenmåltid, var blevet undersøgt af læger og havde fået tilbudt et hvilket som helst af bygningens fjorten soveværelser, hvor de kunne komme sig.

De havde alle taget imod tilbuddet.

Rachel kunne knap nok tro på, at hun havde sovet så længe. Da hun tændte for fjernsynet, var hun forbløffet over at se, at præsident Herney allerede havde afsluttet sin pressekonference. Rachel og de to andre havde tilbudt at stå ved hans side, når han bekendtgjorde sin skuffelse over meteoritten for hele verden. *Vi har været sammen om at begå den fejltagelse.* Men Herney havde insisteret på at bære byrden på sine skuldre alene.

"Sørgeligt nok," sagde en politisk analytiker i fjernsynet, "lader det til, at NASA ikke har opdaget noget tegn på liv i rummet alligevel. Det er anden gang i dette årti, at NASA ukorrekt har klassificeret en meteorit som en, der viser tegn på liv uden for Jorden. Denne gang var der imidlertid også et antal højt respekterede, civile forskere blandt dem, der blev narret."

"Normalt," istemte en anden analytiker, "ville jeg være nødt til at sige, at et bedrag af den størrelsesorden, som præsidenten har beskrevet her i aften, ville være ødelæggende for hans karriere ... og dog, i betragtning af udviklingen i morges ved Washington-monumentet må jeg sige, at Zach Herneys chancer for at blive genvalgt som præsident ser bedre ud end nogensinde."

Den første analytiker nikkede. "Altså ikke noget liv i rummet, men heller intet liv i senator Sextons kampagne. Og nu, hvor nye oplysninger dukker op og antyder, at der er dybe, økonomiske vanskeligheder, der plager senatoren –"

En banken på døren tiltrak sig Rachels opmærksomhed.

Michael, håbede hun og slukkede hurtigt for fjernsynet. Hun havde ikke set ham siden morgenmaden. Da de kom frem til Det Hvide Hus, havde Rachel ikke ønsket sig noget højere end at falde i søvn i hans arme. Selvom hun kunne mærke, at Michael følte det samme, havde Corky blandet sig, sat sig på Tollands seng og overstrømmende fortalt og genfortalt sin historie om at tisse på sig selv og klare sig. Helt udmattede havde Rachel og Tolland omsider givet op og begivet sig mod hver sit soveværelse for at sove.

Rachel gik nu hen mod døren og tjekkede sig selv i spejlet. Hun blev helt fornøjet over at se, hvor latterligt hun var klædt. Det eneste, hun havde fundet, der kunne bruges som nattøj, var en gammel fodboldtrøje fra Penn State-universitetet, der lå i skuffen. Den hang hende helt ned til knæene som en natkjole.

Bankelyden fortsatte.

Rachel åbnede døren og blev skuffet over at se en kvindelig efterretningsagent. Hun var veltrimmet og sød i sin blå blazer. "Ms. Sexton, herren i Lincoln-soveværelset hørte Deres fjernsyn. Han bad mig sige til Dem, at eftersom De allerede er vågen ..." Hun holdt inde og løftede øjenbrynene, tydeligvis ikke fremmed over for nattelege på øverste etage i Det Hvide Hus.

Rachel rødmede, hendes hud brændte. *"Tak."*

Agenten førte Rachel ned ad den fint møblerede gang til en helt almindelig dør i nærheden.

"Lincoln-soveværelset," sagde agenten. "Og som jeg altid forventes at sige uden for denne dør: 'Sov godt, og pas på spøgelserne'."

Rachel nikkede. Historierne om genfærd i Lincoln-soveværelset var så gamle som Det Hvide Hus selv. Det blev sagt, at Winston Churchill havde set Lincolns genfærd her, ligesom talløse andre, inklusive Eleanor Roosevelt, Amy Carter, skuespilleren Richard Dreyfuss og husassistenter og butlere gennem årtier. Man sagde, at præsident Reagans hund engang havde stået og gøet uden for denne dør i timevis.

Tankerne om historiske ånder fik Rachel til at indse, hvilket helligt sted dette værelse var. Hun følte sig pludselig genert, da hun stod der i sin lange fodboldtrøje, barbenet som en kostskolepige, der sneg sig ind på et drengeværelse. "Er det nu også rigtigt?" hviskede hun til agenten. "Jeg mener, er det her Lincoln-soveværelset?"

Agenten blinkede. "Vores taktik på denne etage er: 'Spørg ikke, sig intet'."

Rachel smilede. "Tak." Hun rakte ud efter håndtaget og følte allerede forventningen om, hvad der skulle ske.

"Rachel!" Den nasale stemme lød hele vejen ned gennem gangen som en rundsav.

Rachel og agenten vendte sig om. Corky Marlinson kom humpende hen mod dem på krykker. Hans ben var nu professionelt forbundet. "Jeg kunne heller ikke sove!"

Rachel faldt sammen. Hun kunne mærke, at hendes romantiske stævnemøde var ved at gå i vasken.

Corkys blik inspicerede den søde efterretningsagent. Han sendte hende et bredt smil. "Jeg elsker kvinder i uniform."

Agenten trak blazeren til side og afslørede et dødbringende udseende håndvåben.

Corky veg baglæns. "Jeg forstår en fin hentydning." Han vendte sig om mod Rachel. "Er Mike også vågen? Skal du derind?" Corky lod til at være ivrig efter at slutte sig til selskabet.

Rachel sukkede. "Faktisk, Corky …"

"Dr. Marlinson," lagde efterretningsagenten sig imellem og trak en notits frem fra sin blazer. "Ifølge denne besked, som jeg har fået af mr. Tolland, har jeg udtrykkelige ordrer om at gå med Dem ned i køkkenet, få vores kok til at lave alt, hvad De ønsker, og bede Dem om at forklare mig i detaljer, hvordan De reddede Dem selv fra den visse død ved …" agenten tøvede og skar en grimasse, da hun læste beskeden igen. "… ved at urinere på Dem selv?"

Tilsyneladende havde agenten sagt de magiske ord. Corky smed krykkerne på stedet, lagde en arm rundt om kvindens skulder som støtte og sagde: "Til køkkenet, skat!"

Da den søde agent hjalp Corky med at humpe ned ad vestibuen, var Rachel ikke i tvivl om, at Corky Marlinson var i himlen. "Urin er nøglen," hørte hun ham sige, "fordi de her meget store lugtelapper i forhjernen kan lugte alt!"

Lincoln-soveværelset lå hen i mørke, da Rachel trådte ind. Hun blev overrasket over at se, at sengen var tom og urørt. Michael Tolland var ingen steder at se.

En antik olielampe brændte ved siden af sengen, og i dens bløde stråler kunne hun næsten ikke skelne brysselertæppet ... den berømte, udskårne rosentræsseng ... portrættet af Lincolns kone, Mary Todd ... selv skrivebordet, hvor Lincoln underskrev Emancipationsproklamationen.

Da Rachel lukkede døren bag sig, følte hun en klam trækvind mod sine bare ben. *Hvor er han?* På den anden side af værelset stod et vindue åbent, og de hvide organzagardiner bølgede i vinden. Hun gik over for at lukke vinduet, og en besynderlig hvisken mumlede inde fra skabet.

"Maaaarrrrrrrry ..."

Rachel snurrede rundt.

"Maaaaaarrrrrrrry?" hviskede stemmen igen. "Er det dig? ... Mary Todd Liiiiiincoln?"

Rachel lukkede hurtigt vinduet og gik tilbage mod skabet. Hendes hjerte hamrede af sted, selvom hun vidste, det var fjollet. "Mike, jeg ved, det er dig."

"Neeeeeej ..." fortsatte stemmen. "Jeg er ikke Mike ... jeg er ... Aaaaabraham."

Rachel satte hænderne i siden. "Såh, virkelig? Ærlige Abraham?"

En dæmpet latter. "Nogenlunde ærlige Abraham ... ja."

Nu lo Rachel også.

"Vær baaaaaange," stønnede stemmen fra skabet. "Vær meeeeeeget bange."

"Jeg er ikke bange."

"Vær sød at være bange ..." stønnede stemmen. "I menneskeslægten er frygt og seksuel ophidselse tæt forbundne følelser."

Rachel brød ud i latter. "Er det dit begreb om seksuel ophidselse?"

"Tilgiiiiv mig ..." stønnede stemmen. "Det er mange åååååååår siden, jeg har været sammen med en kvinde."

"Ja, det er tydeligt," sagde Rachel og hev døren op.

Michael Tolland stod foran hende med et skælmsk, skævt grin. Han så uimodståelig ud i en marineblå satinpyjamas. Rachel tænkte sig om to gange, da hun så præsidentseglet, der prydede hans bryst.

"Præsidentpyjamas?"

Han trak på skuldrene. "Den lå i skuffen."

"Og det eneste, jeg havde, var den her fodboldtrøje!"

"Du skulle have valgt Lincoln-soveværelset."

"Du skulle have tilbudt det!"

"Jeg hørte, at madrassen var dårlig. Antikt hestehår." Tolland blinkede og pegede på en pakke i gavepapir på et marmorbord. "Den er til dig."

Rachel var rørt. "Til mig?"

"Jeg fik en af præsidentens assistenter til at gå ud og finde den til dig. Den er lige kommet. Lad være med at ryste den."

Hun åbnede forsigtigt pakken og drog det tunge indhold op. Indeni var der en stor krystalbowle, hvori der svømmede to grimme, orange guldfisk. Rachel stirrede forvirret og skuffet på ham. "Du gør nar af mig, ikke?"

Helostoma temmincki," sagde Tolland stolt.

"Du har købt *fisk* til mig?"

"Sjældne, kinesiske kyssefisk. Meget romantiske."

"Fisk er ikke romantiske, Mike."

"Fortæl det til *dem* her. De kan kysse i timevis."

"Skulle det være endnu en ting, kvinder tænder på?"

"Jeg er lidt rusten, hvad romantik angår. Kan du ikke give mig karakter efter umage?"

"For god ordens skyld, Mike, så er fisk absolut ikke noget, der tænder nogen. Prøv med blomster."

Tolland trak en buket hvide liljer frem bag ryggen. "Jeg forsøgte med røde roser," sagde han, "men jeg var lige ved at blive skudt, da jeg sneg mig ind i Rosenhaven."

Da Tolland trak Rachels krop ind til sig og indsnusede den bløde duft af hendes hår, følte han mange års stille enegang gå i opløsning inde i ham. Han kyssede hende inderligt og følte hendes krop komme ham i møde. De hvide liljer faldt ned for deres fødder, og forskansninger, som Tolland aldrig havde vidst, han havde opbygget, smeltede pludselig væk.

Spøgelserne er forsvundet.

Han mærkede, at Rachel lidt efter lidt førte ham over mod sengen, og hun hviskede ham blidt i øret: "Du tror da ikke virkelig, at fisk er romantiske, vel?"

"Det gør jeg," sagde han og kyssede hende igen. "Du skulle se goplernes parringsritual. Utrolig erotisk."

Rachel fik ham bakset om på ryggen på hestehårsmadrassen og lagde sin slanke krop til rette oven på hans.

"Og søheste ...," sagde Tolland stakåndet, mens han nød hendes berøring gennem det tynde satin i sin pyjamas. "Søheste udfører ... en utrolig sensuel kærlighedsdans."

"Nok fiskesnak," hviskede hun og knappede hans pyjamas op. "Hvad kan du fortælle mig om højtstående primaters parringsritual?"

Tolland sukkede. "Jeg beskæftiger mig desværre ikke med primater."

Rachel trak sin fodboldtrøje af. "Godt, naturdreng, så foreslår jeg, at du lærer det hurtigt."

EPILOG

NASA-transportflyet krængede højt oppe over Atlanterhavet.

Om bord kastede NASA-chef Lawrence Ekstrom et sidste blik på den store, forkullede sten i lastrummet. *Tilbage til havet,* tænkte han. *Hvor de fandt dig.*

På Ekstroms befaling åbnede piloten lastrumslugerne og lod stenen falde. De så til, mens mammutstenen faldt nedad bag flyet i en bue over det solbeskinnede hav og forsvandt i bølgerne i en søjle af sølvsprøjt.

Den store sten sank hurtigt.

Nede i vandet i tredive meters dybde var der knap nok så meget lys tilbage, at det kunne afsløre dens nedstyrtende silhuet. Da stenen passerede hundrede og halvtreds meter, forsvandt den i totalt mørke.

Jog nedad.

Dybere.

Den faldt i næsten tolv minutter.

Så brasede stenen ned i et stort område af mudder på havbunden som en meteorit, der ramte den mørke side af månen, og hvirvlede en sky af slam op. Da støvet lagde sig, svømmede en af havets tusindvis af ukendte arter over for at inspicere den mærkelige nyankomne.

Dyret svømmede uimponeret videre.